中国泰戈尔学建构关键问题研究

孙宜学 罗铮 著

同济大学出版社

目　　录

绪论

“合抱之木，生于毫末；九层之台，起于累土。”泰戈尔与中国文化、世界文化的复杂关系，经过一百多年的历史沉淀和过滤，已成为中印文化交流史、世界文化交流史上的经典课题，具有经久弥新的研究价值，不同时代、不同国家、不同研究者都不断对其作品和诗学、思想等进行新的意义发掘和阐释。面对日益丰富的研究成果，着眼于未来研究的健康可持续，建构中国泰戈尔学学科体系成为了目前中国和世界泰戈尔研究的自然选择。只有尽快建立中国泰戈尔学研究体系，才能更科学、更客观地“悟以往”，“知来者”，才能更系统地梳理和分析泰戈尔与中国文化的深层关系与矛盾，以阐释中国文化及东方文化世界化的基本规律，深化泰戈尔研究的中国意义和世界意义，为世界的泰戈尔研究以及各国泰戈尔学建构，提供一个可资借鉴的范例。

中国泰戈尔学建构是一个复杂的跨学科、跨国别、跨时代的重大工程，这项工程将影响中印人文交流的未来，并能为推动世界民心相通、各民族求同存异共建人类命运共同体提供一个经典范例。鉴于此，目前亟需由中国主导，积极联合全世界的相关学术力量，搜集、整理、提炼、升华世界范围内的学术资源和研究成果，立足中国泰戈尔研究的历史与实际，逐步建构出具有中国特色的泰戈尔研究体系，并使其成为世界泰戈尔研究体系的一个有机环节并在其中发挥积极作用。

目前，本书只是实现这一目标的基础性工作，仅就中国泰戈尔学建构的一些基本问题进行初步整理和分析，尚不足以建构这一完整体系。但“不积跬步，无以至千里”，随着世界范围内越来越多的研究者开始关注这一课题，并齐心协力积极解决其中的一个个相关问题，集思广益，积少成多，总有一天，“中国泰戈尔学”会水到渠成。

一、中国泰戈尔研究的现状

近现代以来，中国的泰戈尔研究丰富且复杂，但总的来看，目前一般基于东西方文明冲突的大背景，重点集中在以下几个方面进行研究：

第一，泰戈尔思想、文学的复杂性：兼具政治、宗教、美学因素，又融合东西方文化因素。

第二，泰戈尔的东西方文化观及对中国乃至亚洲的意义，泰戈尔对中印文化交流的贡献。

第三，泰戈尔与中国思想文化的关系，包括围绕泰戈尔访华的思想文化论争。

第四，中国现代知识分子对泰戈尔的不同理解和态度及原因。中国现代思想文化界自身的各种内在矛盾和论争，因泰戈尔访华而重新分化与整合，并基于不同的思想文化背景而表现出不同态度。

第五，泰戈尔与中国现代知识分子的个人情谊。

第六，泰戈尔对中国现代作家的影响等。

中国泰戈尔研究取得了举世瞩目的成就，具有鲜明的中国特色，主要表现在以下几个方面：

第一，以史料梳理为主，力图还原历史真相。研究者依据第一手报纸、杂志资料、回忆录等，不断发掘泰戈尔访华前后的相关资料，使泰戈尔与中国关系的研究不断推进、不断接近历史真相。

第二，整体研究为主，个体研究为辅。相关研究以泰戈尔与中国交流全程回顾和中印文化关系研究为主，侧重于中国知识分子对泰戈尔来华事件的整体误读，泰戈尔与中国现代知识分子关系的个体研究，点面结合，相互补充，相辅相成。

第三，早期以思想研究带动文学研究，后期以文学研究带动思想研究。中国泰戈尔研究源于对泰戈尔文学作品的翻译和哲学、教育思想的介绍，但因为特殊时代的现实需要，早期研究侧重于泰戈尔对中国思想文化的影响，即使介绍、分析泰戈尔的文学作品，也侧重其作品中的思想和实用价值。目前，中国的泰戈尔研究主要以作家泰戈尔作为基点，将其文学研究与思想研究紧密结合，使中国的泰戈尔研究更加立体、全面。

“百年曰期。”中国的泰戈尔研究虽已逾百年，但在很多方面，相关研究与泰戈尔作为经典作家、泰戈尔访华作为中印文化交流经典事件的历史价值尚未相符，主要表现在下面两点上：

一是研究内容较为重复。截至目前，泰戈尔访华纪事、泰戈尔与中国现代作家的比较研究等,一直是中国泰戈尔研究的热点,但很多研究所据材料重复,所据观点重复,所得出的成果也大同小异,略有创新,即被反复引用,使得该领域研究看似丰富,实则重复。对一些关键问题,如泰戈尔访华如何引起中国思想文化界的激烈冲突,泰戈尔来华前后中国思想文化界内部分裂与整合的事实,泰戈尔来华与当时中国各种文学流派之间的关系以及对这些流派文学创作和风格的具体影响,都还没能进行富有成效的研究。

二是研究方法单一。与泰戈尔访华所引发的东西文化之争相关的中国知识分子都是中国思想文化界的代表人物,其中每一个个体本身都是一个复杂的研究主题,与泰戈尔“强强联合”后,每个个体都变得更为复杂。因此,要将这一个个复杂的个体与泰戈尔的关系梳理明晰,首先需要将每一个个体的文化人格、思想结构、政治立场研究清楚,这本身就是相当艰难的工作。另外,泰戈尔访华涉及中国思想文化界的整体,而要从整体上研究泰戈尔与中国思想文化的关系,更是让人望而生畏的难题。因此,这方面的研究虽然比较多,但并不系统。目前,对泰戈尔与梁启超、徐志摩、谭云山、陈独秀、瞿秋白、胡适、王统照、冰心等人的关系研究比较多,但对泰戈尔与梁漱溟、辜鸿铭、陈三立、张君劢、溥仪、孙中山、蒋介石等的关系研究,仍仅停留在浅层次的史料还原与介绍,尚无多少深入的研究成果。

泰戈尔访华期间,中国现代知识分子已经经历了“五四”退潮,出现了严重的思想分裂。这种分裂,实际上是中国思想文化的一次重新梳理与整合,是在“车载斗量”输入西方文化之后,以一种新的标准重新审视中国文化后的一次阵痛,这次阵痛孕育着一种更成熟的文化体系。因此,深入分析因泰戈尔来华引起的中国思想文化界的论争,实际上是要追索中国思想文化界的内在矛盾以及中国知识分子个体文化品格的深层变化。从这个角度讲,泰戈尔访华引起的论争,本身就是中国思想文化界内部矛盾的组成部分。泰戈尔访华本应成为中国思想文化界在世界文化视域内重新审视、规划、调整中国文化现代化之路的契机,却因中国特殊的社会环境和文化矛盾而错失一次宝贵的思想、文学、哲学的交流良机,结果不但模糊了泰戈尔访华在中国思想文化界引起的论争的真相,也造成了研究者对“五四”知识分子因泰戈尔访华产生的争论的理解的分歧与混乱,尤其是对泰戈尔访华与中国思想文化界自身发展的深层关系,以及由此引发的中印文学和文化新型关系的研究,一直未能取得突破性的、令人信服的研究成果。目前,对这一现象的破解和复真已成为制约泰戈尔与中国关系研究进一步发展的关键。而只有打破这一瓶颈,才能整体推进泰戈尔与中国关系研究，为中国泰戈尔学建构夯实地基，拓宽平台。

在世界泰戈尔研究整体框架体系内看，除了印度，中国的泰戈尔研究可以说是最热情、最丰富、最持久的。尤其是20世纪80年代以来，中国的泰戈尔研究发展迅速，不断深入和延伸，从文学到教育，从历史到宗教，从诗学到美学，从伦理到绘画，从诗歌到音乐……泰戈尔的生平、思想和创作得到了多维度、多层次的创新阐释、反复阐释，泰戈尔与西方作家的关系，如与莎士比亚、叶芝、惠特曼、庞德的关系，也得到了重视。2012年，莫言获得诺贝尔文学奖，从泰戈尔到莫言，东西方文化交流走过百年，东方文学在世界沧桑历史发展中经历了发现、崛起与复兴的复杂过程，代表了20世纪以来东方文化在民族性与世界性的不断冲突与融合中逐步走向世界化、国际化的一个周期，中国、印度和东方也在这个过程中发现了世界。中国的泰戈尔研究与时俱进，围绕泰戈尔与莫言对中国文学、东方文学“走出去”的启示，以“莫言热”重燃“泰戈尔热”。研究者普遍认为，东方文化复兴之日，也将是世界文化和谐之日，鉴于此，系统分析近现代以来以泰戈尔和莫言为代表的东方文学的世界化之路，不但可以帮助东方文化更全面客观思考东西文化如何互证、互识与互补，而且可以贡献东方智慧，实现世界多元文化间的和平相处，平等发展。

然而，若从中国泰戈尔研究的整体观视角看，中国目前的研究主线基本上仍隶属于历史惯性、研究惯性，还没习惯于从更宏观、更全面的视野将泰戈尔研究疏浚成一条贯通古今中外的长河。也就是说，中国的泰戈尔研究基本是在中印文化交流的背景下，围绕对泰戈尔1924年访华的全程回顾，中国现代知识分子的相关争论，泰戈尔对中国文学的影响等方面展开。但总体而言，中国的泰戈尔研究重复性强，创新意识不够，很多研究限于重复性地复述已有观点，没有深入挖掘现象背后的复杂社会和文化原因，中国泰戈尔学建构的很多基础性的关键问题至今都未展开或未取得富有成效的研究成果，如：泰戈尔东西方文化观的实质；泰戈尔与中国文化交流史的总体脉络和规律，以及不同历史时期中国泰戈尔研究的差异性及纵向比较分析；20世纪以来中国不同时代的文化特性如何影响了泰戈尔在中国的不同阐释，以及这些阐释如何影响了中国思想、文化和文学的进展；中国现代文化的内在结构性矛盾，以及围绕泰戈尔访华再次分裂与融合的史实和原因；泰戈尔访华与中国现代文学流派之间的关系及对中国文学的整体影响；泰戈尔在中国与在日本、欧美产生的不同影响的跨文化比较分析；泰戈尔与中国文化的百年交流对中国和世界文化的经典意义；中国文化及东方文化在民族性与世界性的冲突与融合中走向世界的文化结构性矛盾及规律等。

中国泰戈尔研究需要推陈出新，重点突破，整体推进，其中最迫切需要解决的问题之一，是进一步完善现有泰戈尔研究体系，更加完整、系统、深入研究泰戈尔在中国文化发展过程中导致产生的各种关键问题及实质，细致梳理相关研究成果，客观分析泰戈尔与中国、与世界文化关系的深层历史和社会原因，建构规范的研究体系，确立中国泰戈尔研究的整体观，推动确立世界泰戈尔研究的整体观，为中国和世界泰戈尔研究的未来健康发展奠定新基石，确立新起点，实现新超越，迎接中国和世界泰戈尔研究的新阶段。

二、印度与西方的泰戈尔研究现状①

泰戈尔不但推动了东方文化的世界化，而且作为东方文化的代表，在东西方文化语境中都引起了深远的争论和矛盾，一直影响着世界范围内的思想、文化与文学。因此，研究泰戈尔与中国文化的复杂关系，也是研究中国文化、东方文化与世界文化的复杂关系，及其在物质主义与精神文明、民族主义与世界主义的选择困境中走向世界的历史，不但可以丰富东西方文化的内涵，而且可以拓展东西方文化交流与研究的视域。

在印度，目前相关研究主要集中于在东西方文明冲突的背景下，于中印文明交流史中解读泰戈尔的东西方文化观及对中国和亚洲的意义，泰戈尔文学的民族性与世界性，泰戈尔对中印文化、世界文化交流的贡献，泰戈尔的国际大学对印度中国学研究的贡献，泰戈尔对中国人民与文化的深厚感情和支持，泰戈尔与中国文化名流的交往逸事、泰戈尔与英国、美国等欧美文学的关系等。如 Kalyan Sen Gupta 的《罗宾德拉纳特·泰戈尔哲学研究》(*The Philosophy of Rabindranath Tagore*)，Mahasweta Sengupta 的《翻译、殖民主义、诗学：两个世界中的罗宾德拉纳特·泰戈尔》(*Translation, Colonialism and Poetics: Rabindranath Tagore in Two Worlds*)，Samiran Kumar Paul 和 Amar Nath Prasad 的《罗宾德拉纳特·泰戈尔再评价》(*Recritiquing Rabindranath Tagore*)等，研究主题涉及神秘主义、浪漫主义、唯美主义、现实主义等，关于泰戈尔的文学创作和思想体系的新论不断激发新的泰戈尔研究热点。

---

① 本节参考了尹锡南：《中印泰戈尔研究之比较》，《亚非研究》(第 5 辑)，2011 年。这篇文章比较具体详细地介绍了印度和西方有关泰戈尔的研究情况。

泰戈尔是既属于印度和东方世界，也属于西方世界的一位百科全书式的文化巨人。事实上，在泰戈尔获得诺贝尔文学奖后，西方逐渐认识到他的价值，其重要作品被翻译成了不同语言，受到普遍赞誉。① 欧美泰戈尔研究非常丰富，迄今仅综合性研究的传记、评传就有 200 多种②，关于泰戈尔思想的综合性和比较性的研究专著和论文不断出现，研究史料在不断完善。20 世纪 60 年代末，Hiranmay Banerjee 等人的《论泰戈尔》(*Lectures on Rabindranath Tagore*)，对泰戈尔的多重身份——自然诗人、爱的诗人以及人文主义者进行了论述；20 世纪 70 年代初，哈佛大学出版了泰戈尔与威廉·罗森斯坦(William Rothenstein)1911—1941 年间的书信，为研究泰戈尔的西方之旅提供了翔实的第一手材料。这一时期对泰戈尔的综合性研究更加细致和深入，如 K. P. K. Menon 的《论泰戈尔》(*Tagore Lectures*)，H. H. Anniah Gowda《泰戈尔演讲录》(*The Tagore Lectures*)，Wishwanath Narawane 的《泰戈尔导论》(*An Introduction to Rabindranath Tagore*)，Roy Aruna 的《泰戈尔思想中的现实主题》(*Realistic Motif in the Ideology of Tagore*)，T. R. Sharma 主编的《泰戈尔论文集》(*Essays on Rabindranath Tagore*)和《透视泰戈尔》(*Perspective on Rabindranath Tagore*)，Bhudeb Chaudhuri 与 K. G. Subramanyan 合编的《泰戈尔和今天的挑战》(*Rabindranath Tagore and the Challenge of Today*)，K. K. Sharma 的著作《泰戈尔的美学》(*Rabindranath Tagore's Aesthetics*)等。

作为 20 世纪东方文化的象征，泰戈尔是一个不知疲倦的世界文化传播者，他的足迹遍布欧亚大陆和美洲，结识了包括叶芝、庞德、罗曼·罗兰、萧伯纳、纪德、托马斯·曼、爱因斯坦等西方文学家、哲学家以及科学家，对泰戈尔与西方作家关系的研究，也是西方泰戈尔研究的特色之一，如 Ponnuswamy Krishna 的《叶芝和泰戈尔：戏剧比较研究》(*Yeats and Tagore: A Comparative Study of Their Plays*)等。21 世纪以来，西方学者将相关研究视角转向了殖民主义、东西方关系以及教育等方面的文化批评，如 2014 年 Debashish Banerji 主编的《21 世纪的罗宾德拉纳特·泰戈尔》(*Rabindranath Tagore in the 21st Century*)，其中收录了 18 篇关于泰戈尔的研究文章，涉及翻译、文学理论、国际政治、教育、绘画、戏剧创作、身份认同等诸多方面；2015 年 Sharad Deshpande 主编的《印度殖民地中的

---

① Basham, L. A. *A Cultural History of India*. London: Oxford University Press, 1975, p.496.

② 侯传文：《话语转型与诗学对话——泰戈尔诗学比较研究》，北京：中国社会科学出版社，2010 年，第 8-9 页。

哲学》(*Philosophy in Colonial India*)中收录了《泰戈尔对西方的洞察》(*Tagore's Perception of the West*),从殖民主义的角度探讨了泰戈尔的教育观,等等。

当前,西方泰戈尔研究的主线仍是集中在东西方文化冲突的背景下解读泰戈尔获得诺贝尔文学奖对亚洲文化走向世界的意义,泰戈尔所代表的东方文化对西方文明的价值,泰戈尔在西方和在中国的不同影响等,其中不乏对东方文化和中印文化关系的偏见。但泰戈尔既是东方文化的宣传员、播种机,也是世界文化融合的推动者、实践者,播下了数不胜数的文化和谐的种子,与其作品共同构成了泰戈尔研究的宝库,至今都吸引着世界不同国家的研究者去发掘、去探究、去思考。泰戈尔的和谐理念与和平思想,最终一定会有助于消除人类不同文明之间的偏见和误会,逐步实现世界大同理想。

三、中国泰戈尔学建构的基本原则

泰戈尔与中国的关系涉及思想、文化、文学、政治、社会、宗教等各方面,具有涵义的多义性、多维性、多层面性。经过历史沉淀与过滤,泰戈尔作为一种文化符号和精神宝库,已慢慢与中国文化从相识到相知最后相合,成为了中国思想、文化和文学的内在组成因素,在中国的历史沧桑中,在中印文化交流的沧桑中,在世界文化交流的冲击下,泰戈尔始终作为一道跨越喜马拉雅山的亮丽彩虹,是中印两国、东方与西方民心相通的桥梁,并影响着中国思想、文化和文学的发展。历史发展到今天,泰戈尔仍具有日久弥新的经典价值,在跨文化视域下建构中国泰戈尔学,将把中国泰戈尔研究经典化,并开创新的未来。

中国泰戈尔学建构的内外动因:既是深化中国的泰戈尔研究并提升其国际地位的需要,也是中印文化交流、世界文化交流的迫切需要。中国的泰戈尔研究已百年有余,并对世界思想、文化、文学产生了深远影响。中国泰戈尔学建构可系统总结中国泰戈尔研究的成果和规律,保持与国际学界同类研究同步,基于中国视角,致力于东西方文化交流的未来,为世界泰戈尔研究,提供成熟的经验借鉴。

中国泰戈尔学建构的"作家"基点:泰戈尔首先是一位作家。随着世界全球化程度日益加深,泰戈尔的多元价值不断得到重新阐释,泰戈尔的作家身份经常性被暂时搁置,作为哲学家、教育家、社会活动家的时代意义则受到更多关注,从而开辟了泰戈尔研究的新领域,也进一步丰富和完善了世界的泰戈尔研究,这对建构完整的泰戈尔学体系,都是必要的准备。但泰戈尔是作为作家影响世界的,其价值的多元性都源于"作家"这一元,中国泰戈尔学建构，必须站在这一基点上并从此点出发，才能疏通融通这一学科体系。

中国泰戈尔学建构的基本外延：经典文化事件具有无限的开放性，不同时代的读者会有不同的涵义发掘。首先是完整梳理泰戈尔学建构所涉问题的各个方面，系统梳理相关史料和研究成果，对泰戈尔文学思想、诗学体系、东西方文化观、20世纪以来东西方文化冲突与融合的实质等进行全面阐释，然后从文学、文化、哲学、宗教、历史等方面进行跨文化研究分析，坚持理论阐释和个案分析相集合、比较研究和个案研究互为补充，将中国泰戈尔学建构置于东西方文化关系和世界文化大同视域内，真正做到全面、客观地研究泰戈尔。

中国泰戈尔学建构的核心内涵与目的：在东西方文化冲突与融合的语境下研究泰戈尔与中国文化的复杂关系，以21世纪东西方文化跨文化冲突与交流的视角，重新审视和发掘泰戈尔与中国文化交流这一经典事件的社会史、思想文化史和文学史的意义，研究中国文化及东方文化如何在与外来文化的碰撞、融合中不断摸索、发展的历史，研究20世纪以来关于东西方文化冲突及中国文化出路问题的各种矛盾和论争。通过全面研究中国对泰戈尔的不同解读，在中外文化交流的背景下更加全面客观了解和理解中国文化及东方文化国际化过程中的深层结构、矛盾，从中发现中国文化及东方文化走向自觉、自信和成熟的规律，为新时代中外人文交流与人类命运共同体建设提供借鉴。

四、中国泰戈尔学建构的关键问题

中国泰戈尔学建构是在中外文化交流语境下，对中国泰戈尔研究进行学科意义上的系统总结和规范，并将泰戈尔与中国文化的交流置于世界文化交流的框架中进行探究。目前，作为中国泰戈尔学建构的准备，应首先厘清这一学科体系的一些重要的基础性问题，初步建立中国泰戈尔学研究的结构基础，为未来建构完善的中国泰戈尔学学科体系提供结构性资料和诠释成果。

中国的泰戈尔诗学研究几乎与泰戈尔作品译入中国同步。早期如1922年郑振铎的《太戈尔的艺术观》，1923年王统照的《泰戈儿的人格观》，1924年瞿世英的《优婆尼沙昙之哲学及其在文学上之地位》，张宗载的《泰谷尔之大爱主义》，1931年王嘉谟译《太戈尔与威尔斯论民族主义》等，都对泰戈尔的诗学有所介绍和研究。21世纪以来，泰戈尔与中国诗学的关系也从泰戈尔对中国思想、文学的多层次、多频次的影响、冲突和相互吸引、融合中得到还原和分析。

泰戈尔诗学对东西方文化都具有经典意义，在世界文化视野中基于中国视角研究泰戈尔诗学的一些核心概念，不但可以剖析泰戈尔诗学中的东西方文化特质，同时也提供了解读西方文化中的泰戈尔因素的东方视角，因泰戈尔自身即是东西方文化冲突与融合的结合体，该视角本身，即具丰富的西方诗学特质。

自泰戈尔进入中国人的视野以来，中国一直在对泰戈尔进行系统翻译、介绍和研究，中国泰戈尔形象建构也一直在“正解”与“偏误”的冲突中逐渐成型，并在这个过程中渐渐明晰了泰戈尔的中国形象观，其意义远远超出了泰戈尔与中国，以及印度文化、文学与中国的关系问题。研究中国泰戈尔形象的生成和演变，实际上就是研究20世纪以来，泰戈尔如何激化了中华文化的固有矛盾，并进而影响了中国文化的现代转型及知识分子思想与人格结构的转变，也就是研究泰戈尔视角下中国现代知识分子的文化群像。

泰戈尔对东西方文化都是基于其人道主义思想有选择地批评或赞扬，而在中国人看来，泰戈尔则是东方文化的代表，西方文化的批判者，并据此对之进行种种解读，包括误读。因此，有必要基于对泰戈尔东西方文化观的客观分析，解析对其中国式解读(含误读)的实质，并据以探究中印民族文化世界化的异同，及中国文化和东方文化近现代以来在民族性与世界性的冲突与融合中走向世界的一些基本规律。

泰戈尔的文学思想和诗学观、自然观、人格观、宗教观、世界观一直影响着中国作家和中国的文学观念的发展，很多中国现代作家，如冰心、郭沫若、徐志摩、王统照、许地山等，就是从翻译泰戈尔作品开始了解文学、学习创作、成为作家的。他们深受泰戈尔泛神论、博爱思想和创作风格和主题方面的影响，视泰戈尔为灵魂引路人和“技术”导师，构成了中国现代文学史上的“泰戈尔作家群”，成为中国现代文学进程中一个独特的文学现象，推动着中国文学由传统向现代、由中国向世界的转变。细致梳理中国文学史中的泰戈尔因子，实际上也是从一个特定角度研究中国文学观念的变革。

但中国当代文学史上是否出现过现代文学史上这种“泰戈尔作家群”现象，目前还没有进行具体的资料整理分析和相关作家甄别研究，如何确立泰戈尔对中国当代文学发展过程的整体影响以及对具体作家的具体影响，是一项具有填补空白价值的研究，也将是本研究的后续计划。

作为首位获得诺贝尔文学奖的东方作家，泰戈尔积极倡导以友爱、互助、精神联合为基础的世界主义观，坚持世界一体、东西文化互补，在日本和西方都引起了“泰戈尔热”和“东方文化热”。泰戈尔的诗集、小说、戏剧被译成多种语言，他也多次奔赴英国、德国、美国、意大利、日本、苏联等国家演讲，传播印度宗教哲学文化，促进西方国家对印度和东方文化的了解，增进东西方文化交流。泰戈尔的世界主义观立足世界视域，以博爱道义为核心原则，以世界一体、东西方联合、道义原则等核心内涵，体现于其文学创作、文化交流和对待民族冲突的态度等方面。泰戈尔坚持文学文化的民族差异性和共通性之间的协调，强调东西文化互补，倡导道义原则下东西方不同民族文化间的平等交流与友好合作，至今影响着世界文化交流的发展，也一直是世界文学和文化研究的重点。

中国泰戈尔学建构应充分汲取日本和欧美的泰戈尔研究的经验和成果，相互借鉴补充，相互启迪借鉴，以中国视域、东方视域、西方视域和世界视域四个层面，逐一梳理中国泰戈尔学建构的纵向定位和横向定位，条分缕析出不同文化语境下所建构的泰戈尔观之间的差异，并从东西方文化冲突与融合的角度研究这些差异的深层原因，从而推动更好地理解泰戈尔与中国文学、文化的复杂关系，阐释泰戈尔对中国文化与东西方文化的深远历史意义和生动的当代意义，重新审视泰戈尔对中国、亚洲和世界的精神价值，科学建构具有中国特色的泰戈尔研究体系，以推动世界泰戈尔研究进入一个新的历史时期。

第一章 东西方文化交流与互鉴视角下的泰戈尔诗学

诗学(Poetics)不同于中国“诗论”。诗学作为文学批评的一个分支,是致力于诗歌特殊的技巧、惯例和策略的研究。诗学所涉及的不仅是研究诗歌中的问题,还包括研究诗歌以外的跟诗歌有关的问题,比如诗歌中诗的功能和散文中诗的功能。诗学不仅关注语言、文本、技巧手段,社会的、地理的、文化的、政治的领域也成为诗学意义产生和实践的领域。

Brian M. Reed 认为:“在 21 世纪,诗学这个词当然会继续披着有趣的模糊性外衣,这一方面意味着,诗学将继续作为文学批评的一个分支,并结构性地存在其中;另一方面,诗人在创作过程中发现和应用的一些组合原则会进入诗学的范畴,这些原则更加多变、具有渗透性和不可预知的特点。”①当诗人在创作过程中归纳提炼的各种原则进一步发展演变,形成体系之后,他的诗学思想也就形成了。泰戈尔诗学即是后者。

泰戈尔是一个复杂且多元的诗人,其所涉及领域异常广泛,从文学艺术到社会政治,再到宗教哲学、文化教育,都建树颇丰;泰戈尔的诗学又是在传统向现代过渡的过程中产生的,并且在空间上还跨越了东方与西方,多重叠加,非广义诗学不能涵盖。泰戈尔诗学的特殊性决定了我们不仅要研究其诗中的问题,而且要研究其诗以外的相关问题。

第一节 泰戈尔诗学的核心概念②

20 世纪初,西方对东方的压迫和侵略日益加深,东方在失去生存之地的控制权的同时也逐渐丧失原有的话语权,不得不转而借用西方的话语体系,以期获得言说的自由和扭转

---

① Greene, R. *The Princeton Encyclopedia of Poetry and Poetics*. 4th ed. New Jersey: Princeton University Press, 2012. p.1064.

② 参考侯传文:《话语转型与诗学对话:泰戈尔诗学比较研究》,北京:中国社会科学出版社,2010 年。

局势的良方，从而再获新生。泰戈尔获得诺贝尔文学奖，却让转投西方的东方目光重新聚集到了东方。

泰戈尔诗学凝萃了泰戈尔文学、哲学、思想等要义，是印度乃至东方诗学的代表。

泰戈尔的文学理论基本以其演讲内容为基础。1905—1907年间，印度掀起了影响深远的民族解放运动，泰戈尔从呼吁孟加拉民族文学角度予以响应，并以此为主题在各地进行了系列演讲，1907年以《文学》之名结集出版，表明泰戈尔开始从国家民族文学的角度建立自己的文学理论。1916年，泰戈尔在美国访问期间，围绕艺术与人格发表了一系列讲演，翌年以《人格》为题结集出版，包括《什么是艺术》《人格的世界》《论再生》《我的学校》《论沉思》等。这也是他获得诺贝尔文学奖之后再一次集中论述自己的文学观。

泰戈尔诗学目前已经得到中国学者的关注和研究。侯传文从话语转型切入，探讨了泰戈尔诗学的本质和表现形态，及其与西方诗学的对话，并以本体研究为基础，重点论述了泰戈尔诗学几个重要概念并总结为“人格论”“情味论”“欢喜论”“韵律论”和“和谐论”五大理论。但实际上，泰戈尔诗学诸要素之间存在着难以分割的内在联系，相互交错，互通互融。这与西方泾渭分明的理论体系截然不同，也是东西方思维方式差异的具体体现，即西方重分析，而东方重综合。泰戈尔诗学作为综合思维方式下的硕果，东方诗学的精华，就不能仅独立从某一特定角度进行阐释，而是应将概念与概念之间的连接和互动综合起来予以分析考察。

泰戈尔诗学的核心是人格，泰戈尔自始至终最为关切的都是人；真实则是其诗学的基石，人生存于世界宇宙之中，不可避免地与世界万物接触，激发探索和思考；韵律是其诗学的桁架，承担起诗人创作和生活的媒介，并沟通了至上人、真实、人三者之间的通道；和谐则是其诗学的最终诉求，爱的本质体现；哲学观、宗教观和教育观则是其诗学的理论基础和具体实践。

一、人格

纵观泰戈尔的诗学思想体系，人格(Personality)是他提出的最为核心的概念，并以之为借喻基点(allegory)①而发展统化整个诗学体系。

---

① 所谓借喻基点，即是理论体系赖以存在和发展的逻辑基点，它是理论的基本假设。

泰戈尔诗学体系中的人格不同于一般意义上的人格，而是有“人”“人心”“人性”等意思，可视为“人”的代号，并以感情为核心。也即“他在诗中不要‘抽象’，而要他的那个‘人’或‘人格’、‘人心’、‘人性’、人的感情。他只是抒发那种感情，不是描述和议论，而他的这种感情同我们所熟悉的大有距离”。① 所以侯传文认为泰戈尔是在人性的意义上使用“人格”一词的。②

人格具有一般人性的精神属性，但又与之有质的区别。歌德笔下的浮士德身上有两个“我”：一个沉溺于爱欲，贪恋世俗享受，追求美色权力；另一个向往精神世界，极力要挣脱现实的羁绊，追求崇高的灵的境界。泰戈尔也称自己身上有两个人：一个是物质的人，一个是人格的人。后者并非静止被动地存在，而是有自己的喜怒哀乐，有爱的需要。实际上每个人身上都有这两个人，物质的人是外在的，人人都可以看到，人格的人则需到达一定境界，即抛弃了一切肉体欲求和实用需要后才能找到。③ 因此，泰戈尔的人格可以看作是纯粹的存在，是摆脱了肉身需要和精神满足的，不受权宜和便利捆缚的至上存在。此外，泰戈尔还强调了人格的特殊性，他隐晦地暗示：人性是每个人与生俱来的，而人格却并非人人都能获得。在一定的社会和历史条件下，人会本能地表现出善良、慈爱、宽容等积极正面的行为，当然也会有愤怒、贪婪、苦闷等邪恶负面的情绪，当这些情感为实用目的所驱动的时候，这个人就只是一个世俗的人，而不是一个人格的人，只有当所有的充沛的情感不再为“需要和实用”所牵绊时，情感的光晕才会自然而然地笼罩人的周身，人格之人才会降临。

泰戈尔诗学中的人格本质上具有泛神论色彩，这可以在与其同时期被称为印度三圣之一的室利·阿罗频多(Sri Aurobindo)“整体吠檀多论”中找到共鸣。阿罗频多把“梵”，也即“宇宙精神”视为宇宙的最高本质，称世界上的一切具体物质和现象都是这种最高精神的外在显现。阿罗频多从哲学层面分“宇宙精神”为五层，从低到高分别是物质、生命、心思、超心思和最高阶段“梵”。泰戈尔诗学中的人格概念基本等同于阿罗频多理论中的“超心思”，进化的结果就是“梵”，而退化则成为世俗的人本身。因此，人格概念本身便携带了

① 金克木：《东方文化八题》，北京：北京大学出版社，2008年，第171页。

② 侯传文：《话语转型与诗学对话：泰戈尔诗学比较研究》，北京：中国社会科学出版社，2010年，第59-67页。

③ 泰戈尔：《什么是艺术》，刘建译，《泰戈尔全集》(第22卷)，刘安武、倪培耕、白开元主编，石家庄：河北教育出版社，2000年，第154页。

“梵”的光晕，这在一定程度上为泰戈尔作品中显现的灵韵做了注解。因此，人格投射的外延扩大，它的触角可以延伸到它所能触及的一切，超验思维和感官直觉同时出现，在人格的框架里碰撞，相互融合，为泰戈尔的创作提供了强大的驱动力。

人格是泰戈尔文学创作的主体，又是其文学表达的对象。人在泰戈尔诗学中是一切的开始，人不是一成不变的历史文物，而是作为生命存在于认知的过程中，成为其他更加智慧充满情感的事物。人在寻找意义，①而艺术家恰有关于意义的线索。诗人以诗歌的形式表达了人对意义的追寻，甚至表达着人的宗教。泰戈尔认为，人格的显现需要一定的前提，即必须内心充满了爱或其他崇高情感，这个“充满”的过程也是“爱”的逐步觉醒过程，而一旦“爱”完全觉醒，人格就会呈现出汹涌澎湃之势，并且强烈渴望表现自己，且只为表现而表现，无任何功利或现实目的，于是艺术就产生了。② 充盈甚至过剩的情感是激发人格表达自我的基础，人格要寻找一个出口使得这种情感得以释放，所以艺术就产生了。人格在触发的情感当中寻找到了被表达的事物，而事物除了本身具有的意义之外，诗人又通过语言向其注入了一种属于人的情味，因此被表达的事物就具有了快乐或永恒的本质，它从此也进入了人的人格世界。人又是泰戈尔诗学的最终目的。他说：“艺术的主旨，也在于表现人格，而不在于表现抽象的和分析性的事情”。③ 泰戈尔在自己的创作经验中验证了人格的表达，同时他也强烈地感觉到了自己的人格。《飞鸟集》第 206 首：

我们把世界看错了，反说它欺骗我们。④

人格本身所凝聚的人的情感和智慧，是泰戈尔感知世界和表达自我的源泉，所以对泰戈尔而言，“艺术的主旨，也在于表现人格”。人格是文学表达的唯一对象，不同人物展现的人格性格也是文学的绝妙创作。

人格在认知和情感里显现并进一步完善，完成对无限的追求，即可以理解为人的所有认识、感觉、愿望、意志以及行为细节都为其所统御，人格在这些具体事务上显现，以慈悲

① Tuck, R. D. “The Religious Motif in the Poetry of Rabindranath Tagore”. *Numen*, 1974, Vol. 21(2), pp.97-104.

② 泰戈尔：《什么是艺术》，刘建译，《泰戈尔全集》（第 22 卷），刘安武、倪培耕、白开元主编，石家庄：河北教育出版社，2000 年，第 161 页。

③ 同上，第 162 页。

④ 泰戈尔：《飞鸟集》，郑振铎译，孙宜学编：《泰戈尔诗选》，北京：人民教育出版社，2018 年，第 134 页。

之心对待万物，同时也在这些事务中得到升华，献身于爱。从消极的方面来说，人格是独立于世界的，它只能借由人来认识世界；然而，从积极的方面来说，人格总是在通过增加知识、爱与行动在无限中扩展自己。①

泰戈尔在听潮的声音中感受到了人格发出的喟叹：

> 亲爱的朋友呀，当我静听着海涛时，我有好几次在暮色深沉的黄昏里，这个海岸上，感到你伟大思想的沉默了。②

人格在波浪声里听到寂寥，随即与之融为一体。诗人还在半梦半醒的婴孩身上看到了他对母亲的依赖和爱，那是亘古不变的永恒的信念，并从中发现了人格的美。这些诗行虽然简短而有限，但字里行间却透露着泰戈尔对于无限的表达：

> 我看见你，像那半醒的婴孩在黎明的微光里看见他的母亲，于是微笑而又睡去了。③

人格同时也是人及所处环境所构成世界的本质。泰戈尔在《什么是艺术》中讨论了人格的内容以及它与世界的关系。泰戈尔认为，我们所直观的世界是人的世界，因此世界的构成也并不能仅从科学的角度来判断，充满了物理之力和化学之元素，世界中同样存在着人的知觉力。人作为认识活动的主体，他对世界的所有感知也就构成了他自己的外在世界。这个外在世界与人的内在世界之间并非隔绝的。泰戈尔认为，当外在之物"来到我们情感范围之内时，它就完全成为我们自己的"。人格此时已投射到了情感和认知的所辖范围。泰戈尔以自己乘船到日本的经历为例，当时船上有一个日本人，当他们快要靠岸的时候，泰戈尔和其他旅客一样，满眼都是日本特色的东西，眼花缭乱不知身在何处，然而这个日本人却立刻沉浸到了自己的人格世界当中。在泰戈尔看来，日本乘客眼中几乎没有看什么具体的东西，但是他看到了日本之魂，感受到了日本独有的气息，他的灵魂得到了满足和慰藉。所以，即便一个人观察一件东西到了无微不至的程度，也并非意味着他能懂得它的本质和人格。

---

① 泰戈尔：《人的宗教》，刘建译，《泰戈尔全集》（第20卷），刘安武、倪培耕、白开元主编，石家庄：河北教育出版社，2000年，第317页。

② 泰戈尔：《飞鸟集》，郑振铎译，孙宜学编：《泰戈尔诗选》，北京：人民教育出版社，2018年，第141页。

③ 同上，第164页。

想象力是诗人发现人格世界的通路。泰戈尔认为，只有人所具有的一种闪耀的内在能力——想象力——能够成为发觉现实宇宙并能将自身与之相连的眼睛，使得诗人能够辨别和建立与人格世界的关系。人卓越的想象力引导泰戈尔走进了人格的世界，所以不朽、充盈、完整来到了他的面前。于是，泰戈尔变成了永恒之人的意识——完美不朽的存在。正是这种尽善尽美的永恒之人鼓舞他用创造性的浸润了真实、善良和美的行动来表达。① 想象力之所以成为通往人格的阶梯，与印度文学注重内心体验的真实有关。泰戈尔认为，对客观世界的描摹和写实的书写只能获得对自然世界的现实感知，而不能满足人们对超验层面的领悟。幻想和想象则冲破了壁垒，不受社会、人事甚至时间和空间的制约，在生与死，梦境和现实之间自由穿梭，获得灵魂深处的颤栗和人格的表达。

二、真实

任何文学家都不能回避真实的问题，泰戈尔也不例外。他强调，所有艺术的本质都是让人"透过自由心灵品尝到真实的味道"，②为终极现实带来光明，而不是为了艺术而艺术。因此，这样的真实又带有鲜明的泰戈尔特色，它区别于知识性的认知真实，且相对于美学的真实，泰戈尔更看重哲学的真实，同时这真实还具有鲜明的人格烙印。

因为近代科学的发展，牛顿及其同时代的科学家为解释这个世界打开了一扇大门，也彻底改变了科学思想。科学对真实细致入微的探查，使随之而来的几代文学家都疲于捞救即将失掉的诗意。

诗歌与科学对待真实的态度是迥异的。泰戈尔认为科学总体上是将真实做抽象处理，并对事物进行隔离研究且避免掺杂任何情感因素；而诗歌却运用情感把真实包装得色彩斑斓。华兹华斯也持相似观点，他说，科学家如同一个遥远未知的恩主寻找真理，并独自一人珍视它；而诗人唱一首歌，所有人都同他一起歌唱。庆祝真实成为我们随时可见的朋友。诗歌是一切知识的呼吸和菁华。③ 其实，泰戈尔的意思是说，通过科学的途径获得

① Sharma, K. K. *Rabindranath Tagore's Aesthetics*. New Delhi: Shakti Malik Abhinav Publications, 1988, p.59.

② Ibid., p.79.

③ Wordsworth, W. *Preface to the Lyrical Ballads*. South Carolina: Createspace Independent Publishing Platform, 2016.

关于对象的知识只是表层的，当对象物与人以情感的方式建立联系之后，我们能直接领会它的内核，进而喜悦也在最大范围内传播开来，并且这一情绪会自行表达——诗歌。所以科学的知识通常基于信息，而诗歌的学问则源于统一，诗歌通常生发于科学断绝之地。知识或许无法解释存在之谜，也无法与永恒结合在一起。但是诗歌和艺术，它们都触及终极真理，也即关系的真谛、宇宙和谐的奥秘和创造的根本法则。换句话说，诗歌是“科学的情感”，它的主题就是世界和人类心灵的关系。

然而，科学与诗歌处理真实的方式，并未使诗人泰戈尔失去对科学的向往，他不仅送自己的儿子出国学习农学，还在自己的诗歌中加入科学的叙述，如《最后的星期集》中还有一首写金星的诗：

啊，学者的金星，
我们承认，
你是星系的一个实体，
数学已提供佐证。
但更为真实的是，
你是我们亲密的晨星，
亲密的晚星。
这儿，你娇小，你俏丽，
是雾季一颗晶亮的露珠，
是秋季一朵洁白的素馨。
千秋万代，
拂晓，你默默指引，
旅人踏上生活的旅程；
傍晚，召唤他们回家，
坦然地憩息。①

科学真实在这首诗中与神话色彩和人的生活层叠展现，将金星这个存在亿万年的天

① 泰戈尔：《最后的星期集》（第28首），白开元译，《泰戈尔全集》（第6卷），刘安武、倪培耕、白开元主编，石家庄：河北教育出版社，2000年，第290页。

体人格化。尽管我们仍无法得知它的真面目，但它却每天早上和傍晚相守在天空的一隅。科学使泰戈尔诗学之真实融入了宇宙概念和进化思想，也使得原本梦幻、超验的哲思和充满神灵和爱意的情感落到了实处，为读者感知。

泰戈尔认为美让真实趋于完善。他在《美感》一文中说："获得真的现实，才能爱它，方能感受到乐趣，失却了真实的美无迹可寻。"泰戈尔曾通过一首诗形象表达了这一观点：

> 真理穿了衣裳觉得事实太拘束了。
> 在想象中，她却转动得很舒畅。①

在泰戈尔看来，美感并不是为了区别美丑、辨别真实与否而存在的，如果是这样，反而会在个体和世界万物的交流中设置障碍，不能真正明白万物之本质。泰戈尔认为，美感与人的认识过程相伴而生。因为认识的过程是人发现和了解真实的过程，所以美感也就在这些地方伸张自己的存在，因此泰戈尔认为万物都能给我们带来快乐。②

哲学式的真实反映了伟大艺术的本质所在。美学的真实是指当美与真实相关联时，真实之于美的重要性及作用；哲学的真实指的是形而上的"真"，是超脱了一切羁绊，呈现出的最本质的现实，散发着神性的光芒。泰戈尔强调，最终"文学要说明的真实是享受，真实就是永恒"。③ 在泰戈尔的文学中，永恒和无限与真实是不可分割的，它致力于揭示宇宙的神秘并使之世俗化。泰戈尔认为艺术必须处理个人真实，并不意味着排除抽象的哲学意味。事实上，抽象的哲学思想是艺术整体的一部分，它们是不可分割的，是融入"我们人的本性之维"中的。例如，一朵美丽的玫瑰花，泰戈尔会认为是生命的精灵在花中的显现，玫瑰花的存在是给不可描述的抽象之物以可以描述的真切形态。玫瑰花本身的形态在泰戈尔眼里如何呈现并不是最重要的，因为外形只是有限的真实，通过科学的观察和分析测量便可以得到，重要的是玫瑰花所渗透的活跃的神秘气质，使得玫瑰花超越了它所有瞬间的实像。因此，对于泰戈尔来说，无限抽象的真实并非不可把捉的缥缈，而是如脚下的土地一样坚实。

---

① 泰戈尔：《飞鸟集》，郑振铎译，孙宜学编：《泰戈尔诗选》，北京：人民教育出版社，2018 年，第 144 页。

② 泰戈尔：《瀛洲纪行》，黄慎译，《泰戈尔全集》（第 19 卷），刘安武、倪培耕、白开元主编，石家庄：河北教育出版社，2000 年，第 295-296 页。

③ 泰戈尔：《美感》，倪培耕译，《泰戈尔全集》（第 22 卷），刘安武、倪培耕、白开元主编，石家庄：河北教育出版社，2000 年，第 66-83 页。

对于个人来说，人格是真实最终的目的。因为人格是统一的意识，是所有关系的汇聚。“只有当世界与中心人格联系在一起时，这个世界才是一个真实的世界。”①如果中心崩塌，由真实构筑起来的生活将变成一堆杂乱而毫无意义的废墟。所以泰戈尔指出：诗人和艺术家的工作就是通过各种形式，尝试探索和沟通最高真理和现实生活。艺术必须扩大和延展人永恒的意识的范围，只有当融合了自身感觉和“无处不在的无限的感觉”，崇高的至上人才能意识到现实的宇宙，从而使人达到“世界意识”。而“我们的诗歌、哲学、科学、艺术以及宗教都是意识范围向更高的领域拓展服务的。人不是通过占领更大的空间和外在施为获得权力，而是因为他是真实的，他的真实性通过意识的范围度量”。② 因此，泰戈尔认为，不同个体的心灵理解和认识真实没有差异。在西方人的思想中，真实最重要的特点就是“缺陷”从“不完美”的锁链中不断挣扎释放自己；而东方的艺术家认为真实可以通过一种充盈的理想形式自证已身。③

三、韵律

卡西尔(Ernst Cassirer)在《人论》中说，对伟大的画家、音乐家或诗人来说，韵律和语词不只是技术手段，其本身就是一种创作要素。④ 因此，在三重身份合而为一的泰戈尔的创作和思想中，韵律有着不可或缺的地位。

泰戈尔从印度传统文化中汲取韵律的养分。印度的文学艺术具有明显的追求丰富变化和强烈律动的特点。⑤ 印度人通过吟诵《吠陀》经典和史诗的方式直接表现其宗教情感，达到立竿见影的效果。维尔·杜伦(Will Durent)曾认为：数百年来，印度人只为商业和管理写作，极少为文学而写作，甚至佛教教规在公元 3 世纪之前都没有文字记录。虽然后来印度人学会了书写，但之后在很长时期内，他们在叙述历史和文学故事时，仍然沿袭了传统的口耳相传的古老方式。《吠陀》和印度史诗都是这样靠一代一代印度人吟诵传承下来

① Sharma, K. K. *Rabindranath Tagore's Aesthetics*. New Delhi: Shakti Malik Abhina Publications, 1988, p.60.

② Greene, R. *The Princeton Encyclopedia of Poetry and Poetic*. 4th ed. New Jersey: Princeton University Press, 2012, pp.1058-1064.

③ 同上。

④ [德]恩斯特·卡西尔：《人论》，甘阳译，上海：上海译文出版社，1985 年，第 180-181 页。

⑤ 王向远：《宏观比较文学讲演录》，桂林：广西师范大学出版社，2008 年，第 69 页。

的，目的不是为了供人阅读，而是期待人去倾听。① 虽然声音的留存难度倍于文字，但是这种文学传承和接受方式却让古代印度人坚信吟诵能够让他们的祈愿上诸神听，产生神力护佑。像古孟加拉语诗歌，《罗摩衍那》《摩诃婆罗多》等，总是被唱成一首曲，音乐掩饰了声音中的缺陷和韵律上的断裂，听起来无比和谐悦耳。这一传统经久不移，泰戈尔在这种文化环境中耳濡目染，直接影响了他对音乐的感受性，也形成了他对韵律美的要求。与人格联通，成为沟通自然与人的通道，也形成了自身的内涵。

泰戈尔诗学之“韵律”呈现出不同的形态。首先，在诗歌创作中，韵律可等同于诗歌的格律，伴随着形式美和音乐感。泰戈尔曾以河水和河岸作比，认为从语言的角度出发面对浩浩汤汤的语言，规约它们的就是韵律。韵律就好比是堤岸，赋予语言以形式、美和特征。格律给予语言严密束缚的同时也赋予了它鲜明的个性，使每一首诗歌都表现出独创性。语言本身的流动性此时更加表现出具有动感的美。诗歌之所以接受韵律的掌控，并非是被逼无奈，而是自身感到了无比的愉悦。

由此可以看出，泰戈尔将韵律看作艺术形式的核心。韵律规整了无序，使形式的美感得以显现，诗歌也因此具有了节奏和力量。泰戈尔认为，美的产生源于自然，自然自有韵律，而韵律就意味着规范，一切思想和感情的表达都必须遵循严格的韵律，这样才能产生动人的力量。而散文节奏模糊，律动变化不定，无法具有这种美感。② 因此，泰戈尔一生创作最丰富的就是诗歌，其次是戏剧和小说，最后才是散文。

泰戈尔进而廓清了韵律概念。他认为，“人应当掌握语言的长度，控制延续的语言的重量。当曲子与人的语句叠合，音乐艺术得以发展，支撑它的是运用的各种节奏。但称节奏或格律是载体是不妥的，它不是扛麻袋的苦力。它把重量分布在各个音程，给予律动。富于形象的歌曲，能拨动我们的心弦。给世界和人的语言以形象，是韵律的职业”。③ 因此，在《诗与韵律》中，泰戈尔严格区分了格律和韵律。他此时已经认识到，诗有了格律才会形式平衡，节奏流畅，传情达意才能打动人心。但格律不是诗歌本身，也就是说，诗之所以成为诗，关键在于是否具有内在的美，而不是取决于有无格律。“高水平的诗歌使自己

---

① ［美］维尔·杜伦：《东方的文明》（下），李一平等译，西宁：青海人民出版社，1988 年，第 461 页。

② 泰戈尔：《孟加拉掠影》，刘建译，上海：上海译文出版社，1985 年，第 168-169 页。

③ 泰戈尔：《国际大学》，耿克璞译，《泰戈尔全集》（第 21 卷），刘安武、倪培耕、白开元主编，石家庄：河北教育出版社，2000 年，第 126 页。

的音乐与自己的规律结合，不理睬外界音调对它的干涉。”①可见泰戈尔的韵律范畴在深度和广度上都进一步拓宽了，不再局限于一般的形式。从体裁方面讲，泰戈尔侧面肯定了散文的价值，“无论是散文还是诗都有自己内在的韵律”。只不过在诗歌中我们能轻而易举地发现韵律的踪迹，而在散文中韵律不十分显眼而已。韵律的进一步升华和内化，终结了“格律表象”，从有迹可循发展到了无迹可寻的层面。

晚年的泰戈尔重新阐释和定义了韵律的内涵。他强调：“每首诗都有内在的一致性，通过韵律形成特色性的语言和节奏。有了韵律，词与词之间就有了协调，思想就得到了深邃而隽永的调整，就连思想都具有了乐感。”②

综上所述，泰戈尔的韵律包含了格律更超越了格律，使之从纯粹的艺术形式递升到思想和意识领域。韵律内在的、发人深省的理念的确立让泰戈尔诗学变得丰满起来。

首先，韵律是所有事物具有的本质属性，韵律的存在暗示了人与其所处社会和自然、宇宙间的和谐。泰戈尔用艺术家和哲人的眼光精辟地阐述道：生命是存在的又是不存在的，像是一道道幻影，我们察觉和感知的都只是生命的自我呈现。泰戈尔进一步以科学事实佐证自己的观点，认为没有生命迹象的岩石、矿物元素也遵循着这样的规律，韵律的根本差别是区分它们的关键所在。所以泰戈尔认为韵律是宇宙的本性，而人所创造的艺术则是这种自然韵律的协奏，只为使内隐的存在呈现在世人心间。

泰戈尔以上述理论为铺垫，并从自己的亲身感悟出发，指出韵律也是人的心灵的本质。他说自己夜晚无眠时，总能听到一种旋律在自己内心响起，无论自己是醒着，还是睡着了，诗人都感到生命与肉体的契合，生命在身体里的律动，它与天上的星星一样合拍，和风吹过树叶的沙沙声相应，心脏的跳动，血液的流动，他身上的每个细胞甚至分子都随着主人拨动的竖琴弦的韵律而颤动。③ 诗人的心灵是独立的但又早已经和宇宙融为一体，彼此相融相合，韵律形而上的特征在泰戈尔的表达中得到淋漓尽致的显现。至上的存在与个体存在达到统一。

---

① 泰戈尔：《舞台》，倪培耕译，《泰戈尔全集》（第 22 卷），刘安武、倪培耕、白开元主编，石家庄：河北教育出版社，2000 年，第 32-35 页。

② Tagore, R. *The Religion of an Artist*. Calcutta: Visva-Bharati Bookshop, 1965, p.26.

③ 泰戈尔：《童年》，般洪元译，《泰戈尔全集》（第 21 卷），刘安武、倪培耕、白开元主编，石家庄：河北教育出版社，2000 年，第 80-82 页。

其次，韵律是生命的法则。泰戈尔很早就感悟到生命韵律的存在。在隐居的日子里，他爱观看自然现象，树木自由地生长，荣了又枯，百花随心而开，开了又谢，小动物被猎杀时的死亡，林间小鸟破壳而出的新生。对于这些过程和瞬间，泰戈尔都观察到了，也理解了万物的存在都是有韵律的，人类和自然的一切情感变幻和生死更替，实际上都是在创造着不朽的音乐。① 泰戈尔后来又深入阐述了这样的生命韵律所具有的意义，认为生命过程就是一种律动，从诞生到死亡，从死亡到永生，每天都有新生命，每天甚至每时每刻也都有新的死亡，这就是生命的本质，也是宇宙的本质，若非如此，世界就会成为沙漠，成为死寂的静止之地。② 简洁地说，世界是因为生与死的循环往复而产生了韵律，正是由于这样节律性的变化才使得世界稳定地运转。泰戈尔将发现的韵律融入活的生命当中，也因此，泰戈尔对生命层面的韵律感悟在创作中就表现为生命神秘主义。③ 然而并非所有学者都赞同这一说法，董友忱就指出泰戈尔诗歌透露出来的神秘主义并不神秘，当然这也包括"生命神秘主义"，其诗中经常出现的"神""主""心灵之主""王""万王之王""你""他""她"等，都可以用"Jeeban Devata"来指代，一般译为"生命之神"。董友忱认为，"Jeeban"具有多重含义，既可以理解为"生命""生灵"，也可以解释为"生活"或者"人生"。生命神秘主义营造出来的光圈冲撞到现实的棱角破灭了，但同时生命本身所具有的韵律却更为深刻地显现了出来，如拨开了人们眼前的面纱。这种关系是具体与无限、追求与赐予、分离与合一的对立统一关系，但本质上它们之间是和谐的，所以产生了内在韵律。④

四、和谐

东西方的思想家、诗学理论家都有关于和谐的论述，然而泰戈尔诗学之和谐观之所以独具特色，是因为泰戈尔不是简单地将和谐作为普遍的共识，而是将和谐定位成其诗学的最终目标，是整个文学观和哲学观的灵魂所在。人格、韵律、真实，无一不是以和谐为最终诉求。

---

① 泰戈尔：《美和文学》，倪培耕译，《泰戈尔全集》（第22卷），刘安武、倪培耕、白开元主编，石家庄：河北教育出版社，2000年，第101页。

② Tagore，R. *The Religion of an Artist*. Calcutta：Visva-Bharati Bookshop，1965，pp.17-18.

③ 侯传文：《话语转型与诗学对话：泰戈尔诗学比较研究》，北京：中国社会科学出版社，2010年，第90-99页。

④ 董友忱：《泰戈尔作品翻译研究综述》，《东南亚南亚研究》，2015年第3期，第81-89页。

首先，泰戈尔认为统一而完满的思想是和谐的表现。印度学者 S. C.圣笈多曾指出，要研究泰戈尔的诗歌，必须先了解他的思想，因为泰戈尔不但提倡和谐与统一，而且他的所有作品中思想和形式都水乳交融，密不可分。① 在《什么是艺术》中，泰戈尔将其思想凝练地表达为“艺术的真正原则是统一的原则”。一首成功的诗歌的每一句诗行都与诗歌的总体思想应和，并且因为有了这一完整的思想，诗歌才得以鲜活，读者在阅读过程中才越来越觉得意味深长，诗歌的每一部分才会沐浴在整体之光中，获得全新的意义。如泰戈尔在《不必要的必要》中所描述的海洋和陆地不同却相互依赖，和谐与共的情景。②

在《什么是艺术》中，泰戈尔以树作比，进一步表达了和谐之于文学家的重要性。与生物学家不同，与画家也不同，文学家试图将一棵树独特化，不是对它的突出特性大书特书，而是通过和谐的人格，发现一个事物与其外围所有事物的内在和谐。因此，对文学创作而言，和谐既是手段，又是目的。泰戈尔认为，和谐不仅包含一般审美的比例匀称等要求，而且更加注重事物本身所包含之万一，恰如存在主义主张的“存在”，当真正做到不分解事物而得其美，视内容和形式为虚无时，我们就能在人格中发现和谐的声响，触摸到和谐发出的旋律。

其次，泰戈尔诗学之和谐的外延并不仅限于文学和美学，还包括人与自然和社会的关系。泰戈尔认识到，自然万物的和谐是造化，鬼斧神工难以造就，当诗人的意识抚触自然的生物，诗人的心也与它们一起舞动。人与自然统一于共同的节奏，产生完美的韵律，人与自然的和谐便彰显无遗，人的情感只要浸润在和谐韵律之中，便如泰戈尔一般不得不表达出来，并赞美和谐之美。所以，人与自然的和谐是人的追求，人主动靠近自然，并与之和平共处，最终达到自然就是人自己。正如泰戈尔在论述《沙恭达罗》时所说，剧本里的人和自然仿若是情感与理智，沙恭达罗与树木花草甚至树林间的动物都仿佛心意相通，互为依存。而莎士比亚的《暴风雨》却做不到人与自然的浑然一体，在莎士比亚那里自然仍然是外在于人而存在的，需要挑战和征服。

泰戈尔认为，当文学和艺术存于社会，社会所呈现出的和谐就会通过文学和艺术以爱的形式表现出来。在泰戈尔看来，人人都有意志自由，但每个人的这种自由又只能通过他

① [印]S.C.圣笈多：《泰戈尔评传》，长沙：湖南人民出版社，1984 年，第 54 页。
② 《泰戈尔哲理诗选》，白开元译，中国国际广播出版社，1991 年，第 230-231 页。

人的意志自由得以实现，也就是说，你只有爱别人，才能获得真正的和谐，才能得到最高快乐，也才能达到人格的最高层面。① 泰戈尔认为，自然世界中完美的统一是和谐，那么人的精神世界的和谐则以爱展现。和谐之爱的实现不仅使人自由地放射快乐，而且代表了至上人的降临。人与人的统一在自由的精神交流中发现和谐之美。人是群居动物，所以构成的关系实质是集合关系。个体存在于社会中，生存是生命存在的前提，因此必然以利己主义为首要行事准则。然而文明社会之所以存在，就是因为人制定了众多的规则，这些规则显然是以牺牲某些个人或团体的利益为前提的，与利己主义相冲突，因为它要求牺牲和奉献。

泰戈尔诗学的和谐观所倡导的理念可以说继承了东方文化的传统，但又充满了现代人与时俱进的觉悟。现代物欲社会造成了人感情的枯竭和人与人关系的紧张和冲突，社会矛盾日益尖锐，敏锐的知识分子于是开始重新审视东西方文化传统，力图找到解救社会弊端的药方。在这方面，泰戈尔可以说既是思想者，也是实践者。

五、哲学观②

关于泰戈尔的哲学，宗白华 1922 年 6 月 28 日夜在柏林有诗曰：

森林中伟大的沉郁，
凝成东方的寂静。
海洋上无尽的波涛，
激成西欧的高蹈。③

宗白华这首诗是在听完泰戈尔的演讲后而写，激动于泰戈尔所宣讲的东方文化在欧洲产生的影响，其中包括了泰戈尔哲学的基本要素，如“森林”“沉郁”“寂静”等。虽然不能全面概括泰戈尔的哲学思想，但从一个角度说明了泰戈尔哲学在东西方的影响以及中国人对泰戈尔哲学的最初认知。

郭沫若则认为泰戈尔哲学以“泛神论”为基本核心，他对此进行过概括：

---

① Tagore R. “The Second Birth”, *Personality*. London: Macmilan, 1917, pp.99-100.

② 为突出中国研究特色，这部分侧重中国对泰戈尔哲学观的研究，而非仅分析泰戈尔哲学观本身。后面的“宗教观”和“教育观”部分亦如此，不再单独说明。

③ 宗白华：《泰戈尔哲学》，《时事新报・学灯》，1922 年 8 月 16 日。

> 他的思想我觉得是一种泛神论的思想，他只是把印度的传统精神另外穿了一件西式的衣服。“梵”的现实，“我”的尊严，“爱”的福音，这可以说是太戈尔的思想的全部，也便是印度人从古代以来，在婆罗门的经典《优婆泥塞图》(*Upanisad*)与吠檀陀派(Vedanta)的哲学中流贯着的全部。梵天(Brahma)是万汇的一元，宇宙是梵天的实现，因之乎生出一种对于故乡的爱心，而成梵我一如的究竟。这种思想不独印度有，印度的太戈尔有，便是我们中国周秦之际和宋时的一部分学者，欧西的古代和中世的一部分思想家都有。不同的只是衣裳，只是字面罢了。然而太戈尔先生却颇有把它独占的倾向。①

的确，泰戈尔的泛神论思想源于印度悠久的文化传统。印度是一个哲学的国度，哲学派别众多。泰戈尔博采众长，且能“独占泛神论”倾向，说明其哲学主要集泛神论之大成，并自成体系。泛神论所关心的人与自然、人与神、有限与无限、善与恶、生与死等问题，在其作品中都得到了集中鲜明的呈现。同时，泰戈尔的哲学还有机吸收了中国、日本等东方国家的哲学影响，如西方近代哲学的相关要素，以及中国的道家思想。②

泰戈尔的泛神论思想主要根植于印度古代哲学经典《奥义书》(*Upanisad*)。泰戈尔受家庭影响，自小接触到《奥义书》。《奥义书》又名吠檀多，其教义的核心概念是“梵我一如”(Brahmàtmaikya)。“梵”(Brahman)是宇宙中的最高存在，主宰万物，无形无踪，却又无所不在；“我”代表人的主体与灵魂。“梵”与“我”的本质同一。“梵”产生万物，包容万物，“我”也产生万物，包容万物；“梵”与“我”都是世界的本源，万物皆唯生于“我”中，万有皆于“我”中存在，万有皆于“我”中消逝；“梵”即“我”，“我”即“梵”；“梵”即万物，万物即“梵”；所以人和万物在本质上与“梵”是一致的，所以人与宇宙本质上是和谐的：

> 梵就是树木、种子和幼芽，
> 梵就是花朵、果实和树荫，

---

① 郭沫若：《太戈儿来华的我见》，《创造周报》，第23号，1923年10月14日。

② 如泰戈尔在《人的宗教》中引用老子的话：“中国的伟大哲人老子说过：‘死而不亡者寿。’意思是‘死而不亡者’可以活在不朽的人的生命之中。”“生而不有。为而不恃。功成而弗居。夫唯弗居，是以不去。”“老子说过：‘不知常，妄作凶。’他还说过：‘殁身不殆。’”“老子还说过：‘有德(达摩)司契，无德司彻。’”“益生曰祥。”刘建译，《泰戈尔全集》(第20卷)，刘安武、倪培耕、白开元主编，石家庄：河北教育出版社，2000年，第332-333、335、338-339页。

> 梵就是太阳、光明和被光明照亮的东西。
>
> 梵无所不在，世界上的男女都是梵的形相。①

泰戈尔的泛神论是“爱的哲学”，即认为世界源于爱，并为爱而存在，所以生前的欢乐与死后的平静同样重要。在泰戈尔看来：“世界是充满了快乐与爱的，幸福在全宇宙中跳舞着。这个世界诚然是有忧愁，但他们却如印度秋天的浮云一样，反能增明月的光华。”泰戈尔的作品表达的就是这种美、爱与幸福，并且希望全世界都笼罩着这种美、爱与幸福。② 这种哲学，曾被太虚法师概括为：

> 1. 自然宇宙和人类皆由梵之发展而来，梵是美，是爱，是喜，是新，是真，是善，是永生，是完全，是调和。故自然和人类亦是美，是爱，是喜，是新，是真，是善，是永生，是完全，是调和。
>
> 2. 自然和人类之有死，有丑，有恶，有假等等者，皆梵中一部分之表现。虽有此一部分之表现，而在其完全调和中仍唯美善爱喜等等，绝无一点死丑恶假之踪影可得，且即为趋归唯美唯爱等等完全调和之梵之经过。
>
> 3. 自然和人类既为最完美之梵，且吾人之真生命（大我）即是梵之全体，故吾人不须向外追求占造（西洋人是向外追求占造），但须将此“梵”实现出来便可。欲实现此“梵”，须用自然和人类浑然一体完美之“爱”之“欢喜”去实感得之。一旦实感得之，即能合“梵”为一，而实现其完美之“梵”。③

泰戈尔在中国和世界上其他国家之所以被欢迎或批评，也基本源于这种“爱的哲学”：

> 爱的哲学对欧洲的价值，因一战暴露出的欧洲文明的弊端而受到越来越多人的重视。欧洲虽经过了长久的战争，但彼此之间的仇视，仍未丝毫减弱。“基督的同胞的和平的理想，已在狂逆的西风中吹散。嫉妒，猜疑，欲诈，是他们的戴皇冠的魔鬼。在这个时候，印度的哲学，太戈尔的爱的哲学，对于欧洲乃至全个世界，实是具有很大的使命的。太沉溺于静修与玄想的习俗，使印度的光荣灰暗了，印度的尊严被侮辱

---

① 宫静：《泰戈尔》，台北东大图书公司，1992 年，第 49 页。

② 汪止足：《关于泰戈尔》，《国民杂志》，第 10 期，1941 年 10 月 1 日。

③ 太虚：《塔果尔哲学的简择》，《佛化新青年》，第 1 卷第 8 号，1923 年 11 月 11 日。

了;而同时太崇奉物质主义的结果,却使西方诸国也如被巨伤的大兽,在吼叫,在受苦。这两个极端的思想的和谐,能够带来一种理想的事实;太戈尔的使命就在于此;人类的永久和平与自由与发展即存在于这个和谐之中了。”而泰戈尔的哲学,即是为了实现这一伟大的世界理想,给全世界,无论贫贱还是富贵,无论强大还是弱小,无论何时何地,都带来生命的欢乐。这是泰戈尔成为世界诗人,成为中西方共同的精神安慰的原因。①

东西方文化的主要区别之一,就是看待人与“自然”关系的视角不同。西方文化重物质的占有,远离自然且敌视自然;印度文化源于自然,所以与自然和谐相处,与人性和谐一致,以爱统领一切。“印度文化起源于树林之中,树林的环境,形成了印度文化的品质。森林的伟大,并未使人生感觉渺小,相反地,森林的环境,刺激了人生固有的创造性,扩大了人类的同情性。后来,农业发展,都市兴起,森林逐渐减少,但是印度人仍旧留恋着回忆着森林的文明。因此,印度人的观点,与西洋人所主张的以自然为非人的人须征服自然的观点,迥乎不同。”泰戈尔源自这种印度文明的“爱的哲学”,因此也被称为“森林哲学”。“森林哲学”思想贯穿了泰戈尔的思想与艺术创作,如《吉檀迦利》《园丁集》《齐德拉》等。②

泰戈尔崇拜自然,也爱好和平,他的“森林哲学”也曾被视为无视现实世界的黑暗,而一味用爱与和平思想为物质主义和世俗社会遮羞。但实际上泰戈尔面对社会黑暗和罪恶从不妥协,更不会向罪恶低头。他一直主张与破坏世界宁静与和平的邪恶势力坚决斗争,从而创造一个人与宇宙和谐、人的自我获得永恒的世界。他反对英国对印度和其他英国殖民地的压迫:“他们越是束紧他们的索子,我们越是要咬断这索子,他们的眼睛越红,我们的眼越要睁开,现在是你们工作去的时候了,不要再做甜蜜的梦了吧!”③只不过相较于对爱与美的精神世界的追求,泰戈尔虽然认为物质文明会蒙蔽人性的纯洁,会腐蚀人格的完善,但他并不完全否定物质文明的意义。“他宣传和平的福音,然没有向罪恶的势力低头;他主张精神的自由与不朽,然没有否定机器与科学。明白了这两点,然后我们可以对泰氏的哲学不致有所误会。”④这实际上也是泰戈尔“森林哲学”的辩证法。

① 郑振铎:《太戈尔传》,《小说月报》,第14卷第9、10号,1923年9月10日、10月10日。
② 徐宝谦:《印度诗圣泰戈尔访问的回忆》,《申报》,1941年8月23日。
③ 汪止足:《关于泰戈尔》,《国民杂志》,第10期,1941年10月1日。
④ 谢幼伟:《泰戈尔的哲学》,《思想与时代月刊》,第3期,1941年10月1日。

泰戈尔“森林哲学”的形成，是其个性追求自然与社会斗争需要相妥协的结果，也是印度民族独立解放运动斗争的产物之一。1898年2月，英国政府通过了镇压印度民族运动的治安维持法案，孟加拉人民通过各种形式进行了抗议，泰戈尔也以满腔热情，通过演说和实际的抗议活动，投身于这场民族运动，成为群众爱国运动的坚强鼓舞者和实际参加者。中国人眼中的泰戈尔，因而也成为印度民族复兴的象征，是民族革命的先行者。“五四”时期的郭沫若在问候刚刚焕发新生气息的祖国的同时，也代表一个时代，对这样的泰戈尔表示了真诚的致意：

晨安！我年青的祖国呀！
晨安！我新生的同胞呀！
……
晨安！Bengal的泰戈尔翁呀！
晨安！自然学园里的学友们呀！
晨安！恒河呀！恒河里面流泻着的灵光呀！
晨安！印度洋呀！红海呀！苏彝士的运河呀！①

“自然学园”就是泰戈尔在和平乡创办的国际大学，这对1921年的郭沫若显然是很有吸引力的。郭沫若在没有和平的中国向往泰戈尔的和平乡，实际上是表达一种希望中国未来和平的理想信念，也说明当时他对泰戈尔“天人合一”理想的向往。

泰戈尔曾否认自己是学者、哲学家。的确，泰戈尔的哲学没有严密的逻辑体系，而是诗人的哲学，诗则是源于刹那间的灵感。“在晨光曦微中，在太阳的照耀由树枝之后透出时，他会突有所感，突有所见。在瀑布之前，在山月之下，在小河之旁，他都会觉得一种不可名言的欣悦。”就是在这种状态中，他获得了对自我、对宇宙、对人与自然的关系的认识。当然，泰戈尔并不否认可以用科学方法认识世界，只不过他认为科学的方法是非人格的方法，以此方法获得的真理，如果没有人的情感，就不是真正的真理，而人格只能靠感觉获得，而不是靠科学分析。也正是因此，有中国人视其哲学为“‘心宗(Idealism)’的一种。从西洋哲学方面的关系言，他的哲学实和柏拉图(Plato)，黑格尔(Hegel)及巴克莱(Berkeley)

① 郭沫若：《晨安》，刘元树主编：《郭沫若抒情诗》，合肥：安徽文艺出版社，1997年，第21-22页。

诸人的哲学相接近”。①

泰戈尔的哲学倡导追求精神的丰盈充实以弥补现实社会的缺憾，这是诗人的宇宙观、世界观。所以，要理解泰戈尔的哲学，我们首先得成为一个诗人，要用诗人的爱去感悟泰戈尔的哲学向我们揭示出的世界真理、宇宙真理。如其散文诗《金色花》，虽然表现的都是日常生活细节，但作品中无所不在的母爱使一切日常都具有了神性，使人间世界处处充溢着爱和美，人人都具有了天使的心，这是泰戈尔爱的哲学独特之美的具体体现：

> 至于印度的苦行解脱思想，以毁灭之神的大自在天为恒河水畔的苦行者领袖，而不肯拜创造之神的大梵；还有取中道的佛陀，以慈悲智慧双运为教，感情理智谐和而去欲存情修禅立慧以达究竟为境，理烛有空，谛谐真俗，也是另一番境界。但这两种境界都是柏拉图的理想国，由哲人主政而屏诗人于境外的。泰翁还是诗人，不但与前二者无涉，甚至还在《奥义书》的泛神论的边缘，还没有到达亲证梵我合一的非诗之境，还没有脱离文字言说的美境而走向超乎美的不可思议；因此他还是人间的，时代的，语言文字线条乐句之诗的，一句话，还是我们的。②

泰戈尔的哲学观充溢着对自然与无限之神的感悟与表达，这使泰戈尔的文学作品充满一种神秘主义色彩。他以“无限”和“有限”、神和人的关系作为其哲学的中心问题，认为人与万物统一于“梵”，个人只有融于“梵”，才能发现自然的奥秘和宇宙的精神。那么如何与“梵”融合呢？首先要舍去现实中的一切，舍去贪欲，“将赤裸裸的自己，归于梵的胸怀”，然后才能获得灵魂的觉醒，感悟到“梵”，与“梵”合一，就是“我”回归到本真的“我”，如婴儿回归母体，如滴水回归大海，这是“我”的牺牲，却也是“我”的解放和永恒。这个“我”就是一个世界，他在现实中的生活就是“梵”和神的生活。这种自我的涅槃，也即自我的再生和复活，只有与“梵”合一的“我”，才算真正实现了“自我”的完善。“最后，我们就挟着这再生的个我及完成的自我，到尘世来，不绝地将直感所得的梵的喜悦，光明，生命，灌注在他人的岑寂的心。这便是生之实现，便是爱的生活。也便是太戈尔哲学的究竟。”③

---

① 谢幼伟：《泰戈尔的哲学》，《思想与时代月刊》，第3期，1941年10月1日。

② 金克木：《创造的统一——试论泰戈尔》，《观察》，第3卷第8期，1947年10月18日。

③ 诵虞：《太戈尔的我观》，《文学旬刊》，第118期，1924年4月21日。

但泰戈尔并非彻底的神秘主义者，他对现实的深切关怀使他的双脚始终立于坚实的大地之上。因此，他的哲学也不是超脱现世的哲学，他只是因为在现实世界看不到真善美的实现，所以才以文学表达了超越现实世界的"梵我一如"的理想世界。泰戈尔的"爱的哲学"实际上就是一种"人生哲学"：

> 我觉得我不能说我自己是一个纯粹的诗人，这是显然的。诗人在我的中间已变换了式样，同时取得了传道者的性格。我创立了一种人生哲学，而在这哲学中间，又是含有强烈的情感质素的；所以我的哲学能歌咏，也能说教。我的哲学像是天际的云，能化成一阵时雨，同时也能染成五色彩霞，以装点天上的筵宴。①

他的诗因此一方面"歌颂着东方的森林文化"，一方面以爱追求真理的实现：

> 他竭力提倡精神生活，在泰氏的诗文里，是洋溢着"真"和"美"的情思的，他的诗是摆脱从来物质的窠臼，而在全球的诗坛上创一新格局的。但泰氏并不否认物质方面，他是绝对赞美人生，以为人得了"美"，才有意义，因此，他底哲学，也可以说是以"爱"为归宿的，以爱为全体，而知识为部分的，"爱"是全体，所以经过了"爱"才能达到真理。②

总之，在中国学者看来，泰戈尔的哲学观是基于印度文化形成的其对世界的独特认知体系，虽然不系统，但始终围绕人与宇宙的关系这一核心命题，以宇宙为整体，以"梵"为主宰，以"我"与"梵"的同一为认知宇宙的基本方式，并实现对宇宙和自我本质真实的认识。但泰戈尔的哲学与空灵的唯心主义、神秘主义并不完全一致，他始终在以爱与美的理想世界为标准，对现实中的缺憾，尤其是物质主义导致的人精神的空虚进行批评并指出人类未来和平发展的基本方向，这说明他的哲学观具有一定的辩证法色彩，只不过他所建议采取的改变世界，尤其是破除当时不合理社会中的种种罪恶和黑暗的方式是理想主义的，即不是通过斗争，而是通过爱进行调和。但这无损于泰戈尔哲学的伟大，因为他始终关注的是人的完善与幸福，世界的和平与发展。

---

① 泰戈尔：《海上通信》，化鲁译，《东方杂志》，第 20 卷第 14 号，1923 年 7 月 25 日。

② 汪止足：《关于泰戈尔》，《国民杂志》，1941 年《国民杂志》，第 10 期，1941 年 10 月 1 日。

六、宗教观①

1924年访华期间，泰戈尔曾在北京当众表达了自己的宗教信仰：

> 我到中国后，有人问我，是否相信上帝。对于这个问题，我觉得颇难回答。不过，世界既有如此美丽，我总不能相信它是机械的产品。花呀，树呀，鸟呀，对我都俱(具)活泼的使命。死后的情形怎样，虽然我们无从知道，但是，宇宙间有一位伟大而慈悲的灵，那是我所感觉而深信不疑的。至于我们，称呼这位大灵，那是一个次要的问题。②
>
> 宗教是在人类生命的深处有其根据，尽其人生信仰、寄托、归宿之所在，所以能够影响人。凡宗教伟力之最者，其根植于人类生命者愈深不可拔，其影响更大，其空间传播更广，其时间延续更为久远。③

泰戈尔的宗教思想在他各个时期的演讲和作品中都有体现，以其1930年在牛津大学的演讲辑录而成的《人的宗教》(*The Religion of Man*)为集大成者，代表了其宗教思想的成熟。

泰戈尔认为，人类的思想最初形成于直觉而非理智，所以玄学早于科学，而科学常常否定玄学，而玄学因为依赖直觉，所以常常不能通过科学的逻辑推理来证明。泰戈尔的宗教观不是建立在理性和经验之上，而是采取直觉法，泰戈尔因此在世界上的许多场合说过，自己的宗教是“一个诗人的宗教”或“一个艺术家的宗教”，“既不是一个正统的虔诚的人的宗教，也不是一个神学家的宗教”。④ 他以诗人的灵魂歌唱人间大爱，形成了以“人的宗教”为核心的宗教观，并且以诗歌、戏剧等喜闻乐见的文学形式表达出来。

泰戈尔生活在一个宗教氛围浓厚的家庭，自幼潜移默化受到宗教思想影响，如印度古代的“梵我一如”思想、吠陀和吠檀多哲学、佛教教义对他都有一定的影响。“对于我来说，《奥义书》中的诗歌和佛陀的教诲，向来都是精神方面的东西，因而具有无限的生命力量。”⑤印度文化在某种程度上可以说是一种宗教文化，宗教信仰丰富，宗教派别众多，其中影响较大的有婆罗门教、佛教、印度教、耆那教、锡克教、伊斯兰教等。印度文化也是以宗

---

① 参考刘建：《泰戈尔的宗教思想》，《南亚研究》，2001年第1期。

② 徐宝谦：《印度诗圣泰戈尔访问的回忆》，《申报》，1941年8月23日。

③ 汪东林：《梁漱溟问答录》，长沙：湖南人民出版社，1988年版，第45-47页。

④ 泰戈尔：《人的宗教》，刘建译，《泰戈尔全集》(第20卷)，刘安武、倪培耕、白开元主编，石家庄：河北教育出版社，2000年，第331-332页。

⑤ 同上，第282页。

教为中心的文化,文学、舞蹈、音乐、绘画等莫不如此。印度复杂但和谐的宗教文化土壤培植出了泰戈尔的宗教思想,但他追求自由的天性却一直阻止他接受任何宗教的影响。"不知什么缘故,我的心灵最初一直保持着自己的清高孤傲,绝对不受任何宗教的丝毫影响。由于我的气质特性,我仅仅因为自己周围的人们对某种宗教教义信以为真,就拒不接受任何教义。我无以想像,因为我可以信赖的每一个人都相信宗教的价值,我就也应当信奉宗教。"①这种叛逆性使他不受任何既定宗教教义的影响,而是具有了独特的宗教体验和宗教信仰,即对自然万物的感悟中形成的对无所不在之神的神秘认知,并且沿着一条"神秘的发展路线前进"。②

泰戈尔的宗教以"人(Man)"为中心回答了人与宇宙的关系问题。泰戈尔所说的人不是个体的人,而是"宇宙人(Universal Man)",他存在于每一个个体的人身上,但又超越一切具体的人,而且因与自然万物相通,与宇宙精神相通,而成为"永恒人(Man The Eternal)","无限人(Man The Infinite)",这样的人因此也就有了神性,成为了"神圣人(Man The Divine)"。宇宙是人的宇宙,宇宙只有被赋予人性才具有人格,才能为人所感觉、所想象、所认知、所推理。"科学所发现的宇宙,仍然是人的宇宙。"世界上的一切都与人相关,都因人而有存在的价值,包括科学。宇宙的中心是"人",认识了人就是认识了宇宙,感觉到了人的人格,就了解了宇宙的实体(Reality)。宇宙的实体,就是"人",真理和实体同是由"人"的认识而获得。没有人的认知,宇宙实体和真理也就没有了载体,也就没有了存在的意义。"我们所谓真理存于实体之主观与客观方面之合理的和谐中,而这两者则同属于超人格的人。"③

泰戈尔认为,宇宙中存在着一种神秘的超自然力量,即他译成英文的 God。但这个 God 不是基督教的上帝,而是印度教的神,是主宰宇宙万物包括人的至高无上的力量,是宇宙的灵魂,宇宙的本体。他无所不在,无所不包,无所不能。有时抽象,有时具体。有时很远,有时很近。他就像个"永生的孩子","一次又一次地再生"。④ 神就在人们面前,"迎接他,在劳动里,流汗里,和他站在一起罢"。⑤

---

① 泰戈尔:《人的宗教》,刘建译,《泰戈尔全集》(第 20 卷),刘安武、倪培耕、白开元主编,石家庄:河北教育出版社,2000 年,第 296 页。

② 同上,第 298 页。

③ 谢幼伟:《泰戈尔的哲学》,《思想与时代月刊》,第 3 期,1941 年 10 月 1 日。

④ 泰戈尔:《什么是艺术》,刘建译,《泰戈尔论文学》,上海:上海译文出版社,1988 年,第 101 页。

⑤ 泰戈尔:《吉檀迦利·园丁集》,冰心译,成都:四川文艺出版社,2016 年,第 13 页。

实际上，中国对泰戈尔独特宗教观的认知从一开始就是客观清醒的。1923 年瞿菊农在济南一中演讲时就这样说过：

太戈儿是一个宗教家，是一点也不错的，但他的宗教和旁的不同。基督教徒常常说太戈儿是基督教，这话实在是太冤屈他了。太戈儿的宗教对于无限有一种很大的信仰，即是“动的泛神论”，就是无一物不是自然的表现，绝对的表现。他以为人生的目的就是由相对的而至于绝对的，从人格的而至于超人格的。所以在宗教上的可以谓之曰“动的泛神论”。①

泰戈尔的宗教观与基督教等不同。基督教对超人间力量的神心怀敬畏，而泰戈尔虽然也承认宇宙中存在着神，但并不主张绝对膜拜神。换句话说，他认为神对人与万物不具有绝对主宰的权威：

我知道你是我的上帝，却远立在一边——我不知道你是属于我的，就走近你。我知道你是我的父亲，就在你脚前俯伏——我没有像和朋友握手那样地紧握你的手。（《吉檀迦利》之 77）

你潜藏在万物的心里，培育着种子发芽，蓓蕾绽红，花落结实。我困乏了，在闲榻上睡眠，想象一切工作都已停歇。早晨醒来，我发现我的园里，却开遍了异蕊奇花。（《吉檀迦利》之 81）②

庄严的天祠里，
莫对俗人不尊，
中断你对神的叩拜。
啊，苦修者，
以对俗人的爱心
传达你所虔敬的天帝的慈爱。（《火花集》之 182）③

显然，泰戈尔眼中的神不是高高在上的权威，要人顶礼膜拜，让人敬畏发抖，而是一个

---

① 瞿菊农：《太戈儿的思想及其诗》，《东方杂志》，第 20 卷 18 号，1923 年 9 月 1 日。

② 泰戈尔：《吉檀迦利 · 园丁集》，冰心译，成都：四川文艺出版社，2016 年，第 84，88 页。

③ 泰戈尔：《火花集》，白开元译，《泰戈尔全集》（第 8 卷），《泰戈尔全集》，刘安武、倪培耕、白开元主编，石家庄：河北教育出版社，2000 年，第 376 页。

可亲可爱的伙伴。他在你困乏时安慰你，在你沮丧时鼓舞你，在你绝望时给你希望；他眼中的人无贵贱之分，无贫富之别，都是他爱的对象；他用眼光眷顾着你，用双手抚慰着你，让你最终都能快乐地生活。泰戈尔心中的神，实际上就是一个真善美的人，一个超能的人。这个具有"无限人格"的神，实际上就是人性的完美体现。认识无限人格，实现人与无限人格一体的方式，就是爱，就是和谐。人的使命是认识宇宙的和谐，人与宇宙的和谐，人与人的和谐，并且去创造这种和谐。人要用爱、同情去理解人，认识人，积极去为实现人与宇宙的和谐而工作，在工作中体悟宇宙，丰厚灵魂，实现人与宇宙精神的合一，获得精神自由和生命永恒。

获得了神性的人也就获得了自由，就可以不受繁琐的宗教仪式和教义的束缚。泰戈尔理解的宗教与宗教教派所信仰的宗教不同。"泰戈尔之所以拒绝承认宗教教派的教条，是因为他认为那些教条都是有限的，而局限性则使人脱离了有意义的、自由流动的生活所具有的意义。"①宗教教派从狭隘、有限的世界观出发，所以只能得出表面上适用于所有人的真理，但这种真理只不过是假象，实质上是教派命令信徒的依仗。

泰戈尔认为宗教仪式(颂歌、舞蹈、祭拜)如果不能表达出人对神的感悟以及对世界的终极关切，那么仪式本身就没有多少价值。他说自己对宗教的信条及仪式不感兴趣。"我们日复一日地重复着教义中众所周知的真谛、上帝的力量和同情悲悯之心，却丝毫也没有将真理推进一步，而是在陈词滥调的鞭笞下泯灭了自己的感悟力。"②"他自己的宗教观，完全从自然所给予的美感中得来。他在自然之美的背后，发现了大灵的存在。"③他鼓励人们"突破懒惰的围墙、死气沉沉的包围，扔掉一切毫无意义的包袱"。④ 这种诗性的宗教强调人人皆可以个人的方式，通过完善自我、奉献自我亲近神，进而找到自己的神性，更好地服务人，建设一个真善美的世界。

因此，在泰戈尔的宗教里没有禁欲和苦修，在他看来这是对人性的桎梏，反而不能实

---

① Tuck, R. D. "The Religious Motif in the Poetry of Rabindranath Tagore". *Numen*, 1974, Vol. 21(2), pp.97-104.

② 泰戈尔：《宗教宣传》，韩朝炯译，《泰戈尔全集》(第 21 卷)，刘安武、倪培耕、白开元主编，石家庄：河北教育出版社，2000 年，第 336 页。

③ 徐宝谦：《印度诗圣泰戈尔访问的回忆》，《申报》，1941 年 8 月 23 日。

④ 泰戈尔：《纸牌王国》，黄志坤译，《泰戈尔全集》(第 18 卷)，刘安武、倪培耕、白开元主编，石家庄：河北教育出版社，2000 年，第 399 页。

现与神的和谐，体悟神的无限人格：

> 不，我的朋友，我永不会做一个苦行者，随便你怎么说。
>
> 我将永不做一个苦行者，假如她不和我一同受戒。
>
> 这是我坚定的决心，如果我找不到一个阴凉的住处和一个忏悔的伴侣，我将永远不会变成一个苦行者。
>
> 不，我的朋友，我将永不离开我的炉火与家庭，去退隐到深林里面；
>
> 如果在林荫中没有欢笑的回响；如果没有郁金色的衣裙在风中飘扬；
>
> 如果它的幽静不因有轻柔的微语而加深；
>
> 我将永不会做一个苦行者。（《园丁集》之 43）①

不做苦行者的“我”不追求遁世隐居，静修求道，而是要积极投身现实生活，在入世中求得人生的圆满，感悟着神的存在，获得神性，实现无限和永恒。因此，泰戈尔的宗教观崇尚动态的积极的人生态度，主张在创造和行动中实现与神同行：

> 在断念屏欲之中，我不需要拯救。在万千欢愉的约束里我感到了自由的拥抱。
>
> 你不断地在我的瓦罐里满满地斟上不同颜色不同芬芳的新酒。
>
> 我的世界，将以你的火焰点上他的万盏不同的明灯，安放在你庙宇的坛前。
>
> 不，我永不会关上我感觉的门户。视、听、触的快乐会含带着你的快乐。
>
> 是的，我的一切幻想会燃烧成快乐的光明，我的一切愿望将结成爱的果实。（《吉檀迦利》之 73）②

泰戈尔认为，“人类的体内有一颗永远不会死亡的生命的种子，这颗种子只要透过一丝缝隙，吸收到一丁点儿自由的阳光和雨露，就要发芽和生长”。③ 在生活的万千欢愉中感受到神，以生活的欢乐表现神的欢乐并实现与神的合一，这是泰戈尔作为诗人的宗教观的独特性，也是他热爱人，热爱生活，追求世界和平的独特方式。

敬神且爱神，追求神性且坚持人性，这使得泰戈尔的宗教观呈现出鲜明的个人色彩，

---

① 泰戈尔：《吉檀迦利 · 园丁集》，冰心译，成都：四川文艺出版社，2016 年，第 175 页。

② 同上，第 80 页。

③ 泰戈尔：《人的宗教》，刘建译，《泰戈尔全集》（第 20 卷），刘安武、倪培耕、白开元主编，石家庄：河北教育出版社，2000 年，第 349 页。

也是其文学艺术作品具有永恒价值的精神内核。

表现在诗歌艺术上，泰戈尔的这种宗教观体现为诗人在寻找人存在的价值并实现这种价值的过程中所展现出的人与神共在的喜悦。在泰戈尔的诗歌中，人与神的“共在”用言语不能完全表达，但是这种“共在”却使歌唱、舞蹈和诗歌都充满了爱，快乐和信任。

“人的宗教”具有明显的人文主义色彩，泰戈尔也因此成为一个人文主义者，使他超越了时间和地域，成为全人类精神自由的典范。①

世界上第一个人道主义宣言于1933年在芝加哥大学的一次会议上发布，签署者包括哲学家约翰·杜威等人，他们认为人文主义是一种支持理性、伦理和社会经济正义的思想，他们呼吁以科学取代教条和超自然，作为道德和决策的基础。②

人文主义是一种哲学和伦理的立场，强调个人和集体的人类价值，并且普遍倾向接受批判性思维和证据(理性主义、经验主义)。人文主义一般代表着人类的自由和进步，在现代，人文主义运动通常与世俗主义相统一，是指以人为本的非神学生活姿态，寻求科学，而不是从超自然的角度来揭示世界。世俗人文主义是一种全面的生活立场或世界观，包含人的理性、形而上学的自然主义、利他主义的道德和分配正义、有意识地拒绝超自然的主张、神学的信仰和宗教信仰、伪科学和迷信。显然，泰戈尔并非正宗的世俗人文主义者，而是宗教人文主义意义上的人文主义者，强调人类利益优先于神圣利益。③ 也就是说，“宗教人文主义者”不是迷信的人，他们仍然把伦理人道主义作为自己的信仰，更重视人的需要、利益和能力。

泰戈尔之所以被称为宗教人文主义者，是因为他对神的挚爱为他爱人类提供了动力。④ 泰戈尔认为人生的终极价值在于一个人的生命中实现了神的存在，而他通过爱沟通神、人和自然。对他来说，热爱神就是爱整个宇宙、自然、人、植物、动物全体。泰戈尔强调人与自然的关系，但他也未低估精神价值，认为只有人的灵魂才有无限揭示的可能和价值。

泰戈尔的人文精神所强调的人之独特性与西方的认识有所不同。在西方，对这个问题的普遍解释是：“人具有两种特质：他的理性官能，他的智慧，使他能够增强感官的力量，

① Sharma, R. T. *Perspectives on Rabindranath Tagore*. Delhi: Vimal Prakash, 1986, p.62.

② Walter, N. *Humanism—What's in the Word*. London: Rationalist Press Association, 1937, p.43.

③ Hiranmay, B. “The Humanism of Rabindranath Tagore”. *BANSHI DHAR Indian Literature*, 1968, Vol. 16 (1/2), p.2.

④ Banerjee, H. *Lectures on Rabindranath Tagore*. New Delhi: Aurangadad, 1967, p.36.

获得征服自然的能力。”然而，泰戈尔对这个问题的看法不同。他认为人如果没有自由、创造力以及寻求快乐的能力，那么人也没有多少追求无限和荣光的优势力量。人文主义者泰戈尔不只是在感觉上提升和赞美人是万物之灵，是宇宙旋转的中心，而且还超越功利标准，在更深刻的意义上，从宏大的视角看人的真实性。① 例如，《采果集》第78首，就表达了泰戈尔的人文立场：

你给群鸟以歌曲，群鸟也报之以歌曲。

你只给我以声音，而要求于我的，却不仅是声音，因此我歌唱。

…………

你创造了你的大地，使大地的阴荫充满了点点光影。

至此，你停止了；你把我撇在尘土中，赤手空拳地创造你的天国。

对于世间万物，你都给予；而对于我，你只索取。

我的生命的果实在阳光雨露下生长成熟，直至我收获的超过了你所播种的，使你心花怒放，哦，金色谷仓的主人！②

这就是人的独特特点，人的付出比他接受的要多，即便只收到了上帝小小的恩赐，他的收获也会异常丰厚。人在自己身上实现了神的能力，人类因此成为“上帝”或“神”。③ 泰戈尔的文学作品就这样传达了他的人文精神和意义，整理、澄清、强化了他在日常生活中的体验，让读者感受到自己的思绪和情感体验，直接触及灵魂。

泰戈尔的宗教观形成于印度争取独立、世界并不和平的背景下，所以希望通过人的完善而实现美的永恒和世界和平。虽然他的理想至今都未能实现，他所批评的战争和压迫依然存在，但他播下的和平友善的“宗教”种子，已经在全世界生根、开花、结果。

七、教育观

泰戈尔是个身体力行的教育改革家，他认为，只有充满自由与爱的教育，才能充分发

① Naravane, V. *An Introduction to Rabindranath Tagore*. Delhi: The Macmillan Company of India, 1977, p.46.

② 泰戈尔：《采果集》，汤永宽译，孙宜学编：《泰戈尔诗选》，北京：人民教育出版社，2018年，第202页。

③ Davies, T. *Humanism: The New Critical Idiom*. London & New York: Routledge, 2008, p.28.

展人的智力与道德，最终造就一个精神健全的人。他最反对强迫性的注入式的教育，认为教育越简易越自然越好，并使儿童减少学习的痛苦。

“太戈尔的教育思想，一言以蔽之，曰‘精神教育’或者‘爱的教育’。”①作为教育家的泰戈尔与诗人泰戈尔是同时为中国人所认知的：

> 虽然知诗者则推太阿儿之诗，而太阿儿为预言者，为哲学者，为宗教家，为教育家，为印度之爱国者，为梵界之中兴伟人。②

郭沫若则激赏泰戈尔教育先行者的功绩，并将泰戈尔创办国际大学，视为一种反抗英国殖民统治的革命行为，是民族复兴的一种象征，其地位，堪与18世纪反封建教育的卢梭和19世纪瑞士民主主义教育家丕时大罗启(裴斯泰洛齐)并举：

> 不安本分的野蛮人，教人“返自然”的卢梭呀！
> 不修边幅的无赖汉，善与恶疾儿童共寝的丕时大罗启呀！
> 不受约束的亡国奴，私建自然学园的泰戈尔呀！
> 西北南东去来今，
> 一切教育革命的匪徒们呀！
> 万岁！万岁！万岁！③

《匪徒颂》满怀激情地赞美了政治革命、社会革命、宗教革命、学说革命、文艺革命、教育革命领域的“匪徒们”，泰戈尔作为“教育革命的匪徒”之一，与克伦威尔、华盛顿、马克思、恩格斯、列宁、释迦牟尼、马丁·路德、哥白尼、达尔文、尼采、托尔斯泰、卢梭等同位于伟大“匪徒”之列。

因其教育家身份，1924年泰戈尔访华期间，上海教育界、北京教育界、浙江省教育会、江苏省教育会、济南教育厅、山西省教育会、武汉教育界等都参加了欢迎泰戈尔的活动并负责组织安排泰戈尔的演讲。在武汉辅德中学，泰戈尔主要讲的就是教育问题：

> 在以往之教育纯系机械式之教育，注重死的书本及教材，徒作无味之灌注；而在

① 王希和：《太戈尔学说概观》，《东方杂志》，第20卷14号，1923年7月25日。

② 仲涛：《介绍太阿儿》，《大中华》，1916年2月20日。

③ 郭沫若：《匪徒颂》，刘元树主编：《郭沫若抒情诗》，合肥：安徽文艺出版社，1997年，第31-32页。

“自由启发”“接近自然”上极不留心。在和平学院中之教育生活则不然：学生住校生活极自由，早起唱歌，游草野中，接受新鲜空气，纵赏田野风景，使其精神清雅，思想活泼，与此可爱之伟大自然合而为一，使彼等对于事物能自由观察，自由领悟；如学文学，不仅使其有文字上的美底学识，必使之与自然界中实地领略此文学之美感。如学农业，实业，不可徒读书本，要有实地之接触。盖我人为学非在仅知其情状，必进而研究其内心，万不可拘执，不去自己启发。而在教育儿童，尤必注重理性，培养其普遍而深刻之同情心，以去除一切民族间之嫉妒和误解。①

这次演讲，泰戈尔实际上系统介绍了他的教育理念和教育方法，以及他在印度从事教育改革的原因和目标。

泰戈尔反对英国殖民政府在印度推行的殖民教育，他认为这种教育只是为了培养可供英国人驱使的印度人，而不是为了印度民族的复兴。在教育方法上，泰戈尔认为英式教育是一种物质主义的教育，机械、刻板、漠视人性与心智的发展变化，忽视艺术和道德的教育作用，只会使人逐渐脱离自己的天性，使受教育如同在监狱服刑。“他说西洋的教育是死的，是非人格的(inpersonal)。他说一个教育机关不应单把个人所得的知识分给学生，因为根本的教育是要发展全体的。他的意思是说教育是要实现他的人格的全部。他又说西洋教育的大病，是教育者只教不学，所教绝对不能教人。譬如用没燃着的洋烛去燃另一只洋烛，是绝对不可能的。”②

1924 年 4 月 25 日下午，泰戈尔受邀游北海，梁启超、汪大燮、熊希龄、范源廉、胡适、张逢春、梁漱溟、林长民、林志钧、蒋方震、杨荫榆，以及英国人庄士敦、德国人威礼贤等陪同。因“今日来会者多属教育家”，泰戈尔就谈了自己的教育理想：

教育贵有理想，有理想而后能收其效果。今日各国教育组织，有系统，有编制，独缺理想，余每念及辄为心痛。然吾侪之理想，决非只恃言论所能收功，故余欲从学校下种子云。③

泰戈尔本人切身感受到了印度教育的非人性。“我年轻时，也曾进过学校，但我最不

① 《泰戈尔在汉口辅德中学之演讲》，王鸿文记，《文学旬刊》，第 39 期，1924 年 6 月 21 日。

② 瞿菊农：《太戈儿的思想及其诗》，《东方杂志》，第 20 卷第 18 号，1923 年 9 月 25 日。

③ 学乘：《太戈尔游华记》，《教育与人生》，第 29 期，1924 年 5 月 5 日。

喜欢在课室内上课,因我爱好自然。有些教员,对我缺少同情,他们不能了解有些儿童有一颗柔嫩灵敏的心灵,反而以压力相加。其实呢,儿童的不服从,正足以表示教员所用方法的失败。我到了十三岁,就从学校中逃出,以后我永远不再进学校了。”①他后来不但自己逃离了印度正规的教育,而且创办了印度国际大学以具体实践自己的教育理想。

在泰戈尔生活的时代,英国的商业运营、政治思想、教育理念等都已在印度产生了重大影响。泰戈尔曾在《人的宗教》中回忆:

> 一个现代都市产生的进步精神,刚开始驱动自己的凯旋彩车,在我们古老村庄的令人赏心悦目的绿色生命上面碾过,我就来到这样一个世界。虽然当时在我的周围这一践踏进程几乎已经结束,但昔日悲切的哭声依然回荡在废墟的上空。
>
> 我经常倾听我的长兄怀着痛切无望的惋惜心情讲述一个热情友好的、由于传统的天然的慈悲韵味而温馨的、充满朴素的信仰和生活礼仪诗歌的社会。然而,所有这一切,都是我背后的一个正在朦胧的地平线上金色的暮霭中消逝的影子——围绕我的童年的一个无所不在的现实,是一群西方商人新建的现代城市,以及生疏地试图进入我们的生活并磕碰上不可胜数的反常事物的现代精神。②

可见,西方工业文明和现代商业已经给印度社会带来巨大冲击。一方面印度传统的“热情友善”“温馨友善”“单纯信仰”已经逐渐被西方商业吞噬,另一方面又把印度“硬生生”拉入“新的时代潮流”。印度面对西方外来文化的“侵入”,大体出现了三种截然不同的态度:

一是因循守旧、坚持印度传统思想和生活方式,免受西方思想文化影响;

二是完全接受英式思维和英国生活方式,蔑视印度传统;

三是认识到欧洲思想文化给印度带来的巨大挑战,但同时意识到印度文化的腐朽、缺乏活力的地方。③

泰戈尔显然持第三种态度。泰戈尔同时受到印度传统文化和西方文明的影响,始终

---

① 徐宝谦:《印度诗圣泰戈尔访问的回忆》,《申报》,1941 年 8 月 23 日。

② 泰戈尔:《人的宗教》,刘建译,《泰戈尔全集》(第 20 卷),刘安武、倪培耕、白开元主编,石家庄:河北教育出版社,2000 年,第 348 页。

③ Gupta, U. D. “In Pursuit of a Different Freedom: Tagore’s World University at Santiniketan”. *India International Centre Quarterly*, Vol. 29 (3), 2002-2003, p.28.

主张东西方文化互补，并建立学校促进东西文化交流。关于创建学校的初衷，泰戈尔曾这样说道：

> 一开始，我们就鼓励孩子们为邻居服务，从中酝酿了乡村重建的工作，这在整个印度尚属首例。围绕我们的教育工作，村民明白了对自然的怜悯与同情、及为他人服务的意识，最终大家形成一个整体。怜悯自然、服务他人的过程中，实现了真正的精神自由……这是一种远离种族和民族偏见的自由……我们在种族精神统一的基础上建立起学校，希望以此成为世界不同种族的聚集地，他们都是相信神圣人性的理想主义者，这样的人我在西方的旅程中经常遇见。他们不求名利，却为了相同的理想忍受痛苦并不断奋斗。①

自 1901 年起，泰戈尔在圣地尼克坦的乡村为孩子们建立了一所学校。他将这所学校描绘成融现代教育方法与印度文化环境的本土尝试。20 世纪初，随着英国在印度殖民统治的加剧，印度国内城镇和乡村间的差距越来越大。城镇成为了知识、财富、权力的储藏室，而村落则须通过和城镇的合作才能获益。因而在泰戈尔看来，新的教育不但应搭建起城市和村镇间的桥梁，还应介绍来自域外文化中的知识。因此，泰戈尔主要试图在两个层面实现文化上的相互理解和联合：一是通过母语教育和技能学习，实现乡村和城市间的相互理解和联合；二是通过知识交流、承认彼此对人类社会的贡献，实现印度和西方之间的相互理解和联合。②

第一次世界大战爆发后，泰戈尔将目光投向了全世界。他认为正是因为不同国家之间、东西方之间缺乏精神的沟通与交流，国与国之间的交往完全是物质利益的争抢和财富的掠夺，所以才爆发了世界大战，并给人类带来了毁灭性的危害。1920—1921 年在欧洲访问期间，泰戈尔目睹欧洲经“一战”之后的凋敝、苍凉，痛感世界和平的急迫性，萌生了建立一所以促进世界和平为目的的大学的想法。1921 年，泰戈尔捐出自己的诺贝尔文学奖奖金，在圣地尼克坦学校的基础上创办了国际大学，孟加拉语是“Visva-Bharati”，是指“分支

---

① “My Educational Mission (1931)”. *Santiniketan Vidyalaya 1901 - 2000*, Calcutta: Lake Gardens, 2000, p.30.

② Gupta, U. D. “In Pursuit of a Different Freedom: Tagore’s World University at Santiniketan”. *India International Centre Quarterly*, Vol. 29 (3), 2002-2003, p.27.

广泛的树”，其英译文是“World University”，因而常常被称为“国际大学”。泰戈尔希望国际大学成为战后世界不同民族、国家平等交流之地，它的使命就是在“生命最后的日子把世界从国家沙文主义的缠绕中解救出来”。① 国际大学针对英国统治者的奴化教育，倡导根据印度传统的教育方式，培养印度自己的爱国人才，成为培养印度民族独立和建设所需人才的学校。

“诗人幼时目睹儿童受习俗之羁绊，丧失天真之童心，故创此自然教育，以挽人性于狂澜。”“和平乡有三大特色：一为无宗教之偏见，人人信仰不一，不论其为印度教回教佛教或基督教，信仰唯一，并无派别。二为逃脱习俗羁縻之生活，衣不必整式，食不必甘味，席地而坐，倚林而教，音乐美术，陶冶人性，各种科学导源于一。三为戒杀生物，一虫一鸟，亦有生命，无故伤害，有违天律。”②国际大学以爱与自由为目的、以启发人对自然的热爱为方法进行人格教育。这所学校里“绿林成荫，连接碧蓝”。学校里人人平等，学生不分出身、教别、男女，皆可入学。“那好像是由几百人组合的一个大家庭一样。他们没有课室，常在青草上，绿荫下上课；而学生们常可以自由地在树上采果，在树林里捉迷藏，演剧，唱歌，跳舞，作画，及早晚静坐和祈祷等，是纯粹的自由活泼的性灵生活，没有一点儿市井的习气。”③在这所学校，印度古代教育理想与印度现代社会的需要相结合：“国际大学之使命，即在藉教育的力量，提倡新时代所需要的态度与理想。”④孩子天性得到自由释放，田园牧歌取代了城市的喧嚣和乌烟瘴气，学生们的身心都健康发展，人性因此具有了神性：

> 在树林的远影中，红日向萨拉瓦底河畔西沉了。隐者的孩子们，从田野回到静寂的林园，他们牵着疲乏的耕牛，到林间安息。草屋的院落中，燃烧着拜神的火光。孩子们沐浴完了，聚集在院内，静聆大师乔达摩的训诲。在天空中，在无垠的空间里，平安之神闲坐着，似乎是在默想。众星环绕着和平之神，似乎要静听神的教训。忽然间安静的树林震动了，大师乔达摩发言道：孩子们听啊，我要告诉你们 Brahma-Vidya 在 Tarovana 的树巅上，旦来临了。隐士的孩子们，晨起沐浴，黄金般的头发，在晨曦中，反映如露珠。他们在 Bata 树下，围绕着大师乔达摩，在鸟鸣，蜂吟，和水流声中，他们

① R.Tagore. *Letters to a Friend*. 1928. ed. C. F. Andrews. New York: Routledge. 2015, p.356.

② 周子亚：《近代印度文化之创造人泰戈尔及其事迹》，《亚洲世纪》，第 1 卷斯 1 期，1947 年 5 月 1 日。

③ 巴宙：《太戈尔的教育观》，《宇宙风(乙刊)》，1939 年第 13 期。

④ 徐宝谦：《印度诗圣泰戈尔访问的回忆》，《申报》，1941 年 8 月 23 日。

异口同声地唱着 Sama 歌。①

国际大学实施顺应自然与人性的教育,“希望他的学生,能在生活里合印度的精神的趋向与西欧的社会服务的精神而为一”。泰戈尔希望借此完成用政治、经济手段无法完成的改造印度的工作。② 但泰戈尔的教育理想和实践在当时的印度被视为离经叛道,遭到各种力量的反对。守旧派攻击他亵渎印度教教规,而改革派则攻击他留恋过去,不肯前进。中国也有一些人批评他,尤其是 1924 年他访华前后,中国特殊的现实语境,使他倡导的爱的教育显得格格不入,甚至像是痴人说梦:

> 他的学校的学生不努力向前求实在的真理,只是静坐着讲空泛的渺茫的神。印度人是很胆怯的,他的学校的学生更其胆怯。他的学校的学生不深深感觉着他们已经是英国人的奴隶。他们日夜高唱着美的歌儿。他们满足自然。他们发达美感。他们没有复亡国之仇的观念。他们虽然恨强权者之苛刻,可是藏之于心或者发之于口,总不愿意毅然决然见诸实行。印度人悠游极了,他们更加悠游。不断的萎顿的柔懦的思情在他们的脑袋中包藏着。他们不感着他们有奇耻大辱。他们以为世界上的一切,都是入他们的心境的宽和一样的。他们从不兴奋。他们不感觉着任何大的刺激。他们的神经也许麻木了吗?③

但在泰戈尔看来,教育的最高目的是“灵魂的充量成长和自由。只使我们达到超越死和束缚的生活,只让我们遇见神,能为最后的真理而生活,这真理能释放我们,而且给我们富有,不是物质的富有,而是内部光明的富有,不是权力,是爱”。④ 他把大量的时间和精力投入到教育中,把他的爱献给孩子们,和他们一起生活,还亲自根据自己的教育理想和学生身心特点编写教材。1921 年 3 月,泰戈尔还到巴黎的法兰西大学作了题为“森林通信”的演讲,随后还到日内瓦的卢梭研究所讲教育问题——卢梭是自然教育理论和实践的先驱之一,其教育小说《爱弥儿》宣扬的教育理念与泰戈尔国际大学的教育理念是一致的。

泰戈尔所倡导的自然教育观是其和谐教育理念的一部分,与其“梵我一如”哲学息

---

① 徐宝谦:《印度诗圣泰戈尔访问的回忆》,《申报》,1941 年 8 月 23 日。
② 郑振铎:《太戈尔传》,《小说月报》,第 13 卷 2 号,1922 年 2 月 10 日。
③ 刘炳藜:《教育界对于太戈尔思想迎拒的态度》,《教育周报》,1924 年 5 月 1 日。
④ 王希和:《太戈尔学说概观》,《东方杂志》,第 20 卷 14 号,1923 年 7 月 25 日。

相通。他的教育理想,就是培养学生能以自己的天性感悟大自然的天性,使人的心性能与宇宙的神性沟通,和谐、一体,从而使人人皆能领悟自然之奥秘,获得自然之力量,得到无限之快乐,实现人生的圆满。“我尽量让我的学生有自由发展及发表的机会,我竭力引起他们对于自然,音乐,艺术及乡村的兴趣。这样教育,我觉得是最理想的。”这是一种人格的教育,而非纯粹的知识教育,即使在今天,仍是人们追求的教育理想。

国际大学原先只招收印度学生,后来,许多国际著名人士纷纷给泰戈尔写信,说国际大学所显示出来的精神不但有助于印度人民的团结和融洽,即使对当时正处于争霸掠夺的世界也是一个伟大的启示。这种热情的鼓励,加上泰戈尔在第一次世界大战后周游世界所看到的满目疮痍的状况以及所到之处各国人民对他的热烈欢迎,都使他深受触动。在一次又一次的演讲中,他一再宣扬要沟通各国文化,各国人民要互相了解和支持,从而消除战乱,达到世界和平的最终目的。他愿意以自己狭小的园地,栽培参天的大树。就是在这样的精神指导下,他决心把圣地尼克坦学校扩展成一所世界性的,可以使各国文化在此交汇融合的大学,使国际大学成为名副其实的国际性大学。

因此,国际大学的教育既注重印度民族文化,又注重从世界其他民族文化中汲取营养;既借鉴其他民族文化,又要为世界文化贡献自己的力量,这样培养出来的学生既能放眼全世界,又能对世界各个民族都肩负义务。泰戈尔认为,每个民族的文明都是世界文明的一部分,都有责任为世界民族奉献自己的智慧。他始终相信,整个世界犹如星河,每一个民族都如一颗星,都有自己的光,民族的心灵之光,每个民族都要维护民族心灵之光长明不熄,这样点点星光才能汇成星河,而其中任何一颗星不亮了,都会使星河黯淡。另外,每颗星不但自己发光,还会与其他星光相互辉映,照亮宇宙。这就犹如民族之间的关系,每个民族都不能单独存在,都应承担对其他民族的责任,从全世界的视角考量自己的价值。为此,泰戈尔非常重视培养学生的国际视野:“我竭力在学校中造成一种国际空气,我常请东西各国的闻人,来校演讲。这样学生狭窄的胸襟,渐渐可以扩大。我自信对于此点,已有相当成功。”①他希望以国际大学为平台,探索人类大同理想,调和东西方文化。国际大学在国际上也获得很高的声誉,各国学生和教授纷纷放弃原先优厚的待遇,来到国际大学,与诗人一起为世界和平这个全人类最伟大的目标辛勤工作着。中国是东西方文化

① 徐宝谦:《印度诗圣泰戈尔访问的回忆》,《申报》,1941年8月23日。

交流的重要力量,国际大学也希望得到中国的支持。泰戈尔1924年访华期间,就多次在演讲中谈到国际大学,希望得到中国的帮助。

泰戈尔的教育思想,如同他所倡导的东方文明、爱的哲学,都是基于印度特有的政治、社会、文化孕育而生的,自有其合理基础和内核。但中国人眼里的泰戈尔的教育观,是与诗人泰戈尔为一体的,对其教育观的种种理解,包括误解,也都是特殊时代的特殊现象。随着时代的发展,当我们能以更客观全面的视角辩证理解泰戈尔的教育思想时,我们发现,泰戈尔的教育理论和实践,也许就代表着人追求自我完善的主观和客观的完美结合:科技文明越发达,人们越渴望爱与美。

第二节　继承与发展:泰戈尔诗学与东西方文化

作为英国的殖民地,近代印度在政治、经济、文化,包括文学等方面都受到英国的全面、直接影响,同时也为其他西方国家的影响打开了方便之门。但印度文化具有深厚的传统和强大的生命力,在英国等西方国家的强势侵蚀下,印度文化的本质却没有根本改变。

泰戈尔从小是在既西化又富有印度、波斯等东方文化传统的家庭、社会环境中成长的,对西方文明的了解极为深刻,但他同时又深受印度传统文化的影响,其创作具有鲜明的民族特色。所以,当泰戈尔作为一个东方诗人走到西方人中间时,他带去的仍然是一种大多数欧洲人都感觉陌生的印度和东方文化传统。

实际上,欧美西方国家始终是基于西方文学传统理解泰戈尔的。泰戈尔作为第一位东方人获得被西方(特别是英、美)作家长期垄断的诺贝尔文学奖,这本身就意味着西方世界接受了泰戈尔的思想,以及泰戈尔所代表的印度文化,甚至东方文化。也因此,泰戈尔的文学成就受到了西方文化界和学术界的关注,如埃兹拉·庞德在1912年写成的《泰戈尔的诗歌》一文中,将泰戈尔的诗歌与七星诗社、彼特拉克时期的行吟诗歌比较,肯定了泰戈尔诗歌中流露出的"人"的意识,以及和谐思想。逐渐地,泰戈尔的诗学在某种程度上成为了20世纪西方文明新思潮的一部分。

泰戈尔虽然似乎获得了东方文化的代表权而在国际上具有了"话语权",但在很多人眼里,他并不能代表纯粹的印度文化、东方文化。他们认为,泰戈尔若是东方文化的代表,他自然应该反对西方文化,而西方人希望于他的,也是他能作为东方文化的代表解决西方文化发展中遇到的问题。但泰戈尔从来没有绝对反对西方物质文明，也从来不是把东方精神文明视为解决世界问题的唯一法宝。泰戈尔并非要分出东西方文明的优劣或只取一端，而是竭尽全力推动东西方文明和谐共生。也就是说，在泰戈尔的思想体系中，世界和谐才是正途，“不问西东”，只求文明。1924 年他访华期间，就有中国人以真诚的心理解了老诗人灵魂深处的这种温暖的博大，如清华大学的老师陆懋德就客观地指出：欢迎派和反对派都误解了泰戈尔。欢迎派将泰戈尔视为印度革命领袖，“因欲利用彼鼓吹革命主义”；反对派则批评泰戈尔反对物质文明，而“泰氏亦非劝人绝对不用物质文明，不过指出物质文明之弱点，使人知物质文明之外，尚有精神文明之重要而已”。[①] 此公允之论，直至今日，都显珍贵。

实际上，泰戈尔并不否认东西方文化之间有矛盾和冲突，但他超越了东西方文化认知的局限性，坚持认为东西方文明应互补互助，相互依存，因为没有亚洲的觉醒就没有欧洲的解放，而没有西方的科学技术东方也摆脱不了落后的处境。显然，这种东西方文化观超越了世界范围内很多欢迎或反对他的人对他的认识，因为后者基本上都是基于“东方”或“西方”的单一视角来认识泰戈尔的。

泰戈尔的东西方文化观决定了他的诗学理论和东西方诗学理论之间的复杂关系。以泰戈尔与浪漫主义文学的关系为例。泰戈尔的作品充满浪漫主义精神，但他的浪漫主义，与西方浪漫主义文学既有继承关系，又具有明显的印度和东方文化特征。

在维多利亚时代，泰戈尔被称作是“印度的雪莱”，是浪漫主义的杰出代表。21 世纪以来，研究者习惯于将泰戈尔与柯勒律治、华兹华斯等西方浪漫主义诗人相提并论。有学者认为，虽然 19 世纪中叶以后印度作家表现出一种“新古典传统诞生的新生感情”，但泰戈尔内在的浪漫气质与欧洲的浪漫主义运动之间并没有外在的历史关联，[②]只不过泰戈尔的生活方式和创作风格与西方浪漫主义诗人们相似，如都喜欢广泛地阅读、旅行，尊重过去，承认天才的力量等，“良好的感觉是诗意天才的身体，想象力是它的帷幔，让生活跳动，在任何地方都能描画灵魂”，[③]因而泰戈尔的创作也可视为西方浪漫主义在东方的试验。

---

① 陆懋德：《个人对于泰戈尔之感想》，《晨报副刊》，1924 年 6 月 3 日。

② Singh, B. *Tagore and the Romantic Ideology*. Bombay: Orient Longman's, 1963, p.23.

③ Raysor, T. ed. *Wordsworth & Coleridge: Selected Critical Essays*. New York: Appleton-Century Croft, 1958, p.35.

泰戈尔提出艺术的“过剩说”，认为艺术的源泉是在满足基本的物质需要后，人类的情感和想象的过剩和泛滥。“我们的想象力使我们强烈地意识到一种我们必须过的生活，一种超越个人生命并与自我保存这一本能的生物学意义相左的生活。它致力于开启‘过剩’，并在超越我们日常生活的保留领地之后，建立具有无限价值的座座客房，以款待人的世界精神。”①这与华兹华斯在《抒情歌谣集》序言中所说诗是“强烈感情的自然流露……”是相通的。不仅如此，泰戈尔的故事、戏剧和小说主题也与华兹华斯“共同生活的主题”相平行。他们都认为，诗歌是真实与想象的融合，真实的经验与想象的思想的融合。肯尼思(Kenneth R. Stunkel)认为，泰戈尔和英国浪漫主义都将理性的真理与想象力进行了区分，将后者视为天才的素质。② 这其实就是从另一个方面肯定了作家和艺术家都必须具备的高级能力，“诗人……把人类的整个灵魂带到活动中……他融合了团结一致的基调和团结精神……把每一个都融合在一起，通过合成和神奇的力量，我们把它称为想象力”。③ 通过创作，艺术家不仅模仿了感知到的现实，而且在此基础上增添了有他个人烙印的人格等附加物。

当然，泰戈尔与华兹华斯、柯勒律治等英国浪漫主义诗人的诗学主张又不尽相同。华兹华斯和柯勒律治将经验世界视为人类意识与对象的关系，并认为诗人在灵感迸发的瞬间唤起了这种相互依赖的现实。但泰戈尔表达的内容则介于哲学现实主义和理想主义之间。④ 泰戈尔不相信世界是作为一个独立于感知主体的客体而存在的，但他也不承认个体意识本身创造了存在。也就是说，泰戈尔并不是一个唯我论者或激进主观主义者。他认为真实至关重要，然后才是诗歌形式和表现力问题。艺术要表现的就是从深层感觉和直观感知到的现实，也即“永远存在之物的代表，真实且不可改变”。⑤

总之，泰戈尔诗学虽然在一定程度上影响了西方的文化，并且激发了关于东西方文化

---

① 泰戈尔：《人的宗教》，刘建译，《泰戈尔全集》(第 20 卷)，刘安武、倪培耕、白开元主编，石家庄：河北教育出版社，2000 年，第 272 页。

② Stunkel, R. K. “Rabindranath Tagore and the Aesthetics of Postmodernism”. *International Journal of Politics, Culture, and Society*, 2003, Vol. 17(2), pp.237-259.

③ Coleridge T. S. *Biographia Literaria*. In M. H. Abrams, et al. ed. *The Norton Anthology of English Literature*. 2 vols. New York: W.W. Norton & Company: I, p.244.

④ Stunkel R. K. “Rabindranath Tagore and the Aesthetics of Postmodernism”. *International Journal of Politics, Culture, and Society*, 2003, Vol. 17(2), pp.237-259.

⑤ Williams, R. *Culture and Society*. New York: Columbia University Press, 1983, p.38.

的争论，但并没有造成西方固有的文化价值内核、文学话语主体和表达方式的断裂或分裂，而只不过促使了西方文化自身的调整和发展。实际上，泰戈尔诗学也并不具备颠覆或重塑西方文化基本结构的能力，而只是西方借助其光环以完善自身思想体系的一个参照系。

第二章　文化寻租:中国泰戈尔形象建构的多元动机

第一节　中国泰戈尔形象建构的历史与现实价值

中国的泰戈尔形象建构属于异域文化形象塑造,这是一个双向或多向交流过程,其形成与演变有自身的基本规律。

观察者和塑造者在认识和建构异域文化形象时,由于观察视角的限制,其中必定加入了观察者和塑造者自我的理解、想象,“他者”就可能并非完全客观、真实的认识对象。而且随着观察者自身情况的变化和视角的转变,异域文化形象也成为了一个可塑性极强的对象,并非固定的、一成不变的。在这个过程中,由于想象、过度阐释等情况的存在,“误读”现象必定始终伴随其中。当然,这种“误读”包括“正误”和“反误”,若能够正确对待“误读”现象,认真思考“误读”现象的深层原因,也会促进文化的交流和互动。

文化交流的过程不可能是文化信息的完全单向流动,而是双向或多向流动。因此,对异域文化形象的塑造必然经历一个从观察“他者”的视角转向认识自我的内指向活动的过程。文化交流中的跨文化对话或争辩是一种特殊的外部投射,从中透视出自身的本土文化语境,并可进一步阐明其中的困境、得失,以及由此导致的文化实践中的问题。中国或者以中印文化为代表的东方文化始终是在西方文化在场的情况下,通过想象“他者”确认自我。所谓“东方价值”或者“亚洲价值”不可能完全以东方为尺度来实现。但我们并不能片面地将世界不同文化之间的关系简单归并为一种对立冲突关系,文化交流的目的正是要打破这样的对立,彼此为参考、互为照耀才是文化交流中双向互动的最佳状态。

文化越开放,越发展。世界上不存在没有冲突的文化交流,文化交流也不存在绝对的平衡,只存在绝对的不平衡。每种文化都具有排他性,但只能局部排他。只有容纳他者,才能壮大自己。能够容许他者强大的文化,自身显然更强大。但一切文化都具有共性和共同的发展规律,即文化都基于最朴素的人性,都基于对真善美的渴望和成就,也都渴望世界成为真善美的人间乐园。随着文化之间交往和互动的进一步加强,异域形象的朦胧面纱必将会层层揭开,走向全新的认识或者更为“接近真相”的解读。

一、异域文化形象建构的基本规律

事实证明,一切成功的文化交流都必然是相互补充、共同发展的交流。而一切失败的交流则必然是受到了“文化霸权”的阻碍,导致文化交流双方无法客观认知对方和自身,使文化的不平衡被无限放大,以至于双方构成了一种压迫与被压迫的关系。如世界上占据强势地位的西方文化对世界上很多国家一直保持全面影响态势,且与各国文化已经实现深度融合,导致很多国家在经济、技术、语言、文化、政治和文化构成方面,西方中心主义思想深厚,对所在国文化实际上造成了直接威胁,也影响到其他国家文化的自觉性和独立性。要尽量避免文化误读,就需要总结中外文化交流的经验和教训,找到精准的解读方法,实现交流中的最大理解。

首先,要实现自我的正确定位。即要对自身文化有全面的了解,分辨自身文化中的精华和糟粕、先进和落后成分。同时建立文化自信,在此基础上,才能与其他文化在平等广阔的平台上实现交流。

其次,要有包容的文化交流心态。优秀文化都有一个共同特征,就是包容、兼容、易容,即都能以开放的胸怀不断汲取异质文化的精髓而不断创新、创造、延续自身的文化。世界文化多元并存是常态,碰撞和摩擦也是常态。任何民族文化的世界化进程都会遇到阻力和障碍,这是客观事实,其中既有文化的因素、经济的因素,也有政治的因素。要消除文化交流中的落差和误读,就要向世界主动表达,在走出去的同时不断汲取异域文化以丰富自己,在融入世界的过程中推动世界文化的世界化。

然后,要处理好继承与发展、输出与吸纳的辩证关系。文化冲突常常因为交流双方或多方偏执一端而不能辩证分析,客观认知。只有在继承传统文化精髓的前提下舍弃其中的糟粕,才能真正以开放的胸怀汲取外来文化的有益成分,同时又不盲目崇拜。只有这样,交流双方才能正确处理好理论与实践、客观与主观、感性与理性的关系,保证文化交流的良性发展。

全球化背景下的世界文化,将形成一个多元文化并存、互补、共同发展的格局,每种文化都是这一格局中的平等存在,都需要有开放的胸襟、前瞻性视野,批判性与创造性并举,在冲突中寻找和解,在误解中寻求理解,以宽容的态度去包容,以相互尊重实现平等交流。

二、中国泰戈尔形象建构的文化交流价值

中国和印度作为世界上最古老的两大文明之邦，两国之间文化交流的大幕从两千多年前就已经缓缓拉开。在中印五彩纷呈的文化交流史上，文学发挥着极为重要的作用。印度文学真正进入中国视野是随着佛教东传开始的。公元前3年，即西汉哀帝元寿元年，西域佛教国大月氏派使臣到中国口授佛经。自此以后，来中国译经的西域僧人便络绎不绝，规模宏大的译经事业在中国就此展开，并持续了一千余年。在漫长的历史长河中，中印两国人民间产生过令人难忘的思想文化交流，如白马东渡的传说、唐僧西天取经的故事。但近代以来，两国人民的交往主要集中在政治方面，虽然期间也曾有一些个别的印度文学作品被翻译介绍到中国，但两国之间其实并无正常的文化交流活动，卓有成效或大规模的文化交流更无从谈起。

泰戈尔1924年访华恢复了中印两国友谊，续写了中印文化交流的新篇章，也开启了中国文化界对其作品和思想的翻译、介绍及争论，从而形成了现代中印文化交流的一次高潮。自此以后，中国学界对泰戈尔的研究起起落落，态度也是前后有别，中国的泰戈尔形象建构因此也成了一个流动性的、动态的、可塑性极强的命题。当然，细致梳理中国的泰戈尔形象建构过程中的中国文学史及思想文化交流史中的一些细节，实际上也是从一个特定角度研究中国自身思想观念的变革。

泰戈尔1924年访华形成了现代中印文化交流的一次高潮。泰戈尔来华之时，中国国内正处在历史转折的关键时期，泰戈尔自然成为中国学者眼中“他者”形象的最好载体和投射对象。但是不可否认的是，中国学者们从自身视角对泰戈尔的认知难免带有“误读”，而这种“误读”甚至带着先入为主的“不友好”，这对一生都在倡导“人在本质上既不是他自己的，也不是世界的奴隶，而是爱者”①的老诗人来说，似乎就有些“不公平”了。

泰戈尔的文学作品、学术著作以及他所传达的文学观和哲学观一直影响着中国文学及思想的发展，也促进了中国文学由传统向现代的转变，而且至今仍影响着中国的文学观念以及社会思想界的众多方面。对中国人而言，泰戈尔既作为诺贝尔文学奖获得者，又作为东方文明象征的印度诗人，其身份的复杂性和独特性不言而喻。泰戈尔访华在中国思想文化界引起的争论范围广，持续时间长，影响深远，成为中外文化交流史上一个不容忽

① 泰戈尔：《人生的亲证》，宫静译，北京：商务印书馆，1992年，第11页。

视的现象。这次论争也是当时国内正深入开展的新与旧、中与西文化论争的一个内在组成部分，论争促进了中国新文学运动的发展，促进了中印两国思想、文化的交流，也大大加深了中国人对东西方文化的理解和认识，使中国思想文化界开始思考如何对待外来文化和文学这个中外文学文化交流的根本性问题。

中国的泰戈尔研究对中印两国的思想、文化、文学以及双边关系产生了深远影响。泰戈尔与中国文化的关系并不是一个孤立的历史问题，而是一个复杂的中国文化及东方文化世界化的经典课题，是一个涵义自明的独立整体。研究中国的泰戈尔形象形成发展的历史，不但会还原中印文化交流的一段真实历史图景，而且可以在新的时代背景下重新全面研究泰戈尔与中国关系的文化价值，基于全球化语境全面阐释其中包含的东西方文化的特点和交流规律，不但可透视中国思想文化自身的复杂性，也可探索世界文化交流的规律。

世界上每个民族、社会都不是孤立存在的。即使是在通讯、交通并不发达的过去，不同民族、不同特质的文化之间也从未停止过交流与合作。丝绸之路的开辟、郑和下西洋、佛教东来、丝绸西传、马可·波罗的中国游历……这些重大的文化交流事件都表明，不同文化的相互交流是历史发展的必然。在全球化的今天，文化交流更是世界发展的常态需要，时时刻刻都在进行。从这个角度看，泰戈尔对中国文学文化的影响，其价值和意义已经远远超出文学文化本身，可与菩提达摩、真谛、不空、辨喜及法显、玄奘等相提并论，都是破除文化阻隔、推动世界人心相通的文化大师。他们促使我们去重新思考不同文化之间的差异性和相通性，促使我们重新去认识异域文化形象形成和演变的基本规律，也促使我们去找到一条更好的途径来彼此理解，实现对话。

第二节 “梵典”与“华章”的对话：中国的印度形象溯源①

佛教自两汉之际传入中国后，中国以前所未有的包容开始接受和了解佛教文化，古印度这个奇异神圣的佛陀大国形象逐渐在中国人的印象里根深蒂固。至盛唐，开放的中国不再满足于只是张开怀抱容纳异域的各种文化，而是想以一种更加积极的心态和方式去

① 本节参考了郁龙余等：《梵典与华章：印度作家与中国文化》，银川：宁夏人民出版社，2004年。

了解异质文化，希望能更真切地感受到长久以来佛典经文中所描述的佛陀大国究竟是何模样。

在卷帙浩繁的“梵典”故事中，中国人对印度人的集体想象已经蒙上了复杂而隐晦的色彩。在中国人眼里，印度人既是拥有“卓世之秀”“逸群之才”的繁荣民族，①也是发生了很多不可思议之事的神秘族群。随着西行求法取经者益增，中国人更加渴望得到关于印度及印度人的丰富翔实的描述。

唐代记载的中印交往的最重要的历史文献便是西行求法僧们的游记，这其中又以玄奘、义净、慧超的三部作品最为著名，但三者的作品在描述印度人形象时有很大不同。虽然三人在创作之初都抱着一种客观态度对印度人形象加以描述，但事实上，任何人为的形象描写都是主观描写，而不可能绝对客观，都无法摆脱描写者的“自我形象”在描写对象上的投射，描写者的文化心理、知识结构，甚至情绪意识都影响着描写过程，所以最后只能出现带有主体意识渗透导致的“误读”和“相对客观”特色的记述。这样，不但一切描写对象都得到了解释，而且会比客观现象更加生动有趣。

玄奘是唐代西行求法第一人。他因佛教奥义在当时中国的佛学界争论不休，遂决定西天取经。在他看来，只有去佛教的发源地，才能从根本上弄清和解决佛教的要义。玄奘于贞观三年（公元 629 年）由长安出发，贞观十九年（公元 645 年）从印度携 657 部梵文佛经返回长安，西行共 16 年，归国后第二年写成了《大唐西域记》。整体来说，《大唐西域记》中的印度和印度人形象可信度很高，态度也较为客观，书中描绘的印度人形象正负兼具，也尽量多角度刻画。这种写作方式与玄奘的创作动机有关。玄奘自天竺返回洛阳后，唐太宗即召见他，详细询问了西域各国地理风物人情，并且敦促玄奘详细记录下来，以为中印佛教交流留存史料：“佛国遐远，灵迹法教，前史不能委详，师既亲覩，宜修一传，以示未闻。”②唐太宗如此关注印度，注重点并非佛法，而是政治。盛唐天子需要一份详细而真实的关于印度的国情记录，以作为唐政府外交策略的参考书，更深远的意义乃是满足其统一西突厥的政治渴望。玄奘谨遵圣意，在撰写《大唐西域记》过程中，就尽力保持比较客观的态度，虽然书中涉及印度、锡兰等 138 个西域国家和地区，但举凡各国历史、地理、宗教、民

---

① 汤用彤：《汉魏两晋南北朝佛教史》（下册），北京：中华书局，1983 年，第 190 页。

② （唐）慧立、彦悰：《大慈恩寺三藏法师传》，孙毓棠、谢方点校，北京：中华书局，2000 年，第 129 页。

俗、语言、文字等情况,玄奘都尽其所能,一一详述。他笔下的印度人形象不仅有僧侣教徒,也包括形形色色的印度民众;他既陈述了西域民众之所长,也描述了西域民众之所短;他不仅记录了佛教事务,也涉及了风物习俗和朝政纲领,即如其自述:“班超侯而未远,张骞望而非博。今所记述,有异前闻。虽未极大千之疆,颇穷葱外之境,皆存实录,匪敢雕华。”①玄奘著书,也是为了帮助唐太宗在统一大业上做到“知己知彼,百战不殆”,因此相对客观。

然而玄奘的身份首先是一个佛教徒,他的身份认知和他的“佛教政治”理念自然而然地成为其做出“所长”“所短”价值判断的依据,这也就是《大唐西域记》的印度形象仍只是“相对客观”的原因。玄奘在描写崇信佛法的印度民众形象时,大量使用了“淳”“善”“好”“义”等褒义词,而对非崇信佛教的印度民众则大量使用了“暴”“燥”“恶”“薄”等贬义词,这种十分明显的好恶情感倾向在书中多有呈现。在对西域国王形象的塑造上,玄奘更多着墨于西域国王如何护佛弘法,大加褒奖,这其实正暗合了玄奘所倡导的“佛教政治”理想。玄奘深知,佛教能不能在大唐传播,关键在唐太宗的决策,所以他遵旨著书,也是希望唐太宗在读了之后,能对西域国王有所效法,从而成为自己心中的理想君王,为佛教的传播在政治上保驾护航。

公元671年,义净也克艰历难,西天求法。其所著《南海寄归内法传》与玄奘的《大唐西域记》记述内容不同,其中主要记载了寺院规则、僧侣日常生活的细节,通过这些细节展示了印度僧人们恪守佛教戒律、秉持严格佛教规范的正面僧侣形象。《南海寄归内法传》以“内法”统筹全书,是因为义净十分熟悉印度僧侣的起居法度,另一个更重要的原因是为了矫正中国佛教界的弊端。当时的中国佛教界戒律松弛,僧人中藏污纳垢,秽闻层出。如曾帮玄奘撰写过《大唐西域记》,后来又参加了玄奘译经的僧人辩机就曾与唐太宗的女儿高阳公主私通,事发后被唐太宗杀掉。僧侣权势熏天,目无法纪。义净西行,就是希望寻求佛教戒律,矫治时弊,力挽颓风,改革中国佛教界。虽然印度僧侣违背戒律的行为也存在,如“若酒欲酸,可埋于地,待成醋已,僧应食之。若现是酒,应可倾弃,不合酤卖”。② 印度僧团不仅制酒、藏酒,而且还买卖酒,但义净避而不提,更没有批判。显然,义净在描写

① (唐)慧立、彦悰:《大慈恩寺三藏法师传》,孙毓棠、谢方点校,北京:中华书局,2000年,第134-135页。

② (唐)义净:《南海寄归内法传》,王邦维校注,北京:中华书局,1995年,第218页。

印度僧侣形象时进行了有选择性的“误读”，这是他的佛教徒身份所决定的。

玄奘和义净对印度人形象的描绘都有意无意地做出了理想化的选择，这种现象在8世纪上半叶的求法僧游记中得到了更进一步的强化，至慧超①的《往五天竺国传》，已从理想化写作转变成幻想式的写作。《往五天竺国传》夸张和虚饰色彩明显，如说印度无刑法：“五天国法，无有枷棒牢狱。有罪之者，据轻重罚钱，亦无刑戮。”②这与印度的现实是不符的，即使与玄奘有关刑罚的记述相比，也可看出其浮夸的成分。玄奘在《大唐西域记》中记录了印度的刑法用度，若违背国法，欺君犯上，一旦查明，则收监关押，虽不动刑，但生死有命。若犯违背人伦之罪，如不忠不孝，则会“劓鼻、截耳、断手、刖蹉”，或者驱除出国，或者流放荒蛮之地。③ 慧超关于印度无刑法的描述实际上是中国对印度作为慈悲佛国的集体想象的反映，也是中国人对安居乐业的他国形象的想象性满足。

三位求法僧不论是受限于佛教徒身份，还是服务于政治和现实需要，都在异质文化交流过程中自觉地误读印度形象，从而注入自我的价值判断和选择。事实上，任何一个“他者”形象都是与“自我”混合在一起的，因为“自我”总会在用自己的语言和思想描述“他者”形象时，试图寻找其自身所向往或缺失的成分。

不仅唐代的求法僧有这种自身选择的理想化倾向，后来的印度及印度文化的研究者对印度形象的研究也时时流露出对印度这一“他者”形象颇为矛盾的态度。这种矛盾既寄寓于理性的思考，也反映在两国之间“剪不断，理还乱”的情感联系，有时也受到政治上的影响，是中印之间“患难之交”政治的回响。明代郑和下西洋之后，中印文化交流开始迅速呈现颓势。从明代后期一直到清代和民国时期，中国与印度的文化交流已大不如前。季羡林的解释是：“我们中国同西方的交通对象一一更换。我们不得不丢开昔日文化交流的伙伴，被迫眼睛看着欧洲，另寻新欢了。”④从清朝建立到鸦片战争之前，中印文化交流乏善可陈，只有陈伦炯的《海国闻见录》和谢清高的《海录》两书有所涉及。两书对英法荷等西方列强霸占印度港口从事殖民贸易的情况，包括东印度公司在印度的商贸、驻军的详细现

① 新罗人，目前无法确切得知其出生年月、地点及何时入唐。据资料推测，可能生于唐武则天圣历三年(700)，也有人认为生于长安四年(704)，其理由是密教大师金刚智于玄宗开元七年(719)抵达广州，慧超在此与他相会受为弟子时年方十六岁。此后慧超约于开元十一年取海道前往天竺巡礼。

② (唐)慧超：《往五天竺国传》，张毅笺释，北京：中华书局，2000年，第26页。

③ (唐)玄奘：《大唐西域记》，季羡林等校注：北京：中华书局，1985年，第203页。

④ 季羡林：《中印文化交流史》，北京：新华出版社，1991年，第157页。

状进行了记录，可以说是“中国人关于外国殖民者在印度从事侵略活动的最早记载”。① 但此时中国人还只是印度的旁观者。

鸦片战争爆发以后，印度的命运在中国重演，中国对印度的关切变得尤为深切起来。这一时期，魏源的《海国图志》翔实记录了印度的人文地理，“他一方面同情印度人民，一方面又有唇亡齿寒之悲”。② 至此，中国的印度形象发生了重大转变，中国对印度的殖民地境遇表示了深深关切。中国对印度惺惺相惜，印度成为中国的影子和参照：印度的命运可能就是未来中国的命运，印度人精神被奴役的痛苦可能即将降临到中国人头上。印度给中国的先知先觉者提供了思考中国与世界的窗口，使他们似乎感同深受地偏重于描述不甘奴役、勇敢反抗英国殖民统治的印度民众形象，这既是出于对印度人民的同情，更多是为了警醒和鼓舞中国民众。

19 世纪 50 年代，历史又一次使中印两国人民遭遇了相同的命运。1857 年，印度爆发了空前的反对英国殖民统治的民族大起义，而在中国，则爆发了太平天国运动。两大起义遥相呼应，因为都和英国殖民主义者相关，两国人民的斗争客观上起到了相互支持作用。印度“大起义爆发并取得节节胜利的消息最先是从香港进入广州，然后扩展到广东省。出于对英国殖民者的同仇敌忾，广东人都盛传这些消息，以致奔走相告，人心大快”。③ 在当时的中国人看来，印度是作为一个与中国遭遇同样不幸命运的远方战友的形象出现的。

“周虽旧邦，其命维新。”④随着中国半殖民地化的深入，更多具有远见卓识的中国知识分子认识到，欲治旧中国，必用新方法；中国变则存，不变则亡。如果中国继续“守旧不变”“不修其政”，最后只能一步步沦为西方列强的殖民地，印度就是前车之鉴。作为世界上最古老的文明国家之一，印度却因循守旧，不思进取，最终沦为英国的殖民地。以维新变法为标志，中国学者开始以理性代替感情，逐渐从对印度古国的向往、崇视乃至同情中走出来，将印度视为一个参照对象加以审视，同时也开始持更为批判的态度。中国自古就在反思亡国之痛的同时也在不断分析总结亡国之因，如杜牧在《阿房宫赋》中对“六国”和“秦”

① 林承节：《中印人民友好关系史(1851—1949)》，北京：北京大学出版社，1993 年，第 3 页。
② 季羡林：《中印文化交流史》，北京：新华出版社，1991 年，第 168 页。
③ 林承节：《中印人民友好关系史(1851—1949)》，北京：北京大学出版社，1993 年，第 47 页。
④ 《诗经今注》，高亨注，上海：上海古籍出版社，2018 年，第 403 页。

灭亡的原因分析，至今仍为警醒之论："灭六国者，六国也，非秦也。族秦者，秦也，非天下也。""秦人不暇自哀，而后人哀之；后人哀之而不鉴之，亦使后人而复哀后人也。"梁启超对印度也有类似分析："亡印度者，印度之酋长也。"印度人开门揖盗，不发愤图强，英国人才轻易地趁势而入，在印度的土地上"雍容谈笑"。[①] 将"秦人"换成"印度人"，"后人"换成"中国人"，这句话恰是当时以救亡启蒙为己任的中国知识分子对印度命运思考的真实动因。在对印度的这种尖锐批评的背后，是中国人对中国未来和自身命运的深切担忧：中国若如印度般不思进取，也必将蹈印度覆辙。在对印度"哀其不幸，怒其不争"的严厉审视下，中国人油然而生的实际上是一种唇亡齿寒的紧迫感。

当然，即使在"以印为鉴"的政治基调下，仍然有学者在继续研究印度文化，如梁启超借鉴了当时日本和欧洲学者佛学研究的最新成果，对印度佛教文化进行了很多独到的研究。梁启超曾寄希望于佛教能救国。清末民初，各种救亡思潮蜂起，教育救国、实业救国、科学救国、宗教救国……佛教所倡导的"普度众生"观，也因此成为一部分维新志士的精神武器。梁启超从 1896 年起就开始关注印度与佛教，其《论佛教与群治之关系》《印度史迹与佛教之关系》《佛陀时代及原始佛教教理纲要》等都将佛教与救亡强国结合起来，认为佛教重实践，尚智慧，重视自力向佛，不依赖外力恩赐，主张人人平等，对他人关怀慈爱，人人不只为己，而重为他人奉献，等等，都表现为一种求变求革新求入世的精神追求。这说明，梁启超研究印度和佛教文化，仍主要是基于政治家的救亡图存目的，其中的"智信""平等""自力"等带有鲜明的中国时代色彩和政治诉求：在寻求救国救民的道路上，中国知识分子意识到固守儒家思想已经行不通了，于是将目光投向佛教。在西方坚船利炮的逼人攻势下，佛教成为中国近代知识分子与之对抗的强有力的武器，而佛教本身所固有的"不中不西，亦中亦西"的特性，经过维新志士重新阐释，成为"勇猛""精进"的佛教精神，为中国的维新变革提供了强大的精神动力。

近代中国观照下的印度是一个政治家眼中的印度，这样的印度形象当然是一个从文明古国一步步走向殖民地的亡国形象。以此为开端，中印两国这种政治上的回响，在以后的中印文化交流中，一直在一次次激荡。

---

① 梁启超：《饮冰室合集·文集》(六)，北京：中华书局，1932 年，第 33 页。

第三节 “错位”与“误读”：中国泰戈尔形象建构语境

中国的泰戈尔形象，与中印文化交流中始终存在的相互“错位”“误读”现象是一脉相承的，也是中国文化对印度形象的集体想象和自我选择的结果。泰戈尔1924年访华所引发的激烈争论，同样是中印文化交流历史链条上的一环，只不过因为泰戈尔的声誉和创作具有世界性影响，所以引发的争论也就更激烈和深入。

“寻租”本是一个经济学领域的概念，简单来说就是“不劳而获”“借钱生息”“以权谋私”。泰戈尔访华期间，中国思想文化界出现的一系列文化现象带有典型的“寻租”特征，泰戈尔就是“寻租”对象，中国国内思想文化界所期望于泰戈尔的，则带有明显的“寻利”动机，才导致一个泰戈尔就分化出中国现代知识分子的若干团体派别，呈现出不同的思想关系与矛盾冲突，同时也推动中国知识分子实现了进一步分化和整合，厘清了思想分歧，在一些重大文化问题上达到了一致，推动了中国思想文化的进一步发展。

一、泰戈尔访华前中国的思想文化论争

中国新文化运动高举的旗帜是推翻中国传统文化，新文化运动的健将们在苦苦探索的焦点问题是：既然“推陈”是为了“出新”，那么“新文化”到底是什么样子的？又要以什么武器批判中国传统文化？围绕着这一核心问题，在泰戈尔访华之前，中国知识界已经进行了多次激烈论争了。

1. 东西文化论战

中国国门被世界列强势力强力打开后，中国知识分子开始有了新旧之分，思想有了东西之别。尤其是在“五四”新文化运动前后，在激烈变动的政治和文化浪潮中，在走马灯般的各种纷纭乱象中，中国的国体问题、存在问题，成为知识分子被迫也是自觉思考的主题。伴随着强权扑面而来的西方文化，在作为中国传统文化载体的中国知识分子内心，产生了强烈的震撼。在辨析和接受或拒绝西方文化的过程中，中国知识分子开始逐渐有了分野，产生了争论，因事涉中国文化的出路，也即事关中国的出路——历来以天下为己任的中国知识分子并不怀疑这一点——所以争论就有了你死我活的硝烟味。在这场争论中，《新青年》是发起者，也是中坚力量。

在“公理消沉,邪说横行之时”,独《新青年》能“独排众议,力挽狂澜”,确为“明灯黑室”“空谷足音”。一份杂志有一颗灵魂,《新青年》的灵魂,就是陈独秀。他以《新青年》为阵地,向对手发起一次次挑战,每战必胜。陈独秀能做到这一点,既是因为其个性激烈,更是因为多年的政治斗争经历造就了其丰富的政治宣传斗争经验。他是知识分子,但政治斗争经验又使他有别于一般知识分子,所以,在文化论争中,他往往采取政治宣传手段,犀利、准确,让对手无力而败退。

1918 年 9 月,陈独秀在《新青年》发表《质问〈东方杂志〉记者》一文,向《东方杂志》公开发难,拉开东西文化论战之幕。让人震惊的是,陈独秀将文化批评提升到政治批判层面,特意为正文加了个副标题:“《东方杂志》与复辟问题”。他本人则自诩为“新文化”代表,同时将《东方杂志》推向了对立面,甚至定性为复辟势力的鼓吹者。同样是讨论东西方文化问题,他以前的文章如《法兰西人与近世文明》以学理服人,如今却是不但自己不再谈理论道,而且根本不容许别人置喙反驳。此文他以 16 个“敢问”铺排,排山倒海,武断挑衅。他坚持认为东西方文化截然不同,且东方文化绝无存在之价值,应采西学,因为西学为“人类公有之文明”。在东西方文化问题上,杜亚泉和陈独秀观点迥异:杜亚泉认为东西文化各有优劣,彼此无优劣之分,应求同存异,取长补短。他回应陈独秀的文章《答〈新青年〉杂志记者之质问》,一一“敢答”陈独秀的 16 个“敢问”,虽也有论理不足服人之处,但大显君子之风。此战令《新青年》一举成名,陈独秀随后就对《东方杂志》失去了兴趣。因为批判《东方杂志》,引发东西方文化之争,其目的并不全在论战本身,而意在扩大《新青年》的影响。这种方法,陈独秀以后屡试不爽,包括对泰戈尔的批判。

2. 科学与玄学之争

戊戌变法失败后,1918 年 12 月,梁启超等人到刚刚经历过第一次世界大战的欧洲寻求治国良药。但欧洲的满目疮痍让梁启超不敢相信这就是他和很多中国人之前一直孜孜以求的西方世界。甚至还有欧洲人对他们说:你们现在来西方取经,我们正要到中国学习。这令本抱着向西方学习心态的梁启超们大为惊愕。自欧洲回国后,梁启超就从西化派转变成了传统文化派。欧洲文明在中国人看来就是物质文明和科学文明,所以也可以说西方崇尚的科学陷入了危机,“赛先生”还能否解决中国的社会问题和精神问题,就成为一个问题。梁启超作为中国当时的精神领袖之一,他对科学信仰的动摇和怀疑,在知识界产生了很大的影响,并成为后来的“科学与玄学”之争的前奏之一。

1922年3月25日，胡适在北京的政法专门学校做了一次“科学的人生观”的讲演，明确表明了自己主张科学的态度。后来在为亚东图书馆出版的《科学与人生观》一书所作的序中，他批判了梁启超在《欧游心影录》中提出的“科学破产论”，明确表示要“大声疾呼出来替科学辩护”，因为中国目前：

还不曾享着科学的赐福，更谈不到科学带来的“灾难”。我们试睁开眼看看：这遍地的乩坛道院，这遍地的仙方鬼照相，这样不发达的交通，这样不发达的实业——我们哪里配排斥科学？至于“人生观”，我们只有做官发财的人生观，只有靠天吃饭的人生观，只有求神问卜的人生观，只有《安士全书》的人生观，只有《太上感应篇》的人生观，——中国人的人生观还不曾和科学行见面礼呢！我们当这个时候，正苦科学的提倡不够，正苦科学的教育不发达，正苦科学的势力还不能扫除那迷漫全国的乌烟瘴气——不料还有名流学者出来高唱“欧洲科学破产”的喊声，出来把欧洲文化破产的罪名归到科学身上，出来菲薄科学，历数科学家的人生观的罪状，不要科学在人生观上发生影响！信仰科学的人看了这种现状，能不发愁吗？①

胡适认为，西方人欢迎东方文明是出于一种“博物馆心理”，西方人所乐闻的是太极、风水、八卦、命相这类带有神秘意味的东方精神文明，是为了满足他们在西方已很难满足的怀旧感，客观上是希望东方越落后越好。所以，东方人应主动向西方学习，而不是主动向西方输出东方精神文明。1923年4月，胡适还针对梁漱溟鼓吹东方文化的著作《东西文化及其哲学》写了一篇批判文章，毫不客气地批判梁漱溟关于东西文化的论调“只是闭眼的笼统话，全无‘真知灼见’”。②

1923年2月，张君劢受邀在清华大学演讲，题目是“人生观”，③将科学与精神对立，引起科学界关注。4月，丁文江发表《玄学与科学——评张君劢的〈人生观〉》一文，④针锋相对批评张君劢认为科学无法指导人生观的观点，提出科学可以解决一切世界问题，玄学是科学的死敌，是“玄学鬼”，因此应在“打倒”之列。张君劢随后以《再论人生观与科学并答

① 张君劢、丁文江等：《科学与人生观》，胡适“序二”，济南：山东人民出版社，1997年，第13页。

② 胡适：《读梁漱溟先生的〈东西文化及其哲学〉》，《读书杂志》，第8期，1923年4月1日。

③ 张君劢：《人生观》，《清华周刊》，第272期，1923年3月9日。

④ 丁文江：《玄学与科学——评张君劢的〈人生观〉》，《努力周刊》，第48、49期，1923年4月15日、22日。

丁在君》(上、中、下三篇)长文辩驳，丁文江则以《玄学与科学——答张君劢》一文还击。与此同时，思想文化界各路大儒亦纷纷撰文声援彼此，梁启超等支持张君劢，形成“玄学派”，胡适、唐钺、吴稚晖等人支持丁文江，时称“科学派”。

陈独秀对这场论争的态度，集中体现在他为《科学与人生观》①所作序中。他基于自己的唯物史观，对论争双方各打五十大板，结果“玄学派”和“科学派”都对他进行了反批评，如胡适、张君劢、梁启超。陈独秀则以《答适之》《答张君劢及梁任公》等文章予以反驳。本来的哲学之争，就这样变成了阶级之争；原本只是科玄之争，现在又变成了唯物史观与科玄两派之争了。

自“五四”以来，“德先生”与“赛先生”是陈独秀一直擎着的两面大旗。他坚信，只有求助于科学，社会才能进步。“举凡一事之兴，一物之细，罔不诉之科学法则，以定其得失从违。”②而中国现在那么多人，而且很多还是大学教授、社会精英，竟然都如此耽迷于冥想而非科学，大睁着双眼说着不着边际的梦话，害人误国。他还从中印文化传统找到了这种崇尚造谣玄妙的根源，历史上中印一些所谓大儒、圣贤，一直在用空灵思想把人引到空想无为的路上去，这才造成了印度成为英国殖民地，中国受到列强的威胁。③

“科玄之战”时，陈独秀的思想已超越了启蒙，而发展到阶级和政治斗争阶段。他利用为《科学与人生观》作“序”的机会，用马克思主义的唯物史观对争论双方都提出了批评。他激烈批判了张君劢、梁启超的“自由意志论”。他指出，科学与人生观有密切关系，其中与人生观有直接联系的是社会科学，特别是哲学。陈独秀属于科学派阵营，但并不持狭隘的门户之见，而是批评了科学派在关于人生观、国家观方面的不科学，如科学派既承认世界是可认知的，又认为宇宙中还有很多方面根本难以用科学解释清楚。更让他觉得不可思议的是：玄学派认为欧洲爆发第一次世界大战，西方文化的破产，都是物质文明发展的后果，而丁文江等科学派则把责任归因于西方哲学和教育思想。

“科玄之战”是中国思想文化界的一次分野，从当时的社会影响看，玄学派处于下风，受到了以左翼知识分子和青年学生为主体的科学派的嘲讽。这次论争也暴露出了 20 世纪中国思想文化发展过程中的诸多问题，是中国选择自身发展道路的一次思想洗礼。

---

① 张君劢、丁文江等：《科学与人生观》，陈独秀“序一”，济南：山东人民出版社，1997 年，第 1-8 页。

② 陈独秀：《敬告青年》，《青年杂志》，第 1 卷第 1 号，1915 年 9 月 15 日。

③ 陈独秀：《答皆平》，《新青年》，第 9 卷第 2 号，1921 年 6 月 1 日。

3. 研究系与社会主义之争

研究系的前身是1913年成立的进步党，是清末以来中国一部分知识分子在政治与文化变动中为争取和维持自身政治和文化权利而成立的一种组织，属于立宪派。护国战争后，进步党人以“制宪”为名，建立宪法研究会，因为标榜“研究宪法”，时人称之为研究系。进步党变成了研究系，但实质并无大的变化，其仍依托北洋军阀，与国会中的国民党力量角逐，后来还充当了段祺瑞策士的角色。进步党的核心人物是梁启超、汤化龙、林长民、范源镰等。

虽然研究系始终与政治脱不了关系，但后期主要是作为一种文化势力，影响着中国。在发动“五四”新文化运动，以及在新文化运动期间，研究系整体而言发挥了积极作用，其代表人物如梁启超、林长民等，其喉舌媒体如《晨报》《时事新报·学灯》等，对“五四”运动的推动，都起到了积极作用，甚至可以说是主导作用。陈独秀、蔡元培和胡适等在“五四”运动之初的作用，远远不及研究系的汪大燮、梁启超和林长民，只是后来随着“五四”新文化运动的深入和全面展开，陈独秀等人的影响力才逐渐超越研究系，成为运动的核心和领袖。

但研究系的根本性质并没有变化，即使在“五四”运动中，其培植政治势力的动机也很明显。当马克思主义和社会主义思想在中国开始传播，且研究系也形成了自己具有资产阶级改良色彩的“社会主义思想”时，就与真正的马克思主义者产生了冲突，从而引发了一场关于“社会主义”的大争论。

1920年11月6日，张东荪发表了《由内地旅行而得之又一教训》一文，指出要救中国，不能靠引进欧美的社会主义等这主义那主义，唯有办实业，强国力。① 梁启超撰文支持张东荪，他认为，中国还没有出现工人阶级，社会主义在中国没有实现的基础，所以只能寄希望于逐利的资本家。② 张、梁的观点虽然有一定的现实基础，但总体不利于中国当时的客观需要，国民党和社会主义者都对此表示不满，纷纷予以反驳，形成一场论战。论争最后以研究系失败告终。

---

① 张东荪：《由内地旅行而得之又一教训》，《时事新报》，1920年12月6日。

② 梁启超：《复张东荪书论社会主义运动》，李华兴、吴嘉勋编：《梁启超选集》，上海：上海人民出版社，1984年，第726、729页。

二、新文化语境下的西方思想救国观

近代以来，中国开始了西学东渐的艰难进程，中国知识分子不得不从古老文明的昔日荣耀中睁开眼睛看新的世界。当发现了一个前所未见的西方文化景观之后，他们便大胆拿来，西方历史上的各种思想流派，都几乎同时进入中国人的视野。新文化运动时期，国外的思想学术被大量翻译到中国，引起持续关注和热议。国内外的中国先进知识分子如同打量一件完美的工艺品一样醉心于西方的各种思想、制度和文化，并各取所需，从西方的文化脉络上找到模仿和学习的对象。他们从西方历史上或现时的思想家中为自己找到了精神偶像，希望借助外力，找到救国救民的秘方。

1920 年 9 月 5 日，梁启超以罗素访华为契机发起成立讲学社，核心人物有林长民、蒋百里、徐志摩等，具体负责罗素访华期间的事项安排，并成为中国后来邀请外国思想家访华的具体执行机构。梁启超形象地将讲学社比作一个大商店：中国文化运动需要国货，也需要“洋货”，只要是好货，就都要先引进来，然后凭个人喜好选择购买。也就说，讲学社引进任何外来思想学说，都不先入为主地加以限制，或以门户之见拒绝。只要对中国文化有价值，讲学社就要尽责引进中国。[①] 一些西方著名哲学家、思想家、文学家正是在中国这种特殊的历史语境下访华并在中国掀起一阵阵思想波澜。杜威、罗素、杜里舒、泰戈尔等来华都被中国知识界赋予了某种他们并不自知的使命：指导中国改造社会，最好能开出救世良方。西方思想家虽然最终未能满足中国人的思想期待和情感需要，但他们的中国之行毕竟使中国人不出国门而了解了西方，进而影响了中国文化对待外来文化的态度，推动了中外文化交流，成为中国近现代思想文化运动的一部分。

1. 中国的杜威、罗素与杜里舒“热”

1919 年 4 月 30 日，应中国弟子胡适、陶行知等邀请，约翰 · 杜威到达上海。作为哲学家、教育家的杜威集实用主义之大成，是东西文化交流史上的重要代表人物。他的中国之行经过了中国知识分子的精心策划和考量，与中国国内的局势也不无关系。当时的北洋政府虽然统治乏力，黑暗无能，但尚无精力对思想文化进行整肃，因此中国的文化交流出现了一个短暂的春天。

1920 年 10 月 12 日，应北京大学傅铜教授等邀请，英国哲学家、社会活动家罗素抵达

---

① 《讲学社欢迎罗素之盛况》，《晨报》，1920 年 11 月 10 日。

上海，在中国开始了为期一年的讲学之旅。

1922 年 10 月 14 日，应讲学社邀请，德国生机主义哲学家杜里舒抵达中国，先后在上海、南京、武汉、北京、天津等地演讲交流，于 1923 年 6 月离开中国。

中国当时的报刊几乎是以“追星”的热情和节奏报道这些哲学家的中国之旅，他们的行踪、演讲日程、观点、引起的反应等等都逐一被报道和评论，一些杂志还推出研究专号，为他们的在华演讲造势，他们的演讲稿也都迅速结集成册出版，他们的作品也都集中得到介绍，使这些西方哲人的观点不但为中国知识界所熟悉，而且变成了一场场社会运动，影响到了更广泛的大众，常常“听者之众，几于无席可容”。①

2. 中国东西方文化派的功利主义

杜威访华前，他在中国的影响并不大，但两年的中国行旅，尤其是借力于中国弟子们的鼎力推介，杜威的思想在中国迅速成为美国思想的代表。他在中国演讲的主题是教育革新，并提出“把教育事业为全体人民着想”，人人皆可接受教育，而这也恰是中国所迫切需要的，与中国的教育救国思想一致。中国新文化运动的旗帜是“民主”与“科学”，而美国在当时的中国人眼里就是民主、科学的国度，杜威的身份和思想都符合中国思想界和民众的期待。在中国期间，杜威并不回避给中国指出一条发展之路，哪怕只是中西文化调和之策，且不模棱两可。杜威的实用主义思想与中国当时兴起的科学救国思想颇多相契合之处，他希望中国要基于自身文明传统创造新的未来，并对世界作出独特的贡献。这既满足了中国人的期待，也给中国文化以自尊。所以，国人欢迎他，既有情感因素，也有理性思考，而正是后者，才使国人的热情两年不退。1921 年 5 月 25 日，北京大学等五团体为杜威一家饯行，范源濂在致辞中说：“杜威博士来华讲学，转瞬已届两年。此两年中，既苦天灾，又多政潮，而又加以教育风潮，可谓多事极矣，然博士讲演却不因多事而稍有懈怠。”杜威对学术的认真态度，让中国学人深受感动。梁启超在致辞中将杜威访华与鸠摩罗什来华相提并论，称鸠摩罗什曾引发了中国学术界的重大革命，而杜威访华未来肯定也会对中国学术思想产生极大影响，只是效果目前尚未显现出来而已。他希望杜威下次再到中国时，会看到中国的思想文化已经发生了革命性的变化。中国人的热情让杜威很感动，在答谢

---

① 周由廑：《约翰杜威博士教育事业记》，《东方杂志》，第 16 卷第 6 号，1919 年 6 月 15 日。

辞中称在中国的两年是“生活中最有兴味的时期”，他觉得在中国就像“到家了”。①

实际上，杜威的实用主义思想的理论基础是“进化论”，即主张渐进改良社会，“零零碎碎”进步，每天解决一点社会具体问题，慢慢实现人类理想。他在中国之所以被称为中西文化交流以来对中国影响最大的外国思想家，②与崇尚其实用主义改良思想的胡适、郭秉文、陶行知等其中国学生及追随者的推介大有关系。胡适在留学美国期间接触了杜威的实用主义哲学，回国后开始运用实用主义解释文学现象。另一方面，置身于一个时局动荡、内忧外患的时代，胡适作为一个敏锐的知识分子不可能超脱政治，只做一个两耳不闻窗外事的书生，只不过他与陈独秀等左翼人士提倡激进、迅猛的政治革命不同，而是主张进行温和、渐进的改良，这是他欢迎杜威访华的基本动机。

但是这种政治改良主张自然会受到左翼人士的激烈反击。面对积重难返的社会现实，左翼知识分子认为，迅猛切实的革命才是实现救国的正途。所以，围绕杜威来华及其演讲，中国知识界也掀起了热烈的思想文化论争，只不过杜威起初并未意识到自己的来访会引发这样激烈的思想论争。

罗素的思想不如杜威前后如一、务实，而是复杂多变。他的哲学研究路径是从数理逻辑进入的，这种以伦理、和平为基调的宏大的知识关怀既不能在“五四”这个讲究细微社会关怀的中国特殊时期得到回应，又难以在向来秉承人文传统的中国知识界得到反响。实际上，罗素的哲学思想对中国听众们来说很难理解，更谈不上接受了，因为其中的逻辑性和数理因素构成了理解的障碍，使他难以与中国听众们形成共鸣和思想互动。罗素到中国不久就意识到了这一点，但他把责任推给中国学生和听众，抱怨他们知识基础不扎实。但他实际上也认识到“中国的知识界要的不是技术哲学，而是关于社会改造的实际意义”。③

罗素显然认识到了中国对自己的期待，而他对中国人最期望于自己的中国问题解决方案，并没有提供确切的答案，哪怕是不可行的方案，甚至对基尔特社会主义、布尔什维克主义等如何取舍，也都没做出明确答复。罗素访华前，中国人对他充满期待，因为他不但是分析哲学家、数学家、思想家，更重要的是他的社会改造思想，而中国正需要改革才能进

---

① 《五团体公饯杜威席上之言论》，《晨报》，1921 年 7 月 1 日。

② 胡适：《杜威先生与中国》，《晨报》，1921 年 7 月 11 日。

③ 罗素：《中国问题》，秦悦译，上海：学林出版社，1996 年，第 4 页。另见徐志摩：《罗素与中国——读罗素著〈中国问题〉》，《晨报副镌》，1922 年 12 月 3 日。

步，所以希望他到中国后能具体指导中国的社会改造工作。事实上，“一战”后的罗素也不再相信资本主义了，而是将基尔特社会主义作为西方的出路。但在华期间，罗素却似乎游移不定，“思”无定性，一会儿赞扬布尔什维克主义，一会儿批评布尔什维克主义，一会儿又主张中国不要学习西方的民主政治，而是要效法苏俄。① 罗素这个在中国人眼中的英国甚至欧洲的社会改革家，对中国人视为具有“亡国灭种”危险的社会改造道路，似乎在随意点拨，且并无实际办法，这就难与中国思想界产生共鸣，于主张社会改革的激进民众，更无相合之处。因此，虽然他刚到中国时知识界表示了同样热情的欢迎与高度期待，“预料于社会改造论一面，我们将大得益处”，②结果罗素一开始在中国演讲，中国人对他的看法就发生了转变。甚至一直欢迎罗素访华的张东荪也抱怨罗素只说“梦话”，③就连“好人”胡适也忍不住批评罗素是在帮中国人继续做梦。④ 罗素后来感受到了中国人的这种批评，加上生病，就满怀遗憾提前离开了中国。

德国哲学家杜里舒在中国的影响小于杜威和罗素，虽然张君劢、江绍原等学者纷纷撰文向国人介绍其思想，但因其哲学观点具有较多的唯心成分，与中国迫切的现实需要脱节，所以在中国的影响有限，传播范围不广。

在泰戈尔之前访华的这些西方知识分子在中国思想文化界引发的思想文化论争实际上是中国思想、社会现实因受到外来思想冲击而产生的自然反应，这对中国思想、文化和社会的发展，都是有利的，也是必要的。总体来看，自晚清以来，中国思想文化界逐渐形成了“西化派”和“传统派”。在以陈独秀为代表的“西化派”看来，这个未来的中国新文化图景就是西方文化图景，就是用全盘西化的思想来武装头脑。以梁启超、梁漱溟等人为代表的“传统派”，也即“东方文化派”，则认为西方文明的基础已经坍塌，东方文明正成为西方乃至世界的救命稻草。这两种力量之间在进行争论的过程中，都存在着借势发力的“文化寻租”现象，论争双方都意识到只有借助更强大、更有说服力的“权力”才可能在争论中获胜，因此“西化派”和“传统派”都各自邀请西方学者前来讲学，以达到自己立场获胜的“利益”诉求。所以对任何外来的思想家，中国知识界一方面看他来中国说什么，一方面也关

① 杨瑞六：《罗素先生去华感言》，《东方杂志》，第18卷第13号，1921年7月10日。
② 韦君：《欢迎罗素》，《学生杂志》，1920年10月5日。
③ 张东荪：《后言》，《时事新报》，1921年7月31日。
④ 《胡适的日记》，北京：中华书局，1985年，第140页。

注他们到中国后站在什么阵营，根据他们的“站队”选择性发表自己的观点。杜威、罗素都是梁启超为代表的知识分子邀请来的，因此“五四”启蒙知识分子就先入为主地把他们划归到康、梁“保守”“落伍”的阵营当中去了，主观认为梁启超邀请罗素只是为了给自己的落后主张壮胆助威。这就使欢迎者或反对者常常因此忽略了外来思想家的思想本身是什么。也就是说，中国的欢迎者或反对者更看重的是外来思想家能带来什么拯救中国的药方，不管是“西药”还是“中药”。他们戴着有色眼镜，所看到的外国思想家们的学术思想模模糊糊，并不真切，但他们并不特别在意真切与否，更谈不上领会外国思想家们的学术思想的真正内涵和价值。

西方名哲们在各自领域卓有影响，也一直在思考和反省现代性的弊端，看到了西方文化中物质至上思想统罩下人们失去精神家园的可怖图景。但他们的中国讲学之行起初都轰轰烈烈，最终却并未给当时的中国留下实际的学术思想影响，更没有提供切实可行的解决中国问题的方案。虽然他们在华演讲中也揭示了西方的这种文明危机，对现代性的反省，但对根本无从谈起现代性，而是迫切渴望救亡启蒙的中国而言，这种讲学内容往往会让听者感觉不着边际，离题万里。围绕着名哲们的讲学，中国思想文化界不同派别彼此攻讦、批驳，但都不过是在做一场“文化寻租”的博弈，希望在这场论战中“借力”，给自己的立场“加码”，而对名哲们不远万里带给中国的学术并不热心于理解和研究。

尽管如此，西方名哲们的讲学仍然给当时的中国思想文化界带来了巨大影响，在当时特殊的中国文化语境下，他们的思想更新了中国知识分子关于西方现代思潮的知识，并以实际行动回应着渴望新知的中国思想界，故其讲学实际上已经超越了单纯的学术交流的层面，而形成了政治、文化各方面的互动。在这个互动的过程中，中国人见仁见智，各取所需，一方面加深了对西方思想文化的了解广度和深度，另一方面也促进了中国思想文化界的分化与演进。

三、泰戈尔访华的“文化寻租”价值

1924 年 4 月 12 日，泰戈尔一行乘船到达上海汇山码头。徐志摩、瞿菊农、张君劢、郑振铎，以及文学研究会、上海青年会、江苏省教育会以及《时事新报》馆都派代表迎接。一场中印文化交流的盛会正式开幕，一次次“欢迎”与“反对”争论也渐次上演。

1. 基于不理解的欢迎

自泰戈尔抵达上海至同年 5 月 29 日从上海赴东京,鲜花和掌声就包围了他。上海的徐志摩、张君劢、瞿菊农、郑振铎,北京的梁启超、蔡元培、胡适、蒋梦麟、梁漱溟、辜鸿铭、熊希龄,甚至溥仪,纷纷以各种形式欢迎泰戈尔来华。在当时军阀混战、政治纷乱的社会大背景下,泰戈尔来华成了中国文化界的大事。

对于泰戈尔的来访,梁启超、徐志摩等表现出由衷的欢欣。梁启超此时已完成了从反对中国传统文化、崇尚西方文明到欲以中国文明拯救西方文明的思想转变,和泰戈尔的思想是一致的,所以对泰戈尔来华,梁启超恭迎有加,甚至亲自过问泰戈尔在华的生活起居。为了让普通的中国人对泰戈尔的学说和文学、哲学以及政治主张也能有大致的了解,他还于 4 月 26 日和 4 月 27 日先后在北京大学和北京师范大学作了两次演讲。反对传统文化,宣扬西方文明的胡适本质上是反对泰戈尔来华的,但因为泰戈尔与他都主张采用口语作为文学表达的工具,所以他对泰戈尔来华也表示欢迎,甚至在泰戈尔受到攻击时,还出面为他辩护。

与胡适相反,也有一些欢迎者恰恰是因为泰戈尔在中国宣讲东方文明而表示出热烈的欢迎。在他们看来,泰戈尔抨击西方文明大长了东方人的志气,大灭了西方人的威风:"太戈尔之演讲,虽无新义,然其痛诋欧洲人之生活与思想,实可为东方人出气。"①

徐志摩是泰戈尔在中国被误解的一个源头。泰戈尔来华前,徐志摩的诗人气质就使他说了很多言过其实的欢迎词。泰戈尔到中国后,徐志摩不仅时时伴侍左右,而且以泰戈尔弟子自居,甚至以父子相称,最后还随泰戈尔去了日本,又专程把他送到香港后才回到中国。另外,徐志摩是新月社的灵魂和创立者,这个文学团体的成立,与泰戈尔来华很可能也有关系。徐志摩可能是借泰戈尔来华之际,把原先与胡适等好友的聚餐会定名为"新月社",也有取悦客人的意思。而正式成立后的新月社所做的第一件事,就是排演泰戈尔的名剧《齐德拉》。再后来,当泰戈尔受到国内进步思想文化界的攻击,而且泰戈尔也已经意识到这一点时,徐志摩还千方百计在他面前掩饰。更有甚者,为了使泰戈尔已经失望的情绪再兴奋起来,徐志摩最后竟然还替林长民代表当时的北京政府首领段祺瑞邀请泰戈尔再度访华。军阀政客邀请一个诗人来访问,无非是为自己增加一些政治资本罢了,幸好

① 魏时珍:《旅德日记》,《少年中国》,第 3 卷第 4 期,1921 年 11 月 1 日。

诗人没有接受，否则他在历史上可能就要留下与封建恶势力勾结的罪名了。

徐志摩对泰戈尔是倾心折服。他在一次欢宴泰戈尔时说：

> 我昨晚为泰戈尔先生作伴，全夜未睡，可是深觉有味，关于泰戈尔先生一切，我极崇拜，可以称之曰美，曰圣，曰伟，曰大，是出乎超人以上的伟大……①

然而，可能就是因为这种极端的崇拜，使徐志摩没能向中国人客观介绍泰戈尔，而是带有强烈的个人情绪，把泰戈尔敬若神仙，而其在泰戈尔访华期间的特定身份，使其一举一动都影响着中国人对泰戈尔的理解和认识。所以，他的这种崇拜式的评价，使不少中国人，包括欢迎者和批评者，都受到影响而与泰戈尔产生精神上的隔阂。徐志摩当然比泰戈尔更了解中国的国情，但他不但没有努力去消除这些隔阂，反而充当了泰戈尔所宣传的思想的传声筒，赞美泰戈尔的一切，千方百计要使听众接受泰戈尔的思想。

泰戈尔在中国都是用英文演讲，而中国听众则多听不懂英文，所以听众能不能听懂并理解泰戈尔的演讲内容，徐志摩的翻译显然是至关重要的。但他的诗人气质和个性，使他常常意气用事，有意或无意地忽略了自己的桥梁作用，结果还因此强化了反对者对泰戈尔的不满。如泰戈尔在杭州演讲后，听众期待地等着他翻译：

> 太戈尔先生穿着长袍，高立在讲演台上，长髯被微风吹动，飘飘然有神仙之概。他开始讲演——不，唱歌了。歌唱一回，照例要轮到我们的诗哲徐志摩来翻译了，可是徐诗哲沉思一下，慢慢地立起来，很庄严地对台下听众说：
>
> "太戈尔先生用诗来替我们解释人生，来安慰我们。他讲的话，一句一句都是诗。诗是不能翻译的，翻译它就是亵渎它。你们已经见到太戈尔先生的风度，已经听到太戈尔先生的声音，你们是有福了。听呀！他那里是在说话，简直是夜莺在歌唱——这是一种天籁。你们再听他唱罢，我是不能翻译的。"
>
> 台下起一阵小小的骚动。徐诗哲轻轻地在太戈尔耳边说了句话，坐下来，对台下和厢楼的听众瞪了一瞪眼，仿佛说，"呔，你们这些蠢材！"于是太戈尔又歌唱了。我闭目静听，仿佛真是鸟儿在树头歌唱，可惜我不会到过欧洲，没有听过夜莺叫，如果改用中国的成语，那么，"百啭黄鹂"，庶几近之。

---

① 汪止足：《关于泰戈尔》，《国民杂志》（北京），第10期，1941年10月1日。

我正听得出神，台下又起了一阵骚动，许多纸片从厢楼上飞下来，顺手接过一张来看，大概写着一些“我们欢迎太戈尔先生来中国，但我们不欢迎太戈尔先生把他的那套哲学来宣传”云云(意思大概如此，原文已经忘记了)。好在太戈尔先生不认识中国字，也就含糊过去；但徐诗哲似乎动怒了，散会后他对我说：

“胡闹！中国人就是这样爱胡闹！浅薄，无聊，没有热情，不够诚恳。人家拿出‘心’来给我们看，我们却把它刺伤了。”①

诗人偶然拿翻译之事发一次小脾气还可以理解。问题是，在被他本人也赋予了重大意义的泰戈尔访华一事上，他在最关键的“翻译”这个环节上的表现，却似乎又表明他拿泰戈尔访华当儿戏了。因为，“徐志摩先生为太戈尔翻译，态度屡变”。他一次又一次地在泰戈尔的演讲场上使起了诗人的性子。在商务印书馆，泰戈尔演讲完毕，徐志摩才开始翻译，内容不可能完整，误译肯定存在，态度更让人难以接受。这样的情况后来还愈演愈烈。泰戈尔在北京演讲时，徐志摩将泰戈尔的演讲比作甘蔗，谦虚地称自己的翻译只是渣滓，所以就客气地表示不再画蛇添足了，每次就只是略微介绍一下泰戈尔的演讲大意。5 月 25 日，泰戈尔在武昌演讲后，该徐志摩翻译时，他竟然对台下望着他的听众说：你们只需瞻仰一下老诗人的风采，聆听他雷响般的声音就可以了，至于演讲的内容，则无关紧要。于是三言两语，把老诗人辛苦演讲了一个多小时的内容概括了几句，就让听众散去了。② 泰戈尔演讲的目的是希望更多的中国人了解自己的东西方文化观，结果徐志摩却不翻译，这实际上恰恰违背了泰戈尔的意愿。

徐志摩的确视泰戈尔为神，视泰戈尔的演讲为“神话”。即使他事后集中精力翻译泰戈尔的演讲时，他也自始至终有一种战战兢兢的感觉，害怕自己的翻译会破坏泰戈尔演讲的韵味和深刻意义，否则自己就是亵渎泰戈尔，就成了罪孽。但他似乎忘了，泰戈尔的公开演讲不是与他的私人谈话，而是要公共交流，他的行为实际上在泰戈尔和中国听众之间隔了一堵墙。③ 他的意气用事不但将自己与听众对立起来，更让纯然无辜的泰戈尔受到牵连，使他与中国听众的距离，越来越远了。这不能不说是徐志摩的责任。

---

① 云彬：《回忆太戈尔》，《野草》，第 3 卷第 1 期，1941 年 9 月 15 日。

② 谭祥烈：《徐志摩的妙论》，《觉悟》，1924 年 6 月 3 日。

③ 徐志摩：《清华讲演》之“附述”，《小说月报》，第 15 卷 10 号，1924 年 10 月 10 日。

实际上,徐志摩、梁启超等人就是这样一直在有意或无意地把泰戈尔与中国世事隔绝起来,他们在泰戈尔周围围上一层层的帷幕,使其他人看不清泰戈尔此次来华的真正目的,看不清泰戈尔作为诗人、思想家、艺术家、哲学家的真正价值。欢迎泰戈尔的声音热热闹闹,但大家似乎都忙着"凑热闹",而无暇去静心读读泰戈尔,更遑论研究泰戈尔了,甚至都没人愿意以理智的平常心把泰戈尔来华看作一次普普通通的文化交流。这也正应了郭沫若一针见血的断言:在对泰戈尔的思想、作品没有作系统的考察研究的情况下就大谈特谈"泰戈尔研究",纯粹是出于一种慕名的冲动,一种崇拜偶像的冲动,促使我们满足自己的虚荣。① 这不能不说是泰戈尔的悲哀,也是中国思想文化界的悲哀。

2. 基于不理解的批判

泰戈尔来时的中国,正处于中国革命风起云涌的复杂时期。中国共产党领导的工农运动发展迅速,并与孙中山领导的国民党实现了第一次国共合作,国民革命军正积极准备北伐。在这样的时代背景下,泰戈尔一到中国就宣讲爱与和平,自然会受到尖锐的批评。实际上,泰戈尔一踏上中国的土地,就感受到了这种不和谐的气氛。有一次讲演,泰戈尔晚到了半小时,就有一家报纸批评他是过时人物,只该与古人对酒当歌才是。北京有人说他是政客,不是诗人;要他只管去做诗,莫管人家的国事,甚至骂他是帝国主义政策的间谍、资本主义的助力、亡国奴族的流民、提倡裹脚的狂人。在这种尖刻、激烈的批评声中,他甚至取消了原计划的演讲。

陈独秀、郭沫若、沈雁冰、瞿秋白、吴稚晖、沈泽民、林语堂等作为"五四"新文化运动的参与者和左翼文化的捍卫者,因为担心泰戈尔所宣讲的思想会消磨中国人的革命意志和斗志,所以在批判泰戈尔时表现最活跃、最用力。

郭沫若根本否定泰戈尔的哲学可使东方民族起死回生。他把请泰戈尔以及罗素、杜威到中国讲演都看作是好像乡下人抬着神像"办神会"一样热闹。热闹过后,只留下可怜的几张"诳鬼的符禄!"②吴稚晖讽刺泰戈尔所提倡的主张无异于把融合了大小乘佛教的诗篇,贴在城墙上抵抗敌人的机关枪,他因此正告泰戈尔:

> 请你尊口把封条实贴起来,这种西化东化等的鄙陋可笑,盲目瞎说,我们家里的

① 郭沫若:《太戈儿来华的我见》,《创造周报》,第23号,1923年10月14日。

② 同上。

大文豪梁任公先生早在五年前做了先觉，正所谓英雄所见略同。

他“热诚”地劝泰戈尔只管“做诗罢！管不了人家的家国，你莫谈天下事”。①

沈泽民的批评则针对泰戈尔提出的“人类第三世界”的理论。按照泰戈尔的说法，所谓第三世界，就是重精神、主静的东方文明最终战胜重物质、主动的西方文明后出现的一个人与自然、宇宙和谐的真善美的世界。沈泽民认为这种理想的第三世界是虚幻的，是冥想主义的，要达到这“第三世界”，泰戈尔的精神主义是行不通的，反之，倒应更加努力追求物质文明的发达。泰戈尔的这种主张，“可谓迷恋骸骨，与中国现在一般国粹派，毫无二致。这种思想若传播开来，适足以助长今日中国守旧派的气焰，而是中国青年思想上的大敌！”②

瞿秋白称泰戈尔为“过去的人”，理由是：泰戈尔作为印度诗人，其思想却并不能完全反映出现代印度社会运动及革命运动的变化，而是仍生活在“过去世界”，“还在那里梦想‘爱与光明’的呼声可以回英国资产阶级的心——因此竭力否认政治斗争。印度已经成了现代的印度，而太戈尔似乎还想返于梵天，难怪分道扬镳——太戈尔已经向后退走了几百年！”“他虽名为调和‘东方’与‘西方’，实际上完全立在东方文化的观点上。”瞿秋白批评泰戈尔是“后时的圣人”。在政治斗争、群众运动成为历史必然的情况下，“太戈尔却尽想死守着印度人的和平心理——如何能不后时呢？因此，也难怪他成一个‘玄妙的独夫’，疯疯癫癫地歌咏他的‘爱与光明’了”。③

泰戈尔的批评者站在中国现实的土壤上，基于中国的现实斗争需要，担心泰戈尔来华会削弱中国的革命斗争，对群众运动产生消极影响，所以才批判泰戈尔的和平主义思想。虽然这些批评并非基于文学艺术标准，但符合当时的政治和社会斗争需要。

第四节　重塑中的“他者”：中国泰戈尔形象的“多”与“一”④

形象学重在研究文学作品中的异域形象，这种形象并非对异域的复制，而是再创造，其中带有作者主观的理解和想象，具有一定的虚饰性。目前的形象学研究本身就兼具跨

---

① 吴稚晖：《婉告太戈尔》，《民国日报·觉悟》，第4卷第24期，1924年4月24日。
② 沈泽民：《太戈尔与中国青年》，《中国青年》，第27期，1924年4月18日。
③ 瞿秋白：《过去的人—太戈尔——家庭与世界》，《中国青年》第27期，1924年4月18日。
④ 本节参考了尹锡南：《中印泰戈尔研究之比较》，《亚非研究》（第5辑），2011年。

学科交叉性，文学研究已不再局限于文学性本身，而是结合文学、文化、哲学综合分析。泰戈尔形象研究已经跨出了传统比较文学的形象学研究范畴，因为他具有诗人、教育家、政治家等多重身份，并非文学作品中的人物形象。作为一个极具符号化的形象，泰戈尔的文学观、哲学观一直影响着中国文学及思想的发展。中国学者在不同时代对泰戈尔这个极具“他者”属性的形象的研究与塑造，呈现出纷繁的曲解、夸饰和想象成分，但这也表明在建构中国的泰戈尔形象时，中国自身思想观念发挥了积极主动性，做出了独特选择。

一、东方文明与爱的使者：诗哲泰戈尔(1913—1924)

1913年12月，泰戈尔以英译诗集《吉檀迦利》获诺贝尔文学奖。不仅印度人感到骄傲，实际上整个亚洲都在为此欢欣鼓舞。虽然泰戈尔获奖本身就代表了西方对东方的偏见，但毕竟“此为东方人第一次在欧洲得荣誉”，①所以堪称是亚洲的胜利、东方的胜利。印度的泰戈尔，成为东方文化的代表。

当年10月1日，《东方杂志》(第10卷第4号)刊发了钱智修的文章《台莪尔之人生观》，并附有一幅泰戈尔像。这是中国最早介绍泰戈尔生平和思想的文章。该文准确介绍了泰戈尔的东方文化观、科学观、爱情观、死亡观，赞赏泰戈尔提倡“人之献身于理想，献身于国家，献身于人类之福利”，趋善避恶。之后，《青年杂志》《大中华》《清华周刊》也陆续发表了有关泰戈尔的传记及研究文章。

泰戈尔获得诺贝尔文学奖不久，欧洲就掀起了一股“泰戈尔热”，英国女王也授予泰戈尔爵士称号。泰戈尔也频繁地被邀请到欧洲和美洲各国巡回演讲，宣传东方文明。

自1914年之后，欧洲兴起的这股泰戈尔热从欧洲传到了日本。众所周知，中国新文化运动的两个主要影响源就是欧洲和日本，在这两个源头处兴起的“泰戈尔热”不可避免会影响到当时在国内或国外的敏感的中国知识分子。如郭沫若正是在1914年日本掀起“泰戈尔热”时有机缘接触到泰戈尔的英文诗，并且一下子就被泰戈尔诗的清新平易迷住了，于是就和“太戈尔的诗结了不解缘”，②成了泰戈尔的崇拜者。他还翻译了其中一些诗，并模仿着写了一些泰戈尔式的诗。

---

① 《印度诗人泰戈尔即将抵沪》，《申报》，1924年4月12日。

② 郭沫若：《我的作诗的经过》，《郭沫若全集》(文学编，第16卷)，北京：人民文学出版社，1990年，第213页。

陈独秀是最早将泰戈尔介绍到中国的人之一。1915 年 9 月 15 日,陈独秀在《青年杂志》(第 1 卷第 1 号)创刊号的首篇文章《敬告青年》中就谈到了泰戈尔。他将泰戈尔与托尔斯泰同作为反面教材,以劝诫中国青年在世界竞争中要进取而非退隐:

人之生也,应战胜恶社会,而不可为恶社会所征服;应超出恶社会,进冒险苦斗之兵,而不可逃遁恶社会,作退避安闲之想。呜呼!欧罗巴铁骑,入汝室矣;将高卧白云何处也?吾愿青年之为孔墨,而不愿其为巢由;吾愿青年之为托尔斯泰与达噶尔(R. Tagore,印度隐遁诗人),不若其为哥伦布与安重根!

虽然陈独秀否定了泰戈尔的人生态度,但他显然也认识到泰戈尔在文学上的价值。所以,在《青年杂志》第 1 卷第 2 号(1915 年 10 月 15 日)上,他用文言翻译了泰戈尔《吉檀迦利》中的四首诗,以《赞歌》为题:

其一

我生无终极,造化乐其功。
微躯历代谢,生理资无穷。
越来千山谷,短笛鸣和雍。
和雍挹汝美,日新以永终。
汝手不死触,乐我百障空。
锡我以嘉言,乃绝言语踪。
弱手载群惠,万劫无尽工。

其四

远离恐怖心,矫首出尘表。
慧力无尽藏,体性遍明窈。
语发真理源,奋臂赴完好。
清流径寒碛,而不迷中道。
行解趣永旷,心径资灵诏。
挈临自在天,使我长皎皎。

陈独秀在注解中这样介绍泰戈尔："达噶尔，印度当代之诗人，提倡东洋之精神文明者也。曾受 Nobel Peace Prize。驰名欧洲。印度青年尊为先觉。其诗富于宗教哲学之理想。"

文虽然短，间还有错，但此注解堪称国内较早介绍泰戈尔及其文学作品的文字。此后，泰戈尔在世界范围内的行踪开始受到中国一些英文报纸的关注，如"Tagore arrived Singapore"(*Peking Gazette*, May 25, 1916), "Tagore decided to Visit America"(*The North-China Daily News*, July 13, 1916)等。

中国对泰戈尔的第一次全面介绍，归功于梁启超主编的《大中华》杂志。《大中华》杂志创刊于 1915 年 1 月，目的有三："一曰养成世界智识；二曰增进国民人格；三曰研究真理真相以为朝野上下之南针。"①梁启超作为主编，明确提出杂志的天职是关心"中国之前途，国民之自觉心"，"并能了然于中国与世界之关系，以免陷于绝望苦闷之域"，了解"欧洲之原因结果，中国之存亡盛衰"。②《大中华》贯彻了梁启超的办刊思想，并成为介绍外国思想文化，打开国人视野，增强国民世界智识，促进中外文化学术交流的重要平台。其中对泰戈尔的介绍和研究，在国内也堪称代表。

1916 年 2 月 20 日，《大中华》杂志发表署名仲涛的文章《介绍太阿儿》，并附有"太阿儿手札"一幅，"太阿儿最近写真"一幅。同年，第 2 卷第 8 期刊出逐微所译《印度大思想家太阿儿自传》。在《大中华》杂志满纸"欧风美雨"中刊发有关泰戈尔的文章，一是因为泰戈尔为"印度文明之代表者，为东西两洋文明之调和者，为今后世界新思想之开宗者"；③同时也是因为泰戈尔获得诺贝尔文学奖后在英国和日本受到了热烈欢迎。梁漱溟深谙此种心理，一语中的地批评梁启超等介绍印度文化，只是对西方泰戈尔热的随声附和。④

仲涛之文侧重强调泰戈尔在欧洲的影响和在世界文化史上的地位，并预言泰戈尔将开辟世界文明史的新纪元。但让他觉得遗憾的是，现在亚洲出现了这样的伟人，连欧洲人都"伏地摩太阿儿之足以致最隆之敬"，而"吾震旦人士，至今无能称太阿儿者。巷有颜子而不知，耻矣"。逐微的译文则简明扼要地介绍了泰戈尔的生平及其政治观、宗教观、文学

① 陆费达：《宣言书》，《大中华》，第 1 卷第 1 期，1915 年 1 月 20 日。
② 梁启超：《发刊辞》，《大中华》，第 1 卷第 1 期，1915 年 1 月 20 日。
③ 仲涛：《介绍太阿儿》，《大中华》，第 2 卷第 2 期，1916 年 2 月 20 日。
④ 梁漱溟：《东西文化及其哲学》，北京：商务印书馆，1999 年，第 74 页。

观。实际上,这两篇文章彼此互补,可以称为中国最早、最全面的泰戈尔研究。

泰戈尔在中国的第一个批评者,应是周作人。1918年12月15日,周作人在《新青年》上发表《人的文学》,公开批评泰戈尔的作品赞扬东方思想、封建礼法,赞美非人道的"心的撒提"(Suttee),是东方封建守旧思想的代表。① 周作人批评泰戈尔赞美"撒提"制度,只是以印度封建礼教之恶,破解中国封建礼教之恶。因为泰戈尔一生都致力于改变印度封建陋俗,他在作品中描写印度社会的种种陋习,并非提倡,恰是要揭露东方文化愚昧残忍的一面,并进而废除。

在这一时期,泰戈尔对中国文学开始产生多方面的影响,如冰心因为喜爱《吉檀迦利》《园丁集》而边翻译边模仿创作,于是中国才有了《繁星》《春水》这种泰戈尔式的小诗;如郑振铎倾心于泰戈尔作品的精美优雅并翻译了一些作品;如王统照也开始关注泰戈尔的诗歌……但这些翻译介绍都是零星散见于各报纸杂志,并没有形成中国"泰戈尔热"。1917年年底,郭沫若拟将自己翻译的泰戈尔的诗在国内出版,结果商务印书馆、中华书局都不接受。这说明当时对泰戈尔的零星介绍研究并没有形成中国的"泰戈尔热",中国对泰戈尔总体上来说还是相当冷淡的。

进入20世纪20年代后,泰戈尔开始广泛受到中国人的关注,泰戈尔作品的中文译本和介绍也开始越来越多,中国慢慢出现了第一次真正的"泰戈尔热"。从1920年起,《少年中国》《小说月报》《民国日报·觉悟》《东方杂志》《民铎》《时事新报·学灯》《晨报副刊》《创造周报》《文学周报》《向导》《中国青年》等都发表了泰戈尔一些作品的中文译本及有关介绍和研究文章。1920年2月、3月《少年中国》(第1卷第8、9期)发表了黄仲苏译的《泰戈尔的诗十七首》。1921年1月10日、4月10日《小说月报》(第12卷1号、4号)发表了郑振铎译的《杂译太戈尔的诗》,其中4号还有许地山译的泰戈尔的小说《在加尔各答途中》,并附跋;而5号上则发表了瞿世英翻译的泰戈尔的剧本《齐德拉》。1921年4月17日,《民国日报·觉悟》也刊出《译太戈尔园丁集第二十三首、二十四首》,译者为太白。1921年,《新人》杂志第七、八卷合集为《泰谷儿号》,内容包括王靖的文章《泰谷儿的主义》,钱家骧、王靖译《人生的实现》("恶的问题""自我的实现""在爱里的实现""美的实现"),王靖译《迷途的鸟》(第171则)、《哑女》,邓演存译《是主人还是儿子》《为什么》,李祖荫、庐正申译《新月

---

① 周作人:《人的文学》,《新青年》,第5卷6号,1918年12月15日。

集》中的十六首诗，以及署名“青年”的《泰谷儿传》和泰戈尔的一幅像、《迷途之鸟》的一幅插图。而在杂志后附的《新人社消息》中，该社出版的《新人丛书》已发印了泰戈尔的《生命的实现》《迷途的鸟》《泰谷儿小说第一集》，正在翻译而未付印的则有《新月集》等。《东方杂志》《小说月报》《佛化新青年》都出了《太戈尔专号》；另外，商务印书馆、上海泰东图书馆、上海大同图书馆还推出了泰戈尔的译文集，如瞿世英所译《春之循环》(1921 年)，郑振铎所译《飞鸟集》(1921 年)，景梅九、张墨池所译《人格》(1921 年)，王独清所译《新月集》(1923 年)等。

1921 年 3 月 10 日，《小说月报》第 12 卷 3 号“海外文坛消息栏”发表沈雁冰的短文“印度文学家太戈尔的行踪”，介绍泰戈尔在纽约的活动情况。同年 8 月，留德学生王光祈发表《太戈尔之山林讲学》；同月，《东方杂志》转载了俞颂华的文章《德国欢迎印哲台我尔盛况》，俞文将泰戈尔与罗素、托尔斯泰、克鲁泡特金相提并论。同年 11 月，《少年中国》(第 3 卷第 4 号)发表魏嗣銮的文章《旅德日记》，对泰戈尔的基本思想也作了一般性的介绍。

随着泰戈尔的重要作品陆续有了中文译本，其艺术观、宗教观和人格观等开始得到广泛研究。对泰戈尔的研究，这一时期比较重要的有瞿世英、郑振铎从 1921 年 2 月 27 日至 4 月 3 日在《晨报》第 7 版副刊连载的《太戈尔研究》和在 1921 年 4 月 14 日、15 日在《时事新报・学灯》上发表的关于泰戈尔的通信；其他还有冯友兰的《与印度泰谷尔谈话》(《新潮》，第 3 卷 1 号，1921 年 10 月 1 日)，愈之的《台我尔与东西文化之批判》(《东方杂志》，第 18 卷 17 号，1921 年 9 月 10 日)，梁漱溟在《东西方文化及其哲学》一书中的论述(上海商务印书馆，1922 年 1 月)和瞿世英的《演完泰戈尔的〈齐德拉〉之后》(《戏剧》，第 1 卷 6 期，1921 年 10 月 30 日)。1922 年商务印书馆推出了两本关于泰戈尔哲学的著作，一是张闻天的《泰戈尔哲学》，二是冯飞的《塔果尔及其森林哲学》。两书对泰戈尔的哲学思想、美学思想、文艺观都作了基本介绍。1922 年 2 月 10 日，《小说月报》(第 13 卷 2 号)在“文学家研究”栏推出了一个关于泰戈尔的小专号，并附有插图“太戈尔的最近小影及其手迹”，形成了泰戈尔来华前的一个翻译介绍的小高潮。

泰戈尔“年轻时便揣想中国是如何的景象，那是我念《天方夜谭》时想象的中国。此后那富丽的天朝竟变了我的故乡”。①

为了完成此心愿，1923 年 4 月，他派助手英国人恩厚之(Elmhirst)来中国联系访华事

---

① 泰戈尔：《告别辞》，《小说月报》，第 15 卷 8 号，1924 年 8 月 10 日。

宜。徐志摩喜出望外,牵线讲学社,向诗人发出了邀请。

泰戈尔即将访华的消息传出,中国的思想文化界立刻兴奋、躁动起来。各种团体和一些重要的政治或文化人物纷纷对此做出反应,当时的热闹情景恰如徐志摩明显夸张的表述:中国几乎所有的重要杂志都在介绍泰戈尔,泰戈尔的英文作品已大多译成了中文,且不止一个译本。①

最先做出反应的自然是最敏锐的报纸、杂志:《东方杂志》(第 20 卷第 4 号,1923 年 7 月 25 日),《小说月报》(第 14 卷 9、10 号,1923 年 9 月 10 日、10 月 10 日),北京佛化新青年会的《佛化新青年》(第 2 卷 2 号,1924 年 5 月)上都出了《太戈尔专号》;《小说月报》第 15 卷 4 号在《诗人拜伦的百年祭》专号内还特地编辑了《欢迎太戈尔》临时增刊;其他一些杂志如《民铎》《时事新报 · 学灯》《晨报副刊》《创造周报》《文学周报》《民国日报 · 觉悟》《向导》《中国青年》等都发表了泰戈尔的作品及有关文章。这些翻译介绍,不但使中国的知识分子对泰戈尔的基本哲学和文学思想有了大致的了解,而且也对泰戈尔的家庭背景和基本生活经历有了直觉的印象,使人未见其人已先闻其声,睹其容,仰其行,为泰戈尔来华作了很好的铺垫。

1924 年 4 月 12 日,泰戈尔抵达上海的当天,《申报》就刊出商务印书馆的一则广告:“欢迎太戈尔:我们盼望好久的印度大诗人兼哲学家泰戈尔氏已经来沪了! 我们于欢迎之余,对于他的思想和著作,要有一番研究才是,那么下列各书,都是我们亟应阅读的了。”这些书刊包括:《塔果尔及其森林哲学》(冯飞译)、《新月集》(郑振铎译)、《飞鸟集》(郑振铎译)、《泰戈尔戏曲集》(瞿世英译)、《谦屈拉》(吴致觉译)、《春之循环》(瞿世英译)、《小说月报 · 泰戈尔号》。而在 13 日,《申报》在刊出上述同一则广告的同时,还刊出了泰东图书局的广告“泰谷尔”,广告词为:“印度大诗人兼哲学家泰谷尔氏,今已来沪了! 他的思想和艺术,早为一般学子所颂拜而赞美的,下列各书,便是他的生平杰作!”这些书包括《新月集》(王独清译)、《泰谷尔小说》(王靖译)、《家庭与世界》(张墨池译)。泰戈尔的其他一些中文译作,如上海民智书局出版的泰戈尔的《人格》,也都因泰戈尔访华销路骤增。

中国早期这些关于泰戈尔及其作品的介绍和研究,基本上从各个方面介绍了泰戈尔

① 徐志摩 1923 年 12 月 27 日致泰戈尔的信。参见孙宜学编:《泰戈尔在中国》,南昌:江西高校出版社,2009 年,第 106 页。

的基本思想、人格和艺术特色。泰戈尔的东西方文明观，爱国主义精神，积极肯定现世生活的态度，以及清新宜人，歌颂大自然的诗歌、小说，都令中国人为之倾倒。但中国的知识分子或政治势力关注泰戈尔的更多的是他的人格以及其提出的解决世界危机的办法，即使对他的诗歌、小说的介绍，也侧重作品中所表现出来的诗人的人格力量。

泰戈尔访华期间，《小说月报》、《申报》、《晨报》、《时事新报》、《民国日报》、《向导》、《大公报》、《中央日报》、《海潮音》、《佛化新青年》、*The North-China Daily News*、*The North-China Herald and Supreme Court & Consular Gazette*、*The China Weekly Review*、*The Chinese Recorder*、*The China Press* 等中英文报纸杂志都进行了跟踪报道，尤其是对泰戈尔的演讲和引发的各种争论，助力推动形成文学文化界欢迎泰戈尔的热烈气氛，"唯泰戈尔是谈"。

虽然泰戈尔在中国引发的反应是多元的，但他在中国所宣扬的思想基本是一贯的，即爱与和平，而他的这种美好理想在中国却一再受到讽刺与评判。泰戈尔也清楚其中的原因："你们一部分的国人曾经担着忧心，怕我从印度带来提倡精神生活的传染毒症，怕我摇动你们崇拜金钱与物质主义的强悍的信仰。"①就这样，曾经向往中国的泰戈尔，来到中国却发现这个天朝大国并非自己想象中的国家，他的很多美好愿望，包括希望看到东方文明在中国的繁盛，包括用自己的爱换来中国人的爱，包括其乡村改革计划，也包括创办一份英文杂志作为中国与印度和欧美国家之间进行交流的媒介，等等，都因为中国特殊的政治和文化形势而付之东流。其中原因，既有他对中国的不切实际的期待，也有中国对他不切实际的期待：

> 我一向总是在我的心里踌躇究竟中国是否象我意想所构成的中国，我也踌躇究竟我能否深入这民族的心曲。那天我的心里很是不自在，因为在你们看来我是从一个神秘的地域来的，我又负有一个过于浮夸的名誉，因此你们对于我的盼望也许不免有不切实在的地方。所以我急于告诉你们我的有限的资格，我记得我开始就供认给你们我仅仅是一个诗人，我知道你们曾经邀请过欧美诸邦的名人，大哲学家与大科学家，远渡重洋到你们的国家来讲学，现在我也来到你们的中间，我很惭愧我自己的渺小。②

① 泰戈尔：《告别辞》，徐志摩译并附记，《小说月报》，第15卷8号，1924年8月10日。
② 同上。

遗憾的是，就在各种期待的交汇冲击下，泰戈尔本人和欢迎或批评他的中国人很快就淡化了其诗人身份，自觉担负了各种使命的泰戈尔，又被赋予了各种新使命，他在中国或被“置身在崇高的座位上”，或被“倒拉下来”，都不是其本意，但他始终不改对中国的友谊，对中国人民的爱，对世界的爱，这是其诗人的本分。梁漱溟对此有很深的印象：“泰戈尔给我的印象是一位虚怀若谷的诗哲，对学问十分认真，关切中国的问题，又如此不耻下问，不为自己名望所累，是很难得的。”①

诗哲泰戈尔，并没有完全被中国人淡忘。

二、友谊与正义的化身：中国人民的知音泰戈尔（1925—1940）

1924 年 5 月 30 日，泰戈尔离沪赴日，中国的“泰戈尔热”也随之逐渐降温，但争论的余烬仍未熄。陈独秀继续发表了一系列批评文章，林语堂和江绍原围绕“泰戈尔与耶稣”进行了一场笔战，但 1924 年前后那种研究热潮再难出现，这种沉寂状态，让一向热心介绍泰戈尔的郑振铎不由得感慨：“太戈尔的诗，仿佛是好久没有人谈起了。”②中国对泰戈尔作品的翻译和研究进入一个相对平缓的时期。但中国研究者的视野之内始终有泰戈尔，泰戈尔也依然对中国满含深情。

1. 诗人与家人

1929 年 3 月，泰戈尔第二次来到中国。相对于第一次访华的轰轰烈烈，毁誉参半，泰戈尔这次访华期间一切都很平静。鉴于第一次访华的不愉快经历，泰戈尔到中国前一再叮嘱徐志摩，这次访华不要众人皆知，也不演讲，只是作为一个朋友的私访，像一家人一样住几天就好。徐志摩明白老人的心情，就对泰戈尔这次来访保持了极其低调和保密的态度，在去杨树浦大赉轮船公司码头迎接泰戈尔时，他只和陆小曼同去。陆小曼对泰戈尔的第一印象是：

> 一直到走进一间小房间，我才看见他正在同一个满头的白发老人握手亲近，我才知道那一定就是他一生最崇拜的老诗人。留心上下的细看，同时心里感着一阵奇特的意味，第一感觉的，就是怎么这个印度人生得一点也不可怕？满脸一点也不带有普

---

① 汪东林：《梁漱溟问答录》，长沙：湖南人民出版社，1988 年，第 47 页。

② 郑振铎：《太戈尔诗杂译》“序”，《文学周报》，第 231 期，1926 年 6 月 27 日。

通印度人所有的凶恶的目光，脸色也不觉得奇黑，说话的音调更带有一种不可言喻的美，低低的好似出谷的黄莺，在那儿婉转娇啼，笑眯眯的对着我直看。我那时站在那儿好像失掉了知觉，连志摩在旁边给我介绍的话都没听见，也不上前，也不退后，只是直着眼对他看；连志摩在家中教好我的话都忘记说，还是老头儿看出我反常的情形，慢慢的握着我的手细声低气的向我说话。①

泰戈尔这次是借道中国去日本、加拿大等国讲学，所以在徐志摩家只住了两天。"氏以舟行劳顿，且体不健康，故拒见宾客。此次远征，未得其医士完全许可，故谢绝一切酬应，惟今午徐宅曾有私宴，为其洗尘。午后四时，北四川路十九号印商总会且举行茶会欢迎之，以示尊崇。"②

但如此家居老人一样的泰戈尔依然引起了上海国民党政府的注意，为了防止泰戈尔通过演讲散布不良言论，还采取了一定的预防措施：

The Third District Kuomintang Headquarters in Shanghai yesterday sent a petition to higher Kuomintang Headquarters to the effect that in as much as Dr. Tagore is an Indian, and in as much as India has once been under imperialistic rule for a long time, and the Indian people now no longer permit any imperialistic rule in their own country, Tagore should not in the course of lectures and writings attack the material and scientific civilization of the West. Dr. Tagore has been charged with having been responsible for disencouraging the peoples of a small and weak nation to keep themselves awakened towards emancipating their own nation from being controlled and surpressed by imperialiatic interests.

The local Kuomintang men pointed out that the doctrines and principles held by Dr. Tagore were just as dangerous as those of Karl Marx. The above petition says that Dr. Tagore has been welcomed in China simply by a group of retired politicians and unemployed scholars, and that at this juncture whence every one in the country should strictly observe the San Min Principles of the late Dr. Sun Yat-sen in order to develop

---

① 陆小曼：《泰戈尔在我家》，《良友画报》，第157期，1940年8月15日。

② 《泰戈尔昨晨抵沪》，《申报》，1929年3月20日。

China in a more material way for the welfare of the Chinese people.

Hence, it is requested that the Kuomintang authorities stop and prevent any school or any public body to extend welcome to the Indian poet-philosopher.①

总体而言,泰戈尔这次在上海过的是极普通的家居生活。他生活方式很简单,什么都很随便,也不喜欢到热闹的地方去,只是喜欢坐着清谈,把自己写的诗朗诵给别人听,朗诵也不是那种抑扬顿挫地大声读,而是低低地喃喃吟唱,让人听着听着就不知不觉地沉浸在诗的意境之中。而对徐志摩与陆小曼夫妇,泰戈尔像对待"自己的儿女一样地宠爱"。每次印度同胞请吃饭,他一定要带他们同去。在向印度人介绍徐志摩和陆小曼时,泰戈尔说他们"是他的儿子媳妇"。

6 月 11 日,泰戈尔结束在日本、加拿大的讲学转道上海返回印度,又住在徐志摩家中。老诗人这次的演讲之旅实际上很不愉快,他所宣讲的博爱、宽恕、和平思想,就像 1924 年他来中国宣讲时所遭遇的那样,一路受到冷遇和讥讽,使老诗人黯然神伤,又似乎不明所以,只觉得这个世界更加堕落得可怕了。在给徐志摩的信中,泰戈尔少有地表示了愤怒。

徐志摩和郁达夫去接泰戈尔。在码头等船时,徐志摩呆呆地对郁达夫说:老诗人是真老了,时代也变了,他已经不合时宜了,"他老人家的悲哀,正是孔子的悲哀"。②

的确,像孔子一样周游列国"传经送宝"的老诗人感到疲倦了,肉体和灵魂都渴望休息。泰戈尔离开上海前夕,他把自己穿的一件紫红色丝织印度长袍送给徐志摩夫妇,并深情地说:"我老了,恐怕以后再也不能到中国来了,这件衣服就给你们留作纪念吧。"

徐志摩有一本 20 开大小的纪念册,名之为《一本没有颜色的书》,专请朋友在上面题诗题画,已在上面留下墨迹的有胡适、闻一多、杨杏佛、林风眠等 20 多位文艺界名流。泰戈尔这次也饶有兴趣地用毛笔在上面画了一幅水墨自画像,笔调粗犷,神态飞动,近看像一位老人的大半身坐像,远看又似一座沉稳的小山。在画像右上角,他用钢笔题写了一句英文诗,大意为:山峰盼望他能变成一只小鸟,放下他那沉默的重担。下面署了名。诗意单纯明了,却寄寓了老人的无限感慨。③

---

① "Criticism Aimed at Dr. Tagore by Kuomin Members", *The China Press*, March 21, 1929。

② 郁达夫:《志摩在回忆里》,《郁达夫文集》(第 3 卷),广州:花城出版社,1982 年,第 187 页。

③ 陆小曼:《泰戈尔在我家》,《良友画报》,第 157 期,1940 年 8 月 15 日。

诗人之后再也没有踏入中国的土地,但三次来华却使诗人的心永远牵挂着这个让他悲喜交加的国家。他对这个文明故国的爱,从来没有因为曾经的不愉快而有丝毫减少。他的三次中国之行都是始于上海,终于上海。上海见证了诗人的悲喜,并留下了诗人实实在在的足迹。虽然诗人表示厌恶上海的西方化色彩和逐利市风,但恰恰是上海以自己的宽容和博大多元的心怀,让诗人疲惫的心灵得到暂时的栖息,并获得了真正的友谊。

泰戈尔在中国和世界范围内受到冷遇也是时代使然。中国革命、文化斗争的需要以及世界形势的变化,使中国知识分子逐渐将兴趣转移到政治和革命上来,即使是作家,也致力于以笔为枪刺探社会现实。泰戈尔的“静”和“爱”的作品和思想与中国现实的距离越来越远,中国人对其态度自然渐渐趋于平淡。但随着历史烟云散去,曾经围绕泰戈尔发生的政治色彩明显的文化之争也渐渐露出了真相,作家泰戈尔成为中国人关注的重点。1925 年 4 月,商务印书馆出版了郑振铎的《太戈尔传》;1930 年商务印书馆出版了许地山的《印度文学》,其中的“近代文学”一部分基于泰戈尔与印度文化的关系,还原了泰戈尔作为一位作家的创作风格和文体风格。对中国读者而言,这些著作起到了一定的“拨乱反正”作用。

谭云山是泰戈尔与中国之间的桥梁和信使,他在中国的艰难时世下,以自己在泰戈尔身边所听所感,向中国人介绍泰戈尔对中国的深情厚谊,意在给中国以信心。① 在当时强寇压迫的背景下,在中国文化逐渐失去自信的危机中,谭云山以泰戈尔之口,提醒中国人不要忘记自己的历史文化,要坚持民族尊严,守住中国之根,在此基础上广泛汲取世界优秀文化因子,使中化文明继续滋养华夏,惠泽世界。

2. 正义的化身

实际上,中国始终在关注着泰戈尔,只是战乱频仍、灾难深重的中国似乎与泰戈尔的“爱与美”的世界相距太远。但泰戈尔与中国人民都热爱和平,追求美好生活,心性始终是相通的。

中国人心中的泰戈尔,有一个从虚到实的转变,而转折点,即中国的抗日战争。1924 年泰戈尔访华前后,中国人崇敬泰戈尔,主要是因其获得诺贝尔文学奖,敬慕的更多是奖章的荣光,是想象中的泰戈尔;这一时期泰戈尔一心要带给中国的,也多是中国人视为虚

---

① 谭云山:《泰戈尔与中国文化》,《国衡》,第 1 卷第 5 期,1935 年 7 月 10 日。

幻的爱与和平。中国抗日战争爆发后，泰戈尔对中国的支持变得具体而实际，他作为世界著名诗人对中国抗日战争的物质和精神支持带给中国人巨大的信心和信任。他在中国和日本之间的选择，真实反映出一位世界诗人的胸怀和情怀。

泰戈尔对日本有很深的感情，日本也是他最早访问的亚洲国家之一。日本的经济和文化发展曾经使泰戈尔激动地称其为亚洲的新日出，是亚洲可以与西方对抗的大本营，但日本一些人所顽固推崇的军国主义，泰戈尔也是从一开始就激烈反对的，在中国访问时就多次对日本的军国主义倾向进行了批评。

1931 年日军发动"九·一八事变"，日本军国主义蓄谋已久的侵华野心终于暴露在世人面前后，泰戈尔与中国人民又站在了捍卫人类文明的同一个战壕。诗人之心，成为正义的化身，在意欲毁灭人类文明的暴力与侵略面前，如一盏心灯，为苦难的中国，带去了希望和友谊。

泰戈尔同情中国人民的灾难，公开指责日本的侵略行径，呼吁世界上一切被压迫民族团结起来，为了正义共同反抗一切的压迫者和侵略者。1936 年 4 月 12 日，印度民众在加尔各答举行集会，泰戈尔在会上慷慨激昂，正告日本军国主义者：野兽决不能毁灭人类的文明，真理和正义最终一定会战胜侵略。正义在中国人民一边，英勇的中国人民已经奋起，与敌人进行殊死搏斗，最终一定会取得胜利。

1937 年 7 月 7 日，日本帝国主义者悍然全面侵略中国。听到这个消息，泰戈尔不禁义愤填膺，多次以书信、电报、谈话、诗歌等形式对日本军国主义的暴行进行抨击。在国际大学，他安慰魏风江和谭云山，表示相信中国人一定会坚决抗战，永不屈服，最终必能打败日本侵略者，获得民族独立和解放。他说自己不是一个宿命论者，他断言日本必败，但不是说中国可以任凭日本长驱直入，不加抵抗，坐等它自己溃退。中国人民的抗战，已经把日寇拉进愈陷愈深的泥潭里了，它无法再动弹了。就像河水一停止，就会倒流一样。他说自己仍然爱日本人民，相信日本人民也是军国主义的受害者。中国人民要从胜利中获得自由和幸福，日本人民则要从日本的失败中获得自由和幸福。①

泰戈尔第一次比较具体了解日本在中国的暴行，是他 1937 年秋重病期间。9 月 18 日，听闻泰戈尔重病，蔡元培、戴季陶等人联名，以中国中印学会的名义发去慰问电，请谭

① 魏风江：《我的老师泰戈尔》，贵阳：贵州人民出版社，1986 年，第 72-73、123、173-174 页。

云山转告泰戈尔。谭云山将信翻译给泰戈尔听，并向诗人说明，这封信可代表全中国人民的敬爱之意，而中国此时正在日本飞机大炮轰炸之下。泰戈尔因病很少看报，对日本侵略中国的情况还不太清楚，听谭云山讲了日军在中国的种种暴行，他非常吃惊。9 月 21 日，他口授了一封回电，对中国友人"在生死存亡奋斗之际"仍挂念着他的病情，深表感谢。他在信中强烈谴责日本军国主义者的罪恶："贵国人民此次对于所加于贵伟大和平国土之非法无理之侵略，作英雄勇武之抵抗，余已不胜钦敬，并且祷阁下等之胜利。"他还在信中强烈谴责日本军国主义者对日本人民的误导，自己的很多日本友人就是因此而违背了东方的理想主义和博爱思想，加入了侵略者的阵营，他深感悲痛，决定放弃友情，只祈愿他们早日失败。①

泰戈尔病后，世界各地发来的慰问信、慰问电堆积如山，他不但没回复，连看都来不及看，但他首先回复蔡元培的电报，说明他是多么担心中国大地上正在发生的惨祸，对中国人民的命运是多么关心。这封电报发出以后，迅速在印度各报刊转载，并由路透社向世界各地广播，产生了很大的影响。日本当局恼羞成怒，设法买通在日本的一个印度人，让他给泰戈尔发了一封电报，以全体旅日商人、学生、侨民的名义，反对泰戈尔发表反日言论，认为对印、日友谊及印度人在日本的利益非常不利，并请求他设法劝阻尼赫鲁也不要有反日举动。

接到这封电报，泰戈尔非常愤慨，立即写了一封快信进行驳斥：

> 我也和其他亚洲人士相同，曾经一度尊敬与崇拜过日本，并曾经对日本抱过一次很深厚的希望。以为有了日本，亚洲毕竟发现了可以与西方挑战，并以为日本的新力量必能尽其保卫东方文化以抗拒外来的势力的神圣任务。但日本不久便暴露其马足，出卖了那个新起的希望，并对其一切似为奇迹经我们看作新的觉醒者，暴弃无余。在今日，日本本身便成为无防御的东方民族一个最恶劣的威吓。
>
> ……请相信我的话，我对于我国人在日本乃至日本人民他们自己，实有很大的同情。但由中国传来的那些心碎头破与骨断的呼声，实在是过于惨痛与可怕。②

这封信也迅速在印度的各报纸上转载，也是由路透社在全世界广播。日本当局见一

---

① 谭云山：《诗圣太戈尔与中日战争》，《民意》，第 65 期，1939 年 3 月 11 日。

② 谭云山：《诗圣太戈尔与中日战争》，《民意》，第 65 期，1939 年 3 月 11 日。

计不成,就另生一计,妄图用金钱收买泰戈尔,以所谓的什么“日印协会”会长的名义,给他送来一个精致的花瓶。泰戈尔一眼就看穿了这个把戏,在复信中义正词严地驳斥道:

> 我对于日本人民的敬重与爱好,常常是高的。这便是为什么缘故,我对于日本政府强以其帝国主义者的侵略使命加诸其人民,不能漠然坐视的理由。在我看来,日本人民与中国人民似乎是一样地作了一幕共同的悲剧的牺牲者。……是故,在感谢你与你的协会所给予我的优礼与慈爱时,我甚愿表示明白:我对于日本人民所怀的友爱,并不包含有对于其统治者的悲惨政策,表示赞同。①

日本法西斯分子不但无视中国人的苦难,竟然还到佛寺祈祷以庆祝战争的胜利。泰戈尔听闻这个消息后非常愤怒,1937年,他写下《敬礼佛陀的人》一诗,对此荒谬可耻的行为进行了辛辣的讽刺:

> 他们要以凯旋的号角来标点
> 每一千个被杀害的人数,
> 来引起魔鬼的笑乐,当他看到
> 妇孺的血肉淋淋的肢体;
> 他们祈求他们能以“不真”
> 来蒙蔽人们的心灵
> 来毒害神明的甜柔呼吸的气息,
> 因此他们整队到佛陀,那大慈大悲者的庙宇里,
> 祈求他的祝福,
> 战鼓正在隆隆地敲
> 大地颤抖着。②

佛陀因大慈大悲才成为人们祈求幸福和平的神,而正在屠杀中国人民的凶手却到寺庙里去庆祝胜利,为自己的杀人罪行掩饰,并且祈祷能制造更大的灾难!泰戈尔以自己的

---

① 谭云山:《诗圣太戈尔与中日战争》,《民意》,第66期,1939年3月18日。

② 泰戈尔:《敬礼佛陀的人》,冰心译,俞灏东编选:《亚非拉文学作品选》(第3册,近代文学),银川:宁夏大学中文系,1982年,第27页。

如椽巨笔，把这些杀人凶手的凶残而又虚伪的丑恶面目揭露得淋漓尽致。

随着日本侵华战争的进一步加剧，诗人对中国人民的支持也越来越具体。为了救济战争中受苦的中国学生和难民，他在印度发起了募捐行动，并率先拿出 500 卢比作为倡导。另一方面，他还和国际大学的师生一起在印度各地义务演出，把所得收入用于中国的抗战。

1938 年 4 月，谭云山准备回国实地了解抗战情形。临行前，泰戈尔亲笔致书蒋介石，另外还“写了一篇很长的‘使音’(Message)亦交我带呈蒋委员长转致中国人民”，对浴血奋战的中国人民表示同情和敬意，并预言中国“抵抗必胜，建国必成”。①

7 月 9 日，谭云山在武汉面见蒋介石，并如约转呈了泰戈尔所托带的两封信。在给蒋介石的信中，泰戈尔指责了日本的穷兵黩武，对人类文明的摧残，对中国的野蛮侵略，并赞扬中华民族崇尚和平的精神，祝愿中国人民经受住考验，最终一定会取得战争的胜利。蒋介石感激印度老诗人对中国的深情与声援，并立即做出积极回应。7 月 14 日，蒋介石给泰戈尔写了回信，表示感谢，并“期许共同洗雪此方在演进之东方耻辱”。②

而给中国人民的信中，泰戈尔希望世界上一切正义力量团结起来，支持中国的抗战：

> 当此人群道德濒于颠覆之际，吾人所可希望者，只有曾经在全人类历史过程中产生过两大伟人如佛陀与基督教者之大陆，仍能荷担其护持人类最纯洁善良天性之责任，而与彼科学化之无耻恶性反抗。此种期望，非已于经过数世纪屈辱之历史地平线之中之甘地其人者，而表现其最初一线之光辉乎？

泰戈尔还抨击日本侵略者欺世盗名，卑鄙投机，必将自掘坟墓，自坠地狱。而中华民族是世界上的伟大民族之一，文化高尚，精神纯洁，只要中国人民齐心协力，坚持抵抗，共抗外辱，最终一定能凤凰涅槃，从苦难中诞生一个新的国家，恢复人类美好理想，并为全世界一切被压迫民族点燃爱与美之希望之灯。他还鼓励中国人民不要被暂时的失利吓倒，因为胜利的种子已经植于中国人民艰苦卓绝的斗争之中，正在中国伟大的道德文化土壤中生根萌芽，将来一定会长成参天大树，永远生机勃勃。③

---

① 谭云山：《诗圣太戈尔与中日战争》，《民意》，第 66 期，1939 年 3 月 18 日。

② 《印度诗圣太戈尔函蒋委员长致敬》，《中央日报》，1938 年 10 月 3 日。

③ 《太戈尔同情我国抗战》，《文集》，1938 年第 9 期。

东方诗圣与中国人民的深情交流和对中国抗战必胜的信心，极大地振奋了中国人的抗战热情。

1939年，抗日战争进入艰苦阶段。当年圣诞节，泰戈尔致书蒋介石，赞扬中国人民“以艰苦牺牲之精神，证明中国之伟大，贵国人民之英勇卓绝，其性质不啻一雄伟之史诗，鄙人认为无论如何，贵国将来之胜利，必于人类文明之精神园地中，永留灿烂之光明”。① 1940年11月，戴季陶率中国高级友好访问团访问印度，泰戈尔因病虽不能见他，但仍安排在国际大学举行欢迎会，并亲笔写了热情洋溢的欢迎词。他赞扬中国访问团访问印度将中印关系推进一个新阶段，“我相信此古老文化重生联系，乃当代重大事件之一”。他还预言：“现下，我愈深切的相信，在不久的将来，中国将光荣胜利的渡过当前的困难，中国将以精神战胜侵略的事迹，昭示于现代。”②

泰戈尔还用各种办法帮助中国的抗战。1939年，他邀请徐悲鸿来印度举办画展，为抗日募捐。1940年2月，在泰戈尔帮助下，徐悲鸿先后在圣地尼克坦和加尔各答两地举办画展，泰戈尔亲自为画展撰写了序言。画展取得了极大的成功，徐悲鸿将画展所得款项，全数捐给祖国的抗战。

中日战争爆发前，一个叫野口米次郎的日本人曾到国际大学访问，当时泰戈尔张灯结彩表示欢迎。魏风江在野口米次郎走后曾对泰戈尔说，野口表面上道貌岸然，他的文章实际上只是拾中国古诗人的牙慧，泰戈尔还说不应该对他有偏见。可当中日战争爆发后，野口就露出了自己的真正面目，成为日本军国主义的爪牙和工具。1938年7月23日，他在给泰戈尔的信里说，日本的侵略战争是为了在亚洲大陆上建立一个伟大的新世界，所以杀人是不可避免的方法。他还说中国军队自己在杀人放火，却把罪行都推到日本军队身上，公然为日军的暴行辩护。泰戈尔为一个文人如此堕落感到伤心，9月6日，他给野口回信，毫不留情地驳斥了其这种军国主义谬论，指责日本侵略者比“兽类”还野蛮，是要在“骷髅的塔顶上”建立所谓的“亚洲共荣圈”，最终只会造成日本文明的毁灭。

野口接到泰戈尔的信后不但不思悔改，反而继续写信辩解。泰戈尔一反往日的宽容，决定与他终止联系，并写了一封公开信表示自己的态度。在这封信的开头，诗人直截了当

① 《印度诗人泰戈尔函贺蒋委员长》，《教育短波》，第7卷第3期，1940年1月21日。

② 刘圣斌：《印度与世界大战》，（重庆）时与潮社，1944年，第136页。

地讽刺日本的飞机正在把中国的妇女儿童炸得骨断血流,战火正在焚毁中国千百年的艺术宝藏,野口却说这是日本对中国的仁慈,简直是掩耳盗铃。在信的结尾,他说自己曾那么热爱日本人民,但现在他只祝愿日本人只有失败和悔悟。①

谭云山耳闻目睹了泰戈尔对中国的深情厚谊,深受感动:“他老对于这一次的日本侵略中国,中国反抗的战争,始终是站在他自己的伟大的立场,发出他拥护和平与东方文化的呼声,申张他维持人道与正义的主张。不论日本人是如何设计央求鼓吹,他老的立场与主张,总是不为所动,不为所变。”

泰戈尔曾多次对谭云山表示:“我这一生总要再到中国去走一趟,心愿才得满足。”谭云山也一直在设法安排。不料日本侵略中国,计划受阻。当谭云山表示惋惜的时候,老诗人反而安慰他说:“等你们抗战胜利之后,我再到中国去庆祝。”谭云山深受鼓舞,对老诗人说:“等到我们抗战胜利的时候,我们一定要欢迎你老人家到中国去,也替你老做个大寿。一面庆祝中国抗战的胜利,一面庆祝和平正义的凯旋,同时并为人类前途祝福。”②泰戈尔愉快地表示:我们共同祈望这个理想早日实现!

中国就这样成了诗人一生的牵挂。1941 年 2 月 21 日,已身患重病的泰戈尔仍深情地回忆起 1924 年的中国之行:

> 我访问过中国,
> 以前不认识的东道主
> 在我前额的吉祥痣上写了
> “你是我们的知音”。③

三、中国抗战胜利的力量和信心源泉:中国心与印度魂合一的泰戈尔(1941—1949)

在抗日战争的艰难岁月里,中国人始终没有忘记泰戈尔这位一直关心着中国命运的

① 《对日本侵略罪行的严正谴责——泰戈尔 1938 年给日本诗人野口的两封信》,任命皋译,《前进论坛》,1995 年第 8 期。

② 谭云山:《诗圣太戈尔与中日战争》,《民意》,第 65、66 期,1939 年 3 月 11 日、18 日。

③ 泰戈尔:《生辰集》,白开元译,《泰戈尔全集》(第 8 卷),刘安武、倪培耕、白开元主编,石家庄:河北教育出版社,2000 年,第 180 页。

老诗人。

泰戈尔重病期间，中国政府和社会各界一直关注着他的健康。1941年8月7日，泰戈尔去世，噩耗传到中国，不同政治背景的报纸都很快发布了这一消息。中国人为失去这样一位诗人和友人而哀伤。① 中国政界、文化界纷纷以各种形式悼念诗人，回忆他对中国的深情厚谊，痛惜亚洲和世界失去一位伟大的诗人，中国失去一位真诚的朋友。

1. 悼念中的研究

泰戈尔的去世将中国政治、社会、文学、文化界的力量再次集结，中国社会各界对老诗人表达出深切的怀念和悼念，中国文化机关团体齐心协力为泰戈尔举行了追悼会，中国人民真挚的"泰戈尔情"再次爆发成一股力量。在中华同悲的氛围中，中国又出现了一次泰戈尔研究高潮。

8月8日，《新华日报》就发表悼文，追忆"我发动神圣抗战后，泰氏对我尤为同情"。② 东方文化协会等团体也电唁泰戈尔家属，以致哀悼。③ 蒋介石则通过谭云山转达对泰戈尔病逝的哀悼，并发去唁电，痛称"耆贤不作，声委无闻，东方文明，丧失木铎，引望南邻，无任悼念"。④ 香港中外各界人士也于8月17日下午举行了悼念活动。⑤

9月20日，时任国立中央研究院院长及国民党组织部部长的朱家骅致函国立北平研究院、中印学会、国立西南联大、国立云南大学、国立中央大学、中央文化运动委员会、中国哲学会等，函中赞扬了泰戈尔对中印文化交流的贡献，尤其是对中国抗日战争的同情以及对日寇的痛斥，呼吁各文化机关共同为老诗人举行追悼会。⑥

收函后，各机构和团体纷纷回复，表示赞同，并就时间、地点、演讲人人选、祭文撰写等具体事项反复磋商。后来，发起单位又增加了国立中央图书馆。

10月31日，各发起单位代表在中央研究院总办事处集会，举行第一次"泰戈尔先生追悼大会筹备会"会议。出席者有中印学会的陈天锡，中央大学的徐仲年，中央文化运动委

① 如《国际言论》杂志1937年11月报道《印度诗哲泰戈尔病剧》："印度著名诗人泰戈尔，现在桑田克坦城家中，患病甚剧"。

② 《印度诗圣泰戈尔病逝》，《新华日报》，1941年8月8日。

③ 《东方文化协会电唁泰戈尔家属》，《新华日报》，1941年8月13日。

④ 《蒋委员长电唁泰戈尔家属》，《新华日报》，1941年8月12日。

⑤ 《港中外人士追悼泰戈尔》，《新华日报》，1941年8月20日。

⑥ 周晓选辑：《中国文化机关团体举行泰戈尔追悼大会史料选》，《民国档案》，2011年第3期。

员会的林紫贵和郭尼迪，中央研究院的陈绍贤、叶企孙及刘次箫等。经商议决定，泰戈尔追悼会和纪念演讲会分别在国立中央图书馆和重庆大学大礼堂举行，其中追悼大会由中央研究院负责筹备，朱家骅任主席并致开幕辞，考试院院长戴季陶、教育部部长陈立夫和中央文化运动委员会主任委员张道藩分别演讲。中央大学负责筹备重庆大学的纪念演讲会，讲演会主席由中央大学校长顾孟余担当，并特约讲演人若干。

会议议定：11 月 29 日下午 2 点至 3 点举行公祭，3 点始举行追悼大会，七点半起举行纪念演讲会。会议还请各发起单位分别致函在渝各文化机关团体参加公祭和追悼会，其中包括中国文艺界抗敌协会、东方文化协会、国际反侵略大会中国分会、复旦大学等 23 家单位。

11 月 24 日下午三时，筹备会举行第二次会议，议决请中央广播电台于 29 日下午播放泰戈尔留声机片；致函宪兵队及重庆警察总局，请届时派宪警在会场内外担任警备及维持秩序；致函国民政府参军处商借军乐队。由中央文化运动委员会派人与中央摄影场接洽，届时负责会场拍照。筹备会还详细商讨了公祭仪式和追悼会仪式，以及各相关工作的具体分工，甚至着装："司仪读祭文及司上香献花者均着中山装，以昭一律。"①

11 月 28、29 日，《大公报》连续发布"泰戈尔先生追悼大会筹备会启事"。

28 日，《新华日报》亦发出 29 日追悼活动的预告："追悼泰戈尔，渝昆两地明日分别举行。"

战时中国陪都重庆，在日寇环伺、战火频燃、国事维艰的生死危亡之际，不分党派、不分团体、同心协力，在为一位印度诗人，从容地、真诚地、庄重地准备着一场追悼会！

中国人怀着一份友谊的温暖，在共同等待着这个庄严肃穆的时刻，以寄托自己的感激和哀悼。

11 月 29 日下午 2 时，追悼会如期举行。

中央图书馆笼罩在一派庄严、肃穆的气氛中，花圈、挽联比比皆是。中国佛学会、中印学会、东方文化协会、《扫荡报》、《中央日报》、《新华日报》、中国哲学会、国民精神总动员会等各机关、团体共二百余人在此公祭泰戈尔。戴季陶为主祭，朱家骅、陈立夫、国立北平研究院院长李书华、张道藩等十一人陪祭。

中华儿女"掬诚遥奠"泰戈尔诗魂。祭文、挽联都盛赞泰戈尔的文学成就，如蒋介石的

---

① 周晓选辑：《中国文化机关团体举行泰戈尔追悼大会史料选》，《民国档案》，2011 年第 3 期。

挽联是“诗圣云亡”。朱家骅称泰戈尔为“绝代诗才”。当时的中国实际上更看重泰戈尔在社会革命方面的价值,尤其是其对中国抗战的具体支持:“七七难作,抗御东胡;远道眷念,大声疾呼;祝我胜利,建国是图。”(朱家骅语)中央文化运动委员会的祭文中有“近睹倭患,慨然如伤;同情予我,语重心长”之语。吴铁城的祭文:“东寇猖獗,我武维扬;同情寄与,胜利相忘。”①中国哲学会用“灿烂死中生,发心狮子吼”的挽词赞扬泰戈尔以诗人身份抨击日寇侵华暴行;②国际反侵略大会中国分会则称“他曾为印度不合作运动而忿怒,他曾为中国反侵略战争而呐喊,他曾为东方兄弟的命运而忧思”。③

公祭毕,追悼大会开始。朱家骅首先致辞。他着重指出,中国人悼念泰戈尔,不只是因为世界失去一个伟大的哲学家,而是因为泰戈尔“人格之伟大、同情心之深厚以及主持国际正义之精神”。泰戈尔一贯爱好和平,反对侵略。中国抗日战争期间,泰戈尔以各种方式支援中国政府及人民,表达了对中国人民的深情厚谊和对世界和平的执着追求。④

朱家骅致辞毕,戴季陶、陈立夫分别讲演。

戴季陶为国民党元老,对中印文化交流贡献颇巨,与泰戈尔也相交颇深,还被聘为国际大学七护法人之一(相当于大学董事会董事)。⑤ 戴季陶痛感泰戈尔的去世不仅是印度的大损失,更是中印文化交流的巨大损失。因为泰戈尔刚刚恢复的中印两国中断已久的文化交流,恰似“襁褓之孩,所赖于保育之力者,大而且切”。因此,“尊公之舍世,其于两国文化复兴,实共失所怙”。⑥

陈立夫以“无限怅惘”概括中国人追悼泰戈尔的三种心情:中国痛惜失去了一个伟大诗人,一个同情中国的友人和一个东方文化的柱石。陈立夫呼吁以“文化的建设来答谢这一个伟大诗人的同情”。⑦

当天下午,张道藩在中央广播电台发表广播讲演,盛赞泰戈尔作为诗人和中印文明使者的功绩,尤赞其对中印友谊和中国抗战的贡献。讲演毕,电台“将太翁遗著之音乐诗歌,

---

① 周晓选辑:《中国文化机关团体举行泰戈尔追悼大会史料选》,《民国档案》,2011 年第 3 期。
② 方东美:《坚白精舍诗集》,北京:中华书局,2013 年,第 232-233 页。
③ 石源华:《泰戈尔与中印文化交流》,《公共外交》(季刊),2013 年春季号。
④ 周晓选辑:《中国文化机关团体举行泰戈尔追悼大会史料选》,《民国档案》,2011 年第 3 期。
⑤ 陈天锡编:《戴季陶先生编年传记》,台北:台湾文海出版社,1967 年,第 173 页。
⑥ 《戴季陶致泰戈尔嗣哲书》,(释)东初编著:《中印佛教交通史》,台北:中华佛教文化馆出版,1985 年,第485 页。
⑦ 陈立夫:《追悼泰戈尔先生讲稿》,《教育通讯》,第 4 卷,1941 年 12 月 10 日。

曾经制成留声片者，择其中若干种……分别用长短波广播”。①

当晚七时半，重庆各界代表在重庆大学大礼堂举行纪念讲演大会，“到会者至为踊跃”。② 讲演会由顾孟余主持并致开会辞，中央大学文学院院长楼光来发表演说。很多与会者虽然没机会公开演讲，但人人心中都有一篇悼文。③

根据追悼大会筹备会的计划，追悼会后，将编辑泰戈尔先生纪念册。

12 月 5 日下午 3 点至 4 点，时任重庆《文史杂志》社副社长暨中央大学教授的顾颉刚在中央图书馆主持讨论会，商议编辑“泰戈尔先生纪念册”，并成立“泰戈尔先生纪念册编辑委员会”。国立中央图书馆馆长蒋复璁、国立编译馆馆长陈可忠、国立中央研究院秘书刘次箫参加。从会议记录看，其内容已远远超出公祭和追悼会相关材料的范围。纪念册诸项材料的搜集及撰述人员的安排是：

(1) 序文，戴季陶和朱家骅各撰一篇；

(2) 分请国民政府主席林森、蒋介石、中央执监委员会各常务委员暨各部、处、会首长及国府各院、部、会长官题；

(3) 传略、年谱及著作表、各种照片、乐谱，请谭云山、周达夫撰述和设法搜集；

(4) 来华讲学纪事：请张君劢、张歆海、林徽音撰述；

(5) 函电，函请国府文官处、委员长侍从室、戴季陶及张君劢、陆小曼代为搜集；

(6) 纪念文字：

a. 文学部分请楼光来、柳无忌(时任国立中央大学教授)、徐仲年(时任国立中央大学法语系教授)撰写；

b. 哲学部分请冯友兰、贺自昭(时任西南联合大学哲学系教授)，方东美(时任中国哲学会理事、国立中央大学教授)撰写；

c. 艺术部分请林徽音、徐仲年撰写，同时并请谭云山、周达夫转托印度学者代撰，

---

① 《戴季陶致谭云山先生书》，(释)东初编著：《中印佛教交通史》，台北：中华佛教文化馆出版，1985 年，第 485 页。

② 周晓选辑：《中国文化机关团体举行泰戈尔追悼大会史料选》，《民国档案》，2011 年第 3 期。

③ 如柳无忌的《纪念泰戈尔——一篇未曾讲演的演讲稿》，《时事新报·学灯》(渝版)，第 155 期，1941 年 12 月 8 日。该文为“纪念泰戈尔”专栏中的一篇，另两篇为方东美的《印度诗哲泰戈尔挽词》，长之的《十七年前一个暖和的下午——忆泰戈尔》，由宗白华编辑。

再译为中文；

d. 教育部分请谭云山撰写。

编委会还致函各机关团体补送挽诗或挽联。会后不久，谭云山、周达夫起草了一份英文函，由谭云山转交印度国际大学和泰戈尔家人，“详述举行追悼公祭及纪念讲演会经过暨编辑纪念册之意义，请其供给资料”。①

可以肯定，这样的一部纪念册如果编成，应是自泰戈尔为中国人所知以来，资料最为详尽、参与人数最多、参与人员政治和文化身份最复杂、态度最一致、学术层次也最高的一份珍贵史料集。据此不但可以研究泰戈尔对当时中国社会与思想文化的珍贵价值及永恒意义，也可成为全面了解当时中国思想、文化、政治的一本导读册。

这是中国人敬献给泰戈尔的一份无比厚重和珍贵的纪念品！遗憾的是，在那样一个艰难时世，纪念册可能无果而终了！

显然，在中华民族最危险的时候，中国为泰戈尔举行如此高规格的追悼会，不仅仅因为泰戈尔是一位获得诺贝尔文学奖的印度诗人，更是因为他是一位同情中国、支持中国抗战的印度诗人，是无私支持中国抗战的印度人民和世界上所有支持中国抗战的人们的代表。在当时特殊的环境下，中国国民政府和中国文化界为泰戈尔举行的这一系列悼念活动，也是中华民族坚韧精神和不屈意志的一次动员会和誓师会。

当然，中国人哀悼泰戈尔，也是在哀悼一种人类美好理想的消失。关于这种理想，宗白华曾这样概括：

> 但是这突破“自然界限”，撕毁“自然束缚”的欧洲精神，也极容易放弃了“自然”的广育众生，一体同仁的慈爱，而束缚于自己的私欲内，走向毁灭人类的歧途。东方的智慧却不是飞翔于“自然”之上而征服之，乃是深潜入于自然的核心而体验之，冥合之，发扬而为普遍的爱；这不正是泰戈尔每一诗里的精神和境界吗？②

而追求这种精神理想，也正是中华民族的国民性。在这一点上，中国人与泰戈尔同声相应，同气相求，精神相依。因此，虽然现在：

---

① 周晓选辑：《中国文化机关团体举行泰戈尔追悼大会史料选》，《民国档案》，2011 年第 3 期。

② 宗白华：《〈纪念泰戈尔〉等编辑后语》，《时事新报·学灯》（渝版），第 155 期，1941 年 12 月 8 日。

抛下诗琴和理想去了，
你这灵智的东土诗翁！
……
你去了，有一天
那梦境在地上开了花。①

但泰戈尔对人类和世界普遍的爱，就如同中国人对老诗人的爱和感谢，都将永存！

惜哉！诗人早逝。“可是他的精神却永远存在我们的心中！”国际反侵略大会中国分会的祭文，代表了中国人的心声。②

1924 年 4 月 29 日下午，在告别中国的演讲中，泰戈尔曾不无伤感地说：“我的不幸的运命从我的本土跟着我来到异乡，我的部分不完全是同情的阳光。”但他也相信，“敢说他们明白了结果以后一定会得赦免我的”。③

历经了岁月的淬炼和生死考验，中国心与印度诗魂终于永恒交汇在一起！

愿大师之再来，以求此众群生。
为天中之大天，作仁中之至师。
今天竺与震旦，为法侣以相亲。④

就这样，泰戈尔永远留在了中国，留在了中国人民内心深处。在抗战的艰难岁月中，这对中国人来说，也是一种力量和信心的源泉。

老诗人的诗魂，融入了中国人的精神。印度的泰戈尔，变成了中国的泰戈尔。

2. 追思中的研究

泰戈尔一直抱有“中印两国人民永久融洽”的愿望，他追求正义与世界和平的精神也成为中印两国友谊传续、发扬光大的巨大力量。1942 年 9 月 27 日，印度音乐舞蹈联合会在加尔各答向中国国民政府赠送了一幅泰戈尔遗像(画像)，并举行了隆重的遗像揭幕典

---

① 木樨：《悼太戈尔翁》，《艺术集刊》，第 1 辑，1942 年 8 月。
② 石源华：《泰戈尔与中印文化交流》，《公共外交》(季刊)，2013 年春季号。
③ 泰戈尔：《告别辞》，《小说月报》，第 15 卷 8 号，1924 年 8 月 10 日。
④ 戴季陶：《泰戈尔大师赞》，1946 年冬作，(释)东初编著：《中印佛教交通史》，台北：中华佛教文化馆出版，1985 年，第 485-486 页。

礼。印度大乘会主席在致辞中说:“此乃印度所能给予中国之最丰富礼物。目前中国正艰苦作战以争取自由,印度亦正在痛苦之中”,但印度人民将像泰戈尔那样继续支持中国。加尔各答市市长则表示,泰戈尔恢复了中印两个文明古国文化上的交流,泰戈尔遗像的赠送,将加深中印两国人民的友谊。中国驻加尔各答总领事代表国民政府表示感谢,并表示泰戈尔遗像的赠送,不仅意味着两国文化的密切关系,而且必将对两国人民产生历史性的影响,“希望中印文化关系将永存不绝”。①

1942 年 11 月 22 日下午 3 点,在重庆的国立中央图书馆,中国文化界、政府各机构代表如孔祥熙、朱家骅、刘峙、张道藩、邹鲁、潘公展、陈天锡等共 100 多人参加了泰戈尔遗像赠送典礼。时为中印学会理事长的朱家骅代表印度音乐舞蹈社赠送遗像并致辞:“泰戈尔氏对印度文化贡献颇多,尤其对中印文化之沟通,颇为致力。泰氏民国十三年访华后,对我国更形认识,故泰氏遗像诚值得瞻仰。此后中印文化事业行将愈见光明。”孔祥熙代表国民政府接受遗像,并代表中国人民深表感谢:“来华返印后,提倡沟通中印文化,更不遗余力。生平对我国抗战深表同情,吾人甚为景念。”随后张道藩演讲,赞扬泰戈尔对发扬印度传统文化的贡献。最后,朱家骅总结,“并祝中印文化艺术教育合作,必有彻底成就”。② 这幅画像随后在国立中央图书馆举行公开展览。③

泰戈尔生前是世界的诗人,身后亦为世界的诗人。泰戈尔逝世是世界上一切追求爱与光明的民族的损失,世界各地都因此举办了相关纪念活动,中国对此也表示了关注。如萧伯纳曾致函英国泰戈尔学会,希望将泰戈尔画像置于国画像展览室,并获同意;牛津大学也与泰戈尔学会合作,设立了泰戈尔讲座。④ 剑桥大学拟筹设“泰戈尔学院”,由罗素任院长,并计划在英印两国同时推进泰戈尔研究,以促进双方艺术、文学、哲学和文化领域的交流。⑤ 这些介绍不但拉近了泰戈尔与中国的距离,也让中国人意识到,泰戈尔与世界的距离,世界与中国的距离,都是如此之近。

---

① 《印度友人赠我泰戈尔遗像》《泰戈尔画像赠予典礼明日举行》《孔副院长代表政府接受泰戈尔画像》,《中央日报》,1942 年 9 月 30 日,11 月 21 日、23 日。

② 《泰戈尔画像赠予典礼明日举行》,《中央日报》,1942 年 11 月 21 日;《孔副院长代表政府接受泰戈尔画像》,《中央日报》,1942 年 11 月 23 日。

③ 《泰戈尔画像公开展览》,《中央日报》,1942 年 11 月 25 日。

④ 《纪念泰戈尔:萧伯纳氏有新建议,牛津将设泰氏讲座》,《中央日报》,1942 年 3 月 12 日。

⑤ 《剑桥筹设泰戈尔学院》,《中央日报》,1945 年 3 月 9 日。

中国人追念的泰戈尔，首先是一位伟大的思想家、诗人和艺术家。1941 年 10 月 1 日，谢幼伟发表了《泰戈尔的哲学》一文，全面介绍了泰戈尔以“人的宗教”为核心的哲学思想，并且表示相信在“人类的和平正在被蹂躏和摧残时，他这‘普遍人’的观点，他这人类大团结的观点，更有极深的意义。我们不要让战争的残酷把这种‘人的真理’掩埋了，人始终是要与人结合的。在这里，泰氏的躯体虽死，他的精神是不亡的！”①

1942 年 8 月 27—29 日，为纪念泰戈尔逝世一周年，《中央日报》连续三天发表了费大经的长文《诗人太戈尔的艺术观》，全面介绍了泰戈尔的艺术观。文章指出，泰戈尔解决了艺术是什么这个一直悬而未决的难题。人类首先有物质上的需要，并因此创造出一个科学的世界，然而，泰戈尔认为这个世界只是一个力的抽象的世界，不真实，也不亲切，“我们只能藉着知识的帮助来利用它，却不能藉着我们人格的帮助去实现它”。因此，为了实现宇宙精神，在科学的世界之外，人类就要求一个人格的世界，也即是艺术的世界。科学的世界只能满足物质人的条件，而艺术的世界却能实现完满的人格人的需要。只有靠艺术，人们才能领悟宇宙精神，体味生命精神。艺术，是人与动物区别的主要标志。文章还分析了泰戈尔艺术观的基本内涵，对印度和世界的意义，与宗教的关系，在其作品中的具体表现等，客观、全面、公允。

泰戈尔虽然已经去世，但他对中国人民的爱与友谊却深远地影响着中国的思想文化界。1943 年 6 月 30 日，《东方杂志》(第 39 卷第 8 期)刊出斯坦利·赖斯(Stanley Rice)著、姚枬翻译的《泰戈尔评传》，结合泰戈尔的生平详细介绍了其诗歌、小说、戏剧创作特色以及在世界文坛上的地位，并且特别指出：“世界已为战争所割裂，泰戈尔与其警语，音容宛在，而印度已舍身于政治，此等云雾，对其作品，若烟幕之笼罩，迨其烟幕揭开，世事必将随之丕变，若造物有意，人道主义或能在一更广泛之磐基上更生，期泰氏亦将含笑于泉下矣。”

1945 年 12 月 26 日，曹增之发表《泰戈尔的东方文化观》，回忆了泰戈尔在华演讲期间曾用三个比喻概括了中国文化的伟大及西方的隔膜。首先，泰戈尔认为中国文化就像“一个具有天才的乐师在弹着钢琴，一位西洋的客人，聋了耳朵，他却听不见和谐婉转的乐音，只见乐师的手在不停地动着”；其次，中国文化“像一棵数合抱的大树，今年看它不见长大，明年看它亦不见长大，实则它的枝干上，是更见充实”；最后，中国文化“像是一条波浪滚滚

① 谢幼伟：《泰戈尔的哲学》，《思想与时代月刊》，1941 年 10 月 1 日，第 3 期。

的大江，江水总是向着东流——流向海里去。但是遇着一阵逆风，水像倒流了，实则它还是日夜不息地向着海里流去”。① 而曾在国际大学留学三年的沈錡，在泰戈尔逝世五周年之际，则撰文《泰戈尔与中国》，在中印两国和平交往的历史背景下，全面回顾了泰戈尔与中国的关系，包括泰戈尔1924年访华恢复了两国隔绝已久的友谊，以及泰戈尔在华期间所受到的热烈欢迎：“无论他到那里，他都受到热烈的欢迎，并且到处请他发表关于印度文化的演讲。”他称赞泰戈尔访华“在中国人心上留下了一个很深刻的印象，他爱中国，中国人也爱他”。泰戈尔的创作也影响了中国新文学运动，如其《迷途的鸟》和《新月集》，“替中国新诗运动创立了新的格调”。沈錡称泰戈尔访华之后就成为了中国的知友：“他了解中国，比任何外国人为清楚。”文章还重点介绍了国际大学中国学院的成立过程及泰戈尔的支持，中国学院的中文课程及学术研究情况，以及中国学院对促进中印政治、经济、文化交流的作用等。② 1947年，金克木发表了《创造的统一——试论泰戈尔》，称赞泰戈尔是“印度现代的精神上的最高象征”。他集诗人与哲人于一身，没有说教，不去指挥，不做领袖，也不会让人人都理解，但他就像路边的指路石一样，给人指导，给人方向，给人信心。“我们眼前这样巍然矗立着的便是泰戈尔。在物质的泛滥中高咏精神，在西方的控制下标榜东方，在战乱的世界中鼓吹和平，在城市的蓬起中想创造乡村，在民族独立的对外抗争时宣言人类一家。这是违抗时代的叛逆者么？这正是时代的产儿。”③

阿垅的文章《太戈尔片论》既没有否定泰戈尔作为一个诗人的价值，也不否认泰戈尔歌颂的爱与和平对人类进步的意义，但他同时指出，在中国人民就要通过血与火的斗争创造一个新中国的历史关键阶段，泰戈尔的爱的哲学、鲜花与芬芳的诗歌，可能会对中国革命产生消极影响。他从分析泰戈尔的哲学入手，既承认泰戈尔在精神上是一个伟大的爱国主义者，以诗为印度民族独立鼓而呼，并且在第一次世界大战后抨击西方的战争给人类带来的灾难，并且要求英国给予印度独立，但遇到阻力后就退缩了，“蜗牛一样，那柔软的躯体只要一碰到比它稍稍刚硬或者粗糙一点的障碍物，立刻可以全部谦和地退回来，在这枚甲壳中他底世界完全被他自己底饱满所充满，一种奇幻的和平和丰富，而他底脚步就像仅仅在背后留下了一条银灰色的痕迹”。于是“他又回到他底爱，他底森林，他底静修，他

---

① 曹增之：《泰戈尔的东方文化观》，《中央日报》，1945年12月26日。

② 沈錡：《泰戈尔与中国》，《中央日报》，1946年8月7日。

③ 金克木：《创造的统一——试论泰戈尔》，《观察》，第3卷第8期，1947年10月18日。

底诗和梦，他底和平之院（Shantineketan），他底家庭筑物学”。在这个世界，就只有自然、和平与快乐。阿垅认为，泰戈尔的这种否定现实的“智慧”“哲学”不适合当时的中国，“我们都是血肉地现实的人，因此也只能够有血肉地现实的‘智慧’或者哲学”。“他爱人，这是真实的。但是在另一方面说，那也是无疑地真实的：他爱的却是抽象的、观念的人，爱的是一种哲学和诗人的人格；而不是具体的、现实的人，不是市井的、狂暴的那个肉身。他底爱有着灵魂底优美，梦底甜蜜。然而一到接触了物质的世界，他晕眩而且叹息了；忧伤而且愤怒了。他就这样一面向往神的世界一面无视人间的衣食，一面以赤子的心爱人一面以神圣的洁癖敌对一切；他脱离现实，他不得不如此，他拒绝群众，他也是无可奈何的。他就这样矛盾，愈健步而愈远了。”①阿垅虽然指出了泰戈尔的思想与中国当时现实的距离，但他并没像 1924 年的那些批评者那样脱离泰戈尔的思想与创作进行批评，而是基于泰戈尔的哲学、宗教思想和文艺创作，比较客观务实地分别指出泰戈尔解决现实问题策略的时代局限性和作为诗人哲学家的永恒艺术价值，这种相对客观科学的泰戈尔形象建构，在当时特殊的时代氛围内，代表了中国认识泰戈尔的一个新高峰。

四、新中国的支持者：伟大爱国诗人泰戈尔（1950—1980）

中华人民共和国成立之初，中国对泰戈尔作品的翻译和介绍基本处于停滞状态。20 世纪 50 年代，“在和平共处五项原则指导下，中印友好之风吹遍了两国广袤大地”。1956 年，周恩来访问印度时，“到处可以听到‘潘查希拉金达巴’（五项原则万岁）、‘印地秦尼巴伊巴伊’（印中人民是兄弟）的欢呼声”。② 在国际大学，周恩来接受了名誉博士学位，并以校友身份对国际大学的师生说：“泰戈尔不仅是一位伟大的爱国诗人，还是一生追求正义和光明，争取印度民族独立的斗士，在中国最艰难的抗日战争期间，泰戈尔和印度人民曾对中国给予无私的支持，中国人民永远不会忘记泰戈尔和印度人民对中国的爱与友谊。”周恩来还谈到泰戈尔 1924 年的访华，介绍了泰戈尔作品在中国的翻译出版和中国读者的热爱情况。

---

① 阿垅：《太戈尔片论》，《人世间》，第 2 卷第 5-6 期，1948 年 7 月 10 日。

② 习近平：《弘扬和平共处五项原则　建设合作共赢美好世界——在和平共处五项原则发表 60 周年纪念大会上的讲话》，《人民网》，2014 年 6 月 28 日。http://politics.people.com.cn/n/2014/0628/c1024-25213331-3.html。

周恩来访问印度重新开启了新中国的泰戈尔研究之路。随后，中国陆续发表了一些回忆泰戈尔的文章，也重新出版了一些泰戈尔作品的中文译本，如《吉檀迦利》，逐渐恢复了中国人对泰戈尔的热情。

1959 年 5 月 8 日，《人民日报》发表了海曼歌・比斯瓦斯的文章《泰戈尔与中国——为纪念泰戈尔九十八岁诞辰(五月八日)而作》。文章肯定了泰戈尔恢复了“帝国主义者在中国和印度两国的干涉破坏而中断了的悠久而深厚的中印友谊”，并且说明泰戈尔 1924 年访华是以朝圣者的身份去中国“参拜那闪烁着那种燃烧着的精神的寺院”，“是怀着理解并且学习的目的，要把中国的情况和信念带回印度来”。他预言，如果泰戈尔看到新中国，他也一定“是中华人民共和国的最坚强的支持者，因为他能够看到在毛泽东同志的领导下诞生了他所日夜憧憬过的‘真正的亚洲人民的人道主义精神’”。新中国将泰戈尔视为劳动人民的朋友，“诗人对帝国主义和一切压迫者有着无比的憎恨，他对那些柔弱者忍受者给与有力的鼓舞”，他“热爱自己的有着悠久优秀文化的国家，热爱这个国家里爱和平爱自由的劳动人民，热爱这国家的雄伟美丽的山川。他是那么样地追求着一个自由的祖国”。

海曼歌・比斯瓦斯的文章指出了泰戈尔在新中国继续受到尊重与喜爱的原因。20 世纪 50 年代，泰戈尔的一些重要作品如《吉檀迦利》《新月集》《我的童年》都重新出版。1961 年，作为对泰戈尔百年诞辰的献礼，人民文学出版社将已经翻译出版的泰戈尔作品中文译本精心汇集成《泰戈尔作品集》出版，共有 10 卷，内收泰戈尔的代表性诗歌、中短篇小说、长篇小说和戏剧。季羡林、梅兰芳等发表了等纪念性文章；《美术》杂志则刊发了徐悲鸿为泰戈尔所作的一幅画像《泰戈尔在写作中》作为纪念(1961 年 4 月)。

季羡林分析了泰戈尔文学和思想中的两面性，即既能在大自然中冥想宇宙的秘密，写出充溢着爱与美的诗歌，“也能在群众大会上激昂慷慨地挥泪陈辞，朗诵自己的像火焰一般的爱国诗歌”，尤其是在军国主义横虐世界和平的时候，他以文字为刀剑，毫不留情地刺向法西斯主义，为人类争取和平。季羡林还赞赏泰戈尔“热爱祖国，同情人民，反对殖民主义和法西斯侵略，对中国人民始终怀着深厚的感情”。①

---

① 季羡林：《泰戈尔与中国——纪念泰戈尔诞生一百周年》，《文艺报》，1961 年第 5 期。季羡林先生此文写于 1961 年 2 月 21 日，本是一篇长文，当时未全部发表，其中一部分以此题发表，其他内容先后以《泰戈尔与中国》(《社会科学战线》，1979 年第 2 期)和《泰戈尔的生平、思想和创作》(《社会科学战线》，1981 年第 2 期)为题分别发表。参考郁龙余：《1924 年泰戈尔访华引发争议的根本原因——答国际知名学者阿莫尔多・沈之问》，《深圳大学学报》(人文社会科学版)，2011 年第 1 期。

泰戈尔访华期间，梅兰芳曾参加了他的演讲会，还请他看了自己所演的《洛神》，“泰翁观后赋诗相赠，复以中国笔墨书之纨扇”。① 梅兰芳后来遇到曾留学国际大学的石真女士，将此诗示之，石真将此诗翻译为：

亲爱的，你用我不懂的
语言的面纱，
遮盖着你的容颜。
正像那遥望如同一脉
飘渺的云霞，
被水雾笼罩着的峰峦。②

两位共同为传播东方文化携手的中印艺术家，铸造了一座日久弥新的友谊之桥。这段珍贵的友谊，后来凝结成梅兰芳为纪念泰戈尔诞辰100周年而写的一首诗：

诗翁昔东来，矍铄霜髯叟。
高誉无娇矜，虚怀广交友。
当日盍簪始，叨承期勖厚。
欢赏我薄艺，赠诗吐琼玖。
影声描绘深，格律谨严守。
紫毫书纨扇，笔势蛟蛇走。
微才何足论，鼓舞乃身受。
百岁逢诞生，人琴怅回首。
纪念谈轶事，肤词埽以帚。
惟君恋震旦，称说不去口。
愿偕中国人，相倚臂连手。
文章与美术，探讨皆不苟。
如忘言语隔，务使菁华剖。
忆听升讲坛，响作龙虎吼。

① 梅兰芳：《追忆印度诗人泰戈尔》，《光明日报》，1961年5月13日。

② 梅兰芳：《忆泰戈尔》，《人民文学》，1961年第5期。

黑暗必消亡，光明判先后。
反帝兴邦意，忧时见抱负。
环球时代新，孤立果群丑。
惜君难目击，远识诚哉有。
中印金兰谊，绵延千载久。
交流文化勤，义最团结取。
泰翁早烛照，正气堪不朽。
谁与背道驰，路绝知之否。①

诗中回忆了泰戈尔访华的经过及自己的崇仰之情，尤其是诗人致力于中印友谊，共同抗击一切暴力的真诚和努力，让人敬仰。

《美术》杂志为徐悲鸿的画作配了一段说明文字，称泰戈尔用笔"谴责了印度的封建制度，歌颂了印度人民的爱国精神，讽刺了帝国主义、买办和洋奴。他那些洋溢着爱国热情和生动地描写了祖国自然风光的诗篇，一直为印度人民和世界人民所传诵。中国人民也早就熟悉和珍爱他的著作"。

1962 年 6 月，中印边境战争爆发。印度人将中国妖魔化成侵略成性的怪兽。"中国威胁论"成为印度的时代主旋律，"Hindi Cheeni bye bye"（"印度中国再见"）。在这种时代环境下，泰戈尔再次被中国冷落了。

1979 年，黄心川发表《略论泰戈尔的哲学与社会思想》（《哲学研究》，1979 年第 1 期），从"生平和时代背景""哲学思想""社会政治理论"和"在中国的影响"四个方面全面介绍了泰戈尔的哲学与社会思想，得出的结论是："泰戈尔的哲学从整个看是一种客观唯心主义的理论，但在他的庞大的唯心主义和形而上学的体系中包含着某些唯物主义和辩证法的因素。在他的宗教气氛极浓的神学说教中可以找到某些科学和无神论的观点。他的认识论具有复杂矛盾的性质。泰戈尔是一个极为复杂的历史人物，他的世界观中的矛盾，不单是他个人所特有的，而是他所处的时代、社会条件、历史传统等等的反映。"

20 世纪 70 年代末，随着泰戈尔作品的旧译开始再版以及一些新译作的面世，泰戈尔研究的沉寂状态逐渐被打破，中国的泰戈尔研究开始又一次从深秋走向初春。

---

① 梅兰芳：《追忆印度诗人泰戈尔》，《光明日报》，1961 年 5 月 13 日。

五、人类共同的精神财富：作家泰戈尔(1981年至今)

1981年夏天，以纪念泰戈尔诞辰120周年学术研讨会的召开为起点，中国的泰戈尔研究逐渐繁荣。这次会议堪称中国泰戈尔研究的转折点，会议形成共识，重申泰戈尔是中国人民的老朋友、好朋友，不应该以政治偏见影响对泰戈尔的客观评价，而是应客观、全面地围绕泰戈尔1924年访华重新评价泰戈尔对中国文化的贡献、其作品对中国文学的影响等等。① 以此为新起点，中国对泰戈尔作品的翻译介绍和研究开始回暖和升温，泰戈尔作品的世界性价值被重新发掘，泰戈尔访华的影响和意义被重新审视，泰戈尔与中国文学的关系重新得到梳理。②

从20世纪90年代至今，中国的泰戈尔研究呈现出繁荣的态势。首先是泰戈尔文学作品的翻译重新得到重视。2000年，河北教育出版社集全国之力，推出了24卷本《泰戈尔全集》，由刘安武、倪陪耕、白开元主编，收录了诗歌60部，短篇小说80篇，中长篇小说13部、戏剧29部，以及大量散文，为中国的泰戈尔研究，提供了迄今最完整的资料。2015年，作为纪念泰戈尔诞辰155周年的重大成果，人民出版社出版了董友忱主编的18卷33册的《泰戈尔作品全集》，收录了泰戈尔66部诗集、96篇短篇小说、15部中长篇小说、80多部剧本和散文，包括泰戈尔亲自翻译的8部英文诗集和国外演讲，是中国翻译出版的第一个真正意义上的泰戈尔全集，且皆译自孟加拉原文，不收录转译自印地语、英语的译文。③

这些作品集的出版，为中国泰戈尔研究的进一步深化和开拓提供了较为规范的译本。

这一时期，泰戈尔研究开始集中发力，呈现规模化、中外良性互动、翻译与研究并重、拓宽与挖深互补的特点，泰戈尔的家庭生活、文学作品、宗教观、绘画艺术、在西方的演讲，语言革新、与中国作家的情谊等都得到关注和研究。围绕着泰戈尔访华及中印文化交流，出现了很多资料汇编、专著、硕博士论文等。另外，一些专业学术期刊也稳定推出泰戈尔研究论文和专辑，形成了泰戈尔研究多元并进的良性研究生态。中国泰戈尔研究者还联合世界泰戈尔研究界，合作举办国际学术研讨会，中国对泰戈尔的诗学观、宗教观、东西文明观、生态伦理观、历史观等的研究在世界范围内得到更广泛的关注，中外合力推动了世界泰戈尔研究的进步。

---

① 文：《我国举行泰戈尔学术讨论会》，《国外文学》，1981年第3期。

② 宋诒瑞：《印度伟大诗人泰戈尔》，《人民日报》，1981年5月7日。

③ 舒晋瑜：《纪念泰戈尔诞辰155周年人民出版社推出作品全集》，《中华读书报》，2016年5月11日。

新时代的中国泰戈尔形象随着中印关系，尤其是中印人文交流的进一步发展而不断丰满、立体、多元，成为中印友谊的象征符号。2014 年 9 月 18 日，习近平总书记主席在印度世界事务委员会演讲时，引用了泰戈尔的诗句，说明泰戈尔作品已经成为中印文明交流的共同精神财富，已经影响并将持续影响中印文明交流的历史和未来。

> 泰戈尔的《吉檀迦利》《飞鸟集》《园丁集》《新月集》等诗集我都读过，许多诗句让我记忆犹新。他写道，“如果你因为失去了太阳而流泪，那么你也失去了群星”，“当我们是大为谦卑的时候，便是我们最接近伟大的时候”，“错误经不起失败，但真理却不怕失败”，“我们把世界看错了，反说它欺骗我们”，“生如夏花之灿烂，死如秋叶之静美”，等等，这些优美又充满哲理的诗句给了我很深的人生启迪。①

2019 年 10 月 11 日，习近平总书记在印度金奈同印度总理莫迪会面时指出，中印双方要展开更广领域、更深层次的人文交流，共同倡导和促进不同文化对话交流，为双边关系发展注入更加持久的推进力，续写亚洲文化新辉煌。中印同为拥有几千年履历的文化古国，加强相互理解和沟通，不但是自身发展的需要，也是天下和平的需要。而下一阶段中印人文交流合作的主要方向，则是将两国传统友情传递到基层，将两国领导人共识转化为行动，实现中印民心相通。

泰戈尔作为深深影响了一代代中国人的印度作家，在新时代必能助力谱写中印文明交流互通的新篇章。

总体上看，迄今为止，中国泰戈尔形象建构和研究发展稳定、成果丰富、多元有序，泰戈尔作品的思想、艺术、语言、文学观、美学观、教育观、宗教观、人生观，泰戈尔的世界性价值等都纳入了中国研究者的视野，并且不断创造新的历史高度，出现了一大批具有开拓性、创新性的研究成果，建成了一系列专门研究机构，形成了一支稳定、专业的研究队伍，并不断推动中国的泰戈尔研究走向新高潮。

以中国社科院、北京大学、四川大学、深圳大学、天津师范大学、青岛大学、兰州大学、同济大学等为中心的科研机构和高校，还将泰戈尔及其所代表的印度文学与教育、外交、人才培养相结合，如郁龙余、魏丽明教授主持举办的系列征文大赛“泰戈尔在我心中”（获

---

① 习近平：《携手追寻民族复兴之梦》，《新华网》，2014 年 9 月 19 日。http://www.xinhuanet.com/world/2014-09/19/c_1112539621.htm。

奖作品结集形成《泰戈尔落在中国的心》系列丛书），着眼未来，致力于培养中国新一代泰戈尔文学精神传承和研究的新生力量，将泰戈尔与中国友谊的种子，播种在中华沃土，代代开花。

有了机制和人才保障的中国泰戈尔研究，一定会在已有基础上，更加健康可持续发展。中国的泰戈尔形象建构，必将不断增新砖添新瓦。

第五节　中国泰戈尔形象建构动因的多样性

泰戈尔访问的中国，正处于思想混乱、国势衰弱的时代，在物质、思想和文化方面都青黄不接，渴望着外力的支持，对泰戈尔，包括在他之前到过中国的罗素、杜威等，中国人都希望他们能带来拯救中国的灵丹妙药。当中国的知识分子带着这种先入之见欢迎或反对这些外国思想家时，就都会不由自主地具有某种盲目性，对他们的思想学术本身却并没有深入的了解。所以，当时的中国思想文化界虽然出过“罗素月刊”“杜威五大讲演”，但中国所欢迎或反对他们的都主要不是思想和学术。

泰戈尔本是为了恢复和发展中印两国的友谊而来，理应受到中国最热烈的欢迎，却不料还受到那么激烈的攻击。当然，这既与特殊的时代背景有关，也与中国知识分子和社会各界对泰戈尔的理解和诉求有关。“五四”以来，中国的东西文化之争本来就不是真正的文化之争，而是在论争什么样的文化可以强国。从这个角度讲，泰戈尔作为一位已经亡国的国家的诗人来给尚未亡国的中国人来“上课”，很多人认为本身就不够资格。泰戈尔作品多赞美普遍的爱，一些中国人因此将其视为软弱的诗人，甚至指责其是因为无力反抗才一味歌唱爱与美，如吴稚晖和林语堂。但实际上，虽然“他没有火焰一般的热力，没有瀑布一般的汹涌；只能引起较柔和的情结。没有强毅的反抗精神”。但他的诗歌“紧紧地握住了每个爱国者的性灵……使他们愿为祖国牺牲，愿为祖国受苦”，愿为祖国的独立和自由献出生命。这是印度独特的历史地位所决定的印度独特的反抗方式，而泰戈尔的诗，则是这种独特的印度反抗精神的集中表现。①

泰戈尔自身这种丰富的精神内涵和文化价值，甚至革命价值，对当时的中国都具有借

① 巴克：《泰戈尔的印度国歌》，《中央日报》，1934 年 6 月 3 日。

鉴意义。我们本应广纳博收,大胆拿来,辨其是非,为我所用,但当时的很多反对者或欢迎者却不去认真客观研究,辩证取舍,只出于主观动机就断言其中必含有毒素或救世的良药,且不许别人赞成或反对。

实际上,在欢迎和批判泰戈尔的人群外,也有很多人以旁观者的身份表示不以为然:

> 当太戈尔过南京,……讲演的时候,有人在场中散起传单来,大家都争着来看,以为是演讲大纲,却不料是“反对太戈尔”及“我们为什么反对太戈尔”两种传单。我对于这两种传单底内容,除了表示相当的尊敬外,简直没有什么话可说。我尊敬这些关心世道的人们。
>
> 我出场的时候,听着一般人说:“做白话诗真没意思”;“我向来不高兴什么诗人,难怪他们骂的!”其实太戈尔的诗并不是用中国语体文写出来;并且诗人该挨骂否,与他自己高兴诗人否,全然是两个问题。我想到这里,不禁为太戈尔和反对太戈尔的人挥洒一把同情之泪!
>
> 不久,在时事新报发现两篇文章,纯是那两种传单底反应。这两篇文章底大毛病就是笼统而不分析。他们崇拜了太戈尔底人格而对其思想也辩护起来;为了太戈尔某一种行为而把整个儿太戈尔奉为神圣,犹之乎我们见了一个瞎子,说你是瞎的,然而一般人跑拢来说,你底耳能听,口能食,鼻能嗅,手是能动哩,遂认你为完人。①

也有一些听众认为,泰戈尔的东方文明观确实不适合中国,但也不至于“陷中国于万劫不复”,因此应客观分析,不应感情用事,夸大其词,无限上纲上线。

> 凡批评一人之学说,必推求其真正之意义以会其通,万不容摘其单词支句横加訾议。太氏所谓不可为物质而忘道德者,并非绝对排斥物质文明乃是反对物质文明超过精神文明,并非极端偏重精神文明乃欲以精神文明调和物质文明。
>
> ……
>
> 吾辈论人当为平心的观察,不可为感情的冲动;当保持改正的态度,不可为偏激的言论。若肆口丑诋叫嚣谩骂,殊非吾辈所敢知也。②

---

① 远定:《告崇拜及反对太戈尔的人》,《民国时报·觉悟》,第5卷第11期,1924年5月11日。

② 耿光:《敬告反对太戈尔者》,《申报》,1924年5月13日。

也就是说，泰戈尔访华之所以没有产生应有的成果，表面上看主要是由于他是在一个“错误的季节”，带着一种不适合中国国情的“救世福音”，又置身于一群不理解他的中国人中间造成的。但实质上是源于中国现代文化的深层矛盾和文化动机。这对理解中国近现代文化的形成和结构，以及中外文化交流的时代性特点，都能提供一定的借鉴。

一、泰戈尔与科学的关系

在中国期间，泰戈尔一再提醒中国人，中国文化作为东方文化的重要组成部分，应与印度、日本等东方国家合力推动以东方的精神文明战胜西方的物质文明。而中国当时最需要的恰是学习西方科学技术以救亡图存，因此不少人就批判泰戈尔反对科学，是要让中国继续落后挨打。实际上，早在泰戈尔访华的四年前，当时在美国留学的冯友兰问泰戈尔对灾难深重的中国有什么拯救方法时，他就毫不犹豫地对后者说：“我只有一句话：快学科学！”①泰戈尔一直坚持东方要学习西方的科学文明，主张东方人学习西方科学来摆脱被压迫的地位，从而能“从迷幻中醒过来，破除精神物质的畸形，而各还他的本来地位”。②

1916 年，在访问日本途中，泰戈尔在新加坡的码头上看到了中国搬运工人，他“体会到在这个广大的阶层里蕴藏着整个中国的巨大的力量”。“中国这种巨大的力量一旦能够在现代化的道路上运行，那就是说掌握现代科学，那时候，在世界上恐怕没有任何力量可以拦阻他向前迈进。……但是，具有这种可贵的民族力量的中国越是要想向前发展，有些专为自己的利益作打算的国家越是想尽主意来要摧毁他。”③显然，泰戈尔是主张中国以科学的力量反对西方的压迫的。在中国期间，泰戈尔也一再强调他所反对的只是不要把人降为机器的奴隶，他只是反对滥用科学，反对把科学凌驾于一切之上，也就是说，他反对的是畸形的物质文明。同样，他也反对畸形的精神文明，而不是反对物质或精神本身。1924 年 5 月 25 日，他在汉口的辅德中学演讲时就明确表示：

> 科学用之得当，能补人类精神上之不足，为功于世界至大，故我极赞成科学之发展。不过现在西洋教育太物质化了！无论什么教育，什么文化，在西洋都是偏重物质

① 冯友兰：《与印度泰谷尔谈话》，《新潮》，第 3 卷第 1 号，1921 年 10 月 1 日。

② 泰戈尔：《东方文明的危机——在上海各团体欢迎会上的讲演》，《文学周报》，第 118 期，1924 年 4 月 21 日。

③ ［印］海曼歌・比斯瓦斯：《泰戈尔与中国》，吴晓铃、石真译，《人民日报》，1958 年 5 月 8 日。

> 之记载。故欧洲已成一完全物质化之世界。科学非万能，安能以之统造人生幸福，而除尽罪恶？故人生一方面以科学维持物质之生活，一方面尚需精神文明助之，使人生达于至善至美之境。然负此责任者乃在我可爱之青年身上。尔侪青年方如朝阳初升，皆有为之士，负世界责任极重，宜具定力前进，不可以为西洋文化如何，我东方文化亦当如何也。①

在中国期间，当他得知有人批评自己反对科学时，曾经不解地问过胡适："你听过我的演讲，你也读过我的作品。他们说我反对科学，我的演讲哪一次不是要让人们学习科学？"胡适让泰戈尔不要担忧，更不要对中国人失望。并且说："这只是个人看问题的角度不同而已。您的演讲充满诗情，倡导人追求精神的自由，您对现代科学的强调因此就很容易被听众忽略。我们要对许多人说话，就无法避免一部分人的无心的误解或有意的曲解。'尽人而悦之'，是不可能的。"②

但事实上，泰戈尔在中国谈的最多的却是以爱和善为表征的东方精神文明对中国的意义，而非科学：

> 太戈尔初到中国，人家都称他是诗圣或诗哲，他自己最后演说也说："各国之有名哲学家、政治家、社会家，均到过中国演讲，供献甚多，余乃区区之诗人，如何能应诸君之要求？"……可是太戈尔在中国始终未谈过一次诗。③

诗人却不爱谈诗，还"谆谆教诲"迫切需要物质文明而非诗的中国人，陈独秀据此批评泰戈尔在误导东方民族的解放运动："先生之心诚苦，先生之术则疏矣。"虽然"爱"是人类福音，但"在资本帝国主义未推倒以前"，爱不可能调和世界成一团和气，因为欧美帝国主义不会自行消失，更不会对弱小民族充满爱意。④ 陈独秀称泰戈尔的这种文化哲学是一种"和平运动"，其实质是要求世界上正受西方压迫的民族像印度和他本人一样"向帝国主义者奴颜婢膝地忍耐、服从、牺牲"，他讽刺泰戈尔这样一心为西方帝国主义服务，肯定能得

① 《泰戈尔在汉口辅德中学之演讲》，王鸿文记，《文学旬刊》，第39期，1924年6月21日。

② 胡适：《追记太戈尔在中国》，季羡林主编：《胡适全集》（第12卷），合肥：安徽教育出版社，2003年，第486页。

③ 陈独秀：《诗人却不爱谈诗》，《向导》，第68期，1924年6月4日。

④ 陈独秀：《评太戈尔在杭州上海的演说》，《民国日报·觉悟》，第4卷25期，1924年4月25日。

第二次诺贝尔奖，只不过不再是诺贝尔文学奖，而是诺贝尔和平奖。①

以陈独秀为代表的知识分子对泰戈尔东方文化思想的批评，最终指向是中国国内的东方文化派。虽然没有事实能证明陈独秀是否见过泰戈尔，或亲自听过泰戈尔的演讲，或者是否读过泰戈尔的作品，但对陈独秀而言，是否全面准确了解泰戈尔并不重要，实际上在他眼中泰戈尔是什么本来就不重要——泰戈尔仅仅是个供自己批判的文化和阶级的象征符号。

二、泰戈尔与“玄学派”和“研究系”的关系

在中国文化由传统向现代过渡、转化的过程中，梁启超无疑是一个承上启下的关键人物。他能起到这样的作用，是因为他既秉承了中国传统文化的精髓，又具有了世界性的眼光，能在中外文化交流的大背境、大框架下，以“文学救国论”为中心，通过各种形式，输入西方文化，希望借以救亡图存。1918 年年底至 1920 年的欧游经历，使梁启超目睹了西方文明导致的满目疮痍，从而促使他由反中国传统文化又回归到中国文化传统，由激进回归保守。泰戈尔进入其视野并受到欢迎，与其前后的思想变化都密切相关。而国内思想文化界对其与泰戈尔关系的各种复杂判断和不同态度，则从一个特殊的角度，表现出了中国近现代以来思想文化自身的复杂性及矛盾性。

泰戈尔访华前后，中国进步思想界正在批判玄学派和研究系。在论战中梁启超貌似中立，实际上袒护“玄学派”。在此时刻，梁启超主持的讲学社邀请泰戈尔访华，泰戈尔到中国后最热心宣传的《晨报》又是研究系的机关报，而研究系的核心人物梁启超还处处赞扬泰戈尔，时时维护泰戈尔，如当泰戈尔被攻击为封建腐朽人物时，梁启超公开为之辩护说：“新旧非年岁问题，乃精神问题，亦非皮相问题，乃骨髓问题，今泰戈尔年岁虽老，而精神则犹是活泼泼之幼儿。其衣冠虽古，而其思想则足为时代之先驱。彼之取得世界上之地位，乃抉印度千年前之文化而复得之，乃以革命及反抗之精神取得。”②这就难免让很多人认为梁启超在处心积虑“袒护”泰戈尔，所以批评研究系的人就误以为泰戈尔是梁启超搬来的救兵，梁启超将泰戈尔奉为神仙是为自己挡箭助威，于是也就将泰戈尔与梁启超捆

① 陈独秀：《巴尔达里尼与太戈尔》，《向导》，第 67 期，1924 年 5 月 28 日。

② 《泰戈尔昨天讲演纪略》，《晨报》，1924 年 5 月 10 日。

绑在一起加以批判。

梁启超对印度文化始终抱敬仰态度，也一直重视中印文化交流。他通过研究佛教在中国的传播史，认识到印度文化对中国文化影响很大，中国的哲学、文学、音乐、医学、雕刻、数学、天文等都接受过印度文化的影响，历史上也曾有很多印度哲人来中国传播印度文化。但进入近代以来，因复杂的政治和社会原因，中印两国文化竟有数百年几乎断绝了交流，期间虽也有印度文学作品被零星地翻译介绍到中国，但两国之间并无正常的、更谈不上成功或大规模的文化交流。因“中印两国，同为文化的母国，就中印两国说，印度文化，实为中国的老哥，中国转为老弟”。所以梁启超希望借助泰戈尔访华，使已经中断的中印文化交流重新薪火相传，而中国人则理当真诚欢迎“泰谷尔哥哥”。不但要“打开胸臆欢喜承受老哥哥的亲爱。我们还有加倍的亲爱奉献给老哥哥，请他带回家去”，借此恢复中印之间的文化交流。“问问盼望咱们两家久断复续的爱情，并不是泰谷尔一两个月游历昙花一现便了。……泰谷尔这次来游，不过替我们起了一个头，倘若因此能认真恢复中印从前的甜蜜友谊和有价值的共同工作，那么，泰谷尔此游才真有意义啊。”①

梁启超显然是从思想学术方面对泰戈尔有所期待，欢迎泰戈尔自是真心。另外，即使只从讲学社负责人的身份考虑，邀请和欢迎泰戈尔来华，梁启超也责无旁贷。即使没有讲学社，梁启超也有责任欢迎泰戈尔访华。据徐志摩说，泰戈尔和梁启超是 1921 年 10 月高尔斯华绥在伦敦发起成立的国际著作者协社(International Writers' Club)仅有的两名东方会员，而这个组织的宗旨，就是方便各国作家在世界游历时，所在国能以此为基础相互招待，促进友谊。因为“文学家……就爱私人的交谊，与不事铺张却真有同情的接待”。徐志摩还建议在北京成立协社的支部，这样泰戈尔等到华后，就方便接待了。② 但批评梁启超和泰戈尔的人大多不知道其中原委，动辄盲目地将两者联系起来进行捆绑式批评。

泰戈尔访华时的梁启超坚信西方文明已经破产，东方文明将流行于世界。这和泰戈尔宣扬东方文明优于西方文明的主张是一致的，这显然也是梁启超欢迎泰戈尔的真正目的。国内批评者也主要是因为看到了梁启超与泰戈尔这种思想的一致性，所以才将两人

① 梁启超:《印度与中国文化之亲属的关系》,《晨报副镌》,第 98 期,1924 年 5 月 3 日。

② 徐志摩:《国际著作者协社》,《文学旬刊》,第 2 期,1923 年 6 月 11 日。

共同作为落后势力的代表予以攻击。

泰戈尔到中国后，除梁启超外，溥仪、辜鸿铭、陈三立、张君劢、章士钊、梁漱溟、梅兰芳等人，以及佛化新青年会等都以各种方式欢迎和招待泰戈尔，而这些人都被进步思想界视为封建守旧势力的代表，泰戈尔与他们朝夕相处，吟诗唱和，自然会被归为一类受到猛烈攻击。陈独秀在《太戈尔与北京》中称这些人为"东方文化派"，讽刺他们道貌岸然，满口礼仪道德，天天斋戒礼佛，排斥科学物质，闹得北京和中国乌烟瘴气。泰戈尔到北京后也同他们一样"乱吠了一阵"，其实他不知道，与中国的东方文化派相比，他只是"小巫见大巫"。① 他讽刺泰戈尔在北京只和废帝和女居士们混在一起，若在武则天时代，可能就会与女皇帝合掌相见了。② 陈独秀还常常将泰戈尔、梁启超、研究系、封建军阀相提并论。"研究系的人，一面崇拜欢迎太戈尔，一面却主张中国人带了枪炮到蒙古去！"③"有一小研究系，向散布反对太戈尔传单的青年说：'你反对太戈尔，何不去反对曹锟？'"④

> 我们不佩服太戈尔，明明白白是因为他反对科学与物质文明，此事任何人都应该知道。然太戈尔却妙想天开的说："今有人反对余，或系恐惧余反对一般金钱主义之人。"……难道科学与物质文明就是金钱主义吗？太戈尔在北京未久竟染了军警和研究系的毛病。⑤

实际上，即使没有泰戈尔来华，梁启超也会、而且也一直在受到进步思想界的抨击，泰戈尔只不过为其批评者提供了一个攻击的新理由。所不同的，只是因泰戈尔的影响太大，而导致对梁启超的抨击力度也更大而已，对其批评的实质，却无根本变化。泰戈尔之争，其实质仍属于中国思想文化的"内斗"。

三、泰戈尔与阶级斗争的关系

泰戈尔提倡东方文明，反对西方文明，很多中国人认为就是站在崇古复古的立场上反

---

① 陈独秀：《太戈尔与北京》，《向导》，第67期，1924年5月28日。

② 陈独秀：《太戈尔与清帝及青年佛化的女居士》，《向导》，第64期，1924年5月7日。

③ 陈独秀：《崇拜太戈尔的主张派兵征服蒙古》，《向导》，第62期，1924年4月23日。

④ 陈独秀：《反对曹大总统？马蜂桥四号！》，《向导》，第62期，1924年4月23日。

⑤ 陈独秀：《太戈尔与金钱主义》，《向导》，第68期，1924年6月4日。

对现代化,是以抽象的人性论腐蚀人们的斗志。当时的中国,军阀势力依靠不同的帝国主义国家支持,不断通过战争扩张势力,军阀混战,民不聊生。孙中山此时在中国共产党的推动下已经完成了对国民党的改组,正准备北伐,所以中国当时最迫切的任务是团结起来,积极参加即将到来的国民革命,反帝反封建。泰戈尔对中国国情不了解,到中国后只一心宣传精神文明、博爱主义,以爱对抗暴力,很少谈到爱国主义和民主主义的主张,而欢迎者和研究者如梁启超、徐志摩等又都把泰戈尔"装扮"成一位超凡入圣的神仙,闭口不谈泰戈尔思想中反抗帝国主义侵略和封建主义的一面,而只一味夸大他反对西方物质文明,提倡东方的精神文明,似乎泰戈尔的全部思想就只有一个"爱"字,这让革命者看来就是在消磨人们的革命意志,必须予以坚决反击才能消除不良影响,结果导致对泰戈尔的批判越来越激烈和尖刻。

实际上,自泰戈尔一踏上中国的土地,有组织的反对行动就一直如影相随。他在上海、南京、北京的演讲会场,都有人现场散发反对他的传单:"我们为什么反对太戈尔","反对太戈尔",内容主要包括:

1. 我们在古老东方文明下受尽了苦,包括男尊女卑、崇拜帝王、压迫百姓、封建制度、等级制度及盲从礼教。泰戈尔博士企图维护我们文明的这些腐朽无用方面,我们只好反对他。

2. 我们接触现代文明感到很大羞辱。文明必须改进:人力耕种、手工业制造、舟楫慢行、印刷落后、道路崎岖、卫生差劲。我们是为了现代文明进步而反对泰戈尔博士。

3. 所谓的东方精神文明只不过是内战、自私地割据、伪善、欺骗、掠夺、罪恶的孝道以及鄙视(女性)的缠足。我们怎能不反对这些害人的事情呢?

4. 中国人对列强的侵略与国内军阀压迫麻木不仁,他们的生命与安全濒临危险。泰戈尔博士要废除民族与政治,用灵魂的安慰来取代。这是逃避现实,是懒汉聊以自慰之道,不适合我们。泰戈尔博士用这些来使我们民族短命,我们非反对他不可。

5. 泰戈尔博士和同善会亲善,这是一个中国道教、佛教联合的卑鄙邪恶组织。泰戈尔博士口口声声"天国""上帝""灵魂"。如果靠这些可以使我们不受苦,那人类就不必致力于改造世界了？我们反对阻碍受压迫阶级与民族的自决与斗争的泰戈尔博士。①

这些反对泰戈尔的理由，一言以蔽之，都是批评泰戈尔宣扬的思想对中国的革命是一副消极的催化剂，所以有志于中国将来前途者应该尽到爱国责任，反对泰戈尔。

也是因为同样的担忧，1924 年 3 月，陈独秀就拟在《中国青年》上出一期反对泰戈尔的专号。1924 年 4 月 9 日，陈独秀曾给胡适写信，要他为《中国青年》的"反对太戈尔"专号写文章。② 在泰戈尔到达中国的第二天，他还给吴稚晖写信约稿：

《中国青年》拟出一册《反对太戈尔号》，想先生为他们做一篇短文，务请先生允此要求，因为太戈尔此来，在青年思想界必增加一些恶影响，我们必须反对他一下。

陈独秀组织批判泰戈尔的专号，目的是为了给中国青年"消泰戈尔的毒"。吴稚晖虽然没有在此专号发表文章，但他后来对泰戈尔的攻击，也是入骨三分。他先后发表了两篇文章，即《皇会声中的太戈尔》和《婉告太戈尔》，③言辞犀利无比，丝毫不比陈独秀逊色。

泰戈尔来华之后，陈独秀从反封建、反传统的立场，连续批评泰戈尔是个极端排斥西方文化、极端崇拜东方文化的人，说他只会导致中国社会的落后与挨打；而他抨击科学及物质文明，奢谈精神文化，无异于劝人"何不食肉糜"的昏君，和"牧师们劝工人'向上帝求心灵的安慰胜过向厂主做物质的争求'同样混账，象这样颠倒乖乱，简直是个糊涂虫，还配谈什么'爱'"。因而他不客气称泰戈尔与中国的"老少人妖"同类。④ 甚至在泰戈尔已离开

---

① Krishna Duma & Andrew Robinson. *Rabindranath Tagore: The Myriad-Minded Man*, New York: Tauris Parke Paperbacks, 2009, pp.251-252.转引自魏丽明:《1924 年泰戈尔访华的历史意义》,王邦维、谭中主编:《泰戈尔与中国》,北京,中央编译出版社,2011 年,第 17 页。反对泰戈尔的传单系由当时的中共北京区委组织散发的。1924 年 6 月 1 日,《中国共产党党报》第四号刊出了北京区委的《京区报告》,其中谈到:"区委新出一《政治生活》,第一期在京销三千份,重印两千份。……关于反对太戈尔的宣传,除《政治生活》外,又散了几千份传单。"《政治生活》第一期可称为"反对泰戈尔"专号,集中刊发了数篇文章,包括《致太戈尔的一封公开信》,和森的《英美协会欢迎太戈尔》,汀的《银钟……幽谷》,健攻的几篇杂感,包括《令人恐怖的诗哲》《三人耳》《今之古时仙人》《怅惘》,对泰戈尔及其中国的欢迎者进行了全面的激烈批判。这一期杂志销了五千份,再加上"几千份"传单,影响不可谓不大。参见中央档案馆编:《中共中央文件选集》(1921—1925),北京:中共中央党校出版社,1989 年,第 275 页。

② 《陈独秀书信集》,北京:新华出版社,1987 年,第 387-388 页。

③ 《民国日报·觉悟》,第 4 卷第 24 期,1924 年 4 月 24 日。

④ 陈独秀:《太戈尔与东方文化》,《中国青年》,第 27 期,1924 年 4 月 18 日。

中国的6月,他仍然写了《诗人却不爱谈诗》《太戈尔与金钱主义》,挖苦泰戈尔虽然自称为诗人,到中国后却始终不谈诗;虽然时时辩白自己反对物质主义,却始终不曾放弃物质的享受。

陈独秀认为,现代社会进步的标志是崇尚科学和物质文明,而东方所谓的精神文明,则直接阻碍社会的进步。在中国思想文化竭力挣扎着融入世界新潮时,中国文化保守派、国粹派、调和派、折中派、东方文化派也在顽强地表现着自己,巩固着自己的阵地。赞美东方文化、抨击西方文化,甚至以中国传统文化为世界未来理想文化,无异于痴人说梦,①无异于"在粪秽中寻找香水""找毒药",对这样的人就应该当头一击,促其醒悟。

四、泰戈尔与政治的关系

在来中国之前,泰戈尔曾担心自己作为一个诗人,对灾难深重的中国不会有多大实质性的帮助,"只做什么无聊的诗歌,我如何对得起中国盼望我的朋友?"②而实际情况是:如果他到中国只谈诗,他的处境可能要好得多。一部分中国知识分子,特别是有政治背景的人,在泰戈尔身上看出的或希望从泰戈尔来华所得到的,恰也不是他诗歌方面的成就,而是他此行所带来的救国济世的使命。1924年4月,泰戈尔来华途经香港,孙中山即从广州派人去看他,告知他自己有病,不能相会,并说:"中国的生命中心是在北京,印度代表的工作应该从北方开始。"③在孙中山等人看来,泰戈尔与甘地一样都是印度革命的领袖,泰戈尔此行并非是以诗人身份来中国单纯讲诗论艺,而是带着自己的济世良方来中国宣传一种救国救世的道路的,是作为一个救世主的身份来中国布道招徒的,是来中国"开展工作"的。而泰戈尔本人最初也并非没有这方面的设想。他曾对孙中山派来的使者说:"将来赴京之任务毕后,略悉中国情形,或将提出解决中国时局意见,与当道共同研究。"④

实际上,泰戈尔不仅是一位伟大的诗人,而且也是一位积极的社会改革家。他除了积极参加各种推动印度社会进步的活动外,还在和平乡进行农村改革,即新村运动。他在试验村设立学校、医疗队,加强畜牧业和手工业,并提倡全民性的文艺活动,以使农村富余劳

---

① 陈独秀:《精神生活　东方文化》,《前锋》,第3号,1924年4月18日。

② 泰戈尔:《在上海的第一次谈话》,《小说月报》,第15卷8号,1924年8月10日。

③ [印]海曼歌·比斯瓦斯:《泰戈尔与中国》,吴晓铃、石真译,《人民日报》,1958年5月8日。

④ 《太戈尔道经香港情形》,《申报》,1924年4月17日。

动力有出路，教育能普及，文化能发展。1924 年访华期间，泰戈尔也曾希望在中国推广其新村建设计划，并且专程到山西考察商谈，阎锡山也同意把晋祠一带划给泰戈尔做实验。只是因为中国政局太动荡，计划落空。但泰戈尔的新村改革一直得到中国人的关注。1934 年，缪庆邦著文详细介绍了泰戈尔新村建设的背景、内容、成就和不足。① 1946 年 3 月，周子亚访问国际大学时专门参观了泰戈尔创办的试验村，并认识到泰戈尔之所以致力于乡村试验，把乡村建设成“幸福与美丽”之家，是因为他认识到“除非乡人能自给自足则不能获得实际之愉快及自由”。他深受触动，认为“足为中国效法”。②

到中国后，泰戈尔意识到中国人最期待于自己的就是带来拯救中国的良药，而这并非自己访华的最主要目的，于是在 4 月 18 日在上海的首次公开讲演中，他就首先进行了解释。他说自己此次来中国，并非是一个传道者，带着什么福音；只不过是为求道而来的。好像是一位进香人，来对中国文化行敬礼；但他接着说到，他不曾想只看见工业主义、物质主义正日益吞噬着高尚的精神文化，因而惊呼中国文明面临危机。③ 泰戈尔在中国的谈话和讲演中，就是这样一方面强调自己的诗人身份，一方面又处处流露、切切宣扬东方文明优于西方文明。在当时以救亡图存、科学救国为宗旨的知识分子看来，这种主张无异于一种不抵抗主义、一种亡国奴哲学，显然是要让中国人放弃追求强国的目标，而一味在阿 Q 式的精神胜利法中聊过时日。在国危民艰的时代背境下，泰戈尔的这种声音在大多数中国人听来难免觉得刺耳，就是热烈欢迎他的人，也认为这些话在中国这样的背景下确实有点虚妄，如徐志摩就这样说过：“我自己听他讲的时候，我觉得惭愧，因为他鼓励我们的话差不多是虚设的。他说我们爱我们的生活，我们能把美的原则应用到日常生活上去，有这回事吗？我个人老大的怀疑，也许在千百年前我们的祖宗当得起他的称赞，怕不是现代的中国人。”④有左翼背景、正鼓励民众通过艰苦斗争改变中国黑暗现实的知识分子，对泰戈尔的这种劝告必然予以激烈批评了。茅盾在晚年写的回忆录《我走过的道路》中曾谈及自己当时为什么写反对泰戈尔的文章：

当时，就太戈尔之来中国宣传“东方文化”，而表示反对者，有好多人写文章，发表

① 缪庆邦：《太戈尔的新村建设工作》，《中央日报》，1934 年 12 月 20 日。

② 周子亚：《泰戈尔与世界文化》，《中央日报》，1946 年 4 月 12 日。

③ 泰戈尔：《东方文明的危机》，《文学周报》，第 118 期，1924 年 4 月 21 日。

④ 泰戈尔：《清华讲演》之徐志摩附述，《小说月报》，第 15 卷 8 号，1924 年 8 月 10 日。

的地方也不光是《觉悟》。这是响应共产党对太戈尔的评价，也是对别有动机而邀请太戈尔来中国“讲学”的学者、名流之反击。①

这就表明，泰戈尔来华，实际上成了当时国内各种思想学派、政治势力表明自己立场和态度的一个导火索。

遗憾的是，泰戈尔一到中国就告诫中国青年不要追随西方文明，因为西方文明已经证明只会导致战争与破坏，不能给人类带来和平与光明，而只有东方文化才是世界上最有前途的文化，最适合人类社会未来发展需要。② 甚至在受到激烈批评后，泰戈尔仍对中国当时追求西方文明表示不解。1924 年 5 月 29 日，他在上海的告别辞中说：“我现在可以吩咐曾经担忧的诸君，我是绝对的不会存心与他们作对；我没有力量来阻碍他们健旺与进步的前程，我没有本领可以阻止你们人们奔赴贸利的闹市。”③陈独秀因此批评泰戈尔是“一个极端排斥西方文化，极端崇拜东方文化的人”。他指出，泰戈尔复活东方文明的结果无非有三，即尊君抑民，尊男抑女；知足常乐，能忍自安；轻物质而重心灵。这样一来，中国将尽失仅有的一点科学进步的成果，废弃轮船火车，仍乘木舟与一轮车，废弃机器印刷所，仍用木板或竹简，这不就等于让中国重新回到小国寡民、愚顽不化的原始时代吗？④ 陈独秀嘲笑泰戈尔自己享受着只有少数人才能享受到的物质文明成果，“便忘了世界上还有无数被压迫的民族被压迫的阶级得不着物质的生活而困苦而恼闷，只管由着自己兴趣，高谈什么精神文化，什么心灵愉快，什么讨论思想，把这些生活奢侈品当作生活必需品的谷粒，反把世界上无数劳苦平民所急需的物质当做可有可无的奢侈品——钻石。”他说，泰戈尔所推崇的中国文化实质上是可笑且可怕的，这种文化若还活着，中国将回到封建时代，泰戈尔在中国也就乘不上火车了。这种文化不但不应赞扬和维护，而是应促其“速死”。

泰戈尔本也希望到中国进行一些具体改革试验，所以他给中国人开出的社会发展的药方，并不仅仅是为了迎合中国人“所求”，也部分出于真心。可惜他开出的药方却是中国人并不缺乏，而且正呈泛滥之势的东方文化。为了消除其可能造成的消极影响，陈独秀只

① 茅盾：《我走过的道路》(上)，北京：人民文学出版社，1988 年，第 245、248 页。

② 《太戈尔与中国新闻社记者谈话》，《申报》，1924 年 4 月 14 日。

③ 泰戈尔：《告别辞》，《小说月报》，第 15 卷 8 号，1924 年 8 月 10 日。

④ 陈独秀：《太戈尔与东方文化》，《中国青年》，第 27 期，1924 年 4 月 18 日。

能拼命批判他，甚至谩骂泰戈尔没说过一句正经话，是“一个什么东西！”①他指责泰戈尔和梁启超自己丰衣足食，风花雪月，才携手共倡心灵生活，却忘了天下还有那么多饥寒交迫的老百姓，真没良心。②

因为东方文化，所以导致中国的贫富不均，而贫富不均，就是阶级问题、阶级矛盾了。文化之争，自然过渡成阶级之争，泰戈尔来华问题，自然也就成了阶级斗争问题了，而阶级斗争，历来是你死我活的斗争。就这样，泰戈尔在陈独秀眼中，俨然就是一个阶级敌人，批评充满火药味，也在情理之中了。

泰戈尔首先是个文学家，将他看作一个救世主，或把他与错综复杂的政治因素联系，误解与批判就难免了。实际上，泰戈尔既不是激进的革命者，也不是保守的民族主义者，也不像甘地那样富有行动精神，但他为了印度独立，敢于公开抗议英国政府的印度政策，已经表现出诗人特有的爱国精神。泰戈尔生活在作为英国殖民地的印度，对西方文明的优劣性感同身受，他对东西方文化与文明关系的理解可能对半殖民地的中国思考文化走向和国家独立具有直接的启发，但受限于中国当时特定的文化和社会环境，泰戈尔的相关切肤痛苦体验并没有在中国产生应有的影响，使中国的社会改革者失去了一次很好的学习机会。

五、泰戈尔的人格与文学的关系

泰戈尔思想丰富复杂，在当时的中国并没有得到充分细致的研究，而其作品和行为所体现出的精神人格却因其崇高而更容易得到人们的赞美。泰戈尔访华期间，很多欢迎者有意无意地以其人格精神等同于其思想，对他极尽溢美之词。如徐志摩，最初他还比较冷静，曾担心泰戈尔带着一番诚意而来，而中国人可能不会付与他同样的诚意，甚至可能不做任何了解，就表示不欢迎或拒绝。所以他建议国人先静下心来：“我们既然知道含糊的崇拜是不对的，我们就应得尽相当的心力去研究他的作品，了解他的思想，领会他的艺术——现在正是绝好的机会。……我们可以从他的伟大，和谐美的人格里，得到古印度与今印度文化的灵感，同时也要使他从我们青年的身上，得到一个伟大民族觉悟了的精神与

① 陈独秀：《太戈尔是一个什么东西》，《向导》，第67期，1924年5月28日。

② 陈独秀：《好个友爱无争的诗圣》，《向导》，第63期，1924年4月30日。

发展的方向，这才不负他爱敬我们的至诚，他不惜高年跋涉的一番盛意。”“应得趁这个时机尽相当的心力来研究他，认识他，了解他，预备他来时欢迎他，爱护他，那才不负他远渡万里的辛苦，那才可以免了‘迎神赛会’的陋习。”他还呼吁国内的戏剧界，能够排演泰戈尔的戏剧。① 但逐渐地，他本人却似乎被泰戈尔的光圈散射的光辉眩晕了，在彻底的崇拜中，他对泰戈尔丰富多彩的作品视而不见，只看到泰戈尔如泰山日出般光彩耀人的崇高人格：

> 泰戈尔在世界文学中，究占如何位置，我们此时还不能定，他的诗是否可算独立的贡献，他的思想是否可以代表印度民族复兴之潜流，他的哲学(如其有哲学)是否有独到的境界——这些问题，我们没有回答的能力。但有一事我们敢断言肯定的，就是他不朽的人格。他的诗歌，他的思想，他的一切，都有遭遗忘与失时之可能，但他一生热奋的生涯所养成的人格，却是我们不易磨灭的纪念。
>
> ……
>
> 我们所以加倍的欢迎泰戈尔来华，因为他那高超和谐的人格，可以给我们不可计量的慰安，可以开发我们原来瘀塞的心灵泉源，可以指示我们努力的方向与标准，可以纠正现代狂放恣纵的反常行为，可以摩挲我们想见古人的忧心，可以消平我们过渡时期张皇的意义，可以使我们扩大同情与爱心，可以引导我们入完全的梦境。
>
> 如其一时期的问题可以综合成一个现代的问题，就只是“怎样做一个人”？泰戈尔在与我们所处相仿的境地中，已经很高尚的解决了他个人的问题，所以他是我们的导师榜样。
>
> 他是个诗人，尤其是一个男子，一个纯粹的人；他最伟大的作品就是他的人格。②

实际上，不但徐志摩欢迎的是泰戈尔的精神与人格，当时颂扬泰戈尔的文章，无一不颂扬他的人格。简又文在讲演中也这样说过：“我们欢迎的是太谷尔的人格，我们深愿他仁爱，服务，和爱国救国的精神，流入到我们四万万同胞的血里。”③

在对泰戈尔的这种人格崇拜中，泰戈尔的文学竟被置于无足轻重的地步，如徐志摩就认为研究泰戈尔的文学“自有专门的书呆子去愿管，不劳我们费心”。因为“只要能够体会

① 徐志摩：《太戈尔来华的确期》，《小说月报》第14卷10号，1923年10月10日。

② 徐志摩：《太戈尔来华》，《小说月报》，第14卷9号，1923年9月10日。

③ 简又文：《太谷尔思想之背景》，《晨报副刊》，1924年4月20、23日。

泰戈尔诗话的人格,与领略他充满人格的诗文,已经尽够的了。"①

在中国文化界欢迎泰戈尔的躁动气氛中,并非没有冷静客观的介绍者、研究者。郑振铎就称赞泰戈尔是"伟大的传道者",来中国时会手捧着"美丽的赠品",即向中国人"展示其诗的灵的乐园,让身处黑漆之夜的中国人,得见一线的光明,得见世界与人生的真相,让中国人在和平与爱的福音中歌唱"。他预想中国人一定会真诚地、充满喜悦地欢迎泰戈尔,但也因此容易失去理智的判断,所以他劝告中国人"应不仅为表面上的热烈的欢迎",而是应该加强对泰戈尔作品与思想的研究,应该祛除盲目的崇拜之心而深入到泰戈尔诗的灵魂。②

王统照是主要的泰戈尔研究者之一。1923 年 5 月 1 日、6 月 1 日,他在《民铎》(第 4 卷第 3、4 期)杂志分两期发表了《泰戈儿的人格观》一文,对泰戈尔的思想学说进行了分析和研究,这也是最早对泰戈尔访华做出反应的研究文章。他还为《小说月报》的《太戈尔专号》写了一篇《太戈尔的思想与其诗歌的表象》,其中自译了泰戈尔的一些诗歌。文章基于泰戈尔的作品研究泰戈尔的思想,认为泰戈尔之所以是一位伟大的作家,就是因为其作品承载了印度民族的历史和精神。

在泰戈尔来华之前,王统照就清醒地意识到,任何国家和民族,对待伟人"多是倾向于夸大性的表示,而缺少坦白的了解"。泰戈尔是"名满世界而且永久不朽的伟大诗哲",他来华必定也会产生同样的结果,因此,他提醒中国人,"形式上的热闹尽可少些,而普遍的了解,却不可不想法传播。"因为"诗人未必愿意同受英雄般的崇敬的表现的"。但国内读过泰戈尔作品的人毕竟不多,能够"了解其思想的全体的更为鲜有"。他为此推荐了两本书。一是 S. Radhakrishnan 的《太戈儿的哲学》,可以全面了解泰戈尔的哲学思想,印度的哲学、宗教及艺术的关系,泰戈尔的诗与哲学的关系,泰戈尔对印度和世界的使命。二是 Ernest Rhys 的《太戈儿传》,可以了解泰戈尔的文学作品。③ 王统照认为泰戈尔访华的意义有两层:一是作为思想家的泰戈尔会对中国的青年们产生什么影响,在这一点上他赞成陈独秀和郭沫若的观点;二是作为文学家泰戈尔的对中国新文学会产生什么影响,在这一点上,他相信,"无论大小,这所生的影响一定是好的"。④

---

① 徐志摩:《太戈尔来华》,《小说月报》,第 14 卷 9 号,1923 年 9 月 10 日。

② 郑振铎:《欢迎太戈尔》,《小说月报》,第 14 卷 9 号,1923 年 9 月 10 日。

③ 王统照:《太戈儿研究最需要的两本书》,《文学旬刊》,第 15 期,1923 年 10 月 21 日。

④ 王统照:《泰果尔批评》"编者附言",《文学旬刊》,第 99 期,1923 年 12 月 3 日。

王统照是泰戈尔“走进”中国的积极推动者和组织者,他以《文学旬刊》(最初与孙伏园共同主编,1924 年 10 月起单独主编)为主阵地,期望引导更多的中国人尽量能客观了解泰戈尔的思想与作品。

《文学旬刊》1923 年 6 月 1 日创刊,6 月 2 日就刊出一则“征稿广告”,名为《太戈尔号》,是《小说月报》的约稿:

> 太戈尔东来的消息,我前次已经报告过了。现闻他已决定于本年七月间到中国来,大概住在中国的时期是三个月。小说月报社拟将八月号的杂志作为太戈尔号,除创作外,专刊载一切关于泰戈尔的论文,传记,及他的诗歌,剧本与小说。关于这一类的一切投稿都极欢迎!

《文学旬刊》对泰戈尔及其访华的态度理性且踏实,一再让人抛去盲目的崇拜和欢迎,老老实实地了解一些泰戈尔的作品和思想,并发表了不少平心静气的研究泰戈尔的文章,如郑振铎的《太戈尔新月集译序》(第 84 期,1923 年 8 月 20 日),瞿秋白的《弟弟的信》(第 97 期,1923 年 11 月 19 日),闻一多的《泰果尔批评》(第 99 期,1923 年 12 月 3 日),诵虞的《太戈尔的我观》和澄的《这一次泰戈尔来华讲演》(第 118 期,1924 年 4 月 21 日)等。澄主张“我们对于一切的人的主张和见解,都要平心静气地研究分析,似乎不应当卤莽灭裂地把许多过火的话发表于印刷物之上,这种举动,徒伤过客的感情,自失地主的优礼来宾的礼貌而已”。[①] 郭增恺则批评了国人就像参加时尚派对一样“动辄谈泰戈尔”:

> 我不配欢迎他。——假如用逛蟠桃宫或者看洋把戏的心理欢迎,对于自己是无聊,对于他是侮辱。一个具实的欢迎者,配欢迎他的人,必是对他有信仰的,或崇拜的,而信仰与崇拜——不拘是学识的或人格的——假如要不是盲从,“理解”,深刻地理解,乃是必备的根基,商务印书馆,伊文思图书公司,同 La library Francehe……他们的广告上的话,似乎不宜于我们吧? 所以我还是取“失敬”的责罪,不敢去逛月台。
>
> 不拘对于某人或某种见解的反对,我觉得“反对者的资格”的取得,不在自己的高明见解,那必不可逃避的义务,必然的责任,是对于对方的清清楚楚的明白:理解。
>
> 欢迎与反对的第一步,根本,乃是同一的:深透的理解:虽说第二步竟相差的如彼

① 澄:《这一次泰戈尔来华讲演》,《文学旬刊》,第 118 期,1924 年 4 月 21 日。

其远,我只有这种权力:好好的读他的著作同研究他的言论与思想;把这责任尽了以后,我自己继续承担自己欢迎或反对的权力!①

《文学旬刊》实际上成了当时翻译、介绍、研究泰戈尔的一个中心,它密切关注国内外对泰戈尔访华的反应,发表了很多泰戈尔作品的翻译和思想研究方面的文章,不但在一定程度上扭转了欢迎或批评泰戈尔的盲目性,而且留下了扎扎实实的成果,成为中国泰戈尔研究史上一个重要的阶段和基础。王统照等组织客观推介泰戈尔,是希望对待这样一位世界的诗哲,中国人能回报以热诚和爱,并能在了解进而理解泰戈尔的基础上作出客观的评价。这样的客观冷静虽然主导不了当时国内"泰戈尔热"的主流,但至少表明也有中国人在努力客观了解、真诚欢迎泰戈尔。在罔顾泰戈尔作品和思想实际的欢呼或指责的气氛里,这种清醒的声音,尤其难能可贵。

文学创作本来就是中国了解和理解泰戈尔的窗口和基础,对泰戈尔文学作品的翻译与研究也是当时中国建构泰戈尔观的一条主线,如称泰戈尔为"理想的诗人":"读吉檀迦利时感觉到他的伟大,读园丁集时感觉到他的温柔,读飞鸟集时感觉到他的轻灵。"②瞿菊农在济南公开演讲时介绍泰戈尔的文学作品对爱和美的赞美,以及其创作与印度文明的关系等。③ 即使泰戈尔的批评者如沈泽民也倾心承认泰戈尔是一位优秀的文学家,其诗、小说、戏曲、其文都很优秀,值得中国人学习。④ 只不过泰戈尔访华前后,中国国内的思想文化斗争各方借泰戈尔大肆主观发挥,使泰戈尔的思想家和哲学家身份备受关注,即使关注到泰戈尔的文学作品,大多数人也多采取沈泽民的态度:"然而我们今天不是问这些事情,我们是问台戈尔的思想,对于今日的中国青年是否要得。"⑤作为文学家的泰戈尔就这样暂时受到了忽略。中国人当时并非不关心或不重视泰戈尔的文学创作,而是因为在这个问题上中国人的态度基本上是一致的,即一致承认泰戈尔在文学上的杰出成就。

泰戈尔的文学革命主张和成就也得到了中国文学界的肯定。泰戈尔是印度文学史上

① 郭增恺:《双方视线以外(太戈尔的欢迎与反对)》,《文学旬刊》,第34期,1924年5月8日。

② S:《诗人太戈尔》,《文学旬刊》,第4期,1923年7月1日。

③ 瞿菊农:《太谷儿的思想及其诗》,《文学旬刊》,第10期,1923年9月1日。

④ 沈泽民:《台戈尔与中国青年》,《中国青年》,第27期,1924年4月18日。

⑤ 同上。

的改革家,其文学改革思想及实践,把孟加拉语文学推向了全世界。而中国文学经历了“五四”文学革命浪潮的冲击后,当时正处于从旧蜕新的转折时期。自黄遵宪等在清朝末年提出诗界革命以来,中国诗歌改革虽然取得了一定的进步,但整体来看还没找到一条属于自己的现代化发展道路。对致力于中国诗歌改革的胡适等中国文人来说,泰戈尔的文学改革主张和实践无疑具有借鉴意义,所以渴望泰戈尔在中国期间能够提供这方面的经验。

作为诗人的泰戈尔显然也乐于向中国同道传授自己诗歌改革的经验和遇到的各种阻力,他在中国也不止一次谈到文学革新问题。1924 年 5 月 9 日,泰戈尔在北京的第一次公开演讲中,就回顾了自己从事文学革命运动的经历。他自称“不知老之将至”,自视为“一活泼之幼童”,“余年虽长,余之须发虽白,然余非腐朽时代精神之代表。余之革命的精神,犹昼夜不息之流水。”泰戈尔生活成长的时代,印度新旧思想冲突激烈,产生了三种革命运动,即宗教运动,文学运动和国民运动,而文学革命的中心就是泰戈尔。泰戈尔认为文学不应该受任何的束缚和压力,一受拘束就会失去文学中的真我,而文学中之诗,尤需有真我,其价值才能存在。所以他所发起的文学革命就首先从诗歌入手,即不问形式,不守格律,只要能表现真我就行。虽然泰戈尔在诗歌领域所发起的这场改革受到了孟加拉文学界的围攻,但他坚持认为这是印度诗歌乃至整个文学发展的光明前途,并最终改变了印度文学的发展进程,也极大地影响了世界文学。① 泰戈尔文学革命的动机与经历,为试图冲破中国旧文学桎梏的中国知识分子提供了信心:

> 同时泰戈尔为印度最伟大之人物,自十二岁起,即以阪格耳之方言为诗,求文学革命之成功,历五十年而不改其志。今阪格耳之方言,已经泰氏之努力,而成为世界的文学,其革命的精神,实有足为吾青年取法者,故吾人对于其他方面纵不满足于泰戈尔,而于文学革命一段,亦当取法于泰戈尔。②

中国文学从旧蜕新的革命进程,与泰戈尔所推动的印度语言与文学革命的进程,颇多相似之处,尤其是面对的旧文学的阻力及为之奋斗的经历。这使很多中国知识分子都对泰戈尔的文学改革成就表示赞赏,如林长民也曾表示把泰戈尔“当作一位世界的诗人、革命的诗人来欢迎”,并称泰戈尔此番中国之行的最大价值是将其诗歌革命的“学识传授给

① 《泰戈尔昨天讲演纪略——述其运动文学革命之经过》,《晨报》,1924 年 5 月 10 日。
② 《泰戈尔第二次讲演》,《晨报》,1924 年 5 月 11 日。

中国人”。[①] 恩厚之曾记载了这样一个戏剧性的场面：

> 当我们与北京的学者相会时，中国进步分子突然感到他们与泰戈尔思想有着巨大的一致性。同那时代的但丁与乔叟一样，泰戈尔与胡适两人都决心采用人民的口语作为文学表达的普通工具，以替代掌握在有限学者阶层手里的经典语言。一位激进的中国学者从饭桌的另一端跃起，拥抱泰戈尔，并用充满激情的语调说：现在，他不仅同泰戈尔一道分担共同经历的痛苦，而且也分担传统文化的卫道士亲手制造的苦难。[②]

泰戈尔用孟加拉语写作，推动方言入诗，同为文学改革者的胡适对此有切实感触。胡适留美归国后所取得的最大成就是在文学革命方面，特别是在语言革命方面，泰戈尔发起并推动的文学语言革新运动，给他提供了来自印度的精神支持和友谊，所以，他由衷地欣喜于与老诗人在这方面的一致性，[③]并认为泰戈尔“最同情”中国的白话文学运动，对中国新文学产生了深远影响。胡适还希望泰戈尔能围绕印度的文学改革做一次公开演讲，只是泰戈尔没有明确表示意见。[④]

泰戈尔访华前，很多接受过西方教育的知识分子认为泰戈尔是西方文明的敌人，带有先入为主的偏见，可真正与泰戈尔接触之后，他们才突然发现泰戈尔原来在某些方面与自己完全一致，于是由反对者变为了积极的欢迎者。胡适说自己当初“亦为反对欢迎泰戈尔来华之一人”，[⑤]这一点泰戈尔本人也很清楚。据张君劢回忆：“胡适是当时反对人之一，泰氏在《自传》一篇演讲词中有这样的句子：‘胡适博士昨天以星相学者的资格批评我，他说我的访问中国好像是不祥之兆。我希望他能告诉我，我的生日是否是受了恶星宿的影响。’”[⑥]但后来了解到泰戈尔的文学革命主张以后，胡适一变成为泰戈尔的支持者，引泰戈尔为同道，甚至“同志”。因为与泰戈尔在新诗改革方面的精神相似，并且继承了泰戈尔的

---

① 《成功为诗人堕落之始》，《晨报》，1924 年 4 月 29 日。

② ［印］克里希那·克里巴拉尼：《泰戈尔传》，倪培耕译，桂林：漓江出版社，1984 年，第 383-384 页。

③ 胡适：《追记太戈尔在中国》，季羡林主编：《胡适全集》（第 12 卷），合肥：安徽教育出版社，2003 年，第 487 页。

④ 《泰戈尔第二次讲演——胡适对反对泰氏者之警告》，《晨报》，1924 年 5 月 11 日。

⑤ 《泰戈尔第二次讲演》，《晨报》，1924 年 5 月 11 日。

⑥ 张君劢：《回忆泰戈尔氏来华讲学情形》，《再生》，第 80 期，1942 年 2 月 20 日。

文学改革精神，胡适甚至被美国人称为“中国的‘泰戈尔’”。①

对泰戈尔的文学也有持异议者，代表人物为闻一多。他在《泰果尔批评》一文中就深刻地批评了泰戈尔诗的哲理性压倒了艺术性，认为他的诗的最大缺憾是“没有把捉到现实”，“他的艺术实在平庸得很”，“泰果尔的诗是清淡，然而太清谈，清淡到空虚了；泰果尔的诗是秀丽，然而太秀丽，秀丽到纤弱了”。② 但这样针对泰戈尔作品的批评并不多见。

尽管中国对泰戈尔的期待多元复杂，且各有所得，但泰戈尔对中国的态度却始终如一，即一直对中国充满同情、亲情和友情。他对中国人民发出的声音始终是亲切友善的，他对中国人的精神生活和心灵发展的关心始终是真诚的。他真切地希望和伟大的中国人民一起为迎接新时代的春天而共同努力：“我的希冀只在共同你们新来生命的动荡，共同你们的想望与欢欣。我求你们容许我的参加。我不是一个哲学家，你们只须当我诗人看待。在你们的心里替我预备着一个地位，不要在公开的讲坛上安置高座。我只求得你们的心，我要你们的情爱，不教辜负这难得的时机。”他相信中华民族一定会有一个灿烂的未来。③

① 沈錡：《泰戈尔与中国》，《中央日报》，1946年8月7日。

② 闻一多：《泰果尔批评》，《文学旬刊》，第99期，1923年12月3日。

③ 泰戈尔：《在上海的第一次谈话》，《小说月报》，第15卷8号，1924年8月10日。

第三章 “富丽天朝”与“大同之友”：泰戈尔的中国形象观

泰戈尔是在东西方文化哺育下成长起来的文化伟人，是既属于印度和东方世界，也属于西方世界的一位百科全书式的文化巨人。他一生不辍笔耕，为人类留下了丰富的精神财富，涉及文学、文化、社会、历史、政治、宗教、伦理、经济、教育、妇女、农民等诸多问题，广博精深而又历久弥新。泰戈尔具有广博的文化视野和丰富的人生阅历，对东亚、东南亚、西亚以及西方各国的文明都有所研究。他爱印度，更爱世界；爱东方，也爱西方；推崇民族主义，更相信世界主义。因此，只有在世界文明视野中审视泰戈尔的文明观和哲学思想，我们才能更全面理解他在论述世界文明问题时所特有的文化人类学家的哲学高度和文学情怀及胸怀，也正是泰戈尔思想中这种富有生机和时代活力的因子使得全世界范围能兴起“泰戈尔热”。

泰戈尔的中国形象观是其世界形象体系的一个组成部分，是其在世界文明大视野中不断调整和建构而成的对中国历史和文化及未来的综合认知和期许。

第一节 泰戈尔的世界文明观①

欲研究泰戈尔的世界文明观，须先清楚文明的概念。中国和西方自古以来对“文明”的理解都有微妙差异。在《尚书》和《周易》里，就出现了“文明”这个词。《尚书·舜典》：“浚哲文明。”②《周易》里说：“见龙在田，天下文明。”③中国的“文明”概念，历来包括人类创造的一切物质财富和精神财富，所以天下文明是一家，不同文明的交流互通是文明自身内

① 参考尹锡南：《世界文明视野中的泰戈尔》，成都：巴蜀书社，2003 年。《印度的中国形象》，北京：人民出版社，2010 年。《印度中国观演变研究》，北京：时事出版社，2014 年。

② 冀昀主编：《尚书》，北京：线装书局，2007 年，第 9 页。

③ 金永译解：《周易》，重庆：重庆出版社，2009 年，第 14 页。

涵之意。

泰戈尔心目中的"文明"首先具有浓郁的印度韵味,但因为他兼受东方文明和西方文明影响,他对文明的理解就不只局限于东方语境。他用一种平等眼光观察思考世界上的一切文明,认为世界文化发展的最佳状态就是多样文化的共生共荣。人类一切文明之所以皆有其存在的理由,是因为各种文明的基础相同,即任何文明都是人类的文明,都是人类在发展进步过程中不断总结概括凝练的人类智慧的结晶。也就是说,不论是印度文明还是中国文明、波斯文明还是犹太文明,希腊文明还是罗马文明,虽然它们处于不同的地域,但都如几座属于一个山系但位于不同海拔和温度带的山峰,山峰之间没有绝对不可逾越的障碍。事实上,世界文明丰富多彩,绚丽多姿,不同文明只有扬长避短,互相交融,才能创造一个和谐共生的文明大观园。这和钱锺书在《谈艺录》序言中所说相似:"东海西海,心理攸同;南学北学,道术未裂。"①

基于这种世界文明视野,泰戈尔的文明观历久弥新,不断展现出新的时代价值,不断突破已有的思想体系,始终与世界的发展同步。他争取印度独立,反对日本对中国的侵略,在世界范围内呼吁爱与文明,为全人类的正义奔走,始终不渝殷切呼吁世界和平。他的很多诗句,都成为世界和平的象征,一次次被用来呼唤正义和真理,如"他把他的刀剑当作他的上帝,当他的刀剑胜利时他自己却失败了"。② 2014 年 6 月 28 日,习近平总书记在和平共处五项原则发表 60 周年纪念活动大会上发表了题为《弘扬和平共处五项原则　建设合作共赢美好世界》的讲话,其中引用了泰戈尔的诗句,表达了世界人民对和平的共同期待:

> 中华民族历来崇尚"和为贵""和而不同""协和万邦""兼爱非攻"等理念。印度、缅甸等亚洲国家人民也历来崇尚仁爱、慈善、和平等价值观。印度伟大诗人泰戈尔用诗歌的语言写道:"你以为用战争可以获取友谊?春天就会从眼前姗姗而去。"③

的确,泰戈尔始终对世界的未来满怀希望,虽然人类历史上发生了很多灾难,造成了

---

① 钱锺书:《谈艺录》(补订本),北京:中华书局,1984 年,"序"第 1 页。

② 泰戈尔:《飞鸟集》,郑振铎译,孙宜学编:《泰戈尔诗选》,北京:人民教育出版社,2018 年,第 129 页。

③ 习近平:《弘扬和平共处五项原则　建设合作共赢美好世界——在和平共处五项原则发表 60 周年纪念大会上的讲话》,《人民网》,2014 年 6 月 28 日。http://politics.people.com.cn/n/2014/0628/c1024-25213331-3.html。

很多文明的流逝,但整个人类的力量却没有受到影响。因此,世界不同文明应该携手并进,满怀信心,拯救正在经受着战争洗礼的世界,重新帮助世界走向和平的轨道。这也是泰戈尔一生坚持的信念。

中华文化的核心是“仁”。仁,从人,从二,二人相依,是为仁,意为人与人相互亲爱。《说文解字》:“仁,亲也。从人从二”,“仁者兼爱,故从二如邻切”。[①] 实际上,“仁”也是人之所以为人的根本,因为仁的根本,就是热爱人生和生命,热爱自然、热爱社会和他人。这就是说,中华文化,自始至终是崇尚和平与亲善的文化。中华文化始终秉承中华文化“仁者爱人”传统,虽然也是为了争取中华民族的生存空间和时间,但决不以侵略其他国家文化为前提,而是要为多元文化的和谐共生提供必要的中国优质资源,并以中华文化的世界化推动实现世界不同文化之间的互利共生。在这一点上,泰戈尔的世界文明观与中华文明具有天然的契合性,中印文化交流的基础也在于此。

几千年的中印文化交流,不仅是中国看印度的单向运动,而且也是一个中印互相注视且回转自身的动态运动。“注视”是双向且有内指向的动作。当我们成为注视者的同时,我们已经成了被注视者,而且在相互注视的同时,也在加强内在审视。印度学者潘尼迦(Kavalam Madhava Panikkar)认为,中印文化交流历史悠久,生命力旺盛,中印文明相互影响而非单向交流,因此,中国文明对印度也是有影响的。[②] 在中印文化交流史上,就曾出现过中国唐代时期“译唐为梵”的佛教倒流现象,不仅将印度失传了的部分经典回译成梵文,而且倒传到印度的佛经是已经经过了中国僧人的加工、消化、改造、发展后的中国佛经。

从这个角度看,文化交流过程中的矛盾、争论、偏差和误读都是在所难免的。在漫长的文化历史长河中,中印两大古代文明就像人类文明的两大重要支流,不但滋养着世界文明的沃土,而且彼此之间河道相通,相互补充、完善。尤其是进入近现代以来,中印两国先后沦为西方国家的殖民地和半殖民地,命运相似,文化相合之处较多,互为借鉴和扬弃之处也多,这些都促进了中印文学和文化交流的进一步拓展和密切。

泰戈尔作为印度文化的代表,他思考中国形象的视角在很大程度上可以代表印度视角。研究泰戈尔笔下的中国形象,实际上也是中国借他山之石,实现自我认知,从而有助

---

① (汉)许慎撰,(宋)徐铉校定:《说文解字》,北京:中华书局,2004 年,第 161 页。

② Panikkar, M. K. *India and China: A Study of Cultural Relations*. Bombay: Asia Publishing House, 1957, p.64.

于我们更准确分析泰戈尔的文学思想及孕育其文学思想和世界观的印度文化,使我们能更客观解析中印文化交流中所存在的误读的本质,更多找到中印文化及世界文化的共性。

历史上,中国形象在印度一直经历着巨大的变化,从美好到黑暗再到美好,从主观到客观,从朦胧到明晰,从褒扬到贬责到理解,从积极到消极再到积极……但总体是一步步相互加深了解和理解的。泰戈尔基于世界文明观而形成的中国形象观将中印之间的美好更形象化,也将中印之间的朦胧变得更为清晰,并深远地影响着印度和世界的中国形象观的形成与演变。

泰戈尔的中国情结对同时代的印度人就产生了影响,其中包括甘地①和尼赫鲁。尼赫鲁对近代中国的态度受泰戈尔影响。他谴责日本对中国的侵略,号召印度人民声援支持中国的抗战。他对中印文化合作和交流前景充满信心,相信中印文明都能适应新的时代变化并获得新的生命力。②

泰戈尔对中国的深厚情感架起了中印两国之间的友谊桥梁,他的中国文明观和世界文明观也积极推动了两国之间的文化交流。为了实现中印文化的通畅交流,共建中印文明共同体,他还与中国同仁共同发起建立了中印学会和印度国际大学中国学院,为中印文化交流、东西方文明互补互通,夯实了坚固的平台和码头。

第二节　泰戈尔中国形象的生成与演变

近现代以来,世界交流之路越来越多、越来越宽,民族文化日益全球化,各种特质的文化在彼此矛盾冲突中不断走向交织和融合。世界一体化背景下,中国知识分子和社会拥有了前所未有的世界文明视野,能以更包容理解的心态和更加高瞻远瞩的姿态迎接新的文化交流。

作为印度文明发展道路上的伟大同行者和参照者,同时又是与自己有着相同的被殖民侵略遭际的共患难者,中国在泰戈尔的注视下就具有了超越旁观者的内涵,他的中国形象观在理智分析的基础上同时便又交织着热爱崇敬和同情怜悯的情感。

---

① Gandhi, M. *The Collected Works of Mahatma Gandhi*. New Delhi: The Publications Division, 2015, p.199.(相关详细情况可参阅尹锡南的《印度的中国形象》,北京:人民出版社,2010 年。)

② Nehru, J. *The Discovery of India*. Delhi: Oxford University Press, 2004, p.135.

泰戈尔的中国形象观经历了一个长久的认识完善和形成过程,其中既有感性的体验顿悟,也有理性的观察和思考。

对泰戈尔来说,中国并不是完全陌生的国度。泰戈尔的父亲和祖父都曾到过中国,他自幼就读到了大量描述中国的文字,受到中国文化的陶冶。在他幼小的心灵中,早就已经有了一个中国的影像。可以想象,这些描述中国的文字在泰戈尔年幼的心中激起何等新奇神秘的阅读体验,那时泰戈尔心中就应该已经有了一个关于中国的大致形象,这个形象或许更似是一个幻想,那便是如同《天方夜谭》里写到的中国故事,有着瑰丽奇绝的风貌、善良谦和的民众,是散发着迷人魅力的“富丽天朝”。

然而“富丽天朝”毕竟只是泰戈尔理想中的古代中国形象。第一次鸦片战争爆发后,这个“富丽天朝”的幻象在英国人坚船利炮面前逐渐消散而去,“天朝”的大门在列强的铁蹄下变得无比脆弱,不堪一击。在泰戈尔眼中,同样一个中国,古代的富丽形象与近代的破败形象反差巨大,他不得不在现代历史的起点上重新发现中国,用自己的双眼观察中国,用自己的笔描绘中国。泰戈尔对人类的未来始终抱有深厚的人道主义思想,对印度的命运也一直在担心中抱有希望,这促使他看到了另一个中国形象:一个从沉睡中已经醒来,却仍被西方强国和自身文化紧紧捆住双手双脚的亚洲文明古国;一个在重重逼压、荆棘环伺中无奈挣扎而仍不知未来命运的中国。年轻的泰戈尔对中国人民怀抱一种深厚的悲悯情怀,对正在殖民统治着印度、现在又在侵略中国的英帝国主义表达了强烈愤慨。

言为心声。任何作品都是作者借助描写对象塑造自我形象的一种载体。泰戈尔对积贫积弱的中国现实的描述,既是对中国人民和中国命运表达同情,也是意在言外,为印度的现实和命运说法,对英国的侵略行径进行控诉。在亚洲文明的共同性基础上,泰戈尔想象并期望印度与中国之间是一种精神兄弟关系。

在不同的具体文化语境下,泰戈尔有时强调东方文化的优越性、赞扬印度文明的和谐融合之功,有时也直接批判物质主义对人性的戕害、西方文明导致的战争和民族仇恨。但泰戈尔最基本的思想,是要东西方文化取长补短,求同存异,消除误解,实现世界各民族的大团结、大统一。在他看来,文化孤立主义对东西方文化来说都是致命的,东方和西方彼此不可分离,任何民族都不能单独发展,东方必须学习西方的科学与技术,同时避免极端沉迷于物质崇拜,甚至为了物质利益的掠夺而发动战争;西方则应学习东方文化的博爱与和谐,但同时避免陷入无为的空想而不思进取。只有东方文明与西方文明相互弥补,才能实现世界文化一体化。

泰戈尔一生都致力于促进人类的联合。他访问世界上不同国家,都是为了推动世界和平交流这一共同目的,当然包括中国。① 在泰戈尔看来,人类社会是一体的,整个世界也是一体的,不同文明、不同国家之间应该和谐发展,携手进步。而印度和中国同为世界文明古国,有责任协力推动整个世界走向理想的未来,即没有国家之分、民族之分的人类大同世界。泰戈尔在中国引发的误解和争论,恰恰证明了泰戈尔人类大同理想的必要和艰难。虽然泰戈尔访华引发的特定时代的文化冲突已经成为历史,但世界不同民族的文学、文化的冲突依然存在,甚至越发复杂,所以泰戈尔的东西方文化观对理解和解决世界文化冲突仍然具有日新日日新的价值,这也是泰戈尔作为一个作家,一个不仅仅只是一个作家的作家所具有的经典价值之一。

第三节　泰戈尔中国形象的实质

中国关于印度的最早记载出现在《史记・大宛传》,时称“身毒国”。但中国文化是否对印度有影响,何时开始产生影响,哪些方面有影响,影响的程度有多深,等等,历史上都很难找到史料记载。印度自古不喜记录,而尚口头传颂,只是从近代以来,中国才开始出现在印度的文字记录里,尤其是泰戈尔来华之后,印度的中国书写全面展开,为印度了解中国形象打开了广阔的大门。

泰戈尔对中国文化的感受和领悟深刻而独到,他理解的中国形象基本上是立体的、丰满的——中国不只是一幅挂于墙上可供远观、浓淡相宜的水墨画卷,也不仅仅是一个物产富饶、地大物博的东方古国的形象符号,她还是一个历史绵延、有着灿烂文明的人文乌托邦,同样还是一个鲜活的、拥有活泼生命力的东方巨人。泰戈尔在谈到中国时曾深情地说:“世界上还有什么事情,比中国文化的美丽精神更值得宝贵的? 中国文化使其人民喜爱现实世界,爱护备至,却又不致陷于现实得不近情理。他们已本能地找到了生活规律的秘密,不是科学权力的秘密,而是表现方式的秘密。这实是极其伟大的一种天赋,因为只

① Tagore, R. *Talks in China*. ed. Sisir Kumar Das. Calcutta: Visva Bharati, 1999.

有上帝知道此种秘密。”①

中国给泰戈尔留下了众多美好的印象。泰戈尔每次来到中国,都受到中国友人的亲切接待,泰戈尔从结识的中国文人朋友身上看到了谦和、正直、宽善的中国传统品质,也感受到了中国人民给予他的友谊。②

> 泰戈尔先生,真正可以说是我们中国文化的一个好友;也可以说是中国文化的一个爱好者、赞赏者与宣扬者。我以为当今世界名人学者对于中国文化最表示好感者,有两个人:一个是英国哲学家罗素(Russell)先生,一个即是泰戈尔先生。然罗素先生对于中国文化之表扬,尚不若泰戈尔先生之热忱而且恳切;而罗素先生对于中国文化之认识,亦不若泰戈尔先生之明瞭而且深透。这恐怕是因为罗素先生毕竟是西方人,泰戈尔先生毕竟是东方人;而中英两国之文化关系,亦毕竟不若中印两国文化关系之密切的缘故。所以泰戈尔先生,又可以说是在当今外国的名人学者当中,而能认视中国文化并爱好,拥护,赞赏,与表扬中国文化的第一人。
>
> 在泰戈尔先生眼光中,凡是中国的东西,差不多样样都是好的。他曾说:“在世界任何国家中,只有艺术才算是艺术;惟在中国,则一切生活以及日常饮食器具,都是艺术。”他老人家十年前(一九二四年)来中国讲演的时候,对于中国文化之称扬,这是国人大家当还记得,用不着追述的。在我们国人当时也许以为这是他老人家到了中国,一时的客气与感情作用的话,殊不知他老人家十余年来至今在他的本国,对于中国文化,还是一样的称扬,甚之比十年前到中国时,更来得着力起劲些。③

对中国的这些美好感情长久地存留在泰戈尔的心中,让他视中国为一个充满人情和人性的古朴仁义之国。他所概括的这一中国形象正吻合了儒家文明向来注重义理人情的人性化和人情味的传统。

泰戈尔对中国和中国人民的这种富有深情厚谊的认识,对改变世界范围内的中国形象具有明确的指引价值和拨乱反正效果。以冈察洛夫的作品为例,他是 19 世纪俄国批判现实主义作家,其游记式作品《巴拉达号三桅战舰》中所描述的中国形象就非常负面,描写

---

① 沈錡:《泰戈尔与中国》,《中央日报》,1946 年 8 月 7 日。

② 王汝良:《泰戈尔笔下的中国形象》,《东方论坛》,2009 年第 4 期。

③ 谭云山:《泰戈尔与中国文化》,《国衡》,第 1 卷第 5 期,1935 年 7 月 10 日。

中国时多用“迂腐”“面相衰老”“缺乏丈夫气概”“奴性”“神情虚弱”“肮脏”“麻木”等词汇，中国在他笔下纯然一个迂腐老朽垂死之国。①

《巴拉达号三桅战舰》成书时间与泰戈尔描述中国的时间相差并非遥远，笔下的中国形象反差却如此巨大，主要是因为接受主体和接受心态不同，才影响甚至在一定程度上决定了接受对象在形象建构时的“用料”和“着色”。19 世纪末，欧洲社会早已抛弃了马可·波罗时代所盛行的对东方物质文明和精神文明的双重想象和狂热崇拜，殖民主义者已经尝到了殖民侵略的甜头，优越感日益强烈。而泰戈尔对中国形象的观察和接受视角则完全不同。一方面，中国与印度同为东方文明古国，互相之间有着先天亲缘上的亲切感和认同感，中国友人在他访华期间无微不至的关心，也使他在私人感情上热爱中国：

> 泰翁曾说过：“人类历史上最可纪念的事实，并不是为机器或机关枪开辟道路，而是筚路蓝缕，协同实现各国彼此的善良天性及大同世界中的相互责任。这类稀罕的事情，居然也曾发生过，那就是中印间的通路。这条路开辟的时候，物质上的艰巨实在只有英勇万分的人士才能克服，而精神上的障碍更需要非凡的毅力始能超越。当那两个当时的领导国家相遇时，亦决不如相见战场的对手，各要独霸一方，而像如高贵的友人，乐于交换礼物。不料以后却渐渐地陷入了彼此孤立的境地。在那条路上堆积了疏远忽略的尘埃。到今天，我们的老朋友们又在向我们招呼了，慷慨地助我们来重勘那条古道，那条为健忘的数世纪之惰性所湮没的旧道，我们真高兴。”②

泰戈尔不是感情至上主义者，他之所以能建构一个积极正面的中国形象，最主要的原因是：泰戈尔是一位拥有广阔视野和胸怀的世界主义者，能够以更宽容和接纳的眼光看待异质文化，因此他看到健康正面的中国人形象就赞美，看到不和谐的现象也能辩证批评指出。另外，中印两国都正在饱受着帝国主义列强的侵害，相似的国家命运使泰戈尔与中国有同病相怜之感。早在 1881 年，泰戈尔就在《在中国的死亡贸易》一文中批判英国人到中国贩卖鸦片是“强盗行为”。③

泰戈尔尊重中国文明，对中国文化怀有深厚而浓烈的兴趣，对中国深表同情。他认为

---

① 汪介之、陈建华：《悠远的回响——俄罗斯作家与中国文化》，银川：宁夏人民出版社，2002 年，第 88 页。

② 沈錡：《泰戈尔与中国》，《中央日报》，1946 年 8 月 7 日。

③ 王心文：《1924 年：泰戈尔的中国之行》，《湖北档案》，2011 年 10 期。

中国有伟大的历史,中国文化是极其优秀的文化,应该更有益于世界,也应该得到更高的评价。他虽然也喜爱西方文化,但也承认对中国、印度等东方弱势国家而言,西方国家是威胁性的存在,因此,如何既学习西方以自强,同时又保证东方文化的独立性,是泰戈尔一直在思考,但也始终在矛盾、无法得出正确答案的问题。这决定了他所建构的中国形象在某种程度上仍只是出于对中国的想象而非客观认知,是在主观臆想和幻想的框架内,以东方整体形象与中国形象的混合结构对抗西方文化价值体系,其实质,仍是要在西方价值体系内获得东方文化的自我认同和西方认同,进而实现世界认同。也就是说,不管泰戈尔如何描述中国形象,都不可能在西方中心主义话语体系外来完成,也不可能在西方中心话语体系之外认同自身。

第四节 中印“兄弟”形象互建与世界大同理想

在 1924 年和 1929 年访华期间,泰戈尔多次邀请中国学者到他创办的国际大学去工作和研究,以沟通中印文化。他也一直有一个计划,就是在国际大学成立专门的研究机构,研究中国文化。

1924 年 5 月 18 日,泰戈尔在北京与佛教讲习会的张相文、何雯、沈钧儒等座谈,在回答客人的提问时,他谈到希望与中国共建“中印学会”。

> 何雯问:一切科学,出于哲学,哲学固最精于印度之释迦牟尼。彼能解决宇宙中现在未来,又能救拔世人,使了生脱死,现在世界,魔鬼之力正盛,吾人应负救世之责。从事于感化于宣传,将来可组织一中印学会,互通声气,请问此法善与否?
>
> 泰戈尔:予此次来华,本有斯意。希望中印两国人士,为精神之结合,共谋发扬东方文化,实最欣祷。①

“太戈尔先生本极盼望我们中国,多有几个人来。当他游中国时,闻与梁任公先生曾有商量,想把国际大学学生,与清华学生交换,不知怎地没有实现。”②访华回国后,泰戈尔一直希望尽快实现这个理想,推动国际大学的中国研究,但苦于无合适的助手。

---

① 《太戈尔关于佛教之谈话》,《申报》,1924 年 5 月 20 日。

② 谭云山:《印度国际大学概述》,《东方杂志》,第 26 卷第 5 期,1929 年 3 月 10 日。

一、相互融合的中印文化交流机构:中印学会

> 国际大学中国学院院长谭云山教授说过:“关于诗翁融合亚洲文化,复兴中印文化关系的理想与希望,我们全体中国学者均寄以最诚挚的同情,我们最有地位的学者名流亦早就怀抱着这同样的理想,愿意协力为此共同目标而奋斗。现在正是中印两国复兴并加强中印文化关系的好机会。”①

泰戈尔搭建中印友谊之桥的中国助手是谭云山。作为泰戈尔精神的中国传人,谭云山有“当代玄奘”之称。

1924年泰戈尔访华期间,谭云山第一次被泰戈尔感染:“太先生游中国时,我们老大的华夏,也曾经喧传殆遍。我当时还在国内读书,因被其影响,即有‘心向往之’之意。”②谭云山也像当时的诸多中国青年一样,十分“关怀他在中国的活动,看过他所发表的所有讲话与演讲。我也读过他的作品的翻译和他写的英文书”。

1927年7月,泰戈尔赴东南亚各国讲演。在新加坡,谭云山得偿夙愿,拜访了老诗人。“我一见到泰戈尔就觉得他是印度的代表与象征。”③谭云山坦诚地向自己仰慕的诗圣谈了对印度文明的向往,对佛教的理解。泰戈尔诚邀谭云山赴印度国际大学开展中国研究。1928年9月,谭云山奔赴印度,开始了自己长达半个多世纪的中印文化交流大使的工作。谭云山抵印后,泰戈尔将在国际大学开展中国研究之事托付于谭云山,并请他具体组织中印学会。

1931年9月,谭云山“怀着师尊的理想与使命”回国。为了这个理想,此时他这个默默无闻的小人物“去见了本国的许多要人”。他没想到的是,这些政要对他组织中印学会的“呼吁的应声,是出乎意外的与非常的顺利”。④ 蔡元培、戴季陶、陈立夫、叶楚伧、许世英、叶恭绰、汪兆铭、太虚法师等名流都表示大力支持。国民政府主席林森,行政院长汪精卫,司法院院长居正,监察院院长于右任,以及国民党元老张继、贺耀组等都予以赞助,并且希望中印学会成立后即可“举行种种有关两国文化之事业。如创办学院,交换教授,交换学

---

① 沈錡:《泰戈尔与中国》,《中央日报》,1946年8月7日。

② 谭云山:《印度国际大学概述》,《东方杂志》,第26卷第5期,1929年3月10日。

③ 谭云山:《我献身给泰戈尔》,谭中、郁龙余主编:北京:中央编译出版社,2012年,第193页。

④ 谭云山:《印度国际大学中国学院》,《时事月报》,第30卷第1期,1944年1月。

生,互派考察团等等”。①

经过谭云山的不懈努力,组建中国中印学会一事渐现轮廓。1933 年年初,中印学会筹备会议召开,发起人有谭云山、周谷城、梁漱溟等 43 人,赞助人则有蔡元培、于右任、戴季陶等 24 人。会议发布了《中印学会:计划、总章、缘起》,确定了学会的宗旨,即“以研究中印学术,沟通中印文化,并融洽中印感情,联合中印人民,以创造人类太平,促进世界大同为宗旨”。会议推举蔡元培担任第一任会长,谭云山任秘书长。

1933 年 9 月,谭云山从南京给泰戈尔写信,报告了此事的进展情况:

许多知名人士和云山正发起“中印学会”,目的在于把我们两国的文化联合起来并恢复亲切、古老的历史情谊。已经有适当组织并在中国得到广泛同情的中印学会不久将正式成立。……以中印学会为基础,经过我们共同努力,定能实现您通过发扬东方文明来构造宇宙和平的伟大理想。②

1934 年年初,谭云山返回印度,向泰戈尔详细介绍了中国中印学会的筹备情况,及中国社会各界的支持。泰戈尔听闻非常高兴,立即请谭云山协助组织成立印度中印学会,并愿意以国际大学为学会的根据地,以国大党为中心,并亲自担任学会的领导。因为有泰戈尔亲自领导协调,印度中印学会的组织非常顺利。

1934 年 4 月 23 日,印度中印学会在国际大学举行成立典礼。泰戈尔亲自担任会长,尼赫鲁任名誉会长。在典礼上,泰戈尔特意发表了一封致中国友人的信:

当你们的求道者来印,和我们的求道者赴华时,我们所接收的真理,迄今当未失去。

那是多么伟大的一种求道精神啊!真是历史上多么伟大的一个时代!今天,我们的责任就是恢复当年求道的英勇精神,再踏上那不但使地理上的,抑且是历史上的古道,——那伟大的,超越民族,言语,习惯诸般困难而建立的大道,以抵达精神之家。在那里,人们是以爱和合作结合在一起的。③

① 谭云山:《印度国际大学概述》,《东方杂志》,第 26 卷第 5 期,1929 年 3 月 10 日。

② 胡玲玲:《华夏之心点燃天竺之火——谭云山的不凡人生道路》,谭中、郁龙余主编:北京:中央编译出版社,2012 年,第 40-41 页。

③ 沈錡:《泰戈尔与中国》,《中央日报》,1946 年 8 月 7 日。

中国官方、民间都很重视印度中印学会的成立，并寄予厚望："中印民族文化复交与复兴之期，当不远也。"处于民族危机中的中国人，还赋予中印学会更深的内涵，即中印民族复兴："今日两国之关系，实更为重要。不论在任何方面言，两国实有急急携手与联络之必要，即孙总理所谓联合以平等待我之民族是也。"①

印度中国学会成立后，中国中印学会的筹备和成立就愈发迫在眉睫了。泰戈尔也一直在关注并推动着此事的进展。他还在印度发起签名活动，邀请印度各界著名人士联名致函中国学界，希望在中国尽快成立中印学会。1934 年 4 月 18 日，他"致函考试院院长戴季陶，及各学术团体"，"提议组织中印文化协会，以联络两民族之感情，并阐扬中印固有文化"。他在信中说："空间与淡漠之阻障，已将吾人分离数百年"，他希望中印两国再度携手，"互相了解，互相增益"。他回顾了中印两国悠久的友谊，"昔者印度与中国本极亲密，曾携手同心，以共同信行仁爱与牺牲之精神"。② 如今世界为欲望所控制，各国互相征伐，东方文化固有的仁爱精神，应是拯救此种世界的良药。因此，东方各民族应携手，"重振固有精神"，以友爱和平之力，破解仇恨与侵伐之力。因此，中国诸同人"发起中印学会，以图恢复中印文化之沟通，与人民之联合，此实为吾毕生所致力之事业。今得诸位以为沟通奋斗之同志，使余至为庆幸"。他还提出以国际大学作为中印学会的活动中心，以期"此伟大学会保持两国文化之永远交流"。③ 戴季陶、学术团体、中国学者、社会名流如王用宾、陈大齐、萧同兹、张炯、梁漱溟等都表赞同，并请谭云山与泰戈尔拟定中印文化协会简章等。

1934 年 11 月，谭云山从印度返国，即以印度中印学会"主干"的身份，"向政府方面接洽中印学术合作事项"，得到积极响应。④ 谭云山回印度向泰戈尔说明了进展情况。1935 年 2 月 2 日，谭云山再次从印回国，"进行正式组织中印学会。因中印学会，虽由中国方面发起，但尚未有正式组织。印度方面，既已成立，中国方面，自应从速组织"。⑤ 在谭云山的不懈推动和协调下，1935 年 5 月 3 日上午十点，"筹备甚久之中印学会"假借南京新亚细亚学会举行发起人大会。出席者有蔡元培、戴季陶、叶楚伧、陈立夫等 24 人。会议推举蔡元培为会议主席。戴季陶、谭云山首先报告了中国中印学会的发起缘由、筹备经过和宗旨，

---

① 《中印学会在印成立》，《中央日报》，1934 年 11 月 22 日。

② 《太戈尔发起中印文化协会》，《时事旬报》，第 6 期，1934 年 8 月 21 日。

③ 《中印学会，印人极表赞同》，《中央日报》，1934 年 5 月 23 日。

④ 《谭云山与太戈尔接洽》，《申报》，1934 年 12 月 25 日。

⑤ 《印度国际大学教授谭云山氏返国》，《申报》，1935 年 2 月 25 日。

随后讨论通过了学会章程。会议推举蔡元培、吴稚晖、王震、叶楚伧、陈立夫、陈大齐、许崇灏、段锡朋、谭云山 9 人为理事；戴季陶、许世英、徐悲鸿、辛树帜、马鹤天 5 人为监事。会议随后举行第一次理事会和监事会联席会议，推举蔡元培为理事会主席，戴季陶为监事会主席。①

作为主要的推动者和桥梁，谭云山的努力得到了中印两国政府和学界的高度评价，被戴季陶誉为“不亚于佛教高僧玄奘、义净的壮举”。②

中印两国中印学会的成立，使中印文化交流有了组织机构的保证。

二、中印友谊的中心和象征：中国学院

按照泰戈尔的设想，“中印学会成立以来，首要计划，先在印度创设一中国学院”。③ 而这个计划，没有中国人的帮助和合作，是绝对不能完成的。泰戈尔迫切希望得到中国各界人士的帮助。他多次给戴季陶写信，“商陈此事”。④ 并亲笔致函中国各文化团体和一些知名学者，希望得到中国的支持：“望贵国国学前辈，加以提倡，与以维护，使贵国文学经术，得以流传敝土。”“如有俯赐赞助者，乞函示鄙人。或予以年捐，或赠以书籍，皆学院急需之品。”⑤

泰戈尔的诚心感动了中国。为了实现泰戈尔设计的这个中印友谊蓝图，中国社会各界、各文化团体以各种方式积极参与到为中国学院征求赞助工作中来，纷纷呼吁支持建立中国学院，捐钱捐物捐书。1926 年 7 月 9 日，《申报》发表一篇新闻《聂云台代泰谷尔大学支那学院募捐》，为中国学院募捐造势，呼吁社会各界、各文化团体帮助国际大学筹建中国学院，“不论书籍、人才、经费，皆无不可”。⑥ “该大学系属私立，经费赖各方集助，不甚充裕，而人才书籍亦皆缺乏，有待于我国人之扶持，兹特代为陈情，望我国国学前辈加以提倡，与以维护，使我国文学经术得以流传彼土，曷胜祷幸。……印度文化之古，哲学思想之

① 《国际大学教授谭云山过港谈话》，《中央日报》，1936 年 6 月 20 日。

② 胡玲玲：《华夏之心点燃天竺之火——谭云山的不凡人生道路》，谭中、郁龙余主编：北京：中央编译出版社，2012 年，第 46 页。

③ 《印度国际大学创设中国学院》，《中央日报》，1937 年 4 月 14 日。

④ 《印度国际大学教授谭云山氏返国》，《申报》，1935 年 2 月 25 日。

⑤ 《泰戈尔创办印度中国学院》，《台湾日日新报》，1926 年 8 月 13 日。

⑥ 樊仲云：《记太戈尔的和平学院》，《教育杂志》，第 18 卷 11 期，1926 年 11 月 20 日。

高，初不让于我国。当汉晋六朝之际，佛教鼎盛，我国人士，西行求学者，络绎于途。已译之经典，至五千卷之多。今者印度佛教全亡，而大乘经典竟有多种以求而不可得，则非还向我土求之不可。……如有俯赐赞助者，乞函示鄙人，或予以年捐，或赠以书籍。大抵经史巨籍文献类书之属，皆学院急需之品，收藏家或有复本。可以捐赠者。不胜祷企。"①教育部还专为此向"教育文化出版机关"发布了 1935 年第 317 号训令，征求"各种新旧汉文书籍，及有关于我国文化史等之其他各种外国文字之书籍"。②

1933 年 12 月，首位中国学生魏风江走进国际大学，泰戈尔特别高兴，亲自见魏风江面谈，还亲笔为他写了一幅题辞，文中自称"一个古代文化的代表，同时又代表着现时代的文化"，并谦虚地说自己并非伟大人物，也不是什么导师和先驱，更不会传授什么福音，而只是与魏风江一样的人。但他也告诉魏风江，要继承古代中印文化交流的传统，重新恢复中印文化交流，做中印文化沟通的桥梁。③ 其中所蕴涵的谦虚诚恳之情，和对中国人民所抱的深切感情，让魏风江非常感动。

自中国回国后，泰戈尔也一直在为创办中国学院争取各方面的支持。1934 年 4 月 18 日，他在给戴季陶的信中，甚至都有了一个详细的预算计划，即首先建一所中国大厦，专门接纳来国际大学读书和访问的中国学生和学者。④

中国的中印学会成立后，谭云山作为驻印度的全权代表，帮助泰戈尔实现创建中国学院的愿望，并负责具体实施。1934 年 9 月，谭云山在泰戈尔和国际大学同仁的帮助下，制订了成立中国学院的详细计划，包括建造中国学院、图书馆，聘用教授，设立奖学金，等等。泰戈尔很满意，并写下批语，希望中国各界慷慨解囊，支持谭云山，使中国学院顺利建成，为中印文化交流建构一个有利于更直接有效合作交流的永久平台。⑤

1934 年 10 月，带着这个计划，谭云山回国"化缘"。他向各学术、教育机构及政府相关机构表达了泰戈尔建立中国学院、中国图书馆和学生宿舍之事，并说明国际大学已为此辟

---

① 《代印度泰谷尔大学支那学院征求赞助启》，《聂氏家训旬刊》，1926 年 4 月 16 日。

② 《暨南校刊》，第 129 期，1935 年 3 月 25 日。

③ 魏风江：《我的老师泰戈尔》，贵阳：贵州人民出版社，1986 年，第 32 页。

④ 谭中：《父亲谭云山平凡伟大的一生》，《谭云山与中印文化交流》，香港：香港中文大学出版社，1998 年，第 41 页。

⑤ 胡玲玲：《华夏之心点燃天竺之火——谭云山的不凡人生道路》，谭中、郁龙余主编：北京：中央编译出版社，2012 年，第 44 页。

出“地皮数亩”。① 他希望国内各界也能捐赠相关书籍。中国政府、学界没有辜负泰戈尔的希望,谭云山获得了当时“几乎所有重要人物的同情与热心”,包括蒋介石、林森、汪精卫、居正、于右任、蔡元培、戴季陶、叶楚伧、孔祥熙、陈立夫和朱家骅等。② 谭云山将情况写信报告给了泰戈尔。12 月 8 日,泰戈尔回信说:“我真挚地希望中国学院的计划不久将会实现。”③

谭云山也希望早日建成中国学院,“以符总理联合世界弱小民族,共同奋斗,以沟通中印文化,促进中印邦交”。他实际上也已经有了周密的构想,包括:组织中印文化考察团;在中国设立“中印学院”或“印度学院”,在印度设立一“中印学院”或“中国学院”;出刊中印书报;建设中印图书馆及博物馆。谭云山对此充满信心:“只要事有计划,有办法,有人才,有精神,有成绩,实不难办到。”④只可惜后因中国国内形势剧变,其中的很多计划都来不及一一实现。他还曾争取到新加坡华侨胡文虎的支持,愿意捐赠建设中国学院所需费用,可惜最终落了空。幸亏蒋介石闻知此事,提供了建造中国学院“院所房屋”所需费用。⑤

经过一年的努力,在中国学者和政府的大力支持下,谭云山筹措到了建立中国学院所需资金和书籍,甚至超出了原计划。其中,中国的中印学会捐赠了建筑中国学院的费用,并购买了 10 万卷中文图书。各文化机关、大学、出版社也都采取了积极行动,如商务印书馆也捐赠了约 5 万卷图书。这一切,都表明了中国各界对泰戈尔和印度的深厚感情。⑥

1936 年 6 月 19 日,谭云山从香港乘轮船返印。“古籍万卷,戴院长赠予印国际大学,将由谭云山携往”,⑦“第二批亦十万卷,俟汇齐后,即可运寄”。⑧ 在香港,谭云山接受了《中央日报》记者的采访,特别感谢了国内各界在经费和图书方面对建设中国学院的支持,

---

① 《谭云山与太戈尔接洽》,《申报》,1934 年 12 月 25 日。
② 谭云山:《印度国际大学中国学院》,《时事月报》,第 30 卷第 1 期,1944 年 1 月。第 30 卷第 1 期。
③ 胡玲玲:《华夏之心点燃天竺之火——谭云山的不凡人生道路》,谭中、郁龙余主编:北京:中央编译出版社,2012 年,第 44 页。
④ 《国际大学教授谭云山过港谈话》,《中央日报》,1936 年 6 月 20 日。
⑤ 《谭云山谈中国学院》,《中央日报》,1947 年 12 月 16 日。
⑥ 胡玲玲:《华夏之心点燃天竺之火——谭云山的不凡人生道路》,谭中、郁龙余主编:北京:中央编译出版社,2012 年,第 45 页。
⑦ 《古籍万卷,戴院长赠予印国际大学,将由谭云山携往》,《中央日报》,1936 年 4 月 29 日。
⑧ 《国际大学教授谭云山过港谈话》,《中央日报》,1936 年 6 月 20 日。

并说“一俟本人返抵印度,即行开始建筑”。①

1937年4月14日,中国学院举行成立大典。国际大学笼罩在一片欢乐的气氛中。早在两天前,甘地就来信向泰戈尔表示祝贺:“愿中国学院成为中印两国人民结合的象征”,并对自己不能亲自来参加典礼表示道歉,他同时还给谭云山写信表达了同样的意思。印度国大党总理尼赫鲁本要去主持中国学院开幕典礼,但因突然病倒,不得不放弃,但派自己的女儿作为代表参加。蒋介石也发去贺电:“愿共同努力发扬东方之学术与文化,以进人类于和平幸福之域而谋大同世界之实现。”蔡元培、戴季陶等也去电祝贺。② 在开幕式典礼上,泰戈尔发表了后来一直为中印人民传诵的著名演讲“中国与印度”。他回顾了中印两国一千多年的文化交流史,并希望中国学院成为中印友谊的中心和象征,恢复和重建中印人民之间已经中断了一千年的友好关系。

> 人类历史上最可纪念的事实,并不是为机器或机关枪开辟道路,而是筚路蓝缕,协同实现各国彼此的善良天性及大同世界中的相互责任。这类稀罕的事情,居然也曾发生过,那就是中印间的通路。这条路开辟的时候,物质上的艰巨实在只有英勇万分的人士才能克服,而精神上的障碍更需要非凡的毅力始能超越。当那两个当时的领导国家相遇时,亦决不如相见战场的对手,各要独霸一方,而像如高贵的友人,乐于交换礼物。不料以后却渐渐地陷入了彼此孤立的境地。在那条路上堆积了疏远忽略的尘埃。到今天,我们的老朋友们又在向我们招呼了,慷慨地助我们来重勘那条古道,那条为健忘的数世纪之惰性所湮没的旧道,我们真高兴。③

泰戈尔演讲结束,谭云山起立致谢词,感谢泰戈尔为中印友谊所作出的努力和贡献,并表示将带领学生,在泰戈尔指导下,为中印文化交流一生进取。④

中国学院成立后,泰戈尔亲书孔祥熙,请他担任学院的护持人;谭云山也致信孔祥熙表达此意。孔祥熙复信泰戈尔,欣然应允。⑤

在泰戈尔的直接推动下,经谭云山和中印学者的共同努力,中国学院很快成为印度的

---

① 《国际大学教授谭云山过港谈话》,《中央日报》,1936年6月20日。
② 戴季陶:《致太戈尔先生书》,《新亚细亚》,第13卷第4期,1937年4月1日。
③ 沈錡:《泰戈尔与中国》,《中央日报》,1946年8月7日。
④ 魏风江:《我的老师泰戈尔》,贵阳:贵州人民出版社,1986年,第129、133-134页。
⑤ 《中印友谊将愈见密切》,《中央日报》,1940年2月13日。

中国学术和文化中心,对促进中印政治、经济、文化的交流发挥了重要作用。1940 年 11 月,戴季陶率中国高级友好访问团访问印度,1942 年蒋介石夫妇访印,1943 年顾毓秀率领的文化教育访印团……可以说,当时中国的访印团体,官方的或民间的,基本上都会把中国学院作为必经的一站。徐悲鸿、叶浅予、巴宙、周祥光、冉云华、周达夫、徐梵澄等学者,也都在中国学院留下了自己的足迹。就这样,通过中国学院,“泰翁的博爱精神,实已与中国的领袖和人民建立起永久的友谊。所以今天,他的肉体虽已逝去,而他的精神却仍把中印人民联在一起”。①

在中国学院的创立过程中,谭云山是跨越喜马拉雅山的桥梁、纽带和彩虹。他用自己的热情和坚持,汇聚了中印两国的力量,将中印两国的理想变成了现实,并开通了中印两国一条友谊的通道。可以说,如果没有谭云山,可能就不会有中国学院。“我对谭云山教授为建立中国学院而筹集基金的富有勇气的努力”表示敬佩,1936 年 4 月,蔡元培在给泰戈尔的信中说。② 在一次次沟通泰戈尔与中国的努力中,谭云山也完成了从一位普通的中国学者到现代“玄奘”的角色转换。泰戈尔融合亚洲文化,复兴中印文化关系的理想与希望,化成了其内心“同样的理想”,并激励着他,“愿意协力为此共同目标而奋斗”。③ 泰戈尔的世界大同理想,通过谭云山,温暖了因战争和灾难而千疮百孔的中国民族之魂。而中国政府和人民在艰难岁月中为推动中印文化交流付出的不懈努力和无私帮助,也成为泰戈尔在勾勒中国形象时的一笔笔粗线浓彩,化为永恒的中印友谊印迹,化为代代相传的精神力量。

① 《中印国际大学建立中国图书馆》,《中央日报》,1934 年 12 月 25 日。

② 胡玲玲:《华夏之心点燃天竺之火——谭云山的不凡人生道路》,谭中、郁龙余主编.北京:中央编译出版社,2012 年,第 41 页。

③ 沈錡:《泰戈尔与中国》,《中央日报》,1946 年 8 月 7 日。

第四章 泛神论主体意识:"中国泰戈尔作家群"的思想内核与表现风格[①]

泰戈尔及其文学、诗学理论、和平思想经过翻译、介绍和研究,在中国得到广泛传播,并影响了一大批中国现代作家,其中一些作家就是受到泰戈尔的影响才走向文学创作道路的。他们的创作实践具有明显的泰戈尔色彩,形成了中国现代作家群体中的一个独特的文学现象,也在中国文学史上产生了广泛的影响力。因为他们的创作表现出明显的泰戈尔色彩,可以将这一现代作家群体规而约称为"中国泰戈尔作家群",代表作家主要有郭沫若、冰心、徐志摩、王统照、许地山等。

第一节 "中国泰戈尔作家群"主体意识的构成

"中国泰戈尔作家群"形成时间约在"民国初年以来",因为国内最早介绍泰戈尔的是1913年的钱智修。[②] 而认为"最先对泰戈尔接近的,在中国恐怕我是第一个"的郭沫若,[③]"知道太戈儿的名字是在民国三年",[④]据此推算时间是1914年。直至1915年10月,陈独秀选译了泰戈尔的获奖作品《吉檀迦利》中的四首诗,[⑤]此时中国人才有机会了解泰戈尔的作品。不过郭沫若自述写于民国五年(即1916年)的《辛夷集》的序,作于1918年春的《牧羊哀话》[⑥]里面的几首牧羊歌,"但在过细研究过泰戈尔的人,他可以知道那儿所表示着的泰戈尔的影响是怎样地深刻"。[⑦] 可见在新文化运动或者"五四"运动之前,泰戈尔

① 本章参考了郁龙余、刘朝华:《中外文学交流史——中国印度卷》,济南:山东教育出版社,2016年。
② 钱智修:《台峨尔之人生观》,《东方杂志》,第10卷第4号,1913年10月1日。
③ 郭沫若:《诗作谈》,王训昭等编:《郭沫若研究资料》(上),北京:中国社会科学出版社,1986年,第264页。
④ 郭沫若:《太戈儿来华的我见》,《创造周刊》,第23期,1923年10月14日。
⑤ 陈独秀:《赞歌》(四首),《青年杂志》,第1卷第2号,1915年10月15日。
⑥ 郭沫若:《牧羊哀话》,《新中国》,第1卷第7期,1919年11月15日。
⑦ 郭沫若:《我的作诗的经过》,《郭沫若全集》(文学编,第16卷),北京:人民文学出版社,1990年,第213页。

对中国作家的影响已开始初步显现,因此“中国泰戈尔作家群”形成的时间节点可以大致确定在“民国初年以来”。

“中国泰戈尔作家群”的文学活动及创作实践与泰戈尔的影响紧密相联。他们都积极推进、身体力行地对泰戈尔进行译介和研究,其中最重要的是,他们的创作明显受泰戈尔影响。以此标准,很多中国作家虽然翻译介绍过泰戈尔的作品,或模仿泰戈尔的作品进行过创作,或阅读过泰戈尔的英文作品,但是由于多种原因,泰戈尔的影响在他们身上仅是昙花一现,例如宗白华,他的“小诗”在当时也曾影响一时;或者虽然与泰戈尔有较多交往,可能较多受到泰戈尔思想的影响,或者主要从事翻译泰戈尔的作品,而创作方面的影响并不明显,如梁启超、胡适、林徽因、刘半农、沈雁冰等,都不纳入“中国泰戈尔作家群”范围。

“中国泰戈尔作家群”作为中国现代文学史上的一个独特文学现象,构成复杂,既不像作家流派那样具有相同风格,也不像文学社团那样有组织;既不像“文学研究会”“创造社”那样有自己的刊物及宗旨,也不像“前期新月派”因提倡新格律诗,被称为“新格律诗派”那样的相近风格,而是分别隶属于不同的社团,创作风格差异明显,因而无论把他们归为某一社团,还是某一流派,都有失妥当。

“作家群”现象在中外文学史上都曾出现过,只不过没有从理论上加以论证:“作家群主要是以作家的艺术创作实践所表现出的相同或相近的文学艺术主张。”①“作家群”艺术主张的体现主要靠作品说话,即应聚焦于“创作实践”,而非概念先行。这样“作家群”就与“流派”及“社团”的概念区分出来,即不强求创作风格的相同或相近,也没有组织的制约、主张或宗旨的指导,只是因创作实践表现出相近的艺术特色而成为某一群体。

在“中国泰戈尔作家群”与泰戈尔结缘的过程中,郑振铎起了桥梁作用。郑振铎不是第一个翻译泰戈尔的中国人,但在泰戈尔访华前,他却是翻译泰戈尔作品最早(之一)、最多、最勤、最久、影响最大,而且是将翻译与研究结合得最全面,且是在世界文学的大视野中进行结合的中国知识分子。郑振铎在中印文化交流史上的贡献得到了中印两国的高度评价。“我们知道他也是第一个在中国传播泰戈尔著作的作家。”郑振铎的去世,印度人也视为不可挽回的损失,因为在印度人眼里,他是“最早的印度学者”。②

---

① 周忠厚:《试论北京作家群》,《北京联合大学学报》,1989年第2期。

② [印]海曼歌·比斯瓦斯:《悼念郑振铎》,《光明日报》,1958年11月16日。

郑振铎与泰戈尔结缘,得益于许地山的介绍。许地山于 1913 年在缅甸教书时开始接触泰戈尔的作品,1917 年至 1923 年在燕京大学期间,他甚至在外貌装束上学习泰戈尔。1920 年,他翻译发表了泰戈尔的哲学文章《美的实感》。① 1921 年,他还主持座谈会,特邀徐志摩到燕京大学介绍泰戈尔的生平及思想。同年翻译发表《在加尔各答途中》并写有"译者跋"。② 1926 年 8 月,许地山还到印度拜访了泰戈尔,更增加了对泰戈尔及印度文化的兴趣。

1918 年某一天,许地山来到郑振铎的住处,两人谈起了社会问题和诗。在黄昏的微光中,许地山很神秘地谈到了泰戈尔。郑振铎第一次听到泰戈尔的名字,但见许地山如此迷醉这位印度诗人,也不由产生了兴趣,也很想读读这位诗人的作品。但当时国内还无泰戈尔作品的译本,介绍也很少。几天后,许地山将一本日本编选的泰戈尔诗集送给他。郑振铎阅读后,发现自己最喜欢《新月集》。许地山告诉他,自己正在翻译泰戈尔的《吉檀迦利》。他劝郑振铎翻译《新月集》,因为《新月集》的文体新鲜活泼。两人还相约进行翻译比赛。期间郑振铎还在《小说月报》上发表了自己所译的《新月集》中的几首诗。③

从此,郑振铎成为泰戈尔的崇拜者,他把能搜求到的泰戈尔的作品都读了,并不时将其中的一些作品翻译出来发表。而在他之前,中国翻译的泰戈尔作品则只有陈独秀译的《赞歌》(1915),胡学愚译的《印度名人台峨尔氏在日本之演说》(1916),天风、无我译的《雏恋》《卖果者言》《盲妇》(1917),刘半农译的《诗二章》《海滨》(1918)等。除翻译《新月集》外,郑振铎还翻译了《吉檀迦利》中的第 22 首(发表于 1920 年 8 月的《人道》月刊)。1922 年夏天,《飞鸟集》出版,对"五四"时期的诗歌创作产生了直接影响,不但作家们纷纷传阅诵读,而且掀起了泰戈尔诗歌翻译的热潮,其影响犹如文艺复兴时的人得到了一本古希腊的典籍。④

郑振铎不仅身体力行翻译介绍泰戈尔的作品,而且还在文学研究会成立时就组织发起了"太戈尔研究会",这成为"中国泰戈尔作家群"的先导。"据说,专门研究一个作家的学会,在中国这还是第一个。"⑤文学研究会因此成为当时中国泰戈尔译介和研究的重镇。

---

① 泰戈尔:《美的实感》,许地山译,《晨报副刊》,1920 年 5 月 23、24 日。

② 泰戈尔:《在加尔各答途中》,许地山译,《小说月报》,第 12 卷第 4 号,1921 年 4 月 10 日。

③ 郑振铎:《新月集译序》,《文学周报》第 85 期,1922 年 8 月 27 日。

④ 成仿吾:《诗之防御战》,《创造周报》,第 1 号,1923 年 5 月 13 日。

⑤ 郑振铎与瞿世英关于泰戈尔的通信,《时事新报·学灯》,1921 年 4 月 14—15,19—21 日。

冰心、许地山、王统照都是文学研究会的成员。此外,徐志摩也曾受邀去“太戈尔研究会”讲泰戈尔的诗歌。

郭沫若的新诗创作受泰戈尔影响。郭沫若不仅视泰戈尔为他的诗的觉醒期的标志之一,①而且自述其新诗创作的“第一段是太戈尔式”。② 郭沫若虽然没有参加过“太戈尔研究会”,但他翻译过泰戈尔的文学作品,从“《新月集》,《园丁集》,《曷檀伽里》三部诗集来选了一部《太戈儿诗选》”。③

冰心是因个人的文学趣味而较早接受了泰戈尔作品和思想的影响,她不但翻译了泰戈尔《吉檀迦利》《园丁集》中的一些诗发表,还模仿着泰戈尔的《迷途之鸟》(即《飞鸟集》)创作了《繁星》《春水》这样的泰戈尔式的诗集。在散文《遥寄印度诗人太戈尔》中,她充满深情地“遥寄”泰戈尔,说泰戈尔的人与宇宙和谐论“和我原来的‘不能言说’的思想,一缕缕的合成琴弦”。④ 泰戈尔访华期间,冰心虽远在美国留学,但她的《寄小读者》仍显示出泰戈尔对其的持续影响。1949 年后,冰心仍一直在翻译泰戈尔作品,仅诗歌就有《吉檀迦利》和《泰戈尔诗选》,1955 年均由人民文学出版社出版。此外,还有诗剧《齐德拉》《暗室之王》,小说集《流失的金钱》,散文诗《园丁集》,以及书信集《孟加拉风光》,分别在 1950 年代末和 1960 年代初出版,《回忆录》则于 1988 年由人民文学出版社出版。冰心对泰戈尔作品的大量译介,体现了泰戈尔作品的生命力及对冰心影响的持久力。

1923 年 3 月新月社在北京成立,“社名是徐志摩根据泰尔戈诗《新月集》所取”,⑤泰戈尔对徐志摩的影响于此可见一斑。不仅如此,在散文《太戈尔来华》中,徐志摩还赞美泰戈尔是最纯粹的人,认为泰戈尔的人格是其最伟大的作品;在散文诗《泰山日出》中,他把泰戈尔来华比作泰山日出。在泰戈尔 1924 年访华期间,徐志摩担任陪同及翻译,更是把泰戈尔“敬若神仙”。1924 年 5 月 19 日徐志摩在《晨报副镌》上发表演讲稿《太戈尔》,驳斥国内有人对泰戈尔“不合时宜”“顽固”“守旧”的指责,并更加热烈地赞美泰戈尔。此外,他还

① 郭沫若:《郭沫若全集》(文学编)(第 13 卷),北京:人民文学出版社,1992 年,第 299-300 页。

② 郭沫若:《郭沫若全集》(文学编)(第 12 卷),北京:人民文学出版社,1992 年,第 76 页。

③ 郭沫若:《太戈儿来华的我见》,《创造周刊》,第 23 期,1923 年 10 月 14 日。

④ 冰心:《遥寄印度诗人泰戈尔》,《燕大季刊》,第 1 卷第 3 期,1921 年。引自王逸夫编选:《繁星》,南宁:广西民族出版社,1998 年,第 219-220 页。

⑤ 邵华强:《徐志摩研究资料》,北京:知识产权出版社,2011 年,第 13 页。

身体力行地翻译泰戈尔的诗歌《谢恩》《园丁集》第 60 首，①翻译演讲《清华演讲》《国际关系》《第一次的谈话》《科学的位置》等。泰戈尔在《在中国的演讲集》扉页中专门写到："献给我的朋友徐志摩——在他的帮助下，我把自己介绍给伟大的中国人民。"②

王统照也是在 20 世纪初开始关注泰戈尔的，也翻译了泰戈尔的一些作品。他在泰戈来华前就翻译过泰戈尔的诗歌《泰戈尔诗杂译》(自《园丁集》)，③撰写过介绍泰戈尔思想的文章《泰戈儿的人格观》④《太戈尔的思想与其诗歌的表象》⑤《太戈儿研究最需要的两本书》等。⑥ 在泰戈尔访华期间，王统照也亲任陪同及翻译，推动了泰戈尔"爱"的思想的传播。王统照第一部诗集《童心》中有"小诗七十六首"，就深得泰戈尔《飞鸟集》的神韵。除了诗歌，王统照在小说集《山雨集》中思想的表达，尤其是对"爱与美"的表达也明显具有泰戈尔的影子。

徐志摩、王统照因为担任泰戈尔访华期间的陪同及翻译，除了了解泰戈尔的作品外，还有机会对泰戈尔的人格、气质及思想耳濡目染，因而比其他中国作家更全面地认知了泰戈尔。在朝夕相处之间，泰戈尔的口耳相传对徐志摩、王统照的文学创作影响深远。泰戈尔访华期间，徐志摩几乎与他形影不离。徐志摩的印度名字"素思玛"就是泰戈尔为他起的，徐志摩还专程陪同泰戈尔到日本访问并将其送达至香港。此后他们不仅保持书信交往，而且还多次见面，友谊和感情都不断加深。1928 年 10 月，徐志摩专程到印度拜访过泰戈尔。徐志摩很多诗歌都与泰戈尔有关，《沙扬娜拉》(共 18 首)就是他陪同泰戈尔在日本期间所作；《再别康桥》则是他拜访泰戈尔结束后，于 1928 年 11 月 6 日坐船到达中国海时所作。

中国的泰戈尔研究不可谓不丰富，但把中国现代作家群体中的"泰戈尔作家群"作为一个文学现象进行研究尚属首次。尽管可归入"泰戈尔作家群"的中国现代作家风格迥异，分属不同的文学流派，但他们都通过关注自我、情感、生命等来突出"人"的主体地位和"主体意识"，表现出明显的泰戈尔文学思想的影响。

---

① 徐志摩：《猛虎与蔷薇》，北京：新世界出版社，2014 年，第 6-9 页。

② 泰戈尔：《在中国的演讲集》，李南译，《泰戈尔全集》(第 20 卷)，刘安武、倪培耕、白开元主编，石家庄：河北教育出版社，2000 年，第 3 页。

③ 王统照：《文学旬刊》，第 9 期，1923 年 8 月 21 日。

④ 王统照：《民铎》，第 4 卷第 3、4 期，1923 年 5 月 1 日、6 月 1 日。

⑤ 王统照：《小说月报》，第 14 卷 9 号，1923 年 9 月 10 日。

⑥ 王统照：《文学旬刊》，第 15 期，1923 年 10 月 21 日。

“主体”这一概念源于西方,可追溯到古代西方哲学家普罗泰戈拉(Protagoras)首倡的“人是万物的尺度”,后经苏格拉底发扬,主体意识由觉醒转为自觉,由感性的、个体的转为理性的、集体的。至柏拉图则认为,人的灵魂包含理性、情绪、感觉欲望等不同部分,理性与感性并存。近代西方哲学也肇始于主体意识的觉醒。文艺复兴时期,“人”成为万物之灵长,“人是宇宙的杰作”(莎士比亚),“知识就是力量”(培根),“我思故我在”(笛卡尔),到黑格尔哲学中则将理性视为“绝对的本性”。[①] 可以说,西方近代哲学把人理解为能思的主体,催生出科学主义,要求建立理性的国家及社会,推崇理性的古典主义及启蒙主义文学。不过随着两次工业革命的完成,“主体意识”的局限性日益突出。至康德则意识到,除了在理性领域发展科学外,还应在信仰领域坚守自由的道德法则。在此基础上,叔本华认为非理性在人的精神活动中具有重要地位,人的本质是非理性的,非理性所触及和体验到的才是真实的本质世界。此后,很多哲学家则从强力意志、生命冲动、无意识的原始冲动和欲望等角度,揭示人类的多重主体意识,反对科学主义对主体的机械理解。可以说,西方文学、哲学中的主体意识,是物我两立、主客对立意义上的主体意识,所谓的“主体”也是跟客体对立意义上的“自我”完满的主体。

郭沫若、冰心、徐志摩虽然都突出“人”的主体地位,但是他们作品中的主体又不完全是西方哲学中那个与客体完全对立的“自我”完满的主体。更确切地说,他们也从泰戈尔的泛神论思想中汲取了思想来源,因而主体与客体不再是完全对立的关系,而是融为一体。在此意义上,泰戈尔的这种主体意识,可以理解为“泛神论的主体意识”。可以说,“主体”在泰戈尔笔下成了一种新的主体,这种新的主体对西方的主体概念有一定程度的消解。因此,也可以说中国现代作家群体中的“泰戈尔作家群”的主体意识在吸收泰戈尔“泛神论”主体意识的基础上,也在一定程度上消解了西方近现代的主体意识。

当然,无论是泰戈尔还是“中国泰戈尔作家群”都经历过西方文化的浸濡和洗礼。除了受到本民族文化传统的影响外,他们都或多或少受到西方传统(郭沫若虽留学日本,但也大量阅读歌德、惠特曼等人的诗)的影响。他们的“主体意识”在受到泰戈尔影响的同时,也受到西方对主体价值尊崇的影响,因此可以说是多种文化相互激发融合的产物。

泰戈尔的作品及思想中所表达的主体意识主要表现为泛神论、“爱”的哲学、韵律思

① 高文新:《社会发展与主体意识的进化》,《吉林大学学报》,1993年第4期。

想，以及对自我、爱、生命、美、自由等的追求。而郭沫若、冰心、徐志摩等作为创造社、文学研究会、新月派的代表作家，代表了泰戈尔文学影响的广泛性和复杂性，他们作品中的自我观、情感观、生命本体观，则具有鲜明的泰戈尔色彩的主体意识。

第二节　自我观："中国泰戈尔作家群"与泰戈尔的"泛神论"

个体意识在中国的觉醒，主要发生在新文化运动至20世纪20年代中期，发现主体是文化革新者、思想家和作家。在这个时期，"个人"被作为与"国家""民族"相对立的范畴，即人不是为君、为道存在，而是为"自我"存在。对"自我"的强调，以人的个体价值作为目的本身，实际上是对真正的"人"的发现。"五四"文学对人的发现代替了辛亥革命以来文学的国家观念，这种意识呼唤"人"的自然本性，主张冲破国家道德、传统封建家庭的羁绊和束缚。尼采的"权力意志"、易卜生的"以个人独战多数"、鲁迅由"食人"发现"我亦食人"这一"共犯结构"，都在警醒国人"救赎"须从自身开始。泰戈尔的思想及作品所体现出的泛神论为主的思想主张宇宙万物(自然、人)因"梵"(神)的显现而涌动着神性，"梵"与"我"的合一导向对"人"的尊崇，这与当时中国对主体"自我"的向往一致，对中国现代作家产生了直接影响。

一、泰戈尔诗歌的情与思

泰戈尔的经典诗歌，都是在读大自然的秘密，在读人与世界的关系，人如何才能回归本质本性。以《飞鸟集》中的两句诗为例：

> 夏天的飞鸟，飞到我窗前唱歌，又飞去了。
>
> 秋天的黄叶，它们没有什么可唱，只叹息一声，飞落在那里。①

表面上看，"飞鸟"与"黄叶"一动一静，一唱一叹。"飞鸟"灵动自由，"黄叶"静居寂寞，这种日常生活是静谧安适的。但单调的场景还重复性出现，似乎表达了作者的无聊和乏味。显然，对泰戈尔的诗而言，这只是浅层次的认识。若深入思考，就会发现这两句诗还包括几层意思。

---

① 泰戈尔：《飞鸟集》，郑振铎译，孙宜学编：《泰戈尔诗选》，北京：人民教育出版社，2018年，第121页。

第一层：为何是泰戈尔将这幅景象写成了诗？诗人描写的这幅景象我们平常都不陌生，可只有泰戈尔写进诗并成为经典诗句。这说明，只有心中有诗，把生活看成诗的人，才能赋予普通生活以盎然诗意。这是诗人与普通人的区别，只有爱自然的诗人才能与自然保持这种密切关系。

第二层：泰戈尔为何选择如此平凡的生活景象入诗？泰戈尔有感于现实社会中人为物役，时时过着违背自然的生活，所以提醒我们抬眼望望湛蓝天空、熠熠星空下的世界。鸟想飞到哪儿就飞到哪儿，想歌唱就歌唱；黄叶春到发芽，秋到陨落，一草一木，皆有至理。人本也应与世界万物同栖同醒，但却沉迷于功利，执着于虚荣，早已对自然，也是对自己的天性熟视无睹了。黄叶之叹，实际上也是诗人之叹。叹世间熙熙攘攘皆为利往，叹自然万物，人已倦于同心同唱。

第三层：这样的泰戈尔是隐逸诗人吗？泰戈尔常被习惯性地视为隐逸的诗人，似乎他只一味唱自己的歌，远离社会和人生。在这两句诗中，"飞鸟"是动的，每到一处就给人歌唱，并不贪恋回报，象征社会上给人带来快乐和美的人；"黄叶"静居一处，似乎顺其自然，但却只关心自己的喜悲，给别人带不来任何积极影响。泰戈尔是"飞鸟"诗人，他始终在关注着人的世界，而且也积极主张改革，改变印度和世界上的不公平现实，他公开谴责日本对中国的侵略就是一例。这种金刚怒目形象与其沉思冥想的哲人形象并不矛盾。

第四层：泰戈尔的世界观和价值观是什么？短短两句诗，实际上浓缩了泰戈尔的世界观和价值观，即泰戈尔认为什么样的人生才有意义。在泰戈尔看来，人的尊贵卑微，不取决于其社会地位，而在于是否有一颗爱人之心。人的能力有大有小，但哪怕只会唱歌，只要爱人，能为别人带来益处，这样的人生就是有价值的；若一心只想着自己的悲喜，自私自利，不为别人带来益处，即使位高权重，仍将孤独于世，这样的人生就是毫无价值的。这是典型的泰戈尔式的人生观和价值观，是其一生所坚持的人生态度，也是其一生坚持劝谕世人的价值观。当然，也是理解其诗歌的钥匙。

泰戈尔的诗从语言到风格，都充溢着恬静、安谧、飘逸的意境，如月色下闪光的贝壳，星星点点，把泰戈尔的心光，向不同方向反射出去，共同组成一个奇特的美的世界。"星星静谧无声，我不敢放声歌唱。""围篱上的鲜花回答我的歌声，晨风在静静倾听。"①这个纯净

① 泰戈尔：《采果集》，汤永宽译，孙宜学编：《泰戈尔诗选》，北京：人民教育出版社，2018年，第207页。

的世界里没有浮躁，没有喧哗，没有功利，只有安静与精神的平静。泰戈尔的诗中，总会有一些美得让人心醉的句子触动我们的神经，让它们与诗句同律同动起来，甚至会引出我们自己内心早已谱成而未唱出的曲子。

泰戈尔诗中充溢着自然之美、人之美。“我的生命在年轻时像一朵花。”①泰戈尔的诗，可以让我们每个人都发现自己就是鲜花，自己可以成为鲜花，世界万物都是鲜花，因此我们会更加热爱生命。即使荒野中独自生息的野草、野花，只要有了这样无处不在的美的氛围，也就不再孤独自赏，而是汇入了美丽的世界。

泰戈尔的诗是爱之诗。他常用爱表示人和自然的关系，以此唤醒在庸碌生活中心灵渐趋迟钝的人们恢复对大自然、对人类、对宇宙万物的爱。这种爱淡雅幽远，馨香晶莹，圆润剔透，意味深长，非爱之心不能悟此爱，非善思之人不能知其深。

泰戈尔的诗歌唱纯真的童心、母爱、人性、神性、爱情、生命，歌唱的过程是快乐的，思考的结果也是快乐的，即使面对苦难的态度，也是快乐的，因为有了爱。爱给人信心，让人乐观，让人生机勃勃，让人热爱生命，“使生如夏花之绚烂，死如秋叶之静美”。② 泰戈尔不倦地引领我们捡拾人间飘落的一片片爱的花瓣，并教给我们如何用爱把它们串缀成珠，用爱把青涩浇灌成成熟的金果。③

泰戈尔真正做到了以生活为诗，他的诗、散文、小说、戏剧，不但代表了他对人与自然关系的思考，而且也深刻地反映了印度的现实问题，体现了诗人对印度命运的思考，对人类命运的思考。

但泰戈尔对社会现实的思考是诗的哲思，是用爱过滤掉生活中的矛盾、丑恶后的高度诗意的概括。泰戈尔基于印度传统文化思考世界，又以东西方文化相互参照反思世界，既有东方文化的空灵含蓄，又推崇西方文化的个性主义和生命至上精神。但总的来看，泰戈尔是通过处理人的内心世界与外部世界的关系确立人的价值，世界存在的意义，追求人与世界生命各自的圆满和相互的浑融互通。这与杜甫所谓“篇终接混沌”，张孝祥的“万象为宾客”有异曲同工之妙。这种东方独有的生命意识，宇宙意识，也是泰戈尔诗所追求的最高意象和生命情调。

---

① 泰戈尔：《采果集》，汤永宽译，孙宜学编：《泰戈尔诗选》，北京：人民教育出版社，2018 年，第 175 页。

② 泰戈尔：《飞鸟集》，郑振铎译，孙宜学编：《泰戈尔诗选》，北京：人民教育出版社，2018 年，第 135 页。

③ 泰戈尔：《新月集》，郑振铎译，孙宜学编：《泰戈尔诗选》，北京：人民教育出版社，2018 年，第 38 页。

泰戈尔创作初期思考人与自然的关系,中期思考人与神的关系,后期思考人与人、人与社会的关系,但他笔下无论是自然还是神,所指向的都是人,也就是说,泰戈尔一生都在思考人的命运,人的价值问题,并希望以艺术的完美表现生活的矛盾和复杂,甚至包括妇女问题、劳资矛盾。泰戈尔的哲理诗,都带着强烈的抒情性,是抒情哲理诗。

> 摘下这朵花来,拿了去罢,不要迟延!我怕它会萎谢了,掉在尘土里。
>
> 它也许不配上你的花冠,但请你采折它,以你手采折的痛苦来给它光宠。我怕在我警觉之先,日光已逝,供献的时间过了。
>
> 虽然它颜色不深,香气很淡,请仍用这花来礼拜。趁着还有时间,就采折罢。①

人生青春不长久,莫使青春空蹉跎。鲜花绽放犹如青春勃发,最快乐的是开放,最痛苦的是开放时无人欣赏。因此,摘花者应该得到感谢而不是谴责,因为他在花儿最美的时候注意到了美,赏识了美,而非任其自开自落,萎泥成土。泰戈尔以陌生化的写法,把现实社会中的道德行为过滤成审美行为,小巧睿智,充满禅理。

世界上一切伟大作家的作品,既是本民族精神的真实记录,也与世界上其他民族的文化具有相通性。泰戈尔诗歌的这种意义多重性、民族性和世界性的丰富内涵对“中国泰戈尔作家群”产生了深远影响。

二、关注“我”与“梵”的合一

泰戈尔出身于正统的印度教家庭,②要理解其泛神论思想,须基于传统印度哲学中的思想内核“梵我一如”。泰戈尔还曾担任“梵社”的秘书,对印度教思想的《奥义书》及吠檀多哲学③都有系统全面的了解。“太初之时,唯梵存在。彼知自己,我就是梵。是故梵即一切”,“生主诸世界在梵天诸世界中建立”。④ 其中“梵”、“梵”与“我”的关系,奠定了泰戈尔

---

① 泰戈尔:《吉檀迦利》,冰心译,孙宜学编:《泰戈尔诗选》,北京:人民教育出版社,2018 年,第 4 页。

② 他的父亲沉浸于《奥义书》的哲学体系,发起成立了“知梵协会”,敬奉无形且唯一的“梵”,后来加入拉姆·莫汉·罗易创立的“梵社”。

③ 《梨俱吠陀》是四部吠陀本集之一,是印度经典中年代最为久远的一部分,约产生于公元前 1500 年左右。《梵书》《森林书》和《奥义书》三者实际上是对四部吠陀本集尤其是《梨俱吠陀》进行解释的著作。吠檀多哲学就是研究阐发《奥义书》思想的哲学。

④ 《广林奥义》I.4.10;II.6.1,转引自巫白慧著:《印度哲学——吠陀经探义和奥义书解析》,北京:东方出版社,2000 年,第 293 页。

泛神论的基础,或者说成为理解泰戈尔泛神论的关键。除了受印度传统的宗教、哲学、道德的系统影响外,泰戈尔还受到西方近现代哲学的影响,东西方文化综合影响了泰戈尔“梵我一如”的泛神论思想。

泰戈尔是如何通过人与神的合一来表达主体意识的?一方面,他继承了传统的“梵我一如”观,仍然把“梵”(或“神”)作为最高主宰,同时又坚持“万物皆梵”的观点;另一方面,他还认为“梵”是客观与主观的结合体,是诗人主体自我在客观对象上的投射。泰戈尔的作品中多次以具有强大力量的“你”(神)出现,且与“我”形成结构上的对应。对神的膜拜情感通过“我”来表达,与神形成交流也是通过“我”来完成,其中包含着“我”的主观意志。在此,“神”不再是印度传统中的终极对象,反而成为自我意志的载体,或者说泰戈尔基于自己在写“神”。“梵”被描绘成一种人格化的神,被赋以更多的人性,“神”也因此被冠以更通俗的名称,如“至高无上者”“无限人格”“伟大的人”等,泰戈尔以此方式提升了“人”的地位,使神与卑微人群同行,也使人神身份的置换成为可能。在他笔下,“神”与农民、工人同行,甚至出现了“神”与农民、工人分不清差别的场景,“神”与人的身份就在无形中实现了置换,卑微的人拥有了实现自我尊严的可能。

泰戈尔还采用艺术家与造物主同构的视角,实现人与神身份的互换:

> 我神往的黑暗中,
> 静坐着宇宙之画的作者,
> 没有姓名,
> 在欢乐中露面。①

这个没有姓名的作者的身份具有极大的张力,既是艺术家的象征,又与“神”相勾连。泰戈尔以此比喻,实际上提升了艺术家(或者人)的地位。我们若把“宇宙之画的作者”理解为“神”,那么泰戈尔就是抹去了对“神”的尊称,这则可视为对“神”的降格。若我们把此作者理解为“非神的创造者”(诗中指“隐士”),那么艺术家(人)与“神”的位置实现了置换,而“人”的尊严则因此受到重视,这是对人的自我意识的升格。

在泰戈尔的诗歌中,最终起决定作用的不是“神”,而是诗人的个人精神,对“神”的尊

① 泰戈尔:《最后的星期集》(第8首),白开元译,《泰戈尔全集》(第6卷),刘安武倪培耕白开元主编,石家庄:河北教育出版社,2000年,第239、242页。

崇并不是最终目的,我与“梵”的合一最终导向的是表现“自我”。这是泰戈尔的哲学与印度传统哲学不同之处。“主张人需要神,神也需要人。两者互相依存,而人是主体”,①泰戈尔把重点放在“人”上面,关注到人的主体意识,进而发现个人、表现自我。可以说,泰戈尔通过人神融为一体的方式实现了人神的置换,集神的无形与有形于一体,充分肯定了人的地位和尊严,这是其思想和哲学的经典价值,也是与中国新文化运动最契合之处。

泰戈尔泛神论思想中的主体趋向影响了“中国泰戈尔作家群”的创作实践,这有别于历史上印度文化对中国文化的影响,却与中国传统文化对这些作家的影响有相合之处。如郭沫若自陈受庄子、陶渊明、李白、王阳明等的影响,并指出泰戈尔的泛神论思想与中国古代思想有相通之处,只是文字不同,形式不同而已。在郭沫若眼里,斯宾诺莎、歌德、泰戈尔与庄子、王阳明等中外哲学家、作家是可以同时崇拜和模仿的,实际上也是糅合到其创作之中的。②

冰心对中国传统的儒释道文化极为熟悉。徐志摩也喜欢庄子,他年少时在沪江大学写的文章,就有对庄子的喜爱、语言上的模仿。③ 在一定程度上可以说,“中国泰戈尔作家群”所接受的中国传统文化基因成为泰戈尔泛神论落地生根的土壤。

泛神论强调诸神来自自然,万物来自普遍存在的自我,强调神与人、神与宇宙的同一性而表现出反上帝、反权威的启蒙色彩;另一方面,泛神论宣扬的关于神、自然、自我的观念与新文化运动强调自我的时代思潮一致,因此颇受“中国泰戈尔作家群”的青睐。在对“我”的表达上,“中国泰戈尔作家群”都以不同方式借鉴了泰戈尔的泛神论思想,实现了“人”与“神”的融合,通过人神位置的置换,最终突出“人”的“自我”意识和主体意识。融合的特征表现为“人”具有神性,“人”的主体地位得到重视,发展到极端则是对“自我”的极度张扬。具体表现为:一是向“神”表现“我”对其的敬仰,对象不只是最高的无形的神,带有“神”性的普通大众、具有崇高品格的“人”(诸如泰戈尔)等也成为表现的对象;二是“我”即“神”,表现对象是自己,展现膨胀的“自我”。

郭沫若称泰戈尔为他“精神上的先生”。他从喜欢泰戈尔进而接触到了泛神论思想,并进一步阅读到更多具有同样倾向的诗人的作品,其中主要是西方浪漫主义诗人,如歌

---

① 泰戈尔:《泰戈尔诗选》,冰心、石真、黄雨石等译,北京:人民文学出版社,1958 年,“前言”第 3 页。

② 郭沫若:《创造十年续编》,《郭沫若全集》(文学编,第 12 卷),北京:人民文学出版社,1992 年,第 208 页。

③ 吴禹星编:《1916:徐志摩:在沪江大学》,上海:上海交通大学出版社,2014 年,第 168-169 页。

德、雪莱等。让他惊喜的是,通过这些西方具有泛神论思想的诗人,郭沫若又恢复了对中国古代哲学家的感情,如孔子、庄子①,从而使他能贯通东西,以泛神论为观照,整合了他所喜爱的中国哲学思想,从而形成自己进取的、动的、带有强烈主体色彩的浪漫主义文艺观、人生观。

郭沫若泛神论思想的核心是以“自我”为中心的个性主义,宣扬的是一种动的、进取的自我扩张精神。他认为,万物生死都是自然规律,天地之间充溢着无限的力,“此力即是创生万汇的来源,即是宇宙意志”,人只要能与这种“力”融为一体,就会随时随地身处天国乐园,获得永恒之乐。② 郭沫若自称性情冲动,写诗只是为了表达自己生命的存在,而即使在写诗,情绪也都不受限制,而是自由奔突,任性挥洒,他的诗因此充满着强烈的个人色彩和情感色彩,并因此具有感动人的力量。③

郭沫若的文艺观与他的泛神论思想有直接的关系。泛神论的核心思想“神即自然,自然即神”,是说神在万物之中,又超然于万物之上,既是不可言传、难以捉摸的,又是可以与人、宇宙、自然相互感应的。当然,在郭沫若笔下,自然的神秘、伟大,往往通过受到大自然的滋养而膨胀起来的“自我”来表现。也就是说,人可化为自然,自然也有人性,万物中有人,人与自然万汇一体,那么“自我”因而就从大自然中获得了无限的力量。因为“宇宙全体只是 Energy 的交流”,④即“生动着的力”的交流,而此种力即是“创生万汇的本源,即是宇宙的意志,即是物自体”。⑤ 而且这种力又是不断发展变化的,即郭沫若所说的“自然界中,天旋地转,云行雨施,漫无目的之可言,而活用永远不绝。自然界中,草木榛榛,禽兽狉狉,亦漫无目的之可言,而生机永远不息”。⑥ 也就是因为自然具有这样深沉的力量,所以郭沫若愿意以自然为母、为友、为爱、为师。⑦ 既然郭沫若认为诗是自我的表现,他的诗就

---

① 郭沫若:《三叶集》,《郭沫若全集》(文学编,第 15 卷),北京:人民文学出版社,1990 年,第 19 页。

② 同上书,第 312 页。

③ 郭沫若:《论国内的评坛及我对于创作的态度》,《郭沫若全集》(文学编,第 15 卷),北京:人民文学出版社,1990 年,第 226 页。

④ 郭沫若:《生命底文学》,《时事新报·学灯》,1920 年 2 月 23 日。

⑤ 郭沫若:《〈少年维持之烦恼〉·序引》,《郭沫若全集》(文学编,第 15 卷),北京:人民文学出版社,1990 年,第 312 页。

⑥ 郭沫若:《论中德文化书》,《郭沫若全集》(文学编,第 15 卷),北京:人民文学出版社,1990 年,第 150 页。

⑦ 郭沫若:《文艺论集·〈少年维持之烦恼·序引〉》,《郭沫若全集》(文学编,第 15 卷),北京:人民文学出版社,1990 年,第 312 页。

表现出人与自然融为一体而获得的狂飙突进的力量、博大恢宏的感情和磅礴躁厉的气势,具有冲决一切束缚的力量。超越了“自我”的人已经拥有了“神”的至高无上性,达到“无我”(即“忘我”)境界:“人到无我的时候,与神合体,超绝时空”,①此时的“我”已经完全融“神”性于自身,“我”就是神了,获得神的全部力量,于是以全部神性充溢全身,“自我”得到极度扩张,具有了压倒一切、冲决一切的气势和能力,②表现在诗歌中则是“自我”的极度膨胀。

弟兄们！快快！……

快把那陈腐了的旧皮囊

全盘洗掉!

新社会的改造

全赖吾曹。③

这里看不到泰戈尔式的对“神”的敬畏,洋溢着的却是与神合一后“人”的“动的主体性”。在《三个泛神论者》中,④“打草鞋”“磨镜片”“编鱼网”等日常生活都成为有神性的存在,“打”“磨”“编”等动作突出了“人”的“动”的主体性。他甚至自我体验到这种神性的伟大:“我是全宇宙底 Energy 底总量”,⑤这正是“我即是神”⑥的显现。郭沫若在实现“梵”与“我”融合的过程中,将“自我”的极端膨胀发挥到极致,恰好适应了“五四”时期解放自我、追求自我的思想要求。

郭沫若对泛神论中“梵我一如”的理解与借鉴有一个过程。首先,他把“神”理解为至高无上的神,在 1921 年的《女神之再生》中,郭沫若多次以女神的口吻道“不能再在这壁龛之中做神”,⑦与《吉檀迦利》第 49 首“你从宝座上下来”遥相呼应,随后呈现出女神全体“向

---

① 郭沫若:《文艺论集·〈少年维持之烦恼·序引〉》,《郭沫若全集》(文学编,第 15 卷),北京:人民文学出版社,1990 年,第 311 页。

② 同上,第 312 页。

③ 郭沫若:《浴海》,《女神:郭沫若作品菁华集》,长沙:湖南文艺出版社,2014 年,第 43 页。

④ 郭沫若:《三个泛神论者》,《时事新报·学灯》,1920 年 1 月 5 日。郭沫若:《天狗》,《女神:郭沫若作品菁华集》,长沙:湖南文艺出版社,2014 年,第 27 页。

⑤ 郭沫若:《天狗》,《女神:郭沫若作品菁华集》,长沙:湖南文艺出版社,2014 年,第 27 页。

⑥ 郭沫若:《文艺论集·〈少年维持之烦恼·序引〉》,《郭沫若全集》(文学编,第 15 卷),北京:人民文学出版社,1990 年,第 311 页。

⑦ 郭沫若:《女神之再生》,《女神:郭沫若作品菁华集》,长沙:湖南文艺出版社,2014 年,第 2 页。

山阙后海中消逝”,带来的是俯瞰视角的潜隐、人间场景的切换,实则已经开始对神的位置做出某种暗喻。其次,他努力实现“人”与“神”位置的置换,让普通大众拥有神性。系列诗《西湖纪游》之一《雷峰塔下》,锄地的老人拥有的是“筋脉隆起的金手”,很容易让人联想到“神”的形象。不仅如此,“我”甚至要“去跪在他的面前,/把他脚上的黄泥舔个干净”,在此“我”的膜拜情绪尽显,“农民”的形象瞬间富有了“神性”。再加上郭沫若自陈受泰戈尔泛神论的影响,“雷峰塔”这一特殊隐喻更让人联想到印度的神龛,“农民”更像是郭沫若对“神”这一形象的置换,突出“人”的神性及主体地位。“吉檀迦利”为“献诗”之意,即献给“神”的诗,郭沫若也有一首《献诗》,写于 1922 年,二者不只标题相近,具体的诗意及意境都有极大的相似性。郭沫若笔下“眼不可见的我的师呦! /…… 捧来在你脚下献我悃忱”,①这里“师”的称呼,看似是现世意义上的“老师”“大师”之意,实则“神”性的光环在熠熠生辉,很容易让人联想到泰戈尔《园丁集》第一首中仆人对他精神上的女王所说的话:

> 仆人:为您闲散的日子服务。
>
> 我要保持您晨兴散步的草径清爽新鲜,您每一移步将有甘于就死的繁花以赞颂来欢迎您的双足。
>
> 我将在七叶树的枝间推送您的秋千;向晚的月亮将挣扎着从叶隙里吻您的衣裙。
>
> 我将在您床边的灯盏里添满香油,我将用檀香和番红花膏在您脚垫上涂画上美妙的花样。
>
> 女王:你要什么酬报呢?
>
> 仆人:只要您允许我像握着嫩柔的菡萏一般地握住您的小拳,把花串套上您的纤腕;允许我用无忧花的红汁来染您的脚底,以亲吻来拂去那偶然留在那里的尘埃。②

二者都以匍匐者的姿态来向敬畏的对象献礼,而且都与“脚”有关系。通过对“脚”这一部位的凸显,他们所崇拜的对象在各自心中的地位就凸显出来了。郭沫若的这一处理方式很明显受泰戈尔影响,只不过郭沫若把崇拜的对象写成了“师”而非超自然力量的神,这又与中国注重现世性的传统有关。泰戈尔的诗既写给神,也写给人,从而显示出其诗歌的超脱性和现世性的两种风貌。郭沫若把对“神”的崇拜置换到对“人”的尊崇,其中不乏

---

① 郭沫若:《献诗》,《沫若文集》(第 1 册),北京:人民文学出版社,1957 年,第 152 页。
② 泰戈尔:《吉檀迦利·园丁集》,冰心译,成都:四川文艺出版社,2016 年,第 114 页。

向“神”表现自我对其的崇拜。但他与泰戈尔的区别是:他也把普通大众(诸如农民等)置换为带有“神”性的人,这样他除了把“神”作为表现对象,向“神”表现自我外,还把普通大众作为表现对象,只不过在向现实社会表现自我时,仍披着“神”性的外衣。

冰心虽不经常直接写“神”,但她的散文《冰神》就以“神”为题目,写“我”对峰尖上站着的女神的想象:“是真? 是梦? 我只深深地记着:是冰山,是女神,是指着天上——”这里的“神”是作为崇高、圣洁的形象,与泰戈尔对“神”的敬畏、崇敬类似。冰心通过想象让“我”与“神”对位出现,可看出冰心对“我”与“神”融合的努力。但冰心并非采用泰戈尔常用的“你”的口吻向“神”表现自我,而是通过“我”的口吻内观自我,同时又以疑问的形式让“我”与“神”保持了一定的距离。不过,冰心也有对泰戈尔信仰的赞颂,通过“我们既在‘梵’中合一了,我也写了,你也看见了”,①将自我融入于至高无上的“梵”,但紧接着就戛然而止,没有陷入宗教式的神秘。很明显,冰心建构的是“没有人间的礼法,没有各种错综复杂的关系,单纯得如水晶般”②的个体世界。迥异于郭沫若向社会、大众表现自我的方式,冰心对社会采用一种远观的方式,沉浸在自己的世界中去表现自我,如书信体散文《寄小读者》。

如果说泰戈尔是顺向降低“神”性、增强“人”性,那么徐志摩则相反,而是采用逆向的方式,增强理想化人物的“神”性。“伟大”是徐志摩笔下描述泰戈尔的几个关键词之一。他除了在与泰戈尔的通信中表达对泰戈尔的崇拜外,还多次在公开场合热烈地赞美泰戈尔。他说泰戈尔“好比春天的阳光,普照大地,得着他的,都有新生命”。③ 徐志摩的《泰山日出》堪称一篇“泰戈尔颂”。他将泰戈尔与泰山日出相提并论,称泰戈尔是以自己的光芒普照世界的巨人。“他的博大的温柔的灵魂我敢说永远是人类记忆里的一次灵迹。”④在徐志摩心中,泰戈尔的理想人格带有“神”性的光芒,与泰戈尔笔下“神”的人格化(诸如“伟大的人”)异曲同工,也可视为徐志摩对泰戈尔泛神论中“梵”的一种理解。这样的“光环”不只是徐志摩理解泰戈尔的方式,更是徐志摩表现自我的方式。他通过努力向“神”接近的方式,“从人到神! ……超脱一切,笼盖一切,扫荡一切,吞吐一切”,趋向与至高无上的

① 冰心:《遥寄印度哲人泰戈尔》,《燕大季刊》,第1卷第3期,1921年。引自王逸夫编选:《繁星》,南宁:广西民族出版社,1998年,第219-220页。

② 刘再复:《共鉴五四》,福州:福建教育出版社,2010年,第141页。

③ 《印诗人太戈尔在杭讲演记》,《申报》,1924年4月18、19、20日。

④ 徐志摩:《太戈尔》,《晨报副镌》,1924年5月19日。

“神”的融合，直至“凌空去看一个明白”，①通过自我的信仰与信念来实现对“自我”的超越。

如果说郭沫若更侧重社会、民众高扬主体的能动性，更注重对社会实践的影响力，徐志摩对“人”的主体性的推崇则渗透着对崇高理想的追求、对灵魂升华的渴望，

可以说，泰戈尔在实现“梵”与“我”融合时对“我”的重视，对人作为主体的升格，对“中国泰戈尔作家群”追求“自我”产生了深远影响。泰戈尔把向“神”表现自我视为个人实现主体价值的最高境界，“中国泰戈尔作家群”也以三种方式来试图无限逼近对“自我”的表达。

郭沫若从向“神”(或带有“神性”的人物)表现自我到向时代的弄潮儿展现“动”的主体性，逐渐将神性完全融于人性，且“神性”了无痕迹，而只见“至高无上”的“我”，以自我来拥抱整个宇宙，甚至发展为极端的个人主义，最后融入时代革命潮流，与泰戈尔崇尚的“自我”“主体”越来越远。

冰心的精神与气质更接近泰戈尔，也更接近泰戈尔的言说形态，即始终无法触及“神”的崇高性，但一直在努力接近。她既没有完全否定“神”的地位，也不像郭沫若那样把自我和“神”基本等位，而是把自我融入于神、自然，回归生命本体。

徐志摩通过“人”的“梵”化而把泰戈尔的理想人格神化，以此突出了“人”的主体地位。同时，徐志摩在对理想人格的追求中表现自我，他的“自我”又趋向超越一切的“神”性，因而超越欲望很强。

三、关注“我”与自然的合一

泰戈尔将个人生命完全融合于大自然的怀抱之中，他在神秘亲切的大自然中体悟生命，并逐步发展出自己的“天人合一”的生活方式。他在中国时也说过，他喜爱世界上的一切，从不觉得枯燥乏味。云儿、花儿、草儿，都是有生命的，他能直接与她们对话。他的作品中，充满着他对大自然的切身体悟，每一道闪电，每一滴雨水，每一缕阳光，都有泰戈尔本人的生命能量在里面。他创办的国际大学也采用自然教育，培养学生在自然之风中沐浴和感悟人的心性和自然的神性融合交汇的美。

追求自然、实现人与万物和谐也是中华民族的精神理想，在这一点上，中国人与泰戈

① 徐志摩:《想飞》,《晨报副刊》,1926年4月19日。

尔同声相应,同气相求,精神相依。早在1920年,黄仲苏就称泰戈尔是“宇宙的情人”。在泰戈尔看来,宇宙中的一切,日月星辰、山水风雨、花鸟虫鱼、飞禽走兽等都是美的表现,这种美只可意会,不可言传,但纯净美好,隽妙无穷。而只有这种美,才能引起我们的宇宙之爱。泰戈尔以纯洁的诗心观察宇宙,以心灵之诗描摹宇宙万象,以自然之律谱写宇宙之韵,因此成为宇宙的诗人。他以爱自然之心融于宇宙,他本人也成了自然的一部分。他写自然,也就是写自己,充满了爱和理解。① 黄仲苏本人是文人,所以对文人泰戈尔,有一种感同身受的认识。

“中国泰戈尔作家群”受泰戈尔影响而在作品中赋予自然独立的主体地位,并且有别于中国古代诗人以抒情或言志为目的的自然书写,而是或隐或显闪动着泛神论的光芒。虽然“中国泰戈尔作家群”都深受中国传统文化的影响,但中国古代思想家对“天人合一”中的“天”的不同阐释中,尚未发现把“天”理解为自然的例证。② 泰戈尔的“梵”化为现实中大量的自然意象,其中涌动着“我”的主观意志,对“中国泰戈尔作家群”通过人与自然融合的方式来表达“自我”产生了一定的影响。其中,海洋意象、光明意象和飞鸟意象,很好地体现了“我”与自然融合的特征,即实现了自然物的外在特征与“我”的主观意志的融合,寄托着现代精神的象征意义。

1. 海洋意象

“海”史无前例地进入了“中国泰戈尔作家群”的关注视野。海洋文明是世界近现代文化的历史语境,海洋的激情、雄浑、神秘,更是蕴含着无限的想象力,海洋因而成为重要的文学主题。泰戈尔笔下的“海”,是令人敬畏的“梵”的化身,有宁静、有喧闹,有致人死命的波涛,也有同孩子嬉戏的微笑,集多种特征于一身。

在郭沫若看来,“一切的自然都是神的表现”,③这样自然也具有了“神性”,受人崇拜。诗集《女神》明显受到泰戈尔“泛神论”思想影响,其中海洋出现的频率极高,并且与其他意象的出现也相关。《光海》中有“光的海洋”,《太阳礼赞》中有“天海中的云岛”,《凤凰涅槃》中有“我心海中的云岛”等。“海”呈现出泰戈尔“梵我一如”思想中的和谐宁静之感。不仅

① 黄仲苏:《太戈尔传》,《少年中国》,第1卷第9期,1920年3月15日。

② 李申:《“天人合一”不是人与自然合一》,《中国社会科学院院报》,2005年1月20日。

③ 郭沫若:《〈少年维持之烦恼〉·序引》,《郭沫若全集》(文学编,第15卷),北京:人民文学出版社,1990年,第311页。

如此,“海”在某种意义上还成为一种象征,“无限的太平洋鼓奏着男性的音调”,充满了“人”的主观情绪色彩,具有明显的男性主体感,恰好与“女神”作为具有生命创造力的女性形象形成互补;“我”与惊涛骇浪共舞,嬉戏,“我”的血流与海浪同流,“我”的心与太阳一同燃烧,这是何等的自信、何等的气魄、何等的伟岸、何等的“男性化”![1] 很明显,“自我”的内在情绪在高涨,趋向至高无上性。

迥异于泰戈尔对神灵的恭顺态度,郭沫若主张破除一切偶像,不承认包括神在内的任何权威。当然,也不排除郭沫若受歌德、雪莱、斯宾诺莎等的影响,将“海洋”赋予一种能够表现自我的独特的“动”的精神,使“自我”的呈现具有极端性、彻底性,体现出“五四”时代狂飙突进的进取精神。这一特点在《立在地球边上放号》《笔立山头展望》等诗歌中表现得尤为突出。郭沫若将自己的主观情绪寄托于海洋意象,借此宣泄“自我”内在的狂暴情绪。此外,郭沫若也将“海洋”与“自我”对“无限”“大”等的崇拜和追求联系起来,“那浩渺芒芒的大海,我架着一只扁舟,沿着一条小河,逆流而上”,[2]以“小”见大,来凸显大海的浩瀚,与宏大、磅礴的自然形成对位,甚而敢于囊括宇宙中的一切事物,要作吞掉日、月,甚至全宇宙的天狗,这是自我意识的极端膨胀和觉醒,从中获得的是精神的大解放。

自然在冰心心中是圣洁的,仿佛神一样让人崇拜,海洋也不例外。冰心笔下的海洋主要以两种方式呈现。

其一是对海洋的神化。《往事(一)》中海上有位女神,女神生活的场所使海蒙上了神秘的面纱,自然万物成为她外在形象的一部分。冰心的这一构思与泰戈尔的“梵我一如”形成对应,“女神”恰好是“梵”的一种形象化的代指,而自然万物则是“梵”的外在显示。

其二是与中国诗歌传统对海的忽视不同,冰心渴望作“海化之人”。无论是“我的女儿! 你文字中,怎能不带些海的气息”,[3]还是“父亲呵! 出来坐在月明里,我要听你说你的海”[4]等,海的气息的传达,都离不开主体“人”,而且就如泰戈尔《飞鸟集》,都以简短的两三行来表达“自我”瞬间的情感、思想。与郭沫若笔下充满激情、动感的大海不同,冰心笔下的“海”寄托着宁静的理想情怀,与其精神家园融为一体。其小说《海上》把回归大海视为

---

① 郭沫若:《浴海》,《女神:郭沫若作品菁华集》,长沙:湖南文艺出版社,2014 年,第 43 页。

② 郭沫若:《月下的故乡》,秦艳华编选:《中国现代新人文文学书系:文论卷》,济南:山东文艺出版社,2005 年,第 196 页。

③ 冰心:《春水·安慰二》,卓如编:《冰心全集》(第一册),福州:海峡文艺出版社,2012 年,第 511 页。

④ 冰心:《冰心诗选(繁星·春水)》,杭州:浙江文艺出版社,2000 年,第 22 页。

“回到永久的家”,充满人类意义上的关涉,既有对泰戈尔“无限”的宇宙观的呼应,也是对个体“自我”的升华。冰心把“自我”的探索最终深入到对精神家园的回归。

徐志摩对“海洋”意象的使用频率略低,但“海洋”同样承载着徐志摩“自我”的意志,成为徐志摩表达“自我”的方式。《海韵》中有“冷清的海”“恶风波”“猛兽似的海波”等,这不只是对自然现象的描述,而是颇多隐喻,主要是表达理想破灭时的落寞,这也是泰戈尔笔下时常出现的“海”。《不再是我的乖乖》中,“海”呈现出多重隐喻的变化。第一部分以与儿童嬉戏的方式来呈现“海”,这与泰戈尔在《新月集》中的表现方式无异。“海”在游戏中损坏了儿童的“建筑”,却并没有受到指责,而是“海,你是我小孩儿的乖乖”,这是徐志摩儿童般纯真情感的最直观的表达。第二部分,诗人以“情种”来塑造“我”的身份,其钟情的对象正是“海”,即使经历了很多波折,诗人依然认定“海”还是原来的模样,甚至喊道“海,不许你有一点儿的更改”。徐志摩有“激昂的热情,迅速上升的信心,奇异的想象,得意兴奋的情绪,膨胀的精神和狂喜神秘的向上性”,他“想腾升于20世纪中国生活中一切‘悲欢离合,奋斗生存’之上”。① 他一生就是一种跳着、溅着、飞翔着的诗心,追求一种超脱现实的理想。他成了一道跳着溅着不舍昼夜的生命水,在追求美、自由和爱的生命流动中,展演自己的悲欢人生。对“海”的这份单纯的信任,也是徐志摩对自己单纯信仰的坚守与自信。但最后诗人叹道“再不来这大海的边沿”,“海”成为令人绝望的代称。徐志摩一生秉持着高尚、美好但单纯的信仰,要在当时中国黑暗的现实中创造出“馨香的婴儿”,但坚硬如铁的黑幕将之理想的翅膀击打得如雪花般粉碎飘散,他这个单纯信仰的理想主义者于是流入怀疑的颓废,“不知道风向哪一个方向吹”了。短短一首诗中的“海”被赋予了多重情感,更是诗人从《海滩上种花》到《海韵》一生理想命运的演绎,也暗喻了徐志摩“自我”发展的不同阶段。

郭沫若、冰心和徐志摩笔下“海”的意象的呈现方式都显示出对泰戈尔“海”的意象的借鉴。郭沫若的“海”胜在粗犷,冰心的“海”则胜在细腻,徐志摩的“海”胜在譬喻。三人以对“海”的不同感受方式实现着对“自我”的表达,及对泰戈尔“泛神论”中的“我”与自然融合的理解。

---

① 李欧梵:《徐志摩:伊卡洛斯的狂喜》,邵华强编:《徐志摩研究资料》,西安:陕西人民出版社,1981年,第433页。

2. 光明意象

光明意象在“中国泰戈尔作家群”的创作中也得以集中呈现。“光明”具有照耀未来之路的象征意义，也代表着人生历尽艰难的希望，为“中国泰戈尔作家群”表达“自我”提供了很好的路径，因而也使他们对泰戈尔的“光明”意象非常偏爱。泰戈尔笔下宁谧的日落、日出及昼夜更替时诡谲的光，都于无言的欢乐中渗透着泰戈尔“自我”对和谐的追求。泰戈尔《吉檀迦利》第57首：“光，我的光，充满世界的光，吻于眼帘的光，悦我心曲的光！……”泰戈尔歌颂光明的这句诗，郑振铎在《欢迎太戈尔》中作为最能代表泰戈尔形象的诗句加以引用。郑振铎还进一步阐发，视泰戈尔“如一线绚烂而纯白的曙光，从这暗室的天弯里射进来”，①对泰戈尔访华寄予厚望。当然这并非郑振铎独有的“泰戈尔之光”，因为很多知识分子都期望泰戈尔能给中国带来解决问题的良案。

在“中国泰戈尔作家群”的作品中，“光明”意象以多种形象出现，例如：太阳、光、明星等。

郭沫若的诗作中以“太阳”为题材或主要背景的相对较多，仅《女神》第一、二辑的33篇作品中就有近20首，包括《光海》《太阳礼赞》这样直接点题的作品。在中国古代诗歌中直接歌咏太阳的诗很少，郭沫若可以说开了中国诗歌的新枝。② 他在诗歌中大量运用“光”与“太阳”等意象，诸如“夕阳，笼在蔷薇花色的纱罗中，/如像满月一轮，寂然有所思索”，③“环天都是火云”，④“明迷恍惚的旭光呀！诗一样涌着的白云呀！”⑤日常的自然意象中暗示着郭沫若对静谧的追求，其注目的焦点是“光明”的意象。实际上，“自然物”之所以呈现为“光明”的意象，是因为郭沫若将“自我”意志化于自然物象之内，凸显的只是这种内在“energy”的外在形态而已，通过这种方式，“自我”就与“光明”的意象融为一体了。

郭沫若的“天狗”精神使他并不满足隐身于无形，而是常常情感难以自抑而直接呐喊出来，如“太阳当顶了！”天空中的云如岛一样层层叠叠，在阳光的照射下如火一样鲜明，我激动不已，渴望直接看到太阳，就“恨不得，把我眼前的障碍一概铲平！”⑥强烈的主观“自

① 郑振铎：《欢迎太戈尔》，《小说月报》，第14卷9号，1923年9月10日。

② 周红：《泰戈尔对郭沫若诗论及创作的影响》，《郭沫若研究》(第12辑)，1998年6月。

③ 郭沫若：《日暮的婚筵》，《女神》，北京：人民文学出版社，2000年，第146页。

④ 郭沫若：《日出》，《女神》，北京：人民文学出版社，2000年，第58页。

⑤ 郭沫若：《晨安》，《女神》，北京：人民文学出版社，2000年，第60页。

⑥ 郭沫若：《太阳礼赞》，《女神》，北京：人民文学出版社，2000年，第94页。

我”情绪突破了“光明”意象本身,而形成了敢于囊括宇宙万物的勇气和力量,极度张扬时甚至“天上太阳都向我低头”。这时的“我”,自身就是“光”了。

郭沫若的“光明”意象既有人与自然的和谐,也有人对自然的叛逆和超越,这与泰戈尔笔下人与“光明”的和谐既有相似之处,也有差异。泰戈尔的“光明”常常是和煦的、宁静的、安详的,而郭沫若的“光明”常常因为“我”的注入而“动起来”“跑起来”,甚至爆炸而形成新的宇宙,新的光明。但在意象的呈现方式上,两者都体现为一种和谐,只不过一种是静的和谐,一种是动的和谐。

冰心除了关注宇宙等“大”的意象外,还将“光”倾洒在微小的事物中,关注到微小事物中的自然神性。泰戈尔“泛神论”思想认为“神”梵化为自然万物,万物都有了“神性”,不论多么微小,都应被敬若神明。冰心笔下的“光”呈现出一种暖人心意的色调,诸如:

> 小小的花,
> 也想抬起头来,
> 感谢春光的爱。①

“春光”的暖意跃然纸上,而无名的花则成为表现对象,“春光”在此也不只是自然意义上的“光”,更是崇高的一种显现,这种自然化的“春光”也带有了“梵”性。不仅如此,冰心还赋予阳光以解放“自我”的力量:

> 阳光穿进石隙里,
> 和极小的刺果说:
> “借我的力量伸出头来罢,
> 解放了你囚禁的自己!”②

“光”主动启迪渺小的事物要敢于解放“自我”,敢于追求精神的自由。“光”在此通过“借我的力量”从侧面显示出其崇高性,进而实现了自然的“神”性与推动“自我”解放的融合。在散文《闲情》中,冰心因阳光下的温暖场景而感到“世上一切,都已抛弃隔绝,一室便

① 冰心:《冰心诗选(繁星·春水)》,杭州:浙江文艺出版社,2000年,第29页。
② 同上,第36页。

是宇宙”,①以一室的“小”见宇宙的“大”,“阳光”的自然性也具有了宇宙的“神”性。在《再寄小读者》的开篇,冰心回顾了20年的创作生涯是“以活跃的童心,走了一段充满色、光、热的生命旅途”。可见,在冰心的生命旅途、创作生涯中,“光明”都具有重要的意义。

徐志摩笔下的“光明”意象在他“梵我一如”的精神境界中熠熠生辉。“她在白云的光明里,/在澹远的新月里;/……她不在这里,/她在自然的至粹里。”②徐志摩笔下不只新月,而且白云都闪动着光芒,他对“光明”意象的选择很明显具有象征寓意。此外,徐志摩通过“她”与自然“至粹”的融合方式,既与泰戈尔通过“人”与“梵”自然化的融合方式相似,又突出了“人”的“自我”的纯粹。再结合徐志摩对人生的追求:宁愿将已有的理想打碎,焚毁,烂掉,然后再造出一个更伟大、光明的理想,③就更容易理解他对“自我”的理想追求的纯粹了。其中,把“光明”意象与追求“自我”融合得最好的诗是《为要寻一个明星》。为了追求理想,“我骑着一匹拐腿的瞎马”,在黑夜里快马加鞭,最后累“我”和“马”都累死了。为了理想及光明未来的信仰,他愿意付出生命。

3. 飞鸟意象

泰戈尔的《飞鸟集》是一部生灵之歌。诗集犹如一弯弯清新秀丽的小溪汇聚而成的林中山泉,无数的细草、落叶漂浮在水面,各种有名无名的鸟儿、蜜蜂、蝴蝶、飞虫时栖时飞,天上的星星调皮地眨眼,与忙碌的生灵们商量着昼夜作息,而神秘的天使们则在某处守护着这些忘忧的小朋友……诗人肉身似乎已涅槃,化为万物,灵魂也化于世界,世界则融于诗人,向诗人袒露心声,这种心声汇入诗人心曲,流淌出天籁之歌、人性之歌,只言片语都蕴生命真谛,深刻哲理则呈活泼生动形式。诗人借以告诉我们:简单生活包含了丰富世界,而内心的爱则是认识世界的最佳方式。

作为中国最早的一部泰戈尔译诗集,《飞鸟集》不仅影响促进了中国小诗的创作和发展,而且形成了中国新诗的“飞鸟”情结,“飞鸟”的展现形式及潜隐意义对中国现代作家的表达方式产生了深刻的影响,尤其表现在对“自我”的追寻上。

郭沫若作品中的“飞鸟”意象,隐含着对身份的质疑、未来的思考。

---

① 冰心:《闲情》,《晨报副镌》,1923年6月15日。

② 徐志摩:《她在那里》,《徐志摩诗全集》,北京:新世界出版社,2014年,第120-121页。

③ 徐志摩:《迎向前去》,《自剖 翡冷翠的一夜》,沈阳:万卷出版公司,2015年,第27-33页。

鹭鸶!

鹭鸶!

你自从哪儿飞来?

你要向哪儿飞去?

雪白的鹭鸶!

你到底要飞向哪儿去?①

该诗创作于1919年,正是郭沫若迷恋泰戈尔诗的时期,他赋予“鹭鸶”追寻意义的表达方式,很明显与泰戈尔的《白鹤》类似,都是以询问的方式,肯定了对永恒意义的追寻是有价值的,但却并不明确何为人存在的本质意义。如果说泰戈尔笔下的“永远”呈现出“梵”的无限性,更确切地说是时间的永恒性,那么郭沫若的追问将注意力更多地位移到“梵我一如”中的“我”上,具体表现为“鹭鸶”的隐喻意义。泰戈尔深受印度传统文化影响,静中求恒,郭沫若则是在日本四处碰壁、人生无路可行时感情受阻后的喷薄而出。他再现了一个焦灼不安的寻路者的形象,表达的是“自我”对现实出路的思考,这种情感倾向与当时中国的时代氛围对知识分子的要求不谋而合。此外,他在被囚于笼中的《大鹫》《白鸥》等诗中,更多地表达了“泰戈尔式飞鸟”的渴望,拥有“梵”性的“飞鸟”拥有“飞到我窗前歌唱,又飞走了”的自由。郭沫若“飞鸟”意象的主题及表达的情感明显带有泰戈尔的影子。

冰心不仅在诗体形式上受泰戈尔的影响极为深刻,在“飞鸟”意象的呈现上也有泰戈尔的影子。例如《繁星·八》:“残花缀在繁枝上,/鸟儿飞去了,/撒得落红满地——/生命也是这般的一瞥么?”“鸟儿”的离去隐喻着生命的短暂状态。在散文《一只小鸟》中,“鸟”因为“人”的伤害而以“离开”的形象示人,表达了飞离之后的惶惑。冰心营造的意境,尤其是通过“飞鸟”意象来隐喻生命的有限,在一定程度上展现了泰戈尔“梵”的有限性,同时又有别于泰戈尔展现“梵”的无限性与有限性的统一。

徐志摩因为喜欢“动”,对泰戈尔“飞鸟”意象的借鉴比较灵动。在《常州天宁寺闻礼忏声》中,他写道:“光明的翅羽,在无极中飞舞”,呈现出一种完全自由无碍的状态。此诗创作于1923年10月26日,正是他与泰戈尔书信往来的时期,这里的“无极”明显有泰戈尔“梵”的无限的意味,“飞鸟”意象被赋予自由、无忧的象征含义,成为徐志摩表达“自我”及

① 郭沫若:《鹭鸶》,《女神》,北京:人民文学出版社,2000年,第132页。

对灵魂世界无限追求的重要方式。

郭沫若、冰心和徐志摩都有远离故乡的经历,也都受到西方自由思想的影响,泰戈尔的“飞鸟”意象与他们的心路历程及精神追求颇多相合之处,他们情有独钟并不难理解。尤其是他们将个人的人生道路与国家前途命运结合起来思考,漂泊、彷徨的情绪通过“飞鸟”很好地得以寄托。他们就是“飞鸟”,“飞鸟”不只是“梵”的自然化的代表,而是实现“梵”与“我”合一的代表,是看似自由、却在漂泊中彷徨的“自我”的展现。

“中国泰戈尔作家群”以自然意象承载着“自我”意识,同时融“自我”意识于大量的自然意象中,以表达对“自我”及理想的思考,这与中国传统的“人”的地位不同,是泰戈尔为他们表达“自我”提供了一种新的可能,即融“我”与“梵”的自然化的合一。但因为不同的文化背景和创作风格,“中国泰戈尔作家群”对泰戈尔这种思想的汲取方式也同中有异。郭沫若笔下的自然意象充满着对“自我”意识的高扬;冰心则是安静地立于一隅,浅吟低唱;徐志摩则以激活“自我”性灵的方式,身体力行地实践对理想化的追求。他们以不同的方式推动了“五四”时期及 20 世纪 20 年代中国作家和民众对“自我”的发现、发展,也在一定程度上弥补了中国早期新诗内容偏枯的弊病。

四、关注“我”与个体精神的合一

泰戈尔“梵我一如”思想本身就蕴含着丰富的含义,“梵”不是只存在于浩渺的宇宙之中,而且隐于我们眼前具体的宇宙万物之中,并通过自然万物显现出来,其中包括“自我”的肉体和灵魂之中。个体的精神和灵魂都受着“梵”的主导,“我”就是“梵”,“我”的意识和情感,就是“梵”的表达。① 在这种思想影响下,“中国泰戈尔作家群”对个体精神的关注,成为表现“自我”的重要方式。

首先,对个人精神世界的关注。泰戈尔经常以“物质的人”和“人格的人”②分层阐述“自我”。如果说前者主要指人的现实性,对现世欲求的过分执着,那么后者则是对前者的超越,是更高级的追求,是实现“梵我一如”的通途和条件。在访华演讲中,泰戈尔阐述了

① 泰戈尔:《人生的亲征》,宫静译,北京:商务印书馆,1994 年,第 94 页。

② 泰戈尔:《什么是艺术》,刘建译,《泰戈尔全集》(第 22 卷),刘安武、倪培耕、白开元主编,石家庄:河北教育出版社,2000 年,第 154 页。

其"人之三格"论："吾以为一人可析为三：一曰肉，二曰心，三曰灵魂"，①并认为灵魂是生命之源，其永存之道在于"梵"。泰戈尔多次在不同场合强调这一思想的核心，如他把世界分成三个时期："第一期世界，为体力征服，第二期为体力智力二者之征服，第三期则为道德征服。"②泰戈尔对"自我"的划分，基本上与其"梵我一如"的泛神论保持一致，对个人精神世界的关注更是集中到对"第二层超越的自我"及最高的"梵"的追求。

"中国泰戈尔作家群"分别以不同的方式体现出对泰戈尔这一思想的继承与发扬。郭沫若是以向内转的方式，实现对自我的超越。聂嫈千里寻弟时所说："我就和你的影子一样，但我不是镜子里的影子呀！"与泰戈尔《飞鸟集》中"你看不见你自己，你所看见的只是你的影子"③就很类似。除了表层语言表达的近似，郭沫若笔下人物的处理方式也闪现着泰戈尔式的精神超越。聂嫈自我意识的觉醒，在于其意识到自己作为主体拥有独立的思想，当这种渴望不能得到满足时，她展现出了不惧死亡的英雄气概，通过肉体毁灭的方式，来表达对自我精神层面的极端重视，通过对"现实自我"的毁灭，即"无我"来达成对"自我"的超越。

与郭沫若的表达方式迥异，冰心借助实现"自我"的精神成长过程来表达对精神"自我"的追求，其中以《寄小读者》表现最为明显。"书信"本身就是"个人性"表达和对"自我"形象的塑造，冰心只不过更突出了个人的人格。在书信中，冰心用一个假想出来的"自我"代替真正的"自我"，让"我"像自己一样思考、表情达意，真实传达出自己的精神和情绪。深受泰戈尔影响的冰心呈现的理想"自我"与其突出的"爱""温柔"的现实形象基本无异。

徐志摩称泰戈尔是"人格的人"，这也是他对"自我"的理想追求。徐志摩不仅亲耳多次倾听、亲口翻译传达了泰戈尔的这一思想，而且在作品中化用了泰戈尔的这一思想，突出个体灵魂的自由。在《雪花的快乐》中，雪花就是"我"的灵魂的化身，"我"向着认清的方向飞扬，抵达"她"的心胸，因"她"所具有的隐喻作用，这一抵达具有了"自我"有限的生命与"梵"无限的生命融为一体的境界。在《海韵》中，女郎一次次坚如磐石地回绝诗人的劝阻，以俯视的视角面对危难，以毁灭的姿态直击困难，实现个人对遭遇的困难、恐惧的超越。徐志摩在此借"女郎"的身份，表达对理想"自我"的向往：在个人的精神世界深处，外

---

① 《泰戈尔昨天讲演纪略——述其运动文学革命之经过》，《晨报》，1924 年 5 月 10 日。

② 《泰戈尔对京学界演说——东西文化之不同，吾人前途之光明》，《晨报》，1924 年 4 月 29 日。

③ 泰戈尔：《飞鸟集》，郑振铎译，孙宜学编：《泰戈尔诗选》，北京：人民教育出版社，2018 年，第 124 页。

部世界的道德律令不再步步紧逼，而赋予“自我”以最大的自由，在那里充满着无限自由的灵魂和理想。徐志摩期望通过充分肯定个体独立、精神自由这一更高级的“自我”来建立理想的社会，但现实的黑暗让他渐趋失望。他或是由于无力对抗现实，或是由于挣扎着坚守自己“善”“爱”的理想，在残酷的现实之下，他对“最高灵魂”的期待转变为想“飞”的冲动。泰戈尔因为理智的羁勒，才免于伊卡洛斯忘形的悲剧，与“天上的丽日”保持距离，理想才不至于痛失翅膀坠海而亡，而徐志摩则与之相反，他以极端的方式表达对“天上”理想自我的眷恋，因而成为“伊卡洛斯”式的悲剧人物。

在对“理想”自我的理解与表达方面，徐志摩与泰戈尔最为接近，只不过徐志摩像挣脱了缰绳的野马，更眷恋于天上理想的“自我”；冰心则是实现了“泰戈尔式”对自由与抑制的结合，她在实现着“五四”精神的同时，也在实现着女性“温柔”的自我；郭沫若则更眷恋地上的“自我”，让“自我”脚踏在大地上来实现对“现实自我”的超越。

其次，打通艺术世界与灵魂世界的界限，接近最高神性，追求精神的创造力。面对20世纪东西方世界过于追求物质的现实，泰戈尔提出返回自然，并以儿童形象和心性来表达对最高神性的接近，“转瞬之间，你又常常露面，在尘埃的游戏室”。“尘埃”属于现实世界，是最常见的现实之物，“游戏室”则是孩子的领域，是幻想、真纯无羁的理想国。游戏是难以言说的体验，是诗人通往艺术世界、灵魂世界的途径。泰戈尔借助儿童的游戏探索“人”的本真状态，以实现对被压抑的灵魂释放的可能。在他笔下，“孩子”在游戏中砸碎玩具再重造，没有丝毫怜惜，只有破旧立新的纯真乐趣，孩子这种毫无功利性的快乐恰是最高神性的一种体现。可以说，泰戈尔渴望在光怪陆离、神奇莫测的游戏中回溯生命的真谛，来表达对“自我”精神追求的超越。这一点在“中国泰戈尔作家群”的作品中亦有继承，他们关注自然状态下“自我”的本真状态，关注“儿童”对至高“神”性的表达所起的作用，从而实现对“自我”的超越。

徐志摩对“自我”本真状态的呼唤，主要表现为对“人”性灵的呼唤。他提供的途径与泰戈尔类似，即通过关注儿童的“神”性特征来无限接近自然本性。在《海滩上种花》中，他感到“文明只是堕落”，因而诅骂“文明人”，歌颂儿童思想与信仰的单纯、灵魂的伟大及洁净。儿童在此不仅象征自然的崇拜，并且象征力量的重要来源。在《我是个无依无伴的小孩》中，他既表现出自然对“我”人格的影响，“青草里满泛我活泼的童心”，又呈现出“我”活泼的天性在与自然的游戏中，施展出“灵性的迷醉”，突显出人在自然神性普照下的自由状态,寄予着他对真、善、美的理想追求。

冰心也通过婴儿的视角返归自然。“我们都是自然的婴儿/卧在宇宙的摇篮里”,①既表现出“婴儿”的自然神性,又突出“人”作为“宇宙”之子的重要地位,这是对泰戈尔式泛神论思想的诗化展现。不同于徐志摩以个体“我”的单数概念呈现“自然之子”,冰心以复数概念的“我们”呈现。如果说徐志摩重在对个体“我”的凸显,那么冰心则更侧重于对人类的凸显,把复数的“人”置于一望无际的宇宙下,体现了冰心的宇宙精神。“人”面对无垠、阔大的宇宙时的孤独与弱小,又体现出冰心人格中的忧郁与悲感。不过在巨大的自然力面前,她并没有束手无策,或者正如她所说,其天赋中的悲感得到泰戈尔的救治,②那就是通过拥有“神秘语言”的婴儿,与“梵”实现沟通,借助“婴儿”的语言,“我们”有破译“天”的绝对可能性。在此意义上,“我们”拥有无穷的力量,指向接近“神”性的可能,以此来实现对现实“自我”的超越。

郭沫若虽然也在《光海》《岸上·其三》等作品中描写了在岸边戏耍大海的儿童,并且“也去和着他们游戏”,却很少突显出“儿童”的“神”性特征,而是经常把“农民”“工人”等作为宇宙中的自由形象,如 1919 年的诗歌《地球,我的母亲!》中,就把地球人格化为“母亲”,隐喻着“我”为地球之子,呈现出人在自然面前的婴孩状态。如果说发现婴孩,就是发现人本身,那么对自然之子的赞颂,就是对人“自我”的肯定。不仅如此,农民、工人因为地球之“子”的身份还被赋予了“神”性的光辉,虽然他们承担了拯救社会的责任,但仍然闪耀着泰戈尔泛神论的光辉。只不过此时的郭沫若还仅希望通过作为宇宙自由分子的“人”来实现对“自我”的超越,当他思想转变后,就以“个人主义的自由主义要根本铲除”③的观念与泰戈尔分道扬镳了。

总体而言,“中国泰戈尔作家群”基于自身需要吸收了泰戈尔泛神论的营养,努力实现我与“神”、自然及理想化的“我”的融合,或者借助外在的“神”,努力让自己的行为符合“神”的旨意,通过信仰让自己无限接近或达到“神”的要求,进而彰显出主客相融的“自我”意识,从而丰富了“五四”时期表达“自我”的方式。郭沫若高扬“自我”的力量,诗歌因此气

① 冰心:《冰心诗选(繁星春水)》,杭州:浙江文艺出版社,2000 年,第 7 页。

② 冰心:《遥寄印度哲人泰戈尔》,《燕大季刊》,第 1 卷第 3 期,1921 年。引自王逸夫编选:《繁星》,南宁:广西民族出版社,1998 年,第 219-220 页。

③ 郭沫若:《创造月刊》,第 1 卷第 3 期,1926 年 5 月 16 日。

势恢宏、奔放不羁;冰心在处理人神关系、自然意象的运用及对儿童的描写中流露出恬静与柔和的“自我”形象;徐志摩以飘逸空灵的方式完成了对理想“自我”的表达,流露出对信仰追求的单纯。

第三节　情感观:“中国泰戈尔作家群”与泰戈尔的“爱的哲学”

泰戈尔影响中国之前,中国思想文化已经逐步开始觉醒,文学中的主体意识与时代脉搏同律动,与时代同发展,推动着中国人、中国社会、中国文化的现代化和整体觉醒。在这种时代思潮中,“中国泰戈尔作家群”除了各自创作出为时代而呼的作品外,还不约而同地作为一个集体,在肯定人自身的个体价值之外,集体性地发现了女性和儿童,并以此为突破口,对中国封建文化进行了批判,为新文化运动找到了两个重要的建筑基点。

“发现”妇女和儿童是“五四”思想大变动的重要标志之一,也是新时代的新价值,既不同于西方在不同的历史阶段对妇女和儿童的发现,也不同于中国传统文学中对女性的个别发现,如《红楼梦》。中国传统文化可称为父辈文化,君君臣臣,父父子子,三纲五常,克己复礼……个体消失于群体,集体成为一种冷冰冰的符号。与“父”形成对立的是女性及“子”。① 所以,摆脱父辈的压迫,本质上就是与传统文化的决裂,并天然带着解放女性和儿童的要求,伴随着女性意识和儿童意识的觉醒。

在泰戈尔的妇女观、儿童观影响中国作家之前,中国文化的自身觉醒已经为妇女儿童主体意识的觉醒提供了一些基本思路,并在一些作家的创作中得以体现。1922 年 2 月 10 日《小说月报》(第 13 卷 2 号)刊发了《太戈尔专号》,其中郑振铎的《太戈尔传》《太戈尔的艺术观》,张闻天的《太戈尔对于印度和世界的使命》《太戈尔的妇女观》《太戈尔的“诗与哲学观”》,瞿世英的《太戈尔的人生观和世界观》,对泰戈尔的妇女观进行了基本介绍。其他如龙今吾的《太戈儿的恋爱观》(《妇女杂志》,第 10 卷第 2 期,1924 年 2 月 1 日)也都基于泰戈尔作品介绍了泰戈尔的妇女观,为中国的妇女解放提供参照。泰戈尔对女性与儿童的书写,恰好适应了中国当时个性解放与反礼教的需要,为个体主体意识的表达打开了另外的一扇窗,即“爱”。

---

① 刘再复:《共鉴五四》,福州:福建教育出版社,2010 年,第 111 页。

“中国泰戈尔作家群”从两性之爱、母子之爱、人类之爱等角度继承并发展了泰戈尔的“爱的哲学”,并借力重新发现了中国女性、儿童和爱。

一、泰戈尔的妇女观

印度妇女一直受到不平等对待,甚至“撒提”(丈夫死后自杀殉节)这样惨绝人性的封建制度,都一直遗留下来并广受支持。泰戈尔一直致力于改变印度社会的宗法制和男尊女卑思想,他“绝对不相信妇人的劣等说”:“妇人如自然界里的最美丽的东西一样,是联合的,是平均发展的……是受美好的束缚的。没有怀疑,没有相违的思想,没有专门的辨难,能够破坏一个妇人的有韵律的生活。妇人是完善的。”泰戈尔相信,只是因为生活环境和社会分工的不同,才造成男女在社会责任、家庭义务等方面的不同。但他也承认,由于历史和文化的原因,不但印度社会普遍抱有男尊女卑思想,更重要的是,由于被剥夺了受教育的权利和机会,女性一直在愚昧状态中生活,自身尚未意识到女性解放的可能和意义。因此,要提高印度妇女的社会地位,首先要从教育入手。诗人虽然也不相信妇女有能力参政,认为妇女也没必要参政,但前提是男人能尽到政治上的责任,否则,女子就有权要求选举权。①

东西方妇女地位的高低,常被作为中西方文化优劣的一个标志,至今仍是一个争论的话题。“基督教里的人不明白印度社会组织的精神,他们以为印度妇人的命运是很悲惨的。印度的守旧者,则毫不明了印度以外的世界的情形,以为印度妇人的生活是极幸福的。”但泰戈尔的妇女观摆脱了这两种偏见,因为他对东西方文化和社会都很热悉,因此能辩证地看待东西方的妇女观,并了解其各自的优劣。他认为,“惟有施以适当的教育,才能矫正那些坏处而发展那些好处”。而“欧洲文明的进步,适足陷妇人于日益不幸的地位”。原因在于:欧洲文明的进步,使男子生活压力增加,都不愿意承担家庭的责任,孩子长大成人后也立刻离开母亲,“所以西方的妇人,不得不违反他们的天性,到社会里去求工作,求生存”。坚持男女有社会分工的泰戈尔认为这就违背了家庭和谐的基础,即两性幸福与完美的基础是男女平等基础上彼此互补,各有社会责任分工。而欧洲之所以发生女权运动,就是因为欧洲文明的发展破坏了这个社会和谐的基础。“妇人既不欲在家庭,于是欧洲的

---

① 郑振铎:《太戈尔传》,《小说月报》,第14卷第9、10号,1923年9月10日、10月10日。

家庭便渐渐地消灭。”男人“以马，以狗，以枪，以烟管，以游荡为娱乐，所有他们工作的钱，都耗在自己身上。而妇人的和谐生活，渐渐的被其破坏，她们对于这种生活环境的变迁，显然的还未十分习惯。其结果则为不安与艰苦”。而印度妇人至今仍安于本位，她们使印度的家庭充满微笑和温柔，甜蜜与爱情。“男子和治家的女子，住在一起觉得快乐，女子们也永不曾诉过苦。”泰戈尔反对将妇女作为奴隶，也反对印度传统文化中对女性的精神奴役，如撒提制度，但在东西方文化的对比中，他以反对西方物质主义为前提，认为欧洲人因为执着于物质的追求，而失去了男女两性的和谐。印度人生活朴素，无大厦豪宅，无机械文明带来的便利器具，女人日日在家劳作，相夫教子，欧洲人据此认为印度人生活在水深火热之中，女人身受男子的压迫，且安于现状，实为男人的奴隶。泰戈尔反对这种观点，因为，在他看来，“在实际上，印度的男子与妇人的生活是一模一样的”。“他们没有沙发，没有美丽的舒适的家具，但他们却相信着。他们喜欢爱情与家庭生活较甚于一切物质上的享乐。至于西欧的人，则喜欢生活的快乐与家具，似乎较家庭与爱情为尤重。”①

显然，泰戈尔的妇女观，概而言之，即是妇女安于性别分工、社会分工，与男人平等互信，就是印度男女和谐、社会和谐的基础。泰戈尔显然并未站在妇女解放的立场上理解印度妇女的地位和命运，相反，在某种程度上，他是基于对印度文化的感情和传统生活的热爱，主张保持印度现有的生活状态。

泰戈尔的剧本《齐德拉》集中体现了其妇女观和爱情观：(1)爱情是美好的，男女互相吸引爱慕是上天赋予人的天性，只有男女达到精神融合，也就是灵魂融合，在融合中实现解脱，实现“梵我一如”，才是真正的爱情。(2)在爱情上，男女是平等的。(3)女性的内在美才是真正的美。

在泰戈尔时代，男女结合是父母之命。泰戈尔基于对西方妇女观的理解和失望，倡导一种精神和谐的男女平等观，符合其美好的人生理想，实际上也是对当时印度社会的大胆的挑战。

二、发现女性

1918 年 6 月 15 日，《新青年》(第四卷第 6 号)出版“易卜生号”，发表了《傀儡家

① 郑振铎：《太戈尔传》，《小说月报》，第 14 卷第 9、10 号，1923 年 9 月 10 日、10 月 10 日。

庭》，[①]娜拉摔门而出成为中国女性走出旧家庭的号令。当年 7 月，胡适发表《贞操问题》，激烈抨击不把女人当人看的传统贞操观。1919 年，鲁迅发表《我之节烈观》，攻击所谓"节烈"，呼吁给予女性尊严和社会地位。鲁迅曾视泰戈尔为思想启蒙者，是反对封建专制，提倡男女平等的先行者。

> 蓦然，她的鞋声近来了，一步响于一步，迎出去时，却已经走过紫藤棚下，脸上带着微笑的酒窝。她在她叔子的家里大约并未受气；我的心宁帖了，默默地相视片时之后，破屋里便渐渐充满了我的语声，谈家庭专制，谈打破旧习惯，谈男女平等，谈伊孛生，谈泰戈尔，谈雪莱……。她总是微笑点头，两眼里弥漫着稚气的好奇的光泽。谈家庭专制，谈打破旧习俗。[②]

显然，泰戈尔是涓生与子君自由恋爱的精神源头之一。就这样，泰戈尔带有理想主义色彩的妇女观汇入中国妇女解放运动的潮流中，成为中国作家倾心学习的目标。

在 20 世纪 20 年代至 30 年代的中国，两性之间的情感关系成为时代的焦点。受泰戈尔爱情诗的影响，中国的爱情诗也一改初期新诗的粗糙、直白、浅显，开始向理想主义的方向发展，"理想的爱情"成为"中国泰戈尔作家群"表达主体意识的一种方式，通过塑造理想的女性形象及表达深沉的情感，女性成为重要的诗歌主体，提升了女性的地位。

首先，在两性关系上，泰戈尔并不排除写感官，"我决不关闭我感官之门"，[③]即使具有破坏性的性欲，当受到恋爱理想的驾驭时，也能"化成一种美的完成"，成为人类对于'无限的爱的象征'"。[④] 这种爱欲观直接影响了"中国泰戈尔作家群"。

郭沫若在日本读书期间，就曾细读过泰戈尔的《新月集》《园丁集》《吉檀迦利》等英文诗集，他献给安娜的诗，很多都带有泰戈尔的影子，如《新月和白云》看似写自然，实则暗含对恋人的思念与渴望，这与泰戈尔《园丁集》中第 30 首近似，均通过云来暗示对恋人的爱欲，而且都充满着热切的情绪。此外，《死的诱惑》和《维奴司》对爱欲的描写与泰戈尔《园丁集》中第 30 首"我的痛苦之酒使你的唇儿苦甜"以及第 82 首"我们今夜要做'死亡'的游

---

① 罗家伦和胡适合译，名为《娜拉》。同期还发表了胡适的《易卜生主义》，袁振英的《易卜生传》和易卜生的另外两部剧本《国民之敌》和《小爱友夫》的译本。

② 鲁迅：《伤逝》，1925 年 10 月 21 日。

③ 泰戈尔：《春之循环》，瞿世英译，上海：商务印书馆，1921 年。

④ 泰戈尔：《诗人的宗教》，胡愈之译，《小说月报》，第 14 卷第 9 号，1923 年 9 月 10 日。

戏，我的新娘和我”[①]颇为相似。诗歌完成的是爱情或爱欲的招诱，或者通过嘴与酒、胸与坟墓、睡与死亡等显性展现，或者隐喻于诸多自然意象之中，诸如“如潮”的夜、云霾、波涛、云雾等，既配合了诗歌表层意义上欲望的压抑，又隐喻了欲望的膨胀和高潮。

《辛夷集》开篇的《题辞》，最初是郭沫若 1916 年圣诞节时用英文写给安娜的散文诗。[②] 这首泰戈尔式的情诗，成为郭沫若将诗歌与生活结合的标志，也是其获得精神新生的象征。诗中的少女以清泪汇成泪池，救活了洼穴里的鱼儿，[③]郭沫若就是“鱼儿”，安娜就是“少女”。安娜之爱救活了当时陷入死寂般精神萎靡的郭沫若，浇灌出了他新诗的萌芽，使他开始模仿泰戈尔写了一批无韵诗。用迷恋泰戈尔的诗所得的诗献给自己迷恋的少女，也可证明泰戈尔对郭沫若影响的深化。

徐志摩在理念、在意境的超脱方面更接近泰戈尔，其作品中的爱欲，最终也都化为无痕。在作于 1924 年 12 月 30 日晚的《雪花的快乐》中，他采用隐喻的方式，借自然意象“雪花”来表达为爱所煎熬的情状，尤其是柔波似的心胸交织着的热情，明显是爱欲的展现，却不见赤裸的庸俗，传达的意境与泰戈尔的《丰乳》有异曲同工之妙。

在青春的和风的徐徐吹拂下，
少女心底纯正、甜柔的爱欲
在胸前开出两朵娇嫩的鲜花，
琼浆似的幽香令人心荡神迷。
柔情的澄清的细浪昼夜不停
拍击轻烟迷濛的心湖的沙滩。
听见竹笛的召唤，含羞的芳心
欲冲出躯体，寻找外界的缠恋——
乍遇阳光，猛地收住了脚步，
满面绯红地往衣襟后面躲藏。
生长的爱情之歌一天天成熟，

① 泰戈尔：《吉檀迦利·园丁集》，冰心译，成都：四川文艺出版社，2016 年，第 159、229 页。
② 郭沫若：《创造十年》，《郭沫若全集》（文学编，第 12 卷），北京：人民文学出版社，1992 年，第 65-66 页。
③ 郭沫若：《辛夷集》小引，1922 年 7 月 3 日写于上海。创造社编：《辛夷集》，1928 年 3 月。

应和着心律庄重热烈地奏响。

看,那是处子的神圣的殿阁,

看,那是母亲特有的莲花宝座。①

泰戈尔借助“嗅觉”与“视觉”的位移,徐志摩则通过“触觉”的位移,将爱欲表现于无痕的意境中。“雪花”在空中飘飞,最终与“她”合而为一,此时“她”更像是某种理想的象征,最终实现的恰是泰戈尔所说的“美”的完成,最后融为永恒,达到了“梵我一如”的境界。“一闪光艳/你已纵过了水,脚点地时那轻,一身的笑”②的曼妙女子,也只能出自徐志摩的笔下,他能化“身体”的部位为性灵的自然物,而不留一丝痕迹,成功地把人的注意力转移到对美的欣赏上。中国的白话诗发展至徐志摩,才算有了真正的白话情诗。③

冰心深受中国传统文化影响,形成了含蓄内敛的性格气质,其思想纯洁,相信并追求“宇宙化了秘密化了”的爱,④她作品中对“爱欲”的表现形式也与郭沫若、徐志摩等不同,爱欲情绪几乎不存在。

其次,在两性关系上,通过爱与美结合的方式,呈现理想主义的爱。

郭沫若表达理想主义的爱情时,经常与“神”相联系。维奴司即“Venus”,也即维纳斯,在罗马神话中是掌管美和恋爱的女神,意为只有在“神”身上,“爱”与“美”才能合一,或者说只有在女人身上才可能实现“爱”与“美”合一。郭沫若称赞“女人”是“神”的一部分,是“爱与美”的结合体,这就是他最理想的爱情。

徐志摩是一位恋爱至上主义者,他断言生命中最重要的就是恋爱,恋爱是生命的中心,是最有生气最有潜力的创造源泉。他本是一位性情中人,并且把追寻一个理想的爱人视作实现自己“真、爱、自由美”三位一体的人生信仰的标志。徐志摩一生为情而生,为情所累,为情所伤,但至死不渝。为了追寻自己理想的爱情,他与当时“容不得恋爱,容不得自由”的社会现实作了拼命的搏斗,哪怕荆棘刺透脚心,冰雹砸破了头。⑤

徐志摩不愧为写情圣手,他的情诗,气韵丰满,飘逸灵动,字字溢情,将他从心底流出

---

① 泰戈尔:《抒情诗》,白开元译,刘湛秋主编:《泰戈尔抒情诗》,合肥:安徽文艺出版社,1995年,第14页。

② 徐志摩:《鲤跳》,《新月》,第3卷10期,1931年1月10日。

③ 林庚、潘建国:《新文学略说》,《中国现代文学研究丛刊》,2011年第1期。

④ 郁达夫:《中国新文学大系》(散文二集)序,上海:上海文艺出版社,2003年。

⑤ 徐志摩:《这是一个懦怯的世界》,谢冕主编:《徐志摩名作欣赏》,北京:中国和平出版社,2010年,第29页。

的欢悦与悲伤，无遮无拦地袒露在你的面前。他表示对爱情要忠贞不渝："等铁树儿开花我也耐心等；/爱，你永远是我头顶的一颗明星。"①为了爱、自由，他甚至可以与恋人一起去死："要恋爱。/要自由，要解脱——这小刀子，/许是你我的天国！"②他追求理想爱情，"我将于茫茫人海中访我唯一灵魂之伴侣；得之，我幸；不得，我命，如此而已"，③与泰戈尔《园丁集》第 7 首遥相呼应，只不过泰戈尔是以女子的口吻表达对王子的深情，即使深知王子"没有拾起我的颈环"，还是要"从颈上扯下红玉的颈"，追求不求结果的纯粹的爱。④ 应该说，这些情诗表现的情感是真挚而热烈的，也是令人神往的，但这种没有人间烟火气的爱情，注定是不会在现实的土壤里扎根、开花、结果的。他全身心投入追求的理想的爱最终也没有出现，这只本应在亮丽的晴空中悠然滑翔的灵鸟最终因误落尘世而发出失望、悲哀的鸣叫，他那原本敏感的、"不够深"的心河，流淌着缠绵的忧愁；那原本就"并不大"的胸膛，承载着世纪末的凄凉。

不只在文学观念上，在描写对象上，郭沫若和徐志摩也都受泰戈尔诗歌的启迪，以男性的柔情来观照女性。《园丁集》第 10 首，描写对象为新娘，新郎通过"听"的动作，来传达对新娘的柔情与爱意，"放下你的工作吧，我的新娘。听，客人来了"⑤。徐志摩的《新催妆曲》⑥也是通过声音来转移新娘的心绪忧烦，其内心深处对女性的柔情与爱意跃然纸上。只不过泰戈尔采用明晰的"新郎"视角，徐志摩采用旁观视角，其潜在的对象可能是"新郎"，也可能是"旁观者"，更具有多义性。郭沫若笔下的新娘更多体现出女性的娇羞，"新嫁娘最后涨红了她丰满的庞儿"，⑦泰戈尔笔下是"你害羞"，郭沫若则主要从视觉上进行了拓展。而徐志摩在其《沙扬娜拉一首》中所描写的女性的娇羞则成经典："最是那一低头的温柔，/像一朵水莲花不胜凉风的娇羞。"女性的娇羞状具体可掬，确如朱湘所说："情诗正是徐君的本色行当。"⑧爱意在"沙扬娜拉"的反复回旋中，形有尽而意无穷。而写此诗时，

---

① 徐志摩：《翡冷翠的一夜》，《徐志摩经典作品》，昆明：云南人民出版社，2013 年，第 95 页。

② 徐志摩：《决断》，韩石山编：《徐志摩诗歌全编》，天津：天津人民出版社，2005 年，第 281 页。

③ 徐志摩 1923 年 1 月致梁启超信，顾永棣编选：《徐志摩日记书信精选》，成都：四川文艺出版社，1991 年，第 123 页。

④ 泰戈尔：《吉檀迦利·园丁集》，冰心译，成都：四川文艺出版社，2016 年，第 124-125 页。

⑤ 泰戈尔：《园丁集》，冰心译，西安：陕西师范大学出版社，2010 年，第 22 页。

⑥ 徐志摩：《徐志摩诗全集》，北京：新世界出版社，2014 年，第 120-121 页。

⑦ 郭沫若：《日暮的婚筵》，《女神》，北京，人民文学出版社，2000 年，第 146 页。

⑧ 朱湘：《评徐君〈志摩的诗〉》，《小说月报》，第 17 卷第 1 号，1926 年 1 月 10 日。

徐志摩正陪泰戈尔访日，与老诗人形影不离。

1923 年 10 月，郭沫若以《太戈儿来华的我见》宣布与泰戈尔分道扬镳。但思想的切割当然不能像行为一样泾渭分明。1926 年他发表的爱情长诗《瓶》中依然能看到泰戈尔式的"两性关系"。① 在"地狱"与"天堂"、"欢笑"与"哀情"的辩证转换之中，仍能看到诸如"清香的晚风""笑满的玻窗"等泰戈尔式的清新，音乐的"无声"与哀情的"无限"，都带有"梵"的无限性。郭沫若将"姑娘"称为"女王"，也让人想到泰戈尔《园丁集》第 1 首中的"女王"与"仆人"的结构形式，以"仆人"对"女王"的膜拜表达对"爱人"的无限之思。而在历史剧《聂嫈》中，郭沫若安排了一个爱慕聂政的酒家女为其殉情的情节，泰戈尔的小说《河边的石阶》中也有类似情节：为爱的人而自杀，而爱的人都不自知。可见，在对爱情的处理上，此时郭沫若的作品中仍浸透着泰戈尔的因子，只不过这种因子随着郭沫若的思想发展渐趋薄弱，逐渐消失而已。

冰心同时宣扬"母爱"与"童真"，以女性特有的歌颂母亲的方式，关注女性在家庭中的地位，而家庭制度的健全是东方文明的生命力。冰心赞美爱，也有保留地描写过爱情，她认为理想的爱情既要男女双方你情我愿，也要征得父母的同意，如《惆怅》，这与当时激进主义和自由主义的恋爱婚姻观保持了一定的距离，成为一种理想化的独特爱情观，其中很难看出泰戈尔的影响。泰戈尔真正影响冰心的，是其在塑造"母亲"形象时，更多突出了母亲的人性之爱，而非中国传统母亲形象的道德伦理功能。冰心的"母亲放下针线，用她的面颊，抵住我的前额，温柔地，不迟疑地说"，②与泰戈尔《新月集》中的《孩童之道》《不被注意的花饰》《偷睡眠者》《开始》等作品中的母亲相似，"她把孩子紧紧地搂在胸前，半苦半笑地答道——/'你曾被我当作心愿藏在我的心里，我的宝贝'"，③都呈现出沉浸在最自然亲情中的"母亲"形象。冰心还塑造了理想化的母亲形象，甚至具有神性的救世情怀，如《繁星·三三》。"妈妈的臂弯"及"搂"的动作，在《不被注意的花饰》《开始》《告别》等诗中也多次出现，与泰戈尔的《新月集》相类似，都突出了母亲作为心灵港湾的理想功能。在散文《往事》中，冰心直接把最钟爱的母亲称为"圣母"。在《再寄小读者》第三封通讯中，冰心更是深情地礼赞母亲"何等有修养"、具有"能包含的伟大的人格"。"通讯十"则成了歌颂母

---

① 郭沫若：《瓶》，《创造月创》，第 1 卷第 2 期，1926 年 4 月 19 日。

② 冰心：《寄小读者·通讯十》，《冰心选集》（第 2 卷），成都：四川文艺出版社，1994 年，第 28 页。

③ 泰戈尔：《新月集》，郑振铎译，孙宜学编：《泰戈尔诗选》，北京：人民教育出版社，2018 年，第 38 页。

爱的扛鼎之作,这既与泰戈尔所宣扬的高超精神和理想人格呼应,也把中国传统的血缘伦常的情感放大为"人类在母爱的爱光之下,个个自由,个个平等",①这也是冰心对传统道德的突破。

冰心是基于基督教信仰对泰戈尔"爱"的哲学做出回应的。她在黑暗冷酷的现实人生中看到了人类恒久不变的"善"的光辉,进而希望将这一力量撒播到现实中,因而其作品承载着以"善"制"恶",以"爱"化"憎"的美好希冀。冰心通过缔结温暖的"母爱"世界,来体现女性的价值指归,凸显女性的自救意识,建构新的母爱"救世"神话。

冰心的小说《超人》和《烦闷》的创作时间晚于散文《遥寄印度哲人泰戈尔》。这两部小说以"这一切只为着爱"为旗帜,浸染着泰戈尔"爱"的哲学。只不过泰戈尔在《河边的街石》《素芭》《喀布尔人》等小说中所表达的"爱"与人物的命运和谐运行,而冰心则以"爱"引导人突然彻悟。《超人》中的何彬从冷酷无情到回归人性,从"没有爱的生活"到有了"过去的追忆",再到"爱的实现","母爱"在其中起到了关键作用,情节转化虽显突兀,但显示了冰心"在气质、禀赋、才情上都不是阐释爱的哲理的智者,而是歌唱爱的情感的抒情诗人"。② 冰心以女性的纯真抒情淡化了小说情节,希望以"母爱"调和所有的矛盾,虽然最终将作品导向"泰戈尔式"的和谐、理想化,但却没有泰戈尔式的自然。

三、发现儿童

泰戈尔文学的一大特点就是对"童真"的宣扬。③ 郑振铎认为正是受到泰戈尔的影响,中国文学才填补了儿童文学的空白。他在《太戈尔传》的开篇就用了泰戈尔《新月集》中的一首诗"孩提之天使",因为"在现代的许多诗人中,太戈尔更是一个'孩提的天使'"。"诗人是'人类的儿童',因为他们都是天真的,和善的。"泰戈尔的诗"正如这个天使烂熳的天使的脸,看着他,就知道一切事的意义,就感得和平,感得安慰,并且知道相爱着了"。④

郑振铎是"五四"以后中国新的儿童文学的开拓者之一,他是从翻译泰戈尔《新月集》中的"儿歌"(Child Poems)时开始儿童文学创作与研究的。他喜欢《新月集》的童真和清

① 冰心:《寄小读者·通讯十》,《冰心选集》(第2卷),成都:四川文艺出版社,1994年,第33页。

② 方锡德:《论"冰心体"》,《中国现代小说与文学传统》,北京:北京大学出版社,1992年,第427页。

③ 泰戈尔认为童心是"真善美/satyam, shivam, sundaram"的象征。

④ 郑振铎:《太戈尔传》,《小说月报》,第13卷2号,1922年2月10日。

纯，读这样的诗，可以让人超脱现实世界的欲望和贪婪，恢复人性的真实。虽然严格来说《新月集》并不是真正的儿童文学，也不是特意为儿童而作，但其思考和表达方式却真实地反映了儿童的心理和情感。① 以《新月集》为代表的泰戈尔的平实隽永之诗，如同一道天光闪过，打开了许多中国作家的诗的觉醒之门，使当时正苦苦寻找中国诗歌出路的诗人们看到了希望。②

1918 年，鲁迅在《狂人日记》中喊出"救救孩子"，寓意摆脱"吃人"的中国传统文化，以新文化孕育新的未来。实际上，在鲁迅前后很多中国作家都以救"儿童"象征新文化的启蒙。"中国泰戈尔作家群"以中国新文化运动的价值取向为指引，借鉴泰戈尔的儿童书写，提升了儿童的主体地位。

19 世纪 90 年代之后，泰戈尔创作了许多儿童文学作品，他以优美的笔调描写儿童的世界，重视和赞美儿童的童真、自由，认为儿童与"神"最为接近。他说："在我的童年，神也变成小孩和我一同游戏。"③"游戏"成为泰戈尔展现儿童童趣的重要方式。在《吉檀迦利》第 60 首中，泰戈尔描绘了孩子们在海滩上嬉戏的场景："不宁的海波奔腾喧闹。在无边的世界的海滨，孩子们欢呼雀跃地聚会着。他们用沙子盖起房屋，用空贝壳来游戏。他们把枯叶编成小船，微笑着把它们漂浮在深远的海上。孩子们在世界的海滨做着游戏。"而"大海在同孩子们游戏，海岸闪烁着苍白的微笑"，④就如母亲看着玩耍的孩子。可以说，泰戈尔的"儿童"与大海如在同一个亲爱的家庭，他们既在"无限"之海中享受生命的自由与欢畅，又在母爱中沐浴温暖与亲情。《新月集》中的《偷睡眠者》《孩子的世界》等也以母亲的口吻来表达对孩子的爱意，《云与波》《仙人世界》等作品则以孩子的口吻来表达对母亲的爱意，而《不被注意的花饰》等则以不同的角度，体现了泰戈尔的"儿童崇拜"思想。泰戈尔借儿童之口表达世界和谐思想，诗人与儿童已合成一体。而带有人性光辉的"儿童"，则成为理想人格的化身。

"中国泰戈尔作家群"都不约而同地借鉴了泰戈尔的"儿童"形象。

---

① 郑振铎：《太戈尔〈新月集〉译序》，《文学周报》，第 85 期，1923 年 8 月 27 日。

② 郭沫若：《儿童文学之管见》，《郭沫若全集》（文学编，第 15 卷），北京：人民文学出版社，1990 年，第 278-279 页。

③ Sisir, K. D. ed. *The English Writings of Rabindranath Tagore*, Vol.1-3. Delhi: Sahitya Akademi, 1996, p.56.

④ 泰戈尔：《吉檀迦利·园丁集》，冰心译，成都：四川文艺出版社，2016 年，第 66 页。

郭沫若最早读到的泰戈尔的诗就包括儿童诗《岸上》与《婴儿的世界》。① 泰戈尔的这些儿童诗为何能吸引之前一直沉醉于唐诗宋词的郭沫若？主要原因是这些诗明白易懂，形式自由，且清新隽永。② 此时郭沫若虽已是青年，但读外语诗，确是刚起步，因此，读到这些易懂的儿童诗，也就有了儿童般的欣喜，而且欲罢不能。1921 年 1 月他发表了所译泰戈尔的诗《婴儿的世界》；1922 年 1 月，他在《儿童文学之管见》一文中，还以《婴儿的世界》为例说明什么才是真正的儿童文学。郭沫若也创作了泰戈尔式的儿童诗，其诗《岸上·其三》的标题与内容都与泰戈尔的儿童描写一致，除了海滨上嬉戏的儿童，还直接点明了读着泰戈尔的诗句。同样的场景也出现在《光海》中。诗歌外，郭沫若早期的剧本《黎明》也描写了类似的场景："先觉儿"和"先觉女"带领一群儿童来到海边，面朝太阳，跪下祈祷。郭沫若还称赞过泰戈尔的儿童教育实践，并介绍泰戈尔创办的和平大学"将生活与教育融化在自然中"。郭沫若赞成泰戈尔在自然中实现教育的方式，尤其是对儿童的教诲，"儿童的感情教育、美的教育应该是人改造的出发点和着手点"，是会对儿童产生积极向上的良知良能的肯定。③

徐志摩则借童真表达自己的文学理想。徐志摩的儿童诗主要有《我是个无依无伴的小孩》(1923 年 5 月)、《婴儿》(1924 年 9 月)等。前者以"爱聚砂砾仿造梦里的亭园"，呼应泰戈尔笔下儿童与大海的关系，重在写自然对我的抚慰；后者重在写婴儿出生时母亲所遭受的痛楚，实则隐喻着对生命的希望。散文《海滩上种花》中，孩子们穿着草鞋在沙滩上种花，单纯生动，强调了"这种花的精神是不灭的"，孩子的烂漫童真与诗人的单纯信仰融为一体。其他如《我有一个恋爱》《东山小曲》等以儿童的天真映衬现实的污浊，以纯洁的自然神性批判世俗的人性，都具泰戈尔神韵。

冰心早期许多儿童文学作品就已显示出受泰戈尔的影响。诗《可爱的》毫无保留赞美孩子，《繁星·三五》歌颂孩子伟大的灵魂，散文《笑》中的孩子天使般的笑，让人想到泰戈尔的诗《孩子天使》。小说《爱的实现》赞颂儿童的方式也"和泰戈尔的《新月集》有着异曲同工之妙"。④ 1923—1926 年，她应《晨报》"儿童世界"栏目之邀创作的《寄小读者》，⑤在鲁

---

① 郭沫若：《创造十年》，《郭沫若全集》(文学编，第 12 卷)，北京：人民文学出版社，1992 年，第 76 页。

② 郭沫若：《太戈儿来华的我见》，《创造周报》，第 23 号，1923 年 10 月 14 日。

③ 郭沫若：《儿童文学之管见》，《郭沫若全集》(文学编，第 15 卷)，北京：人民文学出版社，1990 年，第 278-279 页。

④ 卓如：《冰心传》，上海：上海文艺出版社，1990 年，第 159 页。

⑤ 北新书局推出的作品集《寄小读者》，内收入通讯 27 篇、山中杂记十则。后冰心在上海和北京分别又写了一篇，这样，通讯增至 29 篇。

迅创造的“救救孩子”的文学模式之后,创造了“孩子救救我”的文学模式。她抛弃了传统的成人视角,从儿童的角度,循循善诱,以交流谈心的方式与和蔼可亲的语调,“寓教育于情趣之中,以情感人”,①这种与儿童平视的平等意识,吻合了“五四”以来对“人的解放”的追求。同时,她受泰戈尔影响,形成了一种较为稳定的“孩子/天使 + 母爱”的创作模式,②为中国儿童文学开辟了一条崭新的道路。

可以说,《寄小读者》不仅在内容上,而且在形式上,都开创了儿童文学的新天地。冰心是中国第一个用文学的语言给孩子们描写域外见闻与趣事的作家,而且独创了通讯的形式。1926 年,《寄小读者》暂告一段落,至此冰心的作品中仍然具有泰戈尔的影响因素,泰戈尔风格的文字依然受到欢迎。

冰心 1957 年创作的《小橘灯》已成为中国儿童文学的经典,小女孩是泰戈尔所赞扬的儿童品质的栩栩如生的体现。她虽然身处困境,却镇定、勇敢、乐观,使当时身处逆境的冰心“觉得眼前有无限光明”。小女孩做的橘灯,正证明了泰戈尔“他们的想象把最丑的玩具变得漂亮,变成生活的伙伴”。③ 1959 年,冰心还创作了一首别致的小诗《雨后》,描写了兄妹二人在雨中嬉戏的场景,富有童趣,清新动人,与泰戈尔《吉檀迦利》第 60 首描写儿童在海边嬉戏有异曲同工之妙。这些孩子们都可以看成是冰心理想的“儿童之爱”的化身。

当然,冰心的儿童也承载了理想的重负。小说《世界上有的是欢乐……光明》中,青年凌瑜为救国而奔走,最后却因民众救国热情冷淡而要跳海自杀,而又因沙滩上玩耍的两个小孩的话得到救赎:“先生,世界上有的是光明,有的是快乐,请你自己去找吧!不要走那一条黑暗悲惨的道路。”④这样的“儿童”成了哲人、达人,虽生硬却也寄寓着冰心的重托。与早期作品相比,冰心中后期的创作总体上更强调教育意义和教化功能,这当然与具体时代环境有关,可能也与其身份的变化有关,从“姐姐”到“妈妈”再到“奶奶”,注重教化也是天职和本性使然。但即便如此,冰心的作品中仍始终散发出泰戈尔式的天真烂漫、纯朴可爱、纯真童趣,深远影响着中国儿童文学的发展。

泰戈尔的儿童情结郁积了他对世界对人生对未来的美好期寄,因此与探索中国未来

---

① 卓如:《论冰心的儿童文学创作》,《中国文学研究》,1985 年第 1 期。

② 林丹娅:《冰心儿童观及其写作意义辩》,《福建论坛》(人文社会科学版),2009 年第 11 期。

③ Sisir, K. D. ed. *The English Writings of Rabindranath Tagore*, Vol.1-3. Delhi: Sahitya Akademi, 1996, p.78.

④ 王炳根主编:《冰心论集》(四・下),福州:海峡文艺出版社,2009 年,第 278 页。

新生的“中国泰戈尔作家群”产生共鸣。他们都赞美童真童爱，将儿童视为有神性的一切美好品德的化身，以此宣示与旧文化决裂而追求生命纯化与美化。

四、发现“绝对的爱”

“爱”是泰戈尔作品的基本主题之一，也是泰戈尔成为世界诗人的核心。泰戈尔的“爱”立体多元，既有爱情、母爱、儿童之爱，也有爱民族、爱国家、爱自由、爱世界、爱宇宙之爱，是超越了狭隘的民族与国家意识，超越了阶级与地位、胸怀人类的博爱或者说绝对之爱。“天地不仁，以万物为刍狗；圣人不仁，以百姓为刍狗。”①泰戈尔对世界万物都抱有平等的爱与同情，并向世界传播这种绝对的爱与自由。

泰戈尔在中国人心中定格的形象，首先且主要就是这种泰戈尔式的爱。梁启超就认为印度文化相赠中国文化的重要礼物有二：一为绝对自由，二为绝对的爱。

1924 年 5 月 18 日，泰戈尔在和北京佛教讲习会会员对话时强调：

> 予深望世人倾向为善，互相亲爱，尊重道德和平，俾不致魔鬼以物质的实利主义，破坏我精神上之文明，且魔鬼之所为，实地狱之种子也。②

文学的本质是描写人间之爱和情。泰戈尔的“爱的哲学”主张通过爱实现自我完善，用非暴力思想来调和所有的矛盾，这与人性的终极追求是一致的，也是中外文学共同的母题。“中国泰戈尔作家群”因泰戈尔的影响而发展了中国文学对“爱”的认识角度和书写方式，在重新发现了爱情、母爱与儿童之爱外，也发现了“绝对的爱”，拓展了中国文学的视野与胸怀，推动中国文学融入世界文学发展大潮。

首先，“绝对的爱”表现为对国家的爱，是既具体又抽象、既爱国又超越国家的爱。“中国泰戈尔作家群”在欣赏、汲取泰戈尔作品中的自然风光及爱情、母爱、儿童之爱外，还因为当时中国动荡的社会现实，而对泰戈尔的爱国主义诗歌寄予了更多关注和期待。泰戈尔是一位关心印度民族命运，致力于推动印度民族发展的爱国诗人。如《吉檀迦利》第 35 首：

---

① 《道德经》，(汉)河上公章句，唐子恒点校，南京：凤凰出版社，2017 年，第 4 页。

② 《太戈尔关于佛教之谈话》，《申报》，1924 年 5 月 20 日。

在那里,心是无畏的,头也抬得高昂;

……我的父呵,让我的国家觉醒起来吧。①

泰戈尔渴望印度的独立和觉醒,这是对祖国最具体、最博大的“爱”。同时,他又把“世界”视为一个更大的“家国”,如果以爱国之名伤害人性,这样的人就是渺小的爱国者。

我的爱国不是狭隘的,我不会为了效忠印度,而去损害英国和德国。②

《采果集》第35首,泰戈尔直接呐喊:“来吧,战士们,举起你们的旗帜”,奋勇前进,为了祖国,“号角在尘土中等着我们”,让“我对生命怀有的喜悦像火焰般燃烧”。③ 他歌颂了爱国战士为国浴血奋战的精神,要唤醒人们接过号角继续前行。显然,泰戈尔并非局限于狭隘的民族主义和国家主义,不是基于种族、国界基础上的“小爱”,而是基于“人”这一意义上的大爱,这种绝对的爱,恰是泰戈尔爱世界、爱人类的“绝对性”与“广泛性”的体现。

泰戈尔的这种大爱精神为灾难深重的中国人点燃了希望,也指出了一条新路。他的短诗《跟随着光明》被中国人引为知音,《小说月报》的《太戈尔专号》(下,1923年10月)就以此诗作为卷头语,泰戈尔来华时,又被《欢迎太戈尔先生》一文再次引用。

“光明”是中国最需要的,也是寄希望于泰戈尔的。中国爱国知识分子和社会期望泰戈尔的爱国精神能给中国的救国事业带来希望和方法。

在“中国泰戈尔作家群”中,最得泰戈尔“绝对之爱”精髓的是冰心。冰心的小说《国旗》表达了与泰戈尔同样的家国观念,即世界不应分国界,人类应当是一家。“他也爱我们的国,我们也爱他们的国,不是更好么?”冰心希望国与国互助、人与人互爱,把对国家的“爱”建立在理想化的、超国家的“爱”之上。泰戈尔“爱的哲学”对《春水·二二》的影响最明显。

先驱者!

你要为众生开辟前途呀,

束紧了你的心带罢。④

---

① 泰戈尔:《吉檀迦利》,冰心译,孙宜学编:《泰戈尔诗选》,北京:人民教育出版社,2018年,第13页。

② [印]克里希那·克里巴拉尼:《泰戈尔传》,倪培耕译,桂林:漓江出版社,1984年,第361页。

③ 泰戈尔:《采果集》,汤永宽译,孙宜学编:《泰戈尔诗选》,北京:人民教育出版社,2018年,第186页。

④ 范伯群编:《冰心研究资料》,北京:知识产权出版社,2009年,第344页。

“先驱者”要拯救的是众生，而非一国一族之民。

郭沫若在诗《炉中煤——眷念祖国的情绪》中，将祖国比喻为年轻的女郎，表达了对祖国炽热的爱。这首诗的内容、表达方式与泰戈尔《园丁集》第73首相似，都以祖国为母亲，为女郎，表达对贫弱祖国的眷念之情。

1922年，徐志摩从“五四”所呼吁的民主、自由的国度回国，他悲剧性地发现，中国正遭受着他寄托着自己理想的西方强国的侵略。在这些强国的支持下，各军阀连年混战，民不聊生，中国社会比他出国以前更加黑暗。从一个鲜花烂熳、荡漾着美与爱的芬芳的自由社会，陡然进入一个暮色沉沉的黑暗社会，徐志摩自然感到“那日子简直是一团漆黑”，仿佛整个时代的沉闷盖在他的头顶，这时虽然失望，但并不退缩，因为时代越黑暗，越能映衬出他理想的美好和实现这理想的悲壮，所以，他面对着这个风雨如磐的黑暗时代，却天真地不承认现实中的一切，而要求彻底的改革和完全的新生。① 这种不合时宜的亢奋与自信，说明了作为浪漫主义诗人的徐志摩在政治、社会问题上的幼稚，也代表了他一贯的对自己的理想、信仰的执着、忠诚。单纯的信仰给了他无穷的勇气，使他始终以一种动的、进取的、积极的、入世的精神去追求自己的理想。他相信“真的理想主义是受得住眼看他经常保持着的理想萎成灰，碎成断片，烂成泥，在这灰这断片这泥的底里他再来发现他更伟大更光明的理想”，而他自己“就是这样的一个理想主义者”。② 徐志摩对实现自己理想的艰苦性是有心理准备的，在《婴儿》这首诗里，他以哲理化的形式，形象地表现了他对理想社会的企盼及自己这种理想实现的艰难。他把自己理想的新世界想象为一个“馨香的婴儿”。为了这个婴儿的出世，一个安详、柔和、端丽的母亲，痛苦却不绝望，因为“她知道(她的灵魂知道!)……她的胎宫里孕育着比她自己更伟大的生命的种子，包涵着一个比一切更永久的婴儿”。③ 毫无疑问，这个“婴儿”就是徐志摩盼望的理想，也即康桥的文化背境孕育的英国式的资产阶级民主政治制度。

实际上，徐志摩并不讳言自己信仰“德谟克拉西”，④他的这种理想太超凡脱俗了，他飞得太高了。当他执着于自己的这种绝对高尚、美好但单纯的信仰在中国的土地上空飞翔，

① 徐志摩:《青年运动》，吾人选编:《我所知道的康桥》，北京:中国广播电视出版社，2013年，第44页。
② 徐志摩:《迎上前去》，梁永安主编:《徐志摩散文全编》，上海:学林出版社，2010年，第138页。
③ 徐志摩:《婴儿》，谢冕主编:《徐志摩名作欣赏》，北京:中国和平出版社，2010年，第182页。
④ 徐志摩:《列宁忌日——谈革命》，赵遐秋等编:《徐志摩全集》(第3卷)，南宁:广西民族出版社，1991年，第60页。

想凭借着自己的个人主义、绝对自由的理想主义去在中国的现实中要求那个“馨香的婴儿”的出世时，他就难免绝望而苦闷了。

虽然与现实的矛盾冲突一度使徐志摩陷于迷茫，但他仍像一个虔诚的朝圣者，近于迷信地寻找着任何可能给他带来实现理想社会的希望的伟人或政权，“列宁，基督，洛克佛拉，甘地；耶苏教，拜金主义，悟善社，共产党，三民主义”，只要能实现他所希望的理想，他都能接受。这简直就是没有原则和信仰了。①

然而，无论是孙中山，俄国的十月革命，还是蒋介石的国民党，都不能给他带来所希望的理想。精疲力尽的诗人被现实碰得头破血流后终于明白了自己理想的必然命运。他在《婴儿》那首诗里寄托着理想的馨香的婴儿终于没有出现，现实世界如一个深不见底的黑洞，让人消沉，让人绝望，让人麻醉如小青虫，活着却如死去。虽然自己意识到这种危险，但这种绝望已经融进生命和筋络、血液里，即使相反抗，也已没有了力量。②

诗人徐志摩终于默默悟到，“在海滩上种花”尽管表现出“最永久最有力量的”“单纯的烂熳的天真”，但种花人的一番心血怕是白费了，因为“砂碛是养不活鲜花的”。③ 几度追求几度绝望之后，这个“想飞”到“理想的极度”“想象的止境”的灵鸟，这个有单纯信仰的理想主义者流入怀疑的颓废。徐志摩对国家所寄予的理想以及为实现理想而经历的心灵挣扎和痛苦，以及对祖国始终不渝的爱（虽然空幻），都与泰戈尔宣扬的理想社会、理想人性如出一辙。

其次，“绝对的爱”表现为超阶级的爱。泰戈尔支持“勿以暴力抗恶”，宣扬通过宽容忍耐和坚持奋斗向上的人格，努力实现社会的理想，“用爱与善良的精灵去填满世界上一切人为的鸿沟”，④通过超阶级的泛爱来面对人间不公平与不合理，如乞丐和盲人等社会底层人的宽恕和忍耐。

徐志摩的诗《先生！先生！》和《叫化活该》，就运用了泰戈尔《采果集》第 31 首的叙事形式，写饥寒交迫的下层人民的悲惨遭遇。前者写“一个单布褂的女孩”，向坐在飞奔着的洋车上的“戴大皮帽的先生”请求施舍，救助可怜的妈妈，而这位先生一个铜子也不给，飞

① 徐志摩：《落叶》，赵遐秋等编：《徐志摩全集》（第 3 卷），南宁：广西民族出版社，1991 年，第 5 页。

② 徐志摩：《秋》，中国现代文学馆编：《她怕他说出口》，北京：华夏出版社，1997 年，第 228 页。

③ 徐志摩：《海滩上种花》，赵遐秋等编：《徐志摩全集》（第 3 卷），南宁：广西民族出版社，1991 年，第 80 页。

④ 王亚蛮：《评述泰戈尔先生在武昌公共体育场演讲大意》，《学灯》，1924 年 9 月 9 日。

奔而去，踉踉跄跄追车呼叫的“紫涨的小孩，气喘着”，还在寒风中断断续续地呼叫着“先生……先生！”后者写一个生活在社会最底层、最受人鄙夷的叫化子，在尖刀似的西北风中，向朱门里的“大爷”乞讨而不得的悲惨境况，尤其是“大门内”的笑声、红炉、玉杯与大门外西北风笑说：“叫化活该！”成为“朱门酒肉臭，路有冻死骨”的现代写照。① 徐志摩直面现实的丑陋，并没有完全像泰戈尔那样通过“神”的使者、“梵”的化身的苏普利雅救助饥寒交迫的下层人民，而是直接让叫化子愤怒地呼喊，以讽刺、批判为富不仁、毫无怜悯之心之人，同时又隐喻着人们应该相爱，充溢着悲悯仁爱之心。可以说，徐志摩化用了泰戈尔的泛爱、超阶级的人类之爱，而表现为一种更务实的人道主义关怀。

冰心对民间疾苦也真诚关心，甚至对所有的生命都抱有一种“泛爱”的态度和立场。在《最后的安息》中，她描写了一个当“童养媳”的少女，而泰戈尔《河边的台阶》中，也有一个 8 岁就当了寡妇的小女孩，两首诗都旨在控诉欺虐女性的封建制度的残酷与流弊。而在《繁星》第 12 首，她也呼吁人们要相敬相爱，以泰戈尔式的爱和人类意识，排遣那个时代青年人共有的烦闷和感伤。冰心还将泰戈尔式的爱扩而大之，描写了人与人之间没有血缘关系的“他爱”，如朋友的爱、同学的爱、室友的爱、老师的爱等。在人生旅途中，“他爱”实际上也是人类的爱，是天涯孤旅中的温暖和信心。

郭沫若思想转向之后就不再相信泰戈尔式的爱能救世界了。1922 年后，他即使涉及泰戈尔式的这一主题，也基本是持讽刺和批判态度。1922 年 8 月，出现在郭沫若梦中的泰戈尔，竟然已是一条“老猴子”了。

> 昨夜梦见太戈尔。
>
> 他向我说道：“你们中国诗人，都是些唱戏的猴子。”
>
> 我说：“怎么说呢？”
>
> 他说：“他们惯会模仿。东一模仿，西一模仿，身上穿的一件花花衣裳，终竟捉襟见肘。”
>
> “哼，笑话！”我愤恨地回答他，“其实你老先生也不过是一条老猴子，你比我们好点的，是西洋人多赏了你几个钱罢了。”

① 马知遥选编：《云来云往——徐志摩诗文》，天津：天津大学出版社，2015 年，第 30-32 页。

他用手杖来打了我一下，我醒了转来，失悔我毁坏了一个大偶像。①

1923年，郭沫若写于上海的《梦与现实》，以讽刺笔法暗示泰戈尔式理想的不现实。上半部分写梦境，诗人因为读了泰戈尔的英文诗，感觉着世界的美好，自然的纯净和艺术的和谐；下半部分写现实的悲剧，一个瞎眼的女乞丐在寒风中身穿单衣，背着女儿，为活下去而挣扎。梦境与现实形成了强烈的反差，理想与现实、艺术与社会的关系就是如此不和谐，人生就是如此不公平，泰戈尔式的理想世界只是梦，阶级矛盾、贫富不均才是现实。严酷的现实不能在梦中去改变，必须推翻现实中的黑暗制度。

虽然郭沫若、冰心、徐志摩等以不同的文学理念、言说形态来表达"泰戈尔式的"超阶级的人类之爱，写卑微人物如何纯真善良，灵魂优美，写不同阶级对立下不同的接受和改变方式，既有温情，也有愤怒，既有对抗，也有妥协，但在接受泰戈尔"爱的哲学"方面，却都是一致的。总体而言，泰戈尔的"爱"的观念和书写方式给中国文学带来了清新、温柔之风，影响了"中国泰戈尔作家群"的情感表达方式，一改中国文学传统的"启蒙式"居高临下，而是通过平等、互相倾听的方式表情达意。

在解决"爱"与社会矛盾的方式上，"中国泰戈尔作家群"对"泰戈尔式"既有继承、有突破，也有否定；既有自我净化、自我安慰，也有"血与泪"的控诉和批判。但随着中国社会改革的发展，宣扬"爱"的作品逐渐失去影响力，退出了历史舞台。泰戈尔"爱的哲学"恰如中国社会变化的一面镜子，与中国文学和社会构成了互鉴共证关系。

第四节　生命本体观："中国泰戈尔作家群"与泰戈尔的"韵律论"

泰戈尔的"韵律论"体现了其基本的生命观，其所传达出的主体意识具体表现为：一是美在韵律，二是生命的韵律。前者着重于主体对艺术形式的驾驭，把主体的情感渗入生命内在的韵律中，不受外在形式牵制；后者则强调生命的意识、律动，以及"强烈的情绪的质素"。② "中国泰戈尔作家群"受泰戈尔生命观的影响，将对生命本体的认识与对形式的认知，对终极生命意象——死亡的独特领悟，以及对有限与无限、短暂与永恒的关系认知有

① 郭沫若：《昨夜梦见太戈尔》，《创造季刊》，第1卷第2期，1922年8月25日。

② 泰戈尔：《海上通信》（第三封信），化鲁译，《东方杂志》，第20卷第14号，1923年7月25日。

机结合，不仅以创作形式实践着泰戈尔对于生命的深刻认知，而且以“代言人”的角色沟通了泰戈尔与当时中国青年的思想交流，推动了他们的生命觉醒与思想活力。

一、关注美在韵律

美在韵律，主要是基于对艺术形式的认知。泰戈尔对“韵律”的理解最初受印度传统诗学和语言学的影响，视韵律基本等同于格律。后来，经过创作实践，泰戈尔总结，“韵律”不只是艺术形式，也是一种思维方式，这实际上是要以内在韵律减少外在形式的限制，使写作获得形式上的解放，得到更大的自由，从而更自由地抒发情感。① 英译《吉檀迦利》是泰戈尔以散文诗形式表现诗歌内在韵律的成功尝试，他认识到内在韵律可以不受文体的限制，并逐步转向自由体诗的创作。

“中国泰戈尔作家群”受泰戈尔影响，也都对内在韵律与外在形式进行了探索，只不过表现为不同的形式、韵律，体现了泰戈尔诗体形式的多样性和中国文学探索的多种可能性。

郭沫若是从模仿泰戈尔开始写诗的。他早期的诗如《抱和儿浴博多湾》《光海》《晨兴》《新月与白云》《死的诱惑》等，都可称为“泰戈尔式”的诗。他对诗歌起源的认识，也可称为“泰戈尔式”：“原始人与幼儿对于一切的环境，只有些新鲜的感觉，从那种感觉发生出一种不可抵抗的情绪，从那种情绪表现成一种旋律的言语”，这种言语的生成就是诗。所以，“诗的创造贵在自然流露”。②

从诗歌形式上的模仿到诗歌内核的参悟，是郭沫若认识泰戈尔的提升，也是其诗歌理论形成的萌芽。他渐渐发现，泰戈尔诗歌形式自由，似无严整的格律，而实际上是服从于更深层的韵律，即诗人精神和情感的内在节奏和韵律，这才是诗之精华，诗之脊骨，也是诗歌创作的更高一层境界。认识到这一点，郭沫若与泰戈尔的诗缘也达到了一个新的层次。他不再简单从形式上写神似泰戈尔式的诗，而是在精神和情感上揣摩，并尝试着在理论上进行阐述。他在《论诗三札》一文中，专门探讨了诗歌的内在韵律问题，并以泰戈尔《园丁集》中的诗句为例分析，指出诗歌的韵律与诗人的情感是同消同涨的，泰戈尔的诗之韵律

---

① 泰戈尔：《诗与韵律》，倪培耕译，《泰戈尔全集》(第22卷)，刘安武、倪培耕、白开元主编，石家庄：河北教育出版社，2000年，第302-303页。

② 郭沫若：《三叶集》，《郭沫若全集》(文学编，第15卷)，北京：人民文学出版社，1990年，第47-48页。

因此都是内在的韵律，是自然的音乐。①

使本应表现于外的韵律化为无形的内在韵律，显然是诗歌的极高境界。而泰戈尔的诗，则是其中的精品。这种诗歌认识，表明郭沫若真正学到了泰戈尔诗的精华和诗的奥妙，所以他才能写出《女神》这样形散神聚，以诗人和时代的内在精神主导诗歌节奏和灵魂的自由体诗。

诗歌情感的充溢，直接源自诗人的情感。郭沫若是感情丰富的诗人，他也将抒情性视为诗歌的基本要素："诗人是感情底宠儿"，即使"哲学中的 Pantheism"，也"确是以理智为父以感情为母的宁馨儿"。② "他说'我这心情才是我唯一的至宝，只有它才是一切的源泉，一切力量的，一切福祐的，一切灾难的'。……他对于宇宙万汇，不是用理智去分析，去宰割，他是用他的心情去综合，去创造。"③郭沫若对抒情性诗歌情有独钟："艺术的根底，是建立在感情上的。"④诗贵抒情，情贵自然流露，郭沫若一向反对诗歌客观描摹外在自然，而主张将诗人的内在情感外化。正是在这一点上，郭沫若强调情感的自然流露，反对"为赋新词强说愁"式的"矫揉造作"，故作呻吟。他认为诗人写诗，就像植物生长，不能拔苗助长，只能顺其自然。⑤ 既然是自然生长，诗的节奏和韵律也不必夸饰美化，只要普通的散文语言和形式就可，因为只要是发自真心的诗，情感自有节奏，自有韵律，只要"我手写我心"，就是好诗，就能得到诗的神髓，而不应拘于形式的束缚，否则就是本末倒置。⑥ 这种要求破除诗的形式的束缚，以内在情感为诗歌内在韵律的诗歌观，与"五四"时代要求打破一切既成束缚的时代要求是一致，与泰戈尔的影响也是分不开的。而泰戈尔的创作风格，尤其是其清新简约的诗，确也影响了整个"五四"时代新诗的风格。

徐志摩巧妙地将诗歌形式内化于内在韵律，以自由的形式表达了对生命自由的追寻。徐志摩受泰戈尔以孟加拉口语入诗启发，在《盖上几张油纸》中以"土白"入诗，使诗歌的文法结构和用词让人耳目一新。而受英译《吉檀迦利》散文诗形式启发，徐志摩的《毒药》也

---

① 郭沫若：《论诗三札》，《郭沫若全集》（文学编，第 15 卷），北京：人民文学出版社，1990 年，第 337-338 页。

② 郭沫若：《三叶集》，《郭沫若全集》（文学编，第 15 卷），北京：人民文学出版社，1990 年，第 23 页。

③ 郭沫若：《文艺论集·〈少年维持之烦恼〉·序引》，《郭沫若全集》（文学编，第 15 卷），北京：人民文学出版社，1990 年，第 311 页。

④ 郭沫若：《文艺之社会的使命》，《郭沫若全集》（文学编，第 15 卷），北京：人民文学出版社，1990 年，第 203 页。

⑤ 郭沫若：《三叶集》，《郭沫若全集》（文学编，第 15 卷），北京：人民文学出版社，1990 年，第 47 页。

⑥ 同上。

采取了散文诗形式，借助于双声叠韵和字句段的排比来呈现内在的节奏，如“贪心搂抱着正义，猜忌逼迫着同情”。在《雪花的快乐》里，徐志摩采用“章韵体”，轻盈自然的笔调与内在的情感律动自然和谐，韵律从字词的声腔乐感拓展至整个篇章结构。徐志摩诗歌的最高境界是化形式为风韵，短诗《沙扬娜拉一首》，构思巧妙，似非精雕细刻，却又浑然天成，飞鸿无痕，“最是那”“不胜凉风”“甜蜜的忧愁”，等等，将瞬间的情感和刹那的感受以看似随意实则别具匠心的方式表达出来，诗意盎然却不失静谧之感，颇得泰戈尔诗的温馨、宁静与沉思冥想的风韵。

冰心则以小诗的形式表达内心的情绪，写小诗的冲动正是受泰戈尔《飞鸟集》的影响，因其短小而无拘束的形式便于表达内心的感受。在具体的实践中，冰心通过诗行与诗行之间的跳跃性，捕捉和反映不断流动、变异和稍纵即逝的思绪，呈现出极具自由的特征，成为追求生命自由的一种形式。但是她应“五四”前后对时代、对人生的思考，以暗示来突破篇幅的限制，寓丰富于短小，寓严谨于自由，寓哲理于形象，淡雅中见深沉，呈现出迥异于郭沫若《女神》中情感激烈、一览无余的诗学趣味，也区别于当时的现实主义诗歌中缺少余味的特点。在此意义上，正是由于泰戈尔的启发，形式创造力强的冰心才为白话自由体诗增添一个新的品种“冰心体”。① 不过因其形式的小巧，无力承载深厚广博的思想内容，因而招致很多人的抨击。冰心在写出了《繁星》《春水》之后，基本上完全放弃了小诗的写作，小诗运动也随之黯然失色了。

泰戈尔诗歌的内在韵律与自由形式的结合方式影响了“中国泰戈尔作家群”的诗歌创作和诗歌精神，以及诗歌的自由表达方式。他们通过内在节奏的音乐美、运动美表现出了潜在的生命自由，丰富、发展了“五四”时代追求自由的方式。郭沫若把纵横驰骋的情绪与无拘无束的自我融合，使白话自由体新诗磅礴奔放，表达出了生命的自由与阳刚之气；冰心短小精悍的小诗孕育着复杂的个人和时代情绪，不仅提供了审美延宕的空间，而且用另一种形式回答了白话文学反对者质疑白话诗“美从何来”的问题，为生命的自由提供了不同的言说形态；徐志摩把自由轻盈的诗歌形式与丰富情感融为一体，突显出生命的活力与通透。

---

① 阿英：《谢冰心小品》“序”，《现代小品文钞》，上海：光明书局，1935 年，第 135 页。茅盾称之为“繁星格”“春水体”，《冰心论》，《文学》，第 3 卷第 2 号，1934 年 8 月 1 日。

二、关注死亡

在泰戈尔的影响下,"中国泰戈尔作家群"还对生命的终极意象——死亡深情吟唱,认为死亡意味着生命的更新,而非生命终结。因此,歌唱死亡就是歌唱新生,就是重视生命的价值,人的主体性因此也得到了凸显。

首先,以涅槃的死亡来实现生的延续。泰戈尔认为生命是不断运动和更新的,生命的过程实际上是一个否定之否定的过程。不断的否定,是为了不断的肯定,不断的死亡,是为了不断的新生,而每一次新生,都达到一个更高的生命阶段,生命的质量也就更高。世界上不同生物的死亡,不同类型的死亡,不同时间的死亡,实际上都是为了"生"而在努力。泰戈尔因而对"死亡"持歌颂态度,"死亡,我的死亡,来对我低语罢!/我天天地在守望着你",①呈现出对"死亡"的渴望与追求,在此"死亡"被赋予了更新生命的意义。在"五四"奉行"破旧立新"的理念下,这种生命观对"中国泰戈尔作家群"影响很大。

对处于苦闷状态的郭沫若而言,泰戈尔诗文的出现,就像是"生命的泉水"深入其内心深处,"我享受着涅槃的快乐",②因而不难理解郭沫若"涅槃"的表达方式与泰戈尔表达的类似。不仅如此,郭沫若在诗歌《凤凰涅槃》的开头点出死与新生的意念源于印度,"凤"和"凰"在烈火中涅槃重获生命,可以看出他是把涅槃的过程看成一种"动"的主体性,"死亡"寄托着诗人理想主义的信念,表达了通过涅槃实现生命更新的愿望,以及对于生命实体的超越。

冰心也倾心于泰戈尔笔下生与死的循环更替。1920 年,在冰心正对生命产生无数疑问时,泰戈尔的诗文和哲理恰好予以回答。她模仿着泰戈尔首次写下关于"越过'无限之生'的一条界限——生——的时候"的思考,甚至还以《"无限之生"的界限》为题写散文,让已经死去的宛因出现并发表对于死亡的看法,提出死只是在生的界限的另一边,二者在精神上依旧是结合的,而且与宇宙间的万物也是结合的,进而使冰心认同这样的生命观,即"'生'和'死'不过都是'无限之生的界限'"。③ 很明显,冰心通过宛因与"我"的对话,实则表达泰戈尔式的生命观,即"死"作为无限之生的一部分。这种生命观在中国传统文化中很难找到,因而可以说带有泰戈尔澄澈的死亡观的影子,都逾越了生与死之间的界限。此

① 泰戈尔:《吉檀迦利·园丁集》,冰心译,成都:四川文艺出版社,2016 年,第 98 页。
② 郭沫若:《太戈儿来华的我见》,《创造周报》,第 23 号,1923 年 10 月 24 日。
③ 冰心:《冰心全集》(第 1 卷),福州:海峡文艺出版社,1994 年,第 96 页。

诗采用与死神对话的口吻，与泰戈尔《园丁集》第 81 首可谓姊妹篇。冰心生死循环的生命观，带来的不只是对个体生命的乐观，还潜含着对社会前途命运的乐观与信心，在某种意义上推动了当时的青年对生命活力的解放。

徐志摩同样认同死是生的继续。在《常州天宁寺闻礼忏声》中，他写道“颂美呀，涅槃！赞美呀，涅槃！”，涅槃的“死亡”不仅成为歌咏的对象，而且洋溢着强烈的乐观情绪，很容易让人联想到泰戈尔涅槃式的死亡观。而 1928 年徐志摩在《〈新月〉的态度》中对生命的论述，则以文献的形式印证了泰戈尔的死亡观对他的影响：“物体的死只是生的一个节目，不是结束。”很明显，徐志摩像泰戈尔一样都是把“死”作为“生”的继续。此外，与其单纯信仰相契合的是，徐志摩提出“我们最高的努力的目标是与生命本体同绵延的，是超越死线的，是与天外的群星相感召的”，蕴含着超越死亡与宇宙共存的最高目标。① 在徐志摩的作品中，“死亡”与“爱”的实现有着密切的联系，这种联系在《翡冷翠的一夜》中表现得尤为明显，“反正丢了这可厌的人生，实现这死/在爱里”，如果说徐志摩表达的爱具有理想性，那么他笔下的“死”也成为他对理想生命的一种追求，也是他精神历程的一部分。1928 年时，徐志摩的生命理想在现实中处处碰壁，“到了相当的时候，人们不能不醒起。我们不能不醒起”，②可见他仍然寄予着信心，怀抱着单纯的信仰往“更多更大更高的生命方向走”。③ 不过在此之后，他的幻灭感增强，《猛虎集》和《云游》的基调更黯淡，“死亡”的出现也伴随着黑云压头般的压抑。《猛虎集》中“春花成泥”、“热情成灰”、感叹艳丽的尸体无人收敛，“死亡”意象呈现出生命的垂危、残破，正如他在《残破》中所写：“因为残破，残破是我的思想。”在《爱的灵感》中，他渴望在爱人的怀抱中死去飞向太空。在长诗《云游》中，他甚至要求死，说死“是光明与自由的诞生”。此时，“死亡”更像是徐志摩实现超越、实现理想的概念，其中渗透着对宇宙、永恒的切望，仍然带有泰戈尔的影子。

如果说郭沫若从泰戈尔“死亡”观中借鉴的是生命的更新，在烈火中重现生命的昂扬与激情，冰心则借鉴的是与宇宙的合一，来实现对“死亡”界限的超越，徐志摩借鉴的则是最高目标与生命本体同绵延，“死亡”成为其对单纯信仰、理想的超越方式。他们三人通过对泰戈尔式死亡观不同侧面的理解来表达对生命本体的理解，展示并推动了“五四”时期

① 徐志摩：《〈新月〉的态度》，《新月》，第 1 卷第 1 期，1928 年 3 月 10 日。
② 同上。
③ 徐志摩：《再剖》，《晨报副刊》，1926 年 4 月 7 日。

对"人"这一主体的重视。

其次，以诗化的死亡呈现生命的美。《园丁集》第81首："给我穿上红衣，紧握我的手把我娶走吧……揭开我的面纱骄傲地看我的脸吧，啊，'死亡'，我的'死亡'。"①在泰戈尔笔下，令人恐惧的"死亡"不复存在，代之以有血有肉的男性爱人形象，诗化的情人形象消淡了死亡的狰狞。不仅如此，泰戈尔还将死亡以与自然合一的方式呈现，小说《河边的石阶》中，寡妇库苏姆因无法忘记苦行僧，绝望地走进恒河里自杀，"如果不是这河水伸出手来，把她拉入自己的怀抱，那么还有谁来拉她呢"。死神的温情化解了死亡的恐怖，死亡过程呈现出静穆之美。这种美，不是西方唯美主义所谓的为美而美，而是东方式的天人合一，"滴水入海"，重回母体。自然以死亡之手解救人出离困境，使人以恬静之心走入死亡的怀抱。

郭沫若在精神的困顿期受泰戈尔影响创作了诗《死的诱惑》②，他笔下的"死亡"同样以情人的形象出现，只不过是女性化形象。"她向我说道：/沫若，你别用心焦！/你快来亲嘴儿/我好替你除却许多烦恼"，死亡的诱惑带有了爱意和诗意。此诗的诗意诗情诗律和表达形式，都能看出泰戈尔的影子。

冰心笔下的"死亡"呈现出自然和谐的意境。小说《月光》中，主人公维因因自然之美而自杀，以"打破自己，和自然调和"来实现与自然合一，其冷静的死亡方式可明显看到模仿泰戈尔的痕迹。在《遗书》中，冰心笔下的死亡呈现出"秋水寒潭般的澄澈"，真正实现了死亡与自然的合一。

> 自古皆有死，只在乎迟早罢了。在广漠的宇宙里，生一个人，死一个人，只是在灵魂海里起了一朵浪花，又没了一朵浪花，这也是无限的自然。
>
> 我不是惧怕死，也更不是赞扬死。生和死只是如同醒梦和入梦一般，不是什么很重大很悲哀的事。泰戈尔说的最好："世界是不漏的，因为死不是一个罅隙。"能作如是想，还有什么悲伤的念头呢？颂美这循环无尽的世界罢！③

---

① 泰戈尔：《吉檀迦利·园丁集》，冰心译，成都：四川文艺出版社，2016年，第227-228页。

② 最初发表于1919年9月29日上海《时事学报·新灯》，写作时间的记载有所出入，有1918年初夏、1916年两种说法。

③ 卓如编：《冰心全集》(第一册)，福州：海峡文艺出版社，2012年，第423页。

冰心直接引用了泰戈尔的生命观，以最直观的方式承受了泰戈尔死亡观的衣钵，清楚地显示出二人具有千丝万缕的渊源关系。冰心认识到人和人之间，世界万物之间只有形式上的差别，在精神上都是相通的；而人与万物之间也只有形式上的间隔，精神也是相通的，认识到这一点，就能超越生死之隔，死亡就是新生。冰心以死亡获得超脱，实现物我合一的“逍遥”，达到心灵自由的境界。不把自己视为自然一份子的人，不可能如此纯粹。

徐志摩既以女性情人的形象展示“死亡”，也以与自然拥抱的方式呈现“死亡”。在《问谁》①中，“她”直接与指代死亡的“坟墓”拥抱，将新坟当做自己的情人，“死亡”因此而温情脉脉，他对“死亡”的人性化处理方式颇有泰戈尔构思之奇。徐志摩营造出的“死亡”意境实现了与自然的合一，将死亡的凄惨与自然环境巧妙融合，以自然之美稀释死亡之痛。《海韵》②中的单身女郎不接受诗人的劝阻，想要“凌空舞，学一个海鸥没凌波”。“没凌波”之死与冰心笔下宛因的与自然合一而死之念近似。大海拥抱女性，如婴儿重回母亲的子宫，失去的是世事的风雨艰苦，获得的是母体的温暖与滋润。这种死亡方式都是女性的自我选择、主动选择。

“中国泰戈尔作家群”笔下的死亡主题，或者是以涅槃的方式实现生命的更新、生死的循环，或者是以与自然合一的诗化方式来拥抱死亡，但都是对死亡的礼赞，都赋予不同形式的死亡以多重意义，最重要的是表现出人在“死亡”面前的主动选择，体现了人的自我意志和主体意识的觉醒。

三、关注生命的无限与永恒

对无限生命、永恒时间的追寻，是“中国泰戈尔作家群”生命本体观的重要内容，要求得生命的无限、永恒，就必然要突破人生的局限，也是要冲破世俗的枷锁，这是新文化运动最打动中国人心之处，也是旧中国获得新的生命自由的需要。这种生命观渗透着冲决束缚与权威，追求、创造一切的浩然之气，代表了一个时代的新人要摆脱人性的束缚、以求自我彻底解放的渴望，体现着强烈的主体色彩。

泰戈尔无限、永恒的生命思想深受“中国泰戈尔作家群”青睐。泰戈尔认为，宇宙中的

① 徐志摩：《徐志摩诗全集》，北京：新世界出版社，2014年，第55页。

② 同上书，第101-102页。

人和万物都有不可亵渎的生命，他们共同源于一个无形无状、却无处不在的精神本体"梵"，诗歌要表达的，就是"有形与无形的结合"和"诗人内心的某种感受"。① 其长篇小说《戈拉》宣扬的就是"这种无穷无尽的特性就是无特性，这无穷的外形就是无形"。② 泰戈尔对"永恒的生命"的追求对"中国泰戈尔作家群"生命意识的现代建构产生了重大影响，"中国泰戈尔作家群"自身所继承的中国传统文化，则成为他们接受泰戈尔生命哲学影响的基础，因为泰戈尔所说的生命的有形与无形，与庄子的"大音希声""大象无形"一样，都是表达生命的有限与无限，空间的有限与无限的关系，实际上是一种生命的辩证法。

郭沫若对生命"无限"的关注，主要集中在自然、宇宙中的"宏大"主体，如无限的光海、吞掉日月星辰的"天狗"等。郭沫若以个人的自我冲动冲激宇宙万物，实现个体与万物生命节奏的同拍和精神相通，将个人的小宇宙提升到与自然大宇宙同等的地位，进而升华到自由自在的佳境并趋向永恒、不朽。人因为得到了自然的力量，精神得到无限扩张，在向宇宙的无限伸展中，人的主体精神也汲取天地万物力量而孕育形成强烈的生命意识，并实现对旧我的否定，从而实现"一切的一"与"一的一切"的融合。郭沫若对生命终极意义的这种追寻与探索，既有泰戈尔的影子，也有庄子、王阳明等人的思想影响。

郭沫若是个主观性很强的青春奔放型的诗人。他崇尚幻想与个性自由，他所接受的中西思想家的影响，不论是泰戈尔、斯宾诺莎，还是孔子、庄子、王阳明，都是他们思想中那种冲决一切束缚与权威，追求一切、创造一切的浩然之气。郭沫若是以强烈的主观色彩、感情色彩批判地、综合地、创造地吸收泛神论思想的，目的也就是要象凤凰集木啄火自焚以再生一个新我那样，摆脱种种人性的束缚，以求自我的彻底解放，尽管他最早是从泰戈尔接触到泛神论思想的，但因为泰戈尔所宣扬的宁静致远的境界太超脱了，所以他最终抛弃了泰戈尔泛神论的某些唯心主义倾向，而选择了其中的唯物主义因素。从泰戈尔泛神论始，最终因对泛神论理解的加深而放弃泰戈尔的泛神论，而选择具有唯物主义色彩和现实斗争基础的泛神论，所反映的，实际上是郭沫若思想的逐步发展变化。泰戈尔是其文学思想的启蒙者，但在与他所追求的中国现实斗争理想的融合过程中被他逐步剥离出自己的斗争思想体系。但从哲学和文学层面，泰戈尔的泛神论思想，从未彻底退出其思想体系。

---

① 宫静：《泰戈尔》，台北：东大图书股份有限公司，1992 年，第 28-29 页。

② 泰戈尔：《戈拉》，唐仁虎译，《泰戈尔全集》（第 13 卷），刘安武，倪培耕，白开元主编，石家庄：河北教育出版社，2000 年，第 138 页。

郭沫若的泛神论明显受到斯宾诺莎的影响,他不仅从斯宾诺莎身上汲取了唯物主义思想,而且还感动于他在宣传自己思想的过程中所表现出的抗争精神。斯宾诺莎的泛神论观具有唯物主义特色,他认为:"神是唯一的……神是万物的自由因……万物都在神之内,都依靠神,因而没有神就既不能存在,也不能被理解。"①这就是说,神无处不在,无所不包。这实际上是否定了上帝的存在,是一种本质上的无神论,这对于"神即上帝,上帝是唯一的神"的传统观念无疑是一种强烈的冲击。郭沫若由衷地赞叹:"我爱荷兰的斯宾诺莎,因为我爱他的泛神论,因为我爱他是靠磨镜片吃饭的人。"②斯宾诺莎一生都在同封建社会和教会专制进行斗争,最后被犹太教会开除了教籍,只能靠磨镜片谋生。

可以看出,郭沫若泛神论思想的核心是以"自我"为中心的个性主义,宣扬的是一种动的、进取的自我扩张精神。他认为,生死是自然规律,人只有顺应天地之力,也即宇宙意志,并与之合而为一,才会到达天国乐园,忘掉自我,得精神永生,灵魂永乐。③ 这与郭沫若顺应"五四"时代精神,追求个人独立自由的浪漫精神是相契合的。

冰心是从认识到生命的有限而追求无限的。她在小诗中既直接追问"无限的神秘",又追问永恒的时间及宇宙等抽象概念。她的散文也写出了无常的生命体验、有限的生命体验和对生命的终极思考。人生短暂,要使有限的生命得以永生,就要从精神层面予以超越,因为只有人的思想可以超越世俗世界,上升到无限层面。而正是这种超越赋予了冰心作品独特而纯粹的精神品性。冰心还喜欢以梦境展示生命的无限,展示对自由的渴望。在《做梦》中,梦将人从现实中解救出来,自由地奔走于天地间;在《我梦中的小翠鸟》中,90岁的老人梦见一只纤巧的"绿得夺目,绿得醉人"的小翠鸟,"小翠鸟"具有丰富的意蕴,是永葆青春的绿色生命,尽管身躯小歌声却很高亢。经历沧桑岁月的冰心以此从容淡定地道出对生命的理解,生命已经无所谓无限与有限了,这才是人生的境界。

徐志摩对生命的无限追求,主要表现在想"飞"的冲动,"制造翅膀,飞向寰宇,超脱俗世,吞吐宇宙山岳湖泊,风雨雷电,日月星辰"。④

徐志摩的"飞"与泰戈尔《飞鸟集》中的"飞",都是生命摆脱自我困境的一种外在的自

---

① [荷]斯宾诺莎:《伦理学》,贺麟译,北京:商务印书馆,1958年,第3、13、34页。

② 郭沫若:《三个泛神论者》,《郭沫若全集》(文学编,第14卷),北京:人民文学出版社,1990年,第136页。

③ 郭沫若:《文艺论集·〈少年维持之烦恼·序引〉》,《郭沫若全集》(文学编,第15卷),北京:人民文学出版社,1990年,第312页。

④ 徐志摩:《想飞》,《徐志摩散文》,杭州:浙江文艺出版社,2015年,第161页。

然形态，是生命的一种空间展现形式。徐志摩通过"飞"出界限来追求无限，有摆脱世俗枷锁的强烈冲动，寄予着实现完全自由的渴望，同时也是他理想主义的象征。在现实中理想破灭的诗人只有在大自然中才能感到一种无拘无束自由自在的愉悦，一颗受伤的赤子心唯有在生生不息的大自然中才能得到回应与抚慰。徐志摩一再称自己"是个自然崇拜者"，[①]人要恢复自己的性灵，获得自由，人类要进步发展，就必须"回到自然的胎宫里去重新吸收一番营养"。[②] 徐志摩常常通过情感的转化而创造出人格化的自然，他歌颂自然的作品往往是随心所欲、尽情挥洒、意出情发，客观的自然因带上了抒情主义的强烈情感而变得或生气勃勃、清新活泼，或忧郁哀伤、苦闷寂寞。主体将自己的情感注入描写的对象，从而使无生命的东西具有了生命。这种人与自然融为一体的纯粹境界，徐志摩的创作也深得其中三昧，有时也能达到炉火纯青的境界。他的诗笔有如一根魔杖，一经他的点化，自然万物便声情并茂、丰润无比，令人沉迷。

生命在时间上是有限的，而生命的意义在空间物化的过程中又实现了无限性，"人"作为生命的主体，生存范围在时空上就都有了拓展。"中国泰戈尔作家群"在继承中国传统"生死观"基础上，有选择地接受泰戈尔生命哲学的影响，在探求个体生命价值的同时思考民族和国家的命运，不但促进了中国文学的现代化，而且推动了中国的思想解放和文化变革。

---

① 徐志摩：《鬼话》，《晨报副刊·文学旬刊》，第 30 期，1924 年 4 月。

② 徐志摩：《翡冷翠山居闲话》，《徐志摩散文》，杭州：浙江文艺出版社，2015 年，第 56-57 页。

第五章 中国泰戈尔学建构的国际视野

泰戈尔不仅通过其英译文学促进了西方对印度文学文化的了解、增进了东西文化交流,他还身体力行,在世界各地演讲,传播印度宗教哲学思想,促进英印、美印乃至东西方之间的文学文化交流。这些演讲结集成册的主要包括《人生的亲证》(*Realization of Self*)、《人格》(*Personality*)、《民族主义》(*Nationalism*)、《创造的统一》(*Creative Unity*)、《人的宗教》(*Religion of Man*)等。

《人生的亲证》于1913年出版,收录的是泰戈尔1912—1913年在英美的演讲,其中包括他在厄巴纳(Urbana)对三位一体(Unitarian)教众的演讲,在芝加哥亚伯拉罕·林肯中心(Abraham Lincoln Center)发表的演讲,还有在罗切斯特大学、哈佛大学的演讲,另外还收录了在英国西敏斯特发表的演讲,都是围绕印度人实际生活的宗教证悟而展开的。

《人格》和《民族主义》则收录了泰戈尔1916年至1917年在美国盐湖城、得梅因、芝加哥、印第安纳波利斯、底特律、克里福兰、纽约、波士顿等城市的演讲。泰戈尔在演讲中把世界大战的恶果都归结于西方的物质主义崇拜,以及围绕物质利益而引发的民族间的争抢掠夺。他希望"美国不受物质资源匮乏的阻碍,可以成为人类自由进步的试验田",称赞"美国是人类西方理想的最佳体现"。① 他寄望于美国能在东西方文化交流合作中起表率作用,促进东西方交流与联合。泰戈尔的观点引发了美国民众和报刊的密切关注,客观上加深了美国对印度文化的了解。

《创造的统一》则收录了泰戈尔1920至1921年在纽约、芝加哥、得克萨斯州等地的演讲。在这些演讲中,泰戈尔敦促美国人民朝着崇高目标前行,并为美国人民指出了一条可选择的道路:通过创新、爱、美、与自然的和谐、与宇宙崇高精神的融合,实现个人解放和自

---

① "A Voice from the East". *Los Angeles Examiner*, Oct. 9, 1916: 8; Cited from Hay, N. S. "Rabindranath Tagore in America". *American Quarterly*, Vol. 14, No. 3.; The Johns Hopkins University Press, 1962, p.447.

我实现的道路。他在演讲中以英国为例,批评了英国文化中的物质主义和功利主义。他一方面大量引用华兹华斯、济慈、雪莱、莎士比亚、弥尔顿、马修·阿诺德等人的诗歌和著作,显示出对英国文学文化的深入了解,另一方面又对英国乃至西方社会文化的各个方面进行了犀利的抨击,批判西方过于强调人和自然的冲突,甚至批评西方的女权主义思想。

泰戈尔最后一本演讲集《人的宗教》收录了1927年8月他在牛津大学的演讲,内容涉及宗教、哲学、艺术等,主题则是针对上帝的人性,抑或是永恒的人的神圣,体现了印度经典《奥义书》中"梵我一如"的思想。泰戈尔在西方传播印度宗教哲学思想的初衷,是要推动以英美为代表的西方世界对印度文学文化的真正了解,消除误解。虽然西方学者自18世纪末的"东方文艺复兴"运动(Oriental Renaissance)以来,就开始研究《奥义书》《薄伽梵歌》等印度古代经典,但是在泰戈尔看来,西方人赞赏这些印度宗教经典只是出于猎奇和考古心理,而这些经典对印度人而言却就是生活本身。在《人的宗教》中,泰戈尔指出印度宗教"不仅仅是一个哲学问题",而是一种"宗教体验",即"人的宗教",并希望读者能体会到他所触及的"宗教理念的理想价值"。①

泰戈尔从世界一体化视角出发,认为东方精神文明能有效地补充西方物质崇拜、物质贪欲的危害,而西方科学技术和工业文明的高速发展又值得东方学习和借鉴,从而弥补自身物质资料生产的不足。他因此提倡东西方文化互补,主张东西方在坚持友爱善行等道义原则的基础上进行交流合作,并且身体力行在世界各地传播实践这种主张,客观上促进了民族交流和文化互惠。他在世界范围内的文化交流活动以及产生的影响和反应,为中国认知其思想,理解其作品,提供了有益的参照,也使中国泰戈尔学建构,获得了一个更宽广的世界视域。

第一节　诗人与哲人:世界文化视野中的泰戈尔与世界

1913年泰戈尔获得诺贝尔文学奖后,欧洲很快出现了盛况空前的"泰戈尔热",报纸、杂志纷纷发表评论文章,赞美泰戈尔及东方文化。泰戈尔的生平、思想、作品,吸引了越来

---

① Tagore, R. *The Religion of Man*. London: Unwin Books, 1931; Ray, M. K.ed. *The English Writings of Rabindranath Tagore*(Vol. 5), New Delhi: Atlantic Publishers and Distributors Ltd., 2007, p.95.

越多欧洲人的关注,《吉檀迦利》成了欧洲最畅销的书。

1914 年,第一次世界大战爆发,西方世界陷入灾难,世界也为之动荡。西方文明受到西方人自身的怀疑。泰戈尔的责任更重了——他要让陷入混乱的世界,尤其是西方社会,重新找到生命的价值,他视之为自己当然的责任。泰戈尔成了世界公民,他频繁地被邀请到欧洲各国巡回演讲,其不知疲倦的足迹遍布了欧洲、亚洲、美洲、非洲。仅以 1920 年、1924 年和 1926 年为例,泰戈尔就走访了世界 30 多个国家。1920 年,泰戈尔走访了英国、法国、荷兰、美国、瑞士、德国、丹麦、瑞典、奥地利和捷克斯洛伐克等欧洲国家。1924 年,泰戈尔到了马来亚,中国、日本、意大利等国。1926 年 5 月,泰戈尔再次受邀去意大利,之后他还去了瑞士、奥地利、法国、英国、挪威、瑞典、丹麦、德国、捷克、匈牙利、南斯拉夫、保加利亚、罗马尼亚、土耳其、希腊、埃及诸国。1930 年他还访问了苏联等。

在欧洲的演讲中,泰戈尔一次次批评西方重利轻义、重物质轻精神,并介绍重精神与和谐的东方文明。所到之处,都是一致称颂声。鲜花簇拥着他,如雷的掌声环绕着他。1920 年随同他访问欧洲的儿子记下了这样一个个热烈场面:"第一次世界大战让欧洲人脑海里充满了灾难的阴影,他们不再相信西方文明,而渴望从东方找到希望,找到光明,以指引他们未来的方向。就在这样的期盼中,父亲出现在他们面前,他们得尝所愿,敬若天神。""父亲每到一处,都受人敬仰和崇拜,其所到之地,也都被视为圣地。在演讲的会场和火车站,人群拥挤着,只想能触摸到父亲的长袍。""为了听父亲演讲,维也纳人宁愿饿一星期,也要节省下来钱去听讲。"泰戈尔就这样被西方人奉为圣人、神人,处处掀起热浪。①

泰戈尔本人对扑面而来的荣耀并不如西方人那样热心。他清醒地意识到,自己能在印度之外获得这样高的地位,主要是因为自己的诗歌被译成了英文。西方赞扬自己的诗,并非纯粹因为诗本身,而是基于自身需求。他也将借此承担向西方传播东方文化的责任,使荣誉与使命相符:"那些翻译了书成了我访问西方世界的资本。命运使我逐渐在印度以外的世界获得了地位,虽然这并非我的本意。与这荣誉一样,我的责任也越来越重了。"②

中国也关注了泰戈尔在西方受欢迎的盛况,并客观分析了其中文化方面的原因:第一

① Tagore, R. *On the Edges of Time*, Visva-Bharati, Calcutta, 1981. pp.109-110, 133.

② 泰戈尔:《国际大学》,耿克璞译,《泰戈尔全集》(第 21 卷),刘安武、倪培耕、白开元主编,石家庄:河北教育出版社,2000 年,第 130 页。

次世界大战打碎了欧洲文明的优越感，西方人开始怀疑自身文化，转而向东方文化寻找救赎之道，在此背景下，“印度哲学的研究，更是盛极一时。几个月前，印度大诗人大哲学家泰戈尔到瑞士、德意志去游历讲演，到处都受盛大的欢迎，听讲的人盈千累万。战后欧洲人的渴慕东方文化，就此便不难想见了。”①

世界范围内的“泰戈尔热”，为东方文化的世界化和东西方文化的交流，提供了一块块适宜的土壤。通过泰戈尔，以印度、中国等为代表的东方文化古国，在西方人面前展现了一个迥异于西方的文化形象；而通过西方，中国也更加客观了解了泰戈尔的东西方文化观，更深刻地理解了诗人泰戈尔的东方价值和世界价值。

一、泰戈尔在英国

泰戈尔第一次赴英国是 1878 年 9 月，至 1880 年 2 月离开，期间开始迷恋英国文学。泰戈尔真正在英国社会引起关注，始于他 1912 年赴英国。

1912 年，对泰戈尔和世界来说，都是不平凡的一年。这一年成为东西方文明交汇的一个新起点。印度的泰戈尔，从此成为世界的泰戈尔。

1912 年 5 月，泰戈尔偕同儿子、儿媳一起从印度出发，6 月抵达伦敦。泰戈尔这次来英国，是由英国画家罗森斯坦(W. Rothenstein)接待。罗森斯坦是泰戈尔哥哥的朋友，曾经在孟加拉杂志上读到过英译的泰戈尔诗歌，读后非常喜欢。听说泰戈尔要来英国，就希望泰戈尔能把以前写的孟加拉语诗歌再翻译一些给他看。就这样，泰戈尔在去英国之前的几个月里和去英国的途中，开始着手翻译以前的孟加拉语诗歌。

在伦敦，泰戈尔把自己英译的诗歌让罗森斯坦看，罗森斯坦读后深感震动，认为这些诗歌不同于以往的诗歌类型，是一种崭新的诗歌表达形式，充满着神秘主义思想和迷人的韵味。② 罗森斯坦不仅肯定了泰戈尔的诗作，而且用“神秘主义”初步阐释了泰戈尔诗歌风格和思想主题，为泰戈尔诗歌在西方的认知奠定了基调。

随后，罗森斯坦把泰戈尔的译诗转给评论家、文学史专家布鲁克(Stopford Brooke)欣赏，后者阅读后同样大为赞赏。后来其他一些英国作家和评论家也都阅读了这些诗，都不

---

① 愈之：《台莪尔与东西文化之批判》，《东方杂志》，第 18 卷 117 号，1921 年 9 月 10 日。

② [印]克里希那·克里巴拉尼：《泰戈尔传》，倪培耕译，北京：人民文学出版社，2011 年，第 195 页。

知不觉成了泰戈尔的崇拜者。罗森斯坦于是给领导西方文坛的著名诗人叶芝写信介绍泰戈尔的这些诗。叶芝此前对印度哲学有过研究,印度文明显示出的天地人神浑然一体的精神让他深受吸引,所以当他读到泰戈尔的"献歌集"(即《吉檀迦利》),立刻被其中蕴含的神秘的统一所打动。叶芝认为泰戈尔的诗表达了对永恒真理的神秘追求和莫名的情绪,而且形式清新,仿佛破土而出的灯心草一样透着生命的气息和优美的东方文化氛围,这是西方文学一直在追求却一直求之不得的诗。

罗森斯坦深受鼓舞。7 月 30 日晚,罗森斯坦在自己家里举办了一次泰戈尔诗歌雅集会,名为"泰戈尔之夜"。除叶芝外,到场的还有埃兹拉·庞德(Ezra Pound),威尔士著名诗人欧那斯特·莱斯(Ernest Rhys),小说家梅·辛克莱(May Sinclair),剑桥大学教授安德鲁(C. F. Andrew),《曼彻斯特卫报》资深记者亨利·伍德·奈文森(Henry Wood Nevinson)等。叶芝为大家朗读了泰戈尔的诗歌,给在场的诗人、作家、学者留下了深刻的印象。《吉檀迦利》诗中的意象、语言深深打动了在场的英国作家。

在此之后,罗森斯坦又把泰戈尔介绍给其他一些英国作家、学者、评论家,包括安得烈·布拉德利(Andrew Bradley),桂冠诗人罗伯特·布里季(Robert Bridges),英国著名小说家约翰·高尔斯华绥(John Galsworthy),英国著名作家曼斯菲尔德(John Masefield),英国著名诗人斯特奇·穆尔(Sturge Moore),英国著名剧作家萧伯纳(Bernard Shaw)等。① 伦敦还多次举办了泰戈尔接待会,如 7 月 12 日在特罗卡迪罗(Trocadero)大酒店举办的泰戈尔接待会,7 月 30 日在伦敦的皇家艾伯特厅剧院(Royal Albert Hall Theater)印度戏剧学会举办的泰戈尔晚宴等。

罗森斯坦相信自己发现了一个伟大的作家,一个不仅属于英属印度,而且属于全世界的诗人。他找到英国的"印度学会"(India Society of London),建议该学会出版泰戈尔的《吉檀迦利》,而叶芝则同意为之作序。叶芝毫不隐讳自己对《吉檀迦利》的喜爱之情:

> 这些天我一直随身携带这些翻译原稿,不论是在火车上、汽车上,还是在饭店里,我都会沉浸其中,以至于好些时候,我都因为怕被陌生人看见我是怎样为之动容而不得不阖上它。我的印度友人告诉我,在这些诗行的原文中随处可见设计巧妙的韵

---

① Hurwitz, H. M. *Rabindranath Tagore and England* [Doctoral Dissertation]. Illinois: University of Illinois, 1959, p.32.

律，无法传译的精细色调以及诗律的创新。而其中所蕴含的思想和构建出来的世界已让我为之神往，这些表达了至高文化的作品，却像野草一样从普通的土壤中生长出来。①

叶芝赞扬《吉檀迦利》的“风格和思想一样的精致”，“诗和宗教同为一体”，一切都是和谐的，你中有我，我中有你，没有对峙和冲突，诗歌在功能上达到了宗教的目的，而宗教精神在诗歌中又得到表达。叶芝认为泰戈尔诗歌中出现的和谐意象和场景都来自于对上帝的爱。与欧洲几百年前的诗歌相似，泰戈尔诗歌充满了朦胧而不可捉摸的韵味。这不仅是对泰戈尔诗歌的褒奖，也是对印度传统的赞誉。

梅·辛克莱也持同样的观点。他不但赞美《吉檀迦利》中诗歌本身的完美，而且认为这些诗丰富了世界的美，把人捉摸不定的感觉变成了现实，同时还丰富了英语、净化了英语。② 他认为《吉檀迦利》是“对神的爱的激情”(about the passion of the love of God)。如第2首：“当你命令我歌唱的时候，我的心似乎要因着骄傲而炸裂；我仰望着你的脸，眼泪涌上我的眶里。”③那么，此“上帝”是西方宗教之上帝吗？叶芝道：“当我试图在西方寻找一些可以与泰戈尔的作品作比较的东西时，我想到了托马斯·坎佩斯(Thomas A. Kempis)的效法基督。他们两个人的作品之间好像是隔了整个世界。托马斯·坎佩斯沉湎于对原罪的思考，并用可怕的意象来书写；泰戈尔先生几乎没有原罪的思想，更像一个孩童与最高者玩耍。在托马斯·坎佩斯伟大而一丝不苟的世界里，有形自然界的爱没有丝毫位置，更不允许进入。但是泰戈尔爱大自然，他的诗歌充满了最美丽的触动，显示出他敏锐的观察和深刻的爱。”④泰戈尔诗的“神”不是西方的“上帝”，他们相差甚远，泰戈尔这种天真、单纯的特色，叶芝认为可能脱胎于孟加拉文学或宗教。

庞德也为发现了一位伟大的诗人而激动不已，他给《诗刊》的编辑写信，希望能在《诗刊》上发表泰戈尔的诗歌。⑤ 他在信中说：“我亲眼见到这些诗歌在文学圈内部所引发的兴

① 叶芝：《致威廉·罗森斯坦》，《吉檀迦利》，冰心译，南京：译林出版社，2008年，第158页。

② ［印］克里希那·克里巴拉尼：《泰戈尔传》，倪培耕译，桂林：漓江出版社，1984年，第266页。

③ Hurwitz, H. M. *Rabindranath Tagore and England* [Doctoral Dissertation]. Illinois: University of Illinois, 1959, p.14.《吉檀迦利·园丁集》，冰心译，成都：四川文艺出版社，2016年，第4页。

④ Kundu, K. Bhattacharya, S & Sircar, K. *Rabindranath and the British Press (1912-1941)*. London: The Tagore Center(U.K); Calcutta: Exclusive distributors in India Rupa & Co., 1990, p.4.

⑤ 当时《诗刊》创办不久，庞德是杂志的国外通讯员，主要为新办的杂志联系合适的撰稿人。

奋和狂热,我们《诗刊》杂志至少得到了6首诗,这将是独家专稿。"①泰戈尔诗歌在1912年的《诗刊》上刊登之后,庞德还亲自作评,将其视为"英语诗歌和世界诗歌历史上的一个事件",并赞誉泰戈尔的诗歌达到了古希腊诗学的成就,是"希腊文学"的复兴。庞德的观点是:

泰戈尔的诗歌具有压倒一切的深邃、宁静的精神。我们就像重新发现了希腊。文艺复兴之前的欧洲就是这样。在当今世界机械的轰鸣声中,泰戈尔给我们带来了一种寂静的感觉。……他的诗歌具有一种自然的平静。他的诗似乎不是产生自心灵的激荡,而只是顺其自然。他与大自然是浑然一体的。这一切都与当今西方迥然不同。②

泰戈尔诗歌的音乐性与和谐复杂性令庞德着迷。庞德一直对亚洲哲学感兴趣,并以东方文学为学习的范本。当一个代表了自己的希望和理想的印度人出现在自己面前时,庞德像薄伽丘发现了希腊和但丁一样兴奋。罗森斯坦在回忆录里记述道:"年轻人围坐在泰戈尔跟前,埃兹拉·庞德最殷勤。"③庞德认为,《吉檀迦利》里的诗都是"原创的,格律是迄今为止最完整和最微妙的"。泰戈尔的诗歌精致典雅,和谐复杂,堪与一切经典的伟大艺术作品相媲美。庞德将泰戈尔的诗歌与"七星诗社"和早期行吟诗人的诗歌对比,认为泰戈尔的诗歌是集大成者,即既具有吟游诗人的自然质朴的情感,又表达了七星诗社诗歌的主题,虽未拟古但却蕴含古意;在形式上,泰戈尔则采用近于自由体诗的韵律,长短不一的散文,并不强求押韵脚,而追求整体的韵律。④ 庞德认为泰戈尔的诗歌再现了古希腊时期的饱满精神,在钢铁和机械时代为人们带来了平静。⑤

---

① Monroe, H. *A Poet's Life*. New York: The Macmillan Company, 1938, p.320; Cited from Hurwitz, M. H. *Rabindranath Tagore and England* [Doctoral Dissertation]. Illinois: University of Illinois, 1959, p.70.

② Pound, E. "Tagore's Poems". *Poetry*, 1912, Vol. 121(1), pp.92-94; Sixtieth Anniversary Issue: 1912-1972, Published by Poetry Foundation, 1972, pp.40-41.

③ Rothenstein, W. *Men and Memories: 1900-1922*. London: Faber & Faber, 1932, p.264; Cited from Hurwitz, H. M. *Rabindranath Tagore and England* [Doctoral Dissertation]. Illinois: University of Illinois, 1959, p.32.

④ Pound, E. "Tagore's Poems". *Poetry*, 1912, Vol. 121(1), p.92; Sixtieth Anniversary Issue: 1912-1972, Published by Poetry Foundation, 1972, pp.40-41.

⑤ Ibid., p.93; Ibid.

叶芝和庞德是20世纪最伟大的西方诗人，他们对泰戈尔诗歌的赞誉，并非孤例。当时英语报刊对《吉檀迦利》不吝赞美之词。诗集中的宁静、情感和思想的和谐，同样深深打动了普通英国读者。《泰晤士报·文学副刊》曾这样评价：

> 阅读泰戈尔的诗歌，我们感受到的不是思维怪异者的奇思妙想，而是英语诗歌的预言。只有当英国诗人同样能够达到这种情感和思想的和谐，在英格兰才会出现同样的诗歌。英语诗歌当下普遍存在的宗教和哲学的分裂，是我们在这方面失败的表现。我们总是将情感停留在具体事物上，却不能推而广之、陷入对宇宙的沉思。然而，这位印度诗人却做到了。①

《泰晤士报》(*The Times*)从1912年7月起多次发表评论，称赞《吉檀迦利》思想与情感水乳交融，高度赞扬泰戈尔诗歌的文学成就，认为泰戈尔拥有缪斯文艺女神一样的天赋，他的诗歌代表了一个外国的美好心灵。② 阅读泰戈尔的诗作，"让人感受到《大卫诗篇》(*Psalms of a David*)中大卫向上帝的诉说"，并通过"自己虔诚的行为和生活的经历感受到上帝的存在"。③《吉檀迦利》中所表达的"梵我一如"神秘主义宗教观，也让英国读者着迷。《曼彻斯特卫报》(*Manchester Guardian*)的评价是：诗歌中所蕴含的异域风情，同样让英语读者迷醉；泰戈尔诗歌中的异质性，并非像其他的东方诗歌那样让人难以接受，他是一位深受西方诗学影响的东方诗人，而西方的影响完全被他"东方化"了。④ 除此之外，1912年11月6日的《民族报》(*The Nation*)，1913年1月14日的《曼切斯特卫报》，1913年4月1日的《环球报》(*The Globe*)等报纸也都发表了相关介绍文章，声称"这是泰戈尔时代"。

---

① Tagore, R. "Tagore, R.'s Poems". Rev. of *Gitanjali* (*Song-Offerings*). *The Times Literary Supplement*, Nov. 7, 1912, p.492; Cited from Kundu, K. Bhattacharya, S & Sircar, K. *Rabindranath and The British Press* (*1912–1941*). London: The Tagore Center(U.K); Calcutta: Exclusive distributors in India Rupa & Co., 1990, p.7.

② [印]克里希那·克里巴拉尼：《泰戈尔传》，倪培耕译，北京：人民文学出版社，2011年，第204页。

③ Tagore, R. "Tagore, R.'s Poems". Rev. of *Gitanjali* (*Song-Offerings*). *The Times Literary Supplement*, Nov. 7, 1912, p.492; Cited from Kundu, K. Bhattacharya, S & Sircar, K. *Rabindranath and The British Press* (*1912–1941*). London: The Tagore Center(U.K); Calcutta: Exclusive distributors in India Rupa & Co., 1990, pp.8–9.

④ Tagore, R. "The Indian Poet". Rev. of *Gitanjali*. *The Manchester Guardian*, 14 Jan. 1913: 6; Cited from Kundu, K. Bhattacharya, S & Sircar, K. *Rabindranath and The British Press* (*1912–1941*). London: The Tagore Center(U.K); Calcutta: Exclusive distributors in India Rupa & Co., 1990, pp.12–13.

1912年11月,伦敦印度协会率先出版了叶芝做序的《吉檀迦利》英文版,并受到读者青睐和好评。由于印数有限,出版不久就迅即售罄。① 1913年3月,《吉檀迦利》英文普及本由乔治·麦克米伦公司出版,短短9个月重印了13次,仅在英国就售出12 000册,成为当年的畅销书,一年后仍是最受关注的单行本。②

随后,泰戈尔亲自翻译的诗集《园丁集》英文版出版,英国《观察家报》(*The Observer*)刊文称:"这些小诗证明了泰戈尔诗歌的特质,他没有在诗中将生活的主题设定为宏大的音乐,而是用柔和的声音说出万物的心灵,他将小小的亲密的东西,包括生活和时尚,变成珍珠,反映天空的喜好、爱和生命的强大。"③这些短诗简单、凝练,包含生活中的细微点滴,蕴含着单纯而赤诚的思想和感情,它们不宏伟庄严,但心灵澄澈,风格优美。万物在诗中水乳交融,揭示出一种完整而深刻的精神之美,建构成了一座可见的梦幻仙境。《每日新闻领袖报》(*The Daily News and Leader*)则认为《园丁集》明显受了西方诗人的影响,从中明显可分辨出他"受到济慈和斯温伯恩的影响,泰戈尔的诗歌还让人想起了雪莱和罗塞蒂"。④ 而且,泰戈尔通过自己的文学让英国读者相信:"民族间的不同,看起来关乎本质,实际上只是表象的不同",他始终坚持"民族间的融合与统一"。⑤

据此,布里格斯(F · Ashworth Briggs)认为泰戈尔的诗作破除了西方人记忆中所遗留的吉卜林小说中所描述的混乱与落后,用和谐、宁静、充满爱的关系取代了残暴、荒芜、殉葬、背叛,泰戈尔搭建了西方认识印度的正轨。⑥ 新的神秘的和谐涤荡了西方人想象中的印度作为异域的未知神秘。

---

① 印刷时间写的是1912年,真正和读者见面已经到了1913年初。

② Aronson, A. *Rabindranath through Western Eyes*. Calcutta: Shyamal Bhattacharya, 1978, p.32.

③ *The Observer*. Oct.12, 1913, p.4; Cited from Kundu, K. Bhattacharya, S & Sircar, K. *Rabindranath and the British Press (1912-1941)*.London: The Tagore Center(U.K); Calcutta: Exclusive distributors in India Rupa & Co., 1990, p.21.

④ "Tagore, R.'s Poetry". *The Daily News and Leader*, Oct.27,1913: 4;Cited from Kundu, K. Bhattacharya, S & Sircar, K. *Rabindranath and The British Press (1912-1941)*. London: The Tagore Center(U.K); Calcutta: Exclusive distributors in India Rupa & Co., 1990: 23-25.

⑤ "Books and Bookmen". *The Manchester Guardian*, Dec.6, 1913: 7; Cited from Kundu, K. Bhattacharya, S & Sircar, K. *Rabindranath and The British Press (1912-1941)*. London: The Tagore Center(U.K); Calcutta: Exclusive distributors in India Rupa & Co., 1990: 45.

⑥ Briggs, F. A., *A Great Man from Bengal*. *The Daily Mail*, Oct. 29, 1913, p.6; Cited from Kundu, K. Bhattacharya, S & Sircar, K. *Rabindranath and the British Press (1912-1941)*. London: The Tagore Center(U.K); Calcutta: Exclusive distributors in India Rupa & Co., 1990, pp.25-26.

1913年4月,泰戈尔再次乘船回到了英国。诗集《吉檀迦利》的出版使泰戈尔的知名度在英国迅速提升,虽然此时的泰戈尔还没有获得诺贝尔文学奖,但他一回到英国便被邀请参加一系列商业、社会活动。也就是在这一时期,泰戈尔的剧作《邮局》在叶芝的帮助下,在英国不同的剧院上演。① 1913年春天,《邮局》在都柏林的艾比剧院(Abbey Theater)上演,受到了观众热烈的好评。7月10日晚,《邮局》又在伦敦大剧院(Grand Theatre)上演。两次演出,都是由叶芝指导、爱尔兰演员演出。

1913年5—6月,泰戈尔在西敏斯特发表演讲,主要是谈印度宗教思想对印度人行为的影响和在具体生活中的显现。泰戈尔希望通过演讲能够让西方读者"有机会接触到印度的古代精神",②从而增进对印度文化的深入了解。后来演讲内容的英文经欧那斯特·莱斯修改润色,以《人生的亲证》为名于1913年出版。

泰戈尔非常擅长公众演讲,很多英国听众都会被其深深打动。莱斯曾这样描述泰戈尔在英国演讲的场景:

> 泰戈尔在演讲中姿态优雅,轻易就可以抓住观众的注意力。他的声音很感人,演讲起来滔滔不绝,语调很有穿透力。他演讲中所透露的活力,是从英国人的演讲中听不到的。他演讲风格富于变化,使我不断回想起他在西敏斯特的这场演讲。他就是古老东方智慧的播撒者,他凭借娴熟的技艺,使整个伦敦大厅里的西方听众都被其演讲深深吸引。③

但频繁的社会活动让泰戈尔感到疲惫,遂产生返回印度的念头。他在写给安德鲁的信中说:"该离开英格兰了,西方的社会活动已完全将我占据,耗费了我太多的精力。因此,我一刻也不能停留,必须回到寂寂无名的状态,让鲜活的种子找到萌芽的真实土壤。"④

1913年10月,泰戈尔回到了印度。1913年11月13日,诺贝尔评奖委员会投票,13

① 叶芝非常推崇《邮局》,他觉得这部戏搬上舞台之后,"结构精美",还向观众传达了"温情""和平"的情感。

② Tagore, R. *Sâdhanâ* (*The Realization of Life*). New York: The Macmillan Company, 1915, p.3; An e-book presentation by The Spiritual Bee, website: www.spiritualbee.com/spiritual-book-by-tagore/.

③ Rhys, E. *Rabindranath Tagore: A Biographical Study*. New York: The Macmillan Company, 1915, pp. 116-117; Cited from Hurwitz, M. H. *Rabindranath Tagore and England* [Doctoral Dissertation]. Illinois: University of Illinois, 1959, p.92.

④ Tagore, R. *Letters to a Friend*. 1928, ed. C. F. Andrews. New York: Routledge, 2015, pp.37-38.

位委员中，有 12 人将票投给了泰戈尔。瑞典文学院称赞泰戈尔自己翻译成英文的这些诗至为敏锐，清新优美，技巧高超，“他那充满诗意的思想业已成为西方文学的一部分”。①

在此之前，泰戈尔只是一个享誉印度孟加拉邦的孟加拉语诗人，甚至在印度国内都不为大家所熟知。而现在，他成为了享誉世界的东方作家。

英国，是泰戈尔走向世界的起点。1915 年 6 月，泰戈尔被英国王室授予爵士爵位。1919 年 5 月 30 日，泰戈尔因为印度发生了阿姆利则惨案(Massacre of Amritsar)写信给印度总督，宣布放弃英国国王授予的爵士爵位。1920 年 6 月，泰戈尔再次抵达英国。在这之前的 7 年内，泰戈尔的很多文学作品都被译成英语出版。麦克米伦公司在 1913 年后出版了多部泰戈尔诗集、戏剧和演讲集。仅在 1913 年，就同时出版了《园丁集》和《新月集》，还出版了泰戈尔在西方的演讲集《人生的亲证》。1914 年又出版了三部戏剧，分别是《齐德拉》《暗室之王》和《邮局》；1915 年出版了泰戈尔翻译的《卡贝尔之歌》《饥饿的石头故事集》；1916 年出版了《飞鸟集》；1917 年出版了诗集《采果集》《爱的礼物》《渡船》，戏剧《牺牲》《春之循环》，演讲集《民族主义》和《人格》，第一部个人自传《我的回忆》；②1918 年出版了《马西故事集》，其中收录了 14 篇英译的泰戈尔短篇小说。

6 月底，泰戈尔见到了著名哲学家、数学家罗素(Bertrand Russell)，政治历史学家迪金森(Goldsworthy Lowes Dickinson)，三人在剑桥大学国王学院的花园有过愉快的交谈。③ 此外，泰戈尔还参加了很多社会活动。在一场见面会上，英国著名女演员西碧尔・索恩迪克(Sybil Thorndike)为表达对泰戈尔的崇敬之情，当场背诵了泰戈尔的一首诗歌。后来她在回忆这场谈话时说：“这次谈话让我此生难忘，他让我从不同视角看到了不一样的事物，这是我作为基督徒曾一直努力从其他民族伟人的慧眼中去发现、去理解的事物。”④

7 月 29 日，泰戈尔在伦敦威格摩尔音乐厅(Wigmore Hall)发表了题为“神秘的孟加拉乡村歌曲”(*Some songs of the village mystics in Bengal*)的演讲之后，于 8 月 6 日离开伦敦去了巴黎。

---

① 陈映真主编：《诺贝尔文学奖全集》(泰戈尔卷)，台北：远景出版事业公司，1981 年，第 1 页。

② 在 1917 年之前，已经有英美人士写过有关泰戈尔的传记，但《我的回忆》是泰戈尔首部自传。

③ Aronson, A. *Rabindranath Tagore through Western Eyes*. Calcutta: Shyamal Bhattacharya, 1978. p.32.

④ Chatterjee, R. *The Golden Book of Tagore*. Calcutta: The Golden Book Committee, 1931. p.253.

1920年10月8日，泰戈尔再次回到伦敦，围绕音乐和乡村神秘主义做演讲。10月28日，泰戈尔再次离开伦敦，然后去了美国，因为在泰戈尔看来，美国“必须听到东方的声音”。① 1921年4月10日，泰戈尔再次回到英格兰。这次英国之行，泰戈尔的情绪有了极大好转。尽管泰戈尔对英国的傲慢感到极度失望，但他对英国并没有仇恨、报复的心理，相反，每次和英国友人的接触、交谈，都会使泰戈尔重新对英国和英国人民心怀好感。泰戈尔这次只在英国待了一个星期左右，于1921年4月离开伦敦去了欧洲。

1926年，泰戈尔结束了自己的欧洲之行后，再次来到伦敦，并简短停留。在英国媒体上，只看到有关泰戈尔去女王大厅(Queen Elizabeth Hall)听贝多芬演奏会的报道。随后，泰戈尔就去了挪威、德国等国，开始了新的欧洲之旅。

1927年8月，泰戈尔接受牛津大学邀请，计划于第二年去演讲，但因身体原因，1930年5月才来到英国，并于5月19日晚在曼切斯特学院发表了此次英国之行的第一场演说，反响热烈。牛津大学教授德拉蒙德(W. H. Drummond)称赞这场演说“有趣”且“令人难忘”：“现场的听众肯定都不会忘记这次讲座的场景——诗人身着白袍，气质高雅，坐在讲台上，坐在他面前的是一片急切、深深陶醉的听众。”②泰戈尔这次在英国的演讲涉及宗教、哲学、艺术等。

在牛津大学演讲后，6月4日，泰戈尔去了伯明翰，举办了自己的画展，还发表了题为“文明和进步”的讲座。伯明翰的艺术评论家约瑟夫·萨斯豪(Joseph Southhall)看了泰戈尔的画作后深受触动：“泰戈尔的画作充满了丰富的想象，用线条和色彩看待事物的方式体现了最优秀的东方眼光……他对颜色的感悟力非常了不起。”③

大约在1930年6月底7月初，泰戈尔再次离开伦敦去了德国。7月14日和爱因斯坦交谈。然后又去了丹麦、日内瓦、俄国。1930年12月，泰戈尔在返回印度途中在伦敦做了短时间停留。在伦敦，泰戈尔会见了伊夫林·兰琪(Evelyn Wrench)、萧伯纳、马克斯·比尔博姆(Max Beerbohm)、罗森斯坦等人。这也是泰戈尔最后一次英国之行。1931年1月，泰戈尔离开英格兰回到了印度。

---

① Hurwitz, M.H. *Rabindranath Tagore and England* [Doctoral Dissertation]. Illinois: University of Illinois. 1959, p.137.

② Ibid., p.175.

③ Ibid., p.178.

此后，泰戈尔再未踏上英国的土地，但他并未中断与英国的联系。1931 年 5 月泰戈尔 70 岁生日时，他不但收到印度朋友的祝贺，还收到世界各国朋友们的贺词。英国友人叶芝、罗森斯坦、罗素、曼斯菲尔德、霍斯曼等都对他表示生日祝贺。贺词最后汇集成《泰戈尔金色书》(*The Golden Book of Tagore*)于同年出版发行。

1940 年，泰戈尔获得了英国授予他的崇高的学术荣誉。2 月 27 日，牛津大学一致同意授予泰戈尔荣誉博士学位。鉴于泰戈尔不能亲自赶赴英国，颁授仪式最终在圣地尼克坦泰戈尔的住所举行。8 月 7 日，印度大法官毛里斯·格怀尔(Maurice Gwyer)代表牛津大学将这项荣誉授予了泰戈尔。“没有什么能比这项荣誉更让泰戈尔开心了。”①

二、泰戈尔在德国

第一次世界大战后，在民族灾难和耻辱的刺激下，德国人对自身文明产生了极度的怀疑，对人性的困境感到绝望。他们在时代的痛苦中寻找着新的生活之途，希望恢复民族的光荣和人性的希望。就这样，19 世纪末曾被德皇威廉二世蔑称为“黄祸”，认为会威胁到白种人生存的东方民族和文化，因崇尚和平而引起了他们的关注和思考，成为他们争相了解和学习的榜样。古老的印度和中国作为东方文明的代表，在德国人渴求的目光中进入他们的视野。德国知识分子和普通民众对东方的语言、智慧和艺术充满向往，满怀期望地在印度人和中国人身上寻找他们所渴求的宁静与和平的智慧。就这样，第一次世界大战后的德国出现了东方文化热。东方成为时髦的象征，东方文化被视为可以医治欧洲科学文明和物质主义精神疾病的灵药。

在“东方文化热”的背景下，泰戈尔也受邀在德国进行了一系列演讲，掀起了德国“泰戈尔热”。

中国对泰戈尔的德国之旅了解得很全面，这得益于一批留学德国的中国青年，其中代表是王光祈、魏嗣銮、俞颂华。王光祈和魏嗣銮都是“少年中国学会”和“工读互助团”的成员，王光祈 1920 年赴德国研习政治经济学，同时兼有北京《晨报》，上海《申报》《时事新报》特约通信记者身份；魏嗣銮时在哥廷根大学学习数学；俞颂华是《时事新报》和北京《晨报》

---

① Thompson, E. J. *Rabindranath Tagore: Poet and Dramatist*. London: Oxford University Press, 1979, p.287.

驻德特派员。他们于1921年2月15日成立了“中德文化研究会”，研究德国之强与中国之弱的根源。泰戈尔作为东方文化的代表在德国演讲，引起他们极大的兴趣，并向国内发回了一系列介绍文章。

1921年，泰戈尔在德国柏林、达姆施塔特、佛兰克三大城市巡回演讲，王光祈都去听了，并写成《太戈尔之山林讲学》一文，发表在8月4日的《申报》上。文章中说，泰戈尔此次赴欧洲，一是按惯例到欧洲答谢自己“一战”前获得诺贝尔文学奖；二是借此传播东方文化思想。在泰戈尔此次来欧洲之前，欧洲就已经掀起了一股东方文化热，一些战后对西方文化持批评态度的西方学者纷纷举办“东方文化讲演会”，甚至有一个德国人对宗白华说：“君等现在来德留学，吾等不日亦将赴中国留学。”因此，泰戈尔在德国演讲期间，德国学者“纷纷专车前往各城听其演讲”。与之前中国人欢迎西方学者杜威、罗素访华演讲的情景相比，王光祈发现西方人欢迎东方学者的热情更狂热。身处东西方文化交汇之地，王光祈客观地认识到，正是因为发生了第一次世界大战，才促生了东西文化的对流。只不过这种客观认识，在泰戈尔访欧和访华期间，大多都是当局者迷，旁观者清。

泰戈尔在德国的演讲围绕“东西方文明问题”，且对西方文明批评甚厉。他在演讲中批评欧洲是自私自利的民族，只追求外在的物质生活，却精神空虚，盲目自满。他们奉行强权主义，千方百计要用西方的物质文明征服东方的精神文明，将世界统一于西方强权统治之下。他希望青年人把欧洲的这些罪恶统统忘掉，而致力于建设一个新的世界。泰戈尔还在德国谈了世界和平问题，他说：欧洲人因欲满足物质欲望，故以武力为后盾，尽力抢劫，此实为一种占有本能之冲动。自大战以来，世人主张维持世界和平……欲世界和平，当首先改良占有之本能。欧洲的社会组织都是建立在外部强力的基础之上，而非建立在内心爱力之上，所以他认为欧洲的社会组织极不稳固，对于欧洲文化甚为悲观。但泰戈尔此次德国之行所要宣扬的基本主题，仍是东方精神文明优于西方物质文明，主张以爱而非武力实现民族之间的和谐，保存民族文化的特色。总之，王光祈认为德国人欢迎泰戈尔的主要原因是：“战后德国学者对于西洋文化颇多怀疑”；“太戈尔既系诅咒西方物质文明拥护东方精神文化者，故此时来德，正合德人口味，其受热烈之欢迎，亦不足为怪”。甚至连咖啡馆都因此改名为“Café Rabindranath”。①

---

① 王光祈：《太戈尔之山林讲学》，《申报》，1921年8月4日。

1921年7月,泰戈尔在柏林大学第一次演讲时甚至出现了"追星"般的场景:

> 会场出现了英雄崇拜一样的疯狂场面,听众往前涌着,很多座椅都被撞倒了,很多女孩子晕倒了,被人群踩着。人群争先恐后,都只是为了能一睹这位东方诗人的身影。①

一位东方诗人成为东方文明的化身,向西方传播着东方文明,吸引了焦虑的西方各阶层的民众。记者和报刊专栏作家与小镇酒吧老板们在一起翘首以盼,学者、政治家和哲学家们与贩夫走卒挤作一团。不同身份、不同社会阶层的人们聚合到一起,标志着泰戈尔作品受众的多样化,同时也表明泰戈尔这个人已经成为他的文学和思想的化身,东方文明的使者。对经历过战争的欧洲普通民众和知识分子而言,泰戈尔仿佛就是天神派来救赎的使者。普通民众也许并不能完全理解泰戈尔的思想和诗歌之美,然而却不能阻挡他们对神秘东方的向往。现实社会的窘境,促使他们企望得到一片净土,安乐地生活,而泰戈尔的诗歌绵软温和式的絮语安抚了西方人烦躁不安的内心,似乎能感受到冥冥中上天的暗示。

泰戈尔优雅的哲学甚至取代了尼采的哲学信条。看着他的容貌,听着他的高谈阔论,西方人心中对泰戈尔充满了尊敬之意:

> 泰戈尔的功德帮助我们叫醒了德国的心灵,让她再一次感知到了自己的力量。但是我们自身之外必须要有新的力量。德国心灵必须通过德国人的力量重获他从前的健康。但是泰戈尔在那些邪恶的日子里已经为我们指明了道路,因此我们德国人欠他一份感激的债。②

德国中产阶级在泰戈尔的诗歌和诗学思想中获得了共鸣。在泰戈尔60岁生日时,为表示对泰戈尔及东方文明的敬意,德国作家托马斯·曼与其他德国学者共同赠送给国际大学一批德国经典著作,作为寿礼。爱因斯坦等与泰戈尔也建立了深厚的友谊。

20世纪20年代,在德国兴起的"东方文化热"中,德国人眼中能够代表东方文化的东

---

① Kampchen, M. *Rabindranath Tagore in Germany: Four Responses to Cultural Icon*. Shimla: Indian Institute of Advanced Study, 1999, p.89.

② Aronson, A. *Rabindranath through Western Eyes*. Calcutta: Shyamal Bhattacharya, 1978, p.32.

方圣人实际上有两个：一个是印度的泰戈尔，另一个便是中国的辜鸿铭。实际上，西方甚至还有一种说法：辜鸿铭和泰戈尔同时获得了1913年诺贝尔文学奖的提名。显然，在德国人眼中，泰戈尔与辜鸿铭是可相提并论的。辜鸿铭当时在德国的影响，应不逊于泰戈尔。泰戈尔和辜鸿铭作为东方文化的代表而被尊为圣人和救世主。而在中国人眼里，辜鸿铭则是“中国的泰戈尔”。

当德国人听泰戈尔演讲中西文明问题时，他们实际上已不感到陌生，因为“这一类的话，西方人早就听得不少了。中国学者辜鸿铭也是这样说，他以为欧洲文明，在根本上，是只承认暴力，而不承认和协的”。① 在不少德国知识分子眼里，辜鸿铭就是东方文明的代言人，是一位睿智的东方大哲。在第一次世界大战后期及战后初期，在笼罩着整个欧洲的悲观与幻灭的氛围中，德国甚至还掀起了一场“辜鸿铭热”。用美国汉学家艾恺博士的话说：当时“与泰戈尔、冈仓天心等成为东方著名的圣者的，是辜鸿铭，不是梁漱溟或梁启超”。② 辜鸿铭的著作被译成了多种欧洲语言，并且成为欧洲大学哲学课程必读书。

20世纪20年代留学德国的沈来秋，也记述了欧洲东方文化热潮期间的辜鸿铭现象：

> 彼时中国的社会知名人士，如蔡元培、梁启超等都到欧洲游历，蔡元培并且曾在德国留学过。德国人对于他们的态度，一般是冷淡的，认为他们只是为了吸取西方文化的糟粕而来的，是微不足道的。就德国人的眼光看来，他们的见解和辜鸿铭相比，是无共同之处的。③

在德国人眼里，泰戈尔与辜鸿铭似乎都是东方文化的代表。但实际上，在辜鸿铭眼里，就东方文化的代表而言，泰戈尔不可与自己比肩。因为泰戈尔仅仅是一位诗人，而辜鸿铭是作家、哲学家、政论家身份兼而有之。最重要的是，泰戈尔主要是基于东方文化向德国人宣扬世界的未来之途，而辜鸿铭则是基于对德国社会和文化的深入了解和研究向德国介绍中国文化为代表的东方智慧，方法和内容都更有针对性。换句话说，泰戈尔在德国的演讲内容千篇一律，而辜鸿铭则是有选择地向德国人翻译介绍中国文化，效果实际上

① 王光祈：《太戈尔之山林讲学》，《申报》，1921年8月4日。

② [美]艾恺：《世界范围内的反现代化思潮》，贵阳：贵州人民出版社，1991年，第140页。

③ 沈来秋：《略谈辜鸿铭》，黄兴涛编：《旷世怪杰辜鸿铭——名人笔下的辜鸿铭，辜鸿铭笔下的名人》，上海：东方出版中心，1998年，第156-157页。

也不同。

在中国人眼中,辜鸿铭是一位文化保守主义者,而西方人欢迎他的,恰是他对中国传统文明的自信并在西方世界为中国文明争取平等地位。在很多中国知识分子因中国受到西方列强侵略而致力于"师夷长技"之时,辜鸿铭却致力于向西方介绍中国古代文明,力争让西方承认中国是一个有着高度文明的国度,东西方文明的目标是相同的,即都致力于维护人类生活在一个合乎道德和秩序的世界。①

根据辜鸿铭的道德文明观,西方文明根本不成熟,是一种基础不牢固的文明,因为它主要依赖工业和技术,而非道德完善和崇高精神。以此为标准来衡量,虽然西方文明外观看起来是庞然大物,让人叹为观止,但地基没打好,很容易坍塌。② 在《尊王篇》中,辜鸿铭反复强调的一句话就是:列强在中国面对的是一个注重道德修养的高度文明的国家。他认为,西方社会的基础是赤裸裸的、功利的金钱关系。在随后的《清流传》中,他一再称欧洲为"极端的物质实利主义文明的可怕怪物",③警告"中国的全盘欧化意味着输入粗鄙和丑陋"。中国人根本不了解西方文明的内涵就要以西方文化取代中国文化,实际上更容易使中国陷于崩溃。④ 西方现代文明的内涵是:欧洲文明是机械文明,是比物质文明更低级的文明。物质文明还有一丝精神的成分,但机械文明根本没有精神的东西。⑤ 而中国社会基础则是一种道德力量,使社会保持和平与秩序。他认为,这种文明才是真正的文明,是最高层次的文明。也就是说,中国的儒家文明才是世界上真正的文明。辜鸿铭批判西方物质文明意在向中国的欧化倾向示警,他担心的是物欲至上和强权逻辑在中国重演,毕竟中国人对现代化并无切身体验。正如张中行先生所说,辜鸿铭的"最大贡献就在于,在举世都奔向力和利的时候,他肯站在旁边喊:危险! 危险!"⑥

吴宓据此认为,辜鸿铭因为长期生活在国外,更能感同身受到中国的积弱以及因此遭

① [美]艾恺:《世界范围内的反现代化思潮》,贵阳:贵州人民出版社,1991 年,第 140 页。

② 沈来秋:《略谈辜鸿铭》,黄兴涛编:《旷世怪杰辜鸿铭——名人笔下的辜鸿铭,辜鸿铭笔下的名人》,上海:东方出版中心,1998 年,第 156-157 页。

③ 辜鸿铭:《中国文明的复兴与日本》,黄兴涛等译:《辜鸿铭文集》(下),海口:海南出版社,1996 年,第 279-280 页。

④ 辜鸿铭:《告准备研究中国文化的欧美人》,《辜鸿铭文集》(上),海口:海南出版社,1996 年,第 324 页。

⑤ 辜鸿铭:《东西文明异同论》,《辜鸿铭文集》(下),海口:海南出版社,1996 年,第 309 页。

⑥ 张中行:《辜鸿铭》,黄兴涛编:《旷世怪杰辜鸿铭——名人笔下的辜鸿铭,辜鸿铭笔下的名人》,上海:东方出版中心,1998 年,第 238 页。

受到的蔑视和侮辱，出于中华民族的自尊，他才更极力彰显中华文化的精粹，并倡导以中国传统的道德礼教，去改变欧洲极端的物质主义倾向，为此锲而不舍，坚忍不拔，所以是一位“极热烈之爱国主义者”。

吊诡的是，当西方人将辜鸿铭视为中国文化的代表和“中国在世界唯一之宣传员”之时，中国人虽佩服其精通英、德、法语，学贯中西，但进步文化界基本上视其为中国文化的怪胎，其思想被视为奇特古怪，其行为举止也成为嘲笑的对象。① 曾在德国听过泰戈尔演讲的魏嗣銮，曾在《辜鸿铭在德国》一文中回顾了他 1921 年在德国留学期间与一位德国教授奈尔逊关于辜鸿铭的几次谈话。当德国教授问魏嗣銮是否读过辜鸿铭的著作时，魏嗣銮颇不以为然，因为中国青年知道辜鸿铭的“恐怕很少。就是知道的，也不过晓得他会说拉丁语，有毛辫子罢了。倘若说他有自己的哲学，懂欧洲的文化，则除少数真正认识他的人而外，恐怕没有不诧异的了”。所以，他就老老实实回答说只听说过辜鸿铭的名字，中国人称之为老顽固，自己并未读过其著作。纳尔逊教授深觉诧异，因为他觉得辜鸿铭的哲学思想是很深厚的，所以劝魏嗣銮空闲时间多读读辜鸿铭的书。后来知道魏嗣銮始终未重视辜鸿铭，纳尔逊教授还深感失望。魏嗣銮遇到的这位德国教授还算客气。另有一位留德中国学生的德国教授，“他的学生，若不懂辜鸿铭，他便不准其参加讨论。其折服于辜鸿铭，于此可见了”。魏嗣銮为此感慨不已：同一个中国人，在本国和异国的评价却迥异。尤其是欧洲对辜鸿铭如此推崇，显然不是出于纯粹的博物馆欣赏古董的心理，而是因为他们认为辜鸿铭对欧洲的现实真有价值。在西强我弱的国际环境下，辜鸿铭能受欧洲人崇拜，对中国文化和中国的国际形象而言无疑有正面价值。针对当时国内对辜鸿铭的批评，他呼吁中国学者借鉴欧洲对辜鸿铭的态度，重新评价辜鸿铭对中国文明世界化的价值。② 显然，德国人对辜鸿铭的崇拜和敬仰，让本对其不以为然，甚至同一般中国青年一样视其为封建守旧代表的魏嗣銮，最终改变了对辜鸿铭的态度。

的确，德国青年崇尚中国哲学思想成为潮流。在一篇介绍德国“国际青年团”1921 年 8 月 10 日的一次年会情况的文章中，将当时德国青年中的中国文化派分为“老孔两派”。“国际青年团”属于“孔派”，而这一派“几无一不知孔子，更无一人不知辜鸿铭”。“中国之

---

① 吴宓：《悼辜鸿铭先生》，黄兴涛编：《旷世怪杰辜鸿铭——名人笔下的辜鸿铭，辜鸿铭笔下的名人》，上海：东方出版中心，1998 年，第 3 页。

② 嗣銮：《辜鸿铭在德国》，《人间世》（辜鸿铭特辑），第 12 期，1934 年 9 月 20 日。

所谓新固西洋之所谓旧也。孰知中国之所谓旧,固犹是西洋之所谓新耶。观于近日德国青年之醉心中国学术,即其一。两派在德意志青年中,各树一帜,不相假借。”“德国青年之了解孔子,以辜鸿铭氏之力为多。”①在当时的德国,书店里都摆着辜鸿铭的著作,在德国一些高校和学术研究机构,人们还组织起了“辜鸿铭俱乐部”“辜鸿铭研究会”。一些大学的哲学课还将辜鸿铭的著作列入必读书目。

实际上,不但德国的知识界普遍敬佩辜鸿铭,就连普通的德国人也知道他的名字。作为欧洲人眼中具有“真正的中国人”精神的辜鸿铭显然已成为一部分德国学者和青年的精神偶像,②其影响,甚至超过了泰戈尔此时在德国知识界中的地位。沈来秋曾回忆说,他1920年在德国接触过各个社会层次的德国人,发现他们几乎都知道辜鸿铭,并因而对中国文化充满好感,对中国文化、东方文化产生了兴趣,这也让他深觉意外。他分析其中的原因是:辜鸿铭的著作鼓吹中华民族传统礼教和社会秩序,认为可以补救西方文明精神上的不足,恰好满足了战后苦闷的德国人急于寻找精神寄托的需要。很多德国人极端厌战,向往和平,认为第一次世界大战是西方文明的恶果,所以对东方哲学和宗教产生了兴趣,所以转向东方文化寻求精神出路,希望以东方文明改变西方文明的弊端,实现西方文化的复兴。③

1921年6月7日夜,魏时珍与宗白华去听泰戈尔演讲《东西问题》。在8日的日记中,魏时珍分析了泰戈尔和辜鸿铭受德国欢迎的主要原因,是“彼辈自欧战后,大感欧战文化之不足”,于是掉头东向,希望以东方文化拯救西方文明。结果在德国崇尚东方文化,言称孔孟就成了所谓新派,成为文化主流,辜鸿铭、泰戈尔就成了西方人眼中的救星,这种情况恰与中国相反,因为国内正把西方思想家如杜威、罗素视为救星。④

在魏嗣銮看来,德国欢迎泰戈尔的社会和文化动机,与中国一窝蜂欢迎西方思想家的风气、性质是一样的,都是基于自身精神、灵魂的需要,而并非真正关注思想学术本身。

1924年5月2日,德国人所崇拜的两位东方哲人在清华园相见了,却不如德国人所认

---

① 《德人之研究东方文化》,《亚洲学术杂志》,第1卷第4期,1922年9月。

② [丹麦]勃兰兑斯:《辜鸿铭论》,黄兴涛编:《旷世怪杰辜鸿铭——名人笔下的辜鸿铭,辜鸿铭笔下的名人》,上海:东方出版中心,1998年,第264页。

③ 沈来秋:《略谈辜鸿铭》,黄兴涛编:《旷世怪杰辜鸿铭——名人笔下的辜鸿铭,辜鸿铭笔下的名人》,上海:东方出版中心,1998,第156-157页。

④ 魏时珍:《旅德日记》,《少年中国》,第3卷第4号,1921年11月1日。

为的那样一致。辜鸿铭这天专程从北大赶到清华会见泰戈尔。3 日，清华学生梁朝威采访辜鸿铭，请他谈谈对泰戈尔的认识。辜鸿铭认为泰戈尔足以代表印度文化，“然其知中国之事少，且所言不足以救中国之弊；盖其理想太高，太谷尔其犹龙乎！”辜鸿铭将泰戈尔比作中国的老子，并且感叹说“堂堂乎太谷尔也！”①同年 7 月 24 日，辜鸿铭在法国《辩论报》上撰文，则直接称泰戈尔给中国带来的只是“谬误和混乱”，“让他不要来给我们讲授什么文明”。

德国人眼中的两个东方文化代表，实际上对印度和中国所代表的东方文化的认识并不一致，德国东方文化观的片面也在所难免。这种认识上的偏误，决定了德国“泰戈尔热”的热度不可能维持多久，到 20 世纪 20 年代末，泰戈尔在德国就已经普遍被冷落了。

三、泰戈尔在美国

在欧洲演讲期间，泰戈尔慢慢发现欧洲人欢迎自己并非意味着他们会接受自己的主张改变自己，他们只是因为战争造成的苦难而迫切需要找到一种新的精神寄托，而不是要彻底改变自己的文化，并且文化也并不是容易改变的。于是，他逐渐对欧洲感到了失望。而此时美国和日本对战争的态度引起了诗人的注意，他转而把拯救世界的希望寄托在美国和日本，并对这两个国家进行了多次访问，发表演讲，欧洲的泰戈尔热也随之从欧洲转到了美国和日本。

泰戈尔一生 5 次赴美，分别是在 1912 年至 1913 年间，1916 年至 1917 年间，1920 年至 1921 年间，1929 年和 1930 年，共计 17 个月。

1912 年 10 月 27 日，泰戈尔第一次到美国，因他还不太为美国公众所知，所以在美国期间相对安静、惬意。因泰戈尔的儿子曾在伊利诺伊大学学习农业，泰戈尔就在伊利诺伊的厄巴纳(Urbana)住下了。当地自然环境优美，立刻让泰戈尔感到很放松。不久，厄巴纳当地三位一体(Unitarian)②教派的牧师维尔(Albert R. Vail)邀请泰戈尔为当地的教众演讲。

---

① 梁朝威:《与“中国的太谷尔”谈话记》,《清华周刊》,第 313 期,1924 年 5 月 9 日。

② Unitarian 是基督教内部的一个教派，是基督教改革运动的产物，由于其和现代印度之父罗易(Rajah Rammohun Roy)在 1828 年创立的 Brahmo Sahaj 有共通之处，加上泰戈尔一家三代都和 Brahmo Sahaj 运动关系密切，而且泰戈尔本人在 1912 年时还被认为是 Adi Samaj sect 的领袖，这自然会引起 Mr Vail 的注意，并邀请泰戈尔为当地的教会演讲。

在伊利诺伊的这段时间，泰戈尔和《诗刊》杂志编辑哈立特·蒙罗（Harriet Monroe）①建立了联系，并受邀去芝加哥。在芝加哥，泰戈尔住在诗人穆迪（William Vaughan Moody）的遗孀家里。泰戈尔除了在亚伯拉罕·林肯中心发表演讲外，其他时间主要是在穆迪夫人家为蒙罗和穆迪夫人等人"朗诵他写的诗歌"，或是谈论东方宗教教义，让她们感受到东方"佛陀"的形象和泰戈尔的"主教风范"。② 此外，泰戈尔还在哈佛大学发表演讲。1913 年 1 月，泰戈尔离开美国，结束了第一次美国之行。

1916 年 9 月，泰戈尔第二次来到美国，至 1917 年 7 月离开。这是泰戈尔获奖之后第一次来美，引起了美国各界的广泛关注。

1916 年 9 月 18 日，泰戈尔抵达西雅图。泰戈尔这次的美国行程和演讲由庞德负责安排，计划从美国西部的西雅图出发，然后到南部的洛杉矶，再到东海岸。泰戈尔所到之处，都能吸引到一大批听众，美国报刊杂志也争相报道。

泰戈尔在旧金山的演讲，获得了当地民众的热烈欢迎。《旧金山检察官报》（*San Francisco Examiner*）报道说："当代没有哪个作家的思想，能够在美国掀起如此大的波澜，泰戈尔的影响是暴风雨式的。"③在南加利福尼亚州，优美的自然风光让诗人的内心充满喜悦，泰戈尔不禁感叹："这是一个美丽的国家，我相信他会有一个伟大的未来；""美国不受妨碍，为了人类的进步可以自由尝试；""美国是人类西方理想的最佳倡导者。"④之后，泰戈尔还去了盐湖城、得梅因、芝加哥、印第安纳波利斯、底特律、克里夫兰、纽约、波士顿等城市。这些城市的民众对泰戈尔的到来，也都表示了热烈的欢迎。

---

① 泰戈尔和蒙罗联系的缘由，是他儿子向《诗刊》杂志的编辑写信，希望能多收到几本刊载父亲诗歌的《诗刊》杂志，便于送给友人。泰戈尔和《诗刊》结缘，缘于庞德。庞德曾在 1912 年夏天和叶芝一起与泰戈尔见过面，而且泰戈尔的《吉檀迦利》引发了庞德强烈的兴趣。庞德曾激动地给蒙罗写信，"希望能为泰戈尔留点版面。"然后，泰戈尔的诗歌就发表在《诗刊》1912 年最后一期上。见 Harriet Monroe: *Poetry*, Vol. 11, No. 1 (Oct. 1917), pp.33-41, Published by Poetry Foundation.

② Monroe, H: *A Poet's Life*. New York: The Macmillan Company, 1938, p.321; Cited from Mukherjee, S. K., *Passage to America: The Reception of Rabindranath Tagore in the United States (1912－1941)* [Doctoral Dissertation]. Pennsylvania: University of Pennsylvania, 1963, p.119.

③ "A Traveler". *San Francisco Examiner*, Oct.6, 1916: 6; Cited from Hay, N. S. "Rabindranath Tagore in America". *American Quarterly*, Vol. 14, No. 3.; The Johns Hopkins University Press, 1962, p.446.

④ "Tagore's Message". *San Francisco Examiner*, Oct.9, 1916: 8; Cited from Hay, N. S. "Rabindranath Tagore in America". *American Quarterly*, Vol. 14, No. 3.; The Johns Hopkins University Press, 1962, p. 447.

在耶鲁大学，泰戈尔获赠耶鲁大学二百周年奖章，校长在欢迎词中说："我们欢迎你作为寻求光明、真理的最伟大的伙伴，而您作为成千上万探寻者的一员，我们向您致敬。"①

泰戈尔在美国各地的演讲掀起了一股东方文化热潮，吸引了大量听众。12 月 12 日，泰戈尔在卡耐基音乐厅(Carnegie Hall)的演讲就因为听众太多，很多听众都只能站着。这种场面，在美国是非常罕见的。演讲过程中，很多美国听众被感动得潸然泪下。② 美国的文学协会组织讨论泰戈尔的生平和作品，很多城市都举办了泰戈尔诗歌朗诵会，还为泰戈尔的诗歌配上西方音乐传唱。③

泰戈尔这次在美演讲，辛辣批判了西方物质主义文化所引发的物质崇拜和物质掠夺，以及给全世界带来的灾难，这自然引发了美国媒体的强烈不满和反驳，于是开始猛烈批评泰戈尔通过"鼓吹和平主义"危害美国青年的价值观。④ 面对美国媒体的误解和尖刻的批评，泰戈尔痛苦不堪。他临时决定取消后面的演讲安排，提前于 1917 年 1 月结束了这次美国之行。⑤

1920 年 10 月，泰戈尔第三次来到美国，第一站是纽约，为建国际大学募捐。社会集会、演说活动和宣传广告"接踵而至"。11 月 22 日，泰戈尔在纽约演讲时，听众蜂拥而至，摩肩接踵，盛况前所未有。几百名听众甚至因为过于拥挤而不得不失望而归。⑥ 泰戈尔向美国听众介绍了创办国际大学的目的是"把东方文明，聚在一处来研究"。因为西方文明之所以强盛，是因为其团结，力量集中，而"东方诸国，却如一盘散沙，不互相研究，不互相团结"，结果导致一天衰败一天，甚至关于东方文明的问题，还要受西方人的影响。⑦ 在美国期间，美国总统胡佛接待过他，美国学者还专门成立了泰戈尔学会。当然，泰戈尔在演

---

① Hay, S. "Rabindranath Tagore in America" .*American Quarterly*, 1962, Vol. 14(3), pp.439-463.

② "How Tagore Found Us" .*Seattle Post-Intelligencer*, Jun. 10, 1917, p.340; Cited from Mukherjee, S. K. *Passage to America: The Reception of Rabindranath Tagore in the United States* (*1912-1941*) [Doctoral Dissertation]. Pennsylvania: University of Pennsylvania, 1963, p.142.

③ Mukherjee, S. K. *Passage to America: The Reception of Rabindranath Tagore in the United States* (*1912-1941*) [Doctoral Dissertation]. Pennsylvania: University of Pennsylvania, 1963, p.133.

④ 同上，p.135。

⑤ 此次演讲之旅原计划 1917 年 4 月结束。

⑥ [印]克里希那·克里巴拉尼：《泰戈尔传》，倪培耕译，桂林：漓江出版社，1984 年，第 352 页。

⑦ 冯友兰：《与印度泰谷尔谈话》，《新潮》，第 3 卷第 1 号，1921 年 10 月 1 日。

讲时不但在介绍东方文明时不遗余力,而且对西方文明的批评也毫不客气。1924 年 4 月 25 日,在北京英美协会为自己举办的午餐会上,泰戈尔述及“曩者游日游美考察其国家生活、与家庭生活之经过”,“又述及美人之物质主义,及漠视他人意见。谓美人将来必受恶果无疑”。①

美国人对泰戈尔的热情显然不如以前,对泰戈尔的这次美国之行,不论报纸的报道数量,还是泰戈尔公开演讲的次数,都和以前相去甚远。泰戈尔在纽约的 3 个月里,除了报道泰戈尔来美和新剧本出版的消息之外,美国报纸只有零星的几篇报道。美国听众似乎不愿再听到泰戈尔对美国文化的批驳,因而他这次在纽约的大部分欢迎活动都是晚宴,发表公众演讲的次数却相对较少,一共只有 4 次。② 加上期间泰戈尔身体欠佳,其情绪曾一度非常失落。随后,泰戈尔离开纽约去了芝加哥,按照庞德的安排到得克萨斯州演讲,却非常成功,泰戈尔精神振奋起来:“天空接纳了我,温暖的爱抚给我喜悦,让我振奋。”③

总体来讲,泰戈尔的第三次美国之行,心情是悲观的。“此刻,我无法描述自己是多么痛苦,多么渴望回到自己平静的生活之中,彻底从我的头脑中清除掉促进东西方融合的雄心壮志……”④值得欣慰的是,泰戈尔此次在纽约结识了恩厚之(Leonard Elmhirst)。这个年轻的英国人当时还是康奈尔大学的研究生,学习农业,后来在圣地尼克坦帮助泰戈尔进行农村重建工作,并陪泰戈尔访问了中国。泰戈尔此次在美国的演讲内容收录于《创造的统一》出版。泰戈尔仍像古代东方的预言家一样,敦促美国人民朝着理想的目标前行。

1929 年 4 月 18 日,泰戈尔第四次来到美国,但只停留了 3 天,4 月 20 日就离开了。行程取消的原因,是泰戈尔受到了美国移民局的羞辱。泰戈尔来美国之前,先去加拿大参加了在温哥华举办的世界教育研讨会,但在加拿大期间丢了护照,他在向驻温哥华的美国移民局申请重新办理护照时,却因为东方面孔受到移民局的刁难。美国移民局的工作人员甚至问他能不能支付起回国的费用。泰戈尔的民族自尊心受到了极大伤害,深深感受到

① 《英美协会招待太戈尔时之演说》,《申报》,1924 年 4 月 26 日。

② Mukherjee, S. K. *Passage to America: The Reception of Rabindranath Tagore in the United States (1912-1941)* [Doctoral Dissertation]. Pennsylvania: University of Pennsylvania, 1963, p.148.

③ Tagore R. *Letters to a Friend*. 1928. ed. C. F. Andrews. New York: Routledge, 2015, pp.124-125.

④ Mukherjee, S. K. *Passage to America: The Reception of Rabindranath Tagore in the United States (1912-1941)* [Doctoral Dissertation]. Pennsylvania: University of Pennsylvania, 1963, p.153.

美国对亚洲民族的歧视。① 因此,泰戈尔从温哥华4月18日抵达洛杉矶,4月20日就离开了美国。

《中央日报》1929年4月23日报道了这一事件,并讽刺泰戈尔是“迷信白种人之印度诗翁”,却受到白种人的刁难,“大足以丧失其尊荣”。说泰戈尔“迷信”西方,显然是中国的西方观在起作用,也可以说是中国泰戈尔观的一次转变,或者说是中国对泰戈尔的又一次误解。泰戈尔频繁到西方演讲,并受西方欢迎,实际上是西方自身文化危机疗伤的需求与泰戈尔的思想产生了共鸣。

实际上,美国人欢迎泰戈尔,更多是因其文学与思想,而不是像欧洲那样带有明显的功利目的;泰戈尔对美国,也没有像对欧洲那样有一个从希望到失望的转变过程。显然,这次美国之行受阻,应该说是一个偶然事件。但偶然背后,的确是西方人对东方人的一贯鄙视态度在起作用。泰戈尔作为东方在西方的文化代表,对美国人的这种态度自然清楚。他这次放弃美国之行,实际上是利用自身的国际声望给美国一个教训,也替东方文化做一次反击。这件事给泰戈尔很大的打击,1929年7月9日泰戈尔还在给英国好友安德鲁的信中说:“我们东方人已经被西方羞辱得太久了。”②

1930年10月9日,泰戈尔第五次来到美国,同年12月14日离开。这也是他最后一次赴美。泰戈尔这次在美国受到前所未有的隆重接待。美国尽一切可能使泰戈尔的这次美国之行既隆重又成功。早在泰戈尔来美之前,美国就成立了“欢迎泰戈尔委员会”,并由前美国驻土耳其大使亨利·摩根索(Henry Morgenthau)担任接待委员会主席。11月29日,英国大使罗纳德·林德赛(Ronald Lindsay)还安排泰戈尔在白宫与美国总统胡佛相见。

泰戈尔这次一到美国就表明了自己的态度:“希望大家能够明白,他并未因为去年的事件而对美国有任何不满。”③和以往不同的是,泰戈尔此次来美,还多了一个画家的身份。他虽然1926年才开始作画,但其画展在巴黎、柏林、莫斯科等地所取得的成功,给了他极

---

① Hay, S. “Rabindranath Tagore in America” . *American Quarterly*. The Johns Hopkins University Press, 1962, Vol. 14(3), p.445.

② 谭中为孙宜学,《泰戈尔:中国之旅》写的“序”,北京:中央编译出版社,2013年,第7页。

③ “Tagore in America”. *New York Times*, Oct. 10, 1930: 10; Cited from Mukherjee, S. K. *Passage to America: The Reception of Rabindranath Tagore in the United States (1912 - 1941)* [Doctoral Dissertation]. Pennsylvania: University of Pennsylvania, 1963, p.176.

大的自信。泰戈尔此次带来了自己的100多幅画作，在波士顿、纽约、费城等地举办了画展。

泰戈尔此次在美受到礼遇，并非因为其文学家的身份，美国更多出于政治方面的考虑。首先，泰戈尔是在结束了在苏联为期15天的访问之后来到美国的。泰戈尔接受美国记者采访时，对苏联共产主义政权热情赞赏，甚至于被美国记者冠上了"苏联宣传员"的称号。① 美国政府从政治角度看到泰戈尔此次访美的政治和外交价值，所以才高度重视，周密部署了其行程和活动。负责泰戈尔此次在美行程的美国公谊服务委员会(American Friends Service Committee)用了10个月时间和泰戈尔协商，以保证泰戈尔美国之行如期顺利进行。②

泰戈尔此次在美国结识了不少美国作家、学者。如在马塞诸塞州的威廉斯敦(Williamstown)与著名美国诗人罗伯特·弗罗斯特(Robert Frost)进行了愉快的交谈。③ 此外还见到了美国著名学者、历史学家威尔·杜兰特(Will Durant)，作家辛克莱·刘易斯(Sinclair Lewis)(后获诺贝尔文学奖)、海伦·凯勒、爱因斯坦等人，并与他们建立了良好的友谊。泰戈尔此次来美，还促成了"美国泰戈尔协会"(American Tagore Association)的成立，该协会旨在促进和泰戈尔创办的国际大学在文化、财政上的合作，并最终于1931年泰戈尔70大寿时正式成立。泰戈尔听闻非常高兴，回复说："不断前行、充满活力的理想主义，将会在融合东西方天赋、实现人类精神统一的过程中趋于圆满。"④

泰戈尔离开美国之前，还在百老汇的剧场最后一次和美国公众见面。当晚，泰戈尔站在剧场中央，演出的孩子们给诗人带上花环。泰戈尔把演出的所有收入捐给"市长救济基金"，用来帮助纽约的失业人员。1930年12月15日凌晨，泰戈尔离开了美国。

---

① "Tagore—Russia's Friend". *Literary Digest*, Nov. 1, 1930: 19; Cited from Mukherjee, S. K. *Passage to America: The Reception of Rabindranath Tagore in the United States (1912 - 1941)* [Doctoral Dissertation]. Pennsylvania: University of Pennsylvania, 1963, p.169.

② Mukherjee, S. K. *Passage to America: The Reception of Rabindranath Tagore in the United States (1912-1941)* [Doctoral Dissertation]. Pennsylvania: University of Pennsylvania, 1963, p.172.

③ Chakravarty, A. *A Tagore Reader*. New York: The Macmillan Company, 1961, p. 392; Cited from Mukherjee, S. K. *Passage to America: The Reception of Rabindranath Tagore in the United States (1912-1941)* [Doctoral Dissertation]. Pennsylvania: University of Pennsylvania, 1963, p.174.

④ "Ambassador Extraordinary to America". *New York Times*, May7, 1931: 26; Cited from Mukherjee, S. K. *Passage to America: The Reception of Rabindranath Tagore in the United States (1912-1941)* [Doctoral Dissertation]. Pennsylvania: University of Pennsylvania, 1963, p.179.

尽管泰戈尔在美国的演讲经历让他悲喜交加，但他在美国的社会活动客观上积极推动了东西方文化间的交流合作，他让美国人相信，这是一条物质奴役、殖民统治之外的道路，即通过博爱、和谐等崇高精神的联合实现个人内心的解放和东西方之间的合作。

四、泰戈尔在日本

实际上，因为私人情谊，泰戈尔对日本人和日本民族素有好感。① 自泰戈尔 1913 年获得诺贝尔文学奖后，日本就一直设法邀请他访日，但因无法解决相关费用而搁置。1914 年，美国邀请泰戈尔访美，闻此，日本学者河口慧海等人欣喜不已，马上邀请泰戈尔顺访日本，并精心安排了泰戈尔在日期间的演讲和访问活动。因日本时为赴美的必由之路，泰戈尔也早有访日计划，就欣然接受了日本的邀请，时间定在 1915 年。

日本的第一次"泰戈尔热"，就发生在泰戈尔答应访日前后。

泰戈尔访日前，日本关于其本人及其作品的介绍并不多，主要有 1914 年 1 月 1 日《中外英字新闻》上的一篇短文："获得诺贝尔奖金的印度人"，简单介绍了泰戈尔的获奖情况，这可能是泰戈尔的名字第一次出现在日本；译作《榕树下》，发表于 1914 年 2 月的《六合杂志》上；1915 年 2 月，三浦关造翻译了《森林的哲学——生的实现》，由玄黄社出版。

自泰戈尔答应访日的消息传到日本后，日本的主流报纸、杂志都加大了对泰戈尔的作品、宗教、哲学的介绍力度。1915 年 5 月 21 日至 6 月 1 日，《读卖新闻》还组编了一个"泰戈尔特辑"："如果泰戈尔来朝"，从文学、宗教、艺术等各个方面介绍了泰戈尔。《六合杂志》则于同年 4 月 25 日组织了关于"泰戈尔"的专题演讲，组织日本学者围绕"泰戈尔的戏剧与诗歌""泰戈尔的基本思想""泰戈尔的人格和生活""泰戈尔研究的意义"等发表演讲，轰动一时；1915 年 5 月，该杂志组织了"泰戈尔与印度号"专刊，内收翻译的泰戈尔作品和 11 篇文章，详细介绍了泰戈尔的宗教观、艺术观、哲学观。其他一些日本当时的重要杂志

---

① 影响泰戈尔首次访日的是冈仓天心。1901 年至 1902 年间，冈仓天心访问印度，因冈仓天心与泰戈尔的侄子是忘年交，故 1902 年在加尔各答期间他就借住在泰戈尔家中，得以结识了泰戈尔。冈仓天心的热情、正直、真诚给泰戈尔留下了很好的印象，两人常常结伴访问印度各地，结下了深厚的友谊，并使泰戈尔对日本充满了好感。1916 年泰戈尔访问日本期间，特意探望了冈仓天心的遗孀及家人，住在冈仓天心的故居中，并穿着冈仓天心的和服与其家人合影。后来在《东洋文化和日本的使命》一文中，泰戈尔详细回顾了这段历史。参见蔡春华：《冈仓天心的第一次印度行》，孙宜学主编：《从泰戈尔到莫言：百年东方与西方》，上海：上海三联书店，2015 年，第 533-552 页。

也组织发表了一些介绍和研究文章，如《中央公论》5月刊出了“泰戈尔研究”论文专辑，内收野口米次郎等日本学者的研究论文，介绍了泰戈尔的哲学、文学、散文诗、道德观、泰戈尔与佛教及基督教的关系等；《新潮》发表了4篇研究文章，内容涉及泰戈尔的诗歌与自然的关系等。除了对泰戈尔的研究，日本还翻译出版了15部泰戈尔的作品。泰戈尔的重要诗集如《吉檀迦利》《新月集》《园丁集》，重要剧作如《暗室之王》《邮局》等也都译成了日文。同年，日本还出版了多部研究泰戈尔的专著，如中泽临川的《泰戈尔与生的实现》《梵的行者泰戈尔》，江部鸭村的《泰戈尔思想与宗教》，斋木仙醉的《泰戈尔的歌》《泰戈尔的哲学》等。日本掀起的这股“泰戈尔热”甚至引起了一些日本学者的不满，加藤朝鸟就语带讽刺地说：在短短的一年内，日本就翻译出版了那么多泰戈尔著作，似乎发生了一次文学革命，日本的作家也很少得到这样的垂青。①

1916年5月5日，泰戈尔终于开启了访日之行。印度加尔各答总领事将此消息告知了日本外务省和日印协会。

消息传到日本国内，日本迅即刮起了一股“泰戈尔旋风”！日本举国上下，像迎接神圣一样欢迎泰戈尔的来访。泰戈尔到东京后，日本政府组织了热烈欢迎活动，在他所走的道路上，都用鲜花铺着，在他演讲的台上，也都以花草树木作背景，大街小巷，到处张贴着欢迎的标语，称赞他为“东方大诗人”“日本的友人”。5日，《东京朝日新闻》以“泰戈尔终于来日本”为题报道了此事；东京《日日新闻》也以“泰戈尔氏来了”为题，表达了日本人终于盼来泰戈尔的欣喜之情。为了让普通日本民众加深对泰戈尔的了解，日本媒体还介绍了泰戈尔的日常生活及“古代圣哲”的风采：身穿宽松流动的印度袍子，长髯白发，眼神深邃，风度翩翩。日本各界还成立了“欢迎准备委员会”，就欢迎仪式、泰戈尔在日本期间的衣食住行，演讲访问，细细筹备。泰戈尔这次在日本停留了三个月，他参观了神户、须磨寺等地，在上野公园演讲，在《大阪朝日新闻》主办的欢迎会上演讲，等等。泰戈尔到日本后，《东京朝日新闻》等都辟出专版全面系统报道泰戈尔在日活动。日本政治界、宗教界、教育界、实业和文艺界联合于6月13日下午在上野宽永寺为泰戈尔举行了盛大的欢迎仪式，日本首相和各部部长都出席了这次欢迎会，将欢迎泰戈尔的活动推向高潮。

泰戈尔广泛接触了日本社会各界，对日本的看法也逐渐发生了一些改变。但总的来

① [日]加藤朝鸟：《对泰戈尔流行的不满》(上)，读卖新闻，1915年5月16日。

说，这次访日宾主双方都是愉快的。

在日本期间，泰戈尔参观了日本展览的在甲午战争期间从中国缴获的各种兵器，深觉耻辱，因为他认为这样做只会鼓励人民热衷战争，增加邻国的恶感。作为印度人，他很知道战争的痛苦是什么。战争只是一种野蛮的行为，名为国家主义，实际上不过是自私自利而已，与思想及精神相距甚远。泰戈尔一直坚持批评重物质轻精神的行为，认为这种行为远离人道之途。他相信人类将来一定会团结一心，但前提是必须铲除贪婪之心，否则人类必要遭受更大的损失。当然，即使在印度国内，泰戈尔的这种思想也受到很多人的批评，这些印度人认为泰戈尔这样做只会使印度更加虚弱，成为别人的鱼肉。

泰戈尔的这次日本之行也引起了中国人的关注。1915 年 9 月 1 日，《申报》转引东方通讯社的东京来电《印度哲学家他哥鲁氏来日之事已决中止》。1916 年 5 月 6 日，《申报》报道《印度哲学家达哥尔氏附乘日本邮船士佐丸子于四月三十日开向日本》。1916 年 12 月 10 日，《东方杂志》发表胡学愚的文章《印度名人台峨尔氏在日本之演说》，称泰戈尔“为印度著名诗人及哲学家”，“其文章学说，颇为欧西人士所推重。本年七月，由美至日，扶桑人士，款洽备至。”作者还感叹泰戈尔在东京帝国大学演讲时“听者万人”的盛况。文章详细介绍了泰戈尔这次演说的基本观点：亚洲各国正沉沉昏睡，“濒于危亡而不自觉”，日本“独能奋然兴起努力先鞭”。这一点，恰也是当时的中国人心羡日本之处。

在日本军国主义思想甚嚣尘上、世界为之惶惶不安的时期，泰戈尔频繁访日，也让世界上热爱和平之士表示担忧，这其中就包括中国人的反对，因为中国人对军国主义的日本尤其感到痛恨和恐惧。泰戈尔意识到了这一点并深为痛苦，因为在他眼里，日本代表着亚洲的希望，所以 1924 年他在中国时一再对听众说要全面认识日本，包括日本的艺术、戏剧和舞蹈，对自然的赞美。① 后来泰戈尔从中国东渡日本时，徐志摩以及另外两位中国学者同行，可能也与泰戈尔在中国对日本文化的肯定和赞扬有关。从日本回来后，中国学者在北京还组织了由日本朋友捐赠的古代和现代手工与艺术珍品的展览。

实际上，泰戈尔处处宣扬爱与和平，恰是因为他慧眼如炬，看出了世界隐藏着新的战争危机。泰戈尔对中国和日本都有很深的感情。“我对于日本人民有极大的敬重。……曾经一度尊敬与崇拜过日本，并曾经对日本抱过一次很深厚的希望”，但日本不久便暴露

---

① ［印］克里希那·克里巴拉尼：《泰戈尔传》，倪培耕译，南宁：漓江出版社，1984 年，第 386 页。

了其侵略野心,“出卖了那个新的希望”。[①] 对日本的军国主义倾向,泰戈尔历来都很警觉,并激烈反对。日本军国主义对亚洲和世界可能造成的威胁,老诗人很早就意识到了,并进行了毫不留情的揭露。第一次世界大战结束后,日本乘机占领了中国的山东,但又要在世人面向扮演救世主的角色,就想借助泰戈尔的世界声望遮掩自己的帝国主义行径。1916年5月,泰戈尔到日本访问,日本政府一开始热烈欢迎他,称赞他为“日本的友人”,千方百计取悦他,但并不是出于对文化和艺术的尊敬,而是希望利用泰戈尔为自己的侵略行径歌功颂德。泰戈尔很快明白了日本政府的这一“良苦用心”,他一方面感谢日本人的细心安排,但对日本军国主义的侵略行径毫不留情。在名为“军国主义在日本”等一系列演讲中痛斥日本“大举侵犯其文化祖邦之中国,更在中国如此野蛮横行,且不但要亡中国的国家,并要灭中国的种族。这无异等于发掘日本自己的祖宗的坟墓,来埋葬日本自己的子孙前途”。[②] 结果日本政府恼羞成怒,很快撕下了伪装,不但在报纸上谩骂他是一个失败的诗人,而且百般阻挠他在日本的活动,还多次暗示他迅速离开日本。但泰戈尔毫不示弱,坚持按照预定的安排到各大学演讲,日本政府则百般干预,导致听者寥寥,他也不为所动。结果,在泰戈尔离开日本时,竟没有人敢来为他送行。开船之后,泰戈尔才发现船舱中藏着两个日本文艺界的知名人士,他们偷偷为自己送行,还呈上一个名单,上面有数百人的签名,并附有诗句,祝他一路平安。泰戈尔非常感动,当即赋诗一首,题名《失败者之歌》,以赠日本友人。

1924年4月12日上午,刚到上海的泰戈尔在接受东方通讯社的记者采访时,说自己访华的主要目的是联合印度、日本和中国,共同将东方文化在世界上发扬光大,尤其要让亚洲青年人从对西方文化的迷醉中清醒过来,携手致力于恢复亚洲文明的光荣,拯救欧洲、拯救人类、拯救世界。所以这次访华结束之后,他会再到日本。[③] 然而,一再信任日本的泰戈尔最后认清了日本军国主义的危害,明白了日本代表不了真正的亚洲文明,更不能带领亚洲文明推动人类文明的复兴。在中国期间,泰戈尔多次谈及自己在日本的经历,并表示担忧:

---

① 谭云山:《诗圣太戈尔与中日战争》,《民意》,第65期,1939年3月11日。

② 同上。

③ 《太戈尔昨抵沪》,《晨报》,1924年4月13日。

一九二四年，泰氏来中国，上海日侨协会曾开会欢迎。泰氏演词中有云："当我游历贵国时，曾经见着一些西洋化的政客。他们的目的，无非是要扩充本国的势力，排斥别国。这种狭窄的国家思想，是理想主义的仇敌，是人生机械化的自然结局。"同年，泰氏在北京英美协会演讲，也说："当我路过日本时，我看见所谓从中国得来的战利品公开地陈列着。我真不了解，这种夸耀，到底有什么意义。我也曾经质问过几个日本朋友，他们说，这种教育为要国民准备着对外作战，是必要的。他们又说，为使国民爱国起见，必须引起民众仇视外国的心理。不过，据我看，这不过是野蛮主义的复活罢了，它的结果，是非常可怕的。所幸的，日本另有她可爱的方面。日本普通民众，对人极有礼貌，他们崇尚古风，酷爱恬静生活，而且，他们的生活，处处表现艺术化的精神。凡此种种，都是同好战斗的国家主义相反的。"①

但泰戈尔内心对日本民族、日本文化却始终抱有希望，期待日本能尽快觉醒，因为这不仅是东方的需要，也是人类共同的追求。

五、泰戈尔在苏联②

1930 年 9 月，泰戈尔应邀赴莫斯科访问，期间写了很多关于前苏联的信件，后来以《俄国书简》为名出版。泰戈尔有感于印度的社会等级制度和贫富不均现实，期待出现一种平等的社会制度，这是他希望访问苏联的初衷，因为社会主义提倡平等分配财富，人人均享自由。也就是说，泰戈尔访问苏联是带着一种求证心态的，即苏联是否实现了他所理想的公平社会。

1918 年，泰戈尔在《现代评论》(*Modern Review*)(7 月号)发表了《在十字路口》(*At the Gross Roads*)一文，对俄国爆发的十月革命表示关注。虽然泰戈尔无法断定十月革命是否真正能够使人民摆脱压迫和获得解放，但他相信，只要执着于真正的理想，即使失败也会迎来新时代的日出，并推动世界共同追求人类社会的理想世界，即人类灵魂获得自由的世界。泰戈尔此文虽以十月革命为题，但实际上是要为印度的未来探索一条新路。十月革

① 徐宝谦：《印度诗圣泰戈尔访问的回忆》，《申报》，1941 年 8 月 23 日。

② 参考刘建：《泰戈尔与苏联》，孙宜学主编：《从泰戈尔到莫言：百年东方与西方》，上海：上海三联书店，2015 年，第 285-300 页。

命在他看来并不一定是适合印度的道路，但至少代表了一种摆脱了欧洲现有体制的新路，也意味着是一条迥异于殖民着印度的英国的新路，也许能为印度的独立提供一定的借鉴。

实际上，十月革命也影响了印度。1918 年的印度民族解放运动进入了一个新的高潮，孟加拉的爱国者采取了一系列的暴力行动和恐怖行动，英国政府进行了严厉的镇压。泰戈尔深感痛心，因为他认为，这种“以恶抗恶”的斗争方式只会带来更大的仇恨。他非常矛盾：一方面是自己的同胞，但采取的又是自己所不赞成的反抗方式；一方面是殖民者，他不知如何选择，但仍然尽自己的全力拯救遇难的同胞，可难免思想矛盾，心情郁闷。诗人泰戈尔和爱国者泰戈尔之间产生了激烈的矛盾。这也使他想到苏联去实地考察一下。

1924 年，英国正式承认与苏联建立外交关系。同年泰戈尔访华，期间也为访问苏联做了一些准备。在北京期间，他于 5 月 11 日拜访了苏联政府代表列奥·加拉罕(Leo M. Karakhan)，表达了访苏意愿。

对泰戈尔与加拉罕的会见，正在围绕泰戈尔争论不休的中国人也给予关注，并与泰戈尔在中国受到批评联系起来。5 月 15 日，《晨报》刊发报道《太戈尔将游苏俄》。消息说，泰戈尔 11 日下午和恩厚之一起拜访了俄国驻京代表加拉罕，双方谈了大约一小时。泰戈尔说：俄罗斯地处东方，其固有的文化本就与东方文化接近，与专尚物质文明的西方国家很不相同，他很愿意到俄罗斯去考察游历，希望借此能树立东方的文化精神。加拉罕当即表示热烈欢迎，并说将尽快致电莫斯科政府来电邀请。加拉罕告诉泰戈尔：苏俄与印度的关系，就政治上说，俄国对于政治上被压迫的民族一直深表同情，并且俄国近年来受西方物质文明的损害也不少，所以与印度完全有共同合作的必要；就学术上来说，俄国有过托尔斯泰这样伟大的作家，他在 19 世纪初就开始提倡以精神文明反对物质文明，这与现在他所提倡的思想，实际上是相通的。两人还谈及泰戈尔在印度建立的国际大学所坚持的教育方针，加拉罕与苏维埃政府的教育方针根本上也是相符合的。泰戈尔最后表示将趁去西班牙、意大利之便转道去苏俄考察。①

对泰戈尔这样的世界诗人，苏联政府当然希望借力为布尔什维主义提供道义上的支持，后来法国作家罗曼·罗兰，安德烈·纪德，也都因为同样的原因受邀访问苏联，并产生了一定的效果。但泰戈尔的访苏之旅并不顺利：

---

① 《太戈尔将游苏俄》，《晨报》，1924 年 5 月 15 日。

> 一九二六年，苏俄政府正式邀请泰氏，泰氏行抵维也纳，因病中途折回，后来泰氏赴加拿大演讲，本拟于一九二九年由加回国时，坐西伯利亚火车赴俄，又因病中止。①

1930年9月11日，泰戈尔抵达莫斯科，踏上了苏联的土地，多年愿望终于实现。苏联文艺界和文化界的官员和代表到车站迎接。然而，因健康原因，诗人只在苏联待了两周，且只在莫斯科。期间主要参加的活动有：

> 泰氏游俄的宗旨，在第一次招待会席上，即有所说明：我的目的，是来贵国学习你们怎样处置世界文化问题的经验。近代的文化，使人类违反了自然，增加了人类无穷的痛苦。现在你们对于人类文化问题，作大规模的解决，其成功与失败，将来历史自有定论，我不愿在此作无理的批评。不过，你们的魄心，是值得佩服的。我的教育理想，是在创造自有的人格，发展人类的创造力。我相信你们的理想，与我无异。
>
> 九月十七日，泰氏举行个人画展，大受苏俄艺术家的赞扬。据泰氏自述：他不是一个画家，他的绘画，出于一时冲动。不过，据苏俄艺术家的鉴赏，泰氏的画，自成一派作风，生动有力，为艺术界开一新纪元。
>
> 九月二十四日，即泰氏离俄的前夕，泰氏在工团总会会所致离别词："印度民众的生活、教育、经济、卫生种种，都非常落后，而且各教之间，常演武剧。因为这个原故，我虽年老，仍不辞劳苦，到贵国来参观。我在居留期内，看见你们各种伟大事业，觉得非常佩服。你们的进步，可说是一种神迹。"②

虽然在苏联没有深入观察和调研，所看到的资料也多是官方提供的，很难代表真实的苏联社会的真实面，但泰戈尔仍以哲人的洞察力看到了苏联制度的缺陷，比如教育的模式化，官僚主义、独裁政治、强制性惩罚、人性不自由等，这是崇尚人性自由的泰戈尔所反对的。

> 二十五日，泰氏临行之前，告诉《真理报》访员说："你们的努力，大可钦佩。不过，你们排除异己的政策，却不敢赞同。因为，你们最后的目标，也是为全人类谋幸福，但

① 徐宝谦：《印度诗圣泰戈尔访问的回忆》，《申报》，1941年8月23日。

② 同上。

是,全体人类的意见,决不能尽同。须知冤仇易解不宜结。今日你仇恨对方,明日对方就会乘机报复,使你们倾覆的。”①

今天看,这些预言对苏联仍具有警醒意义。只不过泰戈尔在苏联没有公开表达这些观点,直到 1988 年他对苏联的这些逆耳洞见才为《消息报》所披露。

1934 年,当谭云山从印度回国辞行时,泰戈尔提醒他:

告诉你们的青年人,不应该盲从苏联。你们有你们自己的共产主义。你知道,我对于苏联是很赞佩的。不过,你们若是盲目的模仿它,你们将不得到利益而得到不利益。②

泰戈尔访问苏联与访问其他国家一样,也是其传播东西方文明相互交流思想的一次具体实践。也与在其他国家一样,泰戈尔在苏联看到了令人振奋的一面,对苏联正在进行的社会主义建设明确表示赞赏,并表示不虚此行。但他也看到了苏联的黑暗面,并且也坦诚地指出了。但这些批评属于诤友性质,他对苏联的发展一直很关注。泰戈尔对苏联的态度说明他跨越了东西方文化的界限,是从全人类角度思考人类的未来。这对理解他的文化观和诗学理论,都是必须依赖的基点。

第二节　符号与工具:西方泰戈尔形象建构的功利主义视角

历史上,东西方在文学、哲学、绘画、雕塑、音乐等方面都有悠久的交流。然而,自 19 世纪以来,东方开始成为西方觊觎的目标。20 世纪初,西方凭借坚船利炮,征服、统治、压抑、同化着东方,也成为文学话语权的世界霸主。世界不同民族的文学平等交流已成了一个美丽的神话。1913 年,当泰戈尔获得诺贝尔文学奖时,就有一些西方知识分子拒绝承认这个事实,欧洲和美国的年轻作家感到沮丧,质疑和诋毁之声不绝。在这些西方人眼里,似乎只有西方人才有能力获得诺贝尔文学奖,而东方人在智力方面逊于西方人,泰戈尔作为一个非白种人获奖,让他们非常惊讶,甚至不满。因此,西方一些主流报纸、杂志否定泰戈尔,拒绝承认他的才能。如加拿大多伦多《环球报》说:“诺贝尔文学奖竟然破天荒授予

---

① 徐宝谦:《印度诗圣泰戈尔访问的回忆》,《申报》,1941 年 8 月 23 日。

② 谭云山:《我对太戈尔大师的献词—写于他逝世的第一周年》,香草译,《觉有情》,第 193-194 期,1947 年 9 月 1 日。

一个非白人。……这个名字似乎不是真的。"《洛杉矶时报》则抱怨道："这个人的作品在美国几乎不为人所知，更没人承认那个人有资格获得这一崇高荣誉。"①他们愤慨不平，通过强调白种人和印度人之别显示西方文化的优越感。

实际上，早自1914年起，泰戈尔文学作品在英国的声誉就已初见下降端倪。1914年1月24日，英国《民族报》在评论《齐德拉》时指出：剧中氛围渲染过多而行动力不足，剧情发展纯粹依靠情绪和精神的推进。尽管《民族报》最终把《齐德拉》的不足归因于"翻译"，认为是翻译造成"剧本含混"，"达不到《吉檀迦利》的水准"，②但其对剧本问题的把握还是比较准确的。该报对《暗室之王》的评价更加直接：仰慕泰戈尔的英语读者们可能要感到失望了，该剧不但"主题怪异""意思含混"，"语言表达也很差"。③《曼彻斯特卫报》则因为对泰戈尔剧作的不断失望而断言："离开诗歌，泰戈尔就不会创作了。"④

西方媒体对泰戈尔诗歌的评价实际上也并非众口赞誉。《园丁集》英文版出版后，《每日电讯》"当代文学"栏目的评论是：这些诗歌"似乎只是诗歌的材料而不是诗歌本身"，其中漂浮的思想、印象和情绪没有任何意义。诗集中虽然有大量东方特有的华丽而贴切的意象，但没有一个启发思想的中心宝石，隐喻仅仅是财富用来装饰美化自己的东西。⑤1914年5月14日，曾经给予泰戈尔高度评价的《泰晤士报·文学副刊》也预言：泰戈尔的文学声誉"火焰般飙升"之后，会同样"急速陨落"。⑥

---

① Aronson, A. *Rabindranath Tagore through Western Eyes*. Calcutta: Shyamal Bhattacharya, 1978, p.83.

② Tagore, R. "From the Unreal to the Real". Rev. of *Chitra*. *The Nation*, Jun. 24, 1914: 716; Cited from Kundu, K. Bhattacharya, S & Sircar, K. *Rabindranath and the British Press* (*1912-1941*). London: The Tagore Center(U.K); Calcutta: Exclusive distributors in India Rupa & Co., 1990, pp.58-60.

③ "The Drama of Tagore". *The Yorkshire Observer*, Jul. 8, 1914: 7; Cited from Kundu, K. Bhattacharya, S & Sircar, K. Rabindranath and the British Press (1912-1941). London: The Tagore Center(U.K); Calcutta: Exclusive distributors in India Rupa & Co., 1990, p.79.

④ "The King of the Dark Chamber". *The Manchester Guardian*, Oct.16, 1914: 4; Cited from Kundu, K. Bhattacharya, S & Sircar, K. Rabindranath and the British Press (1912-1941). London: The Tagore Center (U.K); Calcutta: Exclusive distributors in India Rupa & Co., 1990, pp.84-85.

⑤ "The Gardener". *The Daily Telegraph*, Nov. 14, 1913: 5; Cited from Kundu, K. Bhattacharya, S & Sircar, K. Rabindranath and the British Press (1912-1941). London: The Tagore Center(U.K); Calcutta: Exclusive distributors in India Rupa & Co., 1990, p.27.

⑥ Tagore, R. "East and West". Rev. of *The Gardener*, *The Crescent Moon*, *Sadhana*, & *Chitra*. *The Times Literary Supplement*, May 13, 1914: 236; Cited from Kundu, K. Bhattacharya, S & Sircar, K. Rabindranath and the British Press (1912-1941). London: The Tagore Center(U.K); Calcutta: Exclusive distributors in India Rupa & Co., 1990, pp.71-72.

英国作家劳伦斯认为泰戈尔的文学主张是“歪理邪说”，崇拜泰戈尔是自甘堕落，令人作呕。他在给朋友的信中写道：“意识到印度人是多么堕落、印度人通过各种丑陋的方式回到野蛮主义的行径，会使人感到愉悦。我们曾对此坚信不疑。但是骗取对印度人的仰视，尤其是对泰戈尔的可怜崇拜，是令人厌恶的。”①劳伦斯反对西方人崇拜“堕落”的印度人和泰戈尔，既是西方民族的心理优越感使然，更是他的欧洲中心主义心理在作祟。吉卜林自始至终都将泰戈尔置于自己的对立面，拒绝欣赏泰戈尔诗歌中人与自然的和谐。在他看来，泰戈尔诗中的天真代表着原始和丑陋，对神的亲近只是卑微的臣服。在吉卜林看来，东西方永远不可能和谐，因为印度、波斯等东方民族是野蛮民族，英国等西方民族是优秀民族，就像天上地下，永远不会交汇。东方文化和西方文化因此根本不可能融合。②

曾经高度赞誉泰戈尔诗歌的一些西方知识分子，当后来认识到泰戈尔的文学理念并非与西方文化同路时，也陆续改变了最初的支持和赞扬态度，转而也开始对泰戈尔的文学作品表示不满，发出质疑，其中包括庞德、叶芝等。

1917 年，庞德公开表示，《吉檀迦利》之后，泰戈尔在西方出版的文学作品语言都过于粗糙，疏于斟酌。

> 我现在要批评泰戈尔了，我必须首先声明，在他为大众所知之前，我是最早赞誉他的人之一。泰戈尔的堕落，必须要指出来。他最初的译本是叶芝修改润色的，后来的译本是由伊芙琳·安德希润色……然而，据说他现在已经开始用英文写作了，但他对英语没有特别的天分。如果初稿中包含“我灵魂中的阳光(sunshine in my soul)”这样的陈词滥调，当时的他还至少能意识到自己的不足。他的诗歌起初能获得称赞，是因为它们完美展现了孟加拉语原文的特点：语言简洁客观，韵律有趣且多变。③

庞德显然更重视泰戈尔诗歌特有的孟加拉语的音韵和旋律，以及由此形成的泰戈尔

① Huxley, A.ed. *The Letters of D. H. Lawrence*. London: William Heinemann Ltd., 1932, p.350; Cited from Hurwitz, M. H. *Rabindranath Tagore and England* [Doctoral Dissertation]. Illinois: University of Illinois, 1959, p.140.

② Kundu, K. Bhattacharya, S & Sircar, K. *Rabindranath and the British Press (1912-1941)*. London: The Tagore Center(U.K); Calcutta: Exclusive distributors in India Rupa & Co., 1990, p.26.

③ Hurwitz, M.H. *Rabindranath Tagore and England* [Doctoral Dissertation]. Illinois: University of Illinois, 1959, p.144.

诗歌的总体美感。但这些特点在翻译成英语和其他欧洲语言的过程中消失了。韵律的新奇性和复杂性,音乐特质在词语使用中的微妙意识,构成诗歌的巨大吸引力,但在翻译中要保留这些原始的孟加拉语风味是非常困难的,所以泰戈尔诗歌的魅力也就受到损害。庞德对此很忧虑,甚至建议泰戈尔在伦敦出版作品时最好慎重考虑。① 1917 年,庞德在给艾瑞斯·巴里(Iris Barry)的信中,甚至称泰戈尔获得诺贝尔文学奖只是一个阴谋:"它使瑞典文学院摆脱了欧洲作家之间的艰难抉择,选哈代还是亨利·詹姆斯?……然后,有人建议选他。"②

泰戈尔很清楚自己的诗歌译成英文后与原作差别很大,但他没想到英国人会对自己的英文能力如此失望。纳班尼塔·森(Nabaneeta Sen)甚至讽刺泰戈尔的英文译文简直是"平凡且糟糕透顶","为了创作一首简短且有英文诗意的作品,泰戈尔忽略了孟加拉语诗歌中的精绝的意象,主要思想却模糊不清,译文不仅质量比原作差,而且失真了"。③

对泰戈尔英译的质量,叶芝也表达了类似的担忧。他曾这样评判泰戈尔《吉檀迦利》之后的英译作品:"糟糕的泰戈尔,我们一起曾出版了三本好书,现在他却出版些伤感的垃圾,毁掉了其文学声誉。"④叶芝晚年对泰戈尔的作品更加不满,认为他翻译的英文诗过度强调散文的书写,失去了原有的灵韵,破坏了诗歌应有的韵律,这种蹩脚的英文翻译导致泰戈尔在诗坛的地位一落千丈。1937 年,他甚至对一个印度人说,应让泰戈尔离英文远点。⑤

实际上,连泰戈尔一生的挚友罗森斯坦,后来也觉得泰戈尔在西方出版的作品只重数量不重质量。他在给泰戈尔的信中不无痛惜地说:

> 我不禁怀念以前由叶芝、欧那斯特·莱斯、福克斯·斯特兰韦斯(Fox Strangways)和我一起为你作品出谋划策的日子。出版商关心的是你书籍的销售额,

---

① Paige, D.D. *Letters of Ezra Pound (1907-1941)*, Great Britain: Western Printing Services Limited, 1951, p.55.

② 同上,p.106.

③ Sen, N. "The 'Foreign Reincarnation' of Rabindranath Tagore". *The Journal of Asian Studies*, 1966(25), pp.275-286.

④ Hurwitz, M.H. *Rabindranath Tagore and England* [Doctoral Dissertation]. Illinois: University of Illinois, 1959, p.146.

⑤ Sen, N. "The 'Foreign Reincarnation' of Rabindranath Tagore". *The Journal of Asian Studies*, 1966(25), pp.275-286.

但是你所在意的,绝不应是作品的商业利润。……我相信你会和我们一样,希望自己的作品以最佳的形式在最适宜的时刻出版。①

不愿意承认泰戈尔作品艺术魅力的西方评论家不在少数。1921 年,泰戈尔访问德国期间,凯泽林(Hermann Keyserling)拟为他举办"泰戈尔周",特意写信邀请托马斯·曼,并请他为"泰戈尔周"写一篇宣传性的文章,但托马斯·曼拒绝了这一邀约。他在给凯泽林的回信中这样解释:

不论你相信与否,迄今为止我对他并不了解,一点都不了解。我读过他的一些来自异域的充满强烈情感的诗歌,但读的是德文版,这些诗并没有立刻给我留下什么印象,大概因为是翻译诗歌的缘故吧。泰戈尔的影像在我眼里是美丽的,但又是苍白的。当然,我如果判定他主观的苍白形象反映了现实,那对他是不公平的,而若我假定他是典型的印度和平主义者,他的人道主义精神温和无力,那对他同样是不公平的……,我从你的来信中得知,他给你留下了非常深刻的印象,那他一定是伟大的。但拜倒在他的个人魅力之下的仅仅是你,你怎么会认为其他人,比如说我,会为达姆施塔特的"泰戈尔周"写宣传文章?这只能你自己做!你应用满腔的热情直抒胸臆,热情澎湃,效果肯定绝佳,而若是我写,则只能是硬挤出一些平庸无奇,缺乏内心冲动的碎片,而且还只是你的命题作文。②

托马斯·曼回信中仅有的一些溢美之词也只是出于对凯泽林的尊重,对泰戈尔的评价则几乎可以说是一无是处。

不难看出,西方学界对泰戈尔《吉檀迦利》之外的英译文学作品多持否定态度,虽然英译泰戈尔文学作品在西方影响力的下降与西方主流诗学范式从维多利亚诗学向现代诗学的转变,以及西方社会文化语境的变化也有关系,但文本质量也是关键因素。泰戈尔诗歌中特有的天真被解读成简陋,简洁的韵律被以戏谑的语气调侃,孟加拉语诗歌独具的诗歌

---

① 泰戈尔与罗森斯坦的通信对翻译问题进行了很多有益的探讨,泰戈尔也非常坦诚地表达了对帮助过自己的英国作家的感谢,详细情况可参阅:Lago, M. M. *Imperfect Encounter: Letters of William Rothenstein and Rabindranath Tagore (1911-1941)*. Massachusetts: Harvard University Press, 1972, p.171.

② Kampchen, M. *Rabindranath Tagore in Germany: Four Responses to Cultural Icon*. Shimla: Indian Institute of Advanced Study, 1999, p.33.

节奏被主观臆测否定……另外,第一次世界大战爆发前后,西方民众对文学的态度也发生了很大转变,而英译的泰戈尔作品依然延续着"一战"前的风格,显然不易得到广大英语读者的喜爱。

但实际上,限于东西方不同的文学传统和文化语境,西方精英知识分子从未真正接受和理解泰戈尔。埃利斯·罗伯茨(Ellis Roberts)认为:"泰戈尔的天赋其实本质上是形象化的(绘画的),而不是才智的或精神的。他对颜色和形式都有敏锐的观察,但没有任何深刻的思想,要么就是一个普普通通的年轻人关于爱和上帝的想法。"①叶芝等西方诗人们当初之所以追捧泰戈尔这位"爱的诗人",不是因为他真的天赋异禀,他的诗歌表达了极为深刻的思想,而是因为他们在泰戈尔的诗中看到了属于西方的诗歌传统:泰戈尔将具体真实的自然入诗,并予以全新定义,让他们从中看到了济慈的身影。另外还有弥尔顿倡导的诗歌应该具备的特质。"虽然他的表达有时朦胧晦涩,但他能轻易地掌控自己的情绪,对于那些不知道济慈的人来说,我们建议他将泰戈尔的作品同威廉·亨利·戴维斯(W. H. Davies)作比较。"②"泰戈尔缺乏戴维斯那种极具魅力的形式,这是不可避免的,但孟加拉文学中关于妇女、儿童、动物的诗歌无疑是有节奏的,这一点我们能从它们所穿的英式服装中猜测到。"③

当然,也有一部分西方知识分子一直在尽最大努力理解泰戈尔及其作品,并视为西方视野中的一种独特文学现象。"也许,当今德国最值得一读的代表作家之一就是印度的泰戈尔。他神秘的低沉给人安慰,因为他们……最需要的是精神的复苏。"而法国人也将"泰戈尔热"视为西方向东方的精神转向,是西方精神危机的一部分。在这场精神危机中,东方已经切实地为西方揭示了一个新的世界,鼓舞西方寻找复兴。事实上,法国也出版了泰戈尔的作品,泰戈尔在巴黎获得了与纪德一样的文学地位。罗曼·罗兰则认为法国应该全心全意接受泰戈尔,但他也看出了西方对泰戈尔的崇拜只是一种势利行为。④

---

① "Tagore, R.'s Poetry". *The Daily News and Leader*, Oct. 27, 1913: 4; Cited from Kundu, K. Bhattacharya, S & Sircar, K. *Rabindranath and the British Press* (*1912 - 1941*). London: The Tagore Center(U.K); Calcutta: Exclusive distributors in India Rupa & Co., 1990, pp.23-24.

② 威廉·亨利·戴维斯是英国威尔士著名自然诗人,其诗大多歌颂,并以语言简朴、形象生动、感情真挚著称。

③ "Tagore, R.'s Poetry". *The Daily News and Leader*, Oct.27, 1913:4; Cited from Kundu, K. Bhattacharya, S & Sircar, K. *Rabindranath and the British Press* (*1912 - 1941*). London: The Tagore Center(U.K); Calcutta: Exclusive distributors in India Rupa & Co., 1990, pp.23-24.

④ Aronson, A: *Rabindranath Tagore through Western Eyes*. Calcutta: Shyamal Bhattacharya.1978, pp.32,27.

泰戈尔及其作品在西方的“冷热不均”，甚至备受批评，归根结底还在东西方文化的矛盾。作为东方文化的代表，泰戈尔自从出现在西方人的视野，实际上就一直处于西方的质疑与防御之下。这与他是否获得诺贝尔文学奖并无直接关系，但与他是印度人、东方人直接相关。自始至终，西方都不是从文学和思想角度努力去完整和正确理解泰戈尔及其作品，而主要是基于西方文化自身的时代需要，描绘着同一个泰戈尔的不同形象，阐释着泰戈尔同一首诗、同一部剧作的不同“个人”理解：哲学家阐释泰戈尔的神秘哲学，政治家解释泰戈尔的政治倾向，作家阐释泰戈尔的诗学体系，传教士赞成或贬损他的宗教观……他们人人都有自己的斧子和磨石，而泰戈尔则是他们砍斫或雕琢的原材料。他们娴熟地运用着手里的工具，根据需要将泰戈尔塑造成不同形状的用具，涂上不同的颜色，扮演着不同的角色。因此，西方围绕着泰戈尔发生的各种争论，也都不是真正的泰戈尔之争，而只是文化偏见之争。这种主观误读基础上的形象描绘，在中国，也曾发生过。

第三节　初心与使命：促建东西方文化互通桥梁

泰戈尔在世界各国的演讲和文化交流活动在东西方国家都产生了一定的影响，尤其是促进了西方社会进一步了解印度文学文化、东方文明与西方文明的异同，对增进英印、美印、东西方之间的文学文化交流产生了深远的影响。

泰戈尔认为，西方对东方文化的兴趣不应仅仅停留在学术研究，更应该在实际生活中去体验、证悟，最终能把东方文化中的精神主义作为自己的行为准则，只有这样，西方才能真正了解和理解东方。

一、倡导东西文化和谐同心

泰戈尔区分东西方文化，是以东西方文化对待人与自然的不同态度为出发点的。东方文化强调人与自然的和谐，追求人与自然的精神感知与融合；西方文化则凸显人与自然的冲突，强调人对自然的征服，并试图将自然据为己有、作为个人财富的一部分。简单地说，东方文化以精神主义为核心，而西方文化则以物质主义为核心。

西方的物质崇拜和物质竞逐，驱使着西方科学技术的不断进步和工业革命的飞速发展，然而由于强烈的物质贪欲和民族主义局限，不但引发西方不同民族国家之间的利益争夺和物质抢掠，还引发了西方民族对东方民族的物质奴役和剥削。正是极度贪婪的物欲和民族主义的局限，引发了世界范围内的利益争夺，由此引发了世界大战，给人类带来危害。因此，泰戈尔在西方的演讲，主要围绕东方文化中的和谐、友善等精神主义，希望西方民族能借鉴东方的精神文明，抛弃物质的束缚，奉行道义原则，追求精神层面的满足，实现人和自然万物的和谐统一。同时，他也肯定东方应学习西方先进的科学技术和物质主义文明，弥补自身科技和物质发展的不足。

1. 宣扬和谐统一的东方文化

东西方民族关系是泰戈尔在西方演讲的核心内容，而他对东西方文化关系的探讨，则是从人与自然、人与万物的关系入手的。在泰戈尔看来，人与物的关系，构成了东西方文化最大的不同。① 在《人生的亲证》中，泰戈尔专门探讨了东西方对人与自然关系认识的差异：西方文化往往把人与自然看成是对立、纯粹功用性的关系，因为西方常以征服自然为荣，人和自然被视为生活在"敌对的世界里"。② 究其根本，在于自然万物被看作是毫无生命的兽类，和人之间完全是屈从或被占有的关系。对自然的实用主义态度，引发了人们极强的占有欲，结果造成西方对自然的不断开采、利用和破坏，并不断增强人的贪婪，最终使人类的精神被物质欲望所蒙蔽。泰戈尔认为，正是由于西方文化缺乏人与自然的精神交流，才造成西方的物质贪欲不断加剧。

然而，人和自然的关系在印度文化中却有很大不同。印度文明诞生于森林，森林给印度人民提供了日常所需和生活的庇护，因而形成了印度人看待宇宙自然的独特方式。从雅利安人入侵印度开始，人们就生活在森林地带，森林的生活环境不但没有压抑古代印度人的思想，还赋予人们特殊的生活方式和审美倾向。自古至今，印度伟大的先哲都从森林的静修中得到启迪，并从中实现人类和宇宙精神的伟大和谐。因而，人和自然宇宙的和谐，成为了印度人重要的精神追求，同时也成为印度文化的重要传统。

人和自然的和谐统一，源于印度传统文化中"万物有灵"思想。《奥义书》最核心的思想就是"泛神论"，即世界万物都是神，神存在于万物之中，"梵"无处不在。在印度人看来，

---

① 需要指出的是，泰戈尔在西方演讲中所谈论的东方文化，是以印度文化为核心、并以印度文化为代表的东方文化。因而在他的演讲中，会发现"东方文化"和"印度文化"两个概念会交互使用，相互替代。参阅王向远：《泰戈尔的"东方—西方观"及"东方文化论"》，《同济大学学报》(社会科学版)，2017 年第 5 期。

② 泰戈尔：《人生的亲证》，宫静译，北京：商务印书馆，1992 年，第 4 页。

自然万物都是有生命的。自然万物和人一样,不仅是物质或肉体的实体存在,还有其各自的“灵魂”。与自然相比,人的优越性不在于自己所拥有的力量或是能借用科技手段使自己更加强大,而是在于“灵魂对灵魂的感知”和“联合的力量”。①

印度传统思想不但强调万物有灵,更强调人和自然相互依存,构成了不可或缺的整体。大地、水流、阳光、鲜花、果实等宇宙万物,对印度人来说不仅仅是物质实体,也不仅仅是功利性的用则取、不用则弃的关系,而是:

> 正像每一个音符对于完成和音是必要的一样,也是获得完美理想的需要。印度人直观地感到这个世界上现存的东西对我们来说都具有生死攸关的意义,我们得充分考虑到它,和它建立一种自觉的关系,这不仅是受对科学的好奇心或者对物质利益的贪婪所驱使,而且是以欢乐、平和的伟大情操,以同情的精神去亲证它。②

人和自然的关系,并非占有或征服,而是通过精神交流带给人超越个人私利的精神满足。物质层面的占有,只会激发人的贪欲,不但不会带来个人精神的满足,反而会让人陷入更深的贫困。竞争和排他是物欲的两个典型特点。物质欲望的满足,诱发对个人利益的不断追逐,这一方面需要不断同他人竞争,获取最大化的个人利益,另一方面又意味着对利益的个人独占,并引发人与人之间的物质利益争夺,给社会带来不稳定因素。因此,印度传统思想主张人和自然的关系应超越物质层面的占有,实现两者精神的感知。

在《人生的亲证》中,泰戈尔借鉴印度哲学文化,明确指出摆脱物质私欲的必要性:只有摆脱物质束缚才能突破个人局限,实现个人与宇宙万物的融合。追求物质所需,个人精神就容易被私欲、物质财富所限制,更容易被物质欲望所蒙蔽。热心于财富的积聚,只会造成自我的不断膨胀,让人看不清自己真实的灵魂,从而表现出“狭小的自我”。狭隘的个体因其精神受到物质的束缚和局限,因而不能进入“完全和谐、容纳一切的精神世界的大门”,而只有当人们超越了物质束缚,把灵魂从“狭小的自我”中解放出来,才能实现个人精神之灵与宇宙之灵合二为一的无限之境,实现人与自然万物的和谐统一。③

泰戈尔强调人与自然的和谐统一,实际上和《奥义书》中“梵我一如”的思想一脉相承。

---

① 泰戈尔:《人生的亲证》,宫静译,北京:商务印书馆,1992年,第6页。

② 同上,第5页。

③ 同上,第10页。

"梵我一如"思想强调"梵"(神)无处不在,人则在自然万物中感受到"梵"的存在,从而在精神层面上和"梵"合而为一。因此,两者都强调人与自然精神层面的交流与融合,个人超越肉体、物质的束缚,追求个人之灵与宇宙之灵的和谐统一,体现了个人对宇宙的顺应,及人应顺天的主张。"顺从宇宙力量的法则",可以使我们"变得强有力";而要获得幸福,"我们不得不使个人的意志服从普遍意志的统治,并在实际上感受到它就是我们自己的意志"。只有这样,人的有限才能与无限完全协调,才能获得真正的快乐。即使为此所经历的痛苦,也都可能转化为快乐。①

2. 批驳西方民族主义

在泰戈尔看来,物质崇拜给世界带来的危害,是和民族主义局限同谋的结果。正是由于过于追求民族国家内部的最大利益,才引发了对其他民族国家的剥削和掠夺,引发了世界大战。因而,泰戈尔在批判西方物质主义的同时,也把矛头指向了西方的民族主义。

在泰戈尔看来,"民族"②只是民众的集合,目的是保护各自的政治与经济利益,其中至少暗含三层意思:一是"民族"这个概念,是以追求物质繁荣,物质满足为目标的,并不涉及个人精神层面的诉求;二是"民族"并非一个自然的概念,而是人与人之间的一种物化关系,大家为了共同的物质利益或是物质追求,团结在一起;三是由于"民族"是以追求物质满足为目标的社会化组织,因而会借助科学的帮助和完善的组织在短时间内"聚集大量财富",造成邻近民族"相互妒忌","惧怕对方强大而使自己利益受损"。可见,在泰戈尔看来,民族并非简单的身份认同关系,而是为了共同的物质利益在人与人之间形成的利益组织,是以"物质利己"为基础的社会合作。而且,民族主义是一种"排他的"文明。因为民族主义是以物质掠夺为目标,其奉行的原则自然是"优胜劣汰"。因而每个民族在不断增强自身物质力量,企图从他者身上获得更多物质利益的同时,却又惧怕其他民族强大而使自身利益受损,或使自己沦为被掠夺、征服的对象。因此,民族主义下的民族关系,是一场充

① 泰戈尔:《人生的亲证》,宫静译,北京:商务印书馆,1992年,第37页。

② 泰戈尔将"民族"视为"机械的"利益联合,把种族视为自然的情感维系,而根据现代汉语词典对"民族"的解释,民族指"具有共同语言、共同地域、共同经济生活以及表现于共同文化上的共同心理素质的人的共同体"。由此可见,民族多指以国家地域为参照的文化身份认同。本文论题涉及不同国家种族间的文化交流,而超越国家边界的种族差异,用种族的概念似乎不妥。本文中民族的概念被视为超越国家边界的种族,和泰戈尔对民族的定义稍有出入;泰戈尔所界定的以物质利益为核心、蕴含物质崇拜和财富掠夺的机械组织等民族内涵,本文用民族主义表示。

满竞争的物质掠夺,全然不顾情感和道义等精神层面。与之相对,泰戈尔认为种族则是以文化为特点的,完全是精神、情感的维系。

因此,泰戈尔眼中的民族关系是一个以物质追逐为目标的结合,民族之间不但真诚交流合作关系渺茫,还极易诱发相互之间的物质争夺与奴役,最后则演变成"弱肉强食"的丛林法则。一个民族的强大,必然引发对另一个民族的侵略和剥削,这也就是 19 世纪末 20 世纪初以英国为首的西方国家不断在世界各地殖民掠夺的原因。既然是以对财富和权力的贪欲为出发点,民族就变成了一个完全的权力组织,"就很少会有其干不出来的罪恶勾当"。①

西方文明的贪婪,对物质、权力的贪欲,不但引发了西方国家间的战争冲突,还引发了西方国家内部的社会问题。雇主与雇员间的"劳资"问题,性别歧视问题,物质贪欲和个人精神生活的矛盾,自私自利和崇高理想之间的冲突,等等。狂热的物质崇拜,诱发了西方文明在物质和精神之间的脱节,对物质的狂热追求引发了"物欲"和"人性"间协调的缺失,并进一步促使人和自然、人和社会、人和上帝、人和宇宙万物之间关系的物化。个人因此脱离了他的生活环境和社会生活,被"割断了和美、爱以及社会责任的一切活生生的联系",变成"大规模制造财富"的机器零件。"这犹如将一颗活生生的树,变成木头,可以用来烧火,却再也不能开花结果。"②

正因如此,泰戈尔指出,印度不同民族之间和平相处、沟通交流的经验值得西方借鉴。印度和西方不同,长期以来其所面对的困难不在"外部自然环境",抑或是"强大邻邦的威胁",而在于"社会内部"。印度一直就是一个多种族国家,解决不同种族之间的矛盾、冲突,一直是印度社会必须面对的问题,而问题的最终解决,却一直依赖"同情心""人类团结"和"对上帝的觉悟"。因此,人与人之间的情感交流和宗教的虔诚,一直是解决种族问题的主要途径。而印度承认种族差异下的相互合作,应该是值得英国乃至西方借鉴的重要原则。

泰戈尔不断提醒西方,"完满的人"不在于其力量的强大,而在于其"完善"和"协调"。人和自然的关系,不应该是纯粹的占有或掠夺,而是人与自然的和谐与精神感知。面对西

---

① 泰戈尔:《民族主义》,谭仁侠译,北京:商务印书馆,1986 年,第 4-6 页。

② 同上,第 20 页。

方社会的物质和精神冲突，泰戈尔认为西方需要东方思想中“纯真的爱”“对社会义务的认识”等“精神力量”，为“笨重的”西方车辆“开辟新的道路”。东方将在“有机器的地方注入生命”，“用人心代替冷漠的功利”，轻权力、重“和谐”和“富有生气的发展”，重视“真和美”。因此，东西方文化应该互补，西方虽然在物质文明方面高度发展，但还是应该借鉴东方的精神主义文化，促进社会和谐和个人的精神完善。①

3. 在爱、善中实现真正的人生

泰戈尔不但在西方宣扬印度文化，更强调西方应将印度的精神文化付诸实际行动去亲证。自 18 世纪末“东方文艺复兴”运动以来，以英国为代表的西方知识分子就未停止过对印度文化的探究，但对他们而言，印度的宗教哲学思想和文化只是他们眼中的“他者”，仅是研究的对象，与西方人的实际思想行动没有产生融合，没有活生生地体现于他们的实际生活和日常行动之中。正因如此，泰戈尔才在西方宣扬印度文化在个人行为中亲证的意义，希望西方人能像印度人那样，在日常行为中感悟世界之美，人与自然之和谐，从而实现人生的真正价值。

泰戈尔在《人生的亲证》中专门强调，印度传统宗教哲学思想不仅是简单的哲学思辨，更需要个人在生活中去亲历、去感受，从具体行动上亲证人与宇宙的伟大和谐。

首先，印度人对物质的感受与西方不同。在印度人看来，个人对自然的认识并非物质的抽象，而是精神上的感受。印度传统思想认为，人对自然的认识并非透过事物表象去抓住本质，更不同于科学研究，把对事物的认识视为纯粹的知识积累，而是注重个人精神对宇宙之灵的感受。印度传统思想关注人与万物超越物质实体的精神，主张通过个人灵魂对宇宙灵魂的感知来认识外界事物。因而在印度，伟大圣贤的人生目标，就是“与万物结合进入宇宙生命中”，实现“人生的亲证”。善、美等永恒的道德法则，则是实现人生亲证的根本途径。因而，泰戈尔同样希望印度的宗教文化能对西方人的实际行动产生影响。

“善是灵魂与无限交往的渠道”，在宁静与和谐中，“在善与爱中，我们与万物相结合”。因此，了解和认识世界万物，也就是了解自己，发现自己。但人与人之间、人与外物之间的相互理解都是局部的，不完整的，只有爱可以弥补缺陷，联系整体。有了爱，就不再有差别存在，就只有灵魂的完美，人才能超越有限进入无限。善、爱等道德能力之所以会成为联

---

① 泰戈尔：《民族主义》，谭仁侠译，北京：商务印书馆，1986 年，第 2、20、30 页。

合个人灵魂和宇宙意识的桥梁，是因为道德力量可以使人们懂得自己的局限，领悟到只局限于自我之中的个体"是不真实的"，是狭隘的。只有超越自我，融入宇宙万物，才能让我们感受到个体的无限，并从中获得精神的愉悦。

超越个体局限，在爱和善中实现个体与宇宙的联合与统一，实现个体从有限向无限的转变。个体与宇宙的联合，"使得事物变成我们自己的，扩大了我们的界限"。《奥义书》说，最高的存在（"梵"）遍布于万物，而最高存在的"梵"，同样是万物中固有的善。善、爱等道德准则是无限、永恒的，个体在亲证无限、永恒价值的过程中，同样使自己的生命通向无限。①

后来，在关于《人的宗教》的演讲中，泰戈尔又指出，善不但是实现人生亲证的途径，还应是我们的宗教：个体都会费尽心力去营造一个没有行动限制、个人私利得到满足的世界，但是自我的真正实现，应该是"透过克己与自我牺牲"而达到完美的层面。个人只有在人类价值的道德与精神基础之上，才能发现自身的真正价值。在泰戈尔看来，"宗教是普世人性中的个体性解放"，而善行如同爱，"象征着个体的自由"。在善行中，个人不但能获得自由，还能拥有超越人生的自由生活。

由此，善，不但是个人亲证宇宙万物的途径，更是将个人融入人类共同体的重要原则。在泰戈尔看来，孤立的个人常常"怅然若失"，而个体在集体中则会发现更伟大、真实的自我。而且，个体是弱小、有限的；个体的集合则是强大、无限的。只有抱着"共同体"的理想，才能感受到生命不朽、爱无止境。善行、友爱、互助等普世道德法则，则是实现个人融入人类共同体的重要途径。

道德法则可以突破个体私欲的局限，在助人利他的过程中获得心灵的愉悦和精神的满足。在印度，不同时代的先知们都相信天下之人心意相通，个体灵魂也从中获得自由。可是不同民族因为外在的地理条件各据一方，形成了"利己的心态"与民族间的割裂。② 然而道德力量可以使个体形成这样一种感受："为了他人而牺牲自己私欲"，"为了使他人快乐而忍受损失和烦恼"，并因此而感到快乐。高尚的道德力量，不仅可以让个体逾越利己私欲而更容易感到善行所带来的快乐，而且还可以让人感受到人类不是互相分离的生物，

① 泰戈尔：《民族主义》，谭仁侠译，北京：商务印书馆，1986 年，第 9、24、17、61、35、14 页。

② 泰戈尔：《人的宗教》，曾育慧译，长沙：湖南人民出版社，2017 年，第 136、137、3、109 页。

还具有整体的一面。由此,个体行为的动力并非来自欲望,而是在于善行所带来的快乐。爱的力量也与此类似。我们爱生命,就是爱宇宙,因为爱是我们和宇宙连接的纽带。①

泰戈尔在西方传播印度文化、东方文明,客观上促进了西方更加了解印度,从而增强东西方交流合作的愿望,这是其世界文明一体观的具体体现。泰戈尔不断宣扬印度文化的优越,宣扬印度宗教哲学和精神主义文化的价值,强调人与宇宙的和谐统一,在爱和善中实现人生证悟,却极少指出印度文化的不足;在谈到西方文化时,却不断批判其物质主义崇拜和民族主义局限给人类带来的危害,很少赞同西方文化对推动人类进步的贡献。这种以偏概全的东西方文化观,让西方听众认为泰戈尔过于鼓吹印度文化、东方文化而贬低西方文明,这也是泰戈尔不断受到西方激烈批判的原因之一。

二、主张东西方一体发展

泰戈尔坚持世界主义立场,强调基于善、爱、道义等道德原则,东西方互助合作,一体发展。

泰戈尔强调东西方文化差异,主张东西方文化互补,恰恰体现了世界主义所倡导的基于民族差异的民族联合。他还强调在爱、善中实现人生的证悟,则体现了世界主义立场下的文化交流传播,而其推动东西方文化传播的目的,主要是为了树立更积极正面的印度形象。至 20 世纪初,西方人眼中的印度还是善冥想、缺乏行动力的形象,西方对印度宗教的印象也多是遁世的苦行僧。然而,泰戈尔在西方的演讲中不断强调印度积极入世、乐于践行的一面,这对在西方树立积极正面的印度和东方形象,无疑具有重要意义。

1. 共推东西方一体发展

泰戈尔在西方宣扬《奥义书》《薄伽梵歌》等印度古代文化经典的同时,虽然也批驳了西方的物质主义文化和物质崇拜,但并无任何"文化等级"的思想,抑或是对东西方文化作孰优孰劣的评判。泰戈尔宣扬印度精神主义和谐,批驳西方的物质主义崇拜,并非出于东方文化优于西方文化的主张,而是基于东西方一体、东西方文化互补的视角。

正如当代世界主义者所强调的,世界一体化正在形成。泰戈尔在《民族主义》的演讲中也表达了同样的主张:"由于科学提供的便利,全世界正在变成一个国家。"不管我们是

---

① 泰戈尔:《人生的亲证》,宫静译,北京:商务印书馆,1992 年,第 32、64 页。

否承认，东西方之间的交流、沟通都不可避免。泰戈尔更是以人类共同体为出发点，在综合比较东西方文化优劣的基础上，提倡东西方文化互补、互助，实现共同发展。

泰戈尔以“民族主义”为题尖锐批判了西方民族主义，但并不排斥西方文化或主张民族孤立主义，而是主张东西方文化不可或缺、相互补充。泰戈尔对西方民族主义的批判，从本质上讲，反对的是西方文明中的“物质崇拜”和“个人利己主义”。在他看来，“利己主义”和“贪婪的物欲”不但促发了欧洲对东方的殖民剥削和掠夺，还将“魔爪伸进欧洲的要害”，“使欧洲的财富在战火中化为灰烬”。泰戈尔批判西方文明，提倡西方应学习印度的古代文化经典，但并不意味着泰戈尔持东方文明优越论，或是主张忽视西方。相反，泰戈尔明确指出西方对于东方有“必不可少”的价值：正是由于西方的存在和“不同的生活观”，使“我们(印度)看到真理的不同方面”。

泰戈尔批判民族主义视域下世界的四分五裂，主张世界一体、民族间交流合作。因此，对于英印关系，泰戈尔并不反对“西方来到印度”，反而认为“是幸运的事情”。一方面，泰戈尔希望西方国家明白，“印度不是向西方乞讨的国家”，而且无论如何，泰戈尔都“不想抛弃西方文明，闭关自守”，而是主张和英国“紧密地联系起来”。而且，泰戈尔还特别乐意接受英国作为联系印度和西方之间的桥梁。同时，泰戈尔还主张，以英国为代表的西方国家和印度的交往，应基于人类本性的善，并从中发现自身真正使命，而非为了一己之私对印度剥削与奴役。西方国家和印度的交往，应当自觉承担其历史文化使命：“教育无知者，帮助弱者，使弱者获得足够的力量抵抗它的入侵。”西方不应把实力主义当作终极目的，而应站在世界一体的立场上，摆脱物质主义束缚，基于普世道德为印度提供帮助，促进民族国家间的互助合作。①

泰戈尔之所以相信欧洲国家在世界一体化中能承担历史重任，并为东方国家提供人道援助，主要是泰戈尔深信伟大的欧洲文明，深信基督教文化曾孕育出伟大的欧洲精神和满怀仁爱之心的欧洲人民。他曾给予欧洲精神极高的赞誉。泰戈尔认为，欧洲的文学艺术是伟大的，不但滋养了欧洲，而且有益于全世界。对于伟大的欧洲精神传统，泰戈尔发出了由衷的赞叹：“我们情不自禁地衷爱它，对它表示最崇高的敬意。”

---

① Tagore, R. *Nationalism*. Cited from: Ray, M. K.ed. *The English Writings of Rabindranath Tagore*. Vol. 4 (Essays), New Delhi: Atlantic Publishers and Distributors Ltd., 2007, pp.447-450.

然而，让泰戈尔失望的是，现代欧洲却因囿于民族主义局限，盛行着“排他性”的物质主义崇拜。物质崇拜和贪婪的物欲，对内不断引发民族内部的矛盾冲突，对外促发了民族国家之间的争抢掠夺，尤其是欧洲国家之间通过激烈冲突以获取优势地位，进而对东方民族国家进行压迫剥削使其更加软弱。为了稳固民族主义私利，民族主义恶行又会被冠以“爱国主义”头衔，其实质不过是为了物质满足、贪欲而不择手段和对“理想道义”的公然损伤。

正因如此，泰戈尔基于世界一体观，强调印度应为西方的民族纷争贡献自己的力量。在泰戈尔看来，“种族问题”在印度和欧洲处境不同。欧洲虽然具有种族团结的传统，但因各国资源有限，无法满足人民的需要，因而欧洲文明天然具有向外侵略的性质。欧洲各国内部团结稳定，没有内部纷争，然而民族之间的争斗，往往变成了欧洲民族不得不面对的问题。一方面需要不断增强本民族实力，另一方面又需要谨防邻国的强大，他国的强大则意味着本国的相对弱小，且极有可能引发物质掠夺甚至侵略。因此，对欧洲民族国家而言，他们或是需要不断自我完善并警惕邻国的虎视眈眈，或是团结自身民族剥削全世界。当然，美国的情况和欧洲国家又略有不同。在泰戈尔看来，美国国内种族矛盾更加突出，美国白人对黑人的歧视和镇压就是美国国内种族冲突的实际体现。美国社会用残暴的方法进行种族歧视的做法，在泰戈尔看来同样不值得提倡或鼓励。

鉴于西方国家处理外部民族矛盾和内部种族矛盾的策略不当，泰戈尔提出西方国家应向印度学习。首先，印度和西方国家不同，印度的种族问题是与生俱来的，是日常生活中处处存在、时时需要面对和解决的问题。印度的困难来自内部，印度的历史是持续不断调整国家内部不同民族矛盾、促进相互交流合作的历史，而不是对外防御其他民族侵略的历史。印度国内不同种族、不同习俗之间友好相处，彼此拥有共同的理想，不同种族之间建立的普遍联系和亲密关系，恰恰能够为东西方一体化关系的建立提供借鉴。在泰戈尔看来，“印度的过去就是世界的现在”，如果印度自身处理民族关系的经验能够为良好世界关系的建立提供借鉴，那将是对人类的巨大贡献。①

需要说明的是，泰戈尔所赞誉的印度民族处理民族内部矛盾和纷争的良方，实际就是印度的种姓制度。一定程度上来讲，种姓制度确实能够促进民族间的稳定，对不同的种族进行严格的社会分工，的确能避开种族之间的利益争夺。但是，其弊端同样非常明显，种

---

① 泰戈尔：《民族主义》，谭仁侠译，北京：商务印书馆，1986年，第18、8、58、36、35、32、51、52页。

姓和不同社会分工间的紧密联系和固化，造成客观上的社会不平等。高种姓的婆罗门，往往可以获得较高的物质回报，而最低种姓的贱民，①同样辛勤工作所得到的物质回报却极其低廉。为了维持国内稳定，印度的种姓制度又强调只问耕耘不问收获的价值观，来掩盖社会物质资料分配的不公。

泰戈尔在西方曾明确指出：世界上的任何问题都是人类需共同面对的问题，不分你我。每种文明的诞生和发展都与其他文明唇齿相依，紧密融合；我们不应昏昏然闭眼不看窗外事，把自己局限在狭隘的民族主义外壳之中；而只有冲破这层外壳，生命才能获得成长的力量，在美的滋养下萌芽、生长，在温和的阳光下为世界结出爱的果实。②

总体而言，泰戈尔对印度精神和谐的赞扬，对西方物质崇拜的批评，主要是为了促使东方精神文明承担起和谐东西方文化的使命，推动东西方文明一体发展。因此，他对东西方文明的赞扬或批评，也都为了服务这一目的而有所取舍。

2. 共促超越民族局限的互信交流

泰戈尔强调不同民族之间要突破民族主义和盲目爱国主义局限，增进东西方之间相互了解与合作交流。而基于物质利益的东西方交往，在泰戈尔看来，有典型的民族主义特点，其核心是“冲突与征服”，这不但不利于民族之间的交流与合作，反而会加剧西方国家对东方的殖民统治与物质掠夺。

物质主义为核心的民族联合，不但极易引发民族之间的物质奴役和掠夺，还隐含着民族关系的不平等。英国对印度的殖民主义统治就是这种民族主义的产物。英印之间的交往，完全是基于物质的征服与掠夺，以英国为代表的西方国家往往吝于和印度民众分享西方文明的精神成果，反而不断加大对印度的物质掠夺和剥削。为了维护英国对印度的剥削和殖民统治，英国总是力图给印度最低限度的帮助。鉴于英印间的交往完全是围绕物质利益展开，因而英国对本国民众和殖民地的印度人民完全是区别对待。英国注重培养本国民众具备适应遍及全世界商业、工业活动的能力，因此对国民进行良好教育，提供一切便利，而印度人民获得的只是最低限度的教育份额，并因落后遭到英国民族主义者的讥讽和嘲笑。

---

① 印度有严格的种姓制度，高种姓不能和低种姓的人接触，否则会毁坏自身种姓的纯洁。

② 泰戈尔：《民族主义》，谭仁侠译，北京：商务印书馆，1986年，第36页。

此外,完全基于物质利益建立起来的民族关系,还会导致东方国家对西方的怨恨,引发东方民族的报复心理,这不但不利于东西方间的交流与合作,更会激化东西方间的矛盾冲突。泰戈尔不但对西方民族主义深恶痛绝,还基于世界主义立场反对东方简单效仿西方。面对欧洲对东方的奴役和物质掠夺,东方很容易效仿欧洲对待黄种人、红种人、黑种人等其他种族的手段,形成"以欧洲人之道还治其人之身""以牙还牙""以眼还眼"的思想和行为。在泰戈尔看来,效仿欧洲的民族主义立场,只会犯下和欧洲人同样的罪行,这同样是有违人性的。而且,将东方所受的剥削和奴役,再以同样的方式在西方寻求报复,实质上对促进世界范围内东西方的合作并无裨益。盲目地彻底否定欧洲的一切,把欧洲视为东方的对立面,这种孤立主义的做法,实际上也不利于世界文明的和谐发展。

实际上,盲目全盘否定欧洲的做法,在泰戈尔看来是对欧洲缺乏真正了解,并误把欧洲的民族主义视为欧洲文明的全部。虽然欧洲的民族主义给欧洲乃至全世界带来了灾难,但是欧洲民族还是有很多东西值得东方借鉴。泰戈尔在《民族主义》中指出,"只有真正了解伟大、善良的欧洲,才能有效地免遭卑鄙和贪婪的欧洲的威胁",才能真正发现欧洲伟大的人文精神传统。而欧洲人文精神的衰落,其根源在于民族这一"抽象的本质",造成了"完善的人的解体",使得"具有完全道义的人"思想麻木,变成了"残忍的或机械的东西"。

至于如何处理东西方之间的关系,泰戈尔认为,首先应在平等对待种族差异的基础上,促进东方和西方之间相互学习,增进彼此之间的交流和相互理解。泰戈尔认为,东方可以学习欧洲的"属于精神和人类道义本性的内在来源","法律的神圣不可侵犯使社会不受个人任意行动的影响",还应学习欧洲的"良心自由,思想和行动自由,文学艺术上的理想自由"。只有深入学习了西方文化,实际接触了西方人民,才会对西方种族有全面真实的了解,才不会被西方民族主义所蒙蔽,才会发现西方种族的善和美德。

以英国为例,泰戈尔真正到了英国之后,才发现本土的英国人和在印度殖民统治的英国人之间的巨大差别。他认为只有前者才能体现英国民族的特点,而后者体现的是英国的民族主义。只有真正接触了英国民众,才会发现英国这个种族不但产生了伟大的思想家、文学家和实业家,人民还"爱好正义和自由,憎恨欺骗"。"他们思想纯洁,态度坦率,笃于友谊,行为诚实可靠。我们感觉到这个人民的伟大,就像我们感觉到太阳一样;至于民族主义,却像一种遮蔽太阳的沉闷的浓雾。"因此,泰戈尔反对西方民族主义的同时,对普通英国民众怀着深深的爱。①

总之,泰戈尔认为,只有增进民族间的精神情感交流,才会排斥民族主义偏见,增进民族间的相互了解,建立真诚的交流合作与彼此联合,实现世界范围内不同民族间的和平相处与交流合作。

3. 共建人类和谐发展的美好世界

从根本上讲,东西方相互学习的目的,是为了增进彼此之间的相互了解,从而促进东西方的合作、联合。而合作、联合的基础,泰戈尔则认为应超越以个人私利为基础的利己主义,摒弃物质利益为基础的利益联合,主张以"对人类无私的爱""崇高的人类理想"等道义精神为原则,实现不同民族、地域之间的和谐相处。

首先,泰戈尔对种族合作关系的探讨是从民族国家内部开始的,他在《民族主义》中清晰勾勒出理想的社会制度:人类和谐发展,人的感情和欲望适度节制,人人都对他人怀抱无私的爱,同时富有正义感和责任感,愿意为全人类的利益而付出。②

泰戈尔企图以"人类道义"和"无私的爱"为原则,建立不同文明和谐共生的美好世界。泰戈尔提出的理想社会制度,主要包含以下内涵:一是着眼点是站在人类整体的立场,而非限于单个民族国家;二是关注的重点是人类精神、情感的满足,道义和精神抱负的实现,而非物质财富的积累,抑或物质贪欲的满足;三是主张弘扬"人类崇高本性",基于"无私的爱"为他人提供帮助。

泰戈尔认为国家之间应该通过友善、博爱的纽带紧密地联系在一起,并通过情感交流增进彼此了解。以精神、情感为基础,博爱道义为原则的交流合作,往往表现出如下优越性:一是避免了国家之间围绕物质掠夺而引发的恶性竞争,彼此不需相互猜忌,更不必为了互相牵制而不断武装自己;二是脱离了自私自利、物质掠夺的利益关系,通过思想的交流增进彼此了解,基于仁义之心为其他民族提供帮助和爱的礼物;三是民族间的精神交流开出艺术和文学之花,并由此在不同国家、不同语言和历史的种族之间建立最崇高的人类团结和最亲密的爱的联系。③

---

① 泰戈尔:《民族主义》,谭仁侠译,北京:商务印书馆,1986 年,第 10、47、20、48、49、9 页。

② 同上,第 64 页。

③ Tagore, R. *Nationalism*. Cited from Ray, M. K.ed. *The English Writings of Rabindranath Tagore*. Vol. 4, New Delhi: Atlantic Publishers and Distributors Ltd., 2007, p.471.

泰戈尔主张国家之间建立“崇高的人类团结”和“爱的联系”的理想，显然是对当时东西方之间充满个人私利、物质占有、武装冲突的民族主义的批判和反驳。泰戈尔之所以提倡国家之间刨除私利的情感联系，根本原因在于以物质崇拜为内核的民族主义关系已显现出诸多弊端：

第一，为了满足一己私欲，利用武装力量剥削掠夺其他种族的民族主义立场有违人类道义，因而不可避免地会因为物质利益的得失而引发不合，甚至是冲突，迟早会引发战争等灾难。而且，以物质利益为纽带建立起来的合作关系，其背后对财富和权力永无止境的贪欲，显然孕育着更深层次的危机。因为对物质的贪欲和自私自利，根本不可能建立真正的合作关系。基于民族主义的国与国关系，一定孕育着“妒忌和猜疑”，结局往往会引发“某种突然的灾难”。①

第二，民族主义剥除人类情感，以追求效率和物质繁荣为目标，靠肢解人性得到繁荣，结果造成个人道义感的衰退。人本来是造物主最美好的创造，而民族主义思想就像一个加工厂，人只要经过这个加工厂的改造，就会蜕变成战争和利益的工具，社会就会成为一个傀儡们的游戏场，由高效、强烈的物质占有欲操纵演出。

第三，基于物质掠夺的民族国家之间的交往，会造成人们道义感的衰退，促进人的物化，使人成为财富掠夺的工具和帮凶。如果让人去杀人，成为掠夺财富的工具，就必须使其“意志衰亡”“思想麻木”，用无意识的动作训练来破坏“人性的完整”，然后引发“复杂的个人的解体”，产生“抽象的观念”和同人类的真理无关的“毁灭性力量”，由此使人变成“残忍的”或“机械的东西”。民族主义从缺乏人性的物质崇拜出发，从而引发人类道德情感的泯灭，由此建立的人际关系和国家联合一开始就埋下了隐患，不但不会长久，还注定会引发巨大的灾难。

因此，泰戈尔主张建立的东西方之间的联合，“永远不要仿效西方将民族主义的有组织的自私自利作为它的信仰”，而应站在“崇高的人类理想的立场”。② 这就意味着国家之间的联合，不应立足于力量的强弱，而应凭借无私的爱的道德力量维系。国家之间“永远不要幸灾乐祸地看待邻人的软弱”，更不会“肆无忌惮地对待弱者”，或是“向强者献

① 泰戈尔：《民族主义》，谭仁侠译，北京：商务印书馆，1986 年，第 6 页。

② 同上，第 24、20、21 页。

媚”。[1] 因为国家之间不是力量的比拼，更非抢夺物质财富的竞赛，而是以道义为基础的联合。

“人类世界是道义的世界”，只有建立在无私的爱、善行等道义基础上的国家间的合作才会长久，才会形成世界范围内的和平与长治久安，才能真正实现人类社会的和谐。只有建立以道义为基础的联合，才会在东西方之间形成以“沟通交流”取代“暴力征服”的交往形式，才会形成以爱、善、责任等道义精神为基础的情感维系，替代“利己主义”的物质争夺。只有坚持爱、善等道义力量，才能平等看待种族差异，消除种族歧视。爱的理想，剔除了利益得失的考量，是“家庭和良心的义务在宽广的空间和时间内的扩大”。用“家庭之爱”来维系种族联合、国家间的合作，显然更容易实现真正长久的种族合作。[2] 而且，爱的理想也更能建立起人和自然万物的深切情感及人与自然的和谐。爱人并且爱自然，才能实现世界的真正和谐。

就这样，泰戈尔以世界一体化为视角，提倡东西方不同民族间的情感交流，从而增进相互了解，发现不同民族真诚、善良、友爱的道义精神，并以此为原则促进民族合作交流。而他作为推动东西方文化互信互通的使者，也在这个过程中不断完善自己的世界文明一体观，并在成为世界和谐发展的传播者的同时，也成为世界多元文明共居共生的载体。

---

① Tagore, R. *Nationalism*. Cited from Ray, M. K.ed. *The English Writings of Rabindranath Tagore*. Vol. 4, New Delhi: Atlantic Publishers and Distributors Ltd., 2007, p.461.

② 泰戈尔：《民族主义》，谭仁侠译，北京：商务印书馆，1986 年，第 17、57 页。

第六章　人类命运共同体：泰戈尔世界主义观的基石

从词根上讲，世界主义对应的英文单词“Cosmopolite”，来源于希腊文“cosmospolis”。这个词是由cosmos和polis两部分构成，前者指“宇宙”“世界”，而后者指“城邦”“城市”“市民”。因此它的原义，是指“世界城市”或“世界城邦”。后来，世界主义这个概念被斯多葛学派(Stoicism)采用，指对其他城邦表示关爱的人。可见，世界主义最初所关注的核心是个体的地域属性和身份认同，是如何处理自身成长的地域和更广阔的外部世界的关系。城邦和世界、本族和它族、自我与他者的关系，成为了世界主义的核心。

泰戈尔的世界主义观，不仅吻合世界主义者所强调的世界一体、道义原则、交流合作等核心主张，更鉴于其文学家的身份，强调以文学文化交流为途径的东西方联合。泰戈尔生前多次赴西方，致力于西方和印度、东方和西方间的文学文化交流。其英译文学，其在西方的演讲活动，都体现出独具特色的世界主义观。

泰戈尔世界主义观的形成，既受到印、英文学文化的影响，也是和其他民族沟通交流的结果。泰戈尔世界主义观在世界范围内的传播和影响，既推动了印度文学、东方文化的世界化，也使世界更客观全面地了解了印度和东方。

第一节　泰戈尔世界主义观：内涵及形成

一、世界主义的历史发展

世界主义的源头，至少可以追溯到公元前4世纪犬儒学派(Cynicism)。[①] 这一学派的信徒第一次表述了世界主义的思想，即“宇宙公民”(citizen of the cosmos)。后来，西塞

① 犬儒学派是古希腊的一个哲学学派，由苏格拉底的学生安提西尼创立，主张否定社会与文明，提倡回归自然，清心寡欲。

罗、①卢修斯·塞涅卡、②马克·奥勒留③等禁欲主义者采纳并完善了犬儒学派的理念，尤其是奥勒留在《沉思录》中表达了对人性的世界主义态度。此后，在以斯多葛学派为代表的古典主义时期，18世纪的启蒙主义时期，和20世纪末以来的世界主义研究，构成了世界主义发展的三个主要阶段。

斯多葛学派明确称自己为“世界主义者”，主张以“人类和谐相处”的世界观替代古代政治思想中提倡的“城邦中心”。在斯多葛学派看来，人们生活在两重世界之中，一个是和出生相联的“当地社区”，二是由人类理想所支撑的“社群”，而后者对个体而言远比前者更加重要。个人的忠诚，首先应该献给“人类共同的道德理想”，而非“毗邻的民族集团”。斯多葛学派虽强调超越城邦的人类共同理想，但同时并未忽视“对当地、亲友、家人、朋友和同胞的关怀”。只是从重要性上来看，人类的道德理想更加重要。可见，斯多葛学派所提倡的世界主义，至少包含着超越城邦的“世界视域”和“道德责任承担”这两方面重要内容。

世界主义同样是18世纪启蒙主义的思想核心，启蒙主义思想的很多论述都和“世界公民”的概念密切相联。康德、黑格尔、谢林、赫尔德等启蒙主义运动的代表人物，都表达过对世界主义的希望和信念，而其中尤以康德关于世界主义思想的论述影响最大。康德认为个体有逾越种族、国家政治疆域参与世界对话的权利，并称之为“世界主义权利”。世界主义权利强调个体拥有超越种族、国家边界的话语权力，其中所暗含的是国家民族间的彼此容忍与和平相处，而这种合作关系和公正的行为准则，也是康德对殖民主义的有力回绝。由此，康德倡导建立世界主义秩序，主张所有政治、社会关系都应基于相互沟通的意愿，并以理性、公正、主体认同为原则。只有在这个意义上，个体才能既属于自己的国家，又能被称为世界公民。

可见，启蒙运动时期的世界主义观点，不仅超越了地域的局限，更涉及世界范围内的政治管理，还提出应在理性、公正、彼此认同等具体的普适性道德原则下开展民族、国家间的沟通交流与合作。康德不仅从宏观上提出建立“世界主义秩序”，保证“主权国家的和平关系”，还从微观上强调不同国家之间应热情相待，并从世界公民的角度强调跨越国界的博爱与道德。

---

① 马库斯·图利乌斯·西塞罗(Marcus Tullius Cicero)，罗马共和国晚期的政治家、哲学家、雄辩家。

② 卢修斯·塞涅卡(Lucius Annaeus Seneca)，古罗马哲学家、剧作家。

③ 马克·奥勒留(Marcus Aurelius Antoninus Augustus)，161—180年为罗马帝国皇帝，著有《沉思录》一书。

在当代全球化大背景下，如何协调民族国家利益和国家间相互合作的关系，正日益引起人们的注意。全球化进程的加剧，国家、民族间的交往日益频繁，物质产品、人口、信息在世界范围内快速流动，整个世界形成了一个命运共同体，在经济上突破了国与国之间的界限。经济全球化使国家之间构成了你中有我、我中有你的交错联系；在政治上，全球化造成了国内和国外政治联系相互交错、互相影响，超越民族国家界限的世界关系成为了政治全球化的重要特征；在文化上，民族之间的文化交流日益密切，不同民族的思想、价值、规范在交流讨论中相互碰撞、融合、彼此吸纳，跨民族文化特征日益明显。

全球一体化意味着超越国家界限的经济、政治、文化交流日益密切，但各个民族国家依旧遵循逐利主义，民族国家本体论下的利己主义思想依然盛行，世界命运共同体和民族利己主义间的矛盾随着全球化进程的加剧愈演愈烈。一方面，全球化需要国家地区间加强合作，共同面对并处理环境污染、资源能源紧缺、气候灾难、恐怖威胁等全球化的普遍问题；另一方面，各民族国家依然以利己主义为先导，强力优先保护本国自身利益。如何协调民族国家内部和外部间的矛盾，成为世界共同关注的问题。也正是在这样的社会文化语境下，世界主义再次引发人们的关注，乌尔里希·贝克(Ulrich Beck)、塞缪尔·谢夫勒(Samuel Scheffler)、托马斯·博格(Thomas Pogge)等政治经济学领域的学者们基于不同的立场和角度对世界主义做了不同的研究。

乌尔里希·贝克对世界主义思想给予了高度评价，他围绕对民族国家主义行为和理念的批判，将世界主义划分为“政治的世界主义”和“社会学——方法论的世界主义”：前者是针对民族国家主义的社会个体的“行为期待”，要求社会个体放弃民族国家为中心的行为理念；后者则将世界主义看作反对社会科学领域民族主义倾向的“方法论工具”。①

塞缪尔·谢夫勒则以全球化语境下的政治、文化为着眼点，在《世界主义、正义和制度》中围绕“主权”“文化认同”“公平和正义”等概念，把目前世界主义的相关研究划分为：有关正义的世界主义(cosmopolitanism about justice)，有关文化的世界主义(cosmopolitanism about culture)，有关主权和统一的世界主义(cosmopolitanism about sovereignty and solidarity)。②

① [德]乌尔里希·贝克、埃德加·格兰德：《世界主义的欧洲：第二次现代性的社会与政治》，章国峰译，上海：华东师范大学出版社，2008年，第84、22页。

② Scheffler, S. “Cosmopolitanism, Justice & Institutions”. *On Cosmopolitanism*, 2008, Vol. 137(3), p.71.

托马斯·博格以建立超越国家、民族的世界秩序为着眼点,把世界主义分为两种,一是“法律世界主义”,以“世界的政治理想秩序”为前提,主张个体地位平等,享有相同的法律权利和义务;二是“道德世界主义”,关注个体道德,以道德普世主义为前提,强调人们之间互相尊重、彼此承担义务的道德关系。个体不仅要关爱自己同胞和亲人,还有义务去关心陌生人。道德世界主义又被分为“制度世界主义”和“互动世界主义”:前者强调通过建设社会制度结构实现制度正义,消除社会不公,实现人人平等;后者则强调个体间的相互帮助。因此,道德世界主义的明显特征,在于强调道德在人际关系上的重要性,而非政治权力对人的外部强制。①

世界主义不仅适用于政治经济领域,还被用于全球化背景下的文化交流讨论。在文化层面的相关研究中,文化世界主义强调“文化是流动的”,主张“不同国家之间的文化界限应该消除”,期待形成一个“相互认同与融合的世界”。② 文化世界主义反对文化的排他性和地域文化性,鼓励文化多样,欣赏文化融合。

当下世界主义的划分虽种类繁多,研究也渗透到方方面面,但其核心还是围绕民族内外、自我与他者的关系展开,且道德正义是其主要的依据和原则。世界主义研究共同的理论前提,是“均认为必须将世界看成一个整体”。③ 在此基础上,因对国家和个体的不同关注,不同研究又基于各自的研究兴趣提出了世界主义思想下的交往合作原则。贝克以国家交往为出发点,强调世界主义应克服狭隘的民族主义思维方式和行为方式,求同存异,加强自律,实现世界共同治理。戴维·赫尔德(David Held)的研究更关注个体,坚持以“个体间的平等尊重”为核心,提出世界主义应包涵的三个关键方面:一是“平等个人主义原则”:个体是道德关怀的最小单位,而非国家或其他任何形式的组织、机构,个体的自由都应该得到平等的尊重和对待;二是“互惠认可原则”:个体的价值都应被平等对待,每个人在世界道德领域都占有等同份额,在得到尊重的同时也应该尊重他人;三是行为公正的原则:所有人都应公正行事。④

可见,世界主义的内涵,是在整体世界观的前提下探讨区域与全球、民族与国际间的

① Pogge, W. T. “Cosmopolitanism and Sovereignty”, *Ethics*, Vol.103(1), 1992, pp.48-75.

② Waldron, J. “Minority Cultures and the Cosmopolitan Alternative”. ed. Kymlicka, W. *The Rights of Minority Cultures*. London: Oxford University Press, 1995, p.93.

③ Scheffler, S. “Cosmopolitanism, Justice & Institutions”. *On Cosmopolitanism*, 2008, Vol. 137(3), p.68.

④ Heck, D. *Cosmopolitanism: Ideas and Realities*. Cambridge: Polity Press, 2010, pp.44-46.

关系，本质是建立自我与他者间的行为规范。因此，世界主义一方面涉及“对差异和他者的价值判断”，另一方面又企图“建立新的不同于民族国家的民主统治形式”。[①] 道德层面的尊重、平等、友爱，常常被视为世界主义视域下处理国家、民族关系的重要原则。由此，世界主义又可以简单概括为主张爱整个人类，要对每个个体都尽到责任，不分国家、民族。[②]

总之，世界主义的内涵是全球一体化，核心是超越种族、地域、国家限制的平等、尊重、博爱等道义原则，途径是民族、国家之间的交往与融合，目标是建立责任共同承担的人类命运共同体。

二、世界主义与殖民主义、民族主义、普世主义

世界主义的优势，不仅体现在强调国家间的合作与民族间的融合，更在于其对民族差异的认可和尊重。世界主义的着眼点是处理民族与国际、地方与全球的关系，因而自然衍生出如何看待“他者”“差异”的问题。世界主义的意义，在于提出了一种新型的处理地方与全球关系的模式：尊重并承认民族差异，又不使民族差异绝对化；个体既立足自身生长的地域，又着眼世界对全球事务有责任感；依据道义准则，建立地方和全球之间“亦此亦彼”的新型协作。正是由于以上内涵，造成了世界主义和殖民主义、民族主义、普世主义等概念的差异，并体现出了自身独特的优势。

世界主义和殖民主义的差别，在于其否定了国家、民族间的对立关系，打破了过于强调民族差异的等级化划分，主张建立既承认差异又平等对待他者的理想规范。如何处理民族外部的关系，并不局限于世界主义主张。早在16世纪，东西方民族国家间就建立起了“等级化的支配——从属关系”，[③]最终发展成为了殖民主义。殖民主义视域下的民族关系，主张对立和等级从属，这在19世纪的东西方文化交往中得到体现。东方民族国家由于经济的落后而被视为“低贱”，甚至“野蛮”，因而在和西方的交往中被认为应隶属于西

① [德]乌尔里希·贝克、埃德加·格兰德：《世界主义的欧洲：第二次现代性的社会与政治》，章国峰译，上海：华东师范大学出版社，2008年，第54页。

② Waldron, J. “Cosmopolitan Norms”. ed. R. Post. *Another Cosmopolitanism*. London: Oxford University Press, 2006, p.20.

③ Beck, U. *Cosmopolitan Vision*. Cambridge: Polity Press. 2006, p.17.

方，受西方支配。对待民族他者的等级观念，不但体现了过分强调民族差异性的狭隘心理和民族局限，还为奴役、剥削其他民族提供了理论依据。因为民族等级观念，西方殖民主义者把对其他民族的剥削、征服视为“文化教化”，为自己的卑劣行径凭添了冠冕堂皇的借口。与之相反，世界主义则提倡以“统一的规范取代形形色色的阶级、种族和宗教偏见”，不但接受并承认民族差异，还要打破等级区分，完全平等看待民族间的差异。①

世界主义和民族主义虽都承认民族差异并强调民族平等，但相比而言，世界主义更加彻底，视域也更加开阔。民族主义所强调的民族差异，往往以民族国家为单位，在国家内部和外部奉行双重标准。国家内部的种族差异往往被视为社会不安定的主要因素，因而成为民族主义大力消除的对象。民族主义往往在国内大力消除种族差异，推动国内种族间的融合同化，维护国内稳定团结。对外，民族差异又往往被民族主义者视为一个国家民族意识不可分割的部分，因而不断强调，甚至“制造”差异，以突显民族的不同。民族主义一旦走向极端，很容易滑落到民族之间的不平等关系，并进行等级划分。此外，民族主义往往会以民族、地域为限，过于追求自身利益最大化而忽视了和其他民族、国家的共同发展。相对于民族主义，世界主义对民族差异性的主张更加坚定，不管是在国家内部还是外部，都始终坚持尊重并平等对待种族差异的原则，其视域更加开阔，不仅关注单个国家、民族的利益，更关注不同民族、国家的共同利益。

需要指出的是，世界主义承认民族差异和他者，但绝不使民族差异绝对化，而是借助普适的道德规范实现与他者的联合，建立新的、跨越民族国家界限的一体化。尊重民族文化差异，是民族交往的前提，但一旦过于强调差异，就会陷入民族差异绝对化的泥沼，结果造成民族文化差异被夸大，在民族差异上建起鸿沟阻碍民族间的沟通与交流。夸大民族差异，只会陷入文化不可通约的窠臼，忽视了文化全球化的社会现实。实际上，民族间的文化差异，只是习俗观念的差异，没有实质的不同。一个民族认为正确或是错误的习俗，其实只是“区域风俗的不同所致”，并非属于“客观真理”的范畴。② 世界主义的优势，在于建立民族差异下的国家、民族之间的交流与合作，承认民族差异，更强调民族共通。

对待民族差异的不同态度，同样构成了世界主义和普世主义的不同。二者虽然都倡

① Beck，U. *Cosmopolitan Vision*. Cambridge：Polity Press. 2006，pp.17-18.

② [美]奎迈·安东尼·阿皮亚：《世界主义：陌生人世界里的道德规范》，苗华建译，北京：中央编译出版社，2012年，第28页。

导区域性联合和超越民族文化差异的对话与合作,对待民族差异的态度却不同。世界主义和普世主义相比,后者更强调不同文化差异间的“趋同”,而前者则强调“承认文化差异”并“接受差异性文化本来的面目”。普世主义因为强调“普世性”而认为种族多样性缺乏内在价值,造成“个体所呈现的独特性被压制或变形”。而且,普世主义是建立在西方价值观基础之上的。以普世主义倡导的基督教为例,基督教虽主张不同肤色、种族、性别、年龄、国籍、社会阶层的人都可以在上帝面前得到救赎和解放,然而这“普世的解放”却仅限于基督教的皈依者,是将佛教、伊斯兰教等异教徒排除在外的,其背后仍然暗含着基督教和异教徒之分。普世主义的最终结果,要么是世界人民最终被自由、平等等明显带有西方色彩的价值观所同化,要么是被基督教的“普世精神”所同化,最终造成“在文明化的进程中种族差异多样性的逐渐消失”。①

世界主义的意义,还在于强调个体对他者所应承担的义务和通过对话模式促进世界范围的民族国家联合。世界主义倡导实现地域联合和全球一体化协作,共同面对全球化所带来的风险和社会问题。这意味着个体不但对自己所生活的区域肩负责任,还要对世界其他地域的其他种族肩负相同的责任。世界主义的一个核心观念,就是人们对超越亲情关系的他者的仁慈和所承担的义务。世界主义者共同接受的理念,是既不忘记区域性忠诚,还对区域外的他者负有一份责任。② 这就需要人们不再囿于区域性局限,不再有西方和东方的严格划分,承认、平等对待民族差异,推进和“他者”的对话交流,而且,平等对话和交流成为了跨地区、跨民族联合的唯一有效途径。这就需要人们回到“对话模式”,尤其是生活方式不同的种族、群体之间的对话,从而建立世界范围内的联合。世界主义主张一种更加包容的胸怀,主张“亦此亦彼”的包容共存,否定了全球与地方、民族与国家之间的二元对立。

总之,世界主义虽被应用到政治、经济、文化等诸多领域,并且有不同的理解,但不同领域的世界主义总体蕴含着以下共同内涵:一是尊重并平等对待文化他者和民族差异;二是坚持对话和道义原则,促进超越种族、国家之间的交流合作;三是超越民族、国家局限的人类共同责任的承担。

概而言之,世界视域、博爱原则、交流合作、责任互担,构成了世界主义的核心概念。

---

① Beck, U. *Cosmopolitan Vision*. Cambridge: Polity Press, 2006, pp.58,52-53.

② [美]奎迈·安东尼·阿皮亚:《世界主义:陌生人世界里的道德规范》,苗华建译,北京:中央编译出版社,2012年,第7、9页。

第二节　东西方联合:泰戈尔世界主义观的基本导向

泰戈尔在英国殖民统治下的印度长大,从小浸染英印两种文化,较早形成了超越民族局限的视角。泰戈尔一生都在通过文学译介等增进西方对印度文学文化的了解,坚持推动英国和印度、东方和西方间的文化交流合作,体现出鲜明的世界主义价值取向。

一、英印文学文化润泽:泰戈尔世界主义观的形成

泰戈尔世界主义观的形成,是印度宗教哲学文化和西方文学文化共同滋养的结果。印度传统文化思想在泰戈尔心中埋下了博爱、友善的道义种子及对精神满足的追求;从小浸染西方文学文化及后来的旅英经历,则推动泰戈尔的道义观超越了民族局限,促进了泰戈尔世界主义观的形成。

1. 印度社会文化影响:博爱、道义、联合

泰戈尔从小在印度孟加拉邦长大,思想上深受《奥义书》《薄伽梵歌》等印度经典的影响,深信"梵我一如""爱的哲学""宗教虔诚"等观念,形成了博爱、友善、道义联合等观念。

《奥义书》是印度最古老的哲学典籍,主要论述宇宙和人生的奥秘、人和自然、人和宗教的关系。《奥义书》原义是"近坐""秘密相会",后引申为"师生间传授的秘密教义"。《奥义书》内容庞杂,包含着不同时期、不同地区、不同宗教派别的哲学观,但中心始终围绕"梵我一如""轮回解脱"的思想展开。"梵"(Brahman)和"我"(Atman)是《奥义书》的两个核心概念。在梵文中,"梵"的原义是"圣智""咒力""祈祷",最先是指"祈祷而得的魔力",后来又被引申为"世界的主宰""哲学的最高本体"。因而,《奥义书》中的"梵"往往被当作宇宙的本体、生命的根本、万物存在的原因。《奥义书》中,"我"常被解释为"个体灵魂""万物内在的神妙力量""宇宙统一的原理"。作为外在的、宇宙终极原因的"梵",和作为内在的、人的本质的"我",本性同一:即大小宇宙间统一,因而"我"和"梵"实现等同。① "我"的睿智,应从宇宙万物("梵")中去证悟,而现实中的个人或贪恋尘世,抑或受物质欲望的遮蔽,又

---

① 黄心川:《印度奥义书的哲学思想》,《南亚研究》,1979年第2期。

或受到业报①的束缚，造成"梵"和"我"分离。个人摆脱了物质占有欲望，或是对感官刺激的追求，更或是物欲的贪念，才能发现"我"的睿智，亲证"梵我一如"。

此外，"梵我一如"还是轮回解脱的主要途径。轮回解脱是指个人死后灵魂不灭，并再次复活，决定转世形态的关键则是个人生前的行为——"业"(Karma)。根据前世"业"的不同，或转世入"天道"，成为神；或转世入"祖道"，成为婆罗门、刹帝利、吠舍等高种姓的凡人；或转世入"兽道"，变成低种姓的首陀罗或是虫鱼鸟兽和花草树木。而证悟"梵我一如"，则成为断灭种姓轮回、获得轮回解脱的主要方法之一。②

《奥义书》对泰戈尔世界主义观的形成，主要在"梵我一如"思想。"梵我一如"，不但追求个人和宇宙间的和谐统一关系，更在于其强调个体精神和世间万物的联系。不论是个人和宇宙和谐统一关系的建立，还是个体和万物的联系，都主要指精神层面的结合。"梵我一如"，意味着摒弃个体物质欲望、摆脱物质束缚，实现个体灵魂和精神的自由，从而建立宇宙间的精神联系，而这和泰戈尔主张的超越民族国家局限、建立精神沟通和情感交流的世界主义观念密切关联。

《薄伽梵歌》则影响了泰戈尔形成博爱、摒弃物质贪欲、追求精神满足的思想。《薄伽梵歌》是印度著名史诗《摩诃婆罗多》的一部分，既是印度古代宗教文学名著，也是史诗中最精彩的篇章。《薄伽梵歌》对应的梵文是"Bhagauat Gita"。③ "Bhagauat"意指"世尊"，是对至上神的尊称，"Gita"的意思是"歌"，因而《薄伽梵歌》的意思是"世尊歌"或"神歌"。《薄伽梵歌》最核心的概念就是"瑜伽"，瑜伽按照具体内涵，又可大致分为三种："有为瑜伽"(Karma yoga)，④"虔信瑜伽"(Bhakti yoga)和"智慧瑜伽"(Jnana yoga)。三种瑜伽紧密相联，最终共同推动实现个人最后的解脱：与最高的神合而为一。

三种瑜伽的关系是：首先，"有为瑜伽"坚持"有为"，强调个人的无私奉献；其次，强调坚持智识的"智慧瑜伽"，核心是自我实现、自我与世界本质的智识，在坚持"智慧瑜伽"的过程中并未中断"有为瑜伽"所强调的无私奉献；最后，是坚持虔诚的"虔信瑜伽"，它将最

---

① 业，简单来说，是指一个人过去的行为。业报，则基于印度转世轮回的思想，一个人生前的行为，会决定转世时成为什么样，善业使人转世成善，或入天道成神，或入祖道成高种姓的人，而恶业使人转世成恶，沦于兽道，变为首陀罗或动植物。

② 获得轮回解脱的另一重要途径，在于从事艰苦卓绝的修行，如苦行、布施、正兴、不杀生、实语、禁欲、同情。

③ 《薄伽梵歌》的英文是"Bhagavad Gita"。

④ Karma yoga 有时又被翻译成"业瑜伽"。

高自我作为崇拜与追求的神圣存在；三者最终转化成智识、有为与虔诚的三位一体。①

可以看出，《薄伽梵歌》首先是强调“有为”，带有积极入世的思想，坚决反对佛教所宣扬的“出家”“苦修”等苦行僧式的“无为”，也否定婆罗门教的“遁世”思想。“有为瑜伽”强调有为的同时，又主张以无私无欲的心灵状态从事“达摩(正法)”之“业”，跳出“达摩(正法)”，解脱“业”的束缚，达到平静或曰“无为”境界。“无为(平静)”境界只有通过“有为”来实现。众生在“有为”的过程中只要淡化追求的动机，无论结果如何，他就都能知道何为解脱，懂得解脱之美了。可以看出，“有为瑜伽”强调积极入世，却又强调不计较行为得失，有为的目标不在于个人财富的聚集或是物质资料的增加，而是追求“无为”的心灵平静，从此实现从个人行为向精神满足的转化及对财富积聚的漠然。从“有为”通向“无为”，表面看起来相互矛盾，但实际上和“智慧瑜伽”的“等同论”主张密切相连。

“智慧瑜伽”主张世界万物无差别的等同。你等于我，我等于你；一等于多，多同样等同于一，这种思想源于大乘佛教“一切即一”的观点。一多等同的主张，否定了世界万物的差别，否定了人世间的不平等。《薄伽梵歌》的这种相对主义观点，在承认现象世界物质性的同时，又否认了主观影响和改造世界的可能性，其目的在于维护印度种姓制度的稳固。在印度，种姓之间有明确的职业划分。种姓不同，所从事职业有别，劳动产生的物质资料回报同样有差别。为了维护社会稳定，避免因种姓制度造成的社会不公而引发社会动乱，因此“有为瑜伽”和“智慧瑜伽”紧密相连。前者强调个体有为，后者否定行为结果的差异，从而抹杀不同种姓之间因分工不同而产生的劳动回报的差异，巩固了社会不同种姓间的稳定。可见，《薄伽梵歌》中“有为瑜伽”和“智慧瑜伽”强调个人有为，却又不在意物质利益得失的观点，同样促成了泰戈尔摒弃物质财富、追求精神满足的思想。

“虔信瑜伽”代表了《薄伽梵歌》中最高的社会和宗教伦理，即对神无私而虔诚的皈依。《薄伽梵歌》不仅是一部宗教著作，还是“一本维护旧社会秩序的伦理学著作”。②《薄伽梵歌》强调“爱”“达摩”等道德原则在维护社会秩序中的重要性。“有为瑜伽”所主张的有为，绝不是以个人私利为主导，而是以虔诚为主导，奉行“达磨”原则。爱、非暴力等道义原则也是《薄伽梵歌》所推崇的行为准则。《薄伽梵歌》中第12章的“虔信瑜伽”中就谈到：

① 董平：《论〈薄伽梵歌〉的主要教义》，《哲学研究》，2010年第8期。

② ［印］毗耶娑：《薄伽梵歌》，张保胜译，北京：中国社会科学出版社，1991年，第2页。

“善于控制诸知根，并且乐于济助众生，处处坚持等同观念，定能与我化为一同。”(12.4)

“对待万有，友好、怜悯而无仇怨，等视苦乐宽厚忍让，既无我所，亦无我慢。”(12.13)

“谁能驱除迷恋，等同看待荣辱，谁能等视敌友，等视严寒酷暑”，(12.18)

“谁能沉默无言，等视毁誉，思想坚定，对我虔信，事事满意，居无定处，谁就是我所喜欢的人”。(12.19)①

显然，《薄伽梵歌》不但强调对“我”的虔诚，更注重在伦理上坚持“济助众生”“友好”“怜悯”“无仇恨”“宽厚”等原则。倡导“等同观念”，“等视敌友”，心怀怜悯友爱等原则，这同样影响了泰戈尔博爱、平等世界主义观的形成。

除了受印度传统经典的影响，印度的多民族环境，及在此基础上形成的不同种族之间的联合，为泰戈尔基于民族差异的民族联合的主张提供了借鉴。印度是一个多民族国家，国家内部不同民族之间一直充满纷争。面对国内纷争，印度一直在试图解决国内不同种族间的团结合作，而解决的办法就是承认种族差别，即种姓制度。为了避免种姓制度下社会资料分配的不公引发不满，印度又不断从宗教、道义原则等精神层面麻痹人的精神，号召人们只讲耕耘，不问收获。印度的种姓制度，的确是在承认种族差别的基础上，建立种族团结、社会稳固的一种方式，但同时也掩盖了社会分配的不公。

印度处理不同种姓关系、维护社会团结的主要方法，是对不同种姓所从事的职业做严格的划分。印度的法典和经书，都对不同种姓的义务和所应该从事的职业做了严格的划分。《摩奴法论》(又译《摩奴法典》)中就明确规定每一种姓必须履行其天赋职责，尽自己的本分。婆罗门是最高贵的种姓，享受“教授吠陀、主持祭祀、接受布施”的特权；刹帝利代表着最高的世俗权力，必须诵读圣典，礼敬婆罗门，保护国家和人民，同时坚持真理，控制官能享受，避免十八种“恶德”；吠舍的职业则是“经商、放贷、耕地或畜牧”；首陀罗是最低级的种姓，职责只有一种，即侍奉“再生族”，特别是婆罗门种姓，以期“获得较高的转生”。② 基

---

① ［印］毗耶娑：《薄伽梵歌》，张保胜译，北京：中国社会科学出版社，1991 年，第 142、144-145 页。

② 参考［印］《摩奴法论》，将忠新译，北京：中国社会科学出版社，2007 年。该译本直接译自梵文，全书分 12 章，分别以婆罗门和国王为对象论述了印度教徒的行为规范。季羡林先生为该译本写了“序”，称赞译本弥补了印度研究的空白。

于种族差异进行严格社会分工，并由此建立不同种族之间的联合和稳定，构成了印度处理基于民族差异的民族联合的独特方式。

泰戈尔认为印度种姓制度体现了对种族差异的容忍，不同种族享有自身特殊性的同时，又可以通过印度教结合在一起。种姓制度的优点，在于避免种族间的竞争和摩擦，促进了不同种族间的和谐稳定，而印度种姓制度的缺点，则在于承认种族差别的同时，忽视了生命发展所产生的变异。① 印度种姓制度所提供的保持种族差异、通过共同的精神追求实现团结的种族融合经验，显然对泰戈尔强调种族差异下的民族交流合作的思想产生了重大影响，构成了泰戈尔世界主义思想的重要组成部分。

2. 英国文学文化影响：跨民族文化视域和文化互惠

世界主义者往往都有在不同城邦、国家生活的经历，泰戈尔也不例外。除了深受印度社会文化影响外，英国文学文化为代表的西方文明的熏陶，以及和英国人的实际接触，都影响了泰戈尔世界主义观的形成。正是由于泰戈尔对英国文学文化的实际了解，才使他在面对英印矛盾冲突时没有站在狭隘的民族主义立场，而是站在以道义为原则的世界主义立场。

泰戈尔始终主张英印、东西方之间以道义为原则交流合作，而这都和泰戈尔从童年起对英国乃至西方文学文化的学习和深入了解密不可分。《彼得·帕利故事集》②《富兰克林自传》等英美读物影响了泰戈尔的道德观和性格，英国诗歌的恬然精美，罗密欧与朱丽叶爱情的狂热，李尔王无能的悲痛，奥赛罗的嫉妒之火，麦克白的野心膨胀，都曾让泰戈尔陶醉不已。尤其是 1878 年 9 月至 1879 年这段留学英国的经历，让泰戈尔广泛接触英国文学，对泰戈尔的文学创作和文化观都产生了极大影响。莎士比亚、弥尔顿、拜伦等成为他的英国文学导师，他还称拜伦为“文学之神”，因为他的诗歌最能激发自己的“激情”。③

英国作家中，勃朗宁(Robert Browning)对泰戈尔的影响也非常大。勃朗宁的诗歌给他带来了“喜悦”和“希望”的信息。在泰戈尔看来，勃朗宁诗歌的乐观主义，不仅仅是诗意

---

① 泰戈尔：《民族主义》，谭仁侠译，北京：商务印书馆，1986 年，第 61-62 页。

② 《彼得·帕利故事集》(*Peter Parley's Tales*)，作者是古德里奇(Samuel Griswold Goodrich)(1973-1860)，其中包括《古代名人传》(*Famous Men of Ancient Times*)(1843)，《现代名人传》(*Famous Men of Modern Times*)(1948)，《生命的恩人》(*Lives of Benefactors*)(1848)等。

③ [印]克里希那·克里巴拉尼：《泰戈尔传》，倪培耕译，桂林：漓江出版社，1984 年，第 96、182 页。

的迸发，更是建立在高尚的教化之上，规劝读者朝着完美进军。① 此外，泰戈尔还受到济慈的影响，他经常引用《古瓮颂》中的经典诗句："真即美，美即真。"在一次谈话中他坦然承认，"我非常喜欢《古瓮颂》，它最吸引我的地方，在于美的事物会触及永恒"。②

英国文学对泰戈尔的影响，鲜明地体现在他的文学创作中。创作初期，泰戈尔不但翻译了大量的英国诗歌，还创作了很多十四行诗形式的孟加拉语诗歌。泰戈尔翻译的英国诗歌，主要来自莫尔、拜伦、彭斯、莎士比亚、雪莱、丁尼生、罗塞蒂、勃朗宁、阿诺德、斯温伯恩③等人。泰戈尔的诗歌《月圆之夜》，就曾直接指出了影响了自己的西方作家：

> 读了学者撰写的文艺评判专著，
> 什么叫美，方能领悟，
> 方能知道诗歌艺术中有哪些种子，
> 雪莱、歌德、柯勒律治在诗坛的地位。④

英国文学所承载的英国文化，不但影响了泰戈尔的文学创作，更影响了其平等对待其他民族的价值观。泰戈尔在回忆录中写道："我们的思想，从小到大都受到英国文学的塑造。"⑤正是因为泰戈尔从小就浸染于西方文学文化，而后又赴英国学习英国文学文化，所以他了解西方文明的优秀文化成果。时隔多年，泰戈尔即使在美国围绕"民族主义"犀利批判20世纪西方文化的同时，仍然不忘赞誉"西方精神"，不忘中世纪欧洲人的"纯朴""炽热的激情"和"完善的道义人格"。正是因为泰戈尔了解西方文明，并从中获得滋养，所以他认为西方文化对东方"必不可少"。他主张东西方文化互补，因为正是东西方不同的价值观念，才使人能够看到真理的不同方面。泰戈尔反对"闭关自守"，反对"抛弃西方文明"

---

① Aikat, A. *On the Poetry of Matthew Arnold, Robert Browning and Rabindranath Tagore*. Calcutta: Folcroft, 1921, pp.328-329.

② Thompson, E. J. *Rabindranath Tagore: Poet and Dramatist*. London: Oxford University Press, 1979, p. 308.

③ 斯温伯恩(Algernon Charles Swinburne)，英国诗人、剧作家和文学评论家，有代表作诗剧《卡里顿的阿塔兰达》等。

④ 泰戈尔：《吉德拉星集》，白开元译，《泰戈尔全集》(第2卷)，刘安武、倪培耕、白开元主编，河北：河北教育出版社，2000年，第251页。

⑤ Tagore, R. *Reminiscences*. London: The Macmillan Company, 1917; The Project Gutenberg EBook, 2007: 183.

的民族孤立主义,希望“英国成为东西方交往并建立密切联系的桥梁”。① 对西方文化的浸染和所受滋养,让泰戈尔看到了不同民族间沟通交流的必要性和文化的相互促进作用,促发了泰戈尔东西方交流合作观念的形成。

泰戈尔认为,东西方民族本性相通,只要增进东西方文化交流就可以消除西方对东方民族的隔阂。在英国留学期间,他不但深入了解了英国文学文化,更是与英国民众有了实际接触,使他对英国人有了全新的认识。他认识到,英国人虽然在印度殖民统治已达百年,但英国民众还是对印度缺乏客观认识和全面了解,为此必须增进英印之间的沟通了解,实现友好合作。

英国留学经历还使泰戈尔看到了英印女性地位的差异,并意识到了英国文化的优越性。去英国之前,泰戈尔一直对英国女性怀有偏见,观察英国女性总是带有“讥讽”“挖苦”“批评”的眼光。② 他一直认为印度妻子的忠诚举世无双,是欧洲女性无法相比的。但到英国后,泰戈尔彻底改变了自己对英国女性的认识。他不但看到了性格坚强、心灵可爱的英国女性,还意识到英印女性间的巨大不同:英国女性是“社会力量的源泉”,而印度女性则是“软弱的象征”。这种差异是英印社会不同的文化造成的,泰戈尔因此对英国的社会文化由衷赞叹。

英国文化的影响让泰戈尔形成了东西方文化互补、互惠的观念,但是泰戈尔生活的印度却正受英国殖民统治,英印日益尖锐甚至不断激化的民族矛盾冲突,使得印度国内不断出现脱离英国、断绝英印交往的主张。如 20 世纪初期在印度爆发的反洋货运动,从最初要求支持国货、振兴印度民族工业最后逐渐演变成了暴力冲突和对在印英国统治者的暴力恐怖袭击。当然,英国殖民统治者在印度的暴力镇压事件也层出不穷,如 1919 年在印度爆发的阿姆利则惨案。不管是印度民众对英国殖民统治者的暴力反抗,还是英国殖民统治者在印度的野蛮镇压,都体现了英印民族尖锐的民族冲突,并引发了印度国内高涨的民族主义运动。

尽管如此,泰戈尔始终未对英国持仇视态度,抑或是敌对情绪。究其原因,除了印度传统文化的影响和英国文学文化的滋养之外,泰戈尔和英国友人之间的真挚友谊,也是泰

---

① 泰戈尔:《民族主义》,谭仁侠译,北京:商务印书馆,1986 年,第 18、8、58 页。

② [印]克里希那·克里巴拉尼:《泰戈尔传》,倪培耕译,桂林:漓江出版社,1984 年,第 100、101 页。

戈尔对英国一直心存友爱的重要原因。泰戈尔是从英国走向世界的。泰戈尔一生中旅英次数最多，在英国呆的时间最长，英国友人真挚的情感更是让他难以忘怀。泰戈尔能走进西方，固然离不开其深厚的文学造诣和优秀的文学作品，但是英国友人的帮助也至关重要。罗森斯坦、叶芝、庞德、欧那斯特·莱斯、梅·辛克莱、安德鲁、奈文森、罗伯特·布里季、约翰·高尔斯华绥、约翰·曼斯菲尔德、萧伯纳等一大批英国一流作家，都帮助了泰戈尔在英国文学界获得认知和认可。① 这些超越民族、地域局限的友谊，同样极大程度上促进了泰戈尔世界主义观的形成。泰戈尔的好友汤普森(Edward John Thompson)是公认的20世纪努力以客观视角理解印度的英语小说家之一。他对印度的看法影响了西方的印度认知，而他对泰戈尔的敬慕也在一定程度上影响了西方的泰戈尔形象建构。②

泰戈尔在西方结下的深厚友谊，让他感受到跨越种族的爱和不同种族间建立真挚友爱的可能。泰戈尔在晚年曾说过，虽然英国人在印度犯下很多恶行，但是他和英国人建立了深厚的友谊，并诱发了他对异域民族的友爱之情。因此，提倡并推动建立跨越民族的友爱合作，成为了泰戈尔世界主义观的重要组成部分。

二、实现东西方联合基础上的世界一体

泰戈尔的世界主义观，始于其世界一体的主张。早在一个世纪前，泰戈尔就已经预言世界一体化的到来。1916 年，他在关于“民族主义”的演讲中曾指出：“由于科学的便利，全世界正在变成一个国家。”事实上，泰戈尔不但看到了世界一体化趋势，还坚信民族联合才有力量，民族国家分裂只会对本民族和世界造成危害。他还进一步指出：“彼此不能结成伙伴关系的民族，一定会灭亡，或是在堕落中生活”，“而唯有具备强烈合作精神才能生存，并创造文明”。③ 可见，只有坚持不同民族间的联合，才能彼此互惠，变得更加强大，而民族国家间的分裂、民族孤立主义只会引发“灭亡”或“堕落”。由此可见，泰戈尔的世界一体、民族联合的主张，和他反对民族孤立、民族分裂的观点是紧密相联的。

---

① Hurwitz, H. M. *Rabindranath Tagore and England* [Doctoral Dissertation]. Illinois: University of Illinois, 1959, p.32.

② Rubin, D. After the Raj: British Novels of India since 1947. Hanover: University Press of New England, 1986.

③ Tagore, R. *Nationalism*. Cited from: Ray, M. K.ed. The English Writings of Rabindranath Tagore. Vol. 4 (Essays), New Delhi: Atlantic Publishers and Distributors Ltd., 2007, p.492.

在泰戈尔看来，东西方文化存在明显差异，这在对待人与自然的关系上得到了明确体现。泰戈尔对西方文化的判断，是从莎士比亚的悲剧《暴风雨》《麦克白》等入手的。这些剧作在泰戈尔看来都反映了“人类和自然的冲突与争斗”，体现了西方人眼中人类和宇宙之间的“对立关系”。① 西方文化正是源于人和自然的对立关系，所以从未停止对自然的征服和采伐。

西方工业文明的发展加大了人对自然的征服利用，自然万物被视为毫无生命的个人财富的一部分。人和自然的对立，进一步引发了西方文化崇尚物质至上，贪欲日益增长。为了自身物质利益的满足，在民族内部和外部不断引发争抢和掠夺。结果，西方国家内部社会问题日益尖锐，西方民族国家之间围绕物质利益展开争夺，引发世界战争，并给人类带来危害。

在泰戈尔看来，以印度文化为代表的东方文化恰恰相反。印度文化一直强调人与自然的和谐统一，这从印度“梵我一如”的思想中就可以得到佐证。印度文化源于森林，印度圣贤都是在静修林中，在人和自然的和谐统一中顿悟开化，获得人生智慧并成为印度文化经典的重要组成部分。在印度文化中，人和自然万物都是有灵的，人和自然通过精神灵魂间的感知实现人与自然的融合，从而带来心灵的平静和精神的满足。

需要指出的是，泰戈尔既看到东西文化差异，也看到了东西方文化的共通性。他通过对比莎士比亚和迦梨陀娑的戏剧，发现两者之间有着共通的思想和主题，都感到“王室宫廷生活充满了忘恩负义的背叛和谎言”，并对王室的虚伪感到不满。② 英印文学相同的文学主题和不同民族作家的相同价值观，也让泰戈尔看到了东西文学文化差异下的一致性，及英印文学文化交流的可能。

在泰戈尔看来，以精神主义为核心的东方文化和以物质主义为内核的西方文化之间，蕴含着文化差异性下的文化共通的可能性，而增进东西文化交流则可使彼此受益。西方文化应学习东方的精神主义文化，摆脱物质对人的束缚，追求精神的满足，强调人与人之间的精神交流和人与自然的和谐相处，最终实现世界的和谐稳定。东方则应学习西方的物质文明，学习西方的科学知识和工业文明发展成果，改变自身工业发展的落后状态，弥

① Tagore, R. *Creative Unity*. London: Macmillan and Co. Limited, 1922; Digitized by the Internet Archive, 2007, pp.29-30.

② Ibid., p.29.

补生产落后所造成的物质资料匮乏。泰戈尔明确指出:“我们必须考虑到,西方对于东方是必不可少的。东西方彼此互补,不同的生活观可使我们看到真理的不同方面。”

泰戈尔坚持世界一体,认为东西民族联合可使东西文化互补互利互惠。泰戈尔虽然生活在英国殖民统治下的印度,但是并不主张彻底断绝英印往来。在泰戈尔看来,“西方来到东方是(东方)的幸运”,因而他不主张“抛弃西方文明,闭关自守”,而是强调英印应该“紧密联系起来”,更希望“英国成为联系印度和西方之间的纽带”。

泰戈尔坚持世界一体、东西方联合,还表现在他坚持认为每个民族应该为世界贡献自己的力量。西方文化中也孕育着美和真理,滋养着一切国家和时代。西方的基督教文化,西方人心中所洋溢着的“人类之爱”“正义之爱”“为崇高理想自我牺牲的精神”,都是人类世界的精神财富。东方即使对西方文化不满,也应该学习“西方精神”和“人类道义本来性的内在来源”。而印度处理多种族文化的经验,同样可以为人类提供借鉴。印度若能“吸收同化西方文明中的永恒价值”,“将同样处于协调东西两大世界的重要地位”。①

沟通连接东西方文化,促进世界不同民族相互交流、相互联合,是泰戈尔世界主义思想的基本目标。

三、坚持道义原则下的文化交流

泰戈尔基于东西方联合发展的目标,对 20 世纪初的东西方关系感到不满。他以英印关系为出发点,认为当时的英印关系,乃至东西方关系,本质上是基于物质利益的民族剥削和民族奴役。基于物质利益的民族联合,实质上缺乏民族之间的精神交流,不能实现真正的民族联合。而且,以物质侵占、财富聚集为基础的民族关系,极易引发民族暴力冲突乃至战争,给全世界带来危害。在泰戈尔看来,第一次世界大战的爆发,就是民族间基于物质利益的冲突,又受到狭隘民族主义局限的结果。

基于强烈物欲之上的东西方关系,其危害的根源在于遵守优胜劣汰的丛林法则,缺乏道义关爱和情感交流。物质主义、物质崇拜是过分强调科学和工业发展的结果。以物质

① Tagore, R. *Nationalism*. Cited from Ray, M. K.ed. The English Writings of Rabindranath Tagore. Vol. 4 (Essays), New Delhi: Atlantic Publishers and Distributors Ltd., 2007, pp.497-498.

主义为导向,往往会推动科学技术的不断发展,但科学本身是一种缺乏情感的人类认识世界的手段。科学技术发展强调高效、竞争、优胜劣汰,而过分推崇科学技术,势必造成人屈从于机械,钝化"完善的人性",然后"复杂的个人"被解体,个人精神依附于发展、争夺等抽象观念,而变成"残忍、机械"的生物,造成"个人道义感的泯灭"。

在泰戈尔看来,这种"非人化"的过程一直在西方上演。个人脱离了周围环境的一切自然联系,人和自然的关系变成了征服和占有,人与人的关系变成了争抢和掠夺,而个人因为脱离了精神追求,自然隔断了他"同美和爱以及一切社会责任的活生生的联系"。这种关系进一步扩大到民族之间,势必引发民族之间的争抢和掠夺。结果人类社会变成了弱肉强食、适者生存的丛林,强大民族侵凌弱小民族,而弱小民族又奋起反抗,由此导致民族矛盾乃至流血冲突不断,给人类带来了毁灭性的危害。

正因如此,泰戈尔强调人类社会不同于自然丛林,"人类世界是道义的世界","道义法则"才是人类社会最伟大的发现。① 具体而言,道义包含着爱、互助、正义等精神元素。爱是泰戈尔一直强调的道义力量,至少包括自然之爱和对他人的爱。自然之爱,是指个人和山川、溪流、繁花、树木等自然万物之间建立爱的精神联系,向世界万物敞开胸怀;而对他人心中有爱的人,对其他民族的敌对情感就少,并能设身处地关爱他人并心存怜悯。在泰戈尔看来,缺乏崇高同情心和互助的民族,一定会灭亡或堕落;缺乏超越民族局限的公正,自然会引发民族冲突乃至战乱。②

民族联合的道义原则,还包括平等、尊重等其他普世性原则。只有民族间奉行平等原则,才能产生跨越民族的尊重、友爱之情。在泰戈尔生活的时代,英印民族关系就明显不平等。英国人对印度人的总体印象是"肮脏""野蛮""落后""未开化",基于对印度民族这样的认知,极易形成英国对印度民族的偏见,更难以形成友爱之情。在这样的语境下,英国人对印度的援助很容易产生一种"施舍"的民族优越感,而对印度民族的关爱也更多是出于民族自豪感的"怜悯"与"同情",英印关系自然容易出现危机。

可见,民族之间的道义联合,需要建立在民族间相互交流、相互了解的基础之上。而当时西方对东方的了解太少了,因而泰戈尔认为"要有人向西方介绍东方,使西方相信东

① Tagore, R. *Nationalism*. Cited from Ray, M. K.ed. *The English Writings of Rabindranath Tagore*. Vol. 4 (Essays), New Delhi: Atlantic Publishers and Distributors Ltd., 2007, pp.459-460,457.

② 同上,pp.481-482.

方在文明历史的形成方面有他的贡献”①。作为文学家的泰戈尔,以文学作为沟通东西方的桥梁,将自己的孟加拉语作品译成英文,目的是促进英语世界对印度文学文化的了解。此外,他还多次奔赴西方世界并发表演说,增进西方对东方的了解,促进东西方文化交流与道义联合。面对英印民族冲突暴行,泰戈尔既未囿于民族主义而陷入盲目爱国主义窠臼,也未因主张东西方交流合作而对英国统治者在印度阿姆利则惨案中的暴行漠然视之,而是始终坚持友善、互助、博爱等道义原则推动东西方交流。②

由此可见,泰戈尔的世界主义观主要有以下特征:一是始终坚持世界一体,倡导东西方交流合作,坚信东西文化差异下的文化共通、及东西文化互补互惠;二是倡导超越民族局限的博爱、互助、正义、平等等道义原则,并以此作为东西交流合作的依据;三是作为文学家,泰戈尔主张以文学文化交流为途径展开东西方对话,促进西方社会对东方的了解,增进东西文化交流。

第三节　英译文学:泰戈尔世界主义观的精神源头

泰戈尔是第一位在西方产生巨大影响的印度作家。在英译泰戈尔文学传入西方之前,西方的印度书写几乎全都出自西方作家之手,他们笔下的印度多带有殖民主义特征。在1600年到1920年这三百多年间,英国关于印度的描述主要经历了五个阶段:①“奇妙的印度”;②“怪异恐怖的印度”;③“崇高的印度”;④“风景如画的印度”;⑤“丛林茂盛的印度”。

从英国人登上印度这片大陆开始,他们对印度的讲述都是失真的。起初为了证明英国在印度殖民统治的成就,往往故意夸大印度宗教、道德、科学方面的独特性,把印度描述成混乱、黑暗、缺乏人性的国家,从而为英国国内民众勾勒了一副奇妙但又恐怖的印度景象。随着英国在印度统治的加剧以及对印度传统经典的发掘,印度又被描述成为一个有着辉煌历史和崇高的古代文化的国度。自18世纪末至20世纪初,印度则被描述成冒险

---

① Tagore, R. *Nationalism*. Cited from Ray, M. K.ed. *The English Writings of Rabindranath Tagore*. Vol. 4 (Essays), New Delhi: Atlantic Publishers and Distributors Ltd., 2007, pp.497-498.

② Tagore, R. *Nationalism*. 2nd ed. London: The Macmillan Company, 1918; The Project Gutenberg Ebook, 2012:103,62,86,14,36,31,71-101,100,103.

家的乐园,茂密的丛林、充满异域情调的狩猎经历,都让普通英国民众着迷。①

19世纪末,吉卜林描写印度的小说成为了当时西方的畅销书。吉卜林的小说充满了对印度丛林、宗教神秘等异域风情的描述,他给英国民众描绘了一幅肮脏、饥饿、贫困、虚伪的印度形象。② 因此,他的小说在英印之间建立起了巨大的文化鸿沟,让英国读者觉得东方与西方之间泾渭分明,且永远不可能实现融合。

正是在这样的社会文化语境下,泰戈尔文学进入了西方。英译的泰戈尔文学作品③主要包括诗歌、戏剧、小说三部分④。就数量而言,诗集数量最多,一共是10部,包括:《吉檀迦利》(1912)、《园丁集》(1913)、《新月集》(1913)、《飞鸟集》(1916)、《采果集》(1916)、《爱的礼物》(1918)、《渡船》(1918)、《逃避集》(1921)、《萤火集》(1923)、《儿童集》(1931)。戏剧和小说各6部。戏剧包括:《齐德拉》(1913)、《暗室之后》(1914)、《邮局》(1914)、《牺牲和其他戏剧》(1917)、《春之循环》(1917)、《红夹竹桃》(1925)。⑤ 6部小说,其中长篇3部,包括《家庭与世界》(1919)、《沉船》(1921)、《戈拉》(1924);短篇小说集3部,包括:《饥饿的石头》(1916)、《马西故事集》(1918)、《泰戈尔故事集》(1919)。

泰戈尔自始至终都以促进东西方文学文化交流为导向,不论是从翻译策略还是到英译文学的主题,他这些作品都体现了在文学文化差异性的基础上寻求共通性的努力,而这恰恰体现了泰戈尔的世界主义观。此外,促进不同民族间的沟通、对话,是世界主义的核心内涵,而作为文学家的泰戈尔,其世界主义观就体现在通过文学作品的翻译传播,促进

---

① Nayar, P. K. *English Writing and India, 1600-1920: Colonizing Aesthetics*. New York: Routledge, 2008, pp.4-6.

② Briggs, F. A. "A Great Man from Bengal". *The Daily Mail*, Oct. 29, 1913: 6; Cited from Kundu, K. Bhattacharya, S & Sircar, K. Rabindranath and the British Press (1912-1941). London: The Tagore Center (U.K); Calcutta: Exclusive distributors in India Rupa & Co., 1990, pp.25-26.

③ 西方出版的泰戈尔文学作品虽多是由泰戈尔自译而成,而且英语译文和孟加拉语原文之间改动较大,但是泰戈尔的英语文学仍被视为翻译文学而非原创文学。首先是因为泰戈尔的译文经过了叶芝等英语为母语的英国作家的修改,如果承认泰戈尔英语作家的身份,显然很难解释一位英语表达尚需他人润色的英语作家却能够获得诺贝尔文学奖这一事实。另外,泰戈尔本人也从未承认自己"英语作家"的身份,而是一直强调自己为孟加拉语作家。

④ 此处不包括泰戈尔在英美的演讲集,一方面是因为英美出版的泰戈尔文学作品大多是从孟加拉语翻译而来,而泰戈尔在英美的演讲集则多是直接用英文创作;另一方面,两者的主题和表述方式也存在明显不同。因而这一部分只分析英译的泰戈尔诗歌、戏剧等文学作品。

⑤ 此处只列举了麦克米伦公司出版的英译剧本,而由印度"现代评论"出版的三部英译戏剧并未包括在内,即《秋天的节日》(1919)、《审判》(1920)、《瀑布》(1922)。

不同民族文学文化间的交流。因而，泰戈尔的世界主义观，在其孟加拉语文学的英译策略、最终的英译文学中都有体现。此外，泰戈尔文学在西方的兴衰，同样和他基于世界主义观念的文化交流密不可分。

一、泰戈尔文学英译策略中的世界主义文化观

泰戈尔把自己的孟加拉语作品译成英文在英语世界出版、传播，本身就属于文学文化交流行为，而促进不同民族、文化之间的交流沟通是世界主义的核心原则，因而泰戈尔文学的英译，本身就体现了泰戈尔的世界主义观。

为了促进其英译孟加拉语文学在英语世界的接受传播，从而增进英印文化交流，泰戈尔在英译过程中，不但选译了宗教、自然、友爱等更具普世性主题的文本，还求助叶芝等英语作家为其译文修改润色。泰戈尔的英译策略实际上是基于英印文学差异性对文学共通性的探求，但也保留并坚持了文学差异性。差异性主要体现在他的英译文学作品保留了印度独特的诗学观，比如毗湿奴诗派所强调的“梵我一如”思想；对英印文学共通性的追求则体现在他对普世诗学主题文本的选择和翻译中的改写，其中最能全面反映泰戈尔文学英译策略的代表性作品是《吉檀迦利》。

1. 翻译顺应策略：寻求差异下的互通

泰戈尔世界主义观在文学翻译中具体表现在主动选译更具普世性主题的诗歌文本。这里所说的普世性，并非普世主义，而是指不同民族文学中共同、永恒的主题，比如爱情、希望、死亡等。

泰戈尔一生用孟加拉语创作了 2 000 多首诗歌，被编撰成了 50 多部诗集，戏剧达 20 余种，短篇小说近百部，中长篇小说 12 部。然而，英译的泰戈尔文学作品仅包括 10 部诗集、6 部小说和 6 部戏剧。而从选译成英文的泰戈尔作品的主题来看，诗歌主要集中在宗教虔诚、神秘主义，友爱等英印诗歌共通的主题。其中，尤以宗教虔诚、神秘主义主题的诗歌最为突出。宗教主题诗歌最大的特点，就是对上帝的虔诚、对上帝和个人关系的探讨，这在泰戈尔的大部分英译诗集中都有体现。《吉檀迦利》中，上帝并非高高在上，而是“和我一起”：“你”（上帝）是我的父亲”“你是我弟兄的弟兄”。① 《园丁集》的开篇就明确表

① 泰戈尔：《吉檀迦利·园丁集》，成都：四川文艺出版社，2016 年，第 84 页。

示，诗人要把“剑矛扔在尘土里”，不去“遥远的宫廷”，不做“新的征讨”，“只求做（上帝）花园里的园丁”。[①] 宗教虔诚，还表现在对无限永恒的向往。《渡船》中就表现了诗人对“渡过”生命之河、从有限走向无限的探索：“我坐在路边凝望着你滑动你的船……大声呼唤你带我渡过河去。”[②]

泰戈尔的孟加拉语文学作品的主题非常丰富。仅就诗歌而论，至少涉及爱情、自然、社会与民族、宗教与神秘主义、印度神话传说与历史故事等。此外还有描写情欲的诗歌，表现了诗人对尘世的眷恋。除了宗教和神秘主义主题的诗歌外，英译泰戈尔诗歌中最突出的主题就是爱，表现了诗人对自然、人类、周围一切深深的爱。泰戈尔选译宗教虔诚、神秘主义、友爱等共通性主题的诗歌，可以更有利于英语读者接受，从而促进英语世界对印度文学文化的了解，促进英印民族间的沟通交流。

此外，为了促进其英译文学作品在西方的接受传播，泰戈尔还采取了翻译改写策略。泰戈尔英译文学作品并非都是自译，即使其自译的作品，译稿也多经英国作家的修改和润色。叶芝曾为《吉檀迦利》《采果集》《爱的礼物》等诗集的英译文修改润色；[③]英国著名诗人斯特奇·穆尔曾为泰戈尔的《新月集》和戏剧《齐德拉》修改润色；伊芙琳·安德希和欧那斯特·莱斯等人也都曾为泰戈尔的英译文修改润色。1913 年 8 月 12 日，泰戈尔在给罗森斯坦的信中曾这样说道：“我的审校稿还需要莱斯的帮助，我新近准备出版的手稿，同样需要穆尔或是叶芝的帮助。”对叶芝为《吉檀迦利》英译文的修改润色，泰戈尔更是一直心存感激。1932 年，已经年过 70 的泰戈尔在写给罗森斯坦的信中依然对叶芝心怀感激：

> 我和叶芝一起工作的那段日子非常美妙。我相信，是他笔的魔力，帮助我的英语获得了永恒的品质。……请再次代我向叶芝表达感谢，是他的帮助使我的诗歌开启了冒险之旅，在另一种语言获得再生。请他放心，我从未低估和他的文学友谊。
>
> 英语中总有一些不容易拿捏的地方，如冠词、介词、shall 和 will 的区分，这都不是仅凭常识就会正确使用的，需要长期体会才能掌握。我感觉它们就像地下的蠕虫隐藏在我意识中的某个地方，当我坐下来、闭上眼睛大胆用英文去写的时候，他们就会

① 泰戈尔：《园丁集》，冰心译，孙宜学编：《泰戈尔诗选》，北京：人民教育出版社，2018 年，第 68 页。

② 泰戈尔：《心笛神韵》，《泰戈尔诗集》，吴岩译，上海：上海译文出版社，2013，第 311 页。

③ Kelly, J. S. *A William Butler Yeats Chronology (1865-1939)*. London: Palgrave Macmillan, 2003, p.184.

不知不觉地冒出来。最终,我还是发现它们靠不住。这就是我为什么说自己不了解英语的原因。①

言之无文,行之不远。通顺流畅的译文,往往更容易实现在目标语文学文化语境中的传播,泰戈尔显然明白这一点。当然,泰戈尔也是因为自己英文水平有限,为了提高翻译质量,所以多次请英语母语作家为其译文修改润色,以更适应英语读者的阅读习惯,促进其译文在英语世界的接受。

实际上,英语作家对泰戈尔英译文的润色,不仅仅体现在语法表达的修改上,还体现在对译文的调整方面。叶芝修改润色泰戈尔的《吉檀迦利》译稿时,为了适应英语语法和英语读者的阅读审美习惯,对泰戈尔手稿做了很多调整和修改,其中既有段落编排上的调整,也有语言表达上的修改,甚至在一定程度上进行了改写,从而保证了诗集出版后能比较贴近读者的审美习惯,迅速获得读者的接受和赞赏。

而实际上,泰戈尔本人在英译其孟加拉语文学过程中对原作的改动幅度更大。以《吉檀迦利》为例。

首先,就诗集的选目而言,英文诗集《吉檀迦利》中所收录诗歌不但来源广泛,而且在确定选目数量时也有英国作家叶芝等人的参与。1912 年由麦克米伦公司出版的《吉檀迦利》一共收录了 103 首诗歌,②选自泰戈尔之前的 9 部孟加拉语诗集和 1 部剧本中的诗歌。其中,53 首来自孟加拉语版的《吉檀迦利》(《献歌集》);③其余 50 首中,16 首来自《花环集》,15 首来自《祭品集》,11 首来自《渡口集》,3 首来自《儿童集》,诗集《怀念集》《幻想集》《收获集》《献祭集》和剧本《坚固堡垒》中各占一首。显然,英文诗集《吉檀迦利》的内容是经过精心挑选的,这其中也有叶芝的功劳。

泰戈尔 1912 年 6 月送给罗森斯坦的《吉檀迦利》最初手稿一共只收录了 86 首诗,这也是叶芝最初所见到的版本。这 86 首诗歌后来也没有全部收入 103 首的版本之中,而是只

---

① Lago, M. M. *Imperfect Encounter: Letters of William Rothenstein and Rabindranath Tagore (1911–1941)*. Massachusetts: Harvard University Press, 1972, pp.159, 118, 346, 148.

② 这个版本也是最广为人知的版本,汉语版诗集《吉檀迦利》也都基本上译自这个版本。在中国影响最大的汉语版《吉檀迦利》,就是由冰心依据这个版本所译。2001 年由河北教育出版社出版的《泰戈尔全集》和 2015 年出版的《泰戈尔作品全集》中,有根据泰戈尔孟加拉语诗集《献歌集》(*Gitanjali*)所译的汉语版本。

③ 《吉檀迦利》是 Gitanjiali 的音译,其孟加拉语原文的意思是"献歌集"。

选录了其中的 83 首。手稿中所收录诗歌和麦克米伦公司版本中的诗歌体例和编排顺序也有很大的不同。比如,手稿中的第 1 首诗,在麦克米伦公司版本中是第 44 首,手稿中的第 2 首对应的是第 89 首,第 3 首对应的是第 1 首,基本上每首诗的顺序都做了改动。[①] 重新编排之后的麦克米伦公司版《吉檀迦利》以人对上帝的虔诚为中心主题,诗的顺序则按照生命由生到死的自然演变展开。

其次,在具体的翻译过程中,《吉檀迦利》中收录的英语诗和孟加拉语原文之间的差异也相对较大。"吉檀迦利"是诗集名称的音译,意译的意思是"给神的献歌"。但显然,英文诗集中很难体会到"歌"的感受。

为了再现《吉檀迦利》中孟加拉语原诗的音乐性,威廉・洛戴斯(William Radice)根据孟加拉语原作重新翻译了诗集中的诗,2011 年由企鹅出版社出版。如麦克米伦公司版《吉檀迦利》的第 1 首诗选自泰戈尔的孟加拉语诗集《花环集》(又译《歌之花环》),孟加拉语原文是可以吟唱的"歌",因而原文中就会有韵律相同的叠唱。洛戴斯的译文为了再现孟家拉语原诗中的叠唱,就用了很多重复,甚至反复重复,以保持原诗的乐感。

对比《吉檀迦利》的麦克米伦版和企鹅版英文译本可以看出,泰戈尔的译文删除了孟加拉语原诗中的叠唱,以使译文顺应英语诗学规范。因为,在 20 世纪初英语读者对孟加拉语文学知之甚少的情况下,如果英文译文坚持再现孟加拉语原文中的诗体风格,显然很难被英语读者所接受,更难在英语世界产生大的影响。泰戈尔在英译过程中选择了对英语文学文化的顺应,也是有目的性的自然选择。另外,《吉檀迦利》中诗歌的英译,还删改了地域性色彩浓厚的语汇,这样可以跳出地域和国家的藩篱,增强译文在英语读者中的共鸣,促进译文在西方读者中的接受和传播。

以《吉檀迦利》第 35 首为例,诗中的最后两句:

泰戈尔原译:

Into that heaven of freedom, my Father, let my country awake.[②]

泰戈尔的这句英文诗冰心译成汉语是:

---

① 参见 William Radice 按照泰戈尔手稿重新英译的诗集《吉檀迦利》:Tagore. R. *Gitanjiali*. Radice, W. Trans. New Delhi: Penguin Books India, 2011.

② 转引自泰戈尔:《吉檀迦利》(英汉对照),北京:中国国际广播出版社,2007 年,第 48 页。

进入那自由的天堂。我的父啊,让我的国家觉醒吧!①

然而,威廉·洛戴斯的重译本却和泰戈尔的英译本有很大差异。威廉·洛戴斯的译文:

With pitiless blows, Father, from your hand,

Bring India to that heaven; wake this land.②

洛戴斯的英译文翻译成汉语就变成了:

天父啊,用你双手无情的打击,

把印度带入天堂,唤醒这片土地。③

泰戈尔的英译文和洛戴斯的英译文都是基于泰戈尔的孟加拉语原文,但却很不同。其中最显著的区别,是泰戈尔的英译文中出现的是"my country(我的祖国)",而洛戴斯的英译文中却是"India(印度)"。泰戈尔的英译文用"我的祖国"代替了"印度",减弱了原文中地域的局限,使译文产生超越地域限制的爱国之情。英语读者读到的,不再是印度的觉醒,而是自己祖国的觉醒。"印度"和"我的祖国"间的替换,表面看起来仅是词语的替换,意义却有很大不同。替换后的英译文明显增强了诗歌主题的普世性,让英语读者感受到了英印文学之间具有共通性,从而使译文在英语读者中更容易被接受。

从《吉檀迦利》的英译中可以看出,从诗歌的选目、诗集的编排,再到翻译过程中对孟加拉语原文的删改调整、叶芝等英语作家对诗集的润色,整个翻译过程都体现了向英语语言文学文化的顺应,以及促进译文在英语读者中接受的努力。④ 为促进译文被接受而偏离原作,恰恰反映了泰戈尔文学英译过程中的文学文化传播导向,以及增进英语读者了解印度文学文化的意图。当然,这也和泰戈尔的翻译观紧密相联。关于翻译,泰戈尔曾有过这样的论述:

---

① 泰戈尔:《吉檀迦利》,冰心译,孙宜学编:《泰戈尔诗选》,北京:人民教育出版社,2018年,第13页。

② Tagore. R. *Gitanjiali*. Radice, W. Trans. New Delhi: Penguin Books India, 2011. p.95.

③ 笔者自译。

④ 《吉檀迦利》的英译采用了顺应英语诗歌的翻译策略。为了让诗歌译文更容易被英语读者接受,泰戈尔邀请叶芝为英文润色,从而让译文的表达更地道、流畅。此外,诗歌的版式、排列顺序也都接受叶芝建议而做了调整。普世的诗歌主题,地道的英语表达和顺应英诗规范的编排,增进了《吉檀迦利》和英国诗学间的融合。

> 每次打开我的译文，都会有这样的感受。你可能知道，小牛犊死后，母牛就不愿分泌奶汁。此时剥去小牛犊的皮，里面填上稻草，就可仿制出牛犊的形貌。仿制的牛犊，因其相似的外貌和气味，就能够诱骗奶牛分泌新的奶汁。翻译就像那只冒牌的牛犊：没有任何真实的吸引力，完全是种诱骗。想到此，不禁让我脸红。如果我的文学作品暂时还不能说是守旧不变的，那么其优点都应该从原文中去找。①

泰戈尔用"翻译就像冒牌的牛犊"形象地阐明了他所赋予翻译的文学文化传播功能。他认为翻译一方面会诱发原作者产生新的活力，让奶牛出奶，另一方面又会起到引发读者阅读原文的作用。显然，泰戈尔所关注的并非译文和原文之间的忠实，也并非译文再现原文的语言表达，而是赋予译作"诱""媒"的功能，即希望通过其英语译文诱发出英语读者对孟加拉文学的兴趣，从而促进西方世界对印度文学文化的了解。在泰戈尔看来，有生命的译文必须依赖活生生的语言，所以他更关注译文语言是否真正表达出有生命的文学，而非对文学"生命律动的阻断"，成了"呆滞""毫无生气"的"冒牌的牛犊"。

从翻译角度看，在翻译的过程中，译者完全可以从保护原语文本文学特征的角度，采取异化的翻译策略，选择忠实于原作，在译文中再现原作主题、文学文化特征，通过向译入语输入新的、陌生化的语言形式来挑战译入语的语言表达，从而促进译入语语言表达的革新。不论是本雅明(Walter Benjamin)的《译者的任务》，还是韦努蒂(Lawrence Venuti)的《译者的隐身》，都主张通过陌生化的翻译策略，增强译文的异质性和译语读者的陌生感。显然，泰戈尔并未选择陌生化翻译策略，而是使译文语言文化特征顺应译语文学范式和语言表达，体现了翻译策略上的目标语读者接受导向，以促进译文更容易在译语读者中的接受，如《吉檀迦利》《萤火集》等文本的英译，这表明，泰戈尔文学英译选择了文化传播导向，更重视翻译的文化交流功能，其目的，是希望借助其英译文学促进英印文化交流。

2. 异质性与同质性：民族性与世界性的对立统一

泰戈尔文学世界化的一个核心问题是：泰戈尔文学作品何以能在西方得到广泛赞誉并产生重大影响？

以《吉檀迦利》为例。英译《吉檀迦利》的成功当然不是偶然，至少涉及文本、外部推介

① Tagore. R. *Gitanjiali*. Radice, W. Trans. New Delhi: Penguin Books India, 2011. p.LIII.

和英国社会文化语境等诸多层面。

《吉檀迦利》在西方引发关注,虽然与罗森斯坦、叶芝、庞德、萧伯纳、高尔斯华绥等当时一批英国作家的推介有关,但究其根本,仍是泰戈尔诗歌自身的魅力。当罗森斯坦感谢叶芝对泰戈尔的溢美之介时,叶芝的回答是:这都是我自愿的,我只是喜欢这些诗。① 也正是因为喜欢,莱斯主动把《吉檀迦利》提交给诺贝尔文学奖评审委员会。

从文本层面看,《吉檀迦利》不但体现了和英国诗学的密切联系,更在于诗歌中的异质性成分满足了英语读者对印度文学文化的异域想象。正是诗集的文学普世性和民族独特性,使《吉檀迦利》在西方社会获得认可和欣赏。

当然,《吉檀迦利》为代表的泰戈尔的文学作品之所以能得到西方世界的普遍认可,最初最主要的原因,是西方读者从中读出了与本民族文化同质的成分,从“异”得“同”,从而更容易对泰戈尔的诗歌产生认同感,进而欣赏和研究。

英语读者对《吉檀迦利》的赞誉,大多因为诗集和英语文学文化存在着同质元素。《吉檀迦利》不仅让英语读者感受到了其和《荷马史诗》《圣经》等西方经典的联系,还会联系到英国的浪漫主义诗歌,认为诗集具有英国诗歌的特征,延续了英国诗歌和宗教的传统。1912 年 7 月 30 日晚,在听完叶芝朗读《吉檀迦利》之后,在座的作家们无比兴奋:“泰戈尔的诗的美酒完全让我陶醉”,这种兴奋的感觉如同听到济慈朗诵《荷马史诗》的译文:“当一颗新的行星驰进他的视野,我觉得自己有些像天空的守卫。”②

《吉檀迦利》让英语读者想到了《圣经·旧约》中的《所罗门之歌》:两者都庆祝爱恋,意象都有独特的感官特点。《所罗门之歌》中与心爱的书拉密(Shulamite)约会的浪漫田园风光,与《吉檀迦利》中第 54 首诗歌相似,都描写了男女情人关系,都有一种浪漫、新奇的气氛,都使用了能带来感官刺激和浪漫联想的细节。泰戈尔的诗行中,使用了“布谷鸟的歌唱”“花的芬芳”,《所罗门之歌》中则使用了“花的芳香”“芳香的汁液”来增添诗歌奢华的气氛。③《吉檀迦利》表现出的宗教虔诚,也常让英语读者“联想到《大卫诗篇》”,即可以“通过

---

① Hone, J. *W. B. Yeats(1865-1939)*. London: the Macmillan Press Ltd., 1962, p.185.

② [印]克里希那·克里巴拉尼:《泰戈尔传》,倪培耕译,桂林:漓江出版社,1984 年,第 266 页。

③ Bates, E. S. *The Bible Designed to Be Read as Living Literature*. New York: Simon & Schuster, 1965, p. 778.《圣经·旧约》中的《雅歌》描述了充满田园风光的牧羊场景,详见《新旧约全书》,南京:中国基督教协会印发,1989 年,第 631 页。

虔信的行为和个人体验”，实现对“上帝的言说”。①《吉檀迦利》中的诗句就像出自奥古斯丁(St. Augustine)等人之手，因而只有古典神秘主义诗学，才能对《吉檀迦利》中的诗歌做出客观公正的评判。②

《吉檀迦利》与西方浪漫主义诗歌主题也有很多相同之处。热爱生活、向往童年的天籁之爱，意象的田园风格等，都能从华兹华斯诗歌中找到对应的诗行。其死亡主题与济慈相似，文体特征则和惠特曼相似，神秘主义主题与惠特曼、华兹华斯类同。《吉檀迦利》欢迎死亡的到来，诗人对“死”和“生”报以同样热烈的情感，则让英语读者联想到济慈的《夜莺颂》。泰戈尔诗歌中的上帝和尘世之爱，则会让美国读者联想到惠特曼。甚至庞德都认为《吉檀迦利》能让人感受到“彼特拉克时期”的“神秘语言”，“希腊在消失了几个世纪之后，又被带回欧洲”。③ 叶芝则从泰戈尔诗歌中读到了“超越国家和阶级之分”的相同的“人性”，还认为这些诗歌“展现了一个我终生梦寐以求的诗学世界：诗歌和宗教等同的诗学传统”。④《曼彻斯特卫报》则认为：在泰戈尔的诗歌中，可以明显看到“东西方思想的融合”，东方保持着对“生命本质的敏锐观察”，而西方则关注生命当下的价值。⑤

显然，《吉檀迦利》在西方世界的成功不能仅仅归结为翻译策略上的顺应、主题和西方诗歌的融合。如果《吉檀迦利》仅仅是屈从于英语诗学范式，其中诗歌仅仅是和英国浪漫主义诗歌类似，显然不可能打动叶芝、庞德等一大批当时的一流英国诗人、作家。因此，泰

---

① Tagore, R. “Tagore, R.'s Poems”. Rev. of *Gitanjali* (*Song-Offerings*). *The Times Literary Supplement*, Nov. 7, 1912, p.492; Cited from Kundu, K. Bhattacharya, S & Sircar, K. *Rabindranath and The British Press* (*1912–1941*). London: The Tagore Center(U.K); Calcutta: Exclusive distributors in India Rupa & Co., 1990, pp.7–9.

② Tagore, R. “An Indian Mystic”. Rev. of *Gitanjali* (*Song-Offerings*). *The Nation Supplement*, Nov. 16, 1912, p.320; Cited from Kundu, K. Bhattacharya, S & Sircar, K. *Rabindranath and The British Press* (*1912–1941*). London: The Tagore Center(U.K); Calcutta: Exclusive distributors in India Rupa & Co., 1990, pp.9–11.

③ Pound, E. “Tagore's Poems”. *Poetry*, 1912, Vol. 121(1), pp.92–94.

④ Sen, M. “Mythologizing a ‘Mystic’: W. B. Yeats on the Poetry of Rabindranath Tagore”. *History Ireland*, 2010, Vol. 18(4), p.22.

⑤ Tagore, R. “The Indian Poet”. Rev. of *Gitanjali*. *The Manchester Guardian*, Jan. 14, 1913: 6; Cited from Kundu, K. Bhattacharya, S & Sircar, K. *Rabindranath and The British Press* (*1912–1941*). London: The Tagore Center(U.K); Calcutta: Exclusive distributors in India Rupa & Co., 1990, pp.12–13.

戈尔诗歌最吸引西方读者的，实际上仍主要是诗集中所蕴含的独具印度民族文学特征的诗学特性。

《吉檀迦利》承袭了印度毗湿奴派诗学特点，表达了“梵我一如”思想，整部诗集弥漫着浓郁的宗教虔诚思想。虽然泰戈尔为了便于英语读者理解而把孟加拉语原文的“梵”英译成了“God”，但《吉檀迦利》里的“God”和西方的“上帝”并不相同。在西方人眼中，上帝是神圣的、高高在上的，而《吉檀迦利》中的“God”却无处不在，个人通过精神的虔诚就可以亲证。只是因为当时的英语读者对印度毗湿奴诗派大多缺乏了解，才会在阅读《吉檀迦利》时联想到“上帝”而感受到浓郁的宗教神秘主义。

所以，泰戈尔诗歌在西方的被接受，本质上是因为它们满足了西方读者对印度文学文化的想象。一旦这种想象，或者说好奇心得不到满足时，他们的热情就会消退。如曾对《吉檀迦利》赞不绝口的叶芝，后来读到《园丁集》《采果集》《新月集》时却只感到厌恶：“泰戈尔的诗一直在谈上帝，……我一生都受《奥义书》的滋养，但是泰戈尔诗中的神秘主义却越来越让我感到厌恶。”①

《吉檀迦利》的出现，对 20 世纪初的英国人而言，代表着一种新诗的诞生，为当时陈腐守旧的英国诗坛吹进了一股清风鲜韵。20 世纪初，英国社会文化发生了巨大变化，也呼唤着一种新的诗歌范式的出现，但当时的英国诗坛仍充斥着感伤的田园风格，形式因袭传统而无开拓创新，只给读者一种腐朽守旧的审美情绪和感官感受，②难以触及读者内心。《吉檀迦利》以一种迥异于英国诗歌的形式，在英国人面前缓缓打开了一个全新的诗歌世界，深深打动了英语读者。但随着“泰戈尔式”或者说“《吉檀迦利》式”诗歌越来越多地出现在西方读者面前，他们发现泰戈尔的文学作品与自己国家的文学一样，都是特定民族文化的产物，都面临着同样的民族性与世界性的矛盾和冲突时，神秘感消失，泰戈尔在西方的影响也就逐渐衰落了。这种衰落，表面上与外部推介、文本、外部接受语境等因素相关，实际上仍是基于东西方文化的深层矛盾。

---

① Sen, M. “Mythologizing a ‘Mystic’: W.B. Yeats on the Poetry of Rabindranath Tagore”. *History Ireland*, 2010, Vol. 18(4), pp.20-23.

② Baldick, C. *Oxford Concise Dictionary of Literary Terms*. Shanghai: Shanghai Foreign Education Press, 2000, p.91.

二、泰戈尔英译文学作品中的世界主义文化观

泰戈尔采取顺应接受语境诗学规范的翻译策略,实际上极易被人和当时英印的殖民语境联系在一起,会被误认为是为了迎合英语读者对印度的殖民想象,甚至是助推英国对印度的殖民形象构建。实际上泰戈尔只是要努力向英语世界表明:东西方文学文化并非截然对立,也不存在不可逾越的鸿沟。不同民族文学都可以创作出相同主题、蕴含永恒精神的文学著作。

1. 英译泰戈尔诗歌:爱与宗教主题趋同求通

对泰戈尔而言,自己的文学作品译成英文,不仅意味着世界影响的扩大,更是促进英语世界了解印度文学文化的重要途径和手段。鉴于以英国为代表的西方对印度文学文化所固有的偏见,英译的泰戈尔诗歌就选择了更易于为英语读者所理解和接受的主题,其中以“梵(泰戈尔译为 God)的虔诚和爱”为核心。①

在《吉檀迦利》中,“梵”无处不在:“他是在锄着枯地的农夫那里,在敲石的造路工人那里。太阳下,阴雨里,他和他们同在。”诗中表达了诗人对博爱的追求,并将其视为联系“梵”的纽带。第 17 首中,诗人不断强调:“我只在等候着爱,要最终把我交在他手里。”爱成为联结个人和“梵”的纽带:“我和你的旨意锁在一起的脚镣,……这脚镣就是你的爱。”而“梵”的伟大也在于他给予我自由的爱:“你的爱比他们(世间)的爱伟大得多,你让我自由。”②

对“梵”的虔诚,并不意味着诗人主张放弃尘世生活而执着于苦修。诗人明确表明“我将永不会做一个苦行者”,因为不断向远方“寻找点金石”的“流浪的疯子”,殊不知“点金石”就在日常的尘世中。③ 泰戈尔诗歌中的宗教虔诚,以及其中所表现的对尘世的依恋,不但极大改变了英国人心目中“遁世”苦行僧④的印度宗教形象,而且使英语读者从中感悟到

---

① 麦克米伦公司出版的《吉檀迦利》中常常出现 God 一词,国内的很多译本都将其翻译成“上帝”。但需要指出的是,泰戈尔英译文中出现 God,完全是为了便于英语读者理解而采取了顺应的翻译策略。实际上,泰戈尔孟加拉语原诗中是指“梵”,对应的英文是“Brahma”。详情可进一步参照白开元编译的《吉檀迦利》的“序言”,北京:商务印书馆,2011 年。

② 泰戈尔:《吉檀迦利·园丁集》,冰心译,成都:四川文艺出版社,2016 年,第 13、19、34、61 页。

③ 同上,第 175、206-207 页。

④ 苦行僧,是印度佛教徒的一种,主张物质极度匮乏之下的苦修,而且往往过着离群索居的生活。他们往往过着衣不蔽体、食不果腹的生活,以此表现自己的宗教虔诚,从中寻求精神的满足。

了与自身文化相似宗教信仰。

摒弃物质束缚,追求和谐统一等精神愉悦,同样是泰戈尔所倡导的东西方文化需共同拥有的重要元素。诗人在《吉檀迦利》中明确表达了物质财富对人的束缚:人们都贪恋财富与权力,都喜欢聚敛钱财成金山银山,然而,“一觉醒来”,只会发现自己成了“宝库”的“囚人”。因而,诗人主张融入自然,追求心灵的愉悦。自然万物则是诗人快乐的源泉:“阴晴无定,夏至雨来的时节,在路旁等候瞭望,是我的快乐。……我衷心欢畅,吹过的风带着清香。”而且,生与死,有限与无限还汇合成和谐的统一:“生和死两个孪生弟兄,在广大的世界上跳舞的快乐”;“我要挑拨我的琴弦,和永恒的乐音合拍”。①

普世、永恒的爱,同样是泰戈尔《飞鸟集》等诗集中的重要主题。《飞鸟集》中充满着自然之爱、尘世之爱、亲情等主题。

对自然的爱:

上帝对大帝国会厌倦
对小花
从来不会②

对尘世的爱:

我的心啊
你要从世间常事中
寻找美丽。③

对孩子的爱:

我爱他并不因为他好,
只是因为他是我的小小的孩子,
只有热爱人的人才可以惩戒人(孩子)。④

① 泰戈尔:《吉檀迦利·园丁集》,冰心译,成都:四川文艺出版社,2016年,第33、33、47、64、197页。
② 泰戈尔:《飞鸟集》,陆晋德译,南京:译林出版社,2008年,第38页。
③ 同上,第137页。
④ 泰戈尔:《泰戈尔诗选》,郑振铎、冰心译,北京:旅游教育出版社,2011年,第29页。

而且，自然万物也都像人一样，心怀爱意。比如：

雾
就像爱
在群山的胸怀间漫游
展现出令人惊叹的美丽。①

爱是最深沉、最珍贵的情感，“因着爱/生命才变得有价值”，②“当我们爱这个世界/才算是活着”。③ 诗歌中表达的爱，是对自然、世界、他人最纯粹的爱恋，是诗人内心最纯真的情感。只有内心有爱的人，才能写出这样充满爱的诗篇。泰戈尔是在经历丧妻、丧子之痛后，写下了《新月集》中充满爱的诗篇。诗集中的诗不但充满了孩子的天真以及对世界的幻想，更表达了深沉的爱。

对瞬间与永恒、有限与无限、物质与精神等哲学思想的探讨，同样成为英译泰戈尔诗歌的一大主题。《萤火集》中充满了“萤火”“蝴蝶”“阳光”“露珠”“云霾”“沙漠”等自然意象，泰戈尔在亘古不变的自然万物中探寻“永恒”“无限”等主题。“信念是鸟”，“感觉到了光明”，“唱出了歌”；我“歌唱之时”，“常常找到我的永恒”。④

英译泰戈尔诗集中收录的宗教、博爱、自然、无限等普世主题的诗，最大程度地体现了印度诗歌和英语诗歌间的共通性。文学共通性暗含了英印文化上的平等性，表明印度文学文化并非英国殖民主义文学所描述的“落后”“未开化”，从而证明英印文学文化之间根本不存在等级关系。

泰戈尔诗歌不仅包含英印诗歌的共同主题，还有其自身文学的独特性。泰戈尔诗歌中民族独特性最明显的体现，就在于其中所蕴含的“梵我一如”，和世间万物建立爱的联系的主张。“梵我一如”思想是毗湿奴诗派的典型诗歌主题。毗湿奴教派的抒情诗人常常以爱来歌颂神，并认为诗人和生命之神的结合意味着诗人生命的完成。而其中个人和世界万物建立精神联合，在万物中亲证 God 存在的观点让英语读者感到新奇，并深受吸引。

---

① 泰戈尔：《泰戈尔诗选》，郑振铎、冰心译，北京：旅游教育出版社，2011 年，第 24 页。
② 同上，第 20 页。
③ 同上，第 149 页。
④ 泰戈尔：《心笛神韵》，《泰戈尔诗集》，吴岩译，上海：上海译文出版社，2013 年，第 488、504 页。

由此可见,文学差异性与文学共通性在英译的泰戈尔诗歌中都得到了体现。博爱,宗教虔诚,摒弃物质束缚、追求心灵愉悦,是泰戈尔诗中最常见的主题,也是最能体现英印文学共通性的主题;而"梵我一如"则是印度宗教文化、印度文学特有的特征。借助文学的共通性和差异性,英译的泰戈尔诗歌不但给英语读者带来审美享受,更向他们传递了东西方文学可以交流合作的信息。其中英印文学差异性更能吸引英语读者对印度文学文化的兴趣,而文学共通性则更容易顺应英语读者的情感认同和接受,从而实现以文为媒,促进英印文化互动联合的目的。

2. 英译泰戈尔戏剧、小说:东西方道义联合反暴行

与诗歌相比,泰戈尔的小说、戏剧更加贴近印度社会现实。通过小说和戏剧,泰戈尔不但向西方读者展现了真实的印度社会,矫正了印度在英语世界的歪曲形象,促进了西方世界对印度文学文化的了解,更向英语世界传递了民族交往所应依据的博爱原则。英译的泰戈尔戏剧、小说不但有文学审美功能,更肩负文学文化交流传播的重担。

泰戈尔笔下的印度,"不是土王与暴徒,耍蛇人和裸体圣徒的虚妄怪诞的印度,也不是吉卜林笔下的印度或旅游指南中的印度。他所描绘的印度是现实的印度,是那些世世代代扎根在自己土地上的印度人的印度,是过渡时代的印度"。① 英译的泰戈尔小说和戏剧不仅让英语读者了解到真实的印度人民和印度社会文化,还反映了泰戈尔倡导世界一体、东西方道义原则下交流联合,反对民族主义和盲目爱国主义暴行的泛爱思想。

当然,为了满足英语读者对印度的神秘想象,英译的泰戈尔小说中也不乏一些神秘主义色彩浓厚的短篇小说,如短篇小说《饥饿的石头》。小说讲述了一位老人在巴利奇的一座具有百年历史的神秘宫殿中的神奇经历。小说开篇对宫殿的描述就充满了神秘主义色彩:宫殿里"有许多无法满足的欲望,有许多疯狂的享受",而这些"如火焰般熊熊燃烧";"整个宫殿大厦像一个有生命的机体,把我吞进胃里,用迷人的津液仿佛要把我一步一步地消化掉似的"。② 大厦里还有绝色美貌的阿拉伯女郎在深情召唤,她们散发着迷人的芬芳,却在帝王的淫威与血迹斑斑的脚镣下发出撕心裂肺的恳求,述说着国王的荒淫无道、凶残蛮横。宫殿的立柱、基石,沾染了人的血泪和欲望,化作饥饿的石头,上演着鲜血、毁

① [印]克里希那·克里巴拉尼:《泰戈尔传》,倪培耕译,桂林:漓江出版社,1984 年,第 183 页。
② 郁龙余、董友忱编:《泰戈尔作品鉴赏辞典》,上海:上海辞书出版社,2011 年,第 579 页。

灭与复仇。

但总体而言，英译的泰戈尔戏剧和小说大多是对印度多彩文化的介绍。永恒的爱和美是泰戈尔作品的一贯主题，以《齐德拉》为例，该剧故事以印度史诗《摩诃婆罗多》为基础，"反映了人和自然的和谐"，探究了"什么是爱、什么是美、什么是男女关系真正永恒的基础等恒久话题"。① 剧本把花之美与女性之美联系起来，以阿周那和齐德拉的恋爱为原型，探讨恋爱中"心灵美"和"外在美"孰轻孰重的问题。泰戈尔的小说和戏剧还让英语读者了解到印度的社会文化风情，并温和批评了印度的社会问题。如小说《沉船》反映了印度包办婚姻、及种姓制度对印度婚姻的影响，表达了轻物质利益得失、重精神平和与满足的印度传统文化思想。小说中人物追求内心的平静，相信上天，觉得一切都是上天的安排。小说还表达了对得失的辩证思考："事上无所失便无得，纵有所得非谓全得。惟先失而后得，方可谓得之无愧。若对应得之物视若无睹，避而失之，谓之可惜。实乃将失之东隅，收之桑榆。此种天性，皆存于人心灵。"②泰戈尔还在小说中表达了对精神满足的追求和对失去的平和态度。"如果我们能以虔诚之心看待所失之物，忍者眼泪和痛苦，以弃舍之心献出一切，则卑微也能化作高大，短暂亦可变为永恒。"③

当然，泰戈尔英译的戏剧和小说也批判了印度文化和社会中的阴暗面，尤其是一些封建的文化传统对人性的桎梏。如短篇小说《莫哈玛娅》就触及了印度的种姓制度和殉葬习俗。莫哈玛娅是一位没落的名门之女，虽然和出生卑微的拉吉波两情相悦，却因为种姓的差异不能结合。莫哈玛娅的哥哥最终把她嫁给了一位垂死的老婆罗门，结婚第二天丈夫就去世了，而莫哈玛娅则面对殉葬的命运。一场突入其来的大雨浇灭了殉葬的大火，莫哈玛娅的面容也被大火毁坏。最终她找到了拉吉波，但终日带着面纱。两人后来心生隔阂，莫哈玛娅离开了拉吉波，再也没有回来。但泰戈尔对印度种姓制度和殉葬习俗的批判态度相对温和。

泰戈尔对印度国内盲目的爱国主义暴行也持批判态度。小说《戈拉》探究了爱国主义和宗教信仰之间的矛盾。戈拉本是一位刚正不阿的爱国知识分子，严格遵守印度

① [印]克里希那·克里巴拉尼：《泰戈尔传》，倪培耕译，桂林：漓江出版社，1984 年，第 163 页。

② 泰戈尔：《沉船》，彬仁译，《泰戈尔全集》（第 12 卷），刘安武、倪培耕、白开元主编，石家庄：河北教育出版社，2000 年，第 413 页。

③ 郁龙余、董友忱编：《泰戈尔作品鉴赏辞典》，上海：上海辞书出版社，2011 年，第 413 页。

教的一切戒律。然而，当他实际接触到了教派纷争的危害后，他的宗教信仰开始动摇。对梵教①姑娘苏乔丽塔的爱慕，苦行时和低种姓的接触，使其萌发了举行赎罪仪式的念头。后来，他知道了自己并非印度人，于是才摆脱了民族主义者的偏见，成为真正意义上的爱国主义者。《戈拉》是一部真正的爱国主义颂歌。泰戈尔通过戈拉的形象表达了对未来印度的期望，呼吁摆脱种姓制度的陋习和局限，克服狭隘的宗教观，主张超越种姓、宗教信仰差异的交流沟通，促进印度国内不同种族的融合。

《家庭与世界》以1905年至1908年的印度民族解放运动为背景，讲述了泰戈尔对反洋货运动的思考。松迪博是尼基莱什的好友，也是国货运动的倡导者。松迪博在尼基莱什的领地宣扬国货运动，并迷恋上尼基莱什的妻子碧莫拉。他想尽办法接近碧莫拉，并使她对自己产生好感。松迪博为了阻止英国货物在印度的流通，指使人弄沉了一艘英国船，并烧毁了船上的货物。船主找松迪博赔偿，松迪博让碧莫拉从她丈夫那里偷钱。随后，碧莫拉丈夫的金库又被抢，案件告破后发现原来同是松迪博指使他人所为。后来，印度教和伊斯兰教之间发生冲突，尼基莱什为了帮助松迪博而受伤，碧莫拉也看清了松迪博的本来面目，和尼基莱什又和好如初。

在泰戈尔的笔下，"民族主义英雄"变成了"自私"、为一己私利出卖他人的卑劣小人。小说反映了泰戈尔对极端民族主义的批判，以及企图实现英国和印度之间公平、平等往来的意愿。小说在印度社会引起了很多争议，并引起国内舆论对泰戈尔的谴责和批判。实际上，泰戈尔一开始是印度反洋货运动的积极拥护者，他不但积极参与其中，还带头创办企业以图振兴民族工业。然而，当反洋货运动的参与者以振兴民族工业的口号烧毁英国货物、袭击在印度的无辜英国民众时，盲目爱国主义暴行让泰戈尔感到无法接受。准确地讲，泰戈尔反对的是印度人民违反道德准则的暴行，以及暴行背后的民族孤立主义。泰戈尔主张发展民族工业，但反对民族孤立主义，更反对彻底断绝和英国间的往来。

泰戈尔主张英印合作，但同时又反对英印之间所建立的以殖民统治和物质掠夺为基础的英印关系。实际上，泰戈尔不断抨击以英国为代表的西方国家在世界各地的物质掠夺，以及给世界带来的危害。在《文明的危机》中，泰戈尔就既赞誉了西方精神和西方民族

① 梵教是罗易(Rajah Rammohun Roy)倡导并发起的一场印度教改革运动，倡导摆脱种姓束缚，倡导不同种姓间的交流往来。然而，由于违背印度的种姓制度，梵教中的成员往往受到非梵教成员的鄙视甚至不齿。

的优秀文化，又尖锐评判了西方的物质崇拜和贪婪的物欲。对此泰戈尔曾坦言："少年时代我曾在英国学习，在议会内外的会议上听过约翰·布莱特(John Brett)的演讲。我从中听到了英国人隽永的心声。演讲中昭示的宽广胸怀，超越一切民族的狭隘界限，影响深远，我至今记忆犹新。"泰戈尔赞扬超越民族"狭隘界限"的宽广胸怀，因为"人最美好的东西，不可能囿于某个狭隘的民族范围内"，更非"守财奴关闭的库房里的财物"。英国文化中超越民族局限的思想，让泰戈尔为之感叹，但是面对英国的物质主义贪婪，凭借自身工业发展而掠夺其他民族财富的恶行，他又明确表达了内心的不满和批判。他还指责英国凭借武力和贩卖鸦片，不但从中国谋取暴利，还强抢中国的领土，简直就是强盗。①

第四节　交流与合作：泰戈尔世界主义观的超民族视野

泰戈尔生活在英国殖民地的印度，英印民族矛盾冲突一直不断。不管是在当时最骇人听闻的阿姆利则惨案之中，还是身处印度国内长时间的反洋货运动之中，泰戈尔都始终坚持世界主义立场下的。面对英印民族间的矛盾冲突，泰戈尔坚持爱国主义立场，但又绝非囿于本民族利益的盲目爱国主义，而是始终以世界主义为原则，爱自己国家的同时，同样对英国民众充满关爱。他一方面强烈谴责惨无人道的殖民主义行径和盲目爱国主义暴行，另一方面又倡导英印基于友爱、互助等道义原则的交流合作，希望世界不同种族能够相互学习、增进了解，促进世界人类社会的和谐统一。

一、以人类立场反对暴力

1919年4月13日，英国殖民当局在阿姆利则屠杀印度群众，史称阿姆利则惨案。当日，驻印陆军准将戴尔(Dyer)率领士兵前往旁遮普(Punjab)地区的阿姆利则市贾利安瓦拉巴格广场，向聚集在广场上的手无寸铁的印度民众开枪，导致314人死亡，近千人受伤，造成了英印历史上伤亡最大的历史冲突事件。②

惨案发生后，英国当局严禁新闻报道，千方百计掩盖真相，几周后相关消息才传出。

---

① 郁龙余，董友忱编：《泰戈尔作品鉴赏辞典》，上海：上海辞书出版社，2011年，第157、159页。

② Tinker, H. "India in the First World War and after". *Journal of Contemporary History*, 1968, Vol. 3(4), pp.89-107.

泰戈尔得知后非常愤怒,不但公开强烈谴责英国统治者的暴行,还发表公开信声明放弃英王所授爵位。① 这封公开信不但反映了泰戈尔对驻印英国统治者所犯罪行的强烈愤慨,更表现了泰戈尔对印度同胞强烈的爱和深深的爱国情感。泰戈尔虽一贯主张民族间的相互交流,但认为必须坚持人道主义原则,倡导通过对话交流而非暴力杀戮解决民族纷争和矛盾。当印度同胞惨遭不幸时,他不顾个人安危,勇敢站出来声讨英国殖民统治在印度所犯暴行,以此抗议英国在印度所犯罪行。

当然,英国国内也不乏有正义感的报纸报道此事,对戴尔在印度的所作所为深感不满。《泰晤士报》就明确表态,认为"戴尔的行为明显属于越权"。② 但是英国不少民众支持戴尔,还为他捐款。1920 年 7 月,泰戈尔在英国议会参加了关于阿姆利则惨案的辩论。议会和英国公众对戴尔的偏袒,③让泰戈尔非常不满。惨案的凶手在英国得到"优待"和英国民众的支持,这也让泰戈尔陷入极度的悲伤。④ 他在给安德鲁的信中这样写道:"贵国议会有关戴尔的讨论,表现出对印度傲慢的轻蔑和麻木,让我感到十分悲痛。为了能减少内心的痛苦,我离开了英格兰。"⑤在泰戈尔看来,这些都表明英国政府和英国公众狭隘的民族主义立场。正是英国政府基于民族主义立场对印度的殖民统治,使得英国民众的视域囿于种族内部,而不能平等对待其他种族,更缺乏超越种族、国家局限的世界主义关怀。

对阿姆利则惨案的态度表明了泰戈尔具有强烈的爱国主义情感,但这种爱国主义情感并非狭隘地局限于自己民族、自己国家。泰戈尔历来反对只关注自己种族、国家利益而给其他民族、其他国家带来伤害的狭隘爱国主义。但他心中超越种族、超越国家的爱,并没使他彻底断绝和英国人的正常接触,也未使其对英国这个国家和人民失去信心,更未使其对英国民众心生怨恨,而是一直心怀热爱。就像他在给安德鲁的信中所说:"我可以毫不迟疑地说,友好的英国人是世界上好人的典范。怀着对英国政府的悲痛,我却不禁爱你们的国家,因为他给了我最珍贵的朋友。"

---

① [印]克里希那·克里巴拉尼:《泰戈尔传》,倪培耕译,桂林:漓江出版社,1984 年,第 331 页。

② "General Dyer Censured". *London Times*, May 27, 1920: 13, Cited from Hurwitz, M. H. *Rabindranath Tagore and England* [Doctoral Dissertation]. Illinois: University of Illinois, 1959, p.134.

③ 英国政府对戴尔的判决,是宣布他退休,并终身领取每年 900 磅的退休金。这在 1920 年代的英国是一大笔钱,他可以凭此安享晚年。让泰戈尔不解的是,英国公众还为戴尔筹得一大笔捐款。

④ Hurwitz, H. M. *Rabindranath Tagore and England* [Doctoral Dissertation]. Illinois: University of Illinois, 1959, p.136.

⑤ Tagore R. *Letters to a Friend*. 1928, ed. C. F. Andrews. New York: Routledge. 2015, p.11.

阿姆利则惨案发生后，泰戈尔对英国人的爱，和对英国政府的失望并不矛盾，他虽然对英国失望，但并不主张英印对立或敌对，更不主张对英国采取以暴制暴的武力报复。对英国人所犯罪行，泰戈尔认为“应该有道德标准的评判”。当印度遭受不公，“我们应该捍卫印度所遭受的不公，我们有责任纠正他们(英国)所犯的错误”。泰戈尔批判英国人对印度的不公，是主张基于道德原则对英国人的思想观念进行纠正，原因是“不仅因为我们是印度人”，“而是出于人类立场”。① 这种兼爱本民族和其他民族、国家的主张，也是泰戈尔世界主义观的永恒价值之一。

二、以兼爱精神反民族孤立

英印民族冲突，不仅包括英国统治者对印度人民的暴力镇压，还体现在印度民众对英国殖民统治的暴力反抗。1905 年，印度国内掀起“反洋货运动(Swadeshi Movement)”，印度民众通过抵制英货，抗议英国对印度的殖民统治。一开始泰戈尔作为发起人之一，不但制定行动纲领，还撰写爱国主义歌曲，建立纺织业工厂，试图通过发展民族工业，脱离对英国经济上的依赖。

“反洋货运动”源于“孟加拉请愿”(Partition of Bengal)。印度总督柯曾(Lord Curzon)以方便行政管理为由，欲把孟加拉邦分裂成东西孟加拉两部分，极大地伤害了印度民众的情感和自尊，甚至被认为是侮辱。印度人开始抵制英国货物，支持印度民族生产，希望通过振兴民族工业，逐渐实现印度自治。

泰戈尔作为反洋货运动的重要发起人，有如下构想：

第一，通过印度人民自身努力，满足国家物质所需；

第二，印度人民自己肩负民族责任；

第三，由印度人自己构建的委员会处理印度国内事务，拒绝异族在印度国内事务上的帮助；

第四，不使用它国商品、货物；

第五，克制与英籍亲友书信往来，克制使用英国货物、家具，拒绝于英国人的社交往来；

---

① Tagore R. *Letters to a Friend*. 1928, ed. C. F. Andrews. New York: Routledge. 2015, pp.152-153, 28.

第六,建立印度学校;

第七,自行协商争端,不求助英国政府在印法庭的帮助。①

泰戈尔的计划和目标,与印度民族工业振兴和民族独立紧密相关。通过振兴印度的民族工业,可以摆脱印度对英国商品的依赖,从而使印度走向民族自治,体现了泰戈尔强烈的爱国主义情感。在反洋货运动初始阶段,泰戈尔不但构建了建立自治、自立民族的构想,还向青年发表演讲,宣传"民族社会"理念。他不但参与示威游行,写爱国主义歌曲,号召更多印度民众的参与,还支持印度商业和工业生产,创办完全独立于英国教育体系的印度学校,同时推动印度工业和文化的复兴。他在此期间写的《金色孟加拉》(*Amar Sonar Bangla*)就是当时著名的爱国歌曲之一,后来成为孟加拉国国歌。

然而,随着反洋货运动的进一步发展,印度民众开始公开烧毁外国衣物、红糖、盐,买卖外国货的印度同胞或是不积极参加反洋货运动的个人,都会遭到印度民众不同程度的羞辱和排斥。渐渐地,反洋货运动开始不断升级,暴行愈演愈烈,暴力流血冲突事件时有发生,激进的印度革命团体不断出现。

泰戈尔参加反洋货运动的初衷,是希望在印度建立不分宗教信仰、种姓差异、人人平等的理想社会,并希望印度社会能够脱离对英国的依赖,实现自立和自治。然而,泰戈尔的这一理想,却因为政治极端主义、群体暴动的兴起而彻底粉碎了。反洋货运动引发的极端的"革命行为",尤其是部分印度民众对无辜英国人进行暴力伤害或恐怖谋杀,让泰戈尔难以接受。他在小说《家庭与世界》中批判了暴力流血冲突事件,认为这是一种狭隘的民族主义行为。

世界主义者兼爱本民族和其他民族,因而世界主义者不但是爱国主义者,还是国际主义者。反对英国货,促进印度工业和传统文化复兴,反映了泰戈尔的爱国主义立场。但泰戈尔的爱国主义,并非局限于本民族、本国家。泰戈尔热爱自己祖国的同时,同样反对民族主义暴行,反对违反人道原则对其他民族的暴力伤害。在泰戈尔看来,恢复民族工业发展,不应以烧毁英国的棉纺织制品为前提,更不应对在印度的英国人搞暗杀或是打击伤害,盲目的爱国主义活动不但造成物质资源的浪费,更有违人道主义原则。因此,当反洋

① Chand, T. *History of the Freedom Movement in India*. Vol. III, New Delhi: New Delhi Reprinted.1983, p.338.

货运动和暴力流血冲突事件、武力报复相关联,泰戈尔就主动选择了退出。

基于同样的立场,泰戈尔同样不支持甘地领导的“不合作运动”。“不合作运动”体现了特定地域、民族的孤立主义,这也违背泰戈尔的世界主义立场。因为世界主义主张不同民族间的交流合作,共同面对人类共有的问题。在泰戈尔看来,“英国孕育了很多伟大的诗人”,而且在英国人中间,“他也接触到了很多具有伟大灵魂的英国人”。① 因此,完全否定英印两国之间的交流合作并不可取。

① Tagore, R. *Towards Universal Man*. B. Bhattacharya, ed. New York: Asia Publishing House. 1961, p.55.

第七章　碰撞与融合：泰戈尔世界主义观在西方

西方对印度文化的探究在18世纪末"东方文艺复兴"运动中已初具规模，但因为当时多以西方文化为中心，西方的印度书写多带有殖民主义特征。在19世纪，不论是英国学者勾勒的懒散、野蛮、好冥想的印度形象，还是以吉卜林为代表的西方作家所描述的贫穷落后、饥荒遍地，却又充满神秘主义色彩和异域风情的印度，都在西方文化和印度文化之间设立了不可逾越的鸿沟，造成东西方文化不可融通的假象。

泰戈尔作为文学家对西方文学的影响，远远不如他作为东方文化代表对东西方文化交流的影响。泰戈尔的文学和思想成为以英美为代表的西方世界重新了解印度文学文化的窗口，而他的文化交流活动则极大地促进了西方世界对印度、东方文学文化的了解和重新审视，并在西方作家学者所设立的东西文化鸿沟上搭建起了沟通的桥梁。

第一节　"东方文艺复兴"时期的印度书写

早在17世纪，英国和印度就已经开始了贸易往来。但是英国真正开始深入了解和探究印度文化是从18世纪开始的，是与英国对印度的财富掠夺和殖民统治一起进行的。出于殖民统治的需要，英国组织大批学者研究印度的语言、宗教、法律、社会习俗等。印度古老的文明和文化经典引起了西方学者的极大兴趣，并促发了18世纪末在欧洲知识分子中掀起的"东方文艺复兴"运动，进而影响了英国的浪漫主义作家和美国的超验主义，在西方社会产生了持久影响。

"东方文艺复兴"，又称为"印度文艺复兴"(Indian Renaissance)，主要指18世纪末在西方知识分子中形成的东方文化热。当时，英国东印度公司为了加强对印度的海港、经济和政治的控制，组织西方的东方学家把印度古代文化经典翻译成欧洲语言，希望加深对印度哲学文化思想的了解，向西方打开东方神秘的面纱。古代印度的法律、哲学、科学、文学因此被重新发现了,西方学者不但看到了灿烂的印度文明,还激发了对印度文化经典的兴趣。他们希望印度语言文化经典能如同古希腊文本那样,在欧洲再次引发西方文学文化的复兴。这一文化现象,埃德加·基内(Edgar Quinet)在《宗教的精灵》(*Genie des Religions*)一书中概括为"东方文艺复兴"。

"东方文艺复兴"运动对印度文化的兴趣主要体现在印度的语言、哲学和宗教。对印度语言的发现,主要归功于英国历史语言学家威廉姆·琼斯(William Jones)爵士,他发现了印度语和欧洲语言非常相似。1786年,他在第三届孟加拉皇家亚洲学会的年度讲演会上首次提出了希腊语、拉丁语、梵语和波斯语同源的观点,进而提出了欧洲人和亚洲人可能同源的论断,在西方学者中产生了爆炸式的影响,引发了西方学界对印度语言文学文化的关注。①

在这一时期,西方学者开始把印度古代经典翻译成英文。1789年,琼斯翻译了印度最伟大的古典诗人迦梨陀娑的诗歌《沙恭达罗》(*Sakuntala*),后来还翻译了《时令之环》(*Rtusamahara*)、《牧神赞歌》(*Gitagovinda*)等。查尔斯·威尔金斯(Charles Wilkins)在1784年出版了翻译的《薄伽梵歌》,1787年又出版了翻译的《嘉言集》(*Hitopadesa*)。1785年成立的"孟加拉皇家亚洲学会"则标志着西方印度研究的全面开始。该学会以《亚洲研究》(*Asiatic Researches*)为中心,共出版了21卷有关印度文学文化方面的研究著作,一直延续到1839年。

"东方文艺复兴"运动在西方产生的影响是巨大的。以法国东方学家安克蒂尔·迪佩龙(Anquetil Duperron)②为代表的西方学者对印度语言文化研究所产生的影响,埃德加·基内(Edgar Quint)认为"可以等同于早期文艺复兴中对《伊利亚特》和《奥德赛》的发现"。而史华伯·雷蒙(Shcwab Raymond)则认为"从未有如此多的知识分子同时发掘出如此深邃的亚洲文化"。③"东方文艺复兴"运动中最重要的成果,在于《嘉言集》《时令之环》《薄伽梵歌》《沙恭达罗》等印度文化经典英译本的出现,并凭此向西方世界打开了印度文化的大门。越来越多的西方知识分子开始把目光投向了印度文化典籍,而印度文化对西方文学的影响则是"东方文艺复兴"发挥作用的直接体现。

---

① Clark J. J. *Oriental Enlightenment: The Encounter between Asian and Western Thought*. New York: Routledge, 1997, p.58.

② 迪佩龙被誉为法国第一位印度研究专家。

③ Raymond S. *La Renaissance Orientale*. Paris: Payot, 1950, p, 19.

在西方知识分子中,影响最大的印度经典首推《奥义书》。第一个在欧洲流传的两卷本《奥义书》译自波斯语,随后迪佩龙又在1801年出版了拉丁语全译本。① 当然,《奥义书》在西方能产生较大影响,和19世纪初的西方社会文化语境密不可分。19世纪初期,基督教在欧洲的影响开始式微,启蒙主义宣扬的理性主义和抽象的自然神教也已经很难为人的精神带来满足。欧洲的浪漫主义领袖们开始不断哀叹现代欧洲精神的衰落,斥责启蒙运动和工业革命给人们精神带来的贫乏。如施莱格尔感叹人们因"沉迷经济发展和工业革命"而使个人体验仅仅局限于"有用性的领域";席勒在1803年则批评人们已不能思考,更不可能深入思考,哀叹人们"已经几乎沦为了机器"②……鉴于此,西方人开始从东方寻找精神食粮,就是在这样的文化背景下,印度哲学经典《奥义书》很快引起了西方学者的关注,也对英国浪漫主义文学和美国超验主义思想产生了一定的影响。

从印度文化经典中,英国浪漫主义作家们不仅了解到充满异域色彩的印度文化,还通过自己的诗歌创作表现出对印度古老文明的向往。柯勒律治、拜伦、雪莱、济慈、罗伯特·骚塞、托马斯·莫尔等浪漫主义诗人虽都未曾亲赴印度,但东方学者著述中的印度文化和文明,却给了他们无尽的想象和对东方文化文明的向往。

柯勒律治作为英国浪漫主义文学的代表,深受印度神话的影响。他的诗歌中不乏对印度文化的异域想象,而最典型的当属印度守护神毗湿奴在他诗歌中的显现。柯勒律治的诗歌《夜景和奥索里奥》(*The Night Scene and Osorio*),就描述了一个漂浮在茫茫大海的荷叶之上的静怡的毗湿奴形象。③ 后来,柯勒律治在阅读了《薄伽梵歌》的英译文之后,又把毗湿奴描述成某种"巨大的奇观":"有很多张口,很多只眼,很多只胳膊,很多条腿,很多乳房,很多肚子,很多可怕的牙齿",不仅如此,"伸手还可以摸到天际","散发着光芒"。④ 柯勒律治借助《薄伽梵歌》中"无限"的概念,在诗歌中借助毗湿奴形象赋予无限以具体,不但激发了英国读者对印度神话的好奇,还进一步增加了印度文化的神秘色彩。

---

① Almeida, L. F. "The Oriental Renaissance and Mallarmé". *India International Centre Quarterly*, 2001, Vol. 28(2), pp.69-82.

② Cross, S. "Turning to the East: How the Upanishads Reached the West". *India International Centre Quarterly*, 1998, Vol. 25(2), pp.123-129.

③ Campbell, J. D. *The Complete Poetical and Dramatic Works of Samuel Taylor Coleridge*. London: Macmillan, 1997, p.184.

④ Mazumder, A. "Coleridge, Vishnu, and the Infinite". *Comparative Literature Studies*, 1993, Vol. 30(1), pp.32-52.

雪莱曾收集了大量印度的奇珍异宝，并对印度的神话传说表现出极大兴趣。1818 年初，雪莱参观了大英博物馆的印度分馆，随后就写信问朋友能否通过东印度公司去印度。① 后来，雪莱虽未实现去印度的心愿，但他通过阅读琼斯等东方学者英译的印度文化经典，开始对印度文化有了更深入了解。琼斯的短文《东方诸国的诗歌》(*On the Poetry of the East Nations*)、《希腊、意大利和印度的神》(*On the Gods of Greece, Italy and India*)和《印度圣歌》(*Hindu Hymns*)等著作，让雪莱产生了极大兴趣。尤其是其中关于印度文学的"鲜活的想象力"和"丰富的创造力"，以及"理性是欧洲人的特权，亚洲人则上升到更高超的想象领域"的观点，都使雪莱为之着迷。东方的诗学模式可为欧洲陈腐的新古典主义文学带来活力，雪莱认识到了这一点，并在诗歌中表现出对印度文学文化的想象。② 雪莱的《解放了的普罗米修斯》(*Prometheus Unbound*)、《复仇神》(*Alastor*)、《印度小夜曲》(*The Indian Serenade*)等作品，都反映了印度思想文化的影响。雪莱诗歌创作中的意象、语言表达、诗歌主题等，也都能看到印度文学文化的影子。③《解放了的普罗米修斯》中对比了希腊和印度的诸神，把普罗米修斯对朱庇特的反抗再现成地理政治上的"欧洲"英雄和"亚洲"情人间的重新统一。雪莱怀疑基督教传统的"原始"和"非理性主义"，因而在《解放了的普罗米修斯》中将他对古希腊的仰慕和追寻希腊神话的亚洲之根紧密相联。雪莱将东方宗教和西方基督教联合，其中所反映的多神论思想，同样受到印度文化的影响。品脱(Pinto)就曾指出，受琼斯著作中印度文化的影响，雪莱从早期"无神论的物质主义者"实现了向后期"神秘的多神论者"的转变。④

印度古代诗歌对一夫多妻制的推崇，为拜伦提供了建立新型两性关系的参照，他试图以此打破英国社会所奉行的一夫一妻制。此外，拜伦还借鉴了印度文化中的情爱主题，如《阿比多斯的新娘》(*The Bride of Abydos*)中的乱伦主题，《异教徒》(*The Giaour*)中对通奸的大胆描写，《海盗船》(*The Corsair*)中对一夫多妻的描述，都打破了英国传统的两性观和婚姻观。拜伦还在其作品《莱拉》(*Lara*)中通过倡导自由性关系反抗英国政治、宗教正

---

① Khan, J. U. "Shelley's Orientalia: Indian Elements in his Poetry", *Atlantis*, 2008, Vol. 30(1), p.37.

② Nicholas, R. *Romanticism: An Oxford Guide*. Oxford: Oxford Publishing Press, 2005, p.141.

③ Khan, J. U. "Shelley's Orientalia: Indian Elements in his Poetry", *Atlantis*, 2008, Vol. 30(1), p.36.

④ Pinto, D. S. V. "Sir William Jones and English Literature". *Bulletin of the School of Oriental and African Studies*, 1946, Vol. 14(4): 688; Cited from Khan, J. U., 'Shelley's Orientalia: Indian Elements in his Poetry', *Atlantis*, Vol. 30(1), 2008, pp.35-51.

统，借用“东方爱情观”展示异域情调。拜伦这些离经叛道的观点，在英国社会引发了极大的争议，却也推动了英国对印度文化的了解和认知。

在美国，科顿·马瑟(Cotton Mather)早在1721年就接触到印度哲学，约瑟夫·普利斯特里(Joseph Priestley)也是在18世纪末就了解到大量的印度哲学。然而，真正对印度哲学宗教产生兴趣，并在美国产生较大影响的，应是新英格兰的超验主义。① 其中，尤以爱默生和梭罗为代表。

爱默生直到40岁才开始完整阅读《薄伽梵歌》，但是印度宗教、哲学对他的影响要远远早于这一阶段。爱默生生活的时代，正是欧洲的“东方文艺复兴”兴起并产生重大影响的时代。爱默生开始接触印度思想文化，始于他在哈佛求学时期。期间他读到了印度的诗歌、政治、哲学等著作，其中就包括琼斯和格兰特的《恢复东方研究》(*Restoration of Learning in the East*)。从骚塞的笔记中，他还读到了部分琼斯翻译的《摩奴法典》(*The Laws of Manu*)。其中，灵魂自鉴观点让他颇受启发。

1831年，爱默生读到了维克多·库森(Victor Cousin)根据威尔金斯的《薄伽梵歌》的译本所写的读书笔记。尽管爱默生真正接触到威尔金斯的译文是在1845年之后，但库森笔记中所阐述的观点已深深影响了爱默生，包括：“上帝是万物，万物是上帝”的“统一观”，“经书”都是“陈腐”的，神学家纯粹受神秘主义启示，“经书”无用，等等。② 1837年，爱默生在《美国学者》中就阐发了类似观点：如果能够直接阅读上帝，光阴就变得如此珍贵，因而时间不应该浪费在阅读他人的作品上。1838年7月15日，他在“对神学院毕业班的演讲”中，更是明确谴责基督徒过分强调了“仪式”的重要性。

爱默生之所以会受印度宗教文化的影响，主要是因为他认为印度思想不但深邃、有趣，还是治愈西方盛行的物质主义的良药。美国清教徒所推崇的自我救赎，虽对美国革命、社会改革、个人生活等问题都卓有成效，却不能完全满足个人的精神需求。③ 而印度古

① Riepe, D. “The Indian Influence in American Philosophy: Emerson to Moore”. *Philosophy East and West*, 1967, Vol. 17(1), p.128.

② Cousin, V. *Course of History of Modern Philosophy*. New York: D. Appleton, 1852: 398; Cited from Riepe, D. ‘Emerson and Indian Philosophy’, *Journal of the History of Ideas*, Vol. 28(1), 1967, pp.115-122.

③ Spiller, R. E. *The Collected Works of Ralph Waldo Emerson*. Cambridge, MA & London: Harvard University Press, 1971, p.57.

代典籍中所推崇的不用借助宗教仪式的繁文缛节、直接和God沟通的神秘主义思想，深深打动并吸引着他。

1844年到1851年间，爱默生又阅读了大量印度著作。在他看来，《薄伽梵歌》和柏拉图的著作同样伟大。他还借用《毗湿奴往世书》(*Visnu Purana*)的思想来解释自己的观点：整个世界不过是毗湿奴的表现，毗湿奴和一切事物相像却又存在于个体之中。印度思想中"幻境"(Maya)和"业"(Karma)等概念也影响了爱默生，他还曾以"梵"(Brahma)为名写下诗歌，并希望自己"成为梵吟唱的颂歌"。①

爱默生的"超灵"(Over-soul)思想很大程度上是受了《奥义书》的影响。帕拉马南达(Swami Paramananda)认为爱默生在写"超灵"的过程中，内心"充满了《奥义书》的思想"，而且"超灵"这个名称本身几乎就是梵文 ParamAtman(Supreme Self)("超我")的直译。② 此外，爱默生有关"超灵"的论述同样充满《奥义书》精神。他的《宗教》一文所表达的自我中心的宗教灵性观和印度宗教思想的关联也很明显："最简单的人，诚实地朝拜上帝，就变成上帝；完美宇宙融入自我，永远是崭新、无法寻求的。"爱默生强调"原初""创造"，即他称之为"新"。他在《循环》中说：人生是对真的见习，意即在每一个圆圈周围，可以画上另一个圆圈；自然没有结束，每一个结束都是新的开始。③ 爱默生的循环发展观，显然受到印度神秘主义哲学的影响。

印度哲学将生活的本质描绘为"天真"，恰恰符合爱默生所描述的"体验"的起始阶段：

> 心灵被迫去为许多结果寻找一个原因；然后再去寻求那种原因的原因，然后再去寻求原因的原因的原因，就这样它不停探微穷幽了：它自信自己一定会获得一种绝对而充分的"一"——一种必定要成为一切的"一"。"太阳中间是光，光中间是真，真中间是不灭的存在"，《吠陀》如是说。④

---

① Atkinson, B.ed. *The Complete Essays and Other Writings of Ralph Waldo Emerson*, New York: Random House, 1940, p.809.

② 帕拉马南达(Paramananda)：常常被称为大师(Swami)帕拉马南达，他是印度人，因在美国传播吠檀多哲学宗教思想而闻名。Paramananda, S. *Emerson and Vedanta*. Boston: Vedanta Center, 1918, p.65; Cited from Riepen, D. "Emerson and Indian Philosophy", *Journal of the History of Ideas*, Vol. 28(1), 1967, pp.115-122.

③ Atkinson, B. ed. *The Complete Essays and Other Writings of Ralph Waldo Emerson*, New York: Random House, 1940, p.279.

④ [美]爱默生：《美国的文明》，孙宜学译，广西师范大学出版社，2002年，第180页。

这个“一”,就是“真”,就是生活的本质,是一切的“源”,也是一切的目的,既是因,也是果,既是实,也是空。爱默生从印度哲学中不但看到了“一”与自然的一致性,而且还以此为标准批评现实生活中的堕落和失真:

> 在所有的国家中,都有一些倾向于停留在根本的统一概念中的心灵。祈祷的狂喜和虔诚的迷醉使一切存在消失在一个“存在”里。这种倾向在东方的宗教作品中得到了无以复加的表现,主要体现在印度经书中,如《吠陀》《福者之歌》和《毗湿奴往世书》中。这些作品除了包含着这些观念外几乎再无其他内容,而在颂扬这种观念时,它们用的都是纯洁高尚的笔调。①

印度经典对梭罗的影响,首先来自《摩奴法典》和《薄伽梵歌》。其《康科德及梅里马克河畔一周》(*A Week on the Concord and Merrimack Rivers*)中引用了很多东方典故。《瓦尔登湖》展现了梭罗对东方的研究和喜爱:“《瓦尔登湖》本身就表现了印度隐士的生活和他对基督教三位一体教派灵性减弱的不满。”②

梭罗在大学毕业之前,对东方思想文化接触还较少。1840 年,他读到了琼斯翻译的《摩奴法典》,开始对印度文化产生兴趣。1845 年左右搬到瓦尔登湖后,梭罗接触到了威尔金斯翻译的《薄伽梵歌》:

> 清晨,我沐浴在《薄伽梵歌》那令人惊奇的宇宙演化哲学的智慧中。与此相比,我们现代世界及其文学显得琐屑零碎和微不足道。③

后来,梭罗又接触到了其他古典印度文本,包括威尔金斯翻译的《毗湿奴往世书》,威廉·沃德(William Ward)翻译的《印度哲学》,拉姆·莫汉·罗易(Rajah Rammohun Roy)翻译的《奥义书》,亨利·托马斯·科尔布鲁克(Henry Thomas Colebrooke)翻译的《数论颂》(*Samkhya Karikas*)等印度著作。④

---

① [美]爱默生:《美国的文明》,孙宜学译,广西师范大学出版社,2002 年,第 180 页。

② Hodder, A. D. “Ex Oriente Lux: Thoreau's Ecstasies and the Hindu Texts”. *The Harvard Theological Review*, 1993, Vol. 86(4), p.420.

③ 转引自[印]毗耶娑:《薄伽梵歌》,[印]罗摩南达·普拉萨德(Ramananda Prasad)英译并注释,王志成、灵海汉译,成都:四川人民出版社,2015 年。

④ Hodder, A. D. “Ex Oriente Lux: Thoreau's Ecstasies and the Hindu Texts”. *The Harvard Theological Review*, 1993, Vol. 86(4), p.409.

梭罗对印度文化一开始并无太多好感,①但在接触到《摩奴法典》后,他开始赞誉印度文化:"亚洲是静怡悠闲、古老保守的象征",而印度是人类文明的摇篮,是黄金时代的幸存者,是"智慧和哲学的源泉"。②

但是,在看到"东方文艺复兴"对西方知识分子的影响的同时,我们也必须清醒地认识到,这种影响主要表现在激发了他们对印度的异域想象,而实际上他们缺乏对印度文化客观全面的了解。柯勒律治、雪莱、拜伦等人笔下的印度,一方面体现了他们对古老东方文明的好奇与想象,另一方面又体现了他们基于自身文学主张和文学创作需求的篡改和误用。柯勒律治苦于失眠等精神痛苦,就借用毗湿奴的形象来追求心灵的平静;雪莱则借用印度宗教来表达神秘的多神论主张;拜伦鼓吹印度一夫多妻这种离经叛道的观点来表达自己的两性观和婚姻观。也就是说,这些西方作家笔下的印度是失真的,是基于自身需要的文化借用和误读,反映的仍是一种文化殖民心态。他们对印度文化的了解探究,明显反映出西方文化心理优势下的矛盾与纠结。爱默生一方面憧憬印度古老的文明,另一方面又对充满饥荒、落后、肮脏的印度社会心有芥蒂。这种矛盾复杂的态度,实际上体现了西方知识分子对印度文化的普遍心态。

总体而言,18 世纪末的"东方文艺复兴"客观上推动了西方对印度文化的了解和研究。西方知识分子的各种印度书写,在一定程度上激发了西方社会对东方文明产生了一定的兴趣,开始关注印度文学文化。

第二节　19 世纪西方视野中的印度宗教文化

印度宗教对西方世界也有很大吸引力,只是印度宗教进入西方人视野的时间相对要晚一些,但影响却要强烈很多。以佛教为例,西方对佛教产生兴趣始于 19 世纪 30 年代,在 19 世纪 60 年代佛教已发展成为西方比较宗教学研究的一部分,自 70 年代开始便在西方引起了广泛关注,而到 90 年代已成为伦敦流行文化的尖峰。③ 拉姆·莫汉·罗易,斯

---

① 梭罗早期对印度的贬低,可在他的日记中得到证明。他早期曾在日记中这样写道:Sunday morning church bell as "pagoda worship" and like "the beating of gongs in a Hindoo subterranean temple",参见 Thoreau: *The Journal*(*1837–1861*)ed.Damion Searls, New York: New York Review of Books, 2009, p.51.

② Hodder, A. D. "Ex Oriente Lux: Thoreau's Ecstasies and the Hindu Texts". *The Harvard Theological Review*, 1993, Vol. 86(4), p.410.

③ Franklin, J. J. "The Life of the Buddha in Victorian England". *English Literary History*, 2005, Vol. 72(4), pp.941–974.

瓦米·维韦卡南达(Swami Vivekananda,也称辨喜)等印度思想家在西方产生了重要影响。

西方的印度宗教热与19世纪西方社会文化语境密不可分。在英国,工业革命飞速发展,社会结构急剧变革,达尔文进化论加速了基督教信仰危机;在美国,领土扩展吸引了大量欧洲移民,不同宗教信仰的欧洲移民相互合作,使宗教融合成为可能,东方宗教因此不再被视为异类,而具有了一定的平等地位。

"现代印度之父"拉姆·莫汉·罗易是推动印度宗教走入西方的重要代表。罗易不仅是文学家,还积极推进印度的宗教改革。他主张奉行一神教,批判印度当时的多神教;他攻击婆罗门牧师的腐败,并把印度教经文翻译成白话,使普通民众可以诵读经文。罗易还将印度国内的宗教改革和社会改革密切联系起来,从1818年起积极参与各项社会运动,提倡改善女性地位,谴责一夫多妻制,鼓励女性受教育,抨击女性陪葬的习俗。罗易的宗教改革和社会改革主张与西方的一神论教派领袖卡朋特(Lant Carpenter)达成共识,两人自1810年起就密切通信。1830年,罗易来到英国,3年后客死英国,在英国期间他大力宣传印度的宗教,对促进英国对印度宗教的深入了解做出了重大贡献。罗易和卡朋特之间的交流,不仅对孟加拉和英国的自由宗教传统的形成和社会改革运动产生了很大的影响,还促进了不同宗教派别间的融合。卡朋特在罗易的追悼会上致辞说:"真正的宗教并不在于其独特的教义和信条,而在于现世的行善","对上帝的爱、对人类的爱",这才是真正的基督徒和虔诚的印度教和穆斯林教徒共同的宗教。① 摒弃基督教、印度教、穆斯林教在具体教义上的差异,在践行上实现不同宗教间的统一,这极大促进了印度教和穆斯林教教义在英国的接受和传播。

印度宗教在英国的兴起,首先表现为印度宗教研究著作的出版。比较宗教学的奠基人弗雷德里赫·麦克斯·缪勒(Friedrich Max Muller) 于1872出版了专著《宗教科学讲座:佛教徒的虚无主义》。1846年,他开始组织翻译梵文本印度宗教经典《梨俱吠陀》,于1874年出版。1876年起,他开始主持编译《东方圣书集》,系统翻译了东方古代宗教经典,共完成了51卷,为西方世界了解印度乃至东方宗教打开了一扇扇窗口。

---

① Midgley, C. "Transoceanic Commemoration and Connections between Bengali Brahmosand British and American Unitarians". *The Historical Journal*, 2011, Vol. 54(3), pp.781, 773-796.

佛陀故事在19世纪末的英国广受欢迎，其中比较典型的包括：1871年出版的理查·菲力普斯（Richard Phillips）的《佛陀故事和教义》，1879年爱德文·阿诺德（Eadwen Arnold）的《亚洲之光》，1887年西德尼·亚瑟·亚力山大（Sidney Arthur Alexander）的《佛陀的故事》等。其中影响最大的是《亚洲之光》。《亚洲之光》不但成为畅销书，还影响形成了西方的“印度文化现象”，在知识分子和宗教界产生了极为重大且广泛的影响。① 越来越多的英国传教士、作家和普通游客来到印度，把印度的风土人情写成见闻或是游记在英国出版发行，进而吸引了更多英国民众对印度的好奇和异域想象。其中，最典型的是吉卜林充满印度风情的殖民小说。他作品中表现出来的“东方就是东方，西方就是西方”的观念，也在西方读者中产生了广泛影响。

美国关注印度宗教文化，与19世纪美国社会的发展密切相关。19世纪上半叶，美国从东海岸向西海岸不断扩张，大批欧洲移民不断涌入，也带来了他们原有的宗教信仰和文化习俗。这些移民大多来自英国、爱尔兰、德国、加拿大和北欧的挪威、瑞典等国，其宗教信仰不同，但到了美国之后，它们都需要结合美国的文化、语言、宗教，并都要面对宗教信仰之间的融合问题。正是在这种多民族融合的背景下，印度宗教开始进入美国人视野。1875年，神智学学会在纽约建立。神智学学会强调“不同宗教间的亲属关系”，注重“探究精神现象并揭示其背后神秘法则的奇特兴趣”，“推动所有宗教本质上同一的自由理念”。② 显然，神智学会是一个兼收并蓄、主张多元化的宗教组织，特别强调印度智慧，相信“因果报应”和“转世轮回”，表明了学会对印度宗教哲学的喜爱和偏向。神智学会成立之后，美国举办了一系列宗教活动，如1893年芝加哥的世界宗教大会，1894年印度教吠檀多社建立，1897年美国东方学会建立。这一系列重大活动，将印度宗教逐渐推进到美国人的日常生活之中，并影响着美国宗教文化的多元融合发展。

亚洲宗教的融入促生了美国比较宗教学。1890年，美国比较宗教协会成立，随即美国著名的大学开始开设比较宗教学课程。1892年，新建立的芝加哥大学建立了比较宗教系，宗教历史学的课程由哥伦比亚大学、康奈尔大学、约翰·霍普金斯大学、宾西法尼亚大学、

---

① Clausen, C. *The Light of Asia: An Annotated Critical Edition* [Doctoral Dissertation]. Ontario: Queen's University, 1972, p.58.

② Queen, E. L., Prothero, S. R. & Shattuck, G. H. eds. *Encyclopedia of American Religious History*. Boston: Marie A. Cantlon, 2009, p.983.

耶鲁大学和其他大学共同建设。很多美国顶尖大学的教授加入到了世界宗教协会之中,成为了各个教派的代表。

议会的格言如下:

> 联合所有宗教,反对无宗教论;将黄金法则作为宗教联合的基础;向世界展现各宗教的巨大联合,为了宗教生活的善行;展现19世纪宗教的巨大进步。①

1893年,芝加哥举办了世界宗教会议,提出“不分种族、教义和肤色,建立核心的人类普世手足兄弟之情;促进对雅利安和其他东方文学、宗教、科学的学习,并维护其重要性;探查人身上潜藏的神秘特性和精神力量”。② 世界宗教协会的成立标志着“基督教第一次和世界其他宗教有了亲密、公开、决定性的接触和交流”。③

世界宗教会议的召开在美国产生了重大影响,最直接的就是1894年印度教吠檀多社(Vedanta Society)的建立。吠檀多社的创始人斯瓦米·维韦卡南达作为印度教代表曾在世界宗教会议上作了主题发言,并随后在全美巡回演讲,使印度教不再是外国的异教。1894年,他在纽约建立了吠檀多社,这是美国的第一个印度教组织,旨在吸引欧洲裔的美国教徒,同时将其中一部分培养成印度教传教士和教师。维韦卡南达作为在美国的第一代亚洲传教士,在美国宗教史上具有转折性意义,标志着印度宗教开始成为美国社会中的客观存在。

虽然世界宗教大会的目的是为了增进世界不同宗教间的相互了解,促进世界各大宗教间的融合,但基督教仍一直在西方宗教中占据中心地位。首先,从参会人员看,基督徒的数量最大;其次,其他宗教派别的参与者多由美国举办方挑选,一些参会代表实际上并不具备代表性;最后,大会语言主要是英语,造成了不能用英语沟通的宗教代表的缺席,如中国宗教界代表。缺乏代表性和全面性的宗教大会,又怎么能真正做到世界宗教间的交流与融合呢? 而这恰恰是当时东西方文化沟通的缩影,表明在东西文化交流中双方的地位是不平等的,西方国家仍占主导地位。

---

① Trumbull, M. M. “The Parliament of Religions”. *The Monist*, 1894, Oxford University Press, Vol.4(3), p. 333.

② Ibid., p.335.

③ Bonney, C. C. “The World Parliament of Religions”. *The Monist*, 1895, Oxford University Press, Vol.5(3), pp.321-344.

第三节　20世纪西方"东方文化热"语境下的泰戈尔

泰戈尔因诗人身份为西方所知，其作品目前早已被选入诺顿、剑桥等世界文学选集，但若从比较文化影响研究的角度谈泰戈尔对西方作家的影响，结果显然会低于预期。因为就文学影响而言，泰戈尔在西方只是一个短暂的"文化热潮(Craze)"，"绝非西方文坛的一位重要文学家，在西方文学传统下，他本质上还是一位局外人"。① 实际上，泰戈尔对西方和印度文化交流的促进和推动作用，远远超越了其文学层面的影响。泰戈尔在西方对印度文学文化的传播，不但促进了西方对印度的深入了解，更推动了东西方文化交流与合作。泰戈尔去世以后，其文学价值在西方不断被重估，其在东西方文化交流中的象征意义不断被强调，从而成为东西方文化友好交流合作的象征。

一、诺贝尔文学奖光环下的西方式误读

获得诺贝尔文学奖是泰戈尔在西方产生影响并使其能推动东西方文化交流的重要媒介。泰戈尔在西方的声誉始于英国，起初主要局限于英国学界和知识分子阶层，1913年获得诺贝尔文学奖才使泰戈尔在西方真正引发轰动和普遍关注。

在对泰戈尔普遍缺乏了解的情况下，诺贝尔文学奖的光环，自然成为引发西方"泰戈尔热"(Tagore Craze)的首要原因。当然，诺贝尔文学奖的光环效应，还和当时西方的社会文化语境及对诺贝尔文学奖的普遍态度相关。从1901年首位诺贝尔文学奖得主诞生，到1913年泰戈尔获奖，期间获奖的都是欧洲作家，英国只有吉卜林曾摘此桂冠，因而诺贝尔文学奖一度被认为是欧洲作家的特权。而泰戈尔这位来自英属殖民地的印度作家，却打破了欧洲作家的这一特权，成为第一位获此殊荣的非欧洲作家，而且是战胜了当时在英国乃至欧洲享有盛名的英国作家托马斯·哈代，这势必在英国乃至整个西方引起震惊。英国报纸一方面感叹诺贝尔文学奖评审委员会缺乏眼光，一方面不无酸楚地指责"诺贝尔奖是保守的"。② 而

① Sen, N. "An Aspect of Tagore-Criticism in the West: The Cloud of Mysticism". *Mahfil*, 1966, Vol. 3(1), p.11.

② "The Nobel Prize". *The Daily News and Leader*, Nov. 14, 1913: 1. Cited from Kundu, K. Bhattacharya, S & Sircar, K. *Rabindranath and The British Press (1912 - 1941)*. London: The Tagore Center (U.K); Calcutta: Exclusive distributors in India Rupa & Co., 1990, p.32.

在欧洲人眼中缺乏教化,文化粗鄙的美国人,对一位英国殖民地的作家获此殊荣也深感意外和惊奇。

但实际上,在1915年之前,西方总体上对泰戈尔还缺乏客观全面了解。① 西方的报纸杂志对泰戈尔的介绍仅仅限于"印度诗人""东方诗人"等笼统概念。1912年《吉檀迦利》出版时,麦克米伦公司还曾担心泰戈尔的印度身份会影响图书销量,所以整部诗集并无任何对泰戈尔的介绍,这在当时的英国极为罕见。即使诗集畅销之后,泰戈尔的身份在西方仍是谜团,报刊报道中只称他是"最伟大的印度诗人","印度享誉盛名的一流作家",②"声誉在印度无可匹敌",③"当下最卓越的印度文学家",等等。④ 且介绍评价中不乏谬误。最典型的当属庞德,他在高度赞誉泰戈尔诗歌的同时,却称泰戈尔为"梵文作家"。⑤ 到1914年,泰戈尔已经获诺贝尔文学奖数月,伦敦的一家图书馆还经常收到请求:希望能得到犹太作家的《吉檀迦利》,或是俄国作家泰戈尔的新作,或是阿拉伯诗人泰戈尔的诗集。⑥

二、西方审视印度文学文化的窗口

西方通过英译泰戈尔文学作品和泰戈尔在西方的演讲等文化交流活动,重新认识了印度文学和文化。自从泰戈尔的文学作品传入西方之后,西方读者眼中的印度形象就开始发生了改变。英国媒体曾坦言:"吉卜林记忆中的武力暴动,给英国人脑海中留下了奇

---

① 1915年,《泰戈尔自传》(*Rabindranath Tagore: A Biographical Study*)在美国出版,该书作者Rhys, E.是印度裔美国人。虽然其中有不实之处,但终究让英语世界对泰戈尔本人的生平状况有了了解。泰戈尔自己写的自传《童年的回忆》(*Reminiscences*)1917年才在西方出版。

② Tagore, R. "An Indian Mystic". Rev. of *Gitanjali* (*Song-Offerings*). *The Nation Supplement*, Nov. 16, 1912, p.320; Cited from Kundu, K. Bhattacharya, S & Sircar, K. *Rabindranath and The British Press* (*1912-1941*). London: The Tagore Center(U.K); Calcutta: Exclusive distributors in India Rupa & Co., 1990, pp.9-11.

③ Williams, L. B. "Wisdom of the East". *Daily Express*, Nov. 14, 1913, p.5; Cited from Kundu, K. Bhattacharya, S & Sircar, K. *Rabindranath and The British Press* (*1912-1941*). London: The Tagore Center(U.K); Calcutta: Exclusive distributors in India Rupa & Co., 1990, pp.30-31.

④ "The Nobel Prize for India". *The Manchester Guardian*, Nov. 15, 1913: 8; Cited from Kundu, K. Bhattacharya, S & Sircar, K. *Rabindranath and The British Press* (*1912-1941*). London: The Tagore Center(U.K); Calcutta: Exclusive distributors in India Rupa & Co., 1990, p.41.

⑤ Pound, E. "Tagore's Poems". *Poetry*, 1912, Vol. 121(1): 40; Sixtieth Anniversary Issue: 1912-1972, Published by Poetry Foundation, 1972, pp.40-41.

⑥ Kundu, K. "United Kingdom". M. Kampchen, & I. Bangha ed. *Rabindranath Tagore: One Hundred Years of Global Reception*. Telangana: Orient Blackswan Private Limited, 2014, p.517.

怪的印度印象:刺目、耀眼的色彩,广阔的空间,苦难,欺骗,撒提,饥荒”,这让英国人“感受到了白色和棕色人种间巨大的鸿沟”,但是泰戈尔的出现,却在东西方的这道鸿沟上“架起了桥梁”。① 泰戈尔的作品不但为西方读者提供了新的阅读经验和审美感受,还成为西方世界全面客观了解印度文化文明的窗口。通过泰戈尔,西方读者认识到东西方文化之间并不存在不可逾越的鸿沟,不同民族在看似巨大的民族差异下有相同的对美和真的追求,而文学所具有的民心相通的功能,恰恰成为了消除民族差异的媒介。“诗歌就是这种可以把大家团结起来的价值观”,泰戈尔正是凭借大家对文学的兴趣“把人们联系到一起”。② 英国《曼彻斯特卫报》曾这样评价泰戈尔对消除民族差异的贡献:

> 泰戈尔凭借自己的文学成就,向英国社会表明:“种族间的差异,看上去是根本性的,最后都被证明是表面的”,泰戈尔就是要打破这些差异,把不同民族统一起来。③

罗素也曾给予泰戈尔类似评价:

> 泰戈尔对我们这个时代的任务——促进不同种族的相互理解,做出了最大的贡献。他对印度所做的贡献,用不着我来说,但是他对欧洲和美国在消除偏见和剔除误解上所做的贡献,我敢说,就凭这一点,就值得我送上最高的崇敬。④

美国牧师约翰·海恩斯·霍姆斯(John Haynes Holmes)对泰戈尔倡导东西方文化互补的意义这样概括:

> 机械、生产、财富、战争占据了我们的世界,并反映在了对思想机械化、物质化形式生产的掌控。然而,泰戈尔却提醒我们,内在精神是唯一现实,精神的满足是所有生命的奥妙。此外,泰戈尔还是东西方的协调者。泰戈尔稔熟西方文学文化,能从西

---

① Briggs, F. A. “A Great Man from Bengal”. *The Daily Mail*, Oct. 29, 1913: 6; Cited from Kundu, K. Bhattacharya, S & Sircar, K. *Rabindranath and The British Press (1912 - 1941)*. London: The Tagore Center(U.K); Calcutta: Exclusive distributors in India Rupa & Co., 1990, pp.25-27.

② Chatterjee, R. *The Golden Book of Tagore*. Calcutta: The Golden Book Committee, 1931, p.32.

③ “Books and Bookmen”. *The Manchester Guardian*. Dec. 6, 1913: 7; Cited from Kundu, K. Bhattacharya, S & Sircar, K. *Rabindranath and The British Press (1912 - 1941)*. London: The Tagore Center(U.K); Calcutta: Exclusive distributors in India Rupa & Co., 1990, p.45.

④ Russell, B. “Heartiest Greetings to Tagore on His Seventieth Birthday!”. In *The Golden Book of Tagore*. Chatterjee R.ed. Calcutta: The Golden Book Committee, 1931, p.220.

方的恶中看到它的善,能从其受物质的掌控中看到对人类生活不可或缺的永恒贡献,并在东方赞誉西方的巨大成就。正是因为泰戈尔了解西方,所以他看到了西方需要借助东方对内在生命的掌控,来匹配其对外部事物上的有力掌控。因而,东西方彼此需要对方,如同柏拉图神秘的半身人,渴望、寻求自己的另一半。①

泰戈尔在西方各国的演讲进一步让西方认识到东西方文化完全可以,而且应该尽快实现互补和互惠。一方面,泰戈尔在演讲中批判了西方物质崇拜的危害,另一方面,泰戈尔又不断强调东方精神主义对西方的有效补充,希望西方能借助东方文化来解决自身文化的问题。泰戈尔强调西方不但应学习友爱、"梵我一如"等印度精神,更要在行动中具体实现印度的宗教哲学思想。在泰戈尔看来,西方学者对印度伟大的经典作品只有考古和学术研究的兴趣,实际上应重新认识《奥义书》等在实际生活中的价值:"《奥义书》中的诗行,佛陀的教诲,都是精神的力量,因而都拥有无穷的生命活力。"②只有让印度的宗教哲学思想不断渗透到科学、商业、机械为核心的西方文明之中,才能有效化解西方文化的危机。

泰戈尔主张建立以博爱、和谐、平等、互助等道义原则为基础的精神联合,为新型东西方关系的建立提供了新思路。泰戈尔对东西方文化交流的影响,不仅仅在于他指出了民族主义为基础的国际关系的不足,还因他认为民族主义局限会引发民族国家间的争抢掠夺,从而给人类带来危害。因而,他提出以道义为原则,重建以世界主义观为核心的新型世界关系。

美国著名女作家、慈善家海伦·凯勒(Helen Keller)曾高度评价泰戈尔的世界主义观:

思索你所带来的"友爱""合作"的讯息,会带给我们丰硕的灵感。……你一步步走向"冲突尖锐""愚昧深重"的人类居所。你牵着孩子们的小手,带他们走进乐园,教导他们对生活之美心存怜悯,生活在关爱之中。

你观察敏锐、善于聆听,在人生之旅中看到了分裂、偏见、仇恨给人类所带来的分

---

① Holmes, J. H. "Tagore". In *The Golden Book of Tagore*. Chatterjee R. ed. Calcutta: The Golden Book Committee, 1931, pp.109-110.

② "Books and Bookmen". *The Manchester Guardian*, Dec. 6, 1913: 7; Cited from Kundu, K. Bhattacharya, S & Sircar, K. *Rabindranath and The British Press (1912 - 1941)*. London: The Tagore Center(U.K); Calcutta: Exclusive distributors in India Rupa & Co., 1990, p.45.

裂、黑暗与无知。人们彼此陌生，甚至视若仇敌。但是，通过长期耐心的观察，你却看到了隐藏在人类背后的爱的动力。爱能把人类遭到毁坏的生活变得更富创作力，给人类带来和平。对这受恐惧法则统领的世界，你是倡导爱的法则的先知。……战争将会结束，仇恨将会消亡，界限将被打破，教条将被消除，人类将会拥有比这更伟大的东西。①

就这样，泰戈尔以诗人的身份进入西方视域，以多元身份发挥东西方文学文化沟通作用，成为了西方了解印度文学文化的窗口和促进西方和印度不同民族文化交流的阶梯。

三、西方和东方友好交流的文化象征

从 1912 年 6 月首次引起英国社会的关注，到 1941 年 8 月去世，在近 30 年内，泰戈尔一直受到英国媒体和社会的关注。虽然 1920 年后因其放弃爵位而导致相关报道数量急剧减少，②但总体而言，在泰戈尔生前，英国一直在关注着他。

泰戈尔去世之后，西方对他的介绍和研究就逐渐减少了。新一代英国学者觉得泰戈尔的作品“过时”并“令人生厌”，对其文学的兴趣不高。如 1961 年泰戈尔的百年诞辰，英国只有几则简短的新闻，伦敦印度居民举行了一些小型文化活动外，社会反响都不大。在 1970 年代，提起泰戈尔的名字，英国年轻读者的一致反应甚至是“没听说过”。英国的出版商们因无利可图也不再愿意出版发行泰戈尔的作品。英国政府也很少举办有关泰戈尔的文化纪念活动，或是推动出版泰戈尔作品。

1980 年代以后，泰戈尔作品在西方开始重新受到关注，其作品开始陆续出版，影响开始复苏。1985 年，威廉·洛戴斯编选的《泰戈尔诗歌选》(*Rabindranath Tagore: Selected Poems*)由企鹅公司出版。选入的诗歌，都由洛戴斯从孟加拉语重译，出版之后便引起了英国现代诗歌爱好者的关注，后来多次重印。③

---

① Keller, H. “Beloved Friend”. In *The Golden Book of Tagore*. Chatterjee R.ed. Calcutta: The Golden Book Committee, 1931, p.122.

② Lago, M. M. “Foreword”. Kundu, K. Bhattacharya, S & Sircar, K. *Rabindranath and The British Press (1912-1941)*. London: The Tagore Center(U.K); Calcutta: Exclusive distributors in India Rupa & Co., 1990, II.

③ Kampchen, M & Bangha, I. *Rabindranath Tagore: One Hundred Years of Global Reception*. Telangana: Orient Blackswan Private Limited, 2014, p.533.

麦克米伦公司也打破多年沉寂,在1991年出版了克里希纳·达特(Krishna Dutta)和玛丽·雷戈(Mary Lago)选编的《泰戈尔短篇小说选》(*Rabindranath Tagore: Selected Short Stories*),还再版了《孟加拉一瞥》(*Glimpse of Bengal*),重印了泰戈尔的《我的回忆》和《民族主义》。同年出版的泰戈尔作品还包括:洛戴斯编选的《泰戈尔短篇小说集》,达特和罗宾森编著的《博学多才的泰戈尔》(*Rabindranath Tagore: The Myriad-Minded Man*)等。

英国出版的泰戈尔相关著作,比较有代表性的还包括:《时代视角下的泰戈尔》(*Rabindranath Tagore: A Perspective in Time*)(1989)、《泰戈尔书信选》(*Selected Letters of Rabindranath Tagore*)(1997)、《泰戈尔文学选》(*Rabindranath Tagore: An Anthology*)(1997)、《泰戈尔:创造的统一》(*Rabindranath Tagore: A Creative Unity*)(2006)、《想象泰戈尔:泰戈尔和英国媒体》(*Imaging Tagore: Rabindranath and the British Press(1912-1941)*)(2000)。此外,还出版了从泰戈尔孟加拉语原作重新英译的泰戈尔文学作品,比较有代表性的包括:查特吉(Chatterjee)翻译的《鹦鹉的训练》(*Parrot's Training*)(1993),洛戴斯翻译的《邮局》(1996),以及根据泰戈尔手稿重译的《吉檀迦利》(2011)等。

随着泰戈尔作品的重新出版,泰戈尔的文化象征意义在西方逐渐开始被发掘。1986年,英国举办了纪念泰戈尔诞辰125周年的庆祝活动,同时还在伦敦召开了以泰戈尔为题的国际学术研讨会。这是泰戈尔去世后,第一次在英国举办的泰戈尔文化纪念活动。2000年,泰戈尔的作品入选英语文学课程提纲,成为英格兰和威尔士地区中学统一课程的一部分。2011年,英国举办了隆重的泰戈尔诞辰150周年纪念活动,包括:"达廷顿泰戈尔节",伦敦大学泰戈尔中心举办的为期三天的国际学术研讨会,在皇家音乐厅举办的"《吉檀迦利》之夜"等。此后,在伦敦还成立了两个泰戈尔文化研究中心:爱丁堡纳皮尔大学的苏格兰泰戈尔研究中心和伦敦国王学院的泰戈尔全球思想中心。

泰戈尔去世后,他在美国的影响和英国类似。20世纪60年代,美国社会问题突出,女权主义、反战运动等社会活动不断。在这样的社会文化语境下,美国人再次发现了泰戈尔的价值,泰戈尔重新进入了美国公众视野。泰戈尔戏剧在1960年代被再次搬上了美国舞台,并在观众中引发积极反响。奎师那·沙(Krishna Shah)表演的戏剧《暗室之王》,先是在爱荷华大学演出成功,后成为中西部高校戏剧研讨会的主题。《暗室之王》重新编排后于1961年进入美国百老汇演出,几乎场场爆满。1961年,在泰戈尔百年诞辰之际,由美国作家诺曼·布朗(Norman Brown),诺曼·库西(Norman Cousin)、赛珍珠(Pearl Buck)和一些印度学者组成的委员会一起观看了泰戈尔戏剧的演出并展开了学术讨论。同时约瑟夫·迪(Joseph Dee)还刊印了以《泰戈尔与美国》为题的宣传小册,讲述了泰戈尔在东西方文化沟通中的桥梁作用,赞誉了"泰戈尔文化现象",称泰戈尔是来自东方的世界主义者。① 1981 年,为纪念泰戈尔诞辰 120 周年,美国举办了小型学术研讨会,出版文集《美国视角下的泰戈尔》(*Rabindranath Tagore*:*American Interpretation*)。1998 年,美国威斯康星大学召开了以"家庭与世界:新千年的泰戈尔"为题的学术研讨会,会议主题围绕现代和传统的关系展开。会议上,斯坦克(Stunkel)以泰戈尔的生平和作品为例,阐述了人文主义思想的成就与积极意义,认为后现代主义视角弱化了泰戈尔作为艺术家和人文主义的成就。

美国学者对泰戈尔的教育理念非常感兴趣,尤其是泰戈尔创办的国际大学。芝加哥大学的哲学家玛莎·纳斯邦(Martha Nussbaum)非常关心泰戈尔世界主义立场的教育理念,并于 2010 年出版了专著《不为名利:为什么民主需要人文主义》(*Not For Profit: Why Democracy Needs the Humanities*),探究了国际大学的教育理念与实践,引发了其他美国学者的兴趣,开拓了美国泰戈尔研究的一个重要领域。

在美国,对泰戈尔文学作品的研究和关注,主要集中在美国的孟加拉语学者。他们视泰戈尔为孟加拉语言文化的代表,希望通过对泰戈尔文学的重新阐释,不断挖掘泰戈尔及其作品在新时期的意义,重新激发泰戈尔文学在美国的影响力,但影响相对较小。另外一些学者则把泰戈尔视为东西方文化交流的符号。泰戈尔的画作也是美国的一个兴趣点,曾专门举办了泰戈尔文学和画作展览。费城博物馆在 2008 年举办了印度文学文化展,将泰戈尔的画作陈列其中。哈佛大学也曾为纪念泰戈尔获诺贝尔文学奖 100 周年,举办了泰戈尔诗歌和音乐展。

美国还成立了一些以泰戈尔命名的学会和组织。其中最具代表性的,是得克萨斯州的休斯敦泰戈尔学会。学会和休斯敦大学联合,设立了"泰戈尔护照启动奖学金"(Tagore Passport Operating Scholarship),主要资助博士生赴印度做泰戈尔研究。厄巴纳市作为泰

---

① Kampchen, M.& Bangha, I. *Rabindranath Tagore: One Hundred Years of Global Reception*. Telangana: Orient Blackswan Private Limited, 2014, p.602.

戈尔 1912 年赴美的第一站,后来在当地设立了泰戈尔基金,每年资助并举办泰戈尔文化节。

总体而言,不论泰戈尔生前还是身后,西方人都主要是把他作为印度和东方文学文化的符号和象征,据以了解和研究印度和东方。泰戈尔作为东西方文学文化沟通的桥梁,在不同的时代都能获得新的重要价值,其能成为经典作家并至今仍能不断得到重新阐释,与此也密切相关。

第八章　启示与展望：泰戈尔世界化与中国泰戈尔学建构

泰戈尔的世界化无疑是20世纪东西方文学文化交流最成功的案例之一。从语言的亲属关系上来看，英语和孟加拉语同属印欧语系，相近的语言亲属关系使翻译过程中语言转换的难度相对较小；而汉语属于汉藏语系，汉英两种语言之间的语言关系相对疏远，增加了两种语言间转换的难度。但就文学文化传播而论，中印文学文化在西方的传播仍有不少共通之处。两者同属亚洲文化，与西方强势文学文化相比，都被视为弱势文学文化。在哲学诗学思想方面，都思考人与世界、人与自然、人与人、民族与民族、国家与国家之间的关系，都以文学为社会现实、社会发展、人类情感的表达媒介。因此，泰戈尔文学作品的西方译介和传播经验与教训，对中国文学文化走出去、对将来如何客观分析世界范围内的泰戈尔形象建构规律而科学建构中国的泰戈尔学，都能提供有益的启迪和借鉴。

第一节　泰戈尔文学世界化对世界文化交流的启示

泰戈尔首先是以诗人和作家身份进入西方，进而影响世界的，其文学作品作为西方和世界构建泰戈尔形象的基本材料和依据，在被接纳和理解或误解过程中的经验和教训，对世界不同文化之间的形象构建，至今都有启示作用。

事实证明，只有实现了世界化的民族文学，才能更好地服务于世界文学和谐发展，并在积极推动人类命运共同体建设中实现自身健康发展。民族文学文化的世界化，不但可培育本民族的天下情怀，还可通过主动走出去，使对象国受众通过对本民族文学的审美欣赏，提升了解本民族文化的积极性并实现深度融入、不自觉融入，进而激发其对自身民族文化独特之美的认知和自豪，以更好地借助不同民族的智慧发展自身民族文化。同时民族文学在传播自己的同时，也会不断汲取对象国的文化，丰富和发展自己。

任何作家、任何民族的文学都是吸收了本民族和世界各民族文化滋养后结出的硕果，蕴含着本民族传统文化和当代文化的精华;任何作家、任何民族的文学也都具有天然的世界性,都是世界文学的一部分。优秀的文学作品都是人类自由安放灵魂的栖息地,是世界不同国家、不同民族,乃至全人类心灵的吟唱,表现的是人类最真挚、永恒的情感,满足人类对美好生活的追求,为人类提供语言的韵律之美,揭示普遍人性中真、善、美、诚、信、义等高贵品质,积极影响人类正确对待自我、生命、自然、世界、历史和未来。

然而,不同民族的文学表现这种世界性的方式和方法各有不同。为了实现世界文学和谐交流,各民族文学就要立足本民族文化积极寻找世界不同民族精神的共鸣,最终实现不同民族文化的和谐相处,共同发展,共生共进,从而使世界优秀多元文化同放异彩,人类精神形成和鸣。

"创造美是人生最高级的乐趣。如果能把一个国家创造的美,转化为全世界的美,那不是最高级的善、最高级的乐趣吗?翻译文学正是为全世界创造美的艺术。"①任何作家、任何民族的文学的审美功能能否实现世界化,首先就需要通过翻译等手段在不同的文学世界间建立起链接。翻译有助于消除不同语言文化表达形式造成的障碍,探求文学的内在民族精神与其他民族文学的内在民族精神之间的相互沟通和理解,即实现民族精神相通。

泰戈尔文学作品在西方和世界上的翻译和传播,至少可以为世界文学文化交流提供三个方面的借鉴。

第一,文学共通性是文学交流和接受传播的基础。如《吉檀迦利》在西方世界的成功很大程度上源于诗集和西方诗学范式的融合。当然,也和当时西方独特的社会文化语境相关。任何一种民族文化要走出去,都面临着类似的异域社会文化语境,传播对象国的异域想象多于实际了解。要推动本民族文学在世界上有效译介传播,除了保证语义的准确,还应重视文本的选择、处理好译文和译入语文化之间的对应关系。

如何适应传播对象的文化语境并适当调整翻译策略,使不同文化形成的审美习惯能够在一定程度上融合,是世界文化交流的瓶颈,也是关键。《吉檀迦利》进入西方社会文化语境,时值西方读者普遍对孟加拉语文学文化缺乏了解,也就说,对源语文学文化缺乏了

① 许渊冲:《美之创造 贵在新颖——〈莎士比亚选集〉前言》,《山西大同大学学报》(社会科学版),2017年第2期。

解的英语读者还无法依据孟加拉语文学评判泰戈尔英译文的优劣，译文忠实与否和读者的评判没有直接关系，在这种情况下，要得到英语读者的接受和喜爱，顺应读者的审美习惯就显得最为重要。泰戈尔为此就采取了相应的翻译策略，使《吉檀迦利》英译本获得西方社会的普遍好评。

在全球化浪潮的推动下，当前世界各国文学“走出去”的主动性日益明显，世界范围内的合作成为常态。要保证文学翻译传播的质量和效果，首先需要有步骤、规模化、精细化地根据不同国家的民族文学特点，差别化选择既能有效地体现本民族文化传统和创新精神，又能与所在国文学精神、民族精神相通相融的文本，采取适当的翻译方法和传播途径，同中存异，异中求同，切实找到适合本民族文学国际化的有效途径，让本民族文学之美、文化之美、心灵之美成为所在国民族文化精神的有机组成部分。

第二，译文普世性和译文民族文化独特性必须并举。过度关注译文和译语文学文化关系，很容易陷入完全顺应、屈从译语文学文化的误区。若翻译的文学作品完全屈从译语文学文化，译文自身的价值就难以保证。如果译文完全趋同译语文学文化，外语读者可能会更偏向于他们本国的文学作品。

泰戈尔诗歌的英译策略，为世界文学文化互通提供了新视角。英译泰戈尔文学作品之所以能在西方产生巨大反响，很大程度上源于其英译文体现了民族文学独特性和文学共通性之间的融合。泰戈尔文学英译所关注的，并非译文和原文间的忠实对等，而是译文与译语文学规范的密切联系，及译文自身的文学性。泰戈尔孟加拉语文学的英译，不但诗歌选目和文学选本上更倾向普世性主题，译文表达还极大顺应英语文学表达规范，同时又保留了民族独特性，其中最突出的是诗歌所蕴含的鲜明的印度毗湿奴诗派的诗学特征，对宗教的虔诚、“梵我一如”思想，从而实现了译文普世性和民族文学文化独特性的融合，成为打动英语读者的关键要素。

第三，要采取并坚持以文化交流为导向的文学译介策略。《吉檀迦利》成功的关键在于以文化交流为导向，注重译文在所在地的接受传播。为此不但在选目时特意挑选普世性主题的诗歌，还请西方作家修改润色，以求译文能适应译入语文学文化环境，兼顾了普世性和民族独特性。

任何民族文学文化要实现真正的世界化，就必须既要重视译文与文学文化的共通性，更要兼顾本民族文学文化对其他民族的贡献。任何民族文学文化要走向世界，都首先要主动为世界提供自身民族文化的优秀元素,满足世界了解和认知的需要,为其他民族文化提供有效补充、帮助。文化多元是世界文化生存发展的常态,但只有实现不同文化的和谐共生,多元文化才能真正获得自身发展和共同发展的生存环境,世界不同民族文化之间才能真正互信相通。

泰戈尔文学作品在西方世界的译介传播及其文化交流活动,为东西方文化交流提供了一个典型案例,也为世界文化交流提供了有益借鉴。

第二节　泰戈尔形象世界化对世界文化交流的启示

泰戈尔以作家身份成为印度和东方文化的象征,他在西方和世界范围内通过努力推动东西方文化交流而进行的形象塑造过程以及被接受和重塑的经验和教训,为当今世界文化交流也提供了很多宝贵经验。

第一,文学译介和传播,不应只局限于文本层面,而要以文化交流为目的,积极通过对话、文化互动等多种方式,全方位实现文化交流和融合。东西方文化交流客观上存在着不平等关系。西方文学在东方的译介传播,不但容易引发关注并产生社会影响,还更容易影响到东方作家的文学创作;而东方作家作品却很难既在西方引发社会关注和社会影响,又影响西方作家的文学创作。因此,虽然西方的"泰戈尔热"至今已过百年,泰戈尔诗歌已被各大世界文学选集收录,其文学也已进入世界文学行列,但迄今仍很难明确说泰戈尔影响了哪位西方知名作家的文学创作。因此,推动东西方文化真正实现平等交流,尤其对促进西方重新认识东方文学文化,影响重大且意义深远。目前,以泰戈尔世界形象的建构为中心认真考察东方文学在西方的文学交流和影响的历史、现状和未来,切实找到东西方文学和文化相互促进、深度融合的途径和规律,可以在更开阔的视域内,超越文本的局限,推动世界文化一体发展。

第二,世界文化交流要坚持文化平等原则,同时避免文化自负和文化自卑。世界不同文化之间的矛盾与共生是对立的统一,无时不处于碰撞与冲突之中,也无时不处于新的和谐共生关系之中。这个过程,文化强弱态势明显,且始终处于动态的抗衡与强弱变化过程之中。如中国近现代以来在"救亡、启蒙、图存"的压力下,不断汲取世界先进文化的力量,不断从传统走向现代、从封闭走向开放、从积弱走向富强。经过了一百多年的励精图治,尤其是改革开放四十年和党的十八大以来中国民族伟大复兴运动，使中华民族实现了民族自觉—自新—自强—自信—自尊的跨越。

世界文化交流史证明，任何民族文化的世界化过程都一定是危机重重的过程，充满着不可预知的矛盾、冲突，误解与质疑更是常态。不同民族的思维方式是有差异的，表达感情的方式和角度也不同。要减少传播障碍，保证传播效果，就必须秉承真诚的态度，重视总结分析不同文化交流历史上的偏误和认识上的不平衡、不均衡，甚至失衡的现象及原因，以科学精神理解和面对国别差异、文化差异，科学选择适合传播的内容和角度，准确设定传播路径，加强质量评估，尽量避免或减少重复性的阐释和简单的歧义性理解，同时不但要直面文化差异和文化冲突，而且要善于利用文化差异找到本民族文化可以被接受和欣赏的土壤，然后实现与所在地文化语境的由浅入深的融合，使本民族文化成为世界文化大家庭中自然的存在，促使实现不同民族文化和谐共生的“文化大同”理想。

一国文学文化的世界传播，常常会陷入盲目的文化自信或是文化自卑，从而无法实现不同文学文化间的平等交流。泰戈尔对不同民族文化交流的借鉴意义，首先体现在其主张的世界主义立场。他始终坚持世界一体下不同民族、国家间应平等交往，主张民族间的情感沟通与精神交流，倡导博爱、互助、友善的民族交往原则，主张东西方文化互补互惠，提倡采用灵活有效的文化交流策略，增进不同民族间的互助交流与友好合作。

首先，泰戈尔坚持认为，不同民族文化平等，都能为世界贡献自身文化成果。针对西方的文化心理优势，泰戈尔另辟蹊径，把西方文明划分为精神文明和物质文明。在泰戈尔看来，西方的心理优势和文化自豪感，是建立在物质文明基础之上，而物质文明是以物质财富积聚为核心，过于强调物质占有，极易引发物质争夺，造成人情冷漠、人与人之间缺乏关爱。而印度文化所强调的博爱、友好、和平共处等道义原则，恰好能有效补充西方精神文明的不足。当然，泰戈尔在看到西方精神文明缺乏的同时，也承认西方殖民主义视角下的落后、饥荒、愚昧的印度形象，其实源自印度落后的物质文明，因此主张印度应该学习西方的科学技术以弥补自身物质文明的不足。

其次，泰戈尔始终坚持民族间的对话交流，并倡导友善、博爱、道义原则。泰戈尔始终倡导超越狭隘民族主义局限的博爱精神，反对民族主义暴行，倡导道义原则下的民族交流合作。

泰戈尔的东西方文化交流客观上重塑了世界的印度形象。他一方面否定了以英美为代表的西方国家的文化心理优势，另一方面又为在西方宣扬印度文化找到了充足的理由。东西文化互补论还使泰戈尔站上道义制高点，为批驳西方文化的劣势与不足找到理据。泰戈尔批判西方文化虽引发了强烈的反驳与不满，但客观上也推动了西方重新审视印度文化。只有重新审视印度文化，才能改变西方对印度文化和东方文化的片面认识，才能使西方认识到东西方文化之间只有表象的不同，却无本质差异，进而真诚推动东西方文化交流。

最后，文化形象建构要客观全面，避免以偏概全。泰戈尔形象是一个复杂多元的综合体，因此，研究泰戈尔本人及其在世界范围内的影响一定要立足其文学和思想实际，全面了解和理解其丰富、多元的思想体系，尽量真实还原、准确定位泰戈尔在世界文学史、文化史上的地位，避免误读和误导。

在当时特定历史文化语境下，泰戈尔为促进东西方文化交流也采用了一些文化交流策略。他把西方文化简单归结为以物质主义为核心、物质崇拜为导向，而把印度文化简单归结为以精神主义核心、追求精神道德满足为导向，这种简单化概括难免失之偏颇，因为任何一种文化都不是扁平的，而是复杂多元且动态变化的。另外，为了避免造成印度在西方的负面形象，泰戈尔在某种程度上还刻意美化印度形象，回避如实描述印度社会存在的问题。如他在西方演讲中主要传播《奥义书》《薄伽梵歌》等充满大爱的印度文化经典，却对当时印度社会文化中的问题或闭口不谈，或刻意弱化，甚至将印度的种姓制度看作是维护种族团结、促进种族合作的有效途径，对“撒提”制度也刻意回避，或没彻底批判。①

目前，世界范围内的泰戈尔研究多基于泰戈尔文学与思想的某一个方面展开，如泰戈尔的文学作品，泰戈尔的泛神论思想等，而要真正理解泰戈尔，必须在国别研究的基础上将泰戈尔现象作为一个整体进行全面分析，综合研究，进而建构出真实可信的国别泰戈尔形象和世界泰戈尔形象。这对促进当前世界文学文化的交流合作与和谐共生，都具有重要的参考价值。

---

① 《印度，我的母亲》(*Mother India*)(1927)当时在美国极为畅销，被重印 20 多次。1929 年泰戈尔访美，其影响力已经下降，《旧金山报》记者采访泰戈尔，问他是否愿意写类似作品再次赢得西方读者关注，但泰戈尔认为书中内容有丑化印度之嫌，便当面回绝。实际上，《印度，我的母亲》所谈到的正是印度的社会问题，包括撒提、种姓等，但泰戈尔觉得这会造成印度在西方的负面形象，所以才予以拒绝。

第三节　开启泰戈尔世界化的新时代

总结泰戈尔世界化的历程及经验和成果，不仅能在世界视域内对泰戈尔的整体思想有更全面深入的了解和把握，更能为泰戈尔与中国关系研究提供比照，一方面可促进中国的泰戈尔研究更具有世界性，另一方面也为探究同一作家在不同语言文化语境下的接受和影响提供参照，还能对东方文学文化在西方的接受传播规律有更深入认识。在新时代中国文学文化走出去的大背景下，研究泰戈尔世界化的成功经验，还能为中国文学文化走出去提供启迪和借鉴。

一国文学文化在异域的传播，起点是作品的译介，过程是翻译文学在域外的传播、接受和影响，并与传播对象相互冲突、汲取、释放、交汇、适应、融合，最佳结果是融入域外日常生活，成为日用而不自觉的生活成分。但文学文化的异域传播，不管是借助翻译还是通过其他路径，都会涉及不同文学文化范式间的冲撞和协调，文化传播过程中如何看待不同文学文化间的相互关系，是主张“存异”，还是选择“趋同”，是坚持民族文化中心主义，还是主张不同民族文化的共通，至今仍是世界普遍关心的问题。

泰戈尔是东方文学文化世界化的成功典范，他以文学译介为起点，结合社会文化交流活动，将以印度文化为基础的东方文化与西方文化进行了面对面的碰撞，由此导致的东西文化的回响和影响一直对世界文化如何和谐交汇产生着经久不息的警示和启迪，始终具有重要的文化象征意义。研究泰戈尔形象世界化的过程、经验和规律，不但可以拓展中国泰戈尔研究的视域，也是建构中国泰戈尔学的重要基础。

中国泰戈尔学是一门科学，其建构过程既要充分面对近现代以来中国文化世界化进程中的复杂性，对中国复杂的社会和文化全面、客观把握，同时也要全面梳理泰戈尔和东方文化世界化的复杂历史和经验教训，甄别众多学术观点，从思想史、文化学、文学、宗教、社会学等方面，诠释作为文学家的泰戈尔在思想、哲学、文化观、文学观和人格观等方面的复杂性，以及如何在中国和世界得到不同阐释及如何被阐释。同时要在东西方诗学视域内，研究泰戈尔诗学的结构和特性，及其对东西方诗学的结构和解构意义，借以细致梳理近现代以来东西方文化交流的复杂关系，总结东西方文化各自的发展规律和相互冲突、融合的规律。

"泰戈尔现象"已成为世界文化交流史上的经典文化现象,该现象持续时间长、影响力大,毁誉参半,研究浪头与低潮并存,赞美与批评同在。这种独特的"泰戈尔现象"所蕴含的不仅仅是泰戈尔本人的文学思想、诗学结构、文化人格,而且包含着因之而起的各种冲突、融合的不同民族的文化结构和美学体系,以及不同文化体系之间的跨文化、跨民族、跨时空的复杂关系,以泰戈尔为中心实际上形成了一个无所不包的人文场域,涉及面广,国别多,情况复杂多变。因此,要尽可能完整理解这一现象并从中获得借鉴,就有必要围绕作为文学家的泰戈尔这一核心命题,确立同心圆式立体闭环的研究体系,即以核心命题为中心,国别研究为经纬线,分别对应具有国别、时代特色的泰戈尔研究体系,研究泰戈尔与不同国家(以其访问过的国家为主)、地区的文学、文化关系,彼此之间既有纵向的先后承继关系,又有横向的彼此交叉关系,环环相扣,但都以核心命题为起点和终点,以解决"泰戈尔与××国"的关系为基础,最终形成"泰戈尔与世界"研究体系。在这个研究体系内,泰戈尔是原点,国别研究体系如摆线,一个个研究成果则如一个个点,通过摆线将点点相连,形成一个立体的同心圆。这个同心圆结构体系,是世界泰戈尔学建构的基础,也是中国泰戈尔学建构的基石和核心。

中国泰戈尔学建构是世界泰戈尔学体系建构的主要内容,也是最重要的支撑。中国泰戈尔学建构必须在世界泰戈尔研究框架内绘图立线,加砖添瓦。当然,中国泰戈尔学本身也是一个复杂的体系,涉及作品翻译、文献整理、诗学结构、文化还原、东西文化对比、政治制度、知识分子与时代等一系列复杂的问题。不同问题本身即是研究对象,彼此交叉、重合、支撑、补充,立体构成中国泰戈尔学的椽梁,集中、精准支撑核心命题的每一个关键环节,互为资源保障和结构支撑,构成中国泰戈尔学研究功能圈。

事实证明,任何一个国家的泰戈尔研究都不能孤立存在或延续,虽然泰戈尔国别研究都涉及如何对待外来文化问题,东西方文化交流、国与国文化交流问题,但世界文化视野中的泰戈尔研究,自然超脱于泰戈尔国别研究的单一视角,而使其中的每一个国别研究都既是被关注者也是关注者,既是"自我"(Self),又是"他者"(the Other),既是"本土"(Native)的,又是世界的。也只有将世界泰戈尔研究整体观照,一体化建构,才能超越当前世界泰戈尔研究的碎片化,打通国别研究之间堑壕相通的最后一公里,形成"条条大路通泰戈尔"的网格状有机研究生态体系,胸怀世界的泰戈尔才能真正成为世界的泰戈尔。

建构学科意义上的中国泰戈尔研究体系,将全面建构泰戈尔研究中国整体观并为世界整体观提供借鉴，将泰戈尔与中国文化的复杂关系置于中国文化及东方文化在民族性与世界性的冲突与融合中不断走向自觉、自信和成熟的历史进程中加以考察和系统解读，具体分析和阐释其中的各个层面、维度及彼此之间的关系，并基于东西方文化冲突和融合的复杂历史，确立泰戈尔与中国文化关系的东方意义和世界价值，反思中国文化及东方文化世界化的基本规律及东西方文化互为借鉴之价值，并在已有史料基础上排除意识形态和现有研究的先入之见，推出结论，完整呈现其多元价值和意义，推动中国和世界的泰戈尔研究、东西方文化比较研究的发展，为世界泰戈尔研究，提供理论规范和方法借鉴。

"万物得其本者生，百事得其道者成。"①建构中国泰戈尔学顺应了中国泰戈尔研究历史与现实和未来发展的阶段性要求，同时也是世界泰戈尔研究的必要环节和共同需要。面向未来，我们要不断深化中印两国文化交流，积极推动世界文化交流，营造中国泰戈尔学建构所需要的健康有序的国内国际环境，围绕关键环节、重点问题，科学规划，深耕细作，不断开拓新视域，提供新思路，逐一解决新旧问题，为中国和世界泰戈尔研究进入历史新阶段夯实基础。

① (汉)刘向：《新序·说苑》，上海：上海古籍出版社，1990年，第133页。2019年4月26日，习近平总书记在第二届"一带一路"国际合作高峰论坛开幕式上的主旨演讲《齐心开创共建"一带一路"美好未来》中引用此典，用以说明共建"一带一路"顺应历史潮流和时代要求（http://politics.people.com.cn/n1/2019/0427/c1024-31053184.html）。建构中国泰戈尔学将为世界泰戈尔研究提供"中国方案"，实际上也顺应了中国和世界泰戈尔研究的历史、现实与未来需要，对推动中印人文交流、世界人文交流，都将起到积极作用。

参考文献

一、外文文献

[1] Aikat, A. *On the Poetry of Matthew Arnold, Robert Browning and Rabindranath Tagore*. Calcutta: Folcroft, 1921.

[2] Alam, F. & Chakravarty, R. *The Essential Tagore*. Cambridge: The Belknap Press of Harvard University Press, 2011.

[3] Allt, P. & Alspach, R. K. *The Variorum Edition of the Poems of W. B. Yeats*. New York: Palgrave Macmillan, 1957.

[4] Almeida, L. F. "The Oriental Renaissance and Mallarmé". *India International Centre Quarterly*, 2001, Vol. 28(2): 69-82.

[5] Akademi, S. *Rabindranath Tagore (1861-1961): A Centenary Volume*. New Delhi: Sahitya Akademi, 1961.

[6] Aronson, A. *Rabindranath Tagore through Western Eyes*. Calcutta: Shyamal Bhattacharya, 1978.

[7] Atkinson, B. ed. *The Complete Essays and Other Writings of Ralph Waldo Emerson*. New York: Random House, 1940.

[8] Baldick, C. *Oxford Concise Dictionary of Literary Terms*. Shanghai: Shanghai Foreign Education Press, 2000.

[9] Banerjea, S. N. *A Nation in Making*. Oxford: Oxford University Press, Reset & Reprinted, 1963.

[10] Banerji, D. *Rabindranath Tagorein the 21st Century (Theoretical Renewals)*. New Delhi: Springer, 2005.

[11] Bates, E. S. *The Bible Designed to Be Read as Living Literature*. New York: Simon & Schuster, 1965.

[12] Bayly, C. A. Rammohun Roy and the advent of constitutional liberalism in India, 1800-1830. *Modem Intellectual History*, 2007, Vol. 4 (1): 25-41.

[13] Beck, U. *Cosmopolitan Vision*. Cambridge: Polity Press, 2006.

[14] Bishop, D. H. "Religious Confrontation, a Case Study: The 1893 Parliament of Religions". *Numen*, 1969, Vol. 16(1): 63-76.

[15] Biswas, A. K. "Parodox of Anti-Partition Agitation and Swadeshi Movement in Bengal (1905)". *Social Scientist*, 1995, Vol. 23(4): 38-57.

[16] Boggs, L. P. "A Glimpse into Mysticism and the Faith State". *The Journal of Philosophy, Psychology and Scientific Methods*, 1920, Vol. 26(17):708-715.

[17] Bose, A. C. *Three Mystic Poets: A Study of W. B. Yeats, A. E. and Rabindranath Tagore*. Kolhapur: Arya Bhanu Press, 1945.

[18] Bose, B. "Perspectives on Bengali Poetry: An Interview with Buddhadeva Bose". *Mahfil*, 1966, Vol. 3(4): 43-48.

[19] Brock, G. & Moellendorf, D. "Introduction". *The Journal of Ethics*, 2005, Vol. 9(1):1-9.

[20] Campbell, J. D. *The Complete Poetical and Dramatic Works of Samuel Taylor Coleridge*. London: Macmillan, 1997.

[21] Catlin, G. "Rabindranath Tagore". *Journal of the Royal Society of Arts*, 1961, Vol. 109 (5060): 613-628.

[22] Chand, T. *History of the Freedom Movement in India*. Vol. III, New Delhi: New Delhi Reprinted, 1983.

[23] Chakravarty, A. *A Tagore Reader*. New York: The Macmillan Company, 1961.

[24] Chang, Yao-hsin. *Chinese Influence in Emersion, Thoreau, and Pound*. Philadelphia: Temple University, 1984.

[25] Chatterjee, R. *The Golden Book of Tagore*. Calcutta: the Golden Book Committee, 1931.

[26] Chaudhuri, Bhudeb & Subramanyan, K. G. ed. *Rabindranath Tagore and the Challenges of Today*. Shimla: Indian Institute of Advanced Study, 1988.

[27] Chellappan, K. *Tagore, Bharathi and T. S. Eliot: Towards Creative Unity*. Chidambaram: Bharathidasan University, 1987.

[28] Christy, A. E. *The Asian Legacy and American Life*. New York: John Day Co., 1942.

[29] Clark, J. J. *Oriental Enlightenment: The Encounter between Asian and Western Thought*. New York: Routledge, 1997.

[30] Clausen, C. *The Light of Asia: An Annotated Critical Edition* [Doctoral Dissertation]. Ontario: Queen's University, 1972.

[31] Coppola, C. "Rabindranath Tagore and Western Composers: A Preliminary Essay". *Journal of South Asian Literature*, 1984, Vol. 19(2): 41-61.

[32] Coperahewa, S. *Remembering Rabindranath Tagore-150th Birth Anniversary Commemorative Volume*. Colombo: Software Printing & Packaging, 2011.

[33] Cousin, V. *Course of History of Modern Philosophy*. New York: D. Appleton, 1852.

[34] Cross, S. "Turning to the East: How the Upanishads reached the West". *India International Centre Quarterly*, 1998, Vol. 25(2): 123-129.

[35] Curti, M. "My Discovery of American in India". *American Scholar*, 1947(XVI): 419-429.

[36] Damrosch, D. *What is World Literature?* Princeton and Oxford: Princeton University Press, 2003.

[37] DeVane, W. C. *The Shorter Poems of Robert Browning*. New York: Heritage Press, 1947.

[38] Dhar, P. N. "Bengal Renaissance: A Study in Social Contradictions". *Social Scientist*, 1987, Vol. 15(1): 26-45.

[39] Dharwadker, V. "English in India and Indian Literature in English: The Early History, 1579-1834". *Comparative Literature Studies*, 2002, Vol. 39(2): 93-119.

[40] Dimock, E. C. "Rabindranath Tagore—The Greatest of the Bauls of Bengal". *The Journal of Asian Studies*, 1959, Vol. 19(1): 33-51.

[41] Drabble, M. *The Oxford Companion to English Literature*. Oxford: Oxford University Press, 2000.

[42] Dutta, K. & Andrew, R. *Selected Letters of Rabindranath Tagore*. Cambridge: Cambridge University Press, 1997.

[43] Dutta, K. & Andrew, R. *Rabindranath Tagore: The Myriad-Minded Man*. London: Tauris Parke Paperbacks, 2009.

[44] Dutta, K. & Andrew, R. *Rabindranath Tagore: An Anthology*. New York: St. Martin's Griffin, 1999.

[45] Fenn, P. T. Jr. "An Indian Poet Looks at the West". *International Journal of Ethics*, 1929, Vol. 39(3): 313-323.

[46] Feuer, A. "United States of America". In M. Kampchen, & I. Bangha. ed. *Rabindranath Tagore: One Hundred Years of Global Reception*. Telangana: Orient Blackswan Private Limited, 2014.

[47] Franklin, J. J. "The Life of the Buddha in Victorian England", *English Literary History*, 2005, Vol. 72(4): 941-974.

[48] Frost, R. "Remarks on the Occasion of the Tagore Centenary". *Poetry*, 1961, Vol. 99(2): 106-119.

[49] "General Dyer Censured". *London Times*, May 27, 1920: 13.

[50] Ghosh, M. "Indian English Poet Rabindranath Tagore: An English Connection". *International Multidisciplinary Research Journal*, 2012, Vol. 1 (2): 1-8.

[51] Gibson, M. E. *Indian Angles: English Verse in Colonial India from Jones to Tagore*. Ohio: Ohio University Press, 2011.

[52] Goodman, R. B. "East-West Philosophy in Nineteenth-Century America: Emerson and Hinduism". *Journal of the History of Ideas*, 1990, Vol. 51(4): 625-645.

[53] Gupta, K. S. *The Philosophy of Rabindranath Tagore*. Ashgate: Ashgate Publishing Company, 2005.

[54] Gupta, U. D. "In Pursuit of a Different Freedom: Tagore's world university at Santiniketan". *India International Centre Quarterly*, 2002-2003, Vol. 29 (3):25-38.

[55] Hallström, P., Hallden, A. & Wheeler, W. "Tagore and the Nobel Prize". *Indian Literature*, 1960, Vol. 4(1): 11-19.

[56] Hay, S. "Rabindranath Tagore in America". *American Quarterly*, 1962, Vol. 1(3): 439-463.

[57] Hay, S. *Asian Ideas of East and West: Tagore and His Critics in Japan, China, and India*. Cambridge & Massachusetts: Harvard University Press, 1970.

[58] Heck, D. *Cosmopolitanism: Ideas and Realities*. Cambridge: Polity Press, 2010.

[59] Hodder, A. D. "Ex Oriente Lux: Thoreau's Ecstasies and the Hindu Texts". *The Harvard Theological Review*, 1993, Vol. 86(4): 403-438.

[60] Holmes, J. H. "Tagore". In *The Golden Book of Tagore*. R. Chatterjee. ed. Calcutta: The

Golden Book Committee, 1931.

[61] Hone, J. *W. B. Yeats (1865-1939)*. London: The Macmillan Press Ltd., 1962.

[62] Houghton, W. R. *Neely's History of the Parliament of Religions and Religious Congresses*. Chicago: Kessinger Publishing, 1894.

[63] Hurwitz, H. M. *Rabindranath Tagore and England* [Doctoral Dissertation]. Illinois: University of Illinois, 1959.

[64] Hurwitz, H. M. "Yeats and Tagore". *Comparative Literature*, 1964, Vol. 16(1): 55-64.

[65] Hurwitz, H. M. "Ezra Pound and Rabindranath Tagore". *American Literature*, 1964, Vol. 36 (1): 53-63.

[66] Huxley, A.ed. *The letters of D. H. Lawrence*. London: William Heinemann Ltd., 1932.

[67] Inglis, K. S. *Churches and the Working Classes in Victorian England*. London: Rutledge and Kegan Paul, 1963.

[68] Irvine, A. ed. *Rabindranath Tagore in the 21st Century*. India: Springer, 2015.

[69] Jain, Sushil Kumar. "Indian Elements in the Poetry of Yeats: On Chatterji and Tagore". *Comparative Literature Studies*, 1970, Vol. 7(1): 82-96.

[70] James, J. *Oriental Enlightenment: The Encounter Between Asian and Western Thought*. London: Routledge, 1997.

[71] Johnson, T. H. *The Complete Poems of Emily Dickinson*. Cambridge: Little Brown, 1955.

[72] Jr, I. G. Z. *Rabindranath Tagore: American Interpretations*. Calcutta: Lake Gardens, 1981.

[73] Kabir, H. "Mysticism and Humanity of Tagore". *East and West*, 1961, Vol. 12(2):103-109.

[74] Kampchen, M. *Rabindranath Tagore in Germany: Four Responses to Cultural Icon*. Shimla: Indian Institute of Advanced Study, 1999.

[75] Kampchen, M & Bangha, I. *Rabindranath Tagore: One Hundred Years of Global Reception*. Telangana: Orient Blackswan Private Limited, 2014.

[76] Keats, J. *The Poetical Works of John Keats*. ed. William T. Arnold. London: Kegan Paul, Trench, Co., 1955.

[77] Keller, H. "Beloved Friend". In *The Golden Book of Tagore*. R. Chatterjee. ed. Calcutta: The Golden Book Committee, 1931.

[78] Kelly, J. S. *A William Butler Yeats Chronology (1865 - 1939)*. London: Palgrave

Macmillan, 2003.

[79] Khan,J. U. "Shelley's Orientalia: Indian Elements in his Poetry", *Atlantis*, 2008, Vol. 30(1): 35-51.

[80] Kitagawa, J. M. "Humanistic and Theological History of Religions with Special Reference to the North American Scene". *Numen*, 1980, Vol. 27(2): 198-221.

[81] Kittelstrom, A. "The International Social Turn: Unity and Brotherhood at the World's Parliament of Religions, Chicago, 1893". *Religion and American Culture: A Journal of Interpretation*, 2009, Vol. 19(2): 243-274.

[82] Kundu, K. Bhattacharya, S & Sircar, K. *Rabindranath and The British Press (1912-1941)*. London: The Tagore Center (U. K); Calcutta: Exclusive distributors in India Rupa & Co., 1990.

[83] Kundu, K. "United Kingdom". In M. Kampchen, & I. Bangha, ed. *Rabindranath Tagore: One Hundred Years of Global Reception*. Telangana: Orient Blackswan Private Limited, 2014.

[84] Lago, M. M. "The Parting of the Ways: A Comparative Study of Yeats and Tagor". *Mahfil*, 1966, Vol. 3(1): 31-57.

[85] Lago, M. M. "Tagore in Translation: A Case Study in Literary Exchange". *Books Abroad*, 1972, Vol. 46, (3):416-421.

[86] Lago, M. M. *Imperfect Encounter: Letters of William Rothenstein and Rabindranath Tagore (1911-1941)*. Massachusetts: Harvard University Press, 1972.

[87] Lago, M. M. Lago, M. M. "Foreword". *Rabindranath and the British Press* (1912-1941). Downes, S. & Hooper, R. Calcutta: Academic Publishers, 1990.

[88] Lago, M & Warwick, R. *Rabindranath Tagore: Perspectives in Time*. London: The Macmillan Press, 1989.

[89] Marsh, E. *Georgian Poetry: A Compilation of Georgian Poetry 1911-1922*. Introd. K. Hale. London: Watersgreen House, 2014.

[90] Mazumder, A. "Coleridge, Vishnu, and the Infinite". *Comparative Literature Studies*, 1993, Vol. 30(1): 32-52.

[91] Midgley, C. "Transoceanic Commemoration and Connections between Bengali Brahmosand British and American Unitarians". *The Historical Journal*, 2011, Vol. 54(3): 773-796.

[92] Millard, B. "Rabindranath Tagore Discovers America". *Book Man*. 1916 (11):244-251.

[93] Monroe, H. *A Poet's Life*. New York: The Macmillan Company, 1938.

[94] Mukherji, S. B. *The Poetry of Tagore*. New Delhi: Vikas Publishing House, 1977.

[95] Mukherjee, S. K. *Passage to America: The Reception of Rabindranath Tagore in the United States (1912-1941)* [Doctoral Dissertation]. Pennsylvania: University of Pennsylvania, 1963.

[96] Naidis, M. "Amritsar Revisited". *The Historian*, 1958, Vol. 20(1): 1-17.

[97] Naravane, V. S. *An Introduction to Rabindranath Tagore*. Delhi: The Macmillan Company of India Limited, 1977.

[98] Nayar, P. K. *English Writing and India, 1600 - 1920: Colonizing Aesthetics*. New York: Routledge, 2008.

[99] Neil, C. "Gitanjali by Rabindranath Tagore". *The Irish Review*, 1913, Vol. 26(3): 105-107.

[100] Nicholas, R. *Romanticism: An Oxford Guide*. Oxford: Oxford Publishing Press, 2005.

[101] Olcott, H. S. *Inaugural Address of the President of the Theosophical Society*. New York: Theosophical Society, 1875.

[102] Olcott, H. S. "Colonel Olcott's Lecture at the Town Hall Calcutta on 'Theosophy and Brotherhood'". *Theosophist*, 1883, Vol. 7(4): 55-62.

[103] Paige, D. D. *The Letters of Ezra Pound: 1907 - 1941*. New York: Harcourt, Brace and Company, 1950.

[104] Parmananda, S. *Emerson and Vedanta*. Boston: Vedanta Center, 1918.

[105] Pinto, D. S. V. "Sir William Jones and English Literature". *Bulletin of the School of Oriental and African Studies*, 1946, Vol. 14(4): 686-694.

[106] Pinto, D. S. V. "Emerson and Indian Philosophy". *Journal of the History of Ideas*, 1967, Vol. 28(1):115-122.

[107] Pogge, T. W. "Cosmopolitanism and Sovereignty". *Ethics*, 1992, Vol. 103(1): 48-75.

[108] Pound, E. "Tagore's Poems". *Poetry*, 1912, Vol. 121(1):40-41.

[109] Prothero, S. "From Spiritualism to Theosophy: 'Uplifting' a Democratic Tradition". *Religion and American Culture: A Journal of Interpretation*, 1993, Vol. 3(2):197-216.

[110] Pym, A. *Method in Translation History*. London and New York: Routledge, 1988.

[111] Quayum, A. M. "In Search of a Spiritual Commonwealth: Tagore's *The Home and the*

World". *Journal of South Asian Literature*, 1996, Vol. 31(1): 32-45.

[112] Queen, E. L.& Prothero, S. R. & Shattuck, G. H. ed. *Encyclopedia of American Religious History*. Boston: Marie A. Cantlon, 2009.

[113] Ranganathan, C. V.. *Panchsheel and the Future: Perspectives on India-China Relations*. New Delhi: Samskriti, 2005.

[114] Ray, M. K. ed. *The English Writings of Rabindranath Tagore*, 8 Vols. Set (Vols. 1 & 2-Poems; Vol. 3-Plays, Stories; Vol. 4 & 5-Essays; Vol. 6-Essays, Addresses; Vol. 8—Miscellaneous Writings), New Delhi: Atlantic Publishers and Distributors Ltd., 2007.

[115] Rayapati, S. *Vocal Settings of Rabindranath Tagore's Gitanjali (Song Offerings)-Fusing Western Art Song with Indian Mystical Poetry*. Lampeter: The Edwin Mellen Press, 2010.

[116] Raymond, S. *La Renaissance Orientale*. Paris: Payot, 1950.

[117] Renewals, T. *Rabindranath Tagore in the 21st Century*. New Delhi: Springer, 2015.

[118] Rhys, E. "Gitanjali". *The Nineteenth Century*, 1913, 44 (4): 897.

[119] Rhys, E. *Rabindranath Tagore: A Biographical Study*. New York: The Macmillan Company, 1915.

[120] Riepe, D. "The Indian Influence in American Philosophy: Emerson to Moore". *Philosophy East and West*, 1967, Vol. 17(1): 125-137.

[121] Riepe, D. "Emerson and Indian Philosophy", *Journal of the History of Ideas*, Vol. 1967, 28 (1):115-122.

[122] Rubin, D. After the Raj: British Novels of India since 1947. Hanover: University Press of New England, 1986.

[123] Rudd, A. *Sympathy and India in British Literature, 1770 - 1830*. London: Palgrave Macmillan, 2010.

[124] Rusk, R. L. ed. *The Letters of Ralph Waldo Emerson*. Vol 3. New York: Columbia University Press, 1939.

[125] Russell, B. "Heartiest Greetings to Tagore on His Seventieth Birthday!" in *The Golden Book of Tagore*. R. Chatterjee. ed. Calcutta: The Golden Book Committee, 1931.

[126] Scheffler, S. "Immigration and the Significance of Culture". *Philosophy & Public Affairs*, 2007, Vol. 35(2): 93-125.

[127] Scheffler, S. "Cosmopolitanism, Justice & Institutions". *On Cosmopolitanism*, 2008, Vol. 137 (3): 68-77.

[128] Sen, A. "Indian Traditions and the Western Imagination". *Daedalus*, 1997, Vol. 126(2): 1-26.

[129] Sen, A. *Religion and Rabindranath Tagore: Selected Discourse, Addresses, and Letters*. New Delhi: Oxford University Press, 2014.

[130] Sen, M. "Mythologizing a 'Mystic': W.B. Yeats on the Poetry of Rabindranath Tagore". *History Ireland*, 2010, Vol. 18(4): 20-23.

[131] Sen, N. "The Foreign Reincarnation of Rabindranath Tagore". *The Journal of Asian Studies*, 1966, Vol. 25(2): 275-286.

[132] Sen, N. "An Aspect of Tagore-Criticism in the West: The Cloud of Mysticism". *Mahfil*, 1966, Vol. 3(1): 9-23.

[133] Sen, P. "Pandora's Box: The Original Art of Rabindranath Tagore". *India International Centre Quarterly*, 1990, Vol. 17(3): 270-280.

[134] Shahane, V. A. "Rabindranath Tagore: A Study in Romanticism". *Studies in Romanticism*, 1963, Vol. 3(1): 53-64.

[135] Sharma, K. K. *Rabindranath Tagore's Aesthetics*. India: Abhinav Publications, 1988.

[136] Sharma, T. R. *Perspectives on Rabindranath Tagore*. Delhi: Nav Prabhat Printing Press, 1986.

[137] Sharma, T. R. *Essays on Rabindranath Tagore*. India: Sushila Printers, 1987.

[138] Sircar, K. "A Neo-Orientalist Appropriation of Tagore". *India International Centre Quarterly*, 1997, Vol. 24(4): 44-56.

[139] Sisir, K. D. ed. *The English Writings of Rabindranath Tagore, Vol. 1-3*. Delhi: Sahitya Akademi, 1996.

[140] Spiller, R. E. *The Collected Works of Ralph Waldo Emerson*. Cambridge, MA & London: Harvard University Press, 1971.

[141] Stunkel, K. R. "Rabindranath Tagore and the Aesthetics of Postmodernism". *International Journal of Politics, Culture, and Society*, 2003, Vol. 17(2): 237-259.

[142] Tagore, R. *Sâdhanâ (The Realization of Life)*. New York: The Macmillan Company, 1915.

[143] Tagore, R. *Personality*. London: The Macmillan Company, 1917.

[144] Tagore, R. *Reminiscences*. London: The Macmillan Company, 1917; The Project Gutenberg EBook, 2007.

[145] Tagore, R. *The Religion of Man*. London: Unwin books, 1931.

[146] Tagore, R. *Towards Universal Man*. B. Bhattacharya, ed. New York: Asia Publishing House, 1961.

[147] Tagore, R. *on the Edges of Time*, Visva-Bharati, Calcutta, 1981.

[148] Tagore, R. *Talks in China*. Sisir Kumar Das(ed.). Calcutta: Visva Bharati, 1999.

[149] Tagore, R. "My Educational Mission". (1931) *Santiniketan Vidyalaya 1901-2000*, Calcutta: Lake Gardens, 2000.

[150] Tagore, R. *The Home and the World*. London: Penguin, 2005.

[151] Tagore, R. *The English Writings of Rabindranath Tagore*. 8 vols. New Delhi: Atlantic Publishers and Distributors Ltd., 2007.

[152] Tagore, R. *Creative Unity*. London: Macmillan and Co., Limited, 1922; Digitized by the Internet Archive, 2007.

[153] Tagore, R. *Gitanjiali*. Radice, W. Trans. New Delhi: Penguin Books India, 2011.

[154] Tagore, R. *Letters to a Friend*. 1928. ed. C. F. Andrews. New York: Routledge, 2015.

[155] Tagore, R. "Tagore's Message". *San Francisco Examiner*, Oct. 9, 1916: 8.

[156] "Tagore in America". *New York Times*, Oct. 10, 1930: 10.

[157] "Tagore—Russia's Friend". *Literary Digest*, Nov. 1, 1930: 19.

[158] Tan Chung. ed. *Across the Himalayan Gap: An Indian Quest for Understanding China*. New Delhi: Indira Gandhi National Centre for the Arts, 1998.

[159] Tan Chung & Geng Yinzeng. *India and China: Twenty Centuries of Civilizational Interaction and Vibrations*. New Delhi: Centre for Studies in Civilizations, 2005.

[160] Tinker, H. "India in the First World War and after". *Journal of Contemporary History*, 1968, Vol. 3(4): 89-107.

[161] Thampi, M. ed. *India and China in the Colonial World*. New Delhi: Social Science Press, 2005.

[162] Thoreau, H. D. *The Journal (1837-1861)*. ed. Damion Searls, New York: New York Review

of Books, 2009.

[163] Thompson, E. J. *Rabindranath Tagore: Poet and Dramatist*. London: Oxford University Press, 1979.

[164] Thompson, E. J. *Rabindranath Tagore: His Life and Work*. Florida: HardPress Publishing, 1968.

[165] Tinker, H. "India in the First World War and after". *Journal of Contemporary History*. 1968, Vol. 3(4): 89-107

[166] Trumbull, M. M. "The Parliament of Religions". *The Monist*. 1894, Vol. 4(3): 333-354.

[167] Tuck, D. R. "The Religious Motif in the Poetry of Rabindranath Tagore".*Numen*, 1974, Vol. 21(2): 97-104.

[168] Tweed, T. A. *The American Encounter with Buddhism, 1844-1912*. Chapel Hill & London: the University of North Carolina Press, 1992.

[169] Uddin, Q. N. *Horizon of Expectations: the Reception of Rabindranath Tagore in the United States and Britain (1913-1941)* [Doctoral Dissertation]. Binghamton: University of New York, 1985.

[170] Uma D. G. *Rabindranath Tagore: My Life in My Words*. New Delhi: Penguin Books India Pvt. Ltd., 2006.

[171] Venuti, L. *The Translator's Invisibility*. London and New York: Routledge, 2008.

[172] Venuti, L. *The Translation Studies Reader*. London and New York: Routledge, 2012.

[173] Viswanathan, G. "Ireland, India, and the Poetics of Internationalism". *Journal of World History*, 2004, Vol. 15(1): 7-30.

[174] Waldron, J. "Minority Cultures and the Cosmopolitan Alternative". In W. Kymlicka. ed. *The Rights of Minority Cultures*, Oxford: Oxford University Press, 1995.

[175] Waldron, J. "Cosmopolitan Norms". In R. Post. ed. *Another Cosmopolitanism*. Oxford: Oxford University Press, 2006.

[176] Whiteman, W. *Leaves of Grass*. New York: Bantam Press, 1983.

[177] Williams, L. B. "Overcoming the 'Contagion of Mimicry': The Cosmopolitan Nationalism and Modernist History of Rabindranath Tagore and W. B. Yeats". *The American Historical Review*, 2007, Vol. 112(1): 69-100.

二、中文文献

[1] 阿马蒂亚·森:《惯于争鸣的印度人:印度人的历史、文化与身份论集》,刘建译,上海:上海三联书店,2007。

[2] 奥罗宾多·高士等:《20 世纪印度比较诗学论文选译》,尹锡南译,成都:巴蜀书社,2017。

[3]《奥义书》,黄宝生译,北京:商务印书馆,2012 年。

[4] 贝特兰·罗素:《中国问题》,秦悦译,上海:学林出版社,1996 年。

[5] 钵颠阇利:《瑜伽经》,黄宝生译,北京:商务印书馆,2016 年。

[6] 蔡枫、黄蓉编:《跬步集——深圳大学印度学研究文选》,北京:北京大学出版社,2011 年。

[7] 陈兵:《国内吉卜林研究述评》,《当代外国文学》,2013 年第 1 期。

[8] 陈历明:《〈吉檀迦利〉:是创作还是翻译?》,《外国语》,2017 年第 4 期。

[9] 陈明:《"你是天空,你也是鸟巢"——简论〈吉檀迦利〉中的神秘主义》,《国外文学》,1996 年第 2 期。

[10] 陈明:《印度佛教神话:书写与流传》,北京:中国大百科全书出版社,2016 年。

[11] 陈秀娟:《多维视野中的当代西方世界主义研究》,博士论文,济南:山东大学,2009 年。

[12] 戴维·赫尔德、安东尼·麦克格鲁:《治理全球化:权力、权威与全球治理》,曹荣湘、龙虎等译,北京:社会科学文献出版社,2004 年。

[13] 德·恰托巴底亚耶:《印度哲学》,黄宝生译,北京:商务印书馆,1980 年。

[11] 董平:《论〈薄伽梵歌〉的主要教义》,《哲学研究》,2010 年第 8 期。

[15] 董友忱:《泰戈尔画传》,北京:华文出版社,2005 年。

[16] 董友忱:《天竺诗人——泰戈尔》,北京:人民出版社,2011 年。

[17] 董友忱:《我们的父亲:泰戈尔子女回忆录》(译),北京:人民出版社,2019 年。

[18]《梵语诗学论著汇编》(增订本),黄宝生译,北京:中国社会科学出版社,2019 年。

[19] 戈富平:《印地语文学在国外的情况及影响》,《南亚研究》(增刊),2005 年 12 月。

[20] 何乃英:《泰戈尔哲学观初探》,《外国文学研究》,1990 年第 4 期。

[21] 何乃英:《泰戈尔——东西融合的艺术家》,北京:中国社会科学出版社,2013 年。

[22] 何乃英:《泰戈尔和他的作品》,武汉:华中科技大学出版社,2018 年。

[23] 韩斌育:《泰戈尔的东方传统与西方情结》,《世界文学评论》,2006 年第 2 期。

[24] 侯传文:《论泰戈尔的人格追求》,《南亚研究》,1991 年第 2 期。

[25] 侯传文:《论我国五四时期对泰戈尔的接受》,《东方论坛》,1995 年第 1 期。

[26] 侯传文:《泰戈尔传:寂园飞鸟》,石家庄:河北人民出版社,1999 年。

[27] 侯传文:《泰戈尔诗学与西方文论》,《外国文学研究》,2003 年第 6 期。

[28] 侯传文:《泰戈尔人格论探析》,《外国文学评论》,2006 年第 1 期。

[29] 侯传文:《泰戈尔戏剧思想初探》,《东方论坛》,2009 年第 6 期。

[30] 侯传文:《中印文化哲学:泰戈尔与道家》,《东方丛刊》,2009 年第 2 期。

[31] 侯传文:《生态文明视阈中的泰戈尔》,《外国文学评论》,2009 年第 2 期。

[32] 侯传文:《话语转型与诗学对话——泰戈尔诗学比较研究》,北京:中国社会科学出版社,2010 年。

[33] 侯传文:《印度传统诗学民族话语初探》,《南亚研究》,2010 年第 3 期。

[34] 侯传文:《泰戈尔与现代主义》,《中国海洋大学学报》(社会科学版),2010 年第 1 期。

[35] 侯传文:《印度文学的森林书写》,《南亚研究》,2012 年第 2 期。

[36] 侯传文:《东方的发现与东方文化复兴——从泰戈尔到莫言》,《上海师范大学学报》(哲学社会科学版),2014 年第 6 期。

[37] 侯传文:《比较文学视域中的佛教文学》,《中国社会科学报》,2018 年 3 月 6 日。

[38] 侯传文:《中印佛教文学比较研究》,北京:中华书局,2018 年。

[39] 侯传文:《佛传与僧传——中印佛教传记文学比较研究》,《东方论坛》,2019 年第 4 期。

[40] 侯传文、王汝良:《泰戈尔与唯美主义》,《青岛大学师范学院学报》,2009 年第 4 期。

[41] 侯传文、王汝良等:《东方诺贝尔文学研究:从泰戈尔到莫言》,北京:中国社会科学出版社,2016 年。

[42] 侯传文、董德英:《佛教诗学研究刍议》,《北方工业大学学报》,2017 年第 6 期。

[43] 侯传文、高妤:《论黄宝生的印度文学翻译与研究》,《东方论坛》,2019 年第 4 期。

[44] 胡瑞:《印度教湿婆派悉檀多支发展与传播初探》,《广东外语外贸大学学报》,2014 年第 3 期。

[45] 黄宝生:《书写材料与中印文学传统》,《外国文学评论》,1999 年第 3 期。

[46] 黄宝生:《印度古典诗学》,北京:北京大学出版社,1999 年。

[47] 黄宝生:《神话和历史——中印古代文化传统比较》,《外国文学评论》,2006 年第 3 期。

[48] 黄宝生:《语言和文学——中印古代文化传统比较》,《外国文学评论》,2007 年第 2 期。

[49] 黄宝生:《梵语文学读本》,北京:中国社会科学出版社,2010 年。

[50] 黄宝生:《梵语佛经读本》,北京:中国社会科学出版社,2014 年。

[51] 黄心川:《印度奥义书的哲学思想》,《南亚研究》,1979 年第 2 期。

[52] 黄心川:《半个世纪来中印学术文化交流和民间友谊活动》,《南亚研究》,2001 年第 1 期。

[53] 黄心川:《玄奘及唯识学研究的回顾与展望》,《西南民族大学学报》(人文社科版),2007 年第 3 期。

[54] 黄心川:《世界十大宗教》,北京:社会科学文献出版社,2007 年。

[55] 黄心川:《印度哲学通史》,北京:生活・读书・新知三联书店,2014 年。

[56] 黄心川:《古代印度哲学与东方文化研究》,北京:中国社会科学出版社,2018 年。

[57] 黄心川:《东方哲学与亚洲价值观——黄心川自选集》,北京:首都师范大学出版社,2018 年。

[58] 季羡林:《季羡林全集》(30 卷),北京:外语教学与研究出版社,2009(1—12)—2010 年(13—30 卷)。其中主要相关内容是《印度古代语言》(第 9 卷)、《印度历史与文化》(第 10 卷)、《中国文化与东西方文化》(第 13—14 卷)、《佛教与佛教文化》(第 15—16 卷)、《比较文学与民间文学》(第 17 卷)、《梵文及其他语种作品翻译》(第 20—21 卷)、《罗摩衍那》(第 22—29 卷)。

[59] 贾岩、姜景奎:《译介与传播:鲁迅的印度"来生"》,《鲁迅研究月刊》,2017 年第 11 期。

[60] 姜景奎:《印度的传统文化与现代化问题》,《南亚研究》,1994 年第 4 期。

[61] 姜景奎:《印度文学研究集刊》(系列),上海:上海译文出版社。

[62] 姜景奎:《中印文化交往的前世今生》,《中国报道》,2010 年第 4 期。

[63] 姜景奎:《新中国六十年泰戈尔诗歌研究之考察与分析》,《燕赵学术》,2011 年第 2 期。

[64] 姜景奎:《中国学者论泰戈尔(上下册)》,银川:阳光出版社,2011 年。

[65] 姜景奎:《汉语世界的泰戈尔》(英文),《第三届中国—南亚国际(文化)论坛论文集》,2011 年。

[66] 姜景奎:《宗教对印度文化战略的影响》,《南亚研究》,2013 年第 1 期。

[67] 姜景奎:《印度经典汉译的历史、现状和展望》,《山东社会科学》,2014 年第 10 期。

[68] 姜景奎:《印度文学论》,北京:中国大百科全书出版社,2016 年。

[69] 姜景奎:《印度戏剧论》,《亚非研究》,2017 年第一辑。

[70] 姜景奎:《现当代印度文学汉译:"水平翻译"与"同一性他者"构建》,《中国语言文学研究》(辑刊),2019 年春之卷。

[71] 姜景奎、郭童:《多维视野中的印度文学文化:刘安武先生八十华诞纪念文集》,银川:宁夏少年儿童出版社,2010 年。

[72] 蒋伟明、薛克翘:《中印文化交流五十年——回顾与思考》,《南亚研究》,2000 年第 1 期。

[73] 卡罗尔・帕金、克里斯托弗・米勒等著:《美国史》(3 册),葛藤飞、张金兰译,上海:东方出版社,2013 年。

[74] 克里希那·克里巴拉尼:《泰戈尔传》,倪培耕译,南宁:漓江出版社,1984 年。
[75] 奎迈·安东尼·阿皮亚:《世界主义:陌生人世界里的道德规范》,苗华建译,北京:中央编译出版社,2012 年。
[76] 李金云:《论泰戈尔思想和文学创作中的宗教元素》,博士论文,上海:复旦大学,2009 年。
[77] 黎跃进、孟昭毅:《东方现代民族主义文学思潮发展论》,北京:中国社会科学出版社,2011 年。
[78] 黎跃进:《东方文学史论》,北京:昆仑出版社,2012 年。
[79] 黎跃进:《多重对话:比较文学专题研究》,北京:中国社会科学出版社,2012 年。
[80] 黎跃进:《西方文学论稿》,北京:中央编译出版社,2014 年。
[81] 黎跃进:《新中国印度文学思潮流派译介与研究的考察》,《外语与翻译》,2015 年第 1 期。
[82] 黎跃进:《文化转型中的东方集体想象》,北京:北京大学出版社,2019 年。
[83] 黎跃进:《泰戈尔诗学在中国的传播与接受》,《广东社会科学》,2019 年第 1 期。
[84] 林承节:《中印人民友好关系史(1851—1949)》,北京:北京大学出版社,1993 年。
[85] 林承节:《印度古代史纲》,北京:光明日报出版社,2000 年。
[86] 林承节:《殖民统治时期的印度史》,北京:北京大学出版社,2004 年。
[87] 林承节:《独立后的印度史》,北京:北京大学出版社,2005 年。
[88] 刘安武:《汉译印度文学》,《中国翻译》,1991 年第 6 期。
[89] 刘安武:《亚洲外国文学在中国》,《中国翻译》,1996 年第 1 期。
[90] 刘安武:《印度文学和中国文学比较研究》,北京:中国大百科全书出版社,2016 年。
[91] 刘安武:《印度印地语文学史》,北京:中国大百科全书出版社,2016 年。
[92] 刘安武:《两大史诗研究》,北京:中国大百科全书出版社,2016 年。
[93] 刘安武、姜景奎:《印度文学和中国文学比较研究》,北京:中国大百科全书出版社,2016 年。
[94] 刘建:《论〈吉檀迦利〉——印度文学文化论集》,北京:中国大百科全书出版社,2016 年。
[95] 刘建:《泰戈尔的宗教思想》,《南亚研究》,2001 年第 1 期。
[96] 刘建:《加尔各答泰戈尔国际学术研讨会综述》,《国外文学》,2011 年第 3 期。
[97] 刘建:《季羡林学术著作选集:印度作家作品评论集》,北京:新世界出版社,2016 年。
[98] 刘建、朱明忠、葛维钧:《印度文明》,北京:中国大百科全书出版社,2017 年。
[99] 刘曙雄:《印度进步文学运动及其意义》,《南亚研究》,1991 年第 4 期。
[100] 克莱顿·罗伯茨、戴维·史伯茨、道格拉斯·R.比松:《英国史(1688 至今)》,潘兴明等译,北京:商务印书馆,2013 年。

[101] 罗廷德罗纳特等:《我们的父亲——泰戈尔子女回忆录》,董友忱译,北京:人民出版社,2019年。

[102] 罗铮:《泰戈尔情味诗学观》,《同济大学学报(社会科学版)》,2017年第5期。

[103] 厄尔·迈纳:《比较诗学》,王宇根、宋伟杰等译,北京:中央编译出版社,1998年。

[104] 毛世昌:《印度文化概论》,兰州:兰州大学出版社,2009年。

[105] 毛世昌:《印度文化词典》,兰州:兰州大学出版社,2010年。

[106] 毛世昌:《泰戈尔的大爱思想——泰戈尔与中国》,《兰州大学学报》(社会科学版),2011年第1期。

[107] 毛世昌、袁永平:《印度两大史诗解读》,兰州:兰州大学出版社,2012年。

[108] 毛世昌、袁永平:《泰戈尔辞典》,兰州:兰州大学出版社,2016年。

[109] 毛世昌、袁永平:《印度古典文学辞典》,兰州:兰州大学出版社,2016年。

[110] 毛世昌、刘雪岚:《辉煌灿烂的印度文化的主流——印度教》,北京:中国社会科学出版社,2011年。

[111] 孟华:《比较文学形象学》,北京:北京大学出版社,2001年。

[112] 孟昭毅:《泰戈尔与比较文学》,南亚研究,1994年第1期。

[113] 孟昭毅:《东方文化文学因缘》,长春:吉林大学出版社,1996年。

[114] 孟昭毅:《东方文学交流史》,天津:天津人民出版社,2001年。

[115] 孟昭毅:《比较文学通论》(修订版),天津:南开大学出版社,2003年。

[116] 孟昭毅:《比较文学与东方文学》,北京:中国社会科学出版社,2006年。

[117] 孟昭毅:《重读泰戈尔与世界主义》,《外国文学研究》,2012年第2期。

[118] 孟昭毅:《中国东方文学翻译史》(上、下卷),北京:昆仑出版社,2014年。

[119] 孟昭毅:《东方文学专题讲稿》,合肥:安徽大学出版社,2014年。

[120] 孟昭毅:《瀛涯文谭:孟昭毅教授讲东方周边各国文学》,北京:中央编译出版社,2014年。

[121] 孟昭毅:《中国东方学的崛起》,《北方工业大学学报》,2017年第1期。

[122] 孟昭毅、黎跃进:《外国神话史诗民间故事鉴赏辞典》,上海:上海辞书出版社,2010年。

[123] 孟昭毅、黎跃进:《简明东方文学史》(修订版),北京:北京大学出版社,2012年。

[124] 孟昭毅、郁龙余朱璇:《天竺纪行:孟昭毅、郁龙余学术之旅》,北京:中央编译出版社,2013年。

[125]《摩奴法论》,将忠新译,北京:中国社会科学出版社,2007年。

[126]《穆旦译文集》,穆旦译,北京:人民文学出版社,2005年。

[127] 倪培耕:《泰戈尔美学思想管见》,《外国文学评论》,1987 年第 3 期。
[128] 倪培耕:《泰戈尔对中国作家的影响》,《南亚研究》,1986 年第 1 期。
[129] 倪培耕:《泰戈尔诗化小说》,上海:上海文艺出版社,2012 年。
[130] 毗耶娑:《薄伽梵歌》,张保胜译,北京:中国社会科学出版社,1991 年。
[131] 毗耶娑:《摩诃婆罗多》,黄宝生译,南京:译林出版社,2016 年。
[132] 钱青:《英国 19 世纪文学史》,北京:外语教学与研究出版社,2011 年。
[133] 乔静蕾:《生活与证悟——泰戈尔生命美学的东方情调》,博士论文,杭州:浙江大学,2017 年。
[134] 任继愈:《中印文化交流史话》,北京:商务印书馆,2007 年。
[135] 石海峻:《印度 20 世纪文学的脉络和特质》,《南亚研究》,1993 年第 1 期。
[136] 石海峻:《20 世纪印度文学史》,青岛:青岛出版社,1998 年。
[137] 石海峻:《泰戈尔眼中的东方和西方》,《南亚研究》,2002 年第 1 期。
[138] 石海军:《后殖民:印英文学之间》,北京:北京大学出版社,2008 年。
[139] 师觉月:《印度与中国—中印文化关系千年史》,姜景奎译,北京:大百科全书出版社,2018 年。
[140] 斯瓦米·洛克斯瓦南达:《印度生死书——四部奥义书义疏》,闻中译,杭州:浙江大学出版社,2013 年。
[141] 宋炳辉:《民族意识与世界意识的纠缠——从泰戈尔在中国的接受看 20 世纪文学思潮的一个侧面》,《复旦学报》(社会科学版),2008 年第 1 期。
[142] 宋炳辉:《试论跨文化语境下的文学经典》,《兰州大学学报》(社会科学版),2008 年第 3 期。
[143] 宋炳辉:《视界与方法:中外文学关系研究》,上海:复旦大学出版社,2013 年。
[144] 苏永旭:《〈吉檀迦利〉的主题立体层次结构和创作方法问题探奥》,《亚非研究》,2015 年第二辑。
[145] 苏永旭:《印度古典诗学的现代主义特质及其中印互补》,《学习与探索》,2011 年第 1 期。
[146] 孙宜学:《中印文化交流史上的一次误会——泰戈尔来华引起的风波论文》,《同济大学学报》(社会科学版),1999 年第 3 期。
[147] 孙宜学:《泰戈尔与中国》,石家庄:河北人民出版社,2001 年。
[148] 孙宜学:《胡适与泰戈尔》,《书屋》,2001 年第 3 期。
[149] 孙宜学:《胡适与 20 年代“泰戈尔之战”》,《人物》,2001 年第 10 期。
[150] 孙宜学:《徐志摩如何“捧杀”了泰戈尔》,《书屋》,2005 年第 9 期。
[151] 孙宜学:《泰戈尔与中国》,桂林:广西师范大学出版社,2005 年。

[152] 孙宜学:《不欢而散的文化聚会——泰戈尔来华演讲及论争集》,合肥:安徽教育出版社,2005 年。
[153] 孙宜学:《诗人的精神——泰戈尔在中国》,南昌:江西高校出版社,2009 年。
[154] 孙宜学:《泰戈尔与上海》,《文汇读书周报》,2011 年 6 月 10 日。
[155] 孙宜学:《时代的误会:中国早期翻译介绍泰戈尔的三个阶段及两种态度》,《东方翻译》,2011 年第 3 期。
[156] 孙宜学:《"泰戈尔与耶稣"》,《书屋》,2012 年第 6 期。
[157] 孙宜学:《梁启超与泰戈尔》,《东方论坛》,2012 年第 6 期。
[158] 孙宜学:《泰戈尔与周作人》,《南亚研究》,2013 第 1 期。
[159] 孙宜学:《中国的泰戈尔追悼会》,《书屋》,2013 年第 6 期。
[160] 孙宜学:《泰戈尔:中国之旅》,北京:中央编译出版社,2013 年。
[161] 孙宜学:《泰戈尔与中国:如果没有谭云山》,《书屋》,2014 年第 6 期。
[162] 孙宜学:《戴季陶与泰戈尔:佛法与佛情》,《书屋》,2014 年第 12 期。
[163] 孙宜学:《鲁迅视野中的泰戈尔》,《书屋》,2015 年第 8 期。
[164] 孙宜学:《冷嘲热讽别有因——鲁迅笔下的泰戈尔访华》,《北京日报》,2015 年 10 月 26 日。
[165] 孙宜学:《从泰戈尔到莫言:百年东方与西方》,上海:上海三联书店,2015 年。
[166] 孙宜学:《泰戈尔与中国现代知识分子》,上海:上海三联书店,2015 年。
[167] 孙宜学:《泰戈尔在中国》(第 2 辑),上海:上海三联书店,2016 年。
[168] 孙宜学:《佛国诗圣不谈佛——太虚法师、"佛化新青年"与泰戈尔》,《书屋》,2017 年第 2 期。
[169] 孙宜学:《泰戈尔与郭沫若的诗歌精神》,《同济大学学报》(社会科学版),2017 年第 5 期。
[170] 孙宜学:《泰戈尔与清华大学》,《书屋》,2018 年第 4 期。
[171] 孙宜学:《泰戈尔与清华学子的"无问西东"》,《文汇报》,2018 年 3 月 2 日。
[172] 孙宜学:《泰戈尔的经典诗歌,都是在读大自然的秘密,读人与世界的关系》,《文汇报》,2018 年 7 月 6 日。
[173] 孙宜学:《邂逅泰戈尔诗的静与美》,《文汇读书周报》,2018 年 7 月 23 日。
[174] 孙宜学:《泰戈尔与陈独秀》,《书屋》,2018 年第 10 期。
[175] 孙宜学:《一树浓荫百年姿——建构中国泰戈尔学的几个关键问题》,《书屋》,2019 年第 10 期。
[176] 泰戈尔:《民族主义》,谭仁侠译,北京:商务印书馆,1986 年。
[177] 泰戈尔:《寂园心曲》——泰戈尔诗歌三百首,白开元译,南宁:广西人民出版社,1987 年。

[178] 泰戈尔:《透过无语的雾幔》——泰戈尔抒情诗精选,白开元译,南京:译林出版社,1990 年。
[179] 泰戈尔:《泰戈尔散文诗全集》,华宇清编,董友忱、白开元译,杭州:浙江文艺出版社,1990 年。
[180] 泰戈尔:《泰戈尔哲理诗选》,白开元译,北京:中国国际广播出版社,1991 年。
[181] 泰戈尔:《泰戈尔散文精选》,白开元译,北京:中国国际广播出版社,1991 年。
[182] 泰戈尔:《人生的亲证》,宫静译,北京:商务印书馆出版社,1992 年。
[183] 泰戈尔:《恋歌之河》——泰戈尔爱情诗选,白开元译,桂林:漓江出版社,1995 年。
[184] 泰戈尔:《沉船》,白开元译,西安:陕西人民出版社,1996 年。
[185] 泰戈尔:《泰戈尔全集(24 卷)》,刘安武、倪培耕、白开元主编,石家庄:河北教育出版社,2000 年。
[186] 泰戈尔:《泰戈尔游记选》,白开元译,北京:中国国际广播出版社,2000 年。
[187] 泰戈尔:《泰戈尔叙事诗选》,白开元译,上海:上海译文出版社,2001 年。
[188] 泰戈尔:《泰戈尔诗选》,白开元译,桂林:漓江出版社,2003 年。
[189] 泰戈尔:《俄罗斯书简》,董友忱译,桂林:广西师范大学出版社,2004 年。
[190] 泰戈尔:《跟随泰戈尔去旅行》,白开元译,合肥:安徽文艺出版社,2007 年。
[191] 泰戈尔:《泰戈尔诗歌精选:哲理诗》,郁龙余编,北京:外语教学与研究出版社,2007 年。
[192] 泰戈尔:《新月集》《飞鸟集》(英汉对照)——泰戈尔抒情诗赏析,白开元译,北京:广播电视出版社,2008 年。
[193] 泰戈尔:《吉檀迦利》,冰心译,南京:译林出版社,2008 年。
[194] 泰戈尔:《园丁集》——泰戈尔抒情诗赏析,白开元译,北京:广播电视出版社,2008 年。
[195] 泰戈尔:《飞鸟集》,陆晋德译,南京:译林出版社,2008 年。
[196] 泰戈尔:《吉檀迦利》,冰心译,北京:外语教学与研究出版社,2010 年。
[197] 泰戈尔:《泰戈尔抒情诗选》,吴岩译,上海:上海译文出版社,2010 年。
[198] 泰戈尔:《泰戈尔谈人生》,白开元译,北京:商务印书馆,2010 年。
[199] 泰戈尔:《采果集》《渡口集》(英汉对照)——泰戈尔抒情诗赏析,白开元译,北京:广播电视出版社,2010 年。
[200] 泰戈尔:《泰戈尔诗选》,郑振铎、冰心译.北京:旅游教育出版社,2011 年。
[201] 泰戈尔:《吉檀迦利》,白开元主编,北京:商务印书馆,2011 年。
[202] 泰戈尔:《泰戈尔精品集》,白开元译,合肥:安徽文艺出版社,2011 年。
[203] 泰戈尔:《泰戈尔小说》,白开元译,北京:中国青年出版社,2011 年。

[204] 泰戈尔:《泰戈尔谈教育》,白开元译,北京:商务印书馆,2011 年。

[205] 泰戈尔:《泰戈尔谈文学》,白开元译,北京:商务印书馆,2011 年。

[206] 泰戈尔:《游思集》,白开元译,北京:广播电视出版社,2011 年。

[207] 泰戈尔:《萨达那——生命的证悟》,钟书峰译,北京:光明日报出版社,2012 年。

[208] 泰戈尔:《人格》,蒋立珠译,合肥:安徽人民出版社,2012 年。

[209] 泰戈尔:《泰戈尔诗选》,郑振铎译,北京:外语教学与研究出版社,2013 年。

[210] 泰戈尔:《心笛神韵:泰戈尔诗集》,吴岩译,上海:上海译文出版社,2013 年。

[211] 泰戈尔:《泰戈尔演讲选集》,白开元译,北京:商务印书馆,2013 年。

[212] 泰戈尔:《泰戈尔书信选》,白开元译,北京:商务印书馆,2015 年。

[213] 泰戈尔:《泰戈尔作品全集》(18 卷,33 册),董友忱主编,北京:人民出版社,2015 年。

[214] 泰戈尔:《吉檀迦利·园丁集》,冰心译,成都:四川文艺出版社,2016 年。

[215] 泰戈尔:《泰戈尔箴言》,白开元译,北京:作家出版社,2016 年。

[216] 泰戈尔:《泰戈尔笔下的印度》,白开元译,北京:中央编译出版社,2016 年。

[217] 泰戈尔:《心弦》——泰戈尔诗选,白开元译,桂林:漓江出版社,2016 年。

[218] 泰戈尔:《泰戈尔书信集》,白开元译,桂林:漓江出版社,2016 年。

[219] 泰戈尔:《泰戈尔与中国》,白开元译,桂林:漓江出版社,2016 年。

[220] 泰戈尔:《泰戈尔剧本选》,白开元译,合肥:安徽文艺出版社,2017 年。

[221] 泰戈尔:《纠缠》,倪培耕译,桂林:漓江出版社,2018 年。

[222] 泰戈尔:《花钏女:泰戈尔戏剧选》,倪培耕等译,南昌:江西教育出版社,2016 年。

[223] 泰戈尔:《泰戈尔诗选》,孙宜学选编,北京:人民教育出版社,2018 年。

[224] 谭桂林等:《二十世纪中国文学的中西之争》,南昌:百花洲文艺出版社,2006 年。

[225] 谭桂林等:《现代中国佛教文学史稿》,合肥:安徽教育出版社,2015 年。

[226] 谭中:《谭云山与中印文化交流》,香港:香港中文大学出版社,1998 年。

[227] 谭中:《"CHINA"加"INDIA"等于"CHINDIA"》,《国际政治研究》,2005 年第 3 期。

[228] 谭中:《CHINDIA—中印大同—理想与实现》,银川:宁夏人民出版社,2007 年。

[229] 谭中:《"CHINDIA/中印大同"理想与实现》,《深圳大学学报》(人文社会科学版),2007 年第 3 期。

[230] 谭中:《东方文明的气质与中印研究的灵魂》,《国际汉学》,2010 年第 2 期。

[231] 谭中:《让"朝圣精神"永远照耀中印关系——纪念谭云山入印 80 周年》,《国际汉学》,2010 年

第 2 期。
[232] 谭中:《现代印度的中国研究》,《南亚研究季刊》,2011 年第 1 期。
[233] 谭中:《泰戈尔是中印之间的金桥》,《深圳大学学报》(人文社会科学版),2011 年第 1 期。
[234] 谭中:《加强中印两大文明国之间的“恕道”》,《南亚研究》,2011 年第 4 期。
[235] 谭中:《长江与恒河永远交汇:“中印大同”文化大连通赞歌》(英文),《第三届中国—南亚国际(文化)论坛论文集》,2011 年。
[236] 谭中:《探索中国“家园主”文明国的诞生与成长——兼论喜马拉雅文明圈》,《亚非研究》,2015 年第二辑。
[237] 谭中:《简明中国文明史》,北京:新世界出版社,2017 年。
[238] 谭中、耿引曾:《印度与中国:两大文明的交往和激荡》,北京:商务印书馆,2006 年。
[239] 谭中、郁龙余:《谭云山》,北京:中央编译出版社,2012 年。
[240] 唐仁虎:《〈沉船〉的魅力之所在》,《南亚研究》,1999 年第 1 期。
[241] 唐仁虎:《泰戈尔文学作品研究》,北京:昆仑出版社,2003 年。
[242] 唐仁虎:《中印古代爱情文学宏观比较》,《南亚研究》,2005 年第 1 期。
[243] 唐仁虎:《教派冲突与印度分治》,《南亚研究》,1999 年第 3 期。
[244] 王邦维、谭中编:《泰戈尔与中国》,北京:中央编译出版社,2011 年。
[245] 王邦维:《东方文学研究:动态与趋势》,太原:北岳文艺出版社,2009 年。
[246] 王邦维:《“西化”还是“中国化”:从佛教的历史看中外文化的交流与互动》,《民间文化论坛》,2016 年第 5 期。
[247] 王邦维:《梵学、印度学、东方学与中国文化研究——季羡林先生的治学范围和路径》,《中国文化研究》,2010 年第 1 期。
[248] 王邦维:《东方文学研究:文本解读与跨文化比较》,太原:北岳文艺出版社,2011 年。
[249] 王邦维:《华梵问学集:佛教与中印文化关系研究》,兰州:兰州大学出版社,2014 年。
[250] 王邦维:《感怀集》,北京:中华书局,2015 年。
[251] 王邦维:《跨文化的想象——文献、神话与历史》,北京:中国大百科全书出版社,2017 年。
[252] 王邦维:《交流与互鉴:佛教与中印文化关系论集》,香港:(香港)三联书店,2018 年。
[253] 王邦维:《丝路朝圣:玄奘与〈大唐西域记〉故事》,北京:中华书局,2019 年。
[254] 王邦维、陈明:《文学与图像》,北京:北京大学出版社,2018 年。
[255] 王邦维、林丰民:《东方文学:文化阐释与比较研究》,北京:北京大学出版社,2013 年。

[256] 王邦维、林丰民:《东方文学研究集刊》(第 8 集),北京:社会科学文献出版社,2016 年。
[257] 王春景:《R.K.纳拉扬的小说与印度社会》,石家庄:河北教育出版社,2010 年。
[258] 王春景:《泰戈尔〈论沙恭达罗〉的启示》,《燕赵学术》(辑刊),2011 年第 2 期。
[259] 王汝良:《泰戈尔笔下的中国形象》,《东方论坛》,2009 年第 4 期。
[260] 王汝良:《形象学视野下的古代中印文化交流》,《南亚研究》,2012 年第 3 期。
[261] 王汝良:《中国文学中的印度形象研究》,北京:中华书局,2018 年。
[262] 王树英:《宗教与印度社会》,北京:人民出版社,2009 年。
[263] 王树英:《印度文化简史》,北京:人民出版社,2011 年。
[264] 王树英:《中印文化交流》,北京:中国社会出版社,2013 年。
[265] 王向远:《东方各国文学在中国——译介与研究史述论》,南昌:江西教育出版社,2001 年。
[266] 王向远:《七十年来我国的印度文学史研究论评》,《外国文学评论》,2001 年第 3 期。
[267] 王向远:《佛心梵影:中国作家与印度文化》,北京:北京师范大学出版社,2007 年。
[268] 王向远:《东方文学译介与研究史》,银川:宁夏人民出版社,2007 年。
[269] 王向远:《中国比较文学百年史》,银川:宁夏人民出版社,2007 年。
[270] 王向远:《翻译文学导论》,北京:北京师范大学出版社,2007 年。
[271] 王向远:《泰戈尔的'东方—西方'观及'东方文化'论》,《同济大学学报》(社会科学版),2017 年第 5 期。
[272] 王向远:《比较文明论四大形态与"东方—西方"的消解整合》,《北方工业大学学报》,2018 年第 1 期。
[273] 王向远:《东方学研究》,《社会科学研究》,2018 年第 1 期。
[274] 王向远:《冈仓天心"东洋"论的艺术史视角及其策略》,《中国语言文学研究》(辑刊),2019 年第 2 期。
[275] 王佐良:《王佐良全集》(第 2、3、5、6、7 卷),北京:外语教学与研究出版社,2016 年。
[276] 魏丽明:《"挟洋自重"和"借光自照"——1999 年英文版〈泰戈尔在中国的讲演〉的启示》,《南亚研究》,2009 年第 4 期。
[277] 魏丽明:《泰戈尔文学起源思想探析》,《国外文学》,2002 年第 1 期。
[278] 魏丽明:《"理想之中国":泰戈尔论中国》,北京:中国广播影视出版社,2017 年。
[279] 魏丽明:《"万世的旅人"泰戈尔:从湿婆、耶稣、莎士比亚到中国》,北京:中央编译出版社,2011 年。

[280] 乌尔里希·贝克、埃德加·格兰德:《世界主义的欧洲:第二次现代性的社会与政治》,章国峰译,上海:华东师范大学出版社,2008 年。

[281] 闻中:《梵·吠檀多·瑜伽:印度哲学家维韦卡南达思想研究》,杭州:中国美术学院出版社,2013 年。

[282] 闻中:《梵学与道学:中印哲学精神之会通》,上海:上海人民出版社,2018 年。

[283] 沃尔特·惠特曼:《草叶集》,邹仲之译,上海:上海译文出版社,2015 年。

[284] 西沃丹·辛赫·觉杭:《印地语文学的八十年》,刘安武译,北京:中国大百科全书出版社,2016 年。

[285] 谢天振:《译介学》,上海:上海外语教育出版社,1999 年。

[286] 谢天振:《翻译的理论建构与文化透视》,上海:上海外语教育出版社,2006 年。

[287] 谢天振:《当代国外翻译理论导读》,天津:南开大学出版社,2008 年。

[288] 谢天振:《超越文本　超越翻译》,上海:复旦大学出版社,2014 年。

[289] 谢天振、查明建:《中国现代翻译文学史(1898—1949)》,上海:上海外语教育出版社,2004 年。

[290] 徐兆寿:《问道知源》,上海:上海人民出版社,2018 年。

[291] 玄奘:《大唐西域记》,季羡林等校注,北京:中华书局,1985 年。

[292] 薛克翘:《老子与印度》,《南亚研究》,1990 年第 2 期。

[293] 薛克翘:《印度民族凝聚力问题浅说》,《南亚研究》,2002 年第 2 期。

[294] 薛克翘:《中印文学比较研究》,北京:昆仑出版社,2003 年。

[295] 薛克翘:《许地山的学术成就与印度文化的联系》,《文史哲》,2003 年第 4 期。

[296] 薛克翘:《论加比尔的宗教哲学》,《北京大学学报》(哲学社会科学版),2005 年第 3 期。

[297] 薛克翘:《东方佛教与中国文化》,北京:昆仑出版社,2006 年。

[298] 薛克翘:《近五十年我国中印文化关系史研究综述》,《南亚研究》,2006 年第 2 期。

[299] 薛克翘:《印度民间文学》,银川:宁夏人民出版社,2008 年。

[300] 薛克翘:《听黄心川先生讲印度哲学》,《南亚研究》,2008 年第 1 期。

[301] 薛克翘:《印度独立后印地语小说流派简评》,《东南亚南亚研究》,2012 年第 2 期。

[302] 薛克翘:《象步凌空:我看印度》,北京:中国大百科全书出版社,2016 年。

[303] 薛克翘:《印度文化论辑》,北京:中国大百科全书出版社,2016 年。

[304] 薛克翘:《印度古代文化史》,北京:中国大百科全书出版社,2016 年。

[305] 薛克翘:《中印文化交流史》,北京:中国大百科全书出版社,2017 年。

[306] 薛克翘:《中印文学比较研究》(外二种),北京:中国大百科全书出版社,2018 年。
[307] 薛克翘:《中国与南亚文化交流志》,北京:中国大百科全书出版社,2018 年。
[308] 薛克翘、姜景奎:《印度文学和中国文学比较研究》,北京:中国大百科全书出版社,2016 年。
[309] 薛克翘、姜景奎:《印度古代文化史》,北京:中国大百科全书出版社,2016 年。
[310] 薛克翘、姜景奎:《中印文化交流史》,北京:中国大百科全书出版社,2017 年。
[311] 薛克翘、唐孟生、唐仁虎、姜景奎:《印度近现代文学》(上、下卷),北京:昆仑出版社,2014 年。
[312] 颜治强:《泰戈尔翻译百年》,《中国翻译》,2012 年第 6 期。
[313] 杨萌芽:《泰戈尔访华与 20 世纪 20 年代中国文坛》,《中州学刊》,2006 年第 7 期。
[314] 杨晓霞:《中印韵论诗学的比较研究》,《东方丛刊》,2006 年第 4 期。
[315] 杨怡爽:《印度神话》,西安:陕西人民出版社,2009 年。
[316] 伊曼努尔·康德:《永久和平论》,何兆武译,上海:上海人民出版社,2005 年。
[317] 尹奇岭:《泰戈尔访华与革命文学初潮——从 1924 年泰戈尔访华讲学受到抵制说起》,《安徽大学学报》(哲学社会科学版),2010 年第 3 期。
[318] 尹锡南:《世界文明视野中的泰戈尔》,成都:巴蜀书社,2003 年。
[319] 尹锡南:《吉卜林:殖民文学中的印度书写》,《南亚研究季刊》,2005 年第 4 期。
[320] 尹锡南:《英国文学中的印度》,成都:巴蜀书社,2008 年。
[321] 尹锡南:《泰戈尔国际学术研讨会在新加坡举行》,《南亚研究》,2010 年第 2 期。
[322] 尹锡南:《20 世纪印度的中国文学和历史研究》,《东南亚南亚研究》,2010 年第 1 期。
[323] 尹锡南:《印度的中国形象》,北京:人民出版社,2010 年。
[324] 尹锡南:《梵语诗学与西方诗学比较研究》,成都:巴蜀书社,2010 年。
[325] 尹锡南:《泰戈尔诗歌在西班牙语世界的传播和接受》,《南亚研究》,2011 年第 1 期。
[326] 尹锡南:《梵语诗学中的虔诚味论》,《南亚研究季刊》,2011 年第 3 期。
[327] 尹锡南:《泰戈尔与维多利亚·奥坎波的跨文化情愫》,《东方论坛》,2011 年第 5 期。
[328] 尹锡南:《中印泰戈尔研究之比较》,《亚非研究》(第 5 辑),2011 年。
[329] 尹锡南:《印度比较文学发展史》,成都:巴蜀书社,2011 年。
[330] 尹锡南:《印度比较文学论文选译》(译),成都:巴蜀书社,2012 年。
[331] 尹锡南:《比较文学视野中的泰戈尔》,成都:巴蜀书社,2013 年。
[332] 尹锡南:《泰戈尔与印度文化软实力传播》,《南亚研究季刊》,2013 年第 1 期。
[333] 尹锡南:《泰戈尔与中国文学、文化》,《中国社会科学报》,2013 年 6 月 14 日。

[334] 尹锡南:《莫言与泰戈尔:诺贝尔文学奖的交集与差集》,《同济大学学报》(社会科学版),2013年第5期。

[335] 尹锡南:《印度中国观演变研究》,北京:时事出版社,2014年。

[336] 尹锡南:《华梵汇流:尹锡南教授讲印度文学与中印文学关系》,北京:中央编译出版社,2014年。

[337] 尹锡南:《近代以来印度人中国观的演变轨迹及特征》,《东南亚南亚研究》,2015年第1期。

[338] 尹锡南:《印度诗学的概念演变、发展历程及世界地位》,《文贝:比较文学与比较文化》(辑刊),2015年第2期。

[339] 尹锡南:《中印人文交流研究:历史、现状与认知》,北京:时事出版社,2015年。

[340] 尹锡南:《梵语诗学的几个重要命题》,《南亚研究季刊》,2016年第4期。

[341] 尹锡南:《梵语诗学的几个重要范畴》,《文艺理论研究》,2016年第4期。

[342] 尹锡南:《印度诗学导论》,上海:上海古籍出版社,2017年。

[343] 尹锡南:《印度的中国学研究发展规律及相关问题》,《东南亚南亚研究》,2018年第2期。

[344] 尹锡南:《印度学者师觉月的汉学研究》,《国际汉学》,2018年第2期。

[345] 尹锡南:《印度汉学界的中国现当代文学研究》,《现代中国文化与文学》(辑刊),2018年第4期。

[346] 尹锡南:《佛教文学与比较文学研究新开拓》,《中国社会科学报》,2019年7月16日。

[347] 尹锡南、王冬青:《莎士比亚作品的印度传播及其对中国的启示》,《南亚研究季刊》,2018年第1期。

[348] 郁龙余(等):《印度文学在中国的传播与影响》,《国外文学》,1986年第3期。

[349] 郁龙余(等):《中印文学关系源流》,长沙:湖南文艺出版社,1987年。

[350] 郁龙余(等):《中西文化异同论》,北京:生活·读书·新知三联书店,1989年。

[351] 郁龙余(等):《印度古代文学的世界影响》,《深圳大学学报》(人文社会科学版),1999年第3期。

[352] 郁龙余(等):《中国学在印度》,《学术研究》,2000年第1期。

[353] 郁龙余(等):《中西印审美主体构成》,《北京大学学报》(哲学社会科学版),2000年第2期。

[354] 郁龙余(等):《中印味论诗学源流》,《天津师大学报》(社会科学版),2000年第5期。

[355] 郁龙余(等):《中国印度文学比较》,北京:中国社会科学出版社,2001年。

[356] 郁龙余(等):《东方文学史》(新版合订本),北京:北京大学出版社,2001年。

[357] 郁龙余(等):《泰戈尔的自然观与自然诗》,《文史哲》,2002 年第 4 期。

[358] 郁龙余(等):《印度诗学阐释方法》,《深圳大学学报》(人文社会科学版),2003 年第 5 期。

[359] 郁龙余(等):《梵典与华章:印度作家与中国文化》,银川:宁夏人民出版社,2004 年。

[360] 郁龙余(等):《中国印度诗学比较》,北京:昆仑出版社,2006 年。

[361] 郁龙余(等):《徐梵澄的印度文学哲学经典汉译》,《南亚研究》,2010 年第 1 期。

[362] 郁龙余(等):《1924 年泰戈尔访华引发争议的根本原因——答国际知名学者阿莫尔多 · 沈之问》,《深圳大学学报》(人文社会科学版),2011 年第 1 期。

[363] 郁龙余(等):《泰戈尔与中国新文学》,《燕赵学术》,2011 年第 2 期。

[364] 郁龙余(等):《文明对话与文化比较》,《深圳大学学报》(人文社会科学版),2014 年第 3 期。

[365] 郁龙余(等):《印度诗学的中国接受》,《国际汉学》,2014 年第 1 期。

[366] 郁龙余(等):《印度文化论》(第 2 版),北京:北京大学出版社,2016 年。

[367] 郁龙余(等):《从佛学、梵学到印度学:中国印度学脉络总述》,《深圳大学学报》(人文社会科学版),2018 年第 6 期。

[368] 郁龙余(等):《一带一路开创人类文明新纪元——兼论中国印度的历史担当北京》,北京:中国社会科学出版社,2019 年。

[369] 郁龙余、董友忱:《泰戈尔作品鉴赏辞典》,上海:上海辞书出版社,2011 年。

[370] 郁龙余、周静:《中国对印度古代文学的再接受——兼论比较文学的中国印度起源》,《中国比较文学》,2011 年第 2 期。

[371] 郁龙余、刘朝华:《中外文学交流史——中国 印度卷》,济南:山东教育出版社,2016 年。

[372] 郁龙余、孟昭毅:《东方文学史》(第 2 版),北京:北京大学出版社,2015 年

[373] 郁龙余、黄蓉等:《印度文学研究的学术历程》,重庆:重庆出版社,2016 年。

[374] 郁龙余、刘朝华:《湘贤翘楚:谭云山、谭中父子》,《书屋》,2019 年第 10 期。

[375] 曾琼:《〈吉檀迦利〉翻译与接受研究》,北京:中央编译出版社,2014 年。

[376] 曾琼、刘曙雄:《中文泰戈尔传记文学作品简析》,《南亚研究》,2006 年第 1 期。

[377] 曾艳兵:《走向比较诗学》,北京:北京大学出版社,2017 年。

[378] 张娟:《泰戈尔泛神论思想与中国诗歌的现代转型》,《华南农业大学学报(社会科学版)》,2008 年第 4 期。

[379] 张玮:《文学交流与中国形象:当代印度英语小说里的中国形象解读》,《比较文学与跨文化研究》,2018 年第 1 期。

[380] 张玮:《当代印度英语小说中的中国形象解读》,《北方工业大学学报》,2017 年第 4 期。

[381] 章燕:《理想的失落与现代意识的萌动——试论英国乔治诗歌》,《俄罗斯文艺》,2005 年第 2 期。

[382] 张羽:《泰戈尔与中国现代文学》,昆明:云南人民出版社,2005 年。

[383] 中国印度文学研究会:《印度文学研究集刊》(系列),上海:上海译文出版社,1984 年。

[384] 中印联合编审委员会:《中印文化交流百科全书》,北京:中国大百科全书出版社,2015 年。

[385] 朱根福:《谭云山现象与 21 世纪中印文化交流》,北京:文化艺术出版社,2015 年。

[386] 朱明忠:《泰戈尔的哲学思想》,《南亚研究》,2001 年第 2 期。

图书在版编目(CIP)数据

中国泰戈尔学建构关键问题研究 / 孙宜学，罗铮著
. —上海：同济大学出版社，2021.6
ISBN 978-7-5608-9680-9

Ⅰ. ①中… Ⅱ. ①孙… ②罗… Ⅲ. ①泰戈尔（Tagore，Rabindranath 1861-1941）—文学研究 Ⅳ. ①I351.065

中国版本图书馆 CIP 数据核字(2021)第 015015 号

中国泰戈尔学建构关键问题研究

孙宜学 罗 铮 著

责任编辑 丁会欣 张 睿 **责任校对** 徐春莲 **封面设计** 陈益平

出版发行 同济大学出版社 www.tongjipress.com.cn
(地址:上海市四平路 1239 号 邮编:200092 电话:021-65985622)
经　　销 全国各地新华书店
排　　版 南京文脉图文设计制作有限公司
印　　刷 启东市人民印刷有限公司
开　　本 710 mm×1000 mm 1/16
印　　张 22
字　　数 440 000
版　　次 2021 年 6 月第 1 版 2021 年 6 月第 1 次印刷
书　　号 ISBN 978-7-5608-9680-9

定　　价 88.00 元